HAN

THOMAS HARRIS

HANNIBAL

Uitgeverij Luitingh ~ Sijthoff

Voor meer informatie: kijk op **www. boekenwereld. com**

De film:
Hannibal wordt in Nederland en België uitgebracht door UIP.

De muziek:
De soundtrack van *Hannibal* is verkrijgbaar op cd (Decca 4676962)

Veertiende druk

Uitgeverij Luitingh ~ Sijthoff B.V., Amsterdam
Oorspronkelijke titel: *Hannibal*
Vertaling: Henny van Gulik en Ingrid Tóth
Omslagontwerp: Edd, Amsterdam

CIP/ISBN 90 245 4108 5
NUGI 331

DEEL EEN

WASHINGTON, D.C.

I

Je zou denken dat een dag als deze zou huiveren om te beginnen...

De Mustang van Clarice Starling reed met hoge snelheid de inrit op van het Bureau of Alcohol, Tobacco and Firearms aan Massachusetts Avenue, een hoofdkwartier dat uit zuinigheidsoverwegingen was gehuurd van de sekteleider Sun Myung Moon.

Drie voertuigen van de invalseenheid stonden haar op te wachten: een doodgewone wagen vol deuken die voorop zou rijden en twee zwarte swat-voertuigen die de achterhoede moesten vormen, stonden bemand en met draaiende motor in de spelonkachtige garage.

Starling hees de tas met haar uitrusting uit haar auto en liep op een drafje naar het voorste voertuig, een vuile witte bestelwagen met op de zijkanten een bord met MARCELL'S CRAB HOUSE.

De achterdeuren van de bestelwagen stonden open en door de deuropening sloegen vier mannen de aankomst van Starling gade. Ze was slank in haar werktenue en ze bewoog zich snel, ondanks het gewicht van haar uitrusting; haar haar glansde in het kille licht van de tl-buizen.

'Vrouwen. Altijd te laat,' zei een agent van het politiekorps van Washington, D.C.

John Brigham, speciaal agent van het BATF, had de leiding.

'Ze is niet te laat – ik heb haar pas opgepiept toen we het groene licht kregen,' zei Brigham. 'Ze moet als een gek hebben gereden vanuit Quantico – Hallo, Starling, geef mij je tas maar.'

Ze gaf hem een snelle high-five. 'Hoi, John.'

Brigham zei iets tegen de sjofele undercoveragent achter het stuur, en nog voor de achterdeuren dicht waren, kwam de bestelwagen in beweging en reden ze de aangename herfstmiddag in.

Clarice Starling, die veel ervaring had met werk vanuit surveillancevoertuigen, dook onder de lens van de periscoop door en nam achter in de wagen plaats, zo dicht mogelijk bij het blok droogijs van bijna zeventig kilo dat als airconditioning zou dienen wanneer ze tijdens hun observaties de motor af zouden moeten zetten.

In de oude bestelwagen hing een apenhuisgeur van angst en zweet die niet weg te boenen was. Het voertuig had in zijn tijd al vele naamborden opgeplakt gekregen. De smerige, verbleekte borden op de deuren waren dertig minuten oud. De kogelgaten die weggewerkt waren met staalplamuur, waren ouder.

De achterruiten waren vanaf de buitenkant gezien spiegels, groezelig gemaakt om niet uit de toon te vallen bij de rest van het voertuig. Starling kon de grote zwarte SWAT-wagens zien die achter hen reden. Ze hoopte dat ze geen uren in de auto's opgesloten zouden hoeven zitten.

Haar mannelijke collega's namen telkens wanneer ze met haar gezicht naar het raam zat, de gelegenheid te baat haar van top tot teen op te nemen.

Clarice Starling, speciaal agente van de FBI, tweeëndertig jaar oud, was haar leeftijd altijd aan te zien, en ze zag er op elke leeftijd goed uit, zelfs in werktenue.

Brigham pakte zijn klembord van de passagiersstoel voor in de wagen.

'Hoe raak jij toch altijd weer verzeild in dit soort rotklusjes, Starling?' zei hij, met een glimlach op zijn gezicht.

'Doordat jij me er elke keer bijhaalt,' zei ze.

'Bij dit klusje heb ik je ook echt nodig. Maar ik weet best dat je echt lullige klussen krijgt met invalsteams, jezus christus nog aan toe. Ik heb het nooit nagevraagd, maar volgens mij heeft iemand in Buzzards Point de pest aan jou. Je kunt maar beter voor mij komen werken. Dit zijn mijn mannen, de agenten Marquez Burke en John Hare, en dit is agent Bolton van het politiekorps van Washington, D.C.'

Een invalsteam samengesteld uit leden van het Bureau of Alcohol, Tobacco and Firearms, SWAT-teams van de Drug Enforcement Administration en de FBI was wat in deze tijd van krappe budgets, waarin zelfs de FBI-academie wegens gebrek aan kapitaal gesloten was, een op de taak toegesneden team moest voorstellen.

Burke en Hare zagen eruit als agenten. Bolton, van de gemeentepolitie, zag eruit als een gerechtsdienaar. Hij was een jaar of vijfenveertig en pafferig dik.

De burgemeester van Washington, die na zijn eigen veroordeling in een drugszaak elke gelegenheid aangreep om zijn keiharde antidrugs standpunt te onderstrepen, stond erop dat het plaatselijke politiekorps betrokken werd bij elke belangrijke inval in de stad Washington. Vandaar Bolton.

'De Drumgo-club is druk in de weer vandaag,' zei Brigham.

'Evelda Drumgo, als ik het niet dacht,' zei Starling, niet bepaald enthousiast.

Brigham knikte. 'Ze heeft een ijsfabriek geopend naast de Feliciana

Vismarkt bij de rivier. Volgens onze informant maakt ze vandaag een partij kristal aan en vertrekt ze vanavond naar de Caymaneilanden. We moeten dus opschieten.'

Gekristalliseerde methamfetamine, straatnaam 'ijs', geeft een snelle, felle high en is dodelijk verslavend.

'De drugs zijn het probleem van de DEA, wij zoeken Evelda voor het over de staatsgrens vervoeren van klasse-drie wapens. Het aanhoudingsbevel noemt een tweetal Beretta-machinegeweren en een aantal van het type MAC-10, en daarvan heeft ze elders nog een heel stel liggen. Starling, ik wil dat jij Evelda voor je rekening neemt. Jij hebt eerder met haar te maken gehad. Deze mannen zullen je rugdekking geven.'

'Dat wordt dus een makkie,' zei agent Bolton voldaan.

'Je moest ze maar wat meer over Evelda vertellen, Starling,' zei Brigham.

Starling wachtte tot de bestelwagen rammelend over een spoorwegovergang was gereden. 'Evelda is geen katje om zonder handschoenen aan te pakken,' zei ze. 'Aan haar uiterlijk is het niet te zien – vroeger was ze mannequin – maar een vechtpartij gaat ze niet uit de weg. Ze is de weduwe van Dijon Drumgo. Ik heb haar tweemaal gearresteerd wegens gangsterpraktijken, de eerste keer samen met Dijon.

Destijds voerde ze een negen millimeter wapen met drie magazijnen, had traangas in haar handtas en een balisongmes in haar b.h. Ik weet niet wat we nu moeten verwachten.

Bij haar tweede aanhouding heb ik haar beleefd gevraagd zich over te geven, en dat heeft ze toen gedaan. Eenmaal in hechtenis, heeft ze met de steel van een lepel een medegevangene, ene Marsha Valentine, vermoord. Dus je weet het maar nooit... van haar gezicht is niets af te lezen. De uitspraak van de kamer van inbeschuldigingstelling luidde zelfverdediging.

Onder de eerste aanklacht wegens gangsterpraktijken is ze uitgekomen, bij de tweede heeft ze verzachtende omstandigheden aangevoerd. Een aantal aanklachten wegens wapenbezit heeft men laten vallen omdat ze nog jonge kinderen had en ze haar man net had verloren; die is op Pleasant Avenue vanuit een voorbijrijdende auto doodgeschoten, mogelijk door de Spliffs.

Ik zal haar vragen zich over te geven. Ik hoop dat ze dat doet – die kans krijgt ze. Maar luister goed, als er geweld aan te pas moet komen om Evelda Drumgo er onder te krijgen, moet ik op daadwerkelijke hulp kunnen rekenen. Dan verwacht ik wel wat meer van jullie dan rugdekking. Heren, geloof maar niet dat jullie gaan zitten toekijken hoe Evelda en ik een partijtje gaan modderworstelen.'

Een tijd terug zou Starling het hoofd hebben gebogen voor deze mannen. Nu vielen haar woorden bij hen niet in goede aarde, maar ze had te veel meegemaakt om zich daar iets van aan te trekken.

'Evelda Drumgo is door Dijon verbonden met de Trey-Eight Crips,' zei Brigham. 'Volgens onze mensen geniet ze Crip-bescherming, en die lui hebben de distributie in de oostelijke staten in handen. Het gaat hoofdzakelijk om bescherming tegen de Spliffs. Ik weet niet wat de Crips zullen doen als ze in de gaten krijgen dat wij het zijn. Ze lopen de FBI over het algemeen liever niet voor de voeten.'

'Nog één ding – Evelda is seropositief,' zei Starling. 'Dijon heeft haar via een injectiespuit besmet. Ze kwam erachter toen ze vast zat en is toen totaal door het lint gegaan. Die dag heeft ze Marsha Valentine vermoord en met de cipiers gevochten. Als ze niet gewapend is en ze begint te vechten, kun je verwachten getroffen te worden door elk lichaamsvocht waarover ze beschikt. Ze zal spugen en bijten, ze zal over je heen pissen en je met haar ontlasting besmeuren als je haar probeert te fouilleren, dus handschoenen en maskers zijn voorgeschreven. Als je haar in een politieauto zet en je hand op haar hoofd legt, moet je uitkijken voor een naald tussen haar haren, en haar voeten vastbinden.'

Burke en Hare gingen hoe langer hoe bedrukter kijken. Politieagent Bolton zag er ook niet vrolijk uit. Hij gebaarde met zijn slappe kin naar Starlings wapen, een veelvuldig gebruikte Colt .45, standaard dienstmodel met een strook skateboardtape om de greep, gestoken in een Yaqui-holster achter haar rechterheup. 'Loop je altijd rond met de haan gespannen?' wilde hij weten.

'Gespannen en schietklaar, het klokje rond,' zei Starling.

'Gevaarlijk hoor,' zei Bolton.

'Kom maar eens naar de schietbaan, agent, dan zal ik je het een en ander laten zien.'

Brigham kwam tussenbeide. 'Bolton, ik was Starlings coach toen ze drie jaar achtereen kampioen gevechtswapen binnen de dienst is geworden. Maak je maar geen zorgen over haar schietvaardigheid. Hoe noemden die kerels van het gijzelingsreddingsteam, die Velcro Cowboys, je ook alweer toen je de vloer met ze hebt aangeveegd, Starling? De Scherpschutter?'

'Ja, en achter mijn rug de Kutschutter,' zei ze, en ze keek uit het raam. Starling voelde zich begluurd en eenzaam in deze naar bokken riekende surveillancewagen vol mannen. Chaps, Brut, Old Spice, zweet en leer. Ze voelde een zweempje angst en ze had een smaak in haar mond alsof ze een koperen cent onder haar tong bewaarde. *Een beeld voor haar geestesoog: haar vader, de geur van tabak en sterke zeep die hij uitwasemde, met zijn zakmes een sinaasappel schillend, de recht afgebroken punt van het mes, zoals hij zijn sinaasappel met haar deelde, in de keuken. De verdwijnende achterlichten van haar vaders pick-up toen hij wegreed voor de nachtpatrouilledienst die zijn dood zou worden. Zijn kleren in de kast. Het shirt dat hij altijd droeg bij het square-dansen. De mooie dingen die ze nu in haar kast heeft hangen, zonder ze ooit te dragen. Trieste feestkleding op hangertjes, als op zolder bewaard speelgoed.*

'Nog een minuut of tien,' riep de bestuurder naar achteren.

Brigham keek door de voorruit en wierp een blik op zijn horloge. 'Hier heb ik de situatieschets,' zei hij. Hij had een ruwe schets, haastig getekend met een markeerstift, en een onduidelijke plattegrond die de afdeling Gebouwen hem had gefaxt. 'Het gebouw van de vismarkt staat in een rij opslagplaatsen en pakhuizen langs de rivieroever. Parcell Street loopt dood op Riverside Avenue bij dit pleintje voor de vismarkt.

Kijk, de achterkant van de vismarkt kijkt uit op het water. Langs de hele achterkant van het gebouw loopt een kade, hierzo. Naast de vismarkt op de begane grond heeft Evelda haar lab. De ingang is hier aan de voorkant, vlak naast de luifel van de vismarkt. Evelda zal minstens over drie huizenblokken mannetjes op de uitkijk hebben staan terwijl zij die partij dope aanmaakt. Die hebben haar al eerder op tijd weten te waarschuwen, zodat ze toen het spul door de plee heeft kunnen spoelen. Dus – het invalsteam van de DEA in de derde bestelwagen doet om vijftienhonderd uur vanuit een vissersboot aan de waterkant een inval. Wij kunnen met deze bestelwagen dichterbij komen dan de anderen, tot aan de vooringang, een paar minuten voor de inval. Als Evelda via de voordeur het pand verlaat, grijpen we haar. Als ze niet naar buiten komt, bestormen wij de vooringang direct na de inval aan de achterkant. In de tweede bestelwagen zit ons assistentieteam, zeven man sterk, die om vijftienhonderd binnen komen, tenzij we ze eerder roepen.'

'Wat doen we met de deur?' vroeg Starling.

Burke gaf antwoord. 'Als alles rustig lijkt, gebruiken we de ram. Als we een hoop kabaal of schoten horen, is het tijd voor "de brutale vertegenwoordigerstruc".' Burke gaf een tikje op zijn geweer.

Starling had dit eerder meegemaakt – 'de brutale vertegenwoordigerstruc' behelst een drie-inch magnum geweerpatroon geladen met fijn verpulverd lood die een slot uit een deur kan schieten zonder de mensen daarachter te verwonden.

'Evelda's kinderen? Waar zijn die?' vroeg Starling.

'Onze informant heeft gezien dat ze die naar de kinderopvang heeft gebracht,' zei Brigham. 'Hij is nauw betrokken bij de familie, zeer nauw betrokken mag ik wel zeggen, zo nauw als maar kan met veilig vrijen.'

Brighams oortelefoon begon te kwetteren en hij tuurde het deel van de lucht af dat hij uit het achterraam kon zien. 'Misschien is dat ding gewoon van verkeersberichten,' sprak hij in zijn halsmicrofoon. Hij riep naar de bestuurder: 'Inval-twee heeft zojuist een nieuwshelikopter gesignaleerd. Heb jij iets gezien?'

'Nee.'

'Laten we in godsnaam hopen dat-ie met het verkeer bezig is. Kom op, we moeten ons klaarmaken.'

Een blok droogijs van zeventig kilo is niet genoeg om op een warme dag vijf mensen achter in een metalen bestelwagen koel te houden, vooral niet als ze zich in pantserkleding moeten steken. Toen Bolton zijn armen omhoog stak, werd overduidelijk dat een scheut Canoe niet hetzelfde is als een douche nemen.

Clarice Starling had schoudervullingen in haar werkshirt genaaid om de zware druk van het hopelijk kogelvrije Kevlar-vest enigszins op te vangen. Het vest was zowel van achteren als van voren met een keramische plaat verzwaard.

Trieste ervaring had het belang van de rugplaat aangetoond. Een gewelddadige inval leiden met een onbekend team, opgebouwd uit mensen met verschillende opleidingsniveaus, is een gevaarlijke onderneming. Als je een colonne angstige groentjes aanvoert, kan het gebeuren dat een door een teamgenoot·afgevuurd schot je ruggengraat verbrijzelt.

Een paar kilometer voor de rivier sloeg de derde bestelwagen een andere richting in om het DEA-invalsteam bij de vissersboot af te leveren en liet de assistentiewagen zich tot op een discrete afstand van het witte undercovervoertuig terugvallen.

De omgeving begon knap armoedig te worden. Een derde van de gebouwen was dichtgetimmerd en langs de stoeprand stonden uitgebrande autowrakken, de velgen rustend op kratten. Voor de kroegen en buurtwinkels op de straathoeken hingen opgeschoten jongens rond. Kinderen speelden bij een brandend matras op de stoep.

Zo Evelda mensen op de uitkijk had staan, dan vielen die niet op tussen het normale voetgangersverkeer op het trottoir. Bij slijters en op de parkeerplaatsen van supermarkten zaten mannen in auto's te praten.

Een laag model Impala cabriolet waarin vier jonge Afro-Amerikaanse mannen zaten, voegde zich in de geringe verkeersdrukte en bleef bedaard achter de bestelwagen rijden. De mannen in de Impala lieten de voorkant van de auto van het wegdek opspringen om de aandacht te trekken van de meisjes die ze passeerden, en het gedreun van hun stereo deed het plaatmetaal in de bestelwagen trillen.

Toen ze door het eenrichtingsglas van het achterraam naar buiten keek, kon Starling zien dat de jonge mannen in de cabriolet geen bedreiging vormden – een moordtuig-op-wielen van de Crips is bijna altijd een krachtige, standaardmodel sedan of stationcar, oud genoeg om in de buurt niet op te vallen, waarvan de achterraampjes helemaal naar beneden gedraaid kunnen worden. De bemanning bestaat uit drie personen, soms vier. Zelfs een basketbalploeg in een Buick kan er onguur uitzien als je je hoofd niet koel houdt.

Terwijl ze bij een verkeerslicht stonden te wachten, trok Brigham de hoes van de periscooplens en stootte hij Bolton tegen zijn knie.

'Kijk even rond of je nog plaatselijke beroemdheden op de stoep kunt ontdekken,' zei Brigham.

De objectieflens van de periscoop is weggewerkt in een dakventilator. Je kunt er alleen maar zijwaarts mee kijken.

Bolton draaide de lens van de ene kant naar de andere en stopte toen, wreef zich in de ogen. 'Dat ding schudt te veel als de motor draait,' zei hij.

Brigham zocht via de radio contact met het bootteam. 'Vierhonderd meter stroomafwaarts, ze naderen het doel,' herhaalde hij ten behoeve van zijn mensen in de bestelwagen.

De bestelwagen moest wachten voor een rood verkeerslicht op Parcell Street en stond gedurende wat wel een eeuwigheid leek tegenover de vismarkt. De bestuurder draaide zich half om alsof hij in zijn rechterspiegel keek, en zei uit zijn mondhoek tegen Brigham: 'Zo te zien zijn er niet veel afnemers voor de vis. Daar gaat-ie dan.'

Het licht sprong op groen en om drie minuten voor drie, precies drie minuten voor het uur nul, kwam de gedeukte undercoverbestelwagen voor de Feliciana Vismarkt tot stilstand, op een prima plek langs de stoeprand.

Achterin hoorden ze het geknars van de handrem toen die door de bestuurder werd aangetrokken.

Brigham maakte ruimte voor Starling bij de periscoop. 'Kijk maar even rond.'

Starling liet de zoeker van de periscoop over de voorkant van het gebouw glijden. Tafels en toonbanken met glimmende vissen op ijs stonden op de stoep onder een luifel van canvas. In de Carolina gevangen snappers lagen fraai in scholen gerangschikt op het schaafijs, in open kratten lagen krabben met hun scharen te bewegen en in een bak klommen kreeften over elkaar heen. De slimme vishandelaar had vochtige lappen op de ogen van zijn grotere vissen gelegd, opdat die hun helderheid zouden behouden tot de avondgolf kritische huisvrouwen, afkomstig uit het Caribisch gebied, de waar kwam besnuffelen en bekijken.

Zonlicht vormde een regenboog in het water dat opspatte van de buitentafel waarop de vis werd schoongemaakt. Een man met een Latijns-Amerikaans voorkomen en forse onderarmen stond met geroutineerde halen van zijn gebogen mes een makreelhaai in stukken te snijden, waarna hij de grote vis met een krachtige handsproeier afspoelde. Het bloederige water liep de goot in en Starling hoorde het onder de wagen door stromen.

Starling zag dat de bestuurder met de vishandelaar sprak, deze iets vroeg. De vishandelaar keek op zijn horloge, haalde zijn schouders op en wees naar een buurtcafetaria. De bestuurder liep even over de markt, stak een sigaret op en liep toen in de richting van de cafetaria.

Uit een gettoblaster op de markt schalde 'La Macarena', luid genoeg dat Starling het in de bestelwagen duidelijk kon horen. Ze zou dat nummer nooit van haar leven meer kunnen aanhoren.

De rechterdeur was de deur waar het hun om ging, een dubbele metalen deur in een metalen omlijsting met daarvoor een enkele betonnen trede.

Starling stond juist op het punt om de periscoop de rug toe te keren, toen de deur openging. Een forse, blanke man in een Hawaïaans hemd met sandalen aan zijn voeten kwam naar buiten. Voor zijn borst hield hij een canvas schoudertas. Zijn andere hand ging schuil achter de tas. Achter hem liep een pezige zwarte man met een regenjas over zijn arm.

'Opgelet nu,' zei Starling.

Achter de twee mannen liep Evelda Drumgo, haar lange Nefertitihals en knappe gezicht zichtbaar achter hun schouders.

'Evelda loopt achter twee mannen aan naar buiten, zo te zien zijn beide mannen gewapend,' zei Starling.

Ze kon de periscoop niet snel genoeg vrijgeven om te voorkomen dat Brigham haar wegduwde. Starling zette haar helm op.

Brigham sprak door de radio. 'Inval-één aan alle units. Daar gaan we dan. De voorstelling begint. Ze is net naar buiten gekomen en we gaan eropaf.

We proberen ze zo rustig mogelijk op de grond te krijgen,' zei Brigham. Hij verschoof de pal van zijn geweer. 'De boot is er over dertig seconden. Actie.'

Starling stond als eerste op de grond en Evelda's vlechten zwiepten rond toen ze haar hoofd naar Starling omdraaide. Starling, zich bewust van de mannen die met getrokken wapen naast haar stonden, blafte: 'Op de grond, op de grond!'

Evelda liep achter de twee mannen vandaan.

Evelda droeg een baby in een draagdoek die om haar hals hing. 'Wacht, wacht, we willen geen moeilijkheden,' zei ze tegen de mannen naast zich. 'Wacht, wacht.' Ze stapte naar voren met een koninklijke houding, de baby hoog voor zich uit houdend, zo ver als de draagdoek toestond, terwijl het dekentje naar beneden bungelde. *Geef haar een kans.* Starling stak op gevoel haar wapen in de holster, strekte haar armen uit, handen open. 'Evelda! Geef je over. Kom naar me toe.' Achter Starling weerklonk het gebrul van een grote achtcilindermotor en het gepiep van banden. Ze kon zich niet omdraaien. *Laat het alsjeblieft het assistentieteam zijn.*

Evelda negeerde haar, liep op Brigham af, het babydekentje wapperde op toen de MAC-10 erachter afging en Brigham viel neer, de beschermkap voor zijn gezicht onder het bloed.

De forse blanke man liet de schoudertas vallen. Burke zag zijn machinegeweer en vuurde een schot onschadelijk loodgruis af uit zijn met 'vertegenwoordigers'-patronen geladen geweer. Hij spande opnieuw, maar niet snel genoeg. De grote man schoot een kort salvo af, doorzeefde Burke in de liesstreek onder zijn vest, en draaide door naar Starling op het moment dat zij voor hem opdook en hem tweemaal midden in zijn hoelashirt raakte voordat hij de trekker kon overhalen.

Geweerschoten achter Starling. De pezige zwarte man trok de regenjas voor zijn wapen weg en dook terug het gebouw in. Op dat moment voelde Starling hoe de lucht uit haar longen geperst werd en werd ze naar voren geduwd alsof ze een harde vuistslag in haar rug kreeg. Ze draaide zich met een ruk om en zag het Crip-moordtuig-op-wielen dwars op de weg staan, een Cadillac sedan, raampjes open, twee schutters die in de zijraampjes zittend uit de auto hingen en over het autodak schoten en een derde die vanaf de achterbank schoot. Schoten en rook uit drie lopen, kogels die de lucht rondom haar doorkliefden.

Starling dook weg tussen twee geparkeerde auto's, zag Burke op de weg liggen stuiptrekken. Brigham lag stil, het bloed dat uit zijn helm stroomde, begon een plasje te vormen. Hare en Bolton vuurden schoten af van tussen auto's ergens aan de overkant van de straat vandaan, waar autoraampjes werden verbrijzeld. Het glas kletterde op straat en een band explodeerde toen de salvo's uit de automatische wapens vanuit de Cadillac hen hadden weten te vinden. Met één voet in de stromende goot dook Starling naar voren om te zien wat er gebeurde.

De twee schutters die in de raamopeningen zaten, schoten over het autodak, de bestuurder vuurde met zijn vrije hand een pistool af. De vierde man, die op de achterbank zat, had het portier opengemaakt en trok Evelda met de baby naar binnen. Ze had de rugtas bij zich. Ze schoten op Bolton en Hare aan de overkant van de straat, rook steeg op van de achterbanden van de Cadillac en de auto begon te rijden. Starling kwam overeind, draaide met de rijdende auto mee en schoot de bestuurder in de zijkant van zijn hoofd. Ze schoot twee-maal op de schutter die in de opening van het voorraampje zat en hij viel achterover. Ze haalde zonder de auto met haar blik los te laten het magazijn uit de .45 en had het volgende er al inzitten voordat het lege magazijn de grond raakte.

De Cadillac schuurde langs een rij auto's aan de overkant van de straat en kwam knarsend tot stilstand.

Starling liep nu in de richting van de Cadillac. In het achterraampje zat nog steeds een schutter, die met een verwilderde blik tegen het autodak duwde, zijn borst zat beklemd tussen de Cadillac en een ge-parkeerde auto. Zijn wapen gleed van het dak. Lege handen werden uit het dichtstbijzijnde achterraampje naar buiten gestoken. Een man met een bandana om zijn hoofd geknoopt stapte uit, met zijn han-den omhoog rende hij weg. Starling besteedde geen aandacht aan hem.

Schoten rechts van haar, de vluchteling helde voorover, viel op zijn gezicht en probeerde onder een auto weg te kruipen. Boven haar het geluid van helikopterschroefbladen.

Iemand in de vismarkt schreeuwde: 'Blijf liggen. Blijf liggen.' Men-sen doken onder de toonbanken en water spoot de lucht in vanaf de nu verlaten schoonmaaktafel.

Starling kwam dichter bij de Cadillac. Beweging achter in de auto. Beweging in de Cadillac. De auto schommelde. Binnenin krijste de baby. Schoten, het achterraampje werd verbrijzeld en het glas viel de auto in.

Starling stak haar arm omhoog en schreeuwde zonder zich om te draaien: 'STOP. Niet schieten. Hou de deur in de gaten. Achter me. Hou de deur van de vismarkt in de gaten.'

'Evelda.' Beweging achter in de auto. De baby krijste. 'Evelda, steek je handen uit het raampje.'

Evelda Drumgo stapte de auto uit. De baby krijste. 'La Macarena' schalde uit de luidsprekers in de vismarkt. Evelda was de auto uit en liep op Starling toe, haar fraaie hoofd gebogen, haar armen om de baby.

Burke lag stuiptrekkend op de grond tussen hen in. Minder hevig nu hij bijna leeggebloed was. 'La Macarena' schokte met Burke mee. Iemand kroop laag over de grond naar hem toe, ging naast hem liggen en drukte de wond dicht.

Starling richtte haar wapen op de grond voor Evelda's voeten. 'Evelda, laat me je handen zien, kom op, alsjeblieft, laat me je handen zien.'

Een bult in het dekentje. Evelda, met haar vlechten en haar donkere, Egyptische ogen, hief haar hoofd en keek Starling aan.

'Kijk eens aan, als dat Starling niet is,' zei ze.

'Evelda, niet doen. Denk aan de baby.'

'Laten we lichaamssappen uitwisselen, teringwijf.'

Het dekentje wapperde op, de lucht dreunde. Starling schoot Evelda Drumgo door haar bovenlip zodat haar achterhoofd werd weggeblazen.

Starling zat plotseling op de grond met een verschrikkelijk brandend gevoel in de zijkant van haar hoofd; alle lucht was uit haar lichaam geperst. Evelda zat ook op straat, voorovergezakt over haar benen heen, het bloed gutste uit haar mond over de baby heen; zijn kreten werden door haar lichaam gesmoord. Starling kroop naar haar toe en rukte aan de glibberige gespen van het babytuigje. Ze trok het balisongmes uit Evelda's b.h., knipte het open zonder ernaar te kijken en sneed het tuigje van de baby los. De baby was glibberig en rood, Starling kon hem amper vasthouden.

Starling keek, met de baby in haar handen, vertwijfeld om zich heen. Ze zag het water bij de vismarkt de lucht in spuiten en rende daar met de bloederige baby heen. Ze veegde de messen en vissendarmen opzij, legde het kind op de snijplank en richtte de krachtige handsproeier op hem, op dit donkere kind liggend op een witte snijplank tussen de messen en vissendarmen, met naast zich de haaienkop, dit kind van wie het seropositieve bloed werd afgespoeld, terwijl Starlings eigen bloed op hem viel en tegelijk met Evelda's bloed werd weggespoeld in een gemeenschappelijke stroom even zout als de zee. Het opspuitende water, in een honende regenboog van Gods belofte in de waternevel, een fonkelend vaandel boven het werk van Zijn blinde hamer. Starling ontdekte geen gaten in het jongetje. Uit de luidsprekers schalde nog steeds 'La Macarena', een flitslicht, en nog een, en nog een, totdat Hare de fotograaf wegsleurde.

2

Een blinde steeg in een arbeiderswijk in Arlington, Virginia, even na middernacht. Het is een warme herfstavond na een regenbui. De lucht wordt onwillig voor een koudefront uit geduwd. In de geur van natte aarde en bladeren speelt een krekel een deuntje. Hij doet er het zwijgen toe wanneer een hevige vibratie hem bereikt, het gedempte gebrul van een 5.0-liter Mustang met stalen voorbanden draait de steeg in, gevolgd door een politieauto. De twee auto's rijden de oprit in van een keurig half vrijstaand huis en houden halt. De Mustang trilt licht als hij stilstaat terwijl de motor nog loopt. Als de motor zwijgt, wacht de krekel nog een ogenblik en hervat dan zijn deuntje, zijn laatste voor de vorst inzet, zijn laatste ooit.

De bestuurder van de Mustang, een politieagent in uniform, stapt uit. Hij loopt om de auto heen en maakt het portier open voor Clarice Starling. Ze stapt uit. Een witte zweetband houdt een verband over haar oor op zijn plaats. Haar hals boven het groene operatiehemd dat ze in plaats van een shirt draagt, heeft oranje-rode vlekken van de Betadine.

Haar persoonlijke spullen zitten in een plastic ritstas – pepermuntjes en sleutels, haar legitimatiebewijs als speciaal agent van de FBI, een snellader met vijf patronen, een klein blikje traangas. Behalve de tas draagt ze een riem en een lege holster.

De politieagent geeft haar de autosleutels.

'Bedankt, Bobby.'

'Wil je dat Pharon en ik mee naar binnen gaan en even bij je blijven? Heb je liever dat ik Sandra haal? Die gaat toch nooit naar bed voordat ik thuis ben. Ik kan haar ophalen, dan kan zij je een poosje gezelschap houden...'

'Nee, ik kan wel alleen naar binnen. Ardelia komt zo thuis. Bedankt, Bobby.'

De politieagent gaat naast zijn partner in de wachtende auto zitten en pas als hij ziet dat Starling veilig en wel binnen is, rijdt de politieauto weg.

In de ruimte waar Starlings wasmachine staat, is het warm en het ruikt er naar wasverzachter. De slangen van de wasmachine en de droger worden op hun plaats gehouden door plastic handboeistroken. Starling legt haar spullen boven op de wasmachine. De autosleutels kletteren luid op de metalen bovenkant. Ze haalt een lading wasgoed uit de trommel van de wasmachine en propt alles in de droger. Ze trekt de broek van haar werktenue uit en stopt hem in de wasmachine, samen met het groene operatiehemd en haar b.h., die onder het bloed zit, en zet de wasmachine aan. Ze is gekleed in sokken en een slipje en draagt een .38 Special met een afgedekte haan in een enkelholster. Haar rug en ribben zitten onder de blauwe plekken en haar elleboog is opengeschaafd. Haar rechteroog en wang zijn opgezet.

De wasmachine staat te verwarmen en begint te klotsen. Starling slaat een groot badlaken om zich heen en loopt op haar sokken naar de woonkamer. Ze komt terug met vijf centimeter Jack Daniels in een beker. Ze gaat op de rubberen mat voor de wasmachine zitten en leunt er in het donker haar rug tegenaan, terwijl de warme machine trilt en klotst. Ze zit op de grond met haar gezicht omhoog en snikt een paar keer droog voordat de tranen komen. Brandende tranen op haar wangen, langs haar gezicht.

Ardelia Mapp werd tegen kwart over twaalf na een lange rit vanaf Cape May door de man met wie ze was uitgeweest thuisgebracht en ze nam afscheid van hem bij de deur. Mapp stond in haar badkamer toen ze het water hoorde lopen, het geplof in de leidingen terwijl de wasmachine het programma afwerkte.

Ze liep naar het achterste deel van het huis en deed het licht aan in de keuken die ze met Starling deelde. Ze kon het washok in kijken. Ze zag Starling op de grond zitten, het verband om haar hoofd.

'*Starling!* Kind toch.' Ze liet zich snel op haar knieën naast haar zakken. 'Wat is er gebeurd?'

'Ik ben door mijn oor geschoten, Ardelia. Ze hebben me in het Walter Reed ziekenhuis opgelapt. Doe alsjeblieft niet het licht aan, oké?'

'Oké. Ik ga iets lekkers voor je maken. Ik heb niets gehoord – we hadden bandjes opstaan in de auto – vertel me wat er gebeurd is.'

'John is dood, Ardelia.'

'*Nee toch, niet Johnny Brigham!*' Mapp en Starling hadden allebei een oogje op Brigham gehad toen hij op de FBI-academie schietinstructeur was. Ze hadden geprobeerd zijn tatoeage door de mouw van zijn shirt te ontcijferen.

Starling knikte en streek als een kind met de rug van haar hand langs haar ogen. 'Evelda Drumgo en een stelletje Crips. Evelda heeft hem doodgeschoten. Burke hebben ze ook doodgeschoten, Marquez Burke van het BATF. Het was een gezamenlijke actie. Evelda was gewaarschuwd en het tv-nieuws was gelijk met ons ter plekke. Evelda was mijn verantwoording. Ze wilde zich niet overgeven, Ardelia. Ze wilde zich niet overgeven en ze had de baby vast. We hebben het met elkaar uitgeschoten. Zij is dood.'

Mapp had Starling nooit eerder zien huilen.

'Ardelia, ik heb vandaag vijf mensen doodgeschoten.'

Mapp ging naast Starling op de grond zitten en sloeg een arm om haar heen. Samen zaten ze met hun rug tegen de draaiende wasmachine. 'En Evelda's baby?'

'Ik heb het bloed van hem afgespoeld en voor zover ik kon zien was zijn huidje nergens opengehaald. In het ziekenhuis zeiden ze dat hij geen lichamelijk letsel had. Over een paar dagen wordt hij overgedragen aan Evelda's moeder. Weet je wat Evelda's laatste woorden tegen mij waren, Ardelia? Ze zei: "Laten we lichaamssappen uitwisselen, teringwijf." '

'Zal ik iets lekkers voor je maken?' zei Mapp.

'Zoals wat?' zei Starling.

3

Tegelijk met de grauwe dageraad kwamen de kranten en de eerste nieuwsuitzendingen via radio en tv.

Toen ze hoorde dat Starling op was, kwam Mapp met een paar muffins naar haar toe en samen keken ze naar het nieuws op tv.

CNN en de andere zenders hadden allemaal de auteursrechtelijk beschermde opnames gekocht, die gemaakt waren door de helikoptercamera van WFUL-TV. Het waren buitengewone opnames van vlak boven het incident.

Starling bekeek alles één keer. Ze moest zien dat Evelda de eerste was die de trekker had overgehaald. Ze keek naar Mapp en zag woede op haar bruine gezicht.

Toen moest Starling overgeven en ze rende weg.

'Het is niet makkelijk om hiernaar te kijken,' zei Starling toen ze terugkwam, met knikkende knieën en lijkbleek.

Zoals gewoonlijk draaide Mapp er niet omheen. 'Wat jij wil weten, is hoe ik erover denk dat jij een Afro-Amerikaanse vrouw met een kind in haar armen hebt gedood. Nou, zij heeft als eerste op jou geschoten. Ik ben blij dat jij nog leeft. Maar Starling, denk eens even na over de lui die dit krankzinnige beleid bepalen. Wat voor stompzinnige denkwijze heeft jou en Evelda Drumgo bij elkaar gebracht op die ellendige plek om jullie onderling met behulp van een stel rottige vuurwapens het drugsprobleem te laten oplossen? Is dat nou snugger? Ik hoop dat dit je goed aan het denken zet over de vraag

of je nog langer het sloofje van die lui wilt zijn.' Mapp ging thee inschenken om Starling tijd te geven haar woorden tot zich door te laten dringen. 'Wil je dat ik bij je blijf? Ik kan een vrije dag opnemen.'
'Lief dat je 't aanbiedt, maar dat hoeft niet. Bel me maar.'
De *National Tattler*, een van de grootste profiteurs van de bloeiende sensatiejournalistiek van de jaren negentig, kwam met een extra
editie die zelfs voor de eigen normen uitzonderlijk was. Halverwege de ochtend werd het blad door iemand tegen de deur van het huis
gegooid. Starling vond het toen ze ging kijken wat die bons had veroorzaakt. Ze was op het ergste voorbereid en ze werd niet teleurgesteld.

'ENGEL DES DOODS: CLARICE STARLING, MOORDMACHINE VAN DE
FBI,' luidde de schreeuwende kop van de *National Tattler* in een
tweeënzeventigpunts Railroad Gothic lettertype. Op de voorpagina
stonden drie foto's: Clarice Starling in werktenue, terwijl ze tijdens
een wedstrijd een .45 pistool afvuurt; Evelda Drumgo op de grond,
gebogen over haar baby, haar hoofd schuingehouden als een madonna, door het hoofd geschoten; opnieuw Starling, die een naakte, bruine baby op een witte snijplank legt tussen messen en vissendarmen en de kop van een haai.

Onder de foto's stond: '*Clarice Starling, speciaal agent van de* FBI,
doder van seriemoordenaar Jame Gumb, voegt minstens vijf streepjes op haar wapen toe. Moeder met kind in haar armen en twee politieagenten dood na mislukte drugsinval.'

Het hoofdartikel bracht verslag uit van de drugscarrières van Evelda en Dijon Drumgo en de opkomst van de Crip-bende in het door
drugsoorlogen geteisterde landschap van Washington, D.C. Er werd
kort verwezen naar de militaire carrière van de omgekomen agent
John Brigham, met een opsomming van de hem toegekende onderscheidingen.

Een apart artikel was volledig gewijd aan Starling en boven het artikel was een in het geniep genomen foto geplaatst van Starling in
een restaurant, gekleed in een jurk met een laag uitgesneden ronde
hals, met een vrolijke uitdrukking op haar gezicht.

Clarice Starling, speciaal agent van de FBI, *genoot kortstondige
roem toen zij seriemoordenaar Jame Gumb, de 'Buffalo Bill'-
moordenaar, zeven jaar geleden in zijn souterrain doodschoot.
Nu hangen haar wellicht interne en civiele aansprakelijkheids-
procedures boven het hoofd wegens de donderdag gedode
moeder uit Washington die beschuldigd werd van de productie
van illegale amfetaminen. (Zie hoofdartikel pagina 1.)*

'Dit zou weleens het eind van haar carrière kunnen betekenen,' kwam ons ter ore via een bron bij het Bureau of Alcohol, Tobacco and Firearms, het zusteragentschap van de FBI.
'Wij zijn nog niet op de hoogte van alle details van het incident, maar John Brigham zou nog in leven moeten zijn. Dit
kan de fbi na Ruby Ridge nu net niet gebruiken,' aldus de
bron, die anoniem wenste te blijven.

Clarice Starlings kleurrijke loopbaan begon vlak na haar aankomst op de FBI-academie als rekruut. Cum laude afgestudeerd in psychologie en criminologie aan de universiteit van
Virginia, kreeg ze de opdracht de levensgevaarlijke, krankzinnige dr. Hannibal Lecter, door deze krant omgedoopt tot
'Hannibal de Kannibaal', te ondervragen, waarbij ze informatie van hem ontving die van grote waarde bleek bij de opsporing van Jame Gumb en het redden van de door hem gegijzel-
de Catherine Martin, dochter van de voormalige vs-senator
uit Tennessee.

Agent Starling was drie jaar achtereen kampioen gevechtswapen binnen de dienst, waarna zij zich heeft teruggetrokken uit
de competitie. De ironie wilde dat agent Brigham, die naast
haar de dood vond, Starlings schietinstructeur in Quantico
was toen zij daar trainde, en haar coach bij de competitie.

Volgens een woordvoerder van de FBI zal agent Starling op
non-actief worden gesteld, met behoud van salaris, in afwachting van de uitkomst van het interne onderzoek van de fbi.
Later in de week zal waarschijnlijk een hoorzitting plaatsvinden voor het Bureau voor Beroepsaansprakelijkheid, de ge-
vreesde onderzoekscommissie van de FBI zelf.

Familieleden van de overleden Evelda Drumgo hebben ons laten weten dat zij civiele procedures zullen aanspannen tegen
de Amerikaanse regering en tegen Starling persoonlijk, waarin
ze schadevergoeding zullen eisen wegens wederrechtelijke doding.

Drumgo's drie maanden oude zoon, op de dramatische foto's
van de schietpartij te zien in zijn moeders armen, liep geen
verwondingen op.

Advocaat Telford Higgins, die de Drumgo-familie bij talrijke
criminele gerechtelijke procedures heeft verdedigd, voert aan
dat speciaal agente Starlings wapen, een aangepast Colt. 45
semi-automatisch pistool, in de stad Washington niet is goed-
gekeurd voor gebruik bij ordehandhaving. 'Het is een dodelijk, gevaarlijk instrument en niet geschikt voor gebruik bij

handhaving van de orde,' verklaarde Higgins. 'Het gebruik
zelf schept ten aanzien van mensenlevens onverantwoordelijk
gevaarlijke situaties,' merkte genoemde verdediger van het
recht verder op.

De *Tattler* had van een van haar informanten Clarice Starlings privételefoonnummer gekocht en liet haar telefoon net zo lang overgaan
tot zij de hoorn naast het toestel legde en met haar mobiele FBI-telefoon verbinding zocht met het Bureau.
Zolang Starling het verband niet aanraakte, deden haar oor en de
gezwollen kant van haar gezicht niet al te veel pijn. Haar hoofd bons-
de dan tenminste niet. Ze had genoeg aan twee Tylenol tabletten.
Het zwaardere middel dat de doctor haar had voorgeschreven, had
ze niet nodig. Rechtop in bed zittend, tegen het hoofdeinde geleund,
doezelde ze weg; de *Washington Post* gleed van de sprei op de grond,
de kruitresten zaten nog op haar handen, haar wangen waren strak
van de opgedroogde tranen.

4

Jij wordt verliefd op het Bureau, maar het Bureau nooit op jou.
− STELREGEL IN BEGELEIDING BIJ ONTSLAG UIT FBI-DIENST

De sportzaal van de FBI in het J. Edgar Hoover-gebouw was op dit
vroege tijdstip nagenoeg verlaten. Twee mannen van middelbare leeftijd renden traag rondjes op de binnenbaan. Het metaalgerinkel van
een gewichtentoestel in een verre hoek, en de uitroepen en slagen
van een partijtje racketbal weergalmden door de grote ruimte.
De stemmen van de hardlopers droegen niet ver. Jack Crawford liep
op verzoek van Tunberry, directeur van de FBI, een paar rondjes met
hem mee. Ze hadden er ruim drie kilometer opzitten en begonnen
te hijgen.
'Blaylock van ATF zal moeten boeten voor Waco. Het zal niet van
vandaag op morgen gebeuren, maar zijn dagen zijn geteld en dat
weet-ie,' zei de directeur. 'Hij kan net zo goed de Moonies laten weten dat hij de huur opzegt.' Het feit dat het Bureau of Alcohol, Tobacco and Firearms in Washington kantoorruimte van de sekteleider Sun Myung Moon huurt is bij de FBI een lachertje.
'En Farriday ligt eruit vanwege Ruby Ridge,' vervolgde de directeur.

'Daar kan ik niet bij,' zei Crawford. Hij had in de jaren zeventig met Farriday in New York samengewerkt toen de maffia had postgevat voor het FBI-kantoor op de hoek van Third Avenue en 69th Street. 'Farriday is een prima vent. Hij heeft de regels niet bepaald.'

'Ik heb het hem gisterochtend laten weten.'

'Vertrekt-ie zonder protest?' vroeg Crawford.

'Laten we het er maar op houden dat-ie zijn pensioen niet wil kwijt-raken. Dit zijn barre tijden, Jack.'

Beide mannen liepen met het hoofd in de nek. Ze versnelden hun pas ietwat. Uit zijn ooghoek zag Crawford dat de directeur zijn conditie taxeerde.

'Hoe oud ben je nu, Jack, zesenvijftig?'

'Klopt.'

'Nog een jaar tot je met pensioen moet. Veel mannen verlaten de dienst als ze achtenveertig, vijftig zijn, op een leeftijd dat ze nog ander werk kunnen vinden. Dat heb jij nooit gewild. Jij wilde na Bella's dood bezig blijven.'

Toen Crawford een half rondje lang geen antwoord gaf, wist de directeur dat hij iets verkeerds had gezegd.

'Ik bedoelde het niet kleinerend, Jack. Doreen zei toevallig een dag of wat geleden hoe veel...'

'Er is in Quantico nog steeds een hoop te doen. We willen VICAP op het internet vereenvoudigen zodat elke politieagent er gebruik van kan maken, dat heb je in het budget kunnen lezen.'

'Heb jij ooit directeur willen zijn, Jack?'

'Ik heb nooit gevonden dat dat iets voor mij was.'

'Dat is het ook niet, Jack. Jij mist politieke interesse. Jij had nooit een Eisenhower kunnen worden, Jack, of een Omar Bradley.' Hij gaf Crawford een teken om te stoppen en ze bleven hijgend naast de baan staan. 'Maar een Patton had je wel kunnen worden, Jack. Jij had kerels door de hel kunnen leiden en toch zouden die je op handen gedragen hebben. Dat is een gave die ik mis. Ik moet ze achter de vodden zitten.' Tunberry wierp een vluchtige blik om zich heen, pakte zijn handdoek, die op een bank lag, en sloeg die om zijn schouders als het ambtsgewaad van een rechter die iemand ter dood veroordeelt. Zijn ogen glinsterden.

Sommige mensen moeten hun woede aanspreken om hard over te komen, bedacht Crawford terwijl hij naar Tunberry's bewegende lippen keek.

'In de kwestie van wijlen mevrouw Drumgo met haar MAC-10 en haar meth-lab, doodgeschoten met haar baby in haar armen, eist de rechterlijke commissie van toezicht een zondebok. Vers, mekkerend vlees en bloed. En dat geldt ook voor de media. DEA moet ze wat vlees toegooien. ATF moet ze wat vlees toegooien. En wij ook. Maar in ons geval stellen ze zich misschien tevreden met een kippetje. Krendler denkt dat ze ons wel met rust laten als we Clarice Starling op het offerblok leggen. Dat denk ik ook. ATF en DEA draaien op voor het plannen van de inval. Starling heeft de trekker overgehaald.'

'Bij een politikiller die als eerste op haar schoot.'

'Het gaat om de plaatjes, Jack. Je snapt het niet, hè? Niemand heeft Evelda Drumgo John Brigham zien doodschieten. Niemand heeft gezien dat Evelda eerst op Starling heeft geschoten. Je ziet niets als je niet weet waar je naar staat te kijken. Tweehonderd miljoen mensen, van wie een tiende naar de stembus gaat, hebben Evelda Drumgo in een beschermende houding met haar baby op straat zien zitten, door het hoofd geschoten. Zeg het maar niet, Jack – ik weet dat je een poosje hebt gedacht dat Starling jouw protégee zou zijn. Maar ze heeft een grote mond, Jack, en bepaalde mensen heeft ze van meet af aan tegen de haren gestreken...'

'Krendler is een lul.'

'Luister goed en hou je mond tot ik uitgesproken ben. Starlings carrière liep toch al bergafwaarts. Ze krijgt ontslag op administratieve gronden zonder verlies van verzekering en pensioen, op papier zal het niet erger zijn dan een arbeidsanalyse – ze zal zonder moeite ander werk kunnen vinden. Jack, je hebt goed werk gedaan bij de FBI, bij Gedragswetenschappen. Een hoop lui geloven dat jij, als je wat meer je eigen belang in het oog had gehouden, het veel verder had kunnen schoppen dan afdelingshoofd, dat je veel meer verdient. Ik zal de eerste zijn om het uit te spreken, Jack, je gaat met pensioen als onderdirecteur. Je kunt me op mijn woord geloven.'

'Als ik me hier niet mee bemoei, bedoel je?'

'Als alles loopt zoals het lopen moet, Jack. Als de vrede over de hele linie gehandhaafd blijft, is dat wat er op het programma staat. Jack, kijk me aan.'

'Ja, directeur Tunberry?'

'Dit is geen verzoek, maar een bevel. Hou je hier buiten. Vergooi je kansen niet, Jack. Soms moet je gewoon een oogje dichtknijpen. Dat heb ik ook weleens gedaan. Luister, ik weet dat het moeilijk is, geloof me, ik weet precies hoe je je voelt.'

'Hoe ik me voel? Ik heb het gevoel dat ik een douche nodig heb,' zei Crawford.

5

Starling hield het huishouden efficiënt, maar niet overdreven precies bij. Haar deel van de woning was schoon en ze kon alles vinden, maar haar spullen hadden de neiging zich op te hopen – schoon, ongesorteerd wasgoed, meer tijdschriften dan plekken om ze op te bergen. Ze was een ster in het strijken op het laatste moment en ze had er geen behoefte aan zich op te smukken, dus redde ze zich wel.

Als ze behoefte had aan orde, liep ze de gedeelde keuken door naar Ardelia Mapps kant van de woning. Als Ardelia er was, kon ze haar voordeel doen met haar advies, dat altijd zinnig was, zij het soms pijnlijker dan ze zich zou wensen. Als Ardelia er niet was, mocht Starling in Mapps volmaakt opgeruimd onderkomen vertoeven, zo lang ze maar niets liet slingeren. Dat deed ze dus vandaag. Het is een van die behuizingen waarin de aanwezigheid van de bewoner altijd voelbaar is, of die er nu is of niet.

Starling zat te kijken naar de levensverzekeringspolis van Mapps grootmoeder, die in een handgemaakt lijstje aan de muur hing, precies zoals die vroeger in grootmoeders pachtboerderij had gehangen en gedurende Ardelia's jeugd in de huurflat van de familie Mapp. Haar grootmoeder had zelfgekweekte groenten en bloemen verkocht en de dubbeltjes opgespaard om de premie te kunnen betalen, en ze had de afbetaalde polis als onderpand gebruikt voor een lening zodat Ardelia haar studie af kon maken. Er hing ook een foto van het kleine, oude vrouwtje, dat geen moeite deed te glimlachen boven haar gesteven, witte kraag, en dat je met haar zwarte ogen, stralend van oeroude wijsheid, van onder de rand van haar platte strohoed aankeek.

Ardelia had een band met haar voorouders, putte daar alle dagen kracht uit. Starling zocht nu, in haar pogingen zich bijeen te rapen, naar haar eigen oorsprong. Het luthers weeshuis in Bozeman had haar gevoed en gekleed en haar behoorlijke manieren bijgebracht, maar voor datgene waaraan ze nu behoefte had, moest ze haar oorsprong raadplegen.

Wie ben je als je stamt uit een arme, blanke achtergrond? Uit een plaats waar de crisis pas in de jaren vijftig tot een eind kwam. Als je afstamt van mensen die je medestudenten vaak bestempelden als armoedzaaiers en blanke keuterboertjes of, neerbuigend, als lopende-bandwerker of arm, blank bergvolkje. Als zelfs de twijfelachtige hogere stand uit het Zuiden, die aan lichamelijke arbeid geen enkele waardigheid toekent, kleinerende benamingen voor jouw soort mensen bedenkt – in welke overlevering kun je dan een voorbeeld zoeken? Dat we aanvankelijk in de Burgeroorlog de Noorderlingen een poepie hebben laten ruiken? Dat overgrootpappie bij Vicksburg heeft gewonnen, dat een hoekje van Shiloh altijd Yazoo City zal blijven heten?

Het beste maken van de schamele resten, iets opbouwen met die miezerige zestien hectare land en een modderige muilezel verdient respect en is een hele prestatie, maar daar moet je oog voor hebben. Niemand zal je dat vertellen.

Starling had met succes de FBI-training gevolgd omdat ze niets had gehad om op terug te vallen. Het grootste deel van haar leven in inrichtingen had ze overleefd door die te respecteren en binnen de regels keihard te knokken voor haar plaatsje. Ze was gestaag gevorderd, ze had de studiebeurzen verworven, was opgenomen in het team. Het uitblijven van promotie bij de FBI na een briljante start, was een nieuwe ervaring voor haar, die ze vreselijk vond. Ze vloog zich machteloos te pletter tegen het glazen plafond als een bij in een jampotje.

Ze had vier dagen gehad om te rouwen om John Brigham, die voor haar ogen was doodgeschoten. Een hele tijd geleden had John Brigham haar iets gevraagd, waarop zij nee had gezegd. En toen had hij haar gevraagd of ze vrienden konden zijn, een oprechte vraag, en zij had ja gezegd, een oprecht antwoord.

Ze moest nu leren leven met het feit dat zij hoogstpersoonlijk vijf mensen had gedood bij de Feliciana Vismarkt. Steeds weer sprong haar het beeld voor ogen van de Crip die met zijn borst bekneld zat tussen de auto's, zijn graaiende hand op het autodak terwijl zijn geweer wegggleed.

Ze was voor de afwisseling een keer naar het ziekenhuis gegaan om Evelda's baby op te zoeken. Daar had ze Evelda's moeder getroffen, die haar kleinkind in de armen hield en op het punt stond hem mee naar huis te nemen. Ze had Starling van de krantenfoto's herkend, had de baby aan de verpleegster gegeven en voordat Starling had beseft wat er gebeurde, had ze een harde klap op de verbonden kant van haar gezicht gekregen.

Starling had niet teruggeslagen, maar had de polsen van de oudere vrouw achter haar rug gedraaid en haar tegen het raam van de kraamafdeling vastgepind totdat zij haar worsteling had opgegeven, haar gezicht vervormd tegen het met schuim en spuug besmeurd glas. Er liep een straal bloed langs Starlings hals en de pijn deed haar duizelen. Op de eerstehulp had ze haar oor opnieuw laten hechten. Ze had ervan afgezien een aanklacht in te dienen. Een assistent op de eerstehulp had de *Tattler* ingeseind en had driehonderd dollar opgestreken.

Ze had nog twee keer de deur uit moeten gaan – om John Brighams begrafenis te regelen en om de begrafenis zelf op Arlington National Cemetery bij te wonen. De weinige familieleden die Brigham had, woonden allemaal ver weg en in zijn op schrift gestelde laatste wilsbeschikking had hij bepaald dat hij wilde dat Starling alles zou afhandelen.

Zijn gezicht was dermate gehavend dat een gesloten kist noodzakelijk was, maar ze had erop toegezien dat hij er zo netjes mogelijk bij lag. Ze had hem laten afleggen in zijn smetteloze gala-uniform van de mariniers, met zijn Zilveren Ster en de lintjes van zijn andere onderscheidingen.

Na de plechtigheid overhandigde Brighams bevelvoerend officier Starling een doos waarin John Brighams privéwapens lagen, zijn penningen, en wat spullen die op zijn altijd rommelige bureau hadden gestaan, inclusief zijn malle weervogeltje, dat uit een glas dronk.

Over vijf dagen wachtte Starling een hoorzitting die het einde van haar loopbaan zou kunnen betekenen. Met uitzondering van één telefoontje van Jack Crawford, was haar FBI-telefoon niet overgegaan, en Brigham was er niet meer om mee te praten.

Ze belde haar vertegenwoordiger bij de vakbond voor FBI-agenten. Hij gaf haar het advies bij de hoorzitting geen bungelende oorbellen of sandalen te dragen.

Elke dag brachten de tv en de kranten het verhaal van Evelda Drumgo's dood; het onderwerp werd uitgemolken.

Hier, in de absolute orde van Mapps huis, probeerde Starling na te denken.

De verleiding om degenen die je bekritiseren gelijk te geven, hun goedkeuring na te jagen, is groot.

Een storend geluid weerklonk.

Starling probeerde zich te herinneren wat ze in de undercoverwagen precies had gezegd. Had ze meer gezegd dan nodig was geweest? Een storend geluid weerklonk.

Brigham had haar opgedragen de anderen te vertellen wat ze van Evelda wist. Had ze zich vijandig uitgelaten, een verdachtmaking... Een storend geluid weerklonk.

Ze kwam tot zichzelf en besefte dat ze de deurbel van haar eigen huis hoorde. Waarschijnlijk een verslaggever. Of de verwachte dagvaarding. Ze schoof Mapps gordijn opzij, gluurde naar buiten en zag de postbode naar zijn auto teruglopen. Ze deed Mapps voordeur open en kreeg hem nog net te pakken. Met haar rug naar de

telelens in de auto van de pers aan de overkant van de straat tekende ze voor het expresse-stuk. De envelop was zachtpaars, met zijdeachtige draadjes in het fijne linnenpapier. Verward als ze was, deed
die haar ergens aan denken. Weer binnen, uit het felle licht, bekeek
ze de adressering. Een fraai, duidelijk handschrift.
Boven de zoemtoon van een niet-aflatend angstig voorgevoel in Starlings geest ging een alarmbel rinkelen. Ze voelde de huid op haar
buik huiveren alsof ze iets kouds over zich heen had laten druppelen.
Starling pakte de envelop bij de hoeken vast en droeg hem naar de
keuken. Uit haar tas pakte ze de witte handschoenen voor het beet-
pakken van bewijsstukken, die ze altijd bij zich had. Ze legde de envelop op het harde bovenblad van de keukentafel en betastte hem.
Hoewel het papier erg dik was, zou de bult van een horlogebatte-
rijtje, klaar om een vel C-4 te laten exploderen, haar niet ontgaan.
Ze wist dat ze het onder een fluorescoop zou moeten leggen. Als ze
het openmaakte, zou ze in moeilijkheden kunnen komen. Moeilijkheden. Ja, hoor. Gelul.
Met een keukenmes sneed ze de envelop open en haalde toen het enkele, zijdeachtige velletje papier eruit. Ze wist meteen, nog voordat
ze naar de ondertekening had gekeken, wie haar had geschreven.

Beste Clarice,

*Met grote geestdrift heb ik het verloop van je eerverlies en
publiekelijke vernedering gevolgd. Toen dit mijzelf overkwam,
heeft dit mij nooit geraakt, behalve dan het ongemak van
mijn opsluiting, maar jou ontbreekt hiertoe wellicht
objectiviteit.*
*Tijdens onze gedachtewisselingen in de kerker is mij duidelijk
geworden dat je vader, de dode nachtwaker, van grote
betekenis is in jouw waardeoordeel. Volgens mij heeft je
succesvolle beëindiging van Jame Gumbs loopbaan als
couturier je bovenal voldoening geschonken omdat je je kon
voorstellen dat je vader dat zou hebben kunnen doen.*
*Nu sta je bij de FBI in een kwaad licht. Heb je je altijd
voorgesteld dat je vader daar boven je stond, heb je je hem
als afdelingshoofd voorgesteld of – hoger zelfs dan Jack
Crawford – ONDERDIRECTEUR, en dat hij vol trots je
vorderingen volgde? En zie je hem nu voor je, beschaamd en
verpletterd door je eerverlies? Je mislukking? Het
jammerlijke, abjecte einde van een veelbelovende carrière? Zie*

je jezelf de slaafse taken vervullen waartoe je moeder werd
gedwongen nadat die verslaafden je PAPPIE een kogel door
zijn kop hadden gejaagd? Hmmmm? Zal je mislukking
terugslaan op hen, zal iedereen voor altijd ten onrechte
geloven dat je ouders tot het tornadovoer behoorden, het in
caravans wonend blank uitschot? Zeg eens eerlijk, speciaal
agent Starling.
Denk hier even over na voordat we verdergaan.
Ik zal je nu een kant van jezelf openbaren waarmee je je
voordeel zult kunnen doen: je bent niet verblind door tranen,
je bent een beroeps.
Hier volgt een oefening die van groot nut zou kunnen zijn. Ik
wil dat je het volgende daadwerkelijk uitvoert:
Heb je een zwarte, ijzeren koekenpan? Aangezien jij een
meisje uit de bergen in het zuiden bent, kan ik mij niet
voorstellen dat je die niet hebt. Zet die pan op de
keukentafel. Doe het licht boven de tafel aan.

Mapp had de koekenpan van haar grootmoeder geërfd en gebruikte die vaak. De spiegelende, zwarte binnenkant kwam nooit met zeep
in aanraking. Starling zette de pan voor zich op tafel.

Kijk in de koekenpan, Clarice. Buig je eroverheen en kijk
naar beneden. Als de koekenpan van je moeder is geweest, en
dat is heel goed mogelijk, zouden de trillingen van alle
gesprekken die ooit in zijn aanwezigheid gevoerd zijn tussen
de moleculen vastgehouden worden. Alle woordenwisselingen,
onbeduidende ergernissen, moordende onthullingen, de botte
verkondigingen van rampspoed, het gekreun en de poëzie van
liefde.
Ga aan tafel zitten, Clarice. Kijk in de koekenpan. Als hij
goed onderhouden is, is het een zwarte poel, waar of niet?
Alsof je in een put kijkt. Je ziet geen duidelijke weerspiegeling
van jezelf in de bodem, maar je ziet jezelf flauw afgetekend,
nietwaar? Je ziet een donker gezicht, omkranst door het licht
achter je, alsof je haar in brand staat.
Wij bestaan uit koolstofverbindingen, Clarice. Jij en de
koekenpan en pappie dood in de grond, koud als de
koekenpan. Het is er allemaal. Luister. Hoe klonken ze in
werkelijkheid, hoe leefden ze – jouw in hun strijd om het
bestaan verwikkelde ouders. De echte herinneringen, niet de
beeltenissen die je hart doen opzwellen.

*Waarom was je vader geen plaatsvervangend sheriff, goede
maatjes met het rechtbankvolk? Waarom moest je moeder
motels schoonmaken om jullie te onderhouden en kon ze
jullie desondanks niet bij elkaar houden tot je volwassen was?
Wat is je meest levendige herinnering van de keuken? Niet het
ziekenhuis, maar de keuken.*

Mijn moeder die het bloed uit mijn vaders pet wast.

Wat is je fijnste herinnering in de keuken?

Mijn vader, die sinaasappels schilt met zijn oude zakmes met de gebroken punt, en de partjes aan ons doorgeeft.

*Je vader, Clarice, was nachtwaker. Je moeder was
kamermeisje.
Was een succesvolle loopbaan bij de FBI jouw wens of die van
hen? In welke mate zou je vader gekropen hebben om zich te
handhaven in een bedompte bureaucratie? Hoeveel konten
zou hij hebben gelikt? Heb je hem ooit kruiperig of slaafs
meegemaakt?
Hebben je meerderen jou ooit waarden voorgehouden,
Clarice? En je ouders, hebben zij je waarden voorgehouden?
Zo ja, waren die waarden dan dezelfde?
Kijk in het eerlijke ijzer en zeg het me. Ben je jegens je
overleden familieleden tekortgeschoten? Zouden zij willen dat
je ging stroopsmeren? Hoe stonden zij tegenover
standvastigheid? Je kunt zo sterk zijn als je wilt.
Je bent een strijder, Clarice. De vijand is dood, de baby is
veilig. Jij bent een strijder.
De meest stabiele elementen verschijnen in het midden van
het periodiek systeem, ruwweg tussen ijzer en zilver.
Tussen ijzer en zilver. Ik geloof dat dit in jouw geval zeer
toepasselijk is.*

Hannibal Lecter

*P.S. Je bent me nog altijd informatie schuldig, weet je. Vertel
me of je nog steeds wakker schrikt door het geschreeuw van
de lammeren. Plaats een advertentie in de problemenrubriek
van om het even welke zondagseditie van* de Times, *de*
International Herald-Tribune *en de* China Mail. *Adresseer de*

advertentie aan A.A. Aaron, zodat die bovenaan zal staan en
onderteken met Hannah.

Tijdens het lezen, hoorde Starling de woorden uitgesproken worden door dezelfde stem die met haar de spot gedreven had en die diep in haar was doorgedrongen, die diep in haar leven was doorgedrongen en haar zoveel inzicht had gegeven in die zwaarbewaakte afdeling van het krankzinnigengesticht, toen ze de essentie van haar leven had moeten blootleggen in ruil voor Hannibal Lecters onontbeerlijke kennis van Buffalo Bill. De metalen, krassende klank van die zelden gebruikte stem weerklonk nog in haar dromen.

In de hoek van het keukenplafond hing een nieuw spinnenweb. Starling staarde ernaar terwijl haar gedachten door haar hoofd tolden. Blijdschap en spijt, spijt en blijdschap. Blijdschap vanwege de hulp, blijdschap omdat ze een manier zag om te herstellen. Blijdschap en spijt vanwege het feit dat het bedrijf dat vanuit Los Angeles dr. Lecters post doorstuurde kennelijk goedkope krachten inhuurde – ze hadden ditmaal gebruikgemaakt van een frankeermachine. Jack Crawford zou in zijn nopjes zijn met de brief, evenals de postale recherche en het lab.

6

Het vertrek waarin Mason zijn leven slijt, is stil, maar het heeft zijn eigen ritme, het gesis en gezucht van het beademingstoestel dat hem lucht verschaft. Het enige licht in het vertrek is afkomstig van een groot aquarium waarin een exotische paling eindeloos achtjes draait. Zijn schaduw glijdt als een lint door de ruimte.

Masons in vlechten gedraaide haar ligt in een dikke rol op de kap van het beademingsapparaat, dat over zijn borst op het verhoogde bed geplaatst is. Voor hem hangt een op een panfluit gelijkend pijpenstelsel.

Masons lange tong glijdt tussen zijn tanden door naar buiten. Hij krult zijn tong om het uiteinde van een pijp en puft bij de volgende stoot van het beademingstoestel.

Hierop volgt de onmiddellijke reactie van een stem via de luidspreker aan de muur. 'Zegt u het maar, meneer Verger.'

'De *Tattler*.' De beginletters van de woorden gaan verloren, maar de stem is laag en welluidend, een radiostem.

'Op de voorpagina...'

'Niet voorlezen. Zet de krant op de monitor.' Opnieuw gaan de beginletters van de woorden verloren.

Het grote scherm van een voor hem hangende monitor begint te knetteren. De blauw-groene gloed wordt roze als het rood ingekaderde impressum van de *Tattler* op het scherm verschijnt.

'ENGEL DES DOODS: CLARICE STARLING, MOORDMACHINE VAN DE FBI,' leest Mason, in de tijd van drie trage ademteugen van zijn beademingsapparaat. Hij kan inzoomen op de foto's.

Slechts een van zijn armen ligt boven de dekens op zijn bed. Deze hand kan hij nog enigszins bewegen. De hand beweegt zich voort als een bleke spinkrab, meer door toedoen van de vingers dan door de kracht van zijn verwoeste arm. Aangezien Mason zijn hoofd niet voldoende kan draaien om te kijken wat hij doet, heeft hij zijn wijs- en middelvinger als voelsprieten vooruitgestoken terwijl de duim, ringvinger en pink de hand voortbewegen. De hand vindt de afstandsbediening, waarmee hij kan inzoomen en de pagina's kan omslaan.

Mason leest langzaam. Het kapje over zijn enige oog sist tweemaal per minuut wanneer het vocht op zijn ooglidloze oog sproeit, waarbij regelmatig zijn ooglens beslaat. Hij heeft er twintig minuten voor nodig om het hoofdartikel en het artikel over Starling te lezen.

'Laat me de röntgenfoto zien,' zei hij toen hij uitgelezen was.

Het duurde even. Wilde hij de serie röntgenopnames duidelijk op de monitor kunnen bekijken, dan moest die op een verlichte plaat worden gelegd. Hij zag een mensenhand, duidelijk beschadigd. De volgende opname liet de hand en de hele arm zien. Een op de röntgenfoto aangebracht teken liet een oude breuk in het opperarmbeen zien, halverwege de elleboog en de schouder.

Mason bleef er gedurende een groot aantal ademteugen naar kijken.

'Nu de brief,' zei hij ten slotte.

Op het scherm verscheen een fraai, duidelijk handschrift, uitvergroot tot absurd grote letters.

Beste Clarice, las Mason, *Met grote geestdrift heb ik het verloop van je eerverlies en publiekelijke vernedering gevolgd...* De cadans van de stem bracht oude herinneringen tot leven die zijn hoofd deden tollen, zijn bed deden tollen, het vertrek deden tollen, de korsten van zijn onuitsprekelijke dromen afrukten, zijn hart zijn ademhaling voorbij deden snellen. Het apparaat bespeurde zijn opwinding en vulde zijn longen steeds sneller.

Hij las de hele brief, in zijn eigen trage, moeizame tempo, over de bewegende machine heen, alsof hij onder het paardrijden zat te lezen. Mason was niet in staat zijn oog te sluiten, maar toen hij klaar was met lezen, dreef zijn geest een poosje achter zijn oog vandaan om te kunnen denken. Het beademingstoestel vertraagde. Toen pufte hij in zijn slang.

'Zegt u het maar, meneer Verger.'

'Zoek verbinding met congreslid Vellmore. Breng me de oortelefoon. Zet de intercom uit.'

Clarice Starling, zei hij tegen zichzelf tijdens de volgende ademteug die de machine hem mogelijk maakte. De naam bevatte geen plofklanken en hij sprak hem vlekkeloos uit. Geen enkele klank ging verloren. Terwijl hij lag te wachten op de telefoon, doezelde hij even weg. De schaduw van de paling gleed over zijn laken en zijn gezicht en zijn opgerolde haarvlechten.

7

Buzzards Point, het FBI-kantoor voor Washington en het district Columbia, dankt zijn naam aan een samenscholing van aasgieren bij een veldhospitaal tijdens de Burgeroorlog op deze plek.

Vandaag is er sprake van een samenscholing van middengroep-bestuursleden van de Drug Enforcement Administration, het Bureau of Alcohol, Tobacco and Firearms en de FBI, die over Clarice Starlings lot zullen beschikken.

Starling stond eenzaam en alleen op het dikke tapijt in het kantoor van haar baas. Ze voelde haar hartslag bonzen onder het verband om haar hoofd. Boven haar hartslag uit hoorde ze de mannenstemmen, gedempt door de matglazen deur van een aangrenzende vergaderzaal.

Op het glas is het indrukwekkende FBI-logo met het devies 'Trouw, moed, onkreukbaarheid' fraai in bladgoud aangebracht.

De stemmen achter het logo verhieven zich met enige regelmaat gloedvol om vervolgens weer af te zakken. Starling hoorde haar naam, maar verdere woorden waren onverstaanbaar.

Het kantoor biedt een fraai uitzicht over de jachthaven en Fort McNair, waar de van moord op Lincoln beschuldigde samenzweerders zijn opgehangen.

Starling dacht terug aan de foto's die ze had gezien van Mary Surratt, haar eigen doodskist voorbijlopend en de galg in Fort McNair bestijgend en vervolgens met een kap over haar hoofd op het val-

luik staand, met haar rokken om haar benen vastgebonden ter voor-
koming van aanstootgevende taferelen als ze door het luik het luide
geknars en de duisternis tegemoet viel.

In het aangrenzende vertrek hoorde Starling dat de stoelen naar achteren werden geschoven toen de mannen overeind kwamen. Nu liepen ze achter elkaar dit kantoor binnen. Ze herkende sommige gezichten. Jezus, daar had je Noonan, de adjunct-directeur van de
onderzoeksdivisie.

En daar was haar engel der wrake, Paul Krendler van Justitie, met
zijn lange nek en zijn ronde oren die als hyena-oren hoog op zijn
hoofd stonden. Krendler was een streber, de éminence grise naast de
inspecteur-generaal. Vanaf het moment, nu zeven jaar geleden, dat
ze hem net voor was geweest bij de arrestatie van seriemoordenaar
Buffalo Bill, had hij elke gelegenheid aangegrepen om gif in haar
persoonlijke dossier te strooien en had hij de beroepscommissie allerhande negatieve geruchten ingefluisterd.

Geen van deze mannen had ooit met haar samengewerkt, samen met
haar iemand gedagvaard, had ooit samen met haar onder vuur gelegen, samen met haar de glassplinters uit zijn haar gekamd.

De mannen keken haar in eerste instantie niet aan, maar plotseling
richtten ze allemaal tegelijk hun blik op haar, zoals een aansluipen-
de meute plotseling de aandacht richt op de zwakste in de kudde.

'Ga zitten, agent Starling.' Haar baas, speciaal agent Clint Pearsall,
wreef over zijn dikke pols alsof zijn horloge hem pijn deed.

Zonder haar aan te kijken gebaarde hij naar een leunstoel die met
de voorkant naar het raam stond. De stoel tijdens een verhoor is niet
bepaald een ereplaats.

De zeven mannen bleven staan, zwarte silhouetten tegen de heldere
ramen. Starling kon hun gezichten niet meer zien, maar onder het
felle licht kon ze hun benen en voeten onderscheiden. Vijf van hen
droegen de van kwastjes voorziene loafers met dikke zolen die zo
geliefd waren bij provinciaaltjes die zich naar Washington hadden
weten op te werken. Een paar Thom McAn-schoenen met Corfam-
zolen en een paar Florsheim-schoenen, beide met een gaatjespatroon
op de neus en langs de zijkanten, completeerden het zevental. In de
lucht hing de geur van schoensmeer, verwarmd door brandende voeten.

'Voor het geval dat u niet iedereen kent, agent Starling, stel ik de heren aan u voor: adjunct-directeur Noonan, u ongetwijfeld bekend,
John Eldredge van DEA, Bob Sneed, BATF, Benny Holcomb, assistent
van de burgemeester en Larkin Wainwright, inspecteur van ons bureau voor beroepsaansprakelijkheid,' zei Pearsall. 'Paul Krendler –

u kent Paul – onofficieel afgezant van het kantoor van de inspecteur-generaal van Justitie. Paul bewijst ons een gunst met zijn aanwezigheid, hij is er en toch ook weer niet, alleen maar om ons te helpen problemen te voorkomen, als u begrijpt wat ik bedoel.'

Starling kende het gezegde binnen de dienst: een regeringsinspecteur is iemand die op het slagveld aankomt na de strijd en de gewonden met de bajonet de genadesteek toebrengt.

De hoofden van enkele silhouetten knikten ter begroeting. De mannen strekten de hals uit en namen de jonge vrouw die de reden vormde voor hun bijeenkomst, in ogenschouw. Een paar tellen lang werd er geen woord gesproken.

Bob Sneed verbrak de stilte. Starling herkende hem als de mannetjesmaker van het BATF die zijn best had gedaan het slechte imago van het FBI-optreden tijdens de Branch Davidian-catastrofe in Waco op te vijzelen. Hij was dikke maatjes met Krendler en stond bekend als een streber.

'Agent Starling, u zult ongetwijfeld de krantenverslagen en de tv-beelden hebben gezien waarin overduidelijk werd vastgesteld dat u degene was die Evelda Drumgo hebt doodgeschoten. Helaas werd u daarbij in een kwaad daglicht gesteld.'

Starling reageerde niet.

'Agent Starling?'

'Ik heb niets met de berichtgeving te maken, meneer Sneed.'

'Die vrouw had haar baby in haar armen en u zult begrijpen welk een opschudding dat heeft veroorzaakt.'

'Niet in haar armen, in een draagdoek voor haar borst. Haar armen en handen bevonden zich daaronder, onder een deken waarin ze haar MAC-10 verborgen hield.'

'Hebt u inzage gehad in het autopsierapport?' vroeg Sneed.

'Nee.'

'Maar u hebt nooit ontkend dat u de schutter was.'

'Denkt u dat ik dat zou ontkennen omdat u de kogel niet hebt teruggevonden?' Ze wendde zich tot haar baas. 'Meneer Pearsall, dit is toch geen strafzitting, of wel soms?'

'Nee, zeer zeker niet.'

'Waarom draagt de heer Sneed dan een recorder? De technische afdeling maakt die dasspeldmicrofoontjes al jaren niet meer. Het recordertje in zijn borstzak draait er lustig op los. Dragen we nu al recorders als we elkaar op kantoor opzoeken?'

Pearsalls gezicht werd vuurrood. Als Sneed een recorder droeg, was dat de ergste vorm van verraad, maar niemand wilde op tape vastgelegd hebben dat hij Sneed opdroeg het apparaatje af te zetten.

'U hoeft tegenover ons geen hoge toon aan te slaan en op beschuldigingen van uw kant zitten we ook niet bepaald te wachten,' zei Sneed, bleek van woede. 'We zijn hier bij elkaar om u te helpen.'

'Waarvoor heb ik uw hulp nodig? Uw bureau heeft dit kantoor gebeld om mijn medewerking te verkrijgen bij deze inval die *u* had voorbereid. Ik heb Evelda Drumgo tweemaal de kans gegeven zich over te geven. Ze hield onder het babydekentje een MAC-10 in de hand. John Brigham had ze al doodgeschoten. Ik zou niets liever hebben gezien dan dat ze zich had overgegeven. Maar dat heeft ze niet gedaan. Zij heeft op mij geschoten. Ik heb op haar geschoten. Zij is dood. Misschien een goed moment om de teller op uw recorder te checken, meneer Sneed?'

'Beschikte u over *voorkennis* van het feit dat u Evelda Drumgo daar zou treffen?' wilde Eldredge weten.

'Voorkennis? Agent Brigham heeft me onderweg in de bestelwagen verteld dat Evelda Drumgo bezig was in een bewaakt meth-lab een partij te bereiden. Hij heeft mij opgedragen haar voor mijn rekening te nemen.'

'Vergeet niet, Brigham is dood,' zei Krendler, 'en Burke ook, verdomd goeie agenten, allebei. Ze zijn er niet bij om wat dan ook te bevestigen of te ontkennen.'

Starlings maag draaide zich om toen ze Krendler John Brighams naam hoorde uitspreken.

'Het is niet waarschijnlijk dat ik zou kunnen vergeten dat John Brigham dood is, meneer Krendler. Hij was inderdaad een prima agent en bovendien een goede vriend van mij. Feit blijft dat hij mij heeft gevraagd Evelda voor mijn rekening te nemen.'

'Brigham droeg u dat op ondanks het feit dat u en Evelda Drumgo al eerder een aanvaring hadden gehad,' zei Krendler.

'Kom op zeg, Paul,' zei Clint Pearsall.

'Een aanvaring?' zei Starling. 'Een arrestatie waaraan geen geweld te pas is gekomen. Bij eerdere aanhoudingen had ze met andere agenten wel de strijd aangebonden. Ze had zich al eens zonder tegenstribbelen door mij laten arresteren en we hebben toen even met elkaar gesproken – ze was een intelligente vrouw. Er is toen geen onvertogen woord gevallen. Ik hoopte dat het me weer zou lukken.'

'Hebt u mondeling toegezegd dat u haar "voor uw rekening zou nemen"?' vroeg Sneed.

'Ik heb mijn instructies bevestigd.'

Holcomb van het kantoor van de burgemeester en Sneed staken de koppen bij elkaar.

Sneed liet zijn manchetten zien. 'Mevrouw Starling, bij monde van agent Bolton van de politie van Washington hebben wij vernomen dat u in de bestelwagen op weg naar de confrontatie opruiende opmerkingen hebt geuit over mevrouw Drumgo. Wilt u daarop reageren?'

'Op verzoek van agent Brigham heb ik de anderen uitgelegd dat Evelda als gewelddadig te boek stond, dat ze meestal gewapend was en verder dat ze seropositief was. Ik heb gezegd dat we haar de kans zouden geven zich zonder verzet over te geven. Ik heb verzocht om krachtdadig optreden voor het geval dat bij haar aanhouding nodig zou zijn. Niemand stelde zich vrijwillig beschikbaar voor die taak, neemt u dat maar van mij aan.'

Clint Pearsall deed een poging haar te helpen. 'Nadat de auto van die Crip-schutters tegen die andere auto's tot stilstand was gekomen en een van de daders op de vlucht was geslagen, zag u de auto heen en weer schommelen en u kon de baby in de auto horen huilen, is 't niet?'

'Krijsen,' zei Starling. 'Ik heb mijn hand omhoog gestoken als teken dat iedereen het schieten moest staken en ben te voorschijn gekomen.'

'Dat is alvast tegen de voorschriften,' zei Eldredge.

Starling negeerde hem. 'Ik ben op de auto af gegaan, in de schietklaar-positie, getrokken wapen, loop omlaag gericht. Marquez Burke lag op de grond tussen ons in, stervende. Iemand is naar hem toe gerend en heeft een drukverband aangebracht. Evelda is met de baby uit de auto gestapt. Ik heb haar gevraagd mij haar handen te tonen, ik heb iets gezegd van "Evelda, niet doen."'

'Zij heeft geschoten, u hebt geschoten. Is ze direct neergevallen?'

Starling knikt. 'Haar benen begaven het en ze ging op straat zitten, over de baby heen gebogen. Ze was dood.'

'Toen hebt u de baby opgepakt en bent u ermee naar het water gerend. Een blijk van bezorgdheid,' zei Pearsall.

'Ik weet niet waarvan ik blijk heb gegeven. Hij zat onder het bloed. Ik wist niet of de baby seropositief was, ik wist alleen dat zij dat wel was.'

'En u dacht dat uw kogel misschien de baby had geraakt,' zei Krendler.

'Nee. Ik wist waar de kogel was heengevlogen. Kan ik vrijuit spreken, meneer Pearsall?'

Toen hij haar blik ontweek, stak ze van wal.

'De inval in kwestie was een zooitje. Ik werd in een positie gedwongen waarbij ik de keus had uit twee dingen: sterven of een vrouw neerschieten die een baby bij zich droeg. Ik heb gekozen en die afgedwongen keuze vreet aan me. Ik heb een vrouw doodgeschoten, een vrouw die een kind bij zich droeg. Zelfs de lagere díérsoorten doen zoiets niet. Meneer Sneed, als ik u was zou ik de teller op de recorder maar weer eens noteren, precies hier, op het punt waar ik het toegeef. Ik ben verdomde kwaad dat ik in die positie ben gemanoeuvreerd. Ik ben verdomde kwaad over hoe ik me nu voel.' Het beeld van Brigham die met zijn gezicht omlaag op straat lag, flitste door haar hoofd en ze ging te ver. 'Ik word misselijk als ik zie hoe jullie je overal van afmaken.'

'Starling...' Pearsall keek haar gekweld aan, voor het eerst ontmoette zijn blik de hare.

'Ik weet dat je nog geen tijd hebt gehad om je 302 te schrijven,' zei Larkin Wainwright. 'Als we alles nog eens bekijken...'

'Jawel, meneer Wainwright, dat heb ik wel gedaan,' zei Starling. 'Een kopie is al onderweg naar het Bureau voor Beroepsaansprakelijkheid. Ik heb een exemplaar bij me als u niet wilt wachten. Alles wat ik heb gedaan en gezien staat erin. Weet u, meneer Sneed, u had het elk moment van me kunnen krijgen.'

Starlings visie was een tikkeltje te scherp, een bekend alarmsignaal, en ze ging weloverwogen zachter praten.

'Er zijn verscheidene redenen te noemen voor het mislukken van deze inval. De informant van BATF heeft over de lokatie van de baby gelogen omdat hij het risico niet kon lopen dat de inval geen doorgang zou vinden – vóór zijn afspraak met de kamer van inbeschuldigingstelling in Illinois. Bovendien wist Evelda Drumgo dat we onderweg waren. Toen ze naar buiten kwam, had ze een tas met geld en een tas met meth bij zich. Op het display van haar pieper stond nog het nummer van WFUL-TV. Vijf minuten voor onze aankomst is ze opgepiept. De helikopter van WFUL arriveerde tegelijk met ons. Leg beslag op WFUL's opnametapes van alle telefoongesprekken en zoek uit waar het lek zat. Het is iemand met plaatselijke belangen, heren. Als het lek bij BATF had gezeten, zoals toen in Waco, of bij DEA, hadden ze de landelijke media ingeseind, niet de lokale tv-zender.'

Benny Holcomb sprak namens de gemeente. 'Er is geen enkel bewijs dat iemand van de gemeente of van het politiekorps van Washington ook maar iets heeft laten uitlekken.'

'Vraag de tapes op en ga het na,' zei Starling.

'Hebt u Drumgo's pieper?' vroeg Pearsall.

'Die ligt verzegeld en wel opgeborgen in Quantico.'

De pieper van adjunct-directeur Noonan ging af. Hij fronste toen hij het nummer zag, verontschuldigde zich en liep het vertrek uit.

Even later vroeg hij Pearsall om zich bij hem op de gang te voegen. Wainwright, Eldredge en Holcomb keken uit het raam naar Fort Mc-Nair, met hun handen in de zakken. Alsof ze stonden te wachten op een intensive care-afdeling. Paul Krendler trok de aandacht van Sneed en maakte een gebaar naar Starling.

Sneed legde een hand op de rugleuning van Starlings stoel en boog zich over haar heen. 'Als jij bereid bent tijdens een hoorzitting te verklaren dat jouw wapen Evelda Drumgo heeft gedood tijdens een speciale FBI-missie, is het BATF bereid een verklaring af te geven dat Brigham jou heeft gevraagd extra... aandacht te schenken aan Evelda met de opzet haar zonder geweld te arresteren. Jouw wapen heeft haar gedood, dat zal op rekening van jouw dienst komen te staan. Op die manier voorkomen we een afzeikwedstrijd tussen de diensten onderling over de bepalingen van de overeenkomst, en zullen we geen gewag behoeven te maken van eventuele in de bestelwagen door jou geuite opruiende of vijandige opmerkingen over het type persoon dat Evelda was.'

Starling zag Evelda Drumgo voor zich, zoals ze door de deur naar buiten was gekomen, zoals ze de auto was uitgestapt, zag de houding van haar hoofd en, in weerwil van de dwaasheid en verspilling van Evelda's leven, haar besluit om met haar kind haar belagers het hoofd te bieden en niet voor hen weg te lopen.

Starling leunde voorover naar het microfoontje op Sneeds stropdas en zei duidelijk: 'Ik ben maar al te graag bereid het type persoon dat zij was onder woorden te brengen, meneer Sneed. Ze was een beter mens dan u.'

Pearsall kwam zonder Noonan het kantoor weer binnen lopen en deed de deur achter zich dicht. 'Adjunct-directeur Noonan is naar zijn kantoor vertrokken. Heren, ik maak nu een eind aan deze bijeenkomst en zal elk van u afzonderlijk per telefoon van het verdere verloop op de hoogte houden,' zei Pearsall.

Krendlers hoofd schoot omhoog. Zijn waakzaamheid werd gewekt door de zweem van politiek.

'We moeten nog een paar knopen doorhakken,' begon Sneed.

'Nee, dat moeten we niet.'

'Maar...'

'Bob, geloof me, we hoeven geen enkele knoop door te hakken. Je hoort nog van me. En Bob?'

'Ja?'

Pearsall greep de draad achter Sneeds stropdas en gaf er een harde ruk aan, zodat de knoopjes van Sneeds overhemd sprongen en de tape van zijn huid werd gerukt. 'Als je nog eens met een recorder bij

mij binnen durft te komen, krijg je een schop onder je kont.'
Geen van de mannen keek tijdens hun aftocht naar Starling, behalve Krendler.
Hij bewoog zich in de richting van de deur, met een glijdende pas zodat hij niet hoefde te kijken waar hij liep, en hij maakte gebruik van de buitengewone geleding van zijn lange hals om zijn gezicht naar haar toe te draaien, zoals een hyena zich schuifelend langs de rand van een kudde zou voortbewegen, turend naar een mogelijke prooi. Gemengde gevoelens waren van zijn gezicht af te lezen. Het lag in Krendlers aard om Starlings been te bewonderen en tegelijkertijd te pogen dat onder haar weg te trappen.

8

Gedragswetenschappen is de FBI-afdeling die zich bezighoudt met seriemoordenaars. In de kantoren in de kelder van het gebouw is de lucht koel en stil. In de laatste jaren hebben schilders met hun kleurenwaaiers geprobeerd de ondergrondse ruimte wat op te vrolijken. Het resultaat is amper meer geslaagd dan het effect van schoonheidsmiddelen in een rouwkamer.
Het kantoor van het afdelingshoofd is nog steeds aangekleed in de oorspronkelijke bruine en beige tinten, met geruite cafégordijnen voor de hoge ramen. Daar, aan zijn bureau, omgeven door zijn helse dossiers, zat Jack Crawford te schrijven.
Een klop op de deur. Crawford keek op en wat hij zag deed hem genoegen – in de deuropening stond Clarice Starling.
Crawford stond glimlachend op. Hij en Starling bleven tijdens hun gesprekken vaak staan. Dat was een van de stilzwijgend overeengekomen formaliteiten die ze hun relatie hadden opgelegd. Handen schudden was niet nodig.
'Ik hoorde dat je naar het ziekenhuis was gekomen,' zei Starling. 'Jammer dat we elkaar zijn misgelopen.'
'Ik was blij dat je zo snel alweer naar huis mocht,' zei hij. 'Gaat het al wat beter met je oor?'
'Het gaat prima als je van bloemkool houdt. Ze hebben me verteld dat het weg zal trekken, grotendeels tenminste.' Haar oor was bedekt door haar haar. Ze vroeg niet of hij wilde kijken.
Een stilte.
'Ze wilden mij laten opdraaien voor die inval, meneer Crawford.

Voor Evelda Drumgo's dood, voor alles. Het waren net hyena's en toen was het plotseling voorbij en dropen ze allemaal af. Iets heeft ze afgeschrikt.'

'Misschien heb je een beschermengel, Starling.'

'Misschien wel. Wat heeft het u gekost, meneer Crawford?'

Crawford schudde zijn hoofd. 'Doe alsjeblieft de deur dicht, Starling.' Crawford pakte een verkreukelde tissue uit zijn zak en maakte zijn bril schoon. 'Als ik het had gekund, had ik het gedaan. In mijn eentje durfde ik het niet aan. Als senator Martin nog in functie was geweest, zou je bescherming hebben genoten... Ze hebben met die inval John Brigham kapotgemaakt – hem zomaar opgeofferd. Het zou een schande zijn geweest als jou hetzelfde was overkomen. Ik had het gevoel of ik jou en John op een hoop in een Jeep gooide.'

Crawford kreeg een hoogrode kleur en ze dacht terug aan zijn gezicht in de snijdende wind boven John Brighams graf. Crawford had zich tegenover haar nooit eerder uitgelaten over zijn oorlog.

'Iets hebt u in elk geval wel gedaan, meneer Crawford.'

Hij knikte. 'Ik heb inderdaad iets gedaan. Ik weet niet of je er blij mee zult zijn. Het gaat om een klus.'

Een klus. *Klus* was een goed woord in hun privéjargon. Het betekende een specifieke, onmiddellijk uit te voeren taak en het zuiverde de lucht. Als ze het konden vermijden, maakten ze nooit woorden vuil aan de lastige, gecentraliseerde bureaucratie van het Federal Bureau of Investigations. Crawford en Starling waren net zendingsartsen met weinig geduld voor theologie, die zich allebei concentreerden op die ene baby die voor hen lag, in de onuitgesproken wetenschap dat God geen donder zou doen om te helpen. Dat Hij zelfs geen moeite zou doen het te laten regenen ter wille van vijftigduizend Ibo-kindertjes.

'Indirect, Starling, is je weldoener degene van wie je onlangs een brief hebt ontvangen.'

'Dr. Lecter.' Crawfords afkeer van de klank van die naam was haar al geruime tijd bekend.

'Ja, inderdaad. Al die tijd heeft hij buiten ons gezichtsveld weten te blijven – alsof hij niet meer bestond – en dan schrijft hij jou een brief. Waarom?'

Er waren zeven jaar verstreken sinds dr. Hannibal Lecter, tienvoudig moordenaar, aan zijn bewakers in Memphis was ontsnapt, waarbij hij en passant nog eens vijf mensen had vermoord.

Het was geweest alsof Lecter van de aardbodem was verdwenen. Het dossier bleef open bij de FBI en zou altijd open blijven, tot het moment dat hij opnieuw in hechtenis zat. Hetzelfde gold voor Tennessee en andere rechtsgebieden, maar de opsporingsteams waren inmiddels allemaal teruggetrokken, ondanks het feit dat familieleden van zijn slachtoffers tranen van woede hadden vergoten ten overstaan van de wetgevende macht in de staat Tennessee, en actie hadden geëist.

In de boekwinkel lagen lijvige werken vol wetenschappelijke veronderstellingen met betrekking tot zijn geestesgesteldheid, waarvan de meeste geschreven waren door psychologen die de doctor nooit persoonlijk hadden ontmoet. Verder waren er enkele werken geschreven door psychiaters die vroeger in de vaktijdschriften door Lecter onderuit waren gehaald, die kennelijk het gevoel hadden dat het inmiddels veilig was om weer van zich te laten horen. Volgens sommigen van hen zouden zijn gedragsafwijkingen hem onherroepelijk tot zelfmoord drijven en was hij waarschijnlijk allang dood.

In cyberspace bleef de belangstelling voor dr. Lecter springlevend. Op het internet schoten Lecter-theorieën als paddestoelen de zompige grond uit en websites met de doctor in de hoofdrol wedijverden in aantal met die van Elvis. Bedriegers teisterden de chatrooms en in het fosforescerende moeras van de duistere kant van het net werden clandestiene afdrukken van politiefoto's van zijn vergrijpen verkocht aan verzamelaars van gruwelijke arcana. Die websites waren op één na de populairste en werden slechts voorbijgestreefd door de executie van Fow-Tsjow-Li.

Een spoor van de doctor na zeven jaar – zijn brief aan Clarice Starling op het moment dat zij door de sensatiepers aan het kruis werd genageld.

Op de brief zaten geen vingerafdrukken, maar de FBI was er vrijwel zeker van dat hij authentiek was. Ook Clarice Starling was hiervan overtuigd.

'Waarom heeft hij het gedaan, Starling?' Het leek bijna of Crawford kwaad op háár was. 'Ik heb nooit voorgewend dat ik hem beter begreep dan die ezels van psychiaters. Vertel jij het me maar.'

'Hij dacht dat wat mij overkwam, mijn beeld van de Dienst zou verwoesten... één grote desillusie, en hij geniet van de verwoesting van geloof, meer dan van wat dan ook. Zoals die ingestorte kerken die hij placht te verzamelen. In Italië, de berg puin toen de kerk instortte tijdens die speciale mis voor grootmoeders, toen iemand een kerstboom boven op de puinhoop heeft geplant, daar genoot-ie van. Hij vindt mij amusant, hij speelt met me. Toen ik hem destijds ondervroeg, deed hij niets liever dan mijn aandacht vestigen op hiaten in mijn scholing, volgens hem ben ik nogal naïef.'

Crawford sprak vanuit zijn eigen ervaring toen hij zei: 'Heb je ooit gedacht dat hij misschien op je gesteld is, Starling?'

'Volgens mij vindt hij me amusant. Sommige dingen vindt hij amusant, andere niet. En als iets hem niet bevalt...'

'Heb je ooit het gevóél gehad dat hij op je gesteld was?' drong Crawford aan, de nadruk leggend op het onderscheid tussen denken en voelen zoals een doopsgezinde aandringt op volledige onderdompeling.

'Hoewel wij elkaar maar kort gekend hebben, heeft hij me dingen over mezelf verteld die absoluut waar waren. Ik geloof dat inzicht gemakkelijk voor meeleven kan worden aangezien – we hebben zo'n behoefte aan meeleven. Onderscheid aanbrengen tussen die twee zaken maakt misschien deel uit van volwassen worden. Het is een akelig idee dat iemand je kan begrijpen zonder op je gesteld te zijn. Het besef dat begrip door een roofdier als werktuig wordt gebruikt, is het ergst wat er is. Ik... Ik heb geen idee hoe dr. Lecter over mij denkt.'

'Wat heeft hij je over jezelf verteld, als ik zo vrij mag zijn?'

'Hij zei dat ik een ambitieuze, uitsloverige boerse trut was en dat mijn ogen schitterden als goedkope juwelen. Hij zei dat ik goedkope schoenen droeg, maar dat ik smaak had, niet veel, maar een beetje.'

'En dat klopte, volgens jou?'

'Ja. Misschien klopt het nog steeds. Alleen koop ik tegenwoordig betere schoenen.'

'Starling, denk je dat hij jou die bemoedigende brief heeft gestuurd om erachter te komen of je hem zou verraden?'

'Hij wist dat ik hem zou verraden, en dat is hem geraden ook.'

'Na zijn insluiting heeft hij nog zes mensen vermoord,' zei Crawford. 'In de inrichting heeft hij Miggs van kant gemaakt omdat die sperma in je gezicht had geslingerd, en tijdens zijn ontsnapping nog eens vijf. In het huidige politieke klimaat wordt de doctor, als hij opgepakt wordt, veroordeeld tot de dood door middel van een dodelijke injectie.' De gedachte bracht een glimlach op Crawfords gezicht. Hij had baanbrekend werk verricht met zijn onderzoek naar seriemoordenaars. Nu had hij bijna de leeftijd bereikt waarop hij met pensioen moest, maar het monster dat hem het meest had dwarsgezeten, was nog steeds op vrije voeten. Het vooruitzicht van dr. Lecters dood deed hem bijzonder veel genoegen.

Starling wist dat Crawford Miggs' daad had genoemd om haar op scherp te zetten, om haar terug te voeren naar die verschrikkelijke dagen toen ze had geprobeerd Hannibal de Kannibaal uit te horen in de kerker van de psychiatrische strafinrichting in Baltimore. Toen Lecter met haar had zitten spelen, terwijl in Jame Gumbs put een meisje zat, ineengedoken, wachtend op de dood. Crawford had de gewoonte alle aandacht op te eisen als hij op het punt stond ter zake te komen, en dat deed hij nu ook.

'Starling, weet je dat een van dr. Lecters eerste slachtoffers nog leeft?'

'Die rijke stinkerd. Zijn familie heeft een beloning uitgeloofd.'

'Klopt, Mason Verger. Hij ligt in Maryland aan een beademingsapparaat. Zijn vader is dit jaar gestorven en heeft hem het vleesverpakkingsfortuin nagelaten. De oude Verger heeft Mason nog iets nagelaten: een vs-congreslid, tevens lid van de rechterlijke commissie van toezicht van het Huis van Afgevaardigden, die zonder Mason de eindjes niet aan elkaar zou kunnen knopen. Mason beweert dat hij iets heeft dat ons zou kunnen helpen Lecter op te sporen. Hij wil jou spreken.'

'Hij wil míj spreken.'

'Jou, ja. Dat wil Mason nou eenmaal en opeens is iedereen het erover eens dat het eigenlijk een uitstekend idee is.'

'Wil Mason dit omdat u het hem voorgesteld hebt?'

'Ze stonden op het punt je af te voeren, Starling, je als een oude lap op de voddenhoop te gooien. Dat zou een onnodige verspilling zijn geweest, net als John Brigham. Alleen maar om een paar bureaucraten van BATF te redden. Angst. Druk. Dat is het enige dat telt vandaag de dag. Ik heb gezorgd dat iemand Mason heeft ingefluisterd hoe schadelijk het voor de jacht op Lecter zou zijn als jij ontslagen zou worden. Wat er vervolgens is gebeurd, met wie Mason daarna heeft gesproken, wil ik niet weten, waarschijnlijk met afgevaardigde Vollmer.'

Een jaar eerder zou Crawford het niet op deze manier gespeeld hebben. Starling zocht met haar blik zijn gezicht af, op zoek naar tekenen van de waanzin die mensen die vlak voor hun pensioen staan soms overvalt. Daarvan was niets te bespeuren, van vermoeidheid wel.

'Mason is geen lekkere jongen, Starling, en dan heb ik het niet alleen over zijn gezicht. Zoek uit wat hij voor ons heeft. Breng dat hier, dan kunnen we misschien weer aan de slag. Eindelijk.'

Starling wist al jaren dat Crawford vanaf het moment dat ze aan de FBI-academie was afgestudeerd, had geprobeerd haar naar Gedragswetenschappen overgeplaatst te krijgen.

Nu zij een oudgediende van de dienst was, veel ervaring had opgedaan tijdens speciale opdrachten, begreep ze dat haar vroege succes bij het inrekenen van seriemoordenaar Jamie Gumb, het begin van het einde van haar FBI-carrière was geweest. Ze was een rijzende ster die op weg naar boven was blijven steken. Door Gumb te vangen had ze minstens één machtige vijand gemaakt en de afgunst gewekt van een aantal jaargenoten van het mannelijk geslacht. Dat, plus een zekere mate van stijfkoppigheid, had geleid tot jaren bij overvalteams, teams die werden ingezet bij bankovervallen, tot jaren van dagvaardingen uitdelen, Newark bezien over de loop van een geweer. Uiteindelijk, te opvliegend bevonden om in een groep te werken, was ze bij de technische dienst terechtgekomen, en had ze zich bezig mogen houden met het plaatsen van afluisterapparatuur in telefoontoestellen, auto's van gangsters en handelaars in kinderpornografie, had ze tijdens eenzame wakes die aftappingen moeten afluisteren. En ze werd altijd en eeuwig uitgeleend als een zusterorganisatie een betrouwbare assistent nodig had. Ze was taai en snel en kon uitstekend met een wapen overweg.

Crawford beschouwde dit als een kans voor haar. Hij veronderstelde dat ze er altijd naar verlangd had achter Lecter aan te gaan. De waarheid lag ingewikkelder.

Crawford bestudeerde nu haar gezicht. 'Die kruitsporen in je wang zitten er nog steeds.'

Greintjes verbrand kruit uit de revolver van wijlen Jame Gumb hadden een zwart plekje op haar wang achtergelaten.

'Ik ben er nooit aan toe gekomen ze te laten verwijderen,' zei Starling.

'Weet je hoe de Fransen zo'n schoonheidsvlekje betitelen, een mouche zo hoog op de wang? Weet je waar dat voor staat?' Crawford was in het bezit van een flinke sortering boeken over tatoeages, lichaamssymbolen, rituele verminking.

Starling schudde haar hoofd.

'Volgens de Fransen staat zo'n vlekje voor "courage",' zei Crawford. 'Dat kun je gerust dragen. Ik zou het laten zitten als ik jou was.'

9

Muskrat Farm, de villa van de familie Verger, gelegen bij de Susquehanna River in het noorden van Maryland, was van een betoverende schoonheid. De Verger-vleesverpakkingsdynastie had het huis in de jaren dertig gekocht, toen ze vanuit Chicago naar het oosten verhuisden om dichter bij Washington te zitten, en ze konden het zich best veroorloven. Door zakelijk en politiek inzicht waren de Vergers sinds de Burgeroorlog in staat geweest zich te verrijken door middel van vleescontracten met het Amerikaanse leger.

Het 'gebalsemde rundvlees'-schandaal tijdens de Spaans-Amerikaanse Oorlog had de Vergers nauwelijks geraakt. Toen Upton Sinclair en de vuilspuiters gevaarlijke omstandigheden onderzochten in de verpakkingsfabriek in Chicago, ontdekten ze dat een aantal Verger-werknemers per ongeluk tot reuzel waren verwerkt, ingeblikt en verkocht als Durhams Zuiver Bladreuzel, een zeer geliefd product onder bakkers. De Vergers ondervonden hiervan totaal geen schade. Het kostte ze geen enkel regeringscontract.

De Vergers vermeden dergelijke potentiële onbehaaglijke complicaties en vele andere door politici geld te geven – de enige tegenslag die ze hadden ondervonden, was de aanname van de vleesinspectiewet in 1906.

Vandaag de dag slachten de Vergers 86 000 stuks rundvee per dag, plus nog eens 36 000 varkens, aantallen die afhankelijk van het seizoen nog weleens variëren.

De pasgemaaide gazons van Muskrat Farm, de overvloed aan seringen in de wind, ruiken allesbehalve als een vee-opslag. De enige dieren zijn pony's voor bezoekende kinderen en grappige troepjes ganzen die grazen op de gazons, met schuddende achterlijfjes en naar het gras gebogen kopjes. Er zijn geen honden. Het huis, de schuur en het omliggende terrein bevinden zich midden in een staatsbosgebied van vijftien vierkante kilometer, waar ze tot in eeuwigheid zullen kunnen blijven dankzij een speciale ontheffing, verleend door het ministerie van binnenlandse zaken.

Als zoveel enclaves van de schatrijken, is Muskrat Farm niet gemakkelijk te vinden voor iemand die daar voor het eerst heengaat. Clarice Starling reed op de snelweg één afslag te ver door. Terugrijdend over de parallelweg bereikte ze eerst de leveranciersingang, een groot hek, afgesloten met een ketting en hangslot in de hoge afrastering die het bos omsloot. Achter het hek liep een noodweg die verdween onder de overhangende bomen. Er was geen intercom. Ruim drie kilometer verder stuitte ze op het poortgebouw, zo'n honderd meter van de weg af aan het eind van een fraaie oprit. De geüniformeerde bewaker had haar naam op zijn klembord staan.

Na nog eens drie kilometer prachtig verzorgde weg bereikte ze de boerderij.

Starling bracht haar rammelende Mustang tot stilstand om een troep ganzen de weg over te laten steken. Ze zag een rij door kinderen bereden dikke Shetlanders een fraaie stal uitkomen, zo'n vierhonderd meter vanaf het huis. Het hoofdgebouw waar ze voor stond, was een villa in de stijl van Stanford White, schitterend gelegen in een glooiend heuvellandschap. Het geheel zag er degelijk en vruchtbaar uit, een oord uit prettige dromen. Het geheel sprak Starling wel aan. De Vergers waren zo verstandig geweest het huis in de oorspronkelijke staat te laten, met uitzondering van een enkele aanbouw, die Starling nog niet kon zien, een moderne vleugel die uit de oostelijke bovenverdieping steekt als een extra aangebrachte arm in een grotesk medisch experiment.

Starling parkeerde haar auto onder de centrale porticus. Toen ze de motor had afgezet, kon ze haar eigen ademhaling horen. In het spiegeltje zag ze een ruiter naderbijkomen. Toen Starling de auto uitstapte, klepperden de hoeven op het wegdek naast de auto.

Een persoon met brede schouders en kort blond haar sprong behendig van het paard en overhandigde de teugels aan een bediende zonder hem aan te kijken. 'Laat hem uitstappen,' zei de ruiter met een lage, hese stem. 'Margot Verger, aangenaam.' Bij nadere beschouwing was het een vrouw die haar hand uitstak, arm vanuit de schouder recht naar voren gestoken. Het was duidelijk dat Margot Verger aan bodybuilding deed. Onder haar gespierde nek, haar indrukwekkende schouders en armen, strekte zich het brede vlak van haar tennisshirt uit. Haar ogen zagen er droog en geïrriteerd uit, alsof ze te weinig traanvocht aanmaakte. Ze droeg een keperen rijbroek en laarzen zonder sporen.

'Wat voor wagen is dit?' vroeg ze. 'Een oude Mustang?'

'Uit '88.'

'Vijf-liter? Het is net of-ie gehurkt over zijn wielen hangt.'

'Ja. Het is een Roush Mustang.'

'Bevalt-ie je?'

'Enorm.'

'Hoe hard rijdt-ie?'

'Weet ik niet. Hard genoeg, denk ik.'

'Ben je bang voor hem?'

'Ik heb respect voor hem. Ik maak op een respectvolle manier gebruik van hem, zou je kunnen zeggen,' zei Starling.

'Weet je er iets van af of heb je hem zomaar gekocht?'

'Ik wist er genoeg van af om hem op een veiling te kopen toen ik zag wat voor wagen het was. Later heb ik me er verder in verdiept.'

'Denk je dat-ie het zou winnen van mijn Porsche?'

'Hangt van het type Porsche af. Mevrouw Verger, ik ben hier om met uw broer te spreken.'

'Over een minuut of vijf zullen ze wel klaar met hem zijn. We kun-

nen wel vast naar boven gaan.' De keperstof van de rijbroek schuurde ruisend tussen Margot Vergers forse dijen langs elkaar toen ze de
trap op liep. De grens van haar maïskleurig, sprieterig haar was zover teruggeweken dat Starling zich afvroeg of ze steroïden gebruikte en haar clitoris moest vasttapen.

Voor Starling, die het grootste deel van haar jeugd in een luthers
weeshuis had doorgebracht, had het huis veel weg van een museum,
met zijn enorme ruimtes, de beschilderde balken boven haar hoofd
en de portretten van belangrijk-ogende dode mensen aan de wanden. Op de tussenbordessen stond Chinees cloisonné en de gangen
waren bekleed met lange Marokkaanse lopers.

Waar de nieuwe vleugel van de villa van de Vergers begint, houdt de
stijl van het hoofdgebouw abrupt op. Men bereikt de moderne, functionele aanbouw door matglazen dubbele deuren, die volledig mis-
plaatst lijken in de gewelfde gang.

Margot Verger bleef voor de deuren staan. Ze keek Starling aan met
haar glinsterende, geïrriteerde blik.

'Sommige mensen vinden het moeilijk met Mason te praten,' zei ze.
'Als je het te moeilijk vindt of als je er niet tegen kunt, kan ik je later wel helpen met de invulling van hetgeen je vergeten bent te vragen.'

Er bestaat een veel voorkomende emotie die we allemaal kennen,
maar nog niet bij name hebben genoemd – het blije vooruitzicht dat
je je zult kunnen overgeven aan een gevoel van minachting. Starling
zag die op Margot Vergers gezicht. Het enige dat Starling zei was:
'Bedankt.'

Tot Starlings verrassing was de eerste kamer in de vleugel een ruime, voortreffelijk uitgeruste speelkamer. Twee Afro-Amerikaanse
kinderen speelden tussen bovenmaatse pluchen dieren, het ene reed
op een driewieler en het andere duwde een truck over de vloer voort.
Een assortiment fietsjes en speelgoedwagentjes stond in de hoeken
geparkeerd en midden in het vertrek bevond zich een groot klimrek,
de vloer daaronder lag vol kussens.

In een hoek van de speelkamer zat een lange man, gekleed in een
verplegersuniform, op een tweezitsbankje de *Vogue* te lezen. Aan de
wanden hing een aantal videocamera's, sommige hoog, andere op
ooghoogte. Een hoog in de hoek hangende camera volgde Starling
en Margot Verger, de lens draaide tijdens het scherpstellen.

Starling was inmiddels zo ver dat de aanblik van een bruin kind haar
niet meer stak, maar ze was zich scherp bewust van deze kinderen.
Hun vrolijke bedrijvigheid met het speelgoed toen zij en Margot Verger het vertrek doorkruisten, was prettig om te zien.

'Mason vindt het leuk om de kinderen gade te slaan,' zei Margot Verger. 'Ze vinden het eng om naar hem te moeten kijken, behalve dan de hele kleintjes, dus doet hij het op deze manier. Later mogen ze ponyrijden. Het zijn crèche-kinderen die onder de kinderbescherming van Baltimore vallen.'

Mason Vergers kamer is alleen toegankelijk via zijn badkamer, een faciliteit een kuuroord waardig die de hele breedte van de vleugel beslaat. Qua aankleding heeft de ruimte veel weg van een inrichtingsbadkamer, staal en chroom en fabriekstapijt, doucheruimtes met brede deuropeningen, roestvrijstalen badkuipen waarboven liftapparaten zijn aangebracht om iemand het bad in en uit te helpen, opgerolde oranje slangen, stoomkamers en grote glazen kasten met smeerseltjes uit de Farmacia di Santa Maria Novella in Florence. De lucht in de badkamer was nog dampig doordat er net gebruik van was gemaakt, en er hing een geur van balsem en wintergroenolie.

Starling zag een streep licht onder de deur van Mason Vergers kamer. Het licht ging uit toen zijn zuster de deurknop aanraakte.

Een zitje in de hoek van Mason Vergers kamer was van bovenaf helder verlicht. Een aardige reproductie van William Blakes *The Ancient of Days* hing boven de zitbank – God die met een krompasser iets stond op te meten. Om de prent had men zwarte stof gedrapeerd ter nagedachtenis aan de onlangs overleden stamvader der Vergers. De rest van het vertrek was donker.

Vanuit de duisternis kwam het zuchtende geluid van een ritmisch werkende machine.

'Goedemiddag, agent Starling.' Een diepe stem, mechanisch versterkt, de sisklank van de s van Starling gaat verloren.

'Goedemiddag, meneer Verger,' zei Starling tegen de duisternis. De bovenkant van haar hoofd werd warm van het plafondlicht. Middag was ergens anders. Middag kwam dit vertrek niet binnen.

'Neemt u plaats.'

Dit is iets wat ik moet doen. Nu is een prima tijdstip. Nu is wenselijk.

'Meneer Verger, het gesprek dat wij zullen voeren, heeft de aard van een getuigenverklaring en ik zal het moeten opnemen. Gaat u daarmee akkoord?'

'Vanzelfsprekend.' De stem sprak tussen de zuchten van de machine door, de wrijfklank f en de sisklank s klonken niet in het woord door. 'Margot, je kunt ons nu wel alleen laten.'

Zonder een blik op Starling, vertrok Margot Verger met een geruis van haar rijbroek.

'Meneer Verger, ik zou graag deze microfoon aan uw... kleding of kussen bevestigen, als u daar niets op tegen hebt. Als u liever hebt dat ik een verpleegster roep, is dat geen probleem.'

'Gaat u gerust uw gang,' zei hij, waarbij de beginletters ontbraken. Hij wachtte op de energie van de volgende mechanische uitademing. 'U kunt het zelf doen, agent Starling. Ik lig hier.'

Starling zag zo gauw geen lichtschakelaar. Ze dacht dat ze misschien beter zou kunnen zien als ze uit het felle licht was en ze liep het donker in, één hand voor zich uitgestrekt, in de richting van de geur van wintergroenolie en balsem.

Ze was dichter bij het bed dan ze had gedacht toen hij het licht aandeed.

Starlings gezichtsuitdrukking veranderde niet. Haar hand die de microfoon met het clipje vasthield, ging met een schok naar achteren, niet meer dan een paar centimeter.

Haar eerste gedachte stond geheel los van het gevoel in haar borst en buik; de vaststelling dat zijn spraakafwijkingen het resultaat waren van het totaal ontbreken van lippen. Haar tweede gedachte was het besef dat hij niet blind was. Zijn enkele, blauwe oog keek haar aan door een soort monocle, waaraan een slangetje was bevestigd dat het oog vochtig hield, aangezien het ooglid ontbrak. Verder hadden chirurgen jaren geleden gedaan wat ze konden met huidtransplantaties over bot.

Mason Verger, zonder neus, zonder lippen, zonder zacht weefsel op zijn gezicht, was een en al tand, als een schepsel uit de diepste diepte van de oceaan. Gehard als we zijn door maskers, wordt de schok van zijn aanblik vertraagd. De schok komt gelijktijdig met het besef dat dit een menselijk gezicht is waarachter een geest schuilt. Je maag komt in opstand als het beweegt, door het scharnieren van de kaak, het draaien van het oog dat je wil aankijken. Dat jouw normale gezicht wil zien.

Mason Verger heeft prachtig haar en vreemd genoeg is dat het moeilijkst om naar te kijken. Zwart doorspekt met grijs, gevlochten in een staart die lang genoeg is om tot de grond te reiken als die over zijn kussen wordt gelegd. Vandaag liggen zijn haarvlechten in een grote rol op zijn borst boven op de kap van het beademingstoestel, die veel weg heeft van het rugschild van een schildpad. Menselijk haar onder deze verwoeste poppenkop, de vlechten glanzend als waren ze bedekt met overlappende schubben.

Mason Vergers verlamde lichaam onder het laken op het verhoogde ziekenhuisbed is geslonken tot bijna niets.

Voor zijn gezicht bevond zich de bediening die leek op een panfluit of een mondharmonica in doorzichtig plastic. Hij krulde zijn tong als een slang om het uiteinde van een pijp en pufte bij de volgende stoot van zijn beademingstoestel. Zijn bed reageerde met een zoemend geluid en draaide hem enigszins om, zodat hij Starling kon aankijken en bracht tevens zijn hoofd een stukje verder omhoog.

'Ik dank God voor hetgeen er gebeurd is,' zei Verger. 'Het was mijn redding. Heeft u Jezus in uw hart gesloten, juffrouw Starling? Bent u gelovig?'

'Ik ben opgegroeid in een streng gelovige omgeving, meneer Verger. Ik ben een product van mijn opvoeding,' zei Starling. 'Nu dan, als u er niets op tegen hebt, zal ik dit aan uw kussensloop bevestigen. Daar zit het niet in de weg, nietwaar?' Haar stem klonk kordater, verpleegsterachtiger dan haar lief was.

Haar hand naast zijn hoofd, de aanblik van hun beider vlees, maakte het Starling niet gemakkelijker, en dat gold eveneens voor de pulserende bloedvaten die over zijn aangezichtsbeenderen waren aangebracht om die te doorbloeden. De regelmatige verwijding deed haar denken aan slikkende wormen.

Ze was blij toen ze eindelijk de draad kon uitrollen en liep achteruit terug naar de tafel, haar taperecorder en haar eigen microfoontje.

'Dit is speciaal agent Clarice M. Starling, FBI-nummer 5143690, die Mason R. Verger, sofinummer 475989823, een verklaring afneemt in zijn woning, d.d. – zie boven, gezworen en bevestigd. De heer Verger weet dat hem immuniteit ten aanzien van gerechtelijke vervolging is verleend door de VS-gevolmachtigde voor district zesendertig, alsmede de plaatselijke autoriteiten, in een bijgevoegd gecombineerd memorandum, gezworen en bevestigd.

'Goed dan, meneer Verger...'

'Ik wil u vertellen over jeugdkamp,' onderbrak hij haar tijdens de volgende uitademing. 'Dat was een heerlijke jeugdervaring waarnaar ik in zekere zin ben teruggekeerd.'

'Dat komt straks wel, meneer Verger, nu wilde ik eigenlijk...'

'Nee, daar beginnen we mee, juffrouw Starling. Ziet u, dat is waar alles om draait. Het heeft te maken met hoe ik Jezus heb gevonden, en ik zal u nooit iets belangrijkers kunnen vertellen dan dat.' Hij wachtte op de zucht van de machine. 'Het was een door mijn vader bekostigd christelijk kamp. Alles heeft hij betaald voor al die honderdvijfentwintig kampeerders bij Lake Michigan. Onder hen bevonden zich misdeelden die alles zouden hebben gedaan voor een reep chocola. Misschien heb ik daar wel misbruik van gemaakt, misschien heb ik ze gemeen behandeld als ze weigerden de chocola aan te nemen en te doen wat ik ze opdroeg – ik kan daar nu openhartig over zijn omdat alles nu goed is.'

'Meneer Verger, laten we eerst een paar zaken onder de loep nemen met dezelfde...'

Hij luisterde niet naar haar, hij wachtte alleen maar tot de machine hem lucht verschafte. 'Mij is immuniteit verleend, juffrouw Starling, en alles is goed. Jezus heeft mij immuniteit verleend. De vs-gevolmachtigde heeft mij immuniteit verleend, de officier van justitie in Owings Mills heeft mij immuniteit verleend. Halleluja. Ik ben verlost, juffrouw Starling, en nu is alles goed. Ik heb vrede met Hem gesloten en alles is nu goed. Hij is de Verrezen Jezus en op kamp noemden we Hem de Rees. Niemand slaat de Rees. We hebben er iets eigentijds van gemaakt, snap je, de Rees. Ik heb Hem in Afrika gediend, halleluja, ik heb Hem in Chicago gediend, Zijn naam zij geloofd, en ik dien Hem nu, en Hij zal mij van dit bed doen verrijzen en Hij zal mijn vijanden vernietigen en hen voor mij plaatsen en ik zal de jammerklachten hunner gades horen, en alles is nu goed.'

Hij verslikte zich in zijn speeksel en zweeg, de bloedvaten op zijn gezicht waren donker en pulseerden.

Starling stond op om een verpleegster te roepen, maar zijn stem hield haar tegen voordat ze de deur had bereikt.

'Niets aan de hand, alles is nu goed.'

Misschien kon ze hem beter een rechtstreekse vraag stellen dan proberen hem te leiden. 'Meneer Verger, kende u dr. Lecter al voordat de rechtbank hem toewees als therapeut? Had u hem ooit in de privésfeer ontmoet?'

'Nee.'

'U zat beiden in het bestuur van het filharmonisch genootschap van Baltimore.'

'Nee, ik had mijn zetel te danken aan het feit dat wij een financiële bijdrage leverden. Als er gestemd moest worden, stuurde ik mijn advocaat.'

'U hebt tijdens de rechtszaak tegen dr. Lecter geen verklaring afgelegd.' Ze kreeg handigheid in de timing van haar vragen, zodat hij genoeg lucht had om antwoord te geven.

'Ze zeiden dat ze genoeg hadden om hem zes keer, negen keer zelfs, te veroordelen. En hij is overal onderuit gekomen door ontoerekeningsvatbaarheid aan te voeren.'

'De rechtbank is tot de conclusie gekomen dat hij ontoerekeningsvatbaar was. Dr. Lecter heeft dit niet aangevoerd.'

'Is dat onderscheid volgens u van belang?' vroeg Mason.

Met die vraag kreeg ze voor het eerst inzicht in zijn denkwijze, de tentakels, het verborgene dat afweek van de bewoordingen die hij gebruikte.

De grote paling, inmiddels gewend aan het licht, kwam tussen de rotsen in zijn aquarium uit en begon opnieuw onvermoeibaar achtjes te draaien, een golvend bruin lint met een fraai, onregelmatig patroon van roomkleurige vlekken.

Starling was zich voortdurend bewust van de beweging in de hoek van haar gezichtsveld.

'Het is een *Muraena Kidako*,' zei Mason. 'In Tokyo bevindt zich een nog groter exemplaar in een aquarium. Dit is het op een na grootste. In de volksmond wordt hij Meedogenloze Murene genoemd, wilt u zien waarom?'

'Nee,' zei Starling, en ze sloeg een bladzijde van haar notitieboekje om. 'Dus, meneer Verger, u hebt in de loop van uw door de rechtbank opgelegde therapie dr. Lecter bij u thuis uitgenodigd.'

'Ik schaam me nergens meer voor. Ik zal u alles vertellen wat u maar wilt. Alles is nu goed. Voor al die valse beschuldigingen van molestatie was ik veroordeeld tot vijfhonderd uur dienstverlening in het dierenasiel en therapie bij dr. Lecter. Ik had bedacht dat als ik de doctor ergens in kon betrekken, hij zich soepel zou opstellen voor wat betreft de therapie, en hij het niet als een overtreding van de regels van de parooltijd zou beschouwen als ik niet voor elke sessie kwam opdagen of als ik een tikkeltje stoned op de afspraak verscheen.'

'Dit speelde allemaal in de tijd dat u in Owing Mills woonde.'

'Ja. Ik had dr. Lecter alles verteld, over Afrika en Idi, werkelijk alles, en ik had hem beloofd dat ik hem het een en ander zou laten zien.'

'Zoals wat...?'

'Hebbedingetjes. Speeltjes. In die hoek daar staat de kleine draagbare guillotine die ik heb gebruikt voor Idi Amin. Je kunt hem achter in een Jeep gooien, hem overal mee naartoe nemen, naar de verste uithoeken. In een kwartier zit-ie in elkaar. De veroordeelde heeft er tien minuten voor nodig om hem met een lier op scherp te zetten, iets langer als het een vrouw of een kind betreft. Ik schaam me nergens meer voor, omdat ik van al mijn zonden gelouterd ben.'

'Dr. Lecter kwam dus naar uw huis.'

'Ja. Gekleed in leer deed ik de deur open, moet u weten. Verwachtte een reactie, maar zag niets. Ik dacht dat hij misschien bang van mij zou zijn, maar dat leek niet het geval.

Bang van míj – nu is dat grappig. Ik vroeg hem mee naar boven te komen. Ik liet hem van alles zien. Ik had een paar honden uit het asiel gehaald, twee honden die maatjes van elkaar waren, en die heb ik bij elkaar in een kooi gezet met genoeg vers water, maar geen eten. Ik was nieuwsgierig wat er na verloop van tijd zou gebeuren.

Ik heb hem ook mijn stropconstructie laten zien, u weet wel, auto-erotische wurging, je hangt jezelf min of meer op, maar niet echt, voelt goed terwijl je – kunt u me volgen?'

'Uitstekend.'

'Nou, hij scheen het niet te kunnen volgen. Hij vroeg me hoe het werkte en ik zei: vreemde psychiater die zoiets niet weet, en toen zei hij, en zijn glimlach vergeet ik nooit: "Doe eens voor." Ik dacht: *Nu heb ik je!*'

'En u hebt het hem voorgedaan.'

'Daar schaam ik me niet voor. We leren van onze eigen fouten. Ik ben gelouterd van mijn zonden.'

'Gaat u alstublieft verder, meneer Verger.'

'Dus trok ik de strop voor mijn grote spiegel naar beneden en stak mijn hoofd erdoor. Het touwtje om de strop te vieren had ik in mijn ene hand en met de andere masturbeerde ik. Ik wachtte op zijn re-actie, maar kon niets van zijn gezicht aflezen. Normaal gesproken is iedereen voor mij een open boek. Hij zat in een stoel in de hoek van de kamer, met zijn benen over elkaar en zijn hand om zijn knie ge-klemd. Toen stond hij op en stak met een elegant gebaar zijn hand in de zak van zijn jasje, net James Mason die zijn aansteker wil pak-ken, en hij zei: "Wat dacht je van een amyl-popper?" Ik dacht: *Wow!* – als hij me er nu een geeft, moet-ie me ze blijven geven als-ie zijn vergunning niet kwijt wil raken. Doorlopend recept. Nou, als u het rapport hebt gelezen, weet u dat er veel meer inzat dan alleen amyl-nitriet.'

'Angel dust, enkele andere methamfetaminen en LSD,' zei Starling.

'Ik wil maar zeggen, het sloeg werkelijk alles! Hij liep naar de spie-gel waarin ik mezelf gadesloeg, gaf een trap tegen de onderkant en pakte er een scherf uit. Ik was in hogere sferen. Hij liep naar me toe en gaf me de glasscherf, waarbij hij opperde dat ik misschien mijn gezicht daarmee zou willen schillen. Hij liet de honden uit de kooi. Ik heb ze mijn gezicht opgevoerd. Men zegt dat ik er lang over heb gedaan om het er allemaal af te krijgen. Ik kan het me niet herin-neren. Dr. Lecter heeft met de strop mijn nek gebroken. Ze hebben mijn neus teruggevonden toen ze in het asiel de hondenmagen heb-ben leeggepompt, maar de transplantatie heeft niet gepakt.'

Starling deed er langer dan nodig over om de papieren op tafel goed te leggen.

'Meneer Verger, uw familie heeft na dr. Lecters ontsnapping in

Memphis die beloning uitgeloofd.'

'Ja. Een miljoen dollar. Eén miljoen. We hebben over de hele wereld geadverteerd.'

'En u hebt tevens aangeboden voor elk brokje relevante informatie te betalen, niet alleen zoals gebruikelijk voor informatie die leidt tot arrestatie en veroordeling. U werd geacht ons deelgenoot van die informatie te maken. Hebt u dat altijd gedaan?'

'Niet altijd, maar ik had eigenlijk nooit veel bijzonders te vertellen.'

'Hoe weet u dat? Hebt u sommige tips zelf nagetrokken?'

'Voldoende om te weten dat ze waardeloos waren. En waarom ook niet – jullie hebben ons ook nooit iets verteld. We kregen een tip uit Kreta die niets betekende en een andere uit Uruguay die we nooit bevestigd hebben gekregen. Ik wil dat u begrijpt dat dit niet een kwestie van wraak is, juffrouw Starling. Ik heb dr. Lecter alles vergeven, zoals onze Heiland de Romeinse soldaten heeft vergeven.'

'Meneer Verger, u hebt ons kantoor te kennen gegeven dat u nu misschien iets voor ons hebt.'

'Kijk in de la van het bijzettafeltje.'

Starling haalde de witte katoenen handschoenen uit haar tas en trok ze aan. In de la lag een grote manilla-envelop. De envelop was stijf en zwaar. Ze trok er een röntgenfoto uit en hield hem voor het felle lichtschijnsel. Het was een röntgenopname van een linkerhand die gewond leek te zijn. Ze telde de vingers. Vier plus de duim.

'Bekijk de middelhandsbeentjes, u weet waar die zitten?'

'Ja.'

'Tel de knokkels.'

Vijf knokkels. 'Tel de duim erbij en je weet dat deze persoon zes vingers aan zijn linkerhand had. Zoals dr. Lecter.'

'Zoals dr. Lecter.'

De hoek waar het dossiernummer en de herkomst van de röntgenfoto hadden behoren te staan, was van de foto geknipt.

'Waar komt dit vandaan, meneer Verger?'

'Rio de Janeiro. Om meer aan de weet te komen, moet ik betalen. Veel geld. Kunt u me zeggen of het om dr. Lecter gaat? Ik moet weten of ik moet betalen.'

'Ik zal proberen erachter te komen, meneer Verger. We zullen ons uiterste best doen. Hebt u de verpakking nog waarin de röntgenopname is verstuurd?'

'Margot heeft hem in een plastic zak gestopt, ze zal hem u geven. Als u me nu wilt excuseren, juffrouw Starling, ik ben nogal moe en heb verzorging nodig.'

'De dienst zal contact met u opnemen, meneer Verger.'

Starling was net de kamer uit, toen Mason Verger een stoot gaf in het uiteinde van de pijp en zei: 'Cordell?' De verpleger uit de speelkamer kwam de kamer binnen en begon hem voor te lezen uit een folder met het opschrift KINDERBESCHERMING, BALTIMORE.

'*Franklin*, hè? Stuur *Franklin* maar naar me toe,' zei Mason, en hij deed zijn licht uit.

Het jongetje stond alleen onder het felle plafondlicht van de zithoek, de zuchtende duisternis in turend.

De diepe stem zei: 'Ben jij *Franklin*?'

'Franklin,' zei het jongetje.

'Waar woon je, *Franklin*?'

'Bij mamma en Shirley en Stringbean.'

'Is Stringbean er altijd?'

'Hij komt en gaat.'

'Zei je "Hij komt en gaat"?'

'Ja.'

'"Mamma" is niet je echte mamma, hè, *Franklin*?'

'Ze is mijn pleegmoeder.'

'Ze is niet de eerste pleegmoeder die je hebt gehad, hè?'

'Nee.'

'Vind je het fijn om daar te wonen, *Franklin*?'

Hij fleurde op. 'We hebben Poes. Mamma bakt taartjes in de oven.'

'Hoe lang woon je al bij mamma in huis?'

'Dat weet ik niet.'

'Ben je er al een keer jarig geweest?'

'Eén keer. Shirley heeft limonade gemaakt.'

'Vind je limonade lekker?'

'Aardbeiensmaak.'

'Hou je van mamma en Shirley?'

'Ja, en ook van Poes.'

'Wil je daar blijven wonen? Voel je je veilig als je naar bed gaat?'

'Ja hoor. Ik slaap met Shirley op een kamer. Shirley is een groot meisje.'

'*Franklin*, je kunt niet meer bij mamma en Shirley en de poes wonen. Je moet daar weg.'

'Wie zegt dat?'

'Dat zegt de regering. Mamma is haar baan kwijtgeraakt en mag geen pleegmoeder meer zijn. De politie heeft een marihuanasigaret in haar huis gevonden. Na deze week mag je mamma niet meer zien. Na deze week mag je Shirley en de poes ook niet meer zien.'

'Nee,' zei Franklin.

'Of misschien willen ze jou gewoon niet meer zien, *Franklin*. Is er iets met je aan de hand? Heb je ergens een zweer of een andere lelijke plek? Denk je dat ze niet van je kunnen houden omdat je huid te donker is?'

Franklin trok zijn shirt omhoog en bekeek zijn platte, bruine buik. Hij schudde zijn hoofd. Hij huilde.

'Weet je wat er met de poes zal gebeuren? Hoe heet de poes eigenlijk?'

'Zo heet ze, gewoon Poes.'

'Weet je wat er met Poes zal gebeuren? De politieagenten zullen Poes naar het asiel brengen en een doctor in het asiel zal haar een spuitje geven. Heb je op de crèche weleens een spuitje gehad? Heeft de verpleegster je weleens een spuitje gegeven? Met zo'n glimmende naald? Poes krijgt een spuitje. Wat zal ze bang zijn als ze die naald ziet! Ze steken die naald in haar lijfje en dat doet Poes pijn en dan gaat ze dood.'

Franklin pakte de punt van zijn shirtje en hield die tegen zijn gezicht. Hij stak zijn duim in zijn mond, iets dat hij al een jaar niet meer had gedaan nadat mamma hem had gevraagd het niet meer te doen.

'Kom eens hier,' zei de stem vanuit het donker. 'Kom hier zodat ik je kan vertellen hoe jij ervoor kunt zorgen dat Poes geen spuitje krijgt. Wil jij dat Poes een spuitje krijgt, *Franklin*? Nee? Kom dan eens hier, *Franklin*.'

De tranen stroomden over zijn wangen toen Franklin op zijn duim zuigend langzaam het donker in liep. Toen hij het bed tot op twee meter genaderd was, blies Mason in zijn harmonica en het licht ging aan.

Misschien kwam het voort uit aangeboren moed of misschien uit de wens om Poes te helpen of uit het ellendige besef dat hij nergens heen kon vluchten, maar Franklin deinsde niet achteruit. Hij rende niet weg. Hij bleef staan en keek naar Masons gezicht.

Mason zou gefronst hebben als hij een voorhoofd had gehad, om deze teleurstellende reactie.

'Je kunt Poes het spuitje besparen door zelf Poes een beetje rattengif te geven,' zei Mason. De plofklank van de p's gingen verloren, maar Franklin had het begrepen.

Franklin haalde zijn duim uit zijn mond.

'Je bent een gemene ouwe viezerik,' zei Franklin. 'En lelijk ben je ook.' Hij draaide zich om en liep de kamer uit, door het netwerk van slangen terug naar de speelkamer.

Mason sloeg hem gade via de video.

De verpleger keek naar het jongetje, hield hem nauwlettend in de gaten terwijl hij deed of hij zijn *Vogue* zat te lezen.

Het speelgoed interesseerde Franklin niet meer. Hij ging onder de giraf zitten met zijn gezicht naar de muur. Het kostte hem grote moeite om niet op zijn duim te zuigen.

Cordell keek oplettend of hij geen tranen zag. Toen hij de schouders van het kind zag schokken, liep de verpleger naar hem toe en veegde voorzichtig met steriele gaasjes de tranen weg. De vochtige gaasjes legde hij in Masons martiniglas, dat in de koelkast van de speelkamer, naast het sinaasappelsap en de cola, stond te koelen.

10

Medische informatie over dr. Hannibal Lecter vinden was geen gemakkelijke klus. Bezien in het licht van zijn diepe minachting voor de medische professie, met name voor de meeste praktiserende medici, is het niet verwonderlijk dat hij nooit een huisarts had gehad.

De psychiatrische strafinrichting in Baltimore, waar dr. Lecter tot zijn rampzalige overplaatsing naar Memphis opgesloten had gezeten, was gesloten, een bouwval, klaar voor de sloop.

De politie van de staat Tennessee was de laatste instantie geweest die dr. Lecter voor zijn ontsnapping had bewaakt, maar daar hield men vol dat Lecters medische dossiers nooit ontvangen waren. De agenten die hem van Baltimore naar Memphis hadden gebracht, nu overleden, hadden voor de gevangene getekend, niet voor medische dossiers.

Starling bracht een dag aan de telefoon en achter de computer door, waarna ze hoogstpersoonlijk de ruimtes waar de dossiers in Quantico en het J. Edgar Hoover-gebouw werden bewaard, doorzocht. Ze snuffelde een hele ochtend rond tussen het bewijsmateriaal in de stoffige, muf ruikende, volgestouwde archiefruimte van het politiekorps in Baltimore en bracht een uiterst irritante middag door met de niet-gecatalogiseerde Hannibal Lecter Collectie in de Fitzhugh Memorial Law Library, waar de tijd stilstaat terwijl de beheerders op zoek gaan naar de sleutels.

Al die moeite leverde haar een enkel velletje papier op – een verslag van het oppervlakkige medisch onderzoek waaraan dr. Lecter na zijn eerste arrestatie door de politie van de staat Maryland onderworpen was. Elke medische voorgeschiedenis ontbrak.

Inelle Corey had de opheffing van de psychiatrische strafinrichting in Baltimore overleefd en had werk gevonden bij de Maryland State Board of Hospitals. Ze wilde niet op kantoor door Starling ondervraagd worden, dus spraken ze af in een cafetaria op de begane grond.

Starling had de gewoonte om ruim voor de afgesproken tijd op een afspraak te verschijnen en de ontmoetingsplaats van een afstand te observeren. Corey arriveerde precies op tijd. Ze was een jaar of vijfendertig, zwaar en bleek, droeg geen make-up of sieraden. Haar haar hing bijna tot haar taille, zoals ze het op de middelbare school had gedragen, en ze droeg witte sandalen en steunkousen.

Starling pakte een paar suikerzakjes van de tafel waar alle smaakmakertjes lagen uitgestald en sloeg Corey gade, die aan het afgesproken tafeltje ging zitten.

Het is mogelijk dat u gebukt gaat onder de misvatting dat alle protestanten op elkaar lijken. Dat is niet zo. Zoals iemand uit het Caribisch gebied vaak kan zien van welk eiland een ander afkomstig is, kon Starling, opgevoed door lutheranen, met één blik vaststellen welk geloof deze vrouw aanhing, en ze zei tegen zichzelf: *Kerk van Christus, misschien Nazarenerkerk.*

Starling deed haar sieraden af, een eenvoudige armband en een gouden knopje in haar goede oor, en stopte ze in haar tas. Haar horloge was van plastic, dat mocht. Ze kon niet veel aan de rest van haar verschijning doen.

'Inelle Corey? Trek in koffie?' Starling had twee bekers koffie bij zich.

'Het wordt uitgesproken als *Eyenelle*. Ik drink geen koffie.'

'Dan drink ik ze allebei wel op, wil je iets anders? Ik ben Clarice Starling.'

'Ik hoef niets. Kunt u mij een legitimatiebewijs met foto laten zien?'

'Maar natuurlijk,' zei Starling. 'Mevrouw Corey – mag ik Inelle zeggen?'

De vrouw haalde haar schouders op.

'Inelle, ik heb hulp nodig in een kwestie die eigenlijk niets met jou persoonlijk te maken heeft. Ik zoek iemand die me de weg kan wijzen naar bepaalde dossiers uit het Baltimore State Hospital.'

Inelle Corey spreekt met overdreven nadruk als ze uiting wil geven aan deugdzaamheid of woede.

'Alles is ten tijde van de sluiting met de staatscommissie doorgesproken, juffrouw...'

'Starling.'

'Juffrouw Starling. U zult ontdekken dat geen enkele patiënt dat ziekenhuis heeft verlaten zonder een dossier. U zult ontdekken dat geen dossier dat ziekenhuis heeft verlaten zonder fiat van een arts. Voor wat betreft de overleden patiënten: de gezondheidsdienst had hun dossiers niet nodig, het bureau voor de statistiek wilde die dossiers ook niet, en voor zover ik weet lagen die dode dossiers, ik bedoel de dossiers van de overledenen, nog in het Baltimore State Hospital toen ik vertrok en ik was zo ongeveer de laatste die is vertrokken. De ontsnappingen zijn naar de gemeente- en districtspolitie gegaan.'

'Ontsnappingen?'

'Degenen die ontsnapt zijn. Nu en dan kwam het voor dat een ingeslotene wegliep.'

'Zou dr. Hannibal Lecter als een ontsnapping zijn aangemerkt? Denkt u dat zijn dossier misschien naar de politie is gegaan?'

'Hij was geen ontsnappingsgeval. Hij is bij ons nooit aangemerkt als ontsnappingsgeval. Hij viel niet onder onze verantwoordelijkheid toen hij de benen nam. Ik ben een keer naar de kerker afgedaald om dr. Lecter te bekijken, heb hem aan mijn zuster laten zien toen ze met de jongens op bezoek was. Ik voel me smerig en koud als ik daaraan terugdenk. Hij ruide een van die anderen op om ons met zijn' – ze dempte haar stem – 'kwakje te besproeien. Weet u wat dat is?'

'De term is mij bekend,' zei Starling. 'Was dat toevallig meneer Miggs? Die kon ver gooien.'

'Ik heb het voorval uit mijn gedachten verbannen. Maar ik herinner me u wel. U kwam naar het ziekenhuis en hebt met Fred – dr. Chilton – gesproken en daarna bent u bij Lecter in die kelder gaan zitten, nietwaar?'

'Ja.'

Dr. Frederick Chilton was de toenmalige directeur van het Baltimore State Hospital, de psychiatrische strafinrichting, die na dr. Lecters ontsnapping tijdens een vakantie is verdwenen.

'Weet u dat Fred vermist is?'

'Ja, dat heb ik gehoord.'

Mevrouw Coreys ogen liepen vol heldere tranen. 'Hij was mijn verloofde,' zei ze. 'Hij was weg en toen werd het ziekenhuis gesloten, het was net of het dak boven mijn hoofd was ingestort. Als ik de kerk niet had gehad, zou ik het niet overleefd hebben.'

'Heel erg voor u,' zei Starling. 'Maar u hebt nu toch weer een goede baan?'

'Maar Fred heb ik niet meer. Hij was zo'n fijne, lieve man. We hielden ontzettend veel van elkaar, een liefde als de onze kom je niet elke dag tegen. Op de middelbare school in Canton is hij een keer uit-geroepen tot Leerling van het Jaar.'

'Wel, heb ik ooit. Inelle, kun je me zeggen of hij de dossiers in zijn kantoor bewaarde, of lagen die bij de receptie waar jouw bureau...'

'Ze lagen in de kasten in zijn kantoor en toen het er te veel werden, hebben we ze in grote archiefkasten bij de receptie opgeborgen. Die zaten altijd op slot, natuurlijk. Toen wij uit het gebouw weggingen, is de methadonkliniek er ingetrokken, tijdelijk, en toen zijn veel spul-len van de ene plek naar de andere verplaatst.'

'Heb je ooit dr. Lecters dossier in handen gehad?'

'Jazeker.'

'Kun je je herinneren of daar röntgenfoto's in zaten? Werden rönt-genopnames bij de medische verslagen bewaard of apart?'

'Erbij. In het dossier. Ze waren groter dan de dossiers en dat maak-te het erg onhandig. We hadden wel een röntgenapparaat, maar geen dienstdoende röntgenoloog die aparte dossiers kon bijhouden. Ik weet echt niet meer of er eentje in zijn dossier zat. Er zat wel een uitdraai van een elektrocardiogram in die Fred soms aan iemand liet zien. Dr. Lecter – ik krijg dat *doctor* amper over mijn lippen – was verbonden met de elektrocardiograaf toen hij die arme verpleegster te pakken kreeg. Het was heel bizar – zijn polsslag was amper ver-hoogd toen hij haar overviel. Zijn schouder is uit de kom getrok-ken, weet u, toen al die verpleeghulpen hem beetgrepen en hem van haar af trokken. Daar zullen ze gerust wel een röntgenfoto van ge-maakt hebben. Ze hadden hem heel wat meer dan een schouder uit de kom mogen bezorgen als ik het voor het zeggen had gehad.'

'Als u iets te binnen mocht schieten over de plek waar dat dossier zich zou kunnen bevinden, wilt u me dan bellen?'

'We zullen een wat wij noemen globaal onderzoek laten instellen,' zei mevrouw Corey, die plezier beleefde aan de zwaarwichtige woor-den, 'maar ik geloof niet dat we iets zullen vinden. Veel dingen zijn gewoon achtergelaten, niet door ons, maar door die methadonmen-sen.'

De koffiebekers hadden een dikke rand waardoor er altijd koffie langs de buitenkant van de beker druppelt. Starling keek Inelle Co-rey na, die wegschommelde als een schrikbeeld, stopte haar servet onder haar kin en dronk een van de bekers halfleeg.

Starling begon weer een beetje tot zichzelf te komen. Ze wist dat ze ergens genoeg van had. Smakeloosheid misschien, erger dan smake-loosheid, stijlloosheid dan. Een onverschilligheid ten opzichte van dingen die het oog strelen. Misschien had ze behoefte aan een beet-je stijl. Zelfs de stijl van een drugsbarones was beter dan niets, het was een verklaring, of je die nu wilde horen of niet.

Starling ging bij zichzelf te rade of ze snobistisch was en besloot dat ze verdomd weinig reden voor snobisme had. Toen, denkend aan stijl, dacht ze aan Evelda Drumgo, die stijl in overvloed had gehad. Bij die gedachte wenste Starling vurig dat ze zichzelf weer even zou kunnen vergeten.

I I

En dus keerde Starling terug naar de plek waar alles voor haar begonnen was, de psychiatrische staatsstrafinrichting in Baltimore, nu een lege huls. Het van tralies en kettingsloten voorziene, oude, bruine gebouw, het huis van pijn, is met graffiti beklad en wacht op de slopersbal.

Het ging al jaren bergafwaarts met de inrichting toen de directeur, dr. Frederick Chilton, tijdens zijn vakantie verdween. Toen er steeds meer berichten naar buiten kwamen over verspilling en wanbeleid, en de staat van verval van het gebouw zelf in aanmerking werd genomen, zag de overheid al snel reden om de geldkraan dicht te draaien. Sommige patiënten werden naar andere staatsinstellingen overgebracht, sommigen gingen dood en enkelen kwamen op straat terecht, in een zwervend bestaan als thorazine-zombies in de straten van Baltimore, als onderdeel van een slecht uitgewerkt programma voor poliklinische patiënten, met het gevolg dat een aantal van hen zijn doodgevroren.

Terwijl Clarice Starling voor het oude gebouw stond te wachten, besefte ze dat ze eerst alle andere mogelijkheden had uitgeput omdat ze niet naar deze plek had willen terugkeren.

De huisbewaarder was drie kwartier te laat. Hij was een gedrongen man op leeftijd met een verhoogde schoen, die kloste tijdens het lopen, en een Oost-Europees kapsel dat eruitzag of het thuis werd bijgehouden. Hij haalde piepend adem terwijl hij haar voorging naar een zijdeur, een paar treetjes lager dan het trottoir. Het slot was door vandalen vernield en de deur was afgesloten met een ketting en twee hangsloten. In de schakels van de ketting zaten donzige spinnenwebben. Het tussen de spleten in de treden omhooggeschoten gras kietelde Starlings enkels terwijl de huisbewaarder onhandig met zijn sleutels in de weer was. De late middaglucht was betrokken, het licht was korrelig en schaduwloos.

'Ik ken dit gebouw niet al te goed, ik controleer alleen maar de brandmelders,' zei de man.

'Weet u of hier nog papieren liggen opgeslagen? Staan er nog archiefkasten, liggen er nog dossiers?'

Hij haalde zijn schouders op. 'Na het ziekenhuis heeft de methadonkliniek hier een paar maanden gezeten. Alles is naar de kelder gebracht, bedden, linnengoed, ik weet niet wat allemaal nog meer. Het is daarbinnen slecht voor mijn astma, de schimmel, gemene schimmel. De matrassen op de bedden zijn beschimmeld, veel schimmel op die bedden. Ik krijg daarbinnen geen lucht. De trappen zijn de pest voor mijn been. Ik zou u alles wel willen laten zien, maar...?'

Starling zou blij zijn geweest met wat gezelschap, al was het maar van hem, maar hij zou een blok aan haar been zijn. 'Nee, gaat u maar. Waar is uw kantoor?'

'Verderop, waar vroeger het rijbewijzenkantoor zat.'

'Als ik over een uur nog niet terug ben...'

Hij keek op zijn horloge. 'Over een halfuur zit mijn dienst erop.'

Wel nou nog mooier. 'Wat u voor mij zult doen, meneer, is in uw kantoor op uw sleutels gaan zitten wachten. Als ik over een uur nog niet terug ben, dan belt u het nummer op dit kaartje en laat ze zien waar ik naar binnen ben gegaan. Als u er niet meer bent als ik naar buiten kom – als u het kantoor hebt gesloten en naar huis bent gegaan, zal ik hoogstpersoonlijk morgenochtend naar uw baas gaan om u aan te geven. Bovendien – bovendien zult u door de belastingdienst worden gecontroleerd en zal uw situatie door het bureau voor immigratie en... en naturalisatie onder de loep worden genomen. Begrijpt u mij goed? En nu wil ik graag een antwoord van u horen, meneer.'

'Natuurlijk zou ik op u hebben gewacht. Het was echt niet nodig om al die dingen te zeggen.'

'Hartelijk dank, meneer,' zei Starling.

De huisbewaarder legde zijn grote handen op de reling en trok zich omhoog naar straatniveau. Starling hoorde zijn ongelijke tred tot stilte wegsterven. Ze duwde de deur open en betrad een tussenbordes op de brandtrap. Door de hoge, getraliede ramen in het trappenhuis viel het grauwe licht naar binnen. Ze overlegde bij zichzelf of ze de deur achter zich zou afsluiten en besloot uiteindelijk om een knoop in de ketting te leggen aan de binnenkant van de deur zodat ze die zou kunnen openmaken in het geval dat ze de sleutel kwijtraakte.

Tijdens Starlings eerdere bezoeken aan het krankzinnigengesticht om dr. Hannibal Lecter te ondervragen, was ze door de voordeur naar binnen gegaan, zodat ze zich nu even moest oriënteren.

Ze liep de brandtrap op naar de eerste verdieping. Het matglas in de ramen dempte het zwakke daglicht nog verder en het vertrek was in halfduister gehuld. Met behulp van de sterke lichtstraal van haar zaklantaarn vond Starling een schakelaar en ze deed het plafondlicht aan, drie gloeilampen in een kapotte fitting deden het nog. De onafgewerkte uiteinden van de telefoondraden lagen op het bureau van de receptioniste.

Van verfspuitbussen voorziene vandalen waren in het gebouw geweest. Een drie meter hoge penis met testikels luisterde de wand van de receptieruimte op, vergezeld van het opschrift FARON-MAMMA RUK ME AF.

De deur van het kantoor van de directeur stond open. Starling bleef in de deuropening staan. Hier was ze heengestuurd op haar eerste FBI-opdracht, toen ze nog in opleiding was, nog steeds in alles geloofde, nog steeds geloofde dat als je het werk aankon, als je je mannetje stond, je geaccepteerd zou worden, ongeacht ras, geloofsovertuiging, huidskleur, afkomst of het feit of je wel of niet bij het kliekje hoorde. Van die hele opsomming was één overtuiging overeind gebleven. Ze geloofde nog steeds dat ze haar mannetje stond.

Hier had ziekenhuisdirecteur Chilton haar zijn zweterige hand toegestoken en toenadering gezocht. Hier had hij geheimen uitgewisseld en de boel afgeluisterd en had hij, doordat hij had gemeend even slim te zijn als Hannibal Lecter, de beslissingen genomen die tot gevolg hadden gehad dat Lecter de kans had gekregen te ontsnappen, waarbij zoveel bloed was gevloeid.

Chiltons bureau stond nog steeds in het kantoor, maar een stoel was er niet meer; die was klein genoeg geweest om te stelen. De laden waren leeg, met uitzondering van een geplet maagtabletje. Er waren ook twee archiefkasten in het kantoor blijven staan. De sloten waren eenvoudig, en voormalig technisch-agent Starling had ze in minder dan een minuut opengemaakt. In een van de onderste laden lagen een uitgedroogde sandwich in een papieren zakje en een stapeltje interne formulieren van de methadonkliniek, alsmede een ademverfrisser, een tube haarvet, een kam en een paar condooms.

Starling dacht aan de kerkerachtige kelderverdieping van het krankzinnigengesticht waar dr. Lecter acht jaar van zijn leven had doorgebracht. Ze zag er tegenop om naar beneden te gaan. Ze zou haar mobiele telefoon kunnen gebruiken om de gemeentepolitie te vragen een eenheid te sturen om samen met haar naar de kelder af te dalen. Ze zou het FBI-kantoor van Baltimore kunnen vragen om haar een collega FBI-agent mee te geven. Het liep al tegen het einde van de grauwe middag en het was te laat om de middagspits in Washington te vermijden. Hoe langer ze wachtte, hoe erger het zou zijn. Zonder acht te slaan op de stoflaag, leunde ze tegen Chiltons bureau en overwoog wat ze zou gaan doen. Geloofde ze echt dat er mogelijk dossiers in de kelder lagen of werd ze aangetrokken door de plek waar ze voor het eerst oog in oog had gestaan met Hannibal Lecter?

Zo Starlings loopbaan als ordehandhaver haar al iets over zichzelf had geleerd, was dat het volgende: ze was geen sensatiezoeker en ze zou niets liever willen dan nooit meer bang te zijn. Maar stel dat er misschien tóch dossiers in de kelder lagen. In hooguit vijf minuten zou ze daarachter kunnen komen.

Ze herinnerde zich het metalen geluid toen al die jaren geleden de veiligheidsdeuren onderweg naar beneden achter haar werden gesloten. Voor het geval dat een van die deuren nu achter haar dicht zou vallen, belde ze het FBI-kantoor in Baltimore om door te geven waar ze zich bevond en om af te spreken dat ze een uur later nog eens zou bellen om door te geven dat ze weer buiten stond.

In het inpandige trappenhuis waar Chilton haar jaren tevoren was voorgegaan naar de kelderverdieping, deed het licht het nog. Hier had hij haar de veiligheidsprocedures uitgelegd die met betrekking tot Hannibal Lecter in acht werden genomen, en hier was hij blijven staan, onder dit licht, om haar het fotootje in zijn portefeuille te laten zien van de verpleegster wier tong dr. Lecter tijdens een poging tot een medisch onderzoek had opgegeten. Als dr. Lecters schouder uit de kom was geraakt toen hij na dat incident overmeesterd werd, moest er toch zeker wel een röntgenfoto zijn gemaakt.

Een luchtstroom streek langs haar hals alsof er ergens een raam open stond.

Op de overloop stond een hamburgerdoosje van McDonald's en er lagen servetten in het rond. Een vuil bekertje waar bonen in hadden gezeten. Eten uit een afvalbak. In de hoek lagen een paar draderige drollen en wat servetjes. Het licht reikte niet verder dan tot onder aan de trap, voor de grote, stalen deur die toegang gaf tot de afdeling waar de gewelddadigste misdadigers gevangen werden gehouden. De deur stond nu open en werd door een haak aan de muur op zijn plaats gehouden. Starlings zaklantaarn, voorzien van vijf D-batterijen, wierp een sterke, brede straal.

Ze liet het licht door de lange gang van de voormalige streng bewaakte afdeling glijden. Achterin onderscheidde ze iets groots. Griezelig om die celdeuren open te zien staan. De vloer was bezaaid met broodwikkels en bekers. Een frisdrankblikje, zwart geworden door het gebruik als crackpijp, lag op het bureau waar toentertijd een bewaker had gezeten.

Starling haalde de lichtschakelaars achter de bewakerspost om. Niets. Ze pakte haar mobiele telefoon. Het rode lampje leek erg fel in het halfduister. De telefoon was ondergronds onbruikbaar, maar niettemin sprak ze luid in de hoorn, alsof ze telefoneerde. 'Barry, rijd met de truck om naar de zij-ingang. Breng een schijnwerper mee. Je zult een paar karretjes nodig hebben om dit spul naar boven te krijgen... ja, kom maar naar beneden.'

Toen riep Starling de duisternis in: 'Attentie daar binnen. Ik ben van de FBI. Als u hier illegaal verblijft, bent u vrij om te vertrekken. Ik zal u niet arresteren. Het is mij niet om u te doen. U kunt terugkomen nadat ik mijn zaken hier heb afgehandeld, dat maakt mij niets uit. Komt u nu maar te voorschijn. Als u het waagt mij lastig te vallen, zult u zwaar lichamelijk letsel oplopen als ik een kogel in uw bast schiet. Dank u.'

Haar stem galmde door de gang waar zovelen hun keel hadden schorgeschreeuwd en met hun tandvlees de tralies hadden bewerkt toen ze geen tanden meer hadden.

Starling dacht terug aan de geruststellende aanwezigheid van de forse bewaker, Barney, toen ze hier was geweest om dr. Lecter uit te horen. De bizarre hoffelijkheid waarmee Barney en dr. Lecter elkaar hadden bejegend. Geen Barney nu. Een versje uit haar schooltijd schoot haar te binnen en als een driloefening dwong ze zich het in gedachten op te zeggen:

> Footfalls echo in the memory
> Down the passage which we did not take
> Towards the door we never opened
> Into the rose garden.

> (De echo van voetstappen in de herinnering
> Door de gang die wij niet zijn ingegaan
> Op weg naar de deuren die wij nooit openden
> Die toegang boden tot de rozentuin.)

De rozentuin, hoe kwam ze erbij! Dit was om de donder geen rozentuin.

Starling, door recente krantenberichten aangemoedigd om niet alleen zichzelf maar ook haar pistool te verafschuwen, onderging de aanraking van het wapen toch als allesbehalve weerzinwekkend wanneer ze zich, zoals nu, niet op haar gemak voelde. Ze drukte de .45

tegen haar been en liep achter de lichtstraal van haar zaklantaarn de gang in. Het is moeilijk om twee kanten tegelijk in de gaten te houden en van cruciaal belang dat je niemand de kans geeft achter je te komen. Ergens hoorde ze water druppelen.

Gedemonteerde geraamten van bedden stonden in de cellen opgestapeld. In andere cellen lagen matrassen. Midden in de gang lag een plas water en Starling, altijd voorzichtig met haar schoenen, stapte over de smalle plas heen en liep verder. Ze dacht terug aan Barneys advies van jaren geleden toen alle cellen bezet waren. *Blijf in het midden lopen.*

Er stonden inderdaad archiefkasten. Helemaal achterin in het midden van de gang, dof olijfgroen in het licht van haar zaklantaarn.

Hier was de cel die Multiple Miggs had gehuisvest, waar ze met de meeste tegenzin voorbij was gelopen. Miggs, die haar schunnigheden had toegefluisterd en haar had bestookt met zijn lichaamsvocht. Miggs, vermoord door dr. Lecter, die hem had opgedragen zijn vunzige tong door te slikken. En na de dood van Miggs had Sammie in de cel gewoond. Sammie, die door dr. Lecter in zijn rijmelarij werd aangemoedigd, hetgeen een schrikbarend effect op de dichter had gehad. Nu nog hoorde ze Sammie zijn versje uitbulderen:

IK WIL NAAR JEZUS GAAN
IK WIL MET CHRISTUS GAAN
IK KAN MET JEZUS GAAN
ALS IK ME GOED GEDRAAG

Ze had die moeizaam met krijt geschreven tekst nog ergens liggen. De cel lag nu vol matrassen en balen beddengoed, bijeen gebonden in lakens.

En ten slotte dr. Lecters cel.

De stevige tafel waaraan hij had gelezen stond nog steeds midden in de ruimte, met bouten in de vloer bevestigd. De planken waarop zijn boeken hadden gestaan, waren verdwenen, maar de planksteunen staken nog steeds uit de muur.

Starling moest zich eigenlijk met de archiefkasten bezighouden, maar de cel biologeerde haar. Hier had ze de opmerkelijkste confrontatie van haar leven beleefd. Hier was ze afwisselend geschrokken, gechoqueerd en verrast geweest.

Hier was ze dingen over zichzelf te weten gekomen die zo verschrikkelijk waar waren, dat haar hart met de lage tonen van een zware klok had gegalmd.

Ze wilde de cel binnenlopen. Werd erdoor aangelokt zoals we worden aangelokt om van een balkon te springen, zoals we worden verleid door de glinsterende rails als we de trein horen naderen.

Starling liet de lichtstraal van haar zaklantaarn om zich heen glijden, keek achter de rij archiefkasten, bescheen de naastgelegen cellen.

Nieuwsgierigheid voerde haar over de drempel. Ze ging midden in de cel staan waar dr. Hannibal Lecter acht jaar van zijn leven had doorgebracht. Ze stond op de plek waar ze hem had zien staan en verwachtte een tinteling te zullen voelen, maar ze voelde niets. Ze legde haar pistool en haar zaklantaarn op zijn tafel, voorzichtig zodat de zaklantaarn er niet af zou rollen, en legde haar handen plat op zijn tafel, voelde niets dan kruimels onder haar handpalmen.

Over het geheel genomen was het effect teleurstellend. Er restte even weinig van de voormalige bewoner in de cel als van een slang in zijn afgeworpen huid. Starling bedacht op dat moment dat ze één ding beter had leren begrijpen: dood en gevaar worden niet altijd voorafgegaan door een zichtbare waarschuwing. Ze kunnen verborgen liggen in de zoete adem van een geliefde. Ze kunnen je overvallen op een zonnige middag bij een vismarkt, terwijl 'La Macarena' uit een gettoblaster schettert.

Ter zake nu. Er stond een ruim twee meter lange rij archiefkasten, vier kasten totaal, kinhoog. In elke kast zaten vijf laden, beveiligd door een enkelvoudig vierpuntsslot naast de bovenste la. Geen van de kasten was op slot. Ze zaten allemaal vol dossiers, sommige daarvan waren lijvig, en elk dossier zat in een hangmap. Oude, gemarmerde, papieren hangmappen die in de loop der tijd slap waren geworden en nieuwere dossiers in manillahangmappen. De medische dossiers van doden, sommige daterend uit 1932, toen het ziekenhuis in gebruik was genomen. In grote lijnen waren ze alfabetisch opgeborgen, maar achter de hangmappen in de lange laden lagen platte stapeltjes met nog meer materiaal. Starling keek vluchtig de hangmappen door; met haar ene hand hield ze de zware zaklantaarn op haar schouder in evenwicht en met de vingers van haar vrije hand liep ze door de dossiers, terwijl ze betreurde dat ze geen kleine zaklantaarn bij zich had die ze tussen haar tanden kon klemmen. Zodra ze begreep hoe het systeem in elkaar zat, kon ze hele laden overslaan, voorbij de J, het weinige onder K, door naar de L en jawel, hoor: Lecter, Hannibal.

Starling trok de lange manillahangmap uit de la, betastte die op zoek naar de stugheid van een röntgennegatief, legde de hangmap boven op de andere dossiers, sloeg de map open en vond de ziektegeschiedenis van wijlen I.J. Miggs. Verdomme. Miggs viel haar zelfs nog vanuit het graf lastig. Ze legde het dossier boven op de archiefkast en vloog door naar de M. Daar vond ze Miggs' eigen manillahangmap, op de alfabetisch correcte plaats. De map was leeg. Archiveringsfout? Had iemand per ongeluk het dossier van Miggs in de hangmap van Hannibal Lecter opgeborgen? Ze doorliep alle mappen onder de M op zoek naar een dossier zonder map. Ze ging terug naar de J. Ze werd zich bewust van een toenemende irritatie. De stank die hier hing drong zich heviger aan haar op. De huisbewaarder had gelijk, ademhalen viel hier niet mee. Ze was halverwege de J toen het tot haar doordrong dat de stank nu snel in hevigheid toenam.

Achter zich hoorde ze een kleine plons en ze draaide zich met een ruk om, zaklantaarn in aanvalshouding, hand onder haar blazer bij de pistoolgreep. In het schijnsel van haar zaklantaarn stond een lange man in smerige vodden met een van zijn buiten proporties opgezwollen voeten in het water. Zijn ene hand hield hij opzij uitgestrekt. In zijn andere hand hield hij een scherf van een gebroken bord. Een van zijn benen en allebei zijn voeten waren omwonden met stroken van een laken.

'Hallo,' zei hij, met een door spruw verdikte tong. Vanaf anderhalve meter afstand kon Starling zijn adem ruiken. Onder haar jasje ging haar hand van het pistool naar het traangas.

'Hallo,' zei Starling. 'Wilt u alstublieft daar tegen de tralies gaan staan?'

De man bewoog zich niet. 'Ben jij Jezus?' vroeg hij.

'Nee,' zei Starling. 'Ik ben Jezus niet.' Die stem. Starling herkende de stem.

'Ben jij Jezus!' Zijn gezicht vertrok zich krampachtig.

Die stem. Kom op, denk na. 'Hallo, Sammie,' zei ze. 'Hoe gaat het met je? Ik moest net nog aan je denken.'

Hoe zat het ook alweer met Sammie? De informatie, die ze snel opdiepte, klopte niet helemaal. *Heeft het hoofd van zijn moeder in de collecteschaal gelegd terwijl de schare 'Geef iets van waarde aan de Here' zong. Beweerde dat het zijn meest waardevolle bezit was. Highway Baptist Church ergens. Boos, volgens dr. Lecter, omdat Jezus zo op zich laat wachten.*

'Ben jij Jezus?' vroeg hij, klaaglijk nu. Hij stak zijn hand in zijn zak en haalde een sigarettenpeuk te voorschijn, een beste peuk, ruim vijf centimeter lang. Hij legde de peuk op zijn bordscherf en hield haar die als een offergave voor.

'Sammie, het spijt me, ik ben Jezus niet. Ik ben...'

Sammie ontsteekt plotseling in woede, hij is laaiend omdat ze Jezus niet is en zijn stem buldert door de klamme gang:

Hij hief de bordscherf, de rand scherp als een schoffel, en deed een stap in de richting van Starling. Allebei zijn voeten staan nu in het water, zijn gezicht is vertrokken en zijn vrije hand klauwt door de lucht tussen hen in.

Ze stond met haar rug tegen de archiefkasten gedrukt.

'JE KUNT MET JEZUS GAAN... ALS JE JE GOED GEDRAAGT,' declameerde Starling, luid en duidelijk alsof ze het hem van verre toeschreeuwde.

'Ja,' zei Sammie rustig, en hij bleef staan.

Starling rommelde door haar tas, vond een chocoladereep. 'Sammie, ik heb een Snickers. Vind je een Snickers lekker?'

Hij zei niets.

Ze legde de Snickers op een manillamap en hield die hem voor zoals hij haar het bord had voorgehouden.

Hij nam de eerste hap zonder de wikkel te verwijderen, spuugde het papier uit en nam nog een hap, at de reep voor de helft op.

'Sammie, is iemand anders hier beneden geweest?'

Hij negeerde haar vraag, legde het restant van de reep op zijn bord en verdween achter een stapel matrassen in zijn oude cel.

'Wat moet dit nou weer voorstellen?' De stem van een vrouw. 'Dank je wel, Sammie.'

'Wie bent u?' riep Starling.

'Gaat je geen donder aan.'

'Woont u hier met Sammie?'

'Natuurlijk niet. We hebben een afspraak. Zou je ons misschien met rust kennen laten?'

'Ja. Geef antwoord op mijn vraag. Hoe lang bent u hier al?'

'Twee weken.'

'Is er in die tijd iemand anders beneden geweest?'

'Een stel zwervers die Sammie heb weggejaagd.'

'Sammie beschermt u?'

'Val me maar lastig, dan kom je d'r wel achter. Ik kan goed lopen. Ik zoek eten, hij heb een veilige plek om het op te eten. Mensen maken wel vaker zulke afspraken.'

'Is een van jullie beiden opgenomen in een of ander programma? Willen jullie in een programma opgenomen worden? Daarbij kan ik jullie behulpzaam zijn.'

'Hij heb 't allemaal al gedaan. Je gaat de wereld in en je werkt de hele klotezooi af en komt weer terug naar waar je mee begonnen bent. Wat zoek je eigenlijk? Wat moet je hier?'

'Een paar dossiers.'

'Als je ze niet kan vinden, heb iemand ze gestolen, dat kan je toch zeker zelf wel bedenken?'

'Sammie?' zei Starling. 'Sammie?'

Sammie reageerde niet. 'Hij slaapt,' zei zijn vriendin.

'Als ik hier wat geld achterlaat, koop je er dan iets te eten voor?' zei Starling.

'Nee, dan koop ik drank. Eten kun je vínden. Drank vind je nergens. Kijk uit dat je je kont niet stoot aan de deurknop als je naar buiten gaat.'

'Ik leg het geld op het bureau,' zei Starling. Ze had de neiging om weg te rennen, dacht terug aan die keren dat ze bij dr. Lecter was weggegaan, dacht eraan terug met hoeveel moeite ze zich had weten te beheersen als ze in de richting liep van het rustpunt dat Barneys wachtpost toen was.

In het licht van het trappenhuis pakte Starling een biljet van twintig dollar uit haar portefeuille. Ze legde het geld op Barneys bekraste, verlaten bureau en zette er een lege wijnfles bovenop. Ze vouwde een plastic boodschappentasje open en stopte daar de Lecter hangmap met het dossier van Miggs en de lege Miggs-map in.

'Dag. Dag, Sammie,' riep ze tegen de man die in de wereld had vertoefd en was teruggekeerd naar de hel die hem vertrouwd was. Ze wilde hem vertellen dat ze hoopte dat Jezus gauw zou komen, maar het klonk te dwaas om het hardop te zeggen.

Starling klom terug naar het licht, om haar eigen reis door de wereld te hervatten.

12

Als er tussenstops zijn op weg naar de hel, lijken die ongetwijfeld op de ambulance-ingang van het Maryland-Misericordia General Hospital. Tegen een achtergrond van het wegstervend geloei van sirenes, het gehuil van stervenden, het gerammel van de druipende brancards op wielen, de kreten en het gegil, stijgen de stoomkolommen uit de mangaten omhoog, die in de duisternis roodgekleurd werden door een groot neonbord met de letters EERSTE HULP, als Mozes' eigen vuurkolom, en overdag in wolken veranderen.

Barney kwam de stoom uit, trok onder zijn jasje zijn brede schouders op, zijn hoofd met het stekeltjeshaar gebogen terwijl hij met grote passen het opgebroken wegdek overstak en de ochtend tegemoet liep.

Zijn dienst zat er al vijfentwintig minuten op – de politie had een onder invloed van drugs verkerende man binnengebracht, een pooier met een schotwond die een vechtpartij met een vrouw niet uit de weg ging, en de hoofdzuster had hem gevraagd wat langer te blijven. Barney werd altijd gevraagd om te blijven als er sprake was van een gewelddadige patiënt.

Clarice Starling volgde Barney met haar blik van onder de capuchon van haar jack en wachtte tot hij een half huizenblok voor haar uit liep, alvorens haar grote tas over haar schouder te hangen en hem te volgen. Tot haar opluchting liep hij zowel de parkeerplaats als de bushalte voorbij. Barney zou te voet gemakkelijker te volgen zijn. Ze wist niet waar hij woonde en dat moest ze weten voordat hij haar in het oog kreeg.

De buurt achter het ziekenhuis was rustig, een populatie van fabrieksarbeiders van uiteenlopend ras. Een buurt waar je je auto van een alarminstallatie voorzag, maar waar het niet nodig was de accu 's nachts mee naar binnen te nemen en waar kinderen buiten konden spelen.

Na drie huizenblokken bleef Barney even staan tot een bestelwagen die de oversteekplaats blokkeerde, was doorgereden, waarna hij naar het noorden afsloeg, een straat met smalle huizen in, sommige met marmeren stoepjes en keurige voortuinen. De weinige leegstaande winkelpanden waren intact met witgekalkte ramen. Sommige winkels waren al open en er liepen een paar mensen op straat. De 's nachts aan beide zijden van de straat geparkeerde vrachtwagens blokkeerden gedurende dertig seconden Starlings uitzicht en toen ze Barney weer in het oog kreeg, zag ze dat hij had haltgehouden. Ze bevond zich op dezelfde hoogte aan de overkant van de straat toen ze hem zag. Misschien had hij haar ook gezien, dat wist ze niet zeker.

Hij stond met zijn handen in de zakken van zijn jasje, hoofd naar voren, keek van onder zijn wenkbrauwen naar iets dat midden op straat bewoog. Een dode duif lag op de grond, een van zijn vleugels wapperde in de wind als er een auto langsreed. De wederhelft van de dode vogel draaide in kringetjes om het lichaampje, bekeek het met een schuin oog, terwijl het kopje schokkerig bewoog bij elke pas van zijn roze pootjes. Onophoudelijk liep hij zacht koerend om het lijkje heen. Een aantal auto's en een bestelwagen reden door de straat, waarbij de overlevende vogel amper moeite deed het verkeer te ontwijken en pas op het laatste moment opvloog.

Misschien keek Barney ook naar haar, Starling wist het niet zeker. Ze moest doorlopen, anders zou hij haar in de gaten krijgen. Toen ze over haar schouder keek, zat Barney midden op straat, met zijn hand opgestoken om het verkeer tegen te houden.

Ze liep de hoek om, uit het zicht, trok haar jack met capuchon uit, haalde een sweater, een honkbalpet en een sporttas uit haar grote schoudertas en kleedde zich snel om, propte haar jack en de schoudertas in de sporttas en stopte haar haar onder de pet. Ze liep een eindje mee met een groepje schoonmaaksters die op weg naar huis waren en liep de hoek weer om, Barneys straat op.

Hij hield de dode duif in zijn tot een kom gevormde handen. De andere vloog met een geruis van vleugels naar de kabels boven zijn hoofd en hield hem in de gaten. Barney legde de dode vogel op het gras en streek zijn veren glad. Hij draaide zijn brede gezicht naar de vogel die op de kabel zat en zei iets. Toen hij zijn weg vervolgde, streek de overlevende vogel op het gras neer en begon, stappend door het gras, weer cirkeltjes te draaien om het lichaam. Barney keek niet meer achterom. Toen hij honderd meter verderop in de straat de stoep voor een flatgebouw opliep en naar zijn sleutels tastte, zette Starling de sprint erin om het halve huizenblok te overbruggen voordat hij tijd had gehad de deur open te maken.

'Barney. Hoi.'

Hij draaide zich langzaam om en keek op haar neer. Starling was vergeten dat Barneys ogen onnatuurlijk ver uit elkaar stonden. Ze zag de intelligentie in zijn blik en voelde een klein schokje van verwantschap.

Ze trok de pet van haar hoofd en schudde haar haar los. 'Ik ben Clarice Starling. Ken je me nog? Ik ben...'

'Die FBI-agent,' zei Barney, met een uitgestreken gezicht.

Starling legde haar handpalmen tegen elkaar en knikte. 'Klopt, ik ben inderdaad die FBI-agent. Barney, ik moet je spreken. Niets officieels, maar ik moet je een paar dingen vragen.'

Barney kwam de stoeptreetjes af. Toen hij voor Starling op het trottoir stond, moest ze nog steeds omhoogkijken om hem aan te kunnen kijken. Ze voelde zich niet bedreigd door zijn omvang, een dreiging die een man wel zou hebben gevoeld.

'Agent Starling, zou u voor de goede orde willen bevestigen dat ik niet op mijn rechten ben gewezen?' Hij had een harde, rauwe stem, als de stem van Johnny Weismullers Tarzan.

'Absoluut. Ik heb je niet op je rechten gewezen. Dat bevestig ik hierbij.'

'Wil je het ook in je tas zeggen?'

Starling trok haar tas open en sprak luid tegen de inhoud alsof er een kaboutertje in zat: 'Ik heb Barney niet op zijn rechten gewezen, hij is niet op de hoogte gesteld van zijn rechten.'

'Verderop in de straat kun je een behoorlijke kop koffie krijgen,' zei Barney. 'Hoeveel petten zitten er in die tas?' vroeg hij onder het lopen.

'Drie,' zei ze.

Toen de van een handicapbord voorziene bestelwagen langsreed, was Starling zich ervan bewust dat de inzittenden haar opnamen, maar ook invaliden kunnen geil zijn, en hebben daar trouwens het volste recht toe. De jongemannen in de auto bij het volgende kruispunt namen haar eveneens van kop tot teen op, maar zeiden niets vanwege Barney. Als er wat dan ook uit het raampje was gestoken, zou Starling dat onmiddellijk hebben opgemerkt – ze was constant op haar hoede voor Crip-wraak – zwijgend gelonk nam ze echter voor lief.

Toen ze met Barney de koffieshop betrad, reed de bestelwagen achteruit een steeg in, keerde en volgde de weg terug die hij had afgelegd.

Ze moesten wachten op een zitplaats in de drukbevolkte uitsmijtertent, terwijl de kelner iets in Hindi schreeuwde tegen de kok, die het vlees hanteerde met een lange tang en een schuldbewuste uitdrukking op zijn gezicht had.

'Laten we wat te eten bestellen,' zei Starling toen hun een zitplaats was toegewezen. 'Op rekening van Uncle Sam. Hoe gaat het met je, Barney?'

'Mijn baan kon slechter.'

'Wat doe je voor de kost?'

'Ziekenbroeder, ongediplomeerd.'

'Ik had verwacht dat je inmiddels gediplomeerd zou zijn, misschien zelfs bezig met een medische studie.'

Barney haalde zijn schouders op en strekte zijn hand uit naar de creamer. Hij keek op naar Starling. 'Hebben ze je eruit gewerkt voor de dood van Evelda?'

'Dat valt nog te bezien. Kende je haar?'

'Ik heb haar een keer gezien, toen ze haar man, Dijon, binnenbrachten. Hij was dood, hij was al doodgebloed voordat ze hem in de ziekenwagen hadden gelegd. Toen wij hem onder handen kregen, druppelde er alleen nog maar helder vocht uit zijn wond. Ze wilde hem niet laten gaan en begon met de verpleegsters te vechten. Ik moest... je weet wel... Knappe vrouw, en behoorlijk sterk. Ze hebben haar niet binnengebracht nadat...'

'Nee, ze is op het strijdtoneel doodverklaard.'

75

'Dat lijkt me niet meer dan logisch.'

'Barney, nadat je dr. Lecter aan die lui uit Tennessee had overgedragen...'

'Die hebben hem allesbehalve fatsoenlijk behandeld.'

'Nadat je...'

'En nu zijn ze allemaal dood.'

'Ja. Zijn bewakers slaagden erin drie dagen in leven te blijven. Jij hebt het acht jaar volgehouden om dr. Lecter te bewaken.'

'Zes jaar maar – hij was er al toen ik kwam.'

'Hoe heb je dat klaargespeeld, Barney? Als ik zo vrij mag zijn, hoe heb je het al die tijd met hem vol weten te houden? Het kan onmogelijk alleen een kwestie zijn geweest van hem fatsoenlijk behandelen.'

Barney keek naar zijn spiegelbeeld in zijn lepel, eerst in de bolle kant en vervolgens in de holle kant en dacht even na. 'Dr. Lecter had uitstekende manieren, niet stijf, maar ontspannen en elegant. Ik was toentertijd bezig met een paar schriftelijke cursussen en hij maakte mij deelgenoot van zijn ideeën. Dat wilde niet zeggen dat hij me bij de eerste de beste gelegenheid niet zou hebben vermoord – de ene karaktereigenschap sluit de andere niet uit. Goed en slecht kunnen naast elkaar bestaan. Socrates wist het veel beter onder woorden te brengen. In een situatie van een zwaar bewaakte gevangene kun je je niet veroorloven dat uit het oog te verliezen, nooit. Zolang je dat niet vergeet, zit je goed. Dr. Lecter heeft er misschien wel spijt van gekregen dat hij me Socrates heeft laten lezen.' Voor Barney, die niet belast was met de invloed van standaard onderwijs, was Socrates een nieuwe ervaring geweest, die veel weg had van een persoonlijke kennismaking.

'De veiligheidsmaatregelen stonden los van onze gesprekken, het een had niets met het ander te maken,' zei hij. 'De veiligheidsmaatregelen waren nooit persoonlijk, zelfs niet als ik gedwongen werd zijn correspondentieprivileges stop te zetten of hem in de boeien te slaan.'

'Heb je veel met dr. Lecter gesproken?'

'Soms gingen er maanden voorbij zonder dat hij een woord sprak en soms raakten we in gesprek, 's avonds laat als het gejammer was weggestorven. Eigenlijk was het zo dat ik, ondanks die schriftelijke cursussen, geen moer wist, en hij liet me een hele wereld zien, letterlijk – Suetonius, Gibbon, noem maar op.' Barney pakte zijn koffiekop op. Op een verse kras boven op zijn hand was een streep oranje Betadine aangebracht.

'Ben je nooit bang geweest dat hij je na zijn ontsnapping te grazen zou kunnen nemen?'

Barney schudde zijn enorme hoofd. 'Hij heeft me eens verteld dat hij, wanneer het "haalbaar" was, de voorkeur gaf aan het oppeuzelen van hufters. "Scharrelhufters" noemde hij die.' Barney lachte, een zeldzame aanblik. Hij had babytandjes en zijn plezier leek een tikkeltje overdreven, als de uitbundige vrolijkheid van een baby die zijn pap in het gezicht van een zoetsappige oom slingert.

Starling vroeg zich af of hij te veel tijd ondergronds met de gekken had doorgebracht.

'Hoe zit het eigenlijk met jou, heb jij je ooit... onbehaaglijk gevoeld na zijn ontsnapping? Ben jij nooit bang geweest dat hij achter je aan zou komen?' vroeg Barney.

'Nee.'

'Waarom niet?'

'Hij zei dat hij dat niet zou doen.'

Vreemd genoeg was dit antwoord voor beiden afdoend.

De eieren werden gebracht. Barney en Starling hadden trek en een paar minuten lang zaten ze zwijgend te eten. Toen...

'Barney, toen dr. Lecter naar Memphis is overgebracht, heb ik je om zijn tekeningen gevraagd die in zijn cel hingen, en jij hebt me die gebracht. Wat is er met de overige spullen gebeurd – boeken, papieren? Het ziekenhuis beschikt niet eens meer over zijn medisch dossier.'

'Het rommelde nogal.' Barney aarzelde, tikte met de zoutstrooier tegen zijn handpalm. 'Het rommelde nogal in het ziekenhuis, weet je. Ik ben ontslagen, een heleboel mensen zijn ontslagen, het was één grote puinzooi. Ik zou onmogelijk kunnen zeggen...'

'Ho even,' zei Starling. 'Ik verstond even niet wat je zei door al het geroezemoes om ons heen. Gisteravond heb ik gehoord dat dr. Lecters van commentaar voorziene en gesigneerde exemplaar van de *Dictionary of Cuisine* van Alexandre Dumas twee jaar geleden bij een privéveiling in New York te koop is aangeboden. Voor zestienduizend dollar is het naar een privéverzamelaar gegaan. Het eigendomsbewijs was ondertekend door ene "Cary Phlox". Ken jij "Cary Phlox", Barney? Ik mag hopen van wel, want het handschrift waarmee je sollicitatieformulier bij het ziekenhuis waar je nu werkt is ingevuld, is van hem, alleen heeft hij getekend als "Barney". Hij heeft tevens je belastingformulier ingevuld. Helaas heb ik niet verstaan wat je zojuist zei. Wil je alsjeblieft van voren af aan beginnen? Wat heb je voor het boek gevangen, Barney?'

'Om en nabij de tien,' zei Barney, die haar recht in de ogen keek.

Starling knikte. 'Volgens de kwitantie tieneneenhalf. Wat heb je gekregen voor dat interview in de *Tattler* na dr. Lecters ontsnapping?'

'Vijftien mille.'

'Te gek. Goed gedaan. Al die onzin die je die mensen hebt wijsgemaakt, was dus verzonnen.'

'Ik wist dat dr. Lecter er geen bezwaar tegen zou hebben. Hij zou teleurgesteld zijn geweest als ik die lui niet gepiepeld had.'

'Die aanval op die verpleegster vond plaats voordat jij bij Baltimore State kwam werken?'

'Ja.'

'Zijn schouder is toen uit de kom geraakt.'

'Dat heb ik begrepen.'

'Is er een röntgenfoto van gemaakt?'

'Waarschijnlijk wel.'

'Ik heb die röntgenfoto nodig.'

'Hm.'

'Ik heb ontdekt dat de Lecter-handschriften zijn onderverdeeld in twee groepen, de met inkt geschreven exemplaren daterend van voor zijn opsluiting, en die in krijt of viltstift die hij vanuit het krankzinnigengesticht heeft geschreven. Krijt is meer waard, maar dat wist je vast al. Barney, volgens mij heb jij alles in je bezit en ben je van plan het in de komende jaren te slijten aan verzamelaars.'

Barney haalde zijn schouders op en zei niets.

'Volgens mij zit je te wachten tot hij weer onderwerp van gesprek wordt. Wat wil je eigenlijk, Barney?'

'Ik wil voordat ik sterf elke Vermeer ter wereld zien...'

'Ik hoef je zeker niet te vragen wie je interesse in Vermeer heeft gewekt?'

'We hebben tijdens die nachtelijke gesprekken over een heleboel dingen gepraat.'

'Hebben jullie het erover gehad wat hij het liefst zou doen als hij vrij was?'

'Nee. Dr. Lecter heeft totaal geen belangstelling voor hypotheses. Hij gelooft niet in syllogisme, noch in synthese, noch in het absolute.'

'Waar gelooft hij dan wel in?'

'Chaos. Maar daar hoef je niet eens in te geloven. Dat is iets vanzelfsprekends.'

Starling besloot om Barney even tegemoet te komen.

'Dat klinkt alsof jij erin gelooft,' zei ze, 'terwijl je baan in Baltimore State inhield dat je de orde moest handhaven. Dat was je voornaamste taak. Jij en ik zitten allebei in het ordehandhavingsvak. Dr. Lecter heeft niet aan jou weten te ontkomen.'

'Dat heb ik je al uitgelegd.'

'Omdat je altijd op je hoede bent gebleven. Ondanks het feit dat er een zekere verbroedering...'

'Er was geen sprake van verbroedering,' zei Barney. 'Hij is niemands broer. We hebben gesproken over zaken waarvoor we allebei belangstelling hadden. Voor mij was wat ik van die gesprekken heb opgestoken tenminste behoorlijk interessant.'

'Heeft dr. Lecter ooit de spot met je gedreven omdat je iets niet wist?'

'Nee. Heeft hij met jou weleens de spot gedreven?'

'Nee,' zei ze, om Barneys gevoelens te sparen, nu ze opeens besefte dat de spot uit de mond van dat monster als compliment beschouwd moest worden. 'Hij zou er genoeg aanleiding voor hebben gehad als hij dat gewild had. Weet jij waar al die spullen liggen, Barney?'

'Is er een beloning uitgeloofd voor degene die ze vindt?'

Starling vouwde haar papieren servetje op en legde het onder de rand van haar bord. 'De beloning bestaat hieruit dat ik je niet zal aanklagen wegens belemmering van de rechtsgang. Ik heb je al eerder gematst toen je een afluisterapparaat in mijn bureau in het ziekenhuis hebt aangebracht.'

'Dat was in opdracht van wijlen dr. Chilton.'

'Wijlen? Hoe weet jij dat dr. Chilton niet meer leeft?'

'Nou ja, hij is al zeven jaar te laat voor zijn werk,' zei Barney. 'Ik verwacht echt niet dat hij een dezer dagen op komt dagen. Mag ik jou nou iets vragen? Waarmee ben jij gelukkig te maken, speciaal agent Starling?'

'Ik wil die röntgenfoto zien. Ik wil die röntgenfoto. En als er nog boeken van dr. Lecter ergens rondzwerven, wil ik die zien.'

'Stel dat we dat spul vinden, wat zou er later dan mee gebeuren?'

'Om je de waarheid te zeggen, dat weet ik niet precies. Het zou kunnen dat het OM beslag legt op het hele spulletje en het als bewijs beschouwt in het onderzoek naar de ontsnapping. Dan zal het tot in eeuwigheid liggen wegrotten in de een of andere opslagruimte voor bewijsstukken. Als ik het spul onderzoek en niets bruikbaars in die boeken vind, en daar bovendien melding van maak, zou je kunnen volhouden dat dr. Lecter ze aan jou gegeven heeft. Hij is inmiddels al zeven jaar weg, dus je zou een officiële claim kunnen indienen. Hij heeft voor zover bekend geen familie. Ik zou aanbevelen dat al het materiaal dat geen kwaad kan jou ter hand zou worden gesteld. Maar je moet goed beseffen dat een aanbeveling afkomstig van mij weinig gewicht in de schaal legt. Je zou waarschijnlijk nooit de röntgenopname of het medisch dossier terugkrijgen, aangezien hij het recht niet had die weg te geven.'

'En als ik je nou zeg dat ik het spul niet heb?'

'Lecter-materiaal zal moeilijk te verkopen worden aangezien wij een bulletin zullen verspreiden om de markt ervan op de hoogte te brengen dat wij het een ieder die het in ontvangst neemt of in bezit heeft, zullen aanhouden en vervolgen. Ik zal een huiszoeking en machtiging tot inbeslagname aanvragen ten aanzien van jouw woonadres.'

'Slim zoals je achter mijn adres bent gekomen.'

'Verder kan ik je nog beloven dat je, als je mij het materiaal overhandigt, geen problemen zult krijgen vanwege het feit dat je het spul hebt weggenomen, in aanmerking genomen wat ermee zou zijn gebeurd als je het had laten liggen waar het lag. De belofte dat je alles zult terugkrijgen, kan ik je helaas niet met zekerheid geven.' Starling ging nadrukkelijk in haar tas zitten rommelen. 'Weet je wat ik denk, Barney? Volgens mij heb jij nog geen medische graad behaald omdat je geen bewijs voor goed gedrag kunt aanvragen. Misschien heb je wel ergens een strafblad. Is dat het misschien? Stom van mij, zeg – ik heb nooit naar een strafblad gezocht, dat heb ik niet nagetrokken.'

'Nee, alleen maar mijn belastingaangifte en mijn sollicitatieformulier, meer niet. Ik ben diep geroerd.'

'Als je een strafblad hebt, zou de officier van justitie in het bewuste district misschien een goed woordje voor je kunnen doen en de lei schoonvegen.'

Barney veegde met een stukje toast zijn bord schoon. 'Was dat wat je op je lever had? Laten we een stukje gaan lopen.'

'Ik heb Sammie gezien, weet je nog, die Miggs' cel heeft overgenomen? Hij woont er nog steeds,' zei Starling toen ze weer buiten stonden.

'Ik dacht dat dat gebouw onbewoonbaar was verklaard.'

'Dat is het ook.'

'Zit Sammie in een of ander programma?'

'Nee, hij woont daar gewoon, in het donker.'

'Volgens mij kun je beter aan iemand doorgeven dat hij daar woont. Hij is een aftakelende diabeet, die redt het daar niet. Weet je waarom dr. Lecter Miggs zijn tong heeft laten inslikken?'

'Ik geloof het wel.'

'Hij heeft hem vermoord omdat hij jou heeft beledigd. Speciaal daarom. Niet dat je je daarover bezwaard hoeft te voelen – hij zou het misschien evengoed hebben gedaan.'

Ze liepen Barneys flatgebouw voorbij naar het gazon waar de duif nog steeds in kringetjes liep om het lijfje van zijn dode maatje. Barney joeg hem met zijn handen weg. 'Wegwezen,' zei hij tegen de vogel. 'Je hebt nu lang genoeg getreurd. Als je hier nog langer blijft rondlopen, krijgt de kat je nog te pakken.' De duif vloog met een fluitend geluid weg. Ze zagen niet waar hij neerstreek.

Barney raapte de dode vogel op. Het lijfje met de gladgestreken veren gleed gemakkelijk zijn zak in.

'Weet je, dr. Lecter heeft het een keer even over jou gehad. Misschien de laatste keer dat ik hem gesproken heb, een van de laatste keren. Die vogel deed me er aan denken. Wil je weten wat hij zei?'

'Ja hoor,' zei Starling. Haar ontbijt draaide om in haar maag, maar ze was vastbesloten haar gevoelens niet te laten blijken.

'We hadden het over erfelijk, moeilijk af te leren gedrag. Hij gebruikte de genetische eigenschappen van een bepaalde duivensoort, de tuimelaar, als voorbeeld. Ze vliegen hoog de lucht in, om vervolgens, terwijl ze zich naar beneden laten vallen, uit een bepaalde intimidatiedrang achterwaartse salto's uit te voeren. Er bestaan zowel ondiep-tuimelaars als diep-tuimelaars. Je kunt geen jongen kweken met twee diep-tuimelaars, omdat de afstammelingen helemaal naar beneden zouden tuimelen, te pletter zouden vallen en sterven. Hij zei: "Agent Starling is een diep-tuimelaar, Barney. Laten we hopen dat een van haar ouders dat niet was."'

Daar moest Starling even over nadenken. 'Wat ben je met die vogel van plan?' vroeg ze.

'Plukken en opeten,' zei Barney. 'Loop mee naar mijn huis, dan geef ik je de röntgenfoto en de boeken.'

Terwijl ze met het langwerpige pak in de richting van het ziekenhuis en haar auto liep, hoorde Starling één keer de roep van de overlevende, treurende duif vanuit de bomen.

13

Dankzij de voorkomendheid van een bepaalde gek en de obsessie van een tweede, had Starling eindelijk wat ze altijd had willen hebben, een kantoor in de legendarische ondergrondse gang van Gedragswetenschappen, al was de reden waarom ze het kantoor had gekregen bitter.

Starling had toen ze afstudeerde aan de FBI-academie nooit verwacht direct bij de elitaire afdeling Gedragswetenschappen te worden geplaatst, maar ze had geloofd dat ze een plekje daar zou kunnen verdienen. Ze had geweten dat ze eerst een aantal jaren bij districtskantoren zou worden ingezet.

Starling deed haar werk uitstekend, maar had een broertje dood aan bureaucratie, en na jaren had ze eindelijk begrepen dat ze nooit bij Gedragswetenschappen zou belanden, ondanks de wens van het hoofd van die afdeling, Jack Crawford.

Een van de hoofdredenen was haar onduidelijk geweest tot ze, als een sterrenkundige die een zwart gat ontdekt, geconfronteerd werd met assistent inspecteur-generaal Paul Krendler en diens invloed op de mensen in zijn omgeving. Hij had haar nooit vergeven dat zij hem een stapje voor was geweest bij het vinden van seriemoordenaar Jame Gumb, en de aandacht van de media die de aanhouding haar had opgeleverd, had hij niet kunnen verkroppen.

Eenmaal, op een regenachtige winteravond, had Krendler haar thuis opgebeld. Ze had de telefoon aangenomen gekleed in een ochtend-jas en konijnensloffen, met haar haar in een handdoek gedraaid. Ze zou zich altijd de precieze datum weten te herinneren, omdat het de eerste week van Desert Storm was. Starling was toentertijd agent bij de technische dienst en was net terug uit New York, waar ze de radio had vervangen in de limousine van de Iraakse VN-delegatie. De nieuwe radio leek precies op de oude, behalve dat hij in de auto ge-voerde gesprekken doorgaf aan een satelliet van het ministerie van defensie. Het was een riskante klus geweest, in een privégarage, en ze was nog steeds gespannen geweest.

Eén krankzinnig ogenblik lang had ze gedacht dat Krendler haar bel-de om haar te vertellen dat ze prima werk had geleverd.

Ze herinnerde zich de regen tegen het raam en Krendlers stem aan de telefoon, zijn onduidelijke gebrabbel, kroeggeluiden op de ach-tergrond.

Hij wilde een afspraakje met haar maken. Hij zei dat hij met een halfuur bij haar kon zijn. Hij was getrouwd.

'Beter van niet, meneer Krendler,' zei ze, en toen ze de opnameknop van haar antwoordapparaat indrukte, en de wettelijk vereiste piep-toon weerklonk, werd de verbinding verbroken.

Nu, jaren later, in het kantoor dat ze had willen verdienen, schreef Starling met een potlood haar naam op een stukje papier en plakte dat met plakband op de deur. Dat was niet geestig en ze trok het er weer af en gooide het in de prullenbak.

In haar in-bakje lag één poststuk. Het was een vragenlijst van *The Guinness Book of World Records*, dat haar wilde opnemen als vrou-welijke ordehandhaver met het grootste aantal gedode misdadigers op haar naam in de Amerikaanse geschiedenis. Volgens uitleg van de uitgever werd de term *misdadigers* bewust gehanteerd, aangezien alle omgekomenen waren veroordeeld voor meervoudige misdrijven. De vragenlijst belandde bij haar naam in de prullenbak.

Ze zat al bijna twee uur op de toetsen van haar computer te hameren, losse haarslierten uit haar gezicht blazend, toen Crawford aanklopte en zijn hoofd door de deuropening naar binnen stak.

'Brian van het lab heeft gebeld, Starling. Masons röntgenfoto en het exemplaar dat je van Barney hebt gekregen, zijn identiek. Het is inderdaad Lecters arm. Ze gaan de beelden digitaliseren en ze nog eens vergelijken, maar volgens hem bestaat er geen twijfel. We zullen alles overbrengen naar het beveiligde Lecter-VICAPdossier.'

'En wat doen we met Mason Verger?'

'Die vertellen we de waarheid,' zei Crawford. 'Jij en ik weten allebei dat hij ons niets vertelt, Starling, behalve als hij ergens op stuit waar hij zelf niet mee verder kan. Maar als we nu zijn aanknopingspunt in Brazilië proberen van hem over te nemen, gaat dat in rook op.'

'U hebt me gevraagd het met rust te laten, en daar heb ik me aan gehouden.'

'Je hebt hier wel íéts zitten doen.'

'Masons röntgenfoto was door DHL bezorgd. DHL heeft door middel van de streepjescode en de informatie op het etiket de afhaallokatie achterhaald. Het Ibarra hotel in Rio.' Starling stak haar hand omhoog om te voorkomen dat hij haar in de rede zou vallen. 'Deze informatie is afkomstig uit New York. In Brazilië is geen navraag gedaan.

Mason voert zijn zakelijke gesprekken, veel ervan tenminste, via de centrale van een sport-bookmaker in Las Vegas. U kunt zich misschien voorstellen hoeveel gesprekken die te behandelen krijgen.'

'Wil ik weten hoe je daar bent achtergekomen?'

'Honderd procent legaal,' zei Starling. 'Nou ja, bijna dan – ik heb niets in zijn huis achtergelaten. Ik heb de codes om zijn telefoonrekening te kunnen bekijken, dat is alles. Alle agenten van de technische dienst hebben die. Stel dat we aanvoeren dat hij de rechtsgang belemmert. Gezien zijn connecties zouden we ik weet niet hoe lang moeten bidden en smeken om een val voor hem te mogen zetten en zijn gangen na te gaan. Trouwens, wat voor straf zou u hem kunnen opleggen als hij veroordeeld werd? Maar feit is dat hij gebruikmaakt van nota bene een sport-bookmaker.'

'Ik snap wat je bedoelt,' zei Crawford. 'De Commissie voor het Gokwezen van Nevada zou ofwel de telefoon kunnen aftappen ofwel de sport-bookmaker waar de telefoontjes ten slotte terechtkomen, onder druk kunnen zetten om ons te vertellen wat we willen weten.'

Ze knikte. 'Ik heb Mason met rust gelaten, precies zoals u me had opgedragen.'

'Dat zie ik heus wel,' zei Crawford. 'Je kunt Mason vertellen dat we hem waarschijnlijk via Interpol en de ambassade kunnen helpen. Vertel hem dat we mensen daarheen moeten brengen om een uitleveringsprocedure op gang te brengen. Lecter heeft waarschijnlijk in Zuid-Amerika ook misdaden gepleegd, dus kunnen we maar beter zorgen dat hij uitgeleverd wordt voordat de politie van Rio de dossiers onder *Cannibalismo* gaat doornemen. Aangenomen natuurlijk dat hij in Zuid-Amerika zit. Starling, word je misselijk van die gesprekken met Mason?'

'Ik moet me er op instellen. Dat heb ik van u geleerd toen we op dat drijvende lijk in West-Virginia werden afgestuurd. Wat zeg ik nu weer, "drijvende lijk". Ze was een mens, ze heette Fredericka Bimmel, en ja, ik word misselijk van Mason. Veel dingen maken me misselijk de laatste tijd, Jack.'

Starling schrok zo van zichzelf dat ze er abrupt het zwijgen toe deed. Ze had afdelingshoofd Jack Crawford nooit eerder met zijn voornaam aangesproken, ze was zelfs nooit van plan geweest hem met 'Jack' aan te spreken en ze schrok er zelf van. Ze bestudeerde zijn gezicht, een gezicht dat erom bekendstond dat het niets prijs gaf.

Hij knikte, zijn glimlach was spottend en treurig. 'Mij ook, Starling. Wil je een paar van mijn maagtabletten mee om op te kauwen voordat je met Mason praat?'

Mason Verger nam niet de moeite Starling persoonlijk telefonisch te woord te staan. Een secretaresse bedankte haar voor de boodschap en zei dat hij haar terug zou bellen. Maar dat deed hij niet. Voor Mason, die een aantal plaatsen hoger op de informatieverstrekkingslijst stond dan Starling, was de bevestiging dat de röntgenfoto's identiek waren, oud nieuws.

14

Aangezien Masons bronnen bij het ministerie van justitie beter waren dan die van Starling, werd hij geruime tijd vóór Starling ervan in kennis gesteld dat zijn röntgenfoto inderdaad een opname van dr. Lecters arm was.

Mason ontving de informatie via een e-mail getekend met de schuilnaam Token287, de tweede schuilnaam van de assistent van Parton Vellmore, lid van de rechterlijke commissie van het Huis van Afgevaardigden. Vellmores kantoor had een e-mail ontvangen van Cassius199, de tweede schuilnaam van Paul Krendler van het ministerie van justitie zelf.

Mason was opgewonden. Hij geloofde niet dat dr. Lecter in Brazilië zat, maar de röntgenfoto bewees dat de doctor nu een normaal aantal vingers aan zijn linkerhand had. De informatie voegde hij toe aan een nieuwe aanwijzing uit Europa met betrekking tot de verblijfplaats van de doctor. Mason vermoedde dat de tip afkomstig was uit Italiaanse politiekringen en het was het sterkste spoor van Lecter dat hij in jaren had ontvangen.

Mason was niet van plan de FBI deelgenoot te maken van zijn aanwijzing. Dankzij zeven jaar niet-aflatende inspanningen, toegang tot vertrouwelijke federale dossiers, wijdverbreide verspreiding van circulaires, grote uitgaven en het ontbreken van internationale beperkingen, was Mason de FBI een stap voor in de opsporing van Lecter. De enige keren dat hij het Bureau in vertrouwen had genomen, kwam dit voort uit de noodzaak hun bronnen te raadplegen.

Om de schijn op te houden had hij zijn secretaresse opgedragen Starling evengoed lastig te blijven vallen om eventuele ontwikkelingen. Het schema dat Mason voor haar had opgesteld, herinnerde haar minstens driemaal per dag eraan om Starling te bellen.

Mason maakte onverwijld vijfduizend dollar over naar zijn tipgever in Brazilië om het onderzoek naar de bron van de röntgenfoto voort te zetten. Het bedrag voor onvoorziene uitgaven dat hij naar Zwitserland overmaakte, was veel groter, en hij was bereid nog veel meer te sturen als hij harde bewijzen in handen kreeg.

Mason geloofde dat zijn bron in Europa dr. Lecter inderdaad had opgespoord, maar hij was maar al te vaak bedrogen uitgekomen en hij had geleerd voorzichtig te zijn. Spoedig zou hij bewijs hebben. Tot die tijd, als middel om de kwelling van het wachten te verzachten, hield Mason zich bezig met wat er zou moeten gebeuren als de doctor hem uiteindelijk in handen zou vallen. De voorbereidingen hiervoor hadden eveneens lange tijd in beslag genomen, want Mason was een expert in pijn...

Gods keuzes bij het toebedelen van leed zijn voor ons bevredigend noch begrijpelijk, of het moest zijn dat onschuld Hem ontstemt. Hij heeft duidelijk hulp nodig bij het in goede banen leiden van de blinde razernij waarin Hij de aarde geselt.

Masons rol in het geheel was hem duidelijk geworden in het twaalfde jaar van zijn verlamming, toen zijn lichaam onder het laken tot bijna niets was weggeschrompeld en hij had geweten dat hij nooit meer op zou staan. Zijn vertrekken in de Muskrat Farm-villa waren voltooid en hij had de beschikking over geld, zij het niet onbeperkt, aangezien de Verger-patriarch, Molson, nog steeds de scepter zwaaide.

Het was Kerstmis in het jaar van dr. Lecters ontsnapping. Onderhevig aan de soort gevoelens die gewoonlijk met Kerstmis gepaard gaan, wenste Mason vurig dat hij had geregeld om dr. Lecter in het krankzinnigengesticht te laten vermoorden. Mason wist dat dr. Lecter zo vrij als een vogeltje ergens op de aardbol rondliep, en zich waarschijnlijk uitstekend amuseerde.

Mason zelf lag onder het beademingstoestel, afgedekt met een zachte deken. Een verpleegster stond klaar, verplaatste haar gewicht van de ene voet op de andere en snakte ernaar om te gaan zitten. Een groepje arme kinderen was met een busje naar Muskrat Farm gebracht om kerstliederen te zingen. Met toestemming van zijn arts werden Masons ramen ondanks de koude lucht heel even opengezet en onder de ramen, met kaarsen in de hand, stonden de kinderen te zingen.

Het licht in Masons kamer was uit en in de zwarte lucht boven de boerderij leken de sterren dichtbij.

'O little town of Bethlehem, how still we see thee lie!'

How still we see thee lie.
...hoe stilletjes ligt u daar.

De hoon van die regel drukte zwaar op hem. *Hoe stilletjes ligt u daar, Mason!*

De kerststerren buiten zijn raam bewaarden hun verstikkend stilzwijgen. De sterren zeiden niets als hij naar ze opkeek met zijn smekende, door een dik brillenglas afgeschermde oog, als hij naar hen wees met de vingers die hij nog kon bewegen. Mason had het gevoel dat hij geen lucht kreeg. Als hij in de ruimte zou stikken, bedacht hij, zouden de schitterende, zwijgende, roerloze sterren het laatste beeld zijn dat hij zou zien. Hij stikte, zo dacht hij nu, zijn beademingstoestel hield hem niet bij, hij moest *wachten op zuurstof,* terwijl de elektronische impulsen op zijn monitorscherm kerstgroene lijnen met pieken en dalen tekenden, de pieken als kleine dennenbomen in het donkere nachtelijke woud van het scherm. De piek van zijn hartslag, systolische piek, diastolische piek.

De verpleegster schrok, stond op het punt de alarmknop in te drukken, naar de adrenaline te grijpen.

De honende tekst, *hoe stilletjes ligt u daar, Mason.*

Toen een Kerst-epifanie. Voordat de verpleegster de knop had kunnen indrukken of medicijnen had kunnen pakken, streken de eerste ruwe stekels van Masons wraak langs zijn spookachtig bleke, tastende, krabachtige hand en werd hij rustiger.

Over de hele wereld geloven vrome lieden die met Kerstmis ter communie gaan, dat zij door het wonder van transsubstantiatie, het werkelijke lichaam en bloed van Christus tot zich nemen. Mason begon aan de voorbereidingen voor een nog veel indrukwekkender ceremonie, waarbij transsubstantiatie niet nodig zou zijn. Hij begon aan de voorbereidingen om dr. Hannibal Lecter levend te laten verslinden.

15

Masons opvoeding was ongewoon te noemen, maar had hem uitstekend voorbereid op het leven dat zijn vader voor hem had voorzien en de taak die nu voor hem lag.

Als kind had hij een kostschool bezocht, een school die zwaar gesubsidieerd werd door zijn vader, waardoor Masons regelmatige afwezigheid geëxcuseerd werd. Weken achtereen hield de oude Verger zich persoonlijk bezig met Masons opvoeding, door de jongen mee te nemen naar de vee-opslagplaatsen en abattoirs die de basis van zijn vermogen vormden.

Molson Verger was op velerlei gebieden bij de verwerking van levende have een pionier te noemen, vooral op het gebied van bezuinigingen. Zijn eerste experimenten met goedkoop veevoer evenaren die van Batterham vijftig jaar eerder. Molson Verger lengde het varkensvoer aan met gemalen varkenshaar, kippenveren en mest, waarbij hij zo ver ging dat het in die tijd gewaagd werd geacht. In de jaren veertig werd hij beschouwd als een vermetele visionair toen hij als eerste het verse drinkwater van zijn varkens verving door slootnat, gebrouwen uit gegist dierlijk afval om gewichtstoename te versnellen. Het gelach viel stil toen zijn winsten begonnen binnen te rollen en zijn concurrenten wisten niet hoe gauw ze zijn voorbeeld moesten volgen.

Molson Vergers leiderspositie in de vleesverpakkingsindustrie hield daar niet op. Hij streed moedig en met eigen middelen tegen de humane slachtwet, puur op zuinigheidsgronden, en kreeg voor elkaar dat brandmerken van de snuit volgens de wet toegestaan bleef, al kwam hem dat duur te staan in smeergeld. Met Mason aan zijn zijde, leidde hij grootschalige experimenten ten aanzien van de dierenverblijven en het vaststellen hoe lang je dieren voor de slacht voer en water kon ontzeggen zonder gewichtsverlies van betekenis.

Door Verger gefinancierd genetisch onderzoek slaagde er uiteindelijk in de zware, dubbelgespierde Belgische varkensrassen te vervolmaken, zonder het bijkomende vochtverlies waarvoor de Belgen geen oplossing hadden kunnen vinden. Molson Verger kocht zijn fokdieren over de hele wereld en financierde een aantal buitenlandse fokprogramma's.

Maar abattoirs zijn als het er op aankomt mensenwerk en niemand begreep dat beter dan Molson Verger. Hij slaagde erin de vakbondsleiders naar zijn hand te zetten toen ze zijn winstmarges met salaris- en veiligheidseisen onder vuur namen. Op dit terrein had hij dertig jaar lang veel voordeel gehad van zijn hechte banden met de georganiseerde misdaad.

Mason leek in die tijd sterk op zijn vader, met donkere, glanzende wenkbrauwen boven lichtblauwe slagersogen en een lage haarlijn die schuin over zijn voorhoofd liep, aflopend van rechts naar links. Regelmatig legde Molson Verger liefdevol zijn handen om het hoofd van zijn zoon, tastte het af, alsof hij zijn vaderschap door middel van de uiterlijke kentekenen van het hoofd van zijn zoon wilde bevestigen, zoals hij door het betasten van een varkenskop aan de structuur van de botten zijn genetische kenmerken kon afleiden.

Mason had veel geleerd en zelfs nadat zijn verwondingen hem aan bed gekluisterd hielden, was hij nog in staat verstandige zakelijke beslissingen te nemen die door zijn handlangers werden uitgevoerd. Het was Masons idee geweest om alle inheemse varkens op Haïti door de Amerikaanse regering en de Verenigde Naties te laten afslachten, door hen te wijzen op het gevaar van verspreiding van de Afrikaanse varkenskoorts. Toen kon hij de regering grote, witte Amerikaanse varkens verkopen om de inheemse varkens te vervangen. De grote, gladharige varkens hielden het niet lang vol onder de Haïtiaanse omstandigheden en moesten telkens weer worden vervangen uit Masons varkensvoorraad, tot het moment dat de Haïtianen hun eigen varkens vervingen door sterke, kleine wroeters uit de Dominicaanse Republiek.

Nu, met zijn gedurende een mensenleven opgedane kennis en ervaring, voelde Mason zich, terwijl hij bouwde aan het instrumentarium van zijn wraak, als Stradivarius die op zijn werktafel toe liep. Welk een weelde aan informatie en bronnen lag er niet opgeslagen in Masons gezichtloze schedel! Liggend in zijn bed, in zijn geest componerend als de dove Beethoven, dacht hij terug aan de varkensjaarmarkten die hij met zijn vader had bezocht, terwijl ze samen de concurrentie in ogenschouw namen, Molsons kleine zilveren mes, altijd paraat om van onder zijn vest in een varkensrug gestoken te worden om de dikte van het rugspek te controleren, samen weglopend van het razende gekrijs, te waardig om aangesproken te worden, zijn hand terug in zijn zak, met zijn duim op het lemmet tot waar dat de varkensrug was binnengedrongen.

Als Mason lippen had gehad, zou hij geglimlacht hebben bij de gedachte aan zijn vader die een 4-H wedstrijdvarken dat iedereen als zijn vriend beschouwde, een mes in de rug stak, terwijl het kind van wie het varken was, ernaast stond te huilen. De vader van het kind, die witheet van woede naar hen toe kwam, en Molsons handlangers die hem wegvoerden uit de tent. Tja, er waren best wel goede, amusante herinneringen waaruit hij kon putten.

Bij die jaarmarkten had Mason exotische varkens gezien afkomstig uit alle werelddelen. Voor zijn doel verzamelde hij het beste van alles wat hij ooit had gezien.

Mason maakte onmiddellijk na zijn kerst-epifanie een aanvang met zijn fokprogramma, dat hij onderbracht in een kleine varkensfokfaciliteit van de Vergers op Sardinië, voor de Italiaanse kust. Hij koos die plek wegens zijn afzondering en ligging ten opzichte van Europa.

Mason geloofde – en daarin had hij gelijk – dat dr. Lecters eerste stop buiten de Verenigde Staten Zuid-Amerika was geweest. Maar hij was er altijd van overtuigd geweest dat een man met de voorkeuren van dr. Lecter zich in Europa zou vestigen – en elk jaar bevonden zich spionnen van Mason onder de bezoekers van de Salzburger Festspiele en andere culturele evenementen.

Hier volgt een opsomming van datgene wat Mason naar zijn fokkers op Sardinië stuurde om de weg te bereiden voor de voorstelling die dr. Lecters dood zou vormen:

Het reuzenboszwijn. *Hylochoerus meinertzhageni*, zes tepels en achtendertig chromosomen, vindingrijk eter, opportunistisch omnivoor, net als de mens. De hooglandrassen worden wel twee meter lang en kunnen een gewicht bereiken van honderdvijfenzeventig kilo. Het reuzenboszwijn is Masons basis.

Het klassieke Europees wild zwijn, *S. scrofa scrofa*, zesendertig chromosomen in zijn puurste vorm, geen wratten op de snuit, borstelige haren en grote, verscheurende slagtanden, een groot, snel en woest dier dat met zijn scherpe hoeven een adder kan doden om vervolgens de slang als een dropveter op te peuzelen. Als zij worden geprikkeld ofwel tijdens de bronsttijd ofwel wanneer ze hun biggetjes willen beschermen, vallen ze elke dreiging aan. Zeugen hebben twaalf tepels en zijn uitstekende moeders. Bij *S. scrofa scrofa* vond Mason zijn thema en het geschikte aanzien om dr. Lecter een laatste, hels beeld van zichzelf te verschaffen terwijl hij wordt opgegeten. (Zie *Harris on the Pig, 1881*.)

Het Ossabaw Eiland-zwijn kocht hij voor zijn agressiviteit en het Jiaxing zwarte zwijn vanwege zijn hoge estradiolgehalte.

Een valse noot toen hij een babiroesa, *Babyrousa babyrussa*, uit Oost-Indonesië ten tonele voerde, bekend als het hertenzwijn vanwege de overdreven lange slagtanden. Het was een langzame voortplanter met slechts twee tepels, en met zijn honderd kilo nam hij veel te veel plaats in. Er was echter geen tijd verspild, aangezien er andere, vergelijkbare nesten werden geworpen waarbij de babiroesa niet was gebruikt.

Wat de tanden betrof had Mason weinig om uit te kiezen. Bijna elk ras beschikte over tanden die opgewassen waren tegen de taak, drie paar scherpe snijtanden, een paar lange hoektanden, vier paar voorkiezen en drie paar vermalende kiezen, zowel boven als onder, een totaal van vierenveertig kiezen en tanden.

Elk varken zal zich aan een dode man te goed doen, maar om hem zover te krijgen dat hij een levende man opeet, is enige opvoeding vereist. Masons Sardiniërs waren tegen die taak opgewassen.

Nu, na de inspanningen van zeven jaar en vele worpen, waren de resultaten... opmerkelijk.

16

Nu alle spelers, met uitzondering van dr. Lecter, hun plaats hadden ingenomen in de bergen van Gennargentu op Sardinië, richtte Mason zijn aandacht op het vastleggen van de doctors dood voor het nageslacht en voor zijn eigen kijkplezier. Alle voorbereidingen waren reeds lang getroffen, maar nu moest de jacht geopend worden. Hij handelde dit gevoelige karwei af over de telefoon via de centrale van zijn legale sport-bookmaker bij de Castaways in Las Vegas. Zijn gesprekken waren nietige verdwaalde vezeltjes in het enorme aantal gesprekken dat daar in een weekend werd afgehandeld.

Masons voor radio geschikte stem, minus de plof- en wrijfklanken, kaatste van het nationale bos aan de oever van Chesapeake Bay naar de woestijn en terug over de Atlantische Oceaan, eerst naar Rome: in een flat op de zesde verdieping van een gebouw aan de Via Archimede, achter het hotel van dezelfde naam, gaat de telefoon over, de schorre dubbele toon van een Italiaanse telefoon die overgaat. In de duisternis, slaperige stemmen.

'Còsa? Còsa c'è?'

'Accendi la luce, idiòta.'

Het bedlampje gaat aan. In het bed liggen drie mensen. De jongeman die het dichtst bij de telefoon ligt, pakt de hoorn en geeft die door aan de gezette, oudere man in het midden. Aan zijn andere zij ligt een blond meisje van ergens in de twintig. Ze tilt een slaperig gezicht op naar het licht, gaat vervolgens weer liggen.

'Pronto, chi? Chi parla?'

'Oreste, beste vriend. Je spreekt met Mason.'

De zware man vermant zich en gebaart naar de jongere man om hem een glas bronwater te brengen.

'Ach, Mason, beste vriend, mijn excuses, ik sliep, hoe laat is het daar?'

'Het is overal laat, Oreste. Weet je nog wat ik beloofd heb voor jou te zullen doen en wat jij voor mij moet doen?'

'Maar natuurlijk weet ik dat.'

'De tijd is daar, beste vriend. Je weet wat ik wil. Ik wil een twee-camera opstelling, ik wil een betere geluidskwaliteit dan die van je pornofilms, en je zult je eigen elektriciteit moeten opwekken, dus wil ik dat de generator een eind van de set komt te staan. Ik wil ook wat mooie natuuropnames voor als we de film gaan monteren, en vogelgeluiden. Ik wil dat je morgen de lokatie gaat bekijken en alles in orde maakt. Je kunt je spullen daar laten, ik sta in voor de veiligheid, en je kunt tot de opnames naar Rome terugkeren. Maar hou je gereed om binnen twee uur te vertrekken zodra je een seintje van me krijgt. Begrijp je dat, Oreste? Een wissel ligt voor je klaar in Citibank bij de EUR, alles duidelijk?'

'Mason, op dit moment ben ik bezig...'

'Wil je het nog steeds doen, Oreste? Je zei zelf dat je doodziek werd van het maken van die wip- en snuffmovies en die historische rotzooi voor de RAI. Wil je niet eindelijk eens een keer een hoofdfilm maken, Oreste?'

'Ja, Mason.'

'Vertrek dan vandaag nog. Het geld ligt bij de Citibank. Ik wil dat je gaat.'

'Waarheen, Mason?'

'Sardinië. Vlieg naar Cagliari, daar word je opgewacht.'

De volgende verbinding was met Porto Torres aan de oostkust van Sardinië. Het was een kort gesprek. Er hoefde niet veel gezegd te worden aangezien het systeem daar allang in elkaar was gezet en even efficiënt was als Masons draagbare guillotine. Ecologisch gezien was het ook degelijker, zij het minder snel.

DEEL TWEE

FLORENCE

17

Avond in hartje Florence, de oude stad fraai verlicht.

Het Palazzo Vecchio verrijst uit het donkere piazza, verlicht door schijnwerpers, sterk middeleeuws met zijn boogvensters en kantelen als tanden in een uitgeholde pompoen, de klokkentoren hoog oprijzend in de donkere lucht.

Vleermuizen jagen tot aan de dageraad op muskieten op de verlichte wijzerplaat van de klok, tot de zwaluwen omhoogvliegen op de lucht die door de klokken in beweging wordt gebracht.

Hoofdinspecteur Rinaldo Pazzi van de Questura, wiens regenjas zwart afstak tegen de marmeren beelden, versteend tijdens de overgave aan verkrachting en moord, kwam de schaduwen van de Loggia uit lopen en stak het piazza over, zijn bleke gezicht draaide zich als een zonnebloem naar het paleislicht. Hij stond op de plek waar de hervormer Savonarola op de brandstapel ter dood was gebracht en hij keek omhoog naar de vensters waar zijn eigen voorvader aan zijn eind was gekomen.

Daar, vanuit dat hoge venster, was Francesco de' Pazzi naakt met een strop om zijn hals naar buiten gegooid, om kronkelend en ronddraaiend tegen de ruwe muur te sterven. De aartsbisschop die, gekleed in al zijn heilige gewaden, naast Pazzi had gehangen, had hem geen geestelijke troost geschonken; met uitpuilende ogen, verwilderd in zijn verstikking, had de aartsbisschop zijn tanden in Pazzi's vlees gezet.

De gehele Pazzi-familie was die zondag, 26 april 1478, ten val gebracht voor de moord op Giuliano de' Medici en de poging tot moord op Lorenzo, ook wel *Il Magnifico* genoemd, in de kathedraal tijdens de mis.

Vandaag was Rinaldo Pazzi, afstammeling van de bewuste Pazzi's, die de regering evenzeer haatte als zijn voorvader destijds, vernederd en door geluk in de steek gelaten, de oren gespitst in afwachting van het gefluister van de valbijl, naar deze plek gekomen om te beslissen hoe hij het meeste voordeel zou kunnen halen uit een unieke buitenkans.

Hoofdinspecteur Pazzi was ervan overtuigd dat hij Hannibal Lecter had gevonden, woonachtig hier in Florence. Dit was zijn kans om eerherstel te verwerven en de lof van zijn collega's te oogsten. Het enige dat hij hoefde te doen, was dat onmens te vangen. Pazzi kon echter ook Hannibal Lecter aan Mason Verger verkopen voor veel meer geld dan hij zich kon voorstellen – vooropgesteld dat de verdachte inderdaad Lecter was. Dat zou natuurlijk betekenen dat Pazzi tegelijk zijn eigen armzalige eer te koop aanbood.

Pazzi was niet zonder reden hoofd van de onderzoeksafdeling van de Questura – hij was talentvol en was vroeger bezeten geweest van een dierlijke hunkering om in zijn professie te slagen. Hij droeg tevens de littekens van een man die, in de haast en hitte van zijn eerzucht, zijn geschenk bij het lemmet had gepakt.

Hij had deze plek uitverkoren om over zijn lot te beschikken omdat hij hier op deze plaats eens een moment van epifanie had beleefd dat hem eerst roem had bezorgd, maar hem vervolgens had geruïneerd. Het Italiaanse gevoel voor ironie leefde sterk in Pazzi: was het niet toepasselijk dat hij zijn profetische openbaring hier had beleefd, onder dit raam, waar de woedende geest van zijn voorvader wellicht nog steeds ronddraait en tegen de muur slaat? Op deze zelfde plek zou hij het Pazzi-geluk voor altijd kunnen keren.

De jacht op een andere seriemoordenaar, *Il Mostro*, had Pazzi roem gebracht en had vervolgens gezorgd dat de kraaien zijn hart hadden uitgepikt. Die ervaring maakte zijn nieuwe ontdekking mogelijk. Maar de afloop van de zaak *Il Mostro* bracht een bittere smaak naar Pazzi's mond en deed hem nu overhellen naar een gevaarlijk spel, buiten de wet.

Il Mostro, het monster van Florence, had zeventien jaar lang in de jaren tachtig en negentig in Toscane op geliefden geaasd. Het Monster besloop liefdespaartjes terwijl ze elkaar in een van de vele Toscaanse vrijerslaantjes omhelsden. Hij had de gewoonte om de geliefden met een klein-kaliber pistool te doden, hen vervolgens, met bloemen, tot een zorgvuldig uitgewerkt tafereel te schikken en de linkerborst van de vrouw te ontbloten. Zijn tableaus hadden een vreemde vertrouwdheid over zich, bezorgden wie ze zag een gevoel van déjà vu.

Het Monster sneed eveneens anatomische trofeeën uit zijn slachtoffers, behalve toen hij een langharig Duits homoseksueel paar had vermoord, kennelijk per vergissing.

De publieke druk op de Questura om *Il Mostro* te vangen was enorm geweest en had Rinaldo Pazzi's voorganger van zijn plek verdreven. Toen Pazzi hem als hoofdinspecteur was opgevolgd, had hij zich als een man gevoeld die door bijen werd opgejaagd. Vertegenwoordigers van de pers zwermden door zijn kantoor wanneer ze maar de kans kregen en in de Via Zara achter het hoofdbureau van de Questura, waar hij met zijn auto doorheen moest, lagen altijd fotografen op de loer.

Toeristen die in die tijd Florence bezochten, zullen zich de aanplakbiljetten met dat enkele, waakzame oog herinneren, die paartjes voor het Monster waarschuwden.

Pazzi werkte als een bezetene.

Hij riep de hulp in van de Amerikaanse afdeling Gedragswetenschappen van de FBI bij het opstellen van een profielschets van de moordenaar, en las alles waarop hij de hand kon leggen over de profielschetsmethodes van de FBI.

Hij nam zijn toevlucht tot proactieve maatregelen: in sommige vrijerslaantjes en op rendez-vous-plekken bij bepaalde begraafplaatsen zaten er meer politieparen in de auto's dan geliefden. Er was een tekort aan vrouwelijke agenten. Tijdens warm weer zetten mannelijke koppels om de beurt een pruik op en een groot aantal snorren moest eraan geloven. Pazzi gaf het voorbeeld door zijn eigen snor af te scheren.

Het Monster was voorzichtig. Het sloeg toe, maar zijn behoeften dwongen hem niet váák toe te slaan.

Pazzi ontdekte dat er in voorbijgaande jaren lange periodes waren geweest waarin het Monster in het geheel niet had toegeslagen – één hiaat zelfs van acht jaar. Hier greep Pazzi zich aan vast. Nauwgezet, vol ijver, administratieve hulp afdwingend van elke instantie die hij onder druk kon zetten, inventariseerde Pazzi met behulp van de van zijn neefje geconfisqueerde computer en de enige computer die de Questura bezat, elke misdadiger in Noord-Italië van wie de periodes van gevangenschap overeenkwamen met de hiaten in *Il Mostro*'s moordenreeks. Hij kwam op een totaal van zevenennegentig.

Pazzi kocht de snelle, comfortabele, oude Alfa-Romeo GTV van een opgesloten bankovervaller en bracht in een maand tijd meer dan vijfduizend kilometer op de teller door persoonlijk vierennegentig misdadigers na te trekken en te laten ondervragen. De overigen waren lichamelijk gehandicapt of dood.

Op de plaats van het misdrijf was bijna nooit iets gevonden dat een aantal verdachten zou kunnen uitsluiten. Geen uitgescheiden lichaamsvocht van de dader, geen vingerafdrukken.

Op een lokatie in Impruneta had men een enkele patroonhuls aangetroffen. Het betrof een .22 Winchester-Western met randontsteking, waarop sporen gevonden werden die overeenkwamen met een Colt semi-automatisch pistool, mogelijk een Woodsman. De bij alle misdrijven gebruikte kogels waren van het type .22, afgeschoten met hetzelfde wapen. Op de kogels waren geen sporen te vinden van een geluiddemper, hetgeen niet wilde zeggen dat er geen geluiddemper was gebruikt.

Pazzi was een Pazzi en bovenal eerzuchtig, en hij had een jonge, mooie vrouw die zeer inhalig was. Zijn inspanningen kostten hem vijf kilo aan gewicht van zijn toch al magere lichaam. Collega's bij de Questura maakten achter zijn rug opmerkingen over zijn gelijkenis met het tekenfilmfiguurtje Wile E. Coyote.

Toen een stel jonge wijsneuzen een tekenprogramma op de Questura-computer installeerde waardoor de gezichten van de Drie Tenoren veranderden in die van een ezel, een varken en een geit, bleef Pazzi minutenlang naar de omvorming zitten kijken, met het gevoel dat zijn eigen gezicht afwisselend de gelaatstrekken van de ezel aannam en weer terug veranderde.

Het raam van het Questura-lab is behangen met knoflookstrengen om boze geesten te weren. Nu de laatste van zijn verdachten tevergeefs was opgezocht en uitgehoord, ging Pazzi voor dit raam staan en keek hij vertwijfeld uit over de stoffige binnenplaats.

Hij dacht aan zijn nieuwe vrouw, haar sterke, gezonde enkels en de fijne donshaartjes onder aan haar rug. Hij dacht aan haar trillende, wippende borsten als ze haar tanden stond te poetsen en hoe ze lachte als ze zag dat hij haar gadesloeg. Hij dacht aan alle dingen die hij haar wilde geven. Hij stelde zich voor hoe ze de cadeautjes openmaakte. Als hij aan zijn vrouw dacht, was dat altijd in visuele zin. Hoe lekker ze ook rook en hoe heerlijk ze ook was om aan te raken, het visuele aspect kwam in zijn gedachten op de eerste plaats. Hij overdacht hoe hij in haar ogen het liefst zou willen overkomen. Zeker niet in zijn huidige rol als mikpunt van spot van de pers – het Questura hoofdkantoor in Florence is gevestigd in een voormalige psychiatrische inrichting en de cartoonisten buitten dat feit ten volle uit.

Pazzi stelde zich zo voor dat succes het gevolg was van inspiratie. Zijn visueel geheugen was uitstekend en, zoals zovelen van wie het gezicht het hoofdzintuig is, beschouwde hij een openbaring als het ontstaan van een beeld, eerst wazig en langzaam helderder wordend. Zijn overpeinzingen hadden veel weg van de wijze waarop wij een verloren voorwerp zoeken: we halen ons het beeld van dat voorwerp voor ogen en vergelijken dat beeld met wat we zien, terwijl we het beeld vele malen per minuut opfrissen en het in de ruimte omkeren.

Toen eiste een politiek bomincident achter het Uffizi-museum de aandacht van het publiek en tevens Pazzi's tijd op, en moest hij de zaak

Il Mostro korte tijd laten rusten.

Zelfs terwijl hij aan de belangrijke museum-bomzaak werkte, bleven de door *Il Mostro* geschapen beelden in Pazzi's gedachten. Hij zag de tableaus van het Monster als schaduwbeelden, zoals we naast een voorwerp kijken en het dan in silhouet zien. Met name bleef hem het beeld voor ogen van het vermoorde paartje dat was aangetroffen in de laadbak van een pick-up in Impruneta, de lichamen met zorg door het Monster gerangschikt, bestrooid en omhangen met bloemen, de linkerborst van de vrouw ontbloot.

Toen Pazzi op een dag vroeg op de middag het Uffizi-museum verliet en het nabijgelegen Piazza Signoria overstak, sprong vanuit de standaard van een ansichtkaartverkoper een beeld op hem toe.

Niet zeker waar het beeld vandaan was gekomen, bleef hij staan op de plek waar Savonarola was verbrand. Zich omdraaiend keek hij om zich heen. Op het piazza liepen drommen toeristen. Pazzi voelde een koude rilling over zijn ruggengraat lopen. Misschien zat het allemaal in zijn verbeelding, het beeld, die ruk aan zijn aandacht. Hij keerde op zijn schreden terug en liep toen nogmaals dezelfde weg.

Toen zag hij het: een kleine, met vliegenstrontjes overdekte, door de regen kromgetrokken poster van Botticelli's schilderij *Primavera*. Het origineel hing achter hem in het Uffizi-museum. *Primavera*. Rechts de met bloemslingers omhangen nimf, haar linkerborst ontbloot, bloemen die uit haar mond lijken te stromen, terwijl de bleke Zephyrus vanuit het bos zijn handen naar haar uitstrekt.

Daar. Het beeld van het dode paartje in de bak van de pick-up, omhangen met bloemslingers, bloemen in de mond van het meisje. Punten van overeenkomst.

Op deze plek, waar zijn voorvader bungelend tegen de muur was gestikt, had Pazzi het plotseling gezien, het origineelbeeld waarnaar hij had gezocht, en het was een beeld dat vijfhonderd jaar geleden door Sandro Botticelli was gecreëerd – dezelfde kunstenaar die voor de somma van veertig florijnen het beeld van de door ophanging gedode Francesco de' Pazzi op de muur van de Bargello-gevangenis had geschilderd, strop en al. Hoe kon Pazzi deze inspiratie weerstaan, de kostelijke oorsprong in aanmerking genomen?

Hij moest gaan zitten. Alle banken waren bezet. Hij kon niet anders dan zijn legitimatie laten zien en een plek op een van de banken opeisen, van een oude man wiens krukken hij werkelijk niet had gezien totdat de oude veteraan overeind was gekomen op zijn enige voet, onder het uiten van een luid en onbeschoft protest.

Pazzi was om twee redenen opgewonden. Het beeld te vinden waaruit *Il Mostro* inspiratie had geput was natuurlijk een triomf, maar van nog groter belang was het feit dat Pazzi op zijn ronde langs de verdachte misdadigers een reproductie van *Primavera* had gezien.

Hij wist wel beter dan zijn geheugen op te jagen. Hij leunde achterover, zette zijn verstand op nul en wachtte rustig af. Hij keerde terug naar het Uffizi-museum en ging voor de originele *Primavera* staan, maar niet te lang. Hij liep naar de stromarkt en beroerde de snuit van het bronzen everzwijn 'Il Porcellino', reed naar de Ippocampo en ging, geleund tegen de motorkap van zijn stoffige auto, de lucht van hete olie in zijn neus, een poosje naar de voetballende kinderen staan kijken...

Het trappenhuis was het eerste dat voor zijn geestesoog verscheen, en de overloop boven zijn hoofd, de bovenkant van de *Primavera*-poster die het eerst in zicht kwam toen hij de trap opliep. Hij kon even teruggaan om een blik te werpen op de toegangsdeur, maar zag niets van de straat en geen gezichten.

Bedreven in ondervragingstechnieken, ondervroeg hij zichzelf, richtte zich tot de secondaire zintuigen:

Wat hoorde *je toen je de poster zag?... Het gerammel van pannen in een keuken op de benedenverdieping. Toen je op de overloop stond, voor de poster, wat* hoorde *je toen? De televisie. Een televisie in een huiskamer. Robert Stack in de rol van Eliot Ness in* Gli intoccabili. *Rook je een kookucht? Ja, een kookucht. Rook je nog iets anders? Ik zag de poster – NEE, niet wat je zag. Rook je nog iets anders? Ik rook nog steeds de Alfa, binnen in de auto was het heet, lucht van hete olie, heet door... de Raccordo, snel rijdend over de Raccordo Autostrada, waarnaartoe? San Casciano. Ik heb ook een hond horen blaffen, in San Casciano, een inbreker en verkrachter die Girolamo nog-wat heette.*

In dat ogenblik als het verband wordt gelegd, in die synaptische spasme van totstandkoming wanneer de gedachte kortsluiting veroorzaakt, ligt ons hoogste genot. Rinaldo Pazzi had het verrukkelijkste ogenblik van zijn leven beleefd.

Binnen anderhalf uur had Pazzi Girolamo Tocca achter slot en grendel. Tocca's vrouw bekogelde het kleine konvooi dat haar man wegvoerde, met stenen.

18

Tocca was een droomverdachte. Als jongeman had hij negen jaar in de gevangenis doorgebracht voor de moord op een man die hij had betrapt toen hij in een vrijerslaantje zijn verloofde omhelsde. Men stuitte tevens op aanklachten wegens ontucht met zijn dochters en ander misbruik in de huiselijke sfeer en hij had een straf uitgezeten voor verkrachting.

De Questura liet tijdens hun speurtocht naar bewijsmateriaal niet veel over van Tocca's huis. Uiteindelijk vond Pazzi zelf, toen hij Tocca's erf doorzocht, een patroonhuls, die een van de weinige tastbare bewijzen zou blijken te zijn die door de openbare aanklager werd ingediend.

Het proces was sensationeel. Het werd gehouden in een zwaar beveiligd gebouw, ook wel bekend als de Bunker, waar in de jaren zeventig terroristen waren berecht, tegenover het Florence-filiaal van de krant *La Nazione*. De beëdigde en met een sjerp omgorde juryleden veroordeelden Tocca op nagenoeg geen enkel bewijs, behalve zijn karakter. Een groot deel van het publiek geloofde in zijn onschuld, maar velen vonden Tocca een smeerlap die in de gevangenis thuishoorde. Op de leeftijd van vijfenzestig jaar werd hij veroordeeld tot veertig jaar in Volterra.

Toen volgde een aantal gouden maanden. In meer dan vijfhonderd jaar, vanaf het moment dat Pazzo de' Pazzi terugkeerde van de eerste kruistocht met in zijn bezit fragmenten van het Heilig Graf, had men in Florence een Pazzi niet zo bejubeld.

Rinaldo Pazzi en zijn beeldschone vrouw stonden naast de aartsbisschop in de Duomo toen, tijdens de traditionele Paasritus, genoemde heilige fragmenten werden gebruikt om de met een vuurpijl uitgeruste replica van een duif aan te steken, die vervolgens langs een kabel de kerk uit vloog om voor de ogen van een juichende menigte een kar met vuurwerk te doen afgaan.

De kranten stortten zich gretig op elk woord van Pazzi wanneer hij, zonder te overdrijven, zijn ondergeschikten lof toezwaaide voor het domme werk dat deze hadden verricht. Signora Pazzi werd geraadpleegd voor modeadviezen en ze zag er inderdaad schitterend uit in de kleding die haar door ontwerpers werd aangeraden. Ze werden op duffe theevisites uitgenodigd ten huize van de invloedrijken en voor het diner in het kasteel van een graaf, waar ze waren omringd met harnassen.

Pazzi werd voorgedragen voor een politieke functie, in het Italiaanse parlement werd hem boven het lawaai uit lof toegezwaaid, en hem werd verzocht om de gezamenlijke inspanning met de Amerikaanse FBI tegen de maffia aan Italiaanse zijde te leiden.

Dat verzoek, alsmede een studiebeurs en de kans om deel te nemen aan criminologieseminars aan de universiteit van Georgetown, bracht de Pazzi's naar Washington, D.C. De hoofdinspecteur bracht veel tijd door bij Gedragswetenschappen in Quantico en droomde ervan een afdeling Gedragswetenschappen in Rome op te zetten.

Toen, na twee jaar, rampspoed. In een rustigere stemming, zonder druk van het publiek, stemde het hof van beroep erin toe om Tocca's veroordeling opnieuw te bestuderen. Pazzi werd voor het onderzoek naar huis geroepen. Onder de voormalige collega's die hij had achterlaten, waren er die zijn bloed wel konden drinken.

Een commissie van beroep verwierp Tocca's veroordeling en Pazzi ontving een officiële berisping met de mededeling dat het hof geloofde dat hij bewijsmateriaal had ondergeschoven.

Zijn voormalige bewonderaars in hoge posities meden hem zoals ze een kwalijke geur zouden hebben gemeden. Hij was nog altijd een hoge piet bij de Questura, maar tegelijkertijd was hij afgeschreven, en iedereen wist dat. De Italiaanse regering werkt traag, maar spoedig zou de valbijl neersuizen.

19

In die afschuwelijke, vreugdeloze tijd, terwijl Pazzi op de valbijl wachtte, zag hij voor het eerst de man die onder geleerden in Florence bekend stond als dr. Fell...

Rinaldo Pazzi liep de trap op in het Palazzo Vecchio, tijdens een karweitje van niets. Hij was bezig met een onbeduidende klus, een van de vele die zijn voormalige ondergeschikten bij de Questura voor hem bedachten terwijl ze genoten van het feit dat hij uit de gratie was geraakt. Pazzi zag niets anders dan de neuzen van zijn eigen schoenen op de uitgesleten stenen treden en had geen oog voor de kunstschatten die hem omringden terwijl hij omhoogklom langs de met fresco's beschilderde muur. Vijfhonderd jaar geleden had men zijn voorvader bloedend deze trappen opgesleept.

Op een tussenbordes rechtte hij zijn schouders – hij was tenslotte een kerel – en dwong zich de personages in de fresco's in de ogen te zien, waarvan sommigen familie van hem waren. Het gebekvecht vanuit de Leliesalon, waar de directeuren van de Uffizi-galerie en de Belle Arti Commissie bijeen waren, was al te horen.

Pazzi was hier om de volgende reden: de reeds geruime tijd in functie zijnde curator van het Palazzo Capponi werd vermist. Er werd alom aangenomen dat de oude baas er met een vrouw vandoor was gegaan, of met het geld van deze of gene, of met beide. Voor de laatste vier maandelijkse besprekingen met het bestuur, hier in het Palazzo Vecchio, was hij niet komen opdagen.

Pazzi was erop afgestuurd om het onderzoek voort te zetten. Hoofdinspecteur Pazzi, die deze zelfde kleurloze directeuren van het Uffizi-museum en leden van de concurrerende Belle Arti Commissie na het bomincident in het museum over veiligheidsmaatregelen had toegesproken, moest nu onder geheel andere omstandigheden voor hen verschijnen om vragen te stellen over het liefdesleven van een curator. Hij keek er niet naar uit.

De twee commissies vormden een tegendraadse, prikkelbare bijeenkomst – ze hadden jarenlang onderling strijd gevoerd over een eventuele ontmoetingsplaats, aangezien beide partijen het idee om elkaar in het kantoor van de ander te treffen, verwierpen. In plaats daarvan waren ze overeengekomen elkaar in de schitterende Leliesalon in het Palazzo Vecchio te ontmoeten, elk lid in de overtuiging dat het luisterrijke vertrek aan zijn eigen verhevenheid en voornaamheid tegemoetkwam. Toen dat eenmaal was besloten, weigerden ze op welke andere plek ook bijeen te komen, ondanks het feit dat het Palazzo Vecchio een van zijn vele restauraties onderging, en het gebouw bezaaid was met steigers, afdekkleden en gereedschap.

Professor Ricci, een oude schoolkameraad van Rinaldo Pazzi, stond, overvallen door een niesbui van het opstuivende gipsstof, in de hal buiten de salon. Toen hij min of meer bekomen was, keek hij met tranende ogen Pazzi aan.

'*La solita arringa*,' zei Ricci, 'als gewoonlijk zitten ze te bekvechten. Ben je gekomen vanwege die vermiste curator van het Palazzo Capponi? Ze zitten op dit moment juist over zijn baan te kijven. Sogliato wil die baan voor zijn neef. De geleerden zijn onder de indruk van de tijdelijke curator die ze maanden geleden al hebben aangenomen, dr. Fell. Zij willen dat hij aanblijft.'

Terwijl zijn achterblijvende vriend in zijn zakken voelde op zoek naar tissues, betrad Pazzi de historische ruimte met het plafond van gouden lelies. De afdekkleden die ter bescherming tegen de muur hingen, hadden een enigszins geluiddempend effect.

De nepotist, Sogliato, was aan het woord en hield de aandacht vast door middel van zijn stemvolume:

'De correspondentie in het Palazzo Capponi gaat terug tot de dertiende eeuw. Het zou kunnen voorkomen dat dr. Fell een door Dante Alighieri zelf geschreven notitie in handen – in zijn *niet-Italiaanse* handen – krijgt. Zou hij die herkennen? Ik denk van *niet*. U hebt zijn kennis van middeleeuws Italiaans getoetst en ik kan niet ontkennen dat zijn taalkennis bewonderenswaardig is. Voor een *straniero*. Maar is hij vertrouwd met de Florentijnse kopstukken van voor de renaissance? Ik denk van *niet*. Stel dat hij in de bibliotheek van het Palazzo Capponi op een handschrift stuit van – van Guido de' Cavalcanti bijvoorbeeld? Zou hij dat herkennen? Ik denk van *niet*. Wilt u hierop reageren, dr. Fell?'

Rinaldo Pazzi liet zijn blik door het vertrek gaan en zag niemand die ook maar enigszins op dr. Fell leek, hoewel hij nog geen uur eerder een foto van de man had bestudeerd. Hij zag dr. Fell niet omdat deze niet bij de anderen zat. Pazzi hoorde eerst zijn stem en toen pas zag hij hem.

Dr. Fell stond roerloos naast het grote, bronzen standbeeld van Judith en Holofernes, met zijn rug naar de spreker en zijn gehoor. Hij sprak zonder zich om te draaien en het was moeilijk te zeggen welk van de figuren had gesproken – Judith, haar zwaard voor eeuwig geheven om de dronken koning te treffen, of Holofernes, vastgehouden aan zijn haar, of dr. Fell, slank en roerloos naast Donatello's personages in brons. Zijn stem sneed door de herrie als een laser door rook en de kibbelende mannen deden er het zwijgen toe.

'Cavalcanti heeft publiekelijk gereageerd op Dantes eerste sonnet in *La Vita Nuova*, waarin Dante zijn vreemde droom over Beatrice Portinari beschrijft,' zei dr. Fell. 'Wellicht heeft Cavalcanti eveneens anders dan publiekelijk gereageerd. Zo hij aan een Capponi heeft geschreven, zou dat aan Andrea zijn geweest, een meer geletterd man dan zijn broers.' Dr. Fell draaide zich langzaam met zijn gezicht naar de groep, na een stilte die voor iedereen behalve hemzelf ongemakkelijk was. 'Kent u Dantes eerste sonnet, professor Sogliato? *Nu?* Cavalcanti vond dat fascinerend en het is zeker de moeite van het aanhoren waard. Een deel gaat als volgt:

The first three hours of night were almost spent
The time that every star shines down on us
When Love appeared to me so suddenly
That I still shudder at the memory.
Joyous Love seemed to me, the while he held
My heart within his hands, and in his arms
My lady lay asleep wrapped in a veil.

He woke her then and trembling and obedient
She ate that burning heart out of his hand;
Weeping I saw him then depart from me.'

(De eerste uren van de nacht vergaan
De tijd dat sterren aan de hemel staan
Toen Liefde mij zó plotseling beving
Dat ik nog beef bij de herinnering.
Ik dacht dat Amor blijdschap bracht, maar hij
Omklemde mijn hart en in zijn arm sliep zij -
Mijn lief – gesluierd, net als in een bed.
Hij wekte haar: huiv'rend, zonder verzet
At zij zo uit zijn hand dat brandend hart;
Toen lieten ze mij achter met mijn smart.)

'Hoor toch hoe hij een instrument maakt van de Italiaanse landstaal,
wat hij noemt het *vulgari eloquentia* van het volk:

'Allegro mi sembrava Amor tenendo
Meo core in mano, e ne le braccia avea
Madonna involta in un drappo dormendo.
Poi la svegliava, e d'esto core ardendo
Lei paventosa umilmente pascea
Appreso gir lo ne vedea piangendo.'

Zelfs de meest twistzieke Florentijnen konden geen weerstand bieden aan de dichtregels van Dante die weergalmden tussen de met
fresco's beschilderde wanden in het heldere Toscaanse dialect van dr.
Fell. Applaus klonk op en vervolgens bekrachtigden de tot tranen
geroerde aanwezigen bij acclamatie de aanstelling van dr. Fell als be-
heerder van het Palazzo Capponi, tot groot ongenoegen van Sogliato. Pazzi kon niet zien of dr. Fell zich verheugde in zijn overwinning,
want deze had zich weer omgedraaid met de rug naar hen toe. Maar
Sogliato was nog niet klaar.
'Als hij dan zo'n expert op het gebied van Dante is, laat hem dan
verhandelingen over Dante geven, aan de *Studiolo*.' Sogliato sprak
de naam uit alsof het de Inquisitie betrof. 'Laat hem hen *extempo-
re* toespreken, zo mogelijk aanstaande vrijdag.' De Studiolo, genoemd naar een rijk versierde privéstudeerkamer, was een kleine, felle groep geleerden die al heel wat academische reputaties had
verwoest. Ze kwamen regelmatig samen in het Palazzo Vecchio. Jezelf voorbereiden om hen tegemoet te treden werd beschouwd als

een zware klus, daadwerkelijk voor hen verschijnen als een risico. Sogliato's oom viel hem bij en Sogliato's zwager stelde voor om te stemmen, hetgeen door zijn zuster in de notulen werd vastgelegd. Het voorstel werd aangenomen. De aanstelling was een feit, maar dr. Fell zou de Studiolo tevreden moeten stellen om de aanstelling te houden.

De commissies hadden een nieuwe curator voor het Palazzo Capponi, de oude curator werd niet gemist, en ze hadden weinig geduld met de vragen die de in ongenade gevallen Pazzi hun met betrekking tot de vermiste man stelde. Pazzi liet zich evenwel niet kennen.

Als elke goede rechercheur had hij de omstandigheden ontleed en bekeken of hij iets bruikbaars kon ontdekken. Wie zou voordeel halen uit de verdwijning van de oude curator? De vermiste curator was vrijgezel, een gerespecteerde, rustige geleerde met een geregeld leven. Hij had wat spaargeld, zij het niet veel. Het enige dat hij had gehad, was zijn baan en het daarmee gepaard gaande voorrecht om op de zolderverdieping van het Palazzo Capponi te wonen.

Hier stond de nieuw aangestelde, met instemming van het bestuur na diepgaande ondervraging over de Florentijnse geschiedenis en het Oud-Italiaans. Pazzi had dr. Fells sollicitatieformulieren en zijn gezondheidsattesten onderzocht.

Pazzi sprak hem aan toen de bestuursleden hun aktetassen inpakten om naar huis te gaan.

'Dr. Fell.'

'Ja, *Commendatore*?'

De nieuwe curator was klein en gesoigneerd. De bovenste helft van zijn brillenglazen was gekleurd en zijn donkere kleding was van uitstekende snit, zelfs voor Italiaanse begrippen.

'Ik vroeg me af of u uw voorganger ooit hebt ontmoet?' De antennes van een ervaren politieagent zijn afgestemd op de bandbreedte van angst. Pazzi hield dr. Fell nauwlettend in het oog, maar registreerde absolute kalmte.

'Ik heb hem nooit ontmoet. Ik heb een aantal monografieën van zijn hand gelezen in de *Nuova Antologia*.' Het conversatie-Toscaans van dr. Fell was even duidelijk als zijn voordracht was geweest. Als er al sprake was van een accent, kon Pazzi dat niet plaatsen.

'Ik weet dat de recherche in het begin van het onderzoek het Palazzo Capponi heeft afgezocht naar enigerlei schrijven, een vaarwelbrief, een zelfmoordbrief, maar niets heeft gevonden. Mocht u iets tegenkomen tussen de papieren, iets persoonlijks, hoe onbeduidend ook, wilt u mij dan bellen?'

'Maar natuurlijk, *Commendator* Pazzi.'

'Liggen zijn persoonlijke eigendommen nog in het Palazzo?'

'Ingepakt in twee koffers, met een inventarislijst.'

'Ik zal iemand... Ik kom wel een keer langs om de koffers op te halen.'

'Zoudt u mij van tevoren willen bellen, *Commendatore*? Dan kan ik voor uw komst het alarm uitschakelen, en u tijd besparen.'

Die man is veel te kalm. Strikt genomen zou hij toch minstens een zweempje angst voor mij moeten voelen. Hij vraagt me nota bene om hem te laten weten wanneer ik langs kom.

De commissie had Pazzi's irritatie opgewekt. Daar kon hij niets aan doen. Hij raakte nu gepikeerd door de arrogantie van deze man. Hij gaf toe aan de behoefte om terug te slaan.

'Dr. Fell, mag ik u een persoonlijke vraag stellen?'

'Als uw plicht dat vereist, *Commendatore*.'

'U hebt een vrij vers litteken op de rug van uw linkerhand.'

'En u draagt een nieuwe trouwring aan de uwe: *La Vita Nuova*?' Dr. Fell glimlachte. Hij heeft kleine tanden, bijzonder wit. Tijdens Pazzi's ogenblik van verrassing, voordat hij had kunnen besluiten om verontwaardiging te tonen, hield dr. Fell zijn hand met het litteken omhoog en vervolgde: 'Carpale-tunnelsyndroom, *Commendatore*. Geschiedenis is een gevaarlijk beroep.'

'Waarom hebt u bij uw indiensttreding op uw gezondheidsattest geen melding gemaakt van carpale-tunnelsyndroom?'

'Ik verkeerde in de veronderstelling, *Commendatore*, dat kwetsuren alleen dan relevant zijn als er sprake is van een arbeidsongeschiktheidsuitkering en in mijn geval is dat niet zo. Gehandicapt ben ik evenmin.'

'De operatie heeft dus plaatsgevonden in Brazilië, uw land van oorsprong.'

'In elk geval niet in Italië, ik heb niets ontvangen van de Italiaanse regering,' zei dr. Fell, alsof hij meende dat zijn antwoord afdoend was.

Zij waren de laatsten die de vergaderruimte verlieten. Pazzi had de deur bereikt, toen dr. Fell hem toeriep.

'*Commendator* Pazzi?'

Dr. Fell was een zwart silhouet tegen de hoge ramen. Achter hem in de verte verrees de Duomo.

'Ja?'

'Volgens mij bent u een afstammeling van de roemruchte Pazzi's, heb ik gelijk?'

'Ja. Hoe wist u dat?' Pazzi zou de verwijzing naar een recent krantenartikel uiterst onbeleefd hebben gevonden.

'U vertoont een zekere gelijkenis met een personage uit de Della Robbia-rondelen in de kapel van uw familie in Santa Croce.'

'Ach, dat was Andrea de' Pazzi, afgebeeld als Johannes de Doper,' zei Pazzi, met een klein vleugje plezier in zijn verzuurde hart.

Toen Rinaldo Pazzi de slanke gestalte in de vergaderruimte achterliet, was de indruk die hem bijbleef die van dr. Fells buitengewone onbeweeglijkheid.

Aan die indruk zou zeer spoedig het een en ander toegevoegd worden.

20

Nu wij ongevoelig geworden zijn door de niet-aflatende blootstelling aan voosheid en platvloersheid, is het interessant te ontdekken wat wij nog altijd als verdorven beschouwen. Wat raakt de kleffe lethargie van ons berustende bewustzijn met voldoende kracht om onze aandacht te trekken?

In Florence was dat de tentoonstelling Monsterachtige Martelwerktuigen, en hier vond de tweede ontmoeting plaats tussen Rinaldo Pazzi en dr. Fell.

De tentoonstelling, samengesteld uit meer dan twintig klassieke martelwerktuigen met uitgebreide documentatie, was opgesteld in het onheilspellende Forte di Belvedere, een zestiende-eeuws bastion van de Medici dat de zuidmuren van de stad bewaakt. De expo trok onverwachts een reusachtige menigte, opwinding sprong als een forel door de broek van het publiek.

Volgens plan zou de expositie een maand open blijven; Monsterachtige Martelwerktuigen liep echter zes maanden, evenaarde de bezoekersaantallen van de Uffizi-galerie en trok meer bezoekers dan het Palazzo Pitti.

De organisatoren, twee mislukte taxidermisten die voorheen in hun leven hadden voorzien door het eten van afval van de trofeeën die zij prepareerden, werden miljonair en maakten, gekleed in hun nieuwe smokings, met hun tentoonstelling een triomftocht door Europa.

De bezoekers, meestal in paren, kwamen uit heel Europa en maakten gebruik van de verlengde openingstijden om tussen de folterwerktuigen door te lopen en aandachtig in een van de vier talen alles te lezen over oorsprong en werking. Illustraties door Dürer en anderen, alsmede dagboeken uit die tijd brachten de menigte op de hoogte van zaken als de fijne kneepjes van het radbraken.

De vertaling op een van de borden luidde:

De Italiaanse vorsten gaven er de voorkeur aan hun slachtoffers op de grond te breken door, zoals afgebeeld, het rad met ijzeren banden als slagmiddel te gebruiken en blokken onder de ledematen aan te brengen, terwijl het in Noord-Europa gebruikelijk was het slachtoffer aan het rad te binden, hem of haar met een ijzeren staaf te breken en de ledematen vervolgens door de spaken aan de buitenrand van het rad te vlechten, waarbij gecompliceerde breuken de vereiste flexibiliteit verschaften, terwijl het nog altijd kreten slakende hoofd en het bovenlichaam het midden vormden. De laatste werkwijze bood als schouwspel meer bevrediging, maar het vermaak was soms van korte duur als een mergfragment in het hart terechtkwam.

De tentoonstelling Monsterachtige Martelwerktuigen kon natuurlijk niet ontsnappen aan de aandacht van een kenner van het slechtste in de mens. De kern van het slechtste, de ware duivelsdrek van de menselijke geest, is echter niet te vinden bij de ijzeren maagd of op het scherp van een mes; de meest basale gruwel is te zien op de gezichten van de bezoekers.

In het halfduister van dit enorme, stenen vertrek, onder de in het licht opgehangen kooien der verdoemden, stond dr. Fell, kenner van het laagste in de mens zoals te zien op diens aangezicht, zijn bril in zijn hand met het litteken, het uiteinde van het pootje tegen zijn lippen, zijn gezicht in vervoering terwijl hij de mensen gadesloeg die hem voorbijliepen.

Rinaldo Pazzi zag hem daar staan.

Pazzi was bezig met zijn tweede onbeduidende karweitje van die dag. In plaats van dineren met zijn vrouw, drong hij zich een weg door de menigte om nieuwe aanplakbiljetten op te hangen die paartjes moesten waarschuwen voor het Monster van Florence, dat hij niet had weten te vangen. Precies zo'n waarschuwing was door zijn nieuwe superieuren demonstratief boven zijn eigen bureau opgehangen, naast andere 'gezocht'-aanplakbiljetten van over de hele wereld.

De taxidermisten, die samen de kassa bemanden, waren ingenomen met het stukje eigentijdse horror dat aan hun show werd toegevoegd, maar verzochten Pazzi zelf het aanplakbiljet op te hangen, aangezien geen van beiden de ander alleen bij de kassa leek te willen achterlaten. Een paar plaatselijke bezoekers herkenden Pazzi en floten hem uit vanuit de anonimiteit van de menigte.

Pazzi drukte punaises door de hoeken van het blauwe biljet met het enkele, starende oog op een prikbord bij de uitgang, waar het de meeste aandacht zou trekken en deed een spotje er boven aan. Toen hij de vertrekkende stelletjes gadesloeg, zag Pazzi dat velen van hen opgewonden waren en zich in het gedrang bij de uitgang tegen elkaar aan presten. Hij hoopte nooit meer zo'n tableau te zien, geen bloed en bloemen meer.

Pazzi wilde echter wel met dr. Fell spreken – het zou hem zeer gelegen komen als hij nu, terwijl hij toch in de buurt van het Palazzo Capponi was, de persoonlijke eigendommen van de vermiste curator zou kunnen ophalen. Maar toen Pazzi zich afwendde van het prikbord, was dr. Fell verdwenen. Hij bevond zich niet in het gedrang bij de uitgang. Waar hij had gestaan, was nu alleen nog maar de stenen muur, onder de hangende uithongeringskooi met het geraamte in een foetale houding, eeuwig smekend om gevoed te worden.

Pazzi was nijdig. Hij drong zich een weg door de menigte tot hij buiten stond, maar vond geen spoor van de geleerde.

De bewaker bij de uitgang herkende Pazzi en zei niets toen hij over het touw stapte en het pad afliep, het donkere terrein van het Forte di Belvedere op. Hij liep naar de borstwering, vanwaar men noordwaarts over de Arno uitzag. Oud-Florence lag aan zijn voeten, de grote bult van de Duomo, de toren van het Palazzo Vecchio badend in licht.

Pazzi was een zeer oude ziel, kronkelend op de scherpe punt van een bespottelijke situatie. Zijn stad dreef de spot met hem.

De Amerikaanse FBI had zout in Pazzi's wond gestrooid door tegen de pers te beweren dat de FBI-profielschets van *Il Mostro* geen enkele overeenkomst vertoonde met de door Pazzi aangehouden man. *La Nazione* had daar nog aan toegevoegd dat Pazzi 'Tocca door valse aanklachten in de gevangenis had doen belanden'.

De laatste keer dat Pazzi het blauwe *Il Mostro*-aanplakbiljet had opgehangen, was in Amerika geweest; een waardig trofee aan de muur bij Gedragswetenschappen, en op verzoek van de Amerikaanse FBI-agenten had hij het biljet van zijn handtekening voorzien. Ze wisten alles over hem, bewonderden hem, nodigden hem uit. Zijn vrouw en hij waren overal aan de kust van Maryland te gast geweest.

In het donker bij de borstwering, uitkijkend over zijn oude stad, rook hij de zilte lucht vanaf Chesapeake Bay, zag hij voor zijn geestesoog zijn vrouw op het strand met haar nieuwe, witte sportschoenen.

Bij Gedragswetenschappen in Quantico hadden ze een tekening van Florence gehad, die ze hem als curiositeit hadden laten zien. Het was hetzelfde uitzicht dat hij nu voor zich zag, Oud-Florence vanaf de Belvedere, het fraaiste uitzicht ter wereld. Het was echter geen kleurentekening geweest. Nee, een potloodtekening, gearceerd met houtskool. De tekening stond op een foto, op de achtergrond van een foto. Het was een foto van de Amerikaanse seriemoordenaar, dr. Hannibal Lecter. Hannibal de Kannibaal. Lecter had Florence uit zijn hoofd getekend en de tekening had in zijn cel in het krankzinnigengesticht gehangen, in een zo grimmig oord.

Wanneer was het Pazzi gaan dagen, wanneer had het idee vorm gekregen? Twee beelden: het echte Florence dat voor hem lag en de tekening die hij zich herinnerde. Het ophangen van het biljet van *Il Mostro* luttele minuten tevoren. Mason Vergers biljet van Hannibal Lecter aan de wand van zijn eigen kantoor, met daarop melding van de hoge beloning en de toelichting:

DR. LECTER ZAL ZIJN LINKERHAND MOETEN VERBERGEN EN ZAL WELLICHT MOEITE DOEN DIE OPERATIEF TE LATEN VERANDEREN, AANGEZIEN ZIJN VORM VAN POLYDACTYLIE, HET FENOMEEN VAN VOLMAAKTE EXTRA VINGERS, UITERMATE ZELDZAAM EN UITERST HERKENBAAR IS.

Dr. Fell die zijn bril tegen zijn lippen houdt met zijn hand met het litteken.

Een gedetailleerde schets van dit uitzicht op de wand van Hannibal Lecters cel.

Kwam het idee in Pazzi op terwijl hij over de stad Florence stond uit te kijken of was het uit de levende duisternis boven de lichten komen aanzweven? En waarom was de voorbode van het idee een zweem van de zilte bries vanaf de Chesapeake Bay geweest?

Vreemd genoeg voor een visueel ingestelde man, ging de verbandlegging met een geluid gepaard, het geluid dat een druppel zou maken bij het neerkomen in een opdrogende poel.

Hannibal Lecter was naar Florence uitgeweken.
plop
Hannibal Lecter was dr. Fell.

Rinaldo Pazzi's innerlijke stem zei hem dat hij misschien was doorgedraaid in de kooi van zijn benarde positie, dat zijn wanhopige geest zich wellicht de tanden brak op de tralies zoals het skelet in de verhongeringskooi.

Zonder zich bewust te zijn dat hij in beweging was gekomen, besefte hij plotseling dat hij de renaissancepoort had bereikt, die van-af de Belvedere de steile Costa di San Giorgio inloopt, een nauwe straat die zigzaggend over een afstand van nog geen achthonderd meter naar het hart van Oud-Florence afdaalt. Zijn schreden leken hem buiten zijn wil over de steile keistenen te voeren, hij liep snel-ler dan hij zou willen, de blik vooruit, uitkijkend naar de man die zich dr. Fell noemde, aangezien deze route naar diens huis voerde – halverwege naar beneden draaide Pazzi de Costa Scarpuccia in, de weg daalde nog steeds, tot hij uitkwam in de Via de' Bardi, vlak bij de rivier. Vlak bij het Palazzo Capponi, waar dr. Fell huisde.

Pazzi, hijgend door de steile afdaling, vond een plekje buiten het licht van de straatlantaarn, bij de ingang van een flatgebouw aan de over-kant van het palazzo. Als iemand voorbijkwam, kon hij zich om-draaien en net doen of hij aanbelde.

Het palazzo was donker. Boven de grote dubbele deuren ontwaarde Pazzi het rode lampje van een bewakingscamera. Hij wist natuurlijk niet of die altijd in functie was of dat die alleen maar werd gebruikt als iemand aanbelde. De camera hing diep in de overdekte ingang. Pazzi dacht niet dat hij aan de buitenkant van het gebouw iets kon opvangen.

Hij wachtte een halfuur, luisterend naar zijn eigen ademhaling, maar dr. Fell liet zich niet zien. Misschien zat hij binnen in het donker.

De straat was uitgestorven. Pazzi stak snel over en drukte zich plat tegen de muur.

Een zwak, uiterst zwak, iel geluid van binnen in het gebouw. Pazzi drukte zijn hoofd tegen de koude tralies voor het raam om te luis-teren. Een klavecimbel, Bachs *Goldbergvariaties*, uitstekend ver-tolkt.

Pazzi moest wachten, zich schuilhouden en denken. Het was te vroeg om zijn prooi te bespringen. Hij moest beslissen wat hij het beste kon doen. Hij wilde niet nog eens voor gek staan. Toen hij zich te-rugtrok in de schaduw aan de overkant van de straat, was zijn neus het laatste dat verdween.

21

De christelijke martelaar San Miniato pakte zijn afgehakte hoofd vanaf het zand in het Romeinse amfitheater in Florence en droeg het onder zijn arm naar de berghelling aan de overkant van de rivier waar hij, volgens de overlevering, een rustplaats heeft gevonden in zijn schitterende kerk.

San Miniato's lichaam, rechtopgaand of niet, zal zeker de oude straat hebben gevolgd waarin wij nu staan, de Via de' Bardi. In de vallende schemering is de straat nu verlaten, het waaierpatroon van de straatkeien glanst in een winterse motregen die niet koud genoeg is om de kattengeur te verdrijven. Wij bevinden ons tussen de paleizen die zeshonderd jaar geleden door kooplieden, machtige figuren achter de schermen en samenzweerders in het Florence ten tijde van de renaissance zijn gebouwd. Binnen boogschot aan de overkant van de rivier de Arno bevinden zich de wrede staak van de Signoria, waar de monnik Savonarola is opgehangen en verbrand, en dat grote pakhuis vol hangende Christussen, het Uffizi.

Deze familiepaleizen, tegen elkaar aan gebouwd in een oude straat, verstard in de moderne Italiaanse bureaucratie, zien er van buiten uit als gevangenissen, maar bevatten grootse, elegante ruimtes, hoge, doodstille hallen die niemand ooit ziet, gedrapeerd met rottende, door de regen aangetaste zijde, waar mindere werken van de grote meesters uit de renaissance jarenlang in het donker hangen, verlicht door de bliksem als de gordijnen zijn vergaan.

Wij staan voor het palazzo van de Capponi, duizend jaar lang een voorname familie, een die het ultimatum van een Franse koning voor zijn ogen door midden scheurde en die een paus heeft voortgebracht. De ramen van het Palazzo Capponi achter hun ijzeren tralies zijn nu donker. De fakkelhouders zijn leeg. In het craquelé van een oude ruit zit een kogelgat uit de jaren veertig. Loop er eens wat dichter naartoe. Leg uw hoofd tegen het koude ijzer zoals de politieagent dat deed, en luister. In de verte hoort u een klavecimbel. Bachs *Goldbergvariaties*, geen perfecte uitvoering, wel een uitzonderlijk goede, met grote muzikaliteit. Geen perfecte uitvoering, maar wel een uitzonderlijk goede; wellicht is er sprake van een lichte stijfheid in de linkerhand.

Als u gelooft dat u niets kan overkomen, gaat u dan naar binnen? Zou u dan dit paleis, zo bloedig en roemrijk, durven betreden, de met webben overspannen duisternis doorkruisen naar het harmonieuze spel van het klavecimbel? Wij zijn onzichtbaar voor het alarm. We zijn onzichtbaar voor de natte politieagent die zich schuil houdt in het portiek. Kom mee...

In het portaal is de duisternis nagenoeg volledig. Een lange, stenen trap, de koude leuning onder onze glijdende hand, de treden uitgesleten door de voetstappen van eeuwen, ongelijk onder onze voeten terwijl we omhooglopen in de richting van de muziek.

De hoge dubbele deuren van de hoofdsalon zouden piepen en kraken als we die zouden moeten openen. Maar voor u staan ze open. De muziek komt uit de verste hoek en uit die hoek komt ook het enige licht, het licht van vele kaarsen die een rossig schijnsel werpen door de kleine deur van een kapel die uitkomt in de hoek van het vertrek.

Doorkruis de ruimte naar de muziek. Wij zijn ons vaag bewust dat we langs groepen afgedekte meubelstukken lopen, vage vormen die door het kaarslicht lijken te bewegen, net een slapende kudde. Boven ons verdwijnt het plafond van de hoge kamer in de duisternis. Het licht werpt zijn rode gloed op een sierlijk klavecimbel en op de man die de renaissance-geleerden kennen als dr. Fell. De elegante geleerde zit kaarsrecht en gaat volledig in de muziek op, terwijl het licht wordt weerkaatst door zijn haar en de achterkant van zijn gewatteerde, zijden kamerjas die glanst als een pels.

De openstaande klep van het klavecimbel is versierd met een druk tafereel van een banket en de kleine figuurtjes lijken in het kaarslicht boven de snaren door elkaar te krioelen. Hij speelt met de ogen dicht. Bladmuziek heeft hij niet nodig. Voor hem op de liervormige muziekstandaard van het klavecimbel staat een nummer van het Amerikaanse roddelsensatieblad de *National Tattler*. Het blad is zo gevouwen dat alleen het gezicht op de voorpagina te zien is, het gezicht van Clarice Starling.

Onze musicus glimlacht, het muziekstuk is ten einde, hij herhaalt de sarabande nog eens voor zijn eigen genoegen en als het geluid van de laatste door een pen betokkelde snaar vibrerend in de enorme kamer wegsterft, doet hij zijn ogen open, in elke pupil een speldenpunt rood licht. Hij houdt zijn hoofd schuin en kijkt naar het blad dat voor hem staat.

Geruisloos staat hij op, hij loopt met het Amerikaanse roddelblad de piepkleine, luisterrijke kapel binnen, die nog voor de ontdekking van Amerika werd gebouwd. Als hij het blad in het licht van de kaarsen houdt en het openvouwt, lijken de religieuze iconen boven het altaar het blad over zijn schouder mee te lezen, zoals ze zouden doen in de rij voor een supermarktkassa. Het gebruikte lettertype is tweeënzeventigpunts Railroad Gothic. De kop luidt: 'ENGEL DES DOODS: CLARICE STARLING, MOORDMACHINE VAN DE FBI.'

In hun uitdrukking van vertwijfeling en gelukzaligheid geschilderde gezichten rondom het altaar vervagen als hij de kaarsen dooft. Voor het doorkruisen van de grote hal heeft hij geen licht nodig. Een zachte windvlaag als dr. Hannibal Lecter ons voorbijloopt. De enorme deur kraakt, valt met een klap dicht die we voelen als een trilling in de vloer. Stilte.

Voetstappen die een ander vertrek betreden. Door de resonantie in het gebouw lijken de muren dichterbij te staan, het plafond blijft hoog – harde geluiden worden van boven af pas na geruime tijd teruggekaatst – en de lucht is bezwangerd met de geur van velijnpapier en perkament en gedoofde kaarsenpitten.

Het geritsel van papier in het donker, het gepiep en geschraap van een stoel die wordt verschoven. Dr. Lecter zit in een grote leunstoel in de legendarische bibliotheek der Capponi. Zijn ogen zijn rood als het licht erin wordt weerkaatst, maar ze gloeien niet rood op in het donker, zoals sommigen van zijn bewakers hebben gezworen. De duisternis is volledig. Hij is in gedachten verzonken...

Het is waar dat dr. Lecter de vacature in het Palazzo Capponi zelf heeft geschapen door de voormalige curator uit de weg te ruimen – een eenvoudige daad die slechts een paar seconden van zijn tijd met de oude man vergde en een bescheiden bedrag voor twee zakken cement – maar toen de weg eenmaal gebaand was, had hij de functie op een eerlijke manier verdiend, door voor de commissie van de Belle Arti een uitzonderlijke taalkundige vaardigheid aan de dag te leggen middels het rechtstreeks van blad vertalen van middeleeuws Italiaans en Latijn vanuit de meest obscure, in zwarte gotische drukletters gedrukte manuscripten.

De rust die hij hier heeft gevonden, zou hij graag vasthouden – hij heeft tijdens zijn verblijf in Florence bijna niemand vermoord, behalve dan zijn voorganger.

Zijn aanstelling als vertaler en curator van de Capponi-bibliotheek is voor hem om verschillende redenen een behoorlijke buitenkans. De ruimte, de hoogte van de paleisvertrekken, zijn zeer belangrijk voor dr. Lecter na zijn jarenlange benauwde insluiting. Van nog groter belang is de affiniteit die hij met het paleis voelt. Het is het enige particuliere bouwwerk dat hij ooit heeft gezien dat in omvang en detail het geheugenpaleis benadert waaraan hij sinds zijn jeugd heeft gebouwd.

In de bibliotheek, temidden van deze unieke verzameling manuscripten en brieven die teruggaan tot het begin van de dertiende eeuw, kan hij tegemoetkomen aan een zekere nieuwsgierigheid naar zichzelf.

Dr. Lecter was tot de overtuiging gekomen, aan de hand van fragmentarische familiedocumenten, dat hij een afstammeling was van een zekere Giuliano Bevisangue, een geducht personage uit Toscane in de twaalfde eeuw, en daarnaast van de Machiavelli's en de Visconti's. Dit was de ideale plek om onderzoek te verrichten. Afgezien van een zekere afstandelijke nieuwsgierigheid, had de kwestie niets met zijn eigendunk van doen. Dr. Lecter heeft geen behoefte aan bevestiging van de goegemeente. Zijn eigendunk, evenals zijn intelligentiequotiënt en zijn mate van rationaliteit, is niet met behulp van conventionele middelen te meten.

Eigenlijk is men het er in psychiatrische kringen niet eens over de vraag of dr. Lecter onder de categorie mens ingedeeld mag worden. Geruime tijd reeds wordt hij door zijn collega's in de psychiatrie, van wie velen zijn giftige pen in de vakbladen vrezen, als iets totaal Anders beschouwd. Gemakshalve bestempelen ze hem als 'monster'. Het monster zit in de donkere bibliotheek, terwijl zijn geest kleuren schildert op de duisternis en een middeleeuwse luchtstroom door zijn hoofd waait. Hij denkt na over de politieman.

De klik van een schakelaar en een lamp verspreidt zacht licht.

Nu kunnen we dr. Lecter zien zitten aan een zestiende-eeuwse reftertafel in de Capponi-bibliotheek. Achter hem bevindt zich een muur met in vakjes opgeborgen manuscripten en grote in linnen gebonden registers, sommige al achthonderd jaar oud. De veertiende-eeuwse correspondentie met een minister van de Venetiaanse Republiek ligt op een stapel voor hem, verzwaard met een klein gietstuk dat Michelangelo had gemaakt als studie voor zijn gehoornde Mozes, en voor de inktpot staat een laptopcomputer met on-line onderzoeksmogelijkheden via de universiteit van Milaan.

Tussen de dunne, gele stapeltjes perkament en velijnpapier ligt een exemplaar van de *National Tattler*, felrood en blauw. Daarnaast ligt de Florentijnse editie van *La Nazione*.

Dr. Lecter pakt de Italiaanse krant en leest de nieuwste aanval daarin op Rinaldo Pazzi, opgeroepen door een FBI-ontkenning in de zaak *Il Mostro*. 'Onze profielschets heeft geen enkele overeenkomst met Tocca,' waren de woorden van een FBI-woordvoerder.

La Nazione maakte gewag van Pazzi's achtergrond en opleiding in Amerika, op de beroemde Quantico-academie, en stelde dat hij beter had moeten weten.

De zaak *Il Mostro* interesseerde dr. Lecter in het geheel niet, Pazzi's achtergrond daarentegen wel. Bijzonder ongelukkig dat hij een politieagent tegen het lijf loopt die zijn training in Quantico heeft gevolgd, waar Hannibal Lecter verplichte leerstof was.

Toen dr. Lecter in het Palazzo Vecchio Rinaldo Pazzi in de ogen had gekeken, en dicht genoeg bij hem had gestaan om hem te kunnen ruiken, had hij geweten dat Pazzi hem niet verdacht, ondanks het feit dat hij vragen had gesteld over het litteken op dr. Lecters hand.

Pazzi had hem niet eens argwanend bezien in verband met de verdwijning van de curator.

De politieagent had hem ook gezien bij de tentoonstelling van martelwerktuigen. Het ware beter geweest als ze elkaar bij een orchideeënshow waren tegengekomen.

Dr. Lecter was zich terdege bewust van de elementen van epifanie die naar willekeur ronddansten in de geest van de politieman, tussen al die andere miljoenen dingen die hij wist.

Zou het misschien beter zijn als Rinaldo zich zou voegen bij wijlen de curator van het Palazzo Vecchio, beneden in de klammigheid? Zou het misschien beter zijn als Pazzi's lichaam gevonden zou worden na een ogenschijnlijke zelfmoord? *La Nazione* zou genoegen beleven aan de wetenschap dat ze hem doodgetreiterd hadden.

Nu niet, dacht het monster, en hij richtte zijn volle aandacht op de grote velijnrollen en perkament-manuscripten.

Dr. Lecter maakt zich geen zorgen. Hij beleefde verrukking aan de schrijfstijl van Neri Capponi, bankier en afgezant in het vijftiende-eeuwse Venetië en las tot laat in de nacht diens brieven, nu en dan hardop, puur voor zijn eigen plezier.

22

Nog voor het aanbreken van de volgende dag hield Pazzi de foto's in zijn hand die voor dr. Fells werkvergunning waren genomen, die in de dossiers van de Carabinieri samen met de negatieven aan zijn *permesso di soggiorno* waren bevestigd. Pazzi was tevens in het bezit van de voortreffelijke politiefoto's die op Mason Vergers aanplakbiljet waren afgedrukt. De gezichten waren gelijk van vorm, maar als dr. Fell en dr. Lecter inderdaad een en dezelfde waren, waren er veranderingen aangebracht in de neus en wangen, collageen-injecties misschien.

De oren zagen er veelbelovend uit. Net als Alphonse Bertillon honderd jaar eerder, bestudeerde Pazzi de oren door zijn vergrootglas. Die leken dezelfde te zijn.

Op de verouderde Questura-computer toetste hij zijn Interpol-inlogcode in dat hem toegang verschafte tot het Amerikaanse FBI-programma voor aanhouding van gewelddadige misdadigers en riep hij de omvangrijke Lecter-file op. Hij vervloekte zijn trage modem en probeerde de wazige tekst op het scherm te ontcijferen voordat de letters plotseling helder te voorschijn sprongen. Van de meeste feiten was hij al op de hoogte. Twee feiten echter deden zijn adem stokken. Het ene oud, het andere nieuw. De meest recente aanvulling maakte gewag van een röntgenopname waaruit bleek dat Lecter waarschijnlijk zijn hand had laten opereren. Het oude feit, een scan van een met de hand geschreven rapport van de politie van Tennessee, maakte melding van het feit dat Hannibal Lecter, terwijl hij zijn bewakers in Memphis vermoordde, een opname van de *Goldbergvariaties* had gedraaid.

Het aanplakbiljet dat was verspreid door het rijke Amerikaanse slachtoffer Mason Verger, moedigde pro forma eventuele tipgevers aan contact op te nemen met het verstrekte FBI-nummer. Tevens stond op de poster de gebruikelijke waarschuwing dat dr. Lecter gewapend en gevaarlijk was. Een privételefoonnummer stond eveneens vermeld – vlak onder de alinea over de reusachtige beloning.

Een vliegticket van Florence naar Parijs is belachelijk duur en Pazzi moest het uit eigen zak bekostigen. Hij verwachtte niet dat de Franse politie hem zou doorverbinden zonder zich ermee te bemoeien en hij wist geen andere manier om een verbinding tot stand te brengen. Uit een telefooncel van American Express bij de Opera draaide hij het privénummer op Masons poster. Hij veronderstelde dat het gesprek getraceerd zou worden. Pazzi sprak redelijk Engels, maar hij wist dat zijn accent zou verraden dat hij Italiaan was.

De stem van een man, Amerikaans, zeer kalm.

'Wilt u mij alstublieft vertellen waarvoor u belt?'

'Ik heb misschien informatie over Hannibal Lecter.'

'Juist, hartelijk dank dat u ons belt. Weet u waar hij zich op dit moment bevindt?'

'Ik geloof het wel. Is de beloning nog van kracht?'

'Jazeker. Welke harde bewijzen kunt u overleggen om aan te tonen dat hij het is? U moet begrijpen dat we ontzettend veel zonderlinge telefoontjes krijgen.'

'Ik kan u vertellen dat deze man plastische chirurgie heeft laten verrichten aan zijn gezicht en dat zijn linkerhand is geopereerd. Hij kan nog steeds de *Goldbergvariaties* spelen. Hij is in het bezit van Braziliaanse papieren.'

Stilte. Toen: 'Waarom hebt u de politie niet op de hoogte gebracht? Ik ben verplicht u aan te moedigen dat te doen.'

'Is de beloning onder alle omstandigheden van kracht?'

'De beloning is voor informatie die leidt tot de aanhouding en veroordeling.'

'Zou de beloning uitbetaald kunnen worden onder... speciale voorwaarden?'

'U bedoelt een premie op het hoofd van dr. Lecter? Bijvoorbeeld in het geval van iemand die onder normale omstandigheden een beloning niet zou mogen accepteren?'

'Ja.'

'Wij werken beiden naar hetzelfde einddoel. Blijft u dus alstublieft aan de lijn, dan zal ik u een voorstel doen. Het is tegen de internationale conventie en de Amerikaanse wet om een premie uit te loven voor de dood van een bepaald persoon, weet u. Blijf alstublieft aan de lijn. Mag ik vragen of u uit Europa belt?'

'Ja, dat klopt, en meer kan ik u niet vertellen.'

'Juist, luister goed – ik stel voor dat u contact opneemt met een advocaat om de rechtsgeldigheid van premies te bespreken, en verder dat u geen enkele illegale actie onderneemt tegen dr. Lecter. Mag ik u een advocaat aanbevelen? In Genève ken ik iemand die gespecialiseerd is in dergelijke zaken. Mag ik u zijn gratis telefoonnummer geven? Ik raad u ten sterkste aan contact met hem op te nemen en open kaart met hem te spelen.'

Pazzi kocht een telefoonkaart en voerde zijn volgende gesprek vanuit een cel in het warenhuis Bon Marché. Hij sprak iemand met een droge Zwitserse stem. Het gesprek duurde minder dan vijf minuten. Mason zou een miljoen Amerikaanse dollars betalen voor dr. Hannibal Lecters hoofd en handen. Hij zou dezelfde som betalen voor informatie die zou leiden tot zijn aanhouding. Hij zou à titre personnel drie miljoen dollar betalen voor de levende doctor, zonder vragen, discretie gegarandeerd. Een voorschot van honderdduizend dollar was in de voorwaarden inbegrepen. Om in aanmerking te komen voor het voorschot, zou Pazzi een duidelijk herkenbare vingerafdruk van dr. Lecter moeten overleggen, een vingerafdruk *in situ* op een voorwerp. Als hij dat voor elkaar kreeg, zou de rest van het geld, wanneer het hem gelegen kwam, worden gedeponeerd in een safe in Zwitserland.

Alvorens van het warenhuis Bon Marché naar het vliegveld te vertrekken, kocht Pazzi voor zijn vrouw een perzikkleurige peignoir van gevlamde zijde.

23

Hoe gedraagt men zich als men weet dat de conventionele waarden loos zijn? Als men tot het besef is gekomen dat Marcus Aurelius gelijk had gehad en dat de mening van toekomstige generaties even weinig waard zal zijn als de mening van de huidige generatie? Is het dan nog mogelijk om je aan de regels te houden? Wenselijk om je aan de regels te houden?

Rinaldo Pazzi, lid van het befaamde geslacht der Pazzi's, hoofdinspecteur van de Florentijnse Questura, moest nu voor zichzelf uitmaken wat zijn eer waard was, of dat er een wijsheid bestond die zwaarder woog dan overwegingen van eer.

Tegen etenstijd was hij terug uit Parijs en hij ging eerst een poosje slapen. Hij wilde zijn vrouw om raad vragen, maar dat kon hij niet, al vond hij wel troost bij haar. Nadien, toen haar ademhaling weer rustig was, lag hij nog lange tijd wakker. Midden in de nacht gaf hij het op en ging hij naar buiten om een stuk te lopen en na te denken.

Hebzucht is niet ongewoon in Italië en Rinaldo Pazzi als rasechte Italiaan bezat die karaktertrek in ruime mate. Zijn aangeboren hebzucht en eerzucht waren echter aangescherpt in Amerika, waar elke invloed versterkt wordt gevoeld, met inbegrip van de dood van Jehova en de heerschappij van mammon.

Toen Pazzi de schaduwen van de Loggia verliet en op de plek op het Piazza Signoria stond waar Savonarola was verbrand, toen hij omhoog keek naar het raam in het met schijnwerpers verlichte Palazzo Vecchio, waar zijn voorvader de dood had gevonden, geloofde hij dat hij met zichzelf aan het overleggen was. Hij had ongelijk. Hij had met stukjes en beetjes zijn besluit al genomen.

Wij schrijven een tijdstip toe aan besluitvorming, teneinde het proces het aanzicht te geven van het weloverwogen gevolg van rationeel en bewust denken. Beslissingen worden echter genomen als gevolg van een mengeling van gevoelens en zijn vaker een opeenhoping dan de uitkomst van een rekensom.

Pazzi had zijn besluit al genomen toen hij op het vliegtuig naar Parijs was gestapt. En een uur tevoren nogmaals, toen zijn vrouw in haar nieuwe peignoir zich niet meer dan plichtmatig ontvankelijk had getoond. En minuten later weer, toen hij liggend in het donker zijn hand had uitgestrekt om haar wang te strelen en haar een tedere nachtkus te geven, en hij een traan onder zijn handpalm had gevoeld. Toen had ze, zonder het te weten, zijn hart doen krimpen.

Nog meer eerbewijzen? Een nieuwe kans om de adem van de aartsbisschop te doorstaan terwijl de heilige fragmenten werden aangewend om de vuurpijl in de reet van de van lappen gestikte duif te ontsteken? Nog meer toegezwaaide lof van de politici wier privélevens hem maar al te bekend waren? Wat was het waard om bekend te staan als de politiebeambte die dr. Hannibal Lecter had gevangen? Voor een politiebeambte is erkenning van zeer korte duur. Een beter idee schoot door zijn hoofd: VERKOOP HEM.

De gedachte doorpriemde hem en sloeg hem murw, liet hem bleek en vastbesloten achter, en toen de visueel ingestelde Rinaldo zijn lot bepaalde, dreef er een mengsel van twee geuren door zijn geest, zijn vrouw en de oevers van Chesapeake Bay.

VERKOOP HEM, VERKOOP HEM, VERKOOP HEM, VERKOOP HEM, VERKOOP HEM, VERKOOP HEM.

Francesco de' Pazzi had in 1478 niet heftiger toegestoken toen Giuliano op de vloer van de kathedraal voor hem lag, toen hij in zijn razernij zichzelf in de dij had gestoken.

24

Dr. Hannibal Lecters vingerafdrukkaart is een curiositeit en min of meer tot een cultvoorwerp geworden. Het origineel hangt in een lijstje aan de wand van de afdeling identificatie van de FBI. In navolging van de gebruikelijke FBI-werkwijze bij het afnemen van afdrukken bij mensen met meer dan vijf vingers, staan de duim en vier naastliggende vingers op de voorkant van de kaart afgedrukt en de zesde vinger op de achterkant.

Kopieën van de vingerafdrukkaart zijn vlak na de ontsnapping van de doctor over de hele wereld verspreid en een vergroting van zijn duimafdruk is weergegeven op Mason Vergers 'gezocht'-biljet met voldoende gemerkte punten om het een minimaal opgeleide onderzoeker mogelijk te maken een vergelijking te maken.

Het nemen van vingerafdrukken op zich is niet moeilijk en Pazzi was in staat een behoorlijke set afdrukken te nemen. Hij zou een ruwe vergelijking kunnen maken om zich te vergewissen. Maar Mason Verger eiste een recente vingerafdruk, *in situ*, niet een afdruk van een afdruk, teneinde zijn experts in staat te stellen een onafhankelijk vergelijkend onderzoek uit te voeren. Mason was al eerder bedrogen uitgekomen met oude vingerafdrukken die jaren geleden op de plaats van eerdere misdaden van dr. Lecters hand waren gevonden.

Hoe kon hij echter aan dr. Fells vingerafdrukken komen zonder dat deze daar iets van merkte? Het was van het allergrootste belang dat de argwaan van de geleerde niet gewekt werd. De man was veel te goed in staat om te verdwijnen en dan zou Pazzi met lege handen achterblijven.

De geleerde verliet het Palazzo Capponi niet vaak, en de volgende vergadering van de Belle Arti was pas over een maand. Te lang om te wachten op de mogelijkheid om een waterglas bij zijn zitplaats neer te zetten, bij alle zitplaatsen eigenlijk, en bovendien werden dergelijke voorzieningen door de commissie nooit getroffen.

Toen hij eenmaal had besloten Hannibal Lecter aan Mason Verger te verkopen, moest Pazzi noodgedwongen alles alleen doen. Hij kon het zich niet veroorloven de aandacht van de Questura op dr. Fell te vestigen door toestemming aan te vragen het Palazzo te betreden, en het gebouw was veel te goed beveiligd om er in te breken en vingerafdrukken te zoeken.

Dr. Fells afvalbak was veel schoner en nieuwer dan de andere in de straat. Pazzi kocht een nieuwe bak en verwisselde in het holst van de nacht de deksels van de nieuwe en de bak van het Palazzo Capponi. Het verzinkte oppervlak was niet ideaal en na een hele nacht zwoegen was Pazzi in het bezit van een stel afdrukken die niet te ontcijferen waren, een pointillistische nachtmerrie.

De volgende morgen verscheen hij met bloeddoorlopen ogen bij de Ponte Vecchio. In een juwelierszaak op de oude brug kocht hij een brede, glimmende, zilveren armband en tevens de met fluweel overtrokken standaard waarop die uitgestald had gelegen. In de wijk ten zuiden van de Arno waar veel ambachtslieden gevestigd waren, in de nauwe straatjes tegenover het Palazzo Pitti, liet hij door een andere juwelier de naam van de ontwerper uit de armband slijpen. De juwelier bood aan om een laag op de armband aan te brengen om het verkleuren tegen te gaan, maar Pazzi zei nee.

De geduchte Sollicciano, de Florentijnse gevangenis aan de weg naar Prato.

Op de eerste verdieping van de vrouwenafdeling stond Romula Cjesku over een diepe wasbak geleund haar borsten in te zepen. Ze waste zich en droogde zich zorgvuldig af alvorens een schoon, wijd katoenen hemd aan te trekken. Een tweede zigeunerin, die terugkeerde uit de bezoekersruimte, sprak in het voorbijgaan Romula in de zigeunertaal toe. Tussen Romula's ogen verscheen een bijna onzichtbaar rimpeltje. Haar knappe gezicht behield de gebruikelijke ernstige uitdrukking.

Zoals gewoonlijk mocht ze om halfnegen van de afdeling af, maar toen ze de bezoekersruimte naderde, werd ze door een bewaarder tegengehouden en naar een privéspreekkamer op de benedenverdieping van de gevangenis gebracht. In plaats van de verpleegster die normaal haar babyzoontje bij haar bracht, trof ze in het vertrek Rinaldo Pazzi aan met het kind op zijn arm.

'Hallo, Romula,' zei hij.

Ze liep recht op de rijzige politieagent af en hij overhandigde haar onmiddellijk het kind. De baby wilde drinken en drukte zijn neusje tegen haar borst.

Pazzi wees met zijn kin naar een scherm in de hoek van het vertrek. 'Daarachter staat een stoel. We kunnen praten terwijl je hem voedt.'

'Praten? Waarover, *Dottore*?' Romula sprak redelijk Italiaans. Datzelfde gold voor Frans, Engels, Spaans en de zigeunertaal. Ze sprak ongekunsteld – haar beste theatrale maniertjes hadden niet kunnen voorkomen dat zij drie maanden naar de gevangenis was gestuurd voor zakkenrollen.

Ze verdween achter het scherm. In een plastic zak, verborgen tussen de omslagdoek van de baby, lagen veertig sigaretten en vijfenzestigduizend lire, ruim eenenveertig dollar, in oude biljetten. Ze moest een beslissing nemen. Als de politieagent de baby had gefouilleerd, zou hij haar kunnen aanklagen zodra ze de smokkelwaar ter hand nam, zodat al haar privileges ingetrokken zouden worden. Ze dacht even na, met haar blik naar het plafond gericht terwijl ze de baby de borst gaf. Waarom zou hij dat doen? Hij was toch al in het voordeel. Ze pakte de zak en verborg hem onder haar ondergoed. Zijn stem klonk over het scherm heen.

'Je bent hier een lastpak, Romula. Zogende moeders in de gevangenis kosten veel te veel tijd. Er zijn hier meer dan genoeg mensen die echt ziek zijn die de zorg van de verpleegster nodig hebben. Vind je het niet afschuwelijk dat je elke keer na het bezoekuur je baby weer uit handen moet geven?'

Wat zou hij van haar willen? Ze wist natuurlijk wie hij was – een hoofdinspecteur, een *Pezzo da novanta*, een .90 kaliber bastaard. Romula voorzag in haar levensonderhoud op straat en zakkenrollen was daar een onderdeel van. Ze was een uitgekookte vrouw van vijfendertig en beschikte over de voelsprieten van een grote vlinder. *Deze politieagent* – ze bekeek hem over het scherm heen onderzoekend – *kijk eens hoe keurig, die trouwring, die gepoetste schoenen, woonde samen met zijn vrouw maar had een goede dienstbode – de* baleinen van zijn overhemdboord waren er pas na het strijken inge-schoven. Portefeuille in de zak van zijn colbert, sleutels in de rech-terbroekzak, geld in de linkerbroekzak, platgevouwen, waarschijn-lijk met een elastiekje erom. Daartussenin zijn lul. Hij was slank en mannelijk, had een lichte vorm van bloemkooloren. Bij de haargrens zat een litteken, waarschijnlijk van een klap. Hij was niet op sex uit – als dat het geval was geweest, zou hij de baby niet hebben mee-gebracht. Aantrekkelijk vond ze hem niet, maar ze dacht niet dat hij zijn toevlucht zou hoeven nemen tot sex met vrouwen in de gevan-genis. Het was verstandiger om maar niet in die verbitterde, zwarte ogen te kijken terwijl de baby aan haar borst lag. Waarom heeft hij de baby meegebracht? Omdat hij haar zijn macht wil laten voelen, haar wil doen beseffen dat hij haar kind af kan laten pakken. Wat wil hij? Informatie? Ze zou hem alles vertellen wat hij wil horen over vijftien zigeuners die nooit hebben bestaan. Goed, hoe kan ik hiervan beter worden? Afwachten maar. Laten we hem maar eens een beetje gaan paaien.

Ze keek naar zijn gezicht toen ze van achter het scherm te voorschijn kwam, de helft van een tepelhof zichtbaar naast het gezicht van de baby.

'Het is veel te warm achter dat scherm,' zei ze. 'Mag er een raam open?'

'Ik zou veel meer kunnen doen dan een raam openzetten, Romula. Ik zou de déúr open kunnen zetten, en dat weet je best.'

Het werd stil in het vertrek. Vanaf buiten kwam het geluid van Sol-licciano als een niet-aflatende, afstompende koppijn.

'Zeg me wat je van me wilt. Sommige dingen zou ik met plezier voor je doen, maar niet alles.' Haar instinct vertelde haar, en daarmee had het gelijk, dat hij haar zou respecteren voor dat voorbehoud.

'Alleen maar *la tua solita còsa*, wat je altijd doet,' zei Pazzi, 'maar ik wil dat je het nu eens een keer verprutst.'

25

Overdag hielden ze de voorkant van het Palazzo Capponi nauwlet-tend in de gaten vanuit het hoge, van luiken voorziene raam van een woning aan de overkant van de straat – Romula, een oudere zigeu-nerin die hielp met de baby en Pazzi, die elke minuut die hij van kan-toor weg kon blijven bij hen zat.

De houten arm die Romula bij haar bedelpraktijken gebruikte, lag klaar voor gebruik op een stoel in de slaapkamer.

Pazzi had toestemming gekregen om overdag de woning te gebruiken van een leraar aan de vlakbij gelegen Dante Alighieri school. Romula had voor zichzelf en de baby een rek in de kleine koelkast opgeëist.

Lang hoefden ze niet te wachten.

Om halftien op de ochtend van de tweede dag siste Romula's hulp vanaf de stoel bij het raam. Aan de overkant van de straat werd een zwart gat zichtbaar toen een van de enorme palazzodeuren naar binnen openzwaaide.

Daar stond hij, de man die in Florence onder de naam dr. Fell bekend was, klein en slank in zijn donkere kleding, glad als een nerts toen hij de temperatuur op de stoep peilde en in beide richtingen de straat in keek. Met een afstandsbediening stelde hij de alarminstallaties in werking, pakte toen de grote smeedijzeren greep beet om de deur dicht te trekken. De greep zat vol roestplekken waardoor daar onmogelijk vingerafdrukken van afgenomen zouden kunnen worden. Hij had een boodschappentas bij zich.

Toen de oudere zigeunerin door de kier tussen de luiken dr. Fell voor het eerst zag, greep ze Romula's hand alsof ze haar wilde tegenhouden. Ze keek Romula aan en schudde toen de politieagent de andere kant op keek kort met haar hoofd.

Pazzi wist meteen waar dr. Fell heen ging.

In dr. Fells huisvuil had Pazzi het fraaie inpakpapier gevonden van de delicatessenwinkel, Vera dal 1926, aan de Via San Jacopo bij de Santa Trìnita-brug. Terwijl Romula zich in haar kostuum hees, liep de doctor nu die richting uit en Pazzi keek hem na vanuit het raam. '*Dunque*, hij gaat boodschappen doen,' zei Pazzi. Voor de vijfde keer herhaalde hij Romula's instructies. 'Volg hem, Romula. Blijf aan deze kant van de Ponte Vecchio. Wacht hem op als hij terugkomt, met de volle tas in zijn hand. Ik zorg dat ik hem een half huizenblok voor blijf, mij zie je dus als eerste. Ik blijf bij je in de buurt. Als je problemen krijgt, als je gearresteerd wordt, zorg ik dat alles goed komt. Als hij ergens anders heen gaat, kom je terug naar de woning. Dan bel ik je. Zet dan dit pasje achter de vooruit van een taxi en kom naar me toe.'

'*Eminenza*,' zei Romula, de beleefdheidstitel met nadruk uitsprekend met de ironie waarmee Italianen dat kunnen, 'als zich een probleem voordoet en iemand anders schiet me te hulp, doe hem dan alsjeblieft niets, mijn vriend zal echt niets stelen, laat hem dan gaan.'

Pazzi wachtte niet op de lift, maar rende de trap af in een overall vol vetvlekken en met een pet op zijn hoofd. Het is moeilijk om iemand in Florence te schaduwen; de trottoirs zijn smal en je bent je leven op straat niet zeker. Pazzi had een gedeukte *motorino* naast de stoep geparkeerd met daarop vastgebonden een bundel met een stuk of tien bezems. De scooter startte meteen en in een blauwe walm reed de hoofdinspecteur weg over de straatkeien. De kleine scooter hobbelde over de straatkeien als een pakezeltje.

Pazzi treuzelde en werd toegetoeterd door het woeste verkeer, kocht sigaretten, doodde de tijd om achter te kunnen blijven tot hij zeker wist waar dr. Fell heen ging. Aan het eind van de Via de' Bardi, stond hij aan de verkeerde kant van de Borgo San Jacopo, een straat met eenrichtingverkeer. Pazzi liet de scooter op het trottoir achter en ging te voet verder, zijn slanke lichaam half omdraaiend om zich tussen de drommen toeristen aan de zuidkant van de Ponte Vecchio door te wringen.

Florentijnen zeggen dat Vera dal 1926, met zijn overvloed aan kazen en truffels, ruikt als de voeten van God.

De doctor nam in de winkel beslist overal de tijd voor. Hij maakte zijn keus uit de eerste witte truffels van het seizoen. Pazzi keek door het raam en zag de doctor op zijn rug, naast de schitterende uitstalling hammen en pasta's.

Pazzi liep de hoek om en vervolgens weer terug, hij waste zijn gezicht in de fontein die water spuwde uit zijn eigen besnorde, met leeuwenoren getooide gezicht. 'Die zou je af moeten scheren als je voor mij kwam werken,' zei hij over de koude bal in zijn buik heen tegen de fontein.

De doctor kwam naar buiten, een paar lichte pakjes in zijn tas. Hij liep terug door de Borgo San Jacopo in de richting van zijn huis. Pazzi liep aan de overkant van de straat. De drommen mensen op het smalle trottoir dwongen Pazzi de straat op, en de spiegel van een passerende Carabinieri-politieauto sloeg pijnlijk tegen zijn horloge. '*Stronzo! Analfabèta!*' schreeuwde de bestuurder uit het raampje, en Pazzi zwoer wraak. Toen hij de Ponte Vecchio bereikte, had hij een voorsprong van veertig meter.

Romula stond in een portiek, de baby op haar houten arm, haar andere hand uitgestrekt naar de menigte, haar vrije arm onder haar wijde kleren klaar om de volgende portefeuille te rollen boven op de ruim tweehonderd die ze in haar leven al had gestolen. Aan haar verborgen arm droeg ze de brede, glimmend-gepoetste, zilveren armband.

Aanstonds zou het slachtoffer met de mensenmassa de oude brug af komen lopen. Op het moment dat hij het gedrang uit de Via de' Bardi in liep, zou Romula tegenover hem gaan staan, haar taak volbrengen, en wegglippen tussen de stroom toeristen die de brug overstaken.

In de menigte bevond zich een vriend van Romula die ze kon vertrouwen. Ze wist niets van het slachtoffer en ze vertrouwde er niet op dat de politieagent haar zou beschermen. Giles Prevert, in een aantal politiedossiers bekend onder de namen Giles Dumain of Roger LeDuc, maar plaatselijk bekend als Gnocco, wachtte in de drukte aan de zuidkant van de Ponte Vecchio op het moment dat Romula haar kunstje deed. Gnocco was door zijn verslaving sterk vermagerd en zijn schedel was door de doorzichtige huid van zijn gezicht te zien, maar hij was nog altijd pezig en sterk en prima in staat om Romula te helpen als er iets fout zou gaan.

Gekleed als kantoorbediende viel hij niet op tussen de mensenmassa, en van tijd tot tijd keek hij over de hoofden heen. Als het bedoelde slachtoffer Romula zou vastgrijpen, zou Gnocco zogenaamd struikelen, over het slachtoffer heen vallen en met hem verstrikt blijven, zich uitputtend in verontschuldigingen tot Romula veilig verdwenen was. Hij had dit wel meer gedaan.

Pazzi passeerde haar, bleef staan in een rij klanten bij een sapkraam, waarvandaan hij alles kon overzien.

Romula kwam het portiek uit. Met een geoefend oog taxeerde ze het verkeer op het trottoir tussen zichzelf en de slanke gedaante die haar tegemoet liep. Ze kon zich uitstekend een weg banen door een mensenmassa met de baby voor zich ondersteund door haar valse arm van hout en stof. Zoals gewoonlijk zou ze de vingers van haar zichtbare hand kussen en die naar zijn gezicht uitstrekken om de kus daar te deponeren. Met haar vrije hand zou ze in de buurt van zijn ribben onhandig naar zijn portefeuille graaien tot hij haar pols vastgreep. Op dat moment zou ze zich van hem losrukken.

Pazzi had haar beloofd dat deze man het zich niet zou kunnen permitteren om de politie erbij te halen en dat hij zo snel mogelijk bij haar uit de buurt zou willen komen. Bij al haar pogingen om zakken te rollen had niemand ooit zijn toevlucht genomen tot geweld jegens de vrouw met een baby op de arm. Het slachtoffer dacht vaak dat iemand anders in zijn jasje stond te graaien. Romula had meer dan eens een onschuldige omstander van zakkenrollerij beticht om te voorkomen dat ze zelf gepakt werd.

Romula liet zich meevoeren door de menigte op het trottoir, bevrijdde haar verborgen arm, maar hield hem onder de valse arm die de baby vasthad. Ze zag het doelwit door het veld van deinende hoofden op zich toelopen, tien meter nu en steeds dichterbij komend.

Madonna! Dr. Fell sloeg plotseling in het gedrang een andere richting in, liep nu met de stroom toeristen mee naar de óverkant van de Ponte Vecchio. Hij ging niet rechtstreeks naar huis. Ze wrong zich tussen de drommen mensen maar kon hem niet inhalen. Gnocco's gezicht, nog steeds vóór de geleerde, keek haar vragend aan. Ze schudde haar hoofd en Gnocco liet hem passeren. Het zou niets uithalen als Gnocco zijn zakken rolde.

Pazzi snauwde tegen haar alsof het haar schuld was. 'Ga terug naar de flat. Ik bel je wel. Heb je dat taxipasje voor de oude binnenstad? Ga nu. *Ga!*'

Pazzi haalde zijn scooter op en duwde die over de Ponte Vecchio, over de Arno even ondoorzichtig als jade. Hij had gedacht dat hij de doctor was kwijtgeraakt, maar daar was hij, aan de overkant van de rivier onder de arcade naast de Lungarno, waar hij even bleef staan om een blik te werpen over de schouder van een tekenaar, waarna hij met snelle lichte passen verderliep. Pazzi vermoedde dat dr. Fell op weg was naar de kerk van Santa Croce en volgde hem op een veilige afstand door het helse verkeer.

26

De kerk van Santa Croce, zetel der franciscanen, waar in het kolossale interieur acht talen weergalmden terwijl de horden toeristen achter de felgekleurde paraplu van hun gids aan door de kerk schuifelden, en onhandig in het halfdonker hun zakken afzochten naar een muntstuk van tweehonderd lire, waarmee ze een kostbare levensminuut lang licht konden laten schijnen op de schitterende fresco's in de kapellen.

Romula kwam binnen vanuit het heldere ochtendlicht en moest bij de graftombe van Michelangelo even blijven staan terwijl haar ogen zich aanpasten aan het halfduister. Toen ze tot de ontdekking kwam dat ze op een graf in de vloer stond, fluisterde ze: '*Mi dispiace!*' en stapte ze snel van de steen af. Voor Romula waren de doden onder de vloer even echt als de mensen daarboven en misschien zelfs invloedrijker. Ze was dochter en kleindochter van mediums en handlezers en ze beschouwde de mensen boven de vloer en de mensen daaronder als twee mensenmassa's gescheiden door een paneel van sterfelijkheid. De mensen beneden waren volgens haar door hun wijsheid en leeftijd in het voordeel.

Ze keek om zich heen, op zoek naar de kerkbewaarder, een man met een fel vooroordeel tegen zigeuners, en zocht haar toevlucht bij de eerste pilaar onder de bescherming van Rossellino's *Madonna del Latte* terwijl de baby naar haar borst zocht. Pazzi, die vlak bij Galileo's graf op de loer lag, vond haar daar.

Hij wees met zijn kin naar de achterkant van de kerk, waar over de hele breedte van het dwarsschip schijnwerpers en verboden camera's als bliksem door de enorme, hoge, halfdonkere ruimte opflitsten terwijl de tikkende meters tweehonderd-liremunten verslonden, afgewisseld door een enkele knoop of een Australisch kwartje.

Steeds opnieuw werd Christus geboren, verraden en aan het kruis genageld als de beroemde fresco's kortstondig in de schijnwerpers kwamen te staan om vervolgens weer in dichte, drukbevolkte duisternis gehuld te worden, waarin de krioelende mensen gidsen in de hand hielden die ze niet konden zien en lichaamsgeuren en wierook door de hitte van de lampen tot het kookpunt werden gebracht.

In de linkerdwarsbeuk was dr. Fell aan het werk in de Capponi-kapel. De roemrijke Capponi-kapel bevindt zich in Santa Felicità. Deze, gerestaureerd in de negentiende eeuw, interesseerde dr. Fell omdat hij door de restauratie heen in het verleden kon kijken. Hij was bezig een houtskoolwrijfsel te maken van een inscriptie in steen die zo uitgesleten was dat zelfs strijklicht hem niet te voorschijn kon toveren.

Toen Pazzi de doctor door zijn kleine monoculaire kijker gadesloeg, ontdekte Pazzi waarom Fell met niets anders dan zijn boodschappentas van huis was gegaan – hij bewaarde zijn tekenbenodigdheden achter het altaar in de kapel. Heel even overwoog Pazzi om Romula van haar taak te ontslaan en haar te laten gaan. Misschien kon hij vingerafdrukken van het tekenmateriaal nemen. Nee, de geleerde droeg katoenen handschoenen om te voorkomen dat zijn handen onder het houtskool kwamen te zitten.

In het gunstigste geval zou het toch al heel onbeholpen verlopen. Romula's techniek was afgestemd op de straat. Maar zij was de aangewezen persoon voor het karweitje en was overduidelijk niet iemand van wie een misdadiger iets te duchten zou hebben. Dr. Fell zou zich door haar niet op de vlucht laten jagen. Nee. Als de geleerde haar vastgreep, zou hij haar overdragen aan de kerkbewaarder, en Pazzi kon dan later tussenbeide komen.

De man was krankzinnig. Stel dat hij haar vermoordde? Stel dat hij de baby vermoordde? Pazzi stelde zichzelf twee vragen. Zou hij het tegen de doctor opnemen als de situatie een gevaarlijke wending zou nemen? Ja. Was hij bereid het risico te nemen dat Romula en haar kind lichte verwondingen zouden kunnen oplopen opdat hij zijn geld zou krijgen? Ja.

Ze zouden rustig moeten afwachten tot dr. Fell zijn handschoenen uittrok om te gaan lunchen. Heen en weer lopend door het dwarsschip, hadden Pazzi en Romula tijd om met elkaar te fluisteren. Pazzi ontdekte een gezicht in de mensenmassa.

'Wie volgt jou, Romula? Je kunt het me maar beter vertellen. Ik ken zijn gezicht uit de gevangenis.'

'Mijn vriend, alleen maar om anderen de weg te versperren als ik me uit de voeten moet maken. Hij weet van niets. Helemaal niets. Dat is alleen maar gunstig voor jou. Dan hoef jij je niet vies te maken.'

Om de tijd te doden gingen ze in een aantal kapellen zitten bidden, Romula op fluistertoon in een taal die Rinaldo niet verstond en Pazzi met een hele waslijst om voor te bidden, vooral het huis op de oever van Chesapeake Bay en iets anders waar hij in een kerk niet aan zou mogen denken.

Melodieuze stemmen van een repeterend koor boven het geroezemoes van de menigte uit.

Klokgelui, sluitingstijd tussen de middag. Kerkbewaarders met rammelende sleutelbossen kwamen te voorschijn, klaar om de geldkistjes te legen.

Dr. Fell liet zijn werk voor wat het was en kwam te voorschijn van achter Andreotti's *Pietà* in de kapel, trok zijn handschoenen uit en deed zijn jasje aan. Een grote groep Japanners, samengedromd voor het priesterkoor, hun voorraad muntstukken uitgeput, bleef verbijsterd in het donker staan, ze begrepen nog niet ten volle dat ze moesten vertrekken.

Pazzi gaf Romula onnodig een por. Ze wist dat het zover was. Ze drukte een kus boven op het babyhoofdje dat op haar houten arm rustte.

Dr. Fell kwam eraan. Door de drukte zou hij gedwongen worden vlak langs haar heen te lopen en ze nam drie grote passen om hem tegemoet te treden, bleef pal voor hem staan, stak haar hand omhoog om zijn aandacht te trekken, kuste haar vingers en maakte aanstalten om de kus op zijn wang te drukken, haar verborgen arm klaar om zijn zakken te rollen.

Het licht ging aan toen iemand in de menigte nog een muntstuk van tweehonderd lire had gevonden en op het moment dat ze dr. Fell aanraakte, keek ze in zijn ogen en ze voelde zich aangezogen worden door de rode kernen van zijn pupillen, voelde het enorme, koude vacuüm haar hart tegen haar ribben trekken, en haar hand vloog weg van zijn gezicht om het babygezichtje te bedekken en ze hoorde haar eigen stem zeggen: 'Perdonami, perdonami, signore.' Ze draaide zich om en vluchtte weg, nagekeken door de geleerde tot het licht uitging en hij opnieuw als een silhouet afstak tegen de kaarsen in een kapel. Toen verdween hij met snelle, lichte schreden.

Pazzi, bleek van woede, trof Romula aan bij een wijwaterbakje, waar ze het babyhoofdje keer op keer met wijwater stond af te spoelen, zijn ogen wassend voor het geval hij dr. Fell had aangekeken. Bittere verwensingen bestierven hem op de lippen toen hij de uitdrukking van ontzetting op haar gezicht zag.

Haar ogen waren enorm groot in het halfduister. 'Dat is de duivel,' zei ze. 'Satan, vorst der duisternis, ik heb hem gezien.'

'Ik geef je een lift terug naar de gevangenis,' zei Pazzi.

Romula keek in het babygezichtje en slaakte een zucht, een slachthuiszucht, zo diep en gelaten dat het afschuwelijk was. Ze deed de brede zilveren armband af en spoelde hem af in het wijwater.

'Nog niet,' zei ze.

27

Als Rinaldo Pazzi ervoor gekozen zou hebben zich aan de wet te houden, zou hij dr. Fell aangehouden hebben en heel snel hebben kunnen vaststellen of de man inderdaad Hannibal Lecter was. Binnen een halfuur zou hij een arrestatiebevel in handen hebben gehad om dr. Fell te kunnen ophalen uit het Palazzo Capponi en alle alarminstallaties van het palazzo zouden hem niet hebben tegengehouden. Eigenmachtig had hij dr. Fell dan zonder tenlastelegging lang genoeg vast kunnen houden om zijn identiteit vast te stellen.

Het nemen van vingerafdrukken op het Questura-hoofdbureau zou binnen tien minuten uitsluitsel hebben gegeven over het feit of Fell inderdaad dr. Lecter was. Een DNA-onderzoek zou de identiteitsvaststelling hebben bevestigd.

Die hulpmiddelen stonden Pazzi nu niet ter beschikking. Toen hij eenmaal had besloten dr. Lecter te verkopen, was hij premiejager geworden, en hij stond nu buiten de wet en was geheel op zichzelf aangewezen. Zelfs de politieverklikkers die hij onder de duim had waren onbruikbaar, aangezien die zonder blikken of blozen Pazzi zelf zouden verraden.

De vertragingen zaten Pazzi dwars, maar hij was vastbesloten. Hij zou ook verder gebruik maken van die verdomde zigeuners...

'Zou Gnocco bereid zijn het voor je te doen, Romula? Weet je waar je hem kunt vinden?' Ze bevonden zich in de woonkamer van de geleende woning aan de Via de' Bardi, tegenover het Palazzo Capponi, twaalf uur na het debacle in de kerk van Santa Croce. Een lamp die op de lage tafel stond, verlichtte de kamer tot taillehoogte. Boven het lichtschijnsel schitterden Pazzi's zwarte ogen in het halfduister.

'Ik wil het zelf wel doen, maar zonder de baby,' zei Romula. 'Maar dan eis ik wel...'

'Nee. We kunnen hem geen tweede keer met jou confronteren. Zou Gnocco bereid zijn het voor je te doen?'

Romula, gekleed in een lange, felgekleurde jurk, zat zo ver voorovergeleund dat haar borsten haar dijen raakten en haar hoofd bijna op haar knieën lag. De houten arm lag leeg op een stoel. In de hoek zat de oudere vrouw, mogelijk Romula's nicht, met de baby op schoot. De gordijnen waren dicht. Door een smal kiertje turend zag Pazzi boven in het Palazzo Capponi een flauw lichtschijnsel.

'Ik kan het zelf wel. Ik kan mijn uiterlijk zo veranderen dat hij me niet meer zou herkennen. Ik kan...'

'Nee.'

'Laat Esmeralda het dan doen.'

'Nee.' Deze stem kwam uit de hoek, de oudere vrouw deed voor het eerst haar mond open. 'Ik wil tot mijn dood op je baby passen, Romula. Maar ik zal nooit Satan aanraken.' Haar Italiaans was voor Pazzi amper verstaanbaar.

'Ga rechtop zitten, Romula,' zei Pazzi. 'Kijk me aan. Zou Gnocco bereid zijn het voor je te doen? Romula, je gaat vanavond terug naar Sollicciano. Je moet nog drie maanden uitzitten. De mogelijkheid bestaat dat je de volgende keer dat je geld en sigaretten tussen de kleertjes van de baby vandaan haalt gepakt wordt... voor de laatste keer zou ik je al met een extra zes maanden kunnen opzadelen. Ik zou je heel gemakkelijk uit de ouderlijke macht kunnen laten ontzetten. De staat zou zich dan over je baby ontfermen. Maar als ik die vingerafdrukken krijg, word je vrijgelaten, ontvang je twee miljoen lire en je strafblad verdwijnt. Bovendien help ik je aan een visum voor Australië. Zou Gnocco bereid zijn het voor je te doen?'

Ze gaf geen antwoord.

'Weet je Gnocco te vinden?' Pazzi snoof gelaten. '*Senti*, raap je spullen bij elkaar, over een maand of drie of in de loop van volgend jaar kun je je neparm ophalen bij de opslag van persoonlijke eigendommen. Je kindje gaat dan naar het vondelingentehuis. De oude vrouw kan het daar opzoeken.'

'HET? HET opzoeken, *Commendatore*? Zijn naam is...' Ze schudde haar hoofd, wilde deze man niet vertellen hoe haar kind heette. Romula sloeg haar handen voor haar gezicht, voelde hoe de hartslag in haar gezicht en handen tegen elkaar sloegen en toen sprak ze van achter haar handen: 'Ik weet hem wel te vinden.'

'Waar?'

'Piazza Santo Spirito, bij de fontein. Daar leggen ze een vuur aan en er is altijd wel iemand die wijn bij zich heeft.'

'Ik ga met je mee.'

'Liever niet,' zei ze. 'Je zou zijn reputatie kapot maken. Esmeralda en de baby blijven hier – je weet dat ik terug kom.'

Op het Piazza Santo Spirito, een fraai plein op de linkeroever van de Arno, hangt 's avonds een ongure sfeer. De kerk is op dat late uur donker en afgesloten en vanuit Casalinga, het drukbezochte eethuisje, komen geluiden en dampige etensluchten aanzweven.

Bij de fontein, de flakkerende vlammen van een klein vuur en het geluid van een gitaar waarop zigeunermuziek wordt gespeeld, met meer enthousiasme dan talent. Tussen de aanwezigen bevindt zich één goede *fado*-zanger. Eenmaal ontdekt, wordt de zanger naar voren geduwd en gesmeerd met wijn uit verschillende flessen. Hij begint met een lied over het noodlot, maar wordt onderbroken met verzoeken om een wat vrolijker liedje.

Roger LeDuc, ook bekend als Gnocco, zit op de rand van de fontein. Hij heeft iets gerookt. Hij heeft een wazige blik in de ogen, maar zijn oog valt direct op Romula achter in de mensenmassa aan de overkant van het vuur. Hij koopt twee sinaasappelen van een verkoper en volgt haar, bij het zingen vandaan. Onder een straatlantaarn een eind van het vuur af, blijven ze staan. Hier is het licht kouder dan de gloed van het vuur en bespikkeld door de bladeren van een nog in de strijd om het bestaan verwikkelde esdoorn. Het licht valt groenachtig op Gnocco's bleekheid, de schaduwen van de bladeren lijken net bewegende blauwe plekken op zijn gezicht als Romula hem aankijkt, met haar hand op zijn arm.

Een lemmet schiet als een helder tongetje uit zijn vuist te voorschijn en hij schilt de sinaasappelen, waarbij de schil in een lange sliert naar beneden bungelt. Hij geeft de eerste aan haar en ze steekt een partje in zijn mond terwijl hij de tweede schilt.

Ze spraken kort in de zigeunertaal. Hij haalde eenmaal zijn schouders op. Ze gaf hem een mobiele telefoon en liet hem zien welke toetsen hij moest gebruiken. Toen weerklonk Pazzi's stem in Gnocco's oor. Even later klapte Gnocco de telefoon dicht en stak die in zijn zak.

Romula deed een kettinkje met een hangertje van haar hals, kuste het kleine amulet en hing het om de hals van de kleine, sjofele man. Hij keek er op neer, danste op en neer, deed net of het heilige symbooltje hem brandde, en werd beloond met een flauw lachje van Romula. Ze deed de brede armband af en liet die om zijn arm glijden. Hij gleed gemakkelijk over zijn hand. Gnocco's arm was niet dikker dan de hare.

'Kun je een uurtje bij me blijven?' vroeg Gnocco.

'Ja,' zei ze.

28

Het is opnieuw avond en dr. Fell bevindt zich opnieuw in het reusachtige stenen vertrek van de tentoonstelling Monsterachtige Martelwerktuigen in het Forte di Belvedere. De geleerde staat ontspannen tegen de muur geleund onder de hangende kooien van de verdoemden.

Hij beziet het uiterlijk aanzien van verdoemenis die af te lezen is van de gretige gezichten van de kijkers die zich om de martelwerktuigen verdringen, lichamen die tegen andere lichamen worden aangedrukt, sensueel langs elkaar wrijven, uitpuilende ogen van opwinding, kippenvel op de onderarmen, hete adem in elkaars nek en tegen elkaars wangen. Af en toe drukt de doctor een geparfumeerd zakdoekje tegen zijn gezicht om een overdosis reukwater en lust te weren.

De achtervolgers van de geleerde wachten buiten.

Uren verstrijken. Dr. Fell, die nooit meer dan oppervlakkige interesse voor de geëxposeerde voorwerpen zelf heeft getoond, lijkt maar niet genoeg te krijgen van de mensenmassa. Enkelen bespeuren zijn aandacht en voelen zich daardoor onbehaaglijk. Regelmatig wordt hij door vrouwen in de menigte met speciale aandacht bekeken, totdat de schuifelende voortgang van de rij belangstellenden hen dwingt door te lopen tussen de voorwerpen door. Een schamel extraatje betaald aan de twee taxidermisten die de tentoonstelling beheren, maakt het de doctor mogelijk op zijn gemak op de tentoonstelling te blijven rondhangen, onbereikbaar achter de touwen, roerloos tegen de stenen muur geleund.

Buiten het gebouw hield Rinaldo Pazzi bij de borstwering in een gestage motregen de wacht. Hij was het wachten gewend.

Pazzi wist dat de doctor niet te voet naar huis zou terugkeren. Onder aan de helling achter het fort op een klein piazza, stond dr. Fells auto op hem te wachten. Het was een zwarte Jaguar Saloon, een elegante, dertig-jaar-oude Mark II, die stond te glimmen in de motregen, de fraaiste die Pazzi ooit had gezien, met Zwitserse kentekenplaten. Het was duidelijk dat dr. Fell niet voor een salaris hoefde te werken. Pazzi noteerde het kenteken, maar kon het risico niet lopen het via Interpol na te laten gaan.

Op de steile, met keien bestrate Via San Leonardo tussen het Forte di Belvedere en de auto, stond Gnocco te wachten. De slecht verlichte straat werd aan beide zijden begrensd door een hoge stenen muur, opgetrokken ter bescherming van de villa's erachter. Gnocco had een donkere nis gevonden voor een traliehek waar hij zich, buiten de stroom toeristen die uit het fort naar beneden kwamen, kon terugtrekken. Elke tien minuten trilde de mobiele telefoon tegen zijn dijbeen, waarna hij moest bevestigen dat hij op zijn post was.

Een aantal hem passerende toeristen hielden kaarten en programma's boven hun hoofd tegen de miezerige regen. Het smalle trottoir was overvol waardoor sommige toeristen de straat op werden gedwongen zodat zij de weinige taxi's die vanaf het fort naar beneden reden, de weg versperden.

In de gewelfde ruimte met martelwerktuigen verliet dr. Fell ten slotte zijn post bij de muur, keek met een schuine blik omhoog naar het geraamte in de uithongeringskooi alsof zij samen een geheim deelden en baande zich vervolgens een weg door de menigte in de richting van de uitgang.

Pazzi zag hem in de deuropening staan en even later in het licht van een schijnwerper op het terrein. Hij volgde op enige afstand. Toen hij had vastgesteld dat dr. Fell in de richting van zijn auto liep, klapte hij zijn mobiele telefoon open om Gnocco te waarschuwen.

Het hoofd van de zigeuner kwam uit zijn kraag te voorschijn als dat van een schildpad, met zulke diepliggende ogen dat, zoals bij een schildpad, de schedel onder de huid te zien was. Hij rolde zijn mouw op tot boven zijn elleboog en spuwde op de armband, veegde die daarna droog met een lapje. Nu het zilver met speeksel en wijwater was opgepoetst, hield hij zijn arm achter zijn rug onder zijn jas om de band droog te houden terwijl hij omhoog tuurde in de straat. Een rij deinende hoofden kwam naderbij. Gnocco drong zich tussen de mensen door de straat in, waar hij tegen de stroom in kon lopen en beter kon zien. Hij zou zowel de botsing als het zakkenrollen zelf moeten uitvoeren – geen probleem aangezien het de opzet was het zakkenrollen te laten mislukken. Daar kwam de tengere man aan – goddank vlak bij de trottoirrand. Hij zag Pazzi dertig meter achter de doctor naar beneden komen lopen.

Gnocco laveerde behendig naar de kant van de weg. Gebruikmakend van een taxi die aan kwam rijden, maakte hij een sprongetje om het verkeer te ontwijken, draaide zich om teneinde de bestuurder uit te foeteren en kwam daarbij in botsing met dr. Fell. Hij stak zijn zoekende vingers onder de jas van de doctor en voelde een klemmende greep om zijn arm, toen een slag. Met een draaiende beweging bevrijdde hij zijn arm uit de greep van zijn doelwit. Gnocco was weer vrij en alsof er niets gebeurd was, liep dr. Fell door en verdween in de toeristenstroom.

Pazzi stond bijna meteen naast hem in de nis voor het ijzeren hek. Gnocco boog zich even voorover, rechtte toen weer zijn rug, ademde zwaar.

'Het is gelukt. Hij greep precies waar hij moest grijpen. *Cornuto* probeerde me in de ballen te treffen, maar hij miste,' zei Gnocco.

Pazzi had zich op één knie laten zakken en probeerde voorzichtig de armband van Gnocco's arm te schuiven, toen Gnocco iets warms en nats langs zijn been voelde lopen en toen hij zich bewoog, spoot een hete straal slagaderlijk bloed uit een scheur in de voorkant van zijn broek, over Pazzi's gezicht en handen terwijl deze probeerde de armband te verwijderen zonder hem ergens anders dan aan de rand vast te pakken. Het bloed spoot alle kanten op, in Gnocco's eigen gezicht toen hij zich vooroverboog om naar zichzelf te kijken, en zijn benen begaven het. Hij viel tegen het hek, greep zich er met zijn ene hand aan vast en drukte het lapje tegen zijn lies in een poging het bloed dat uit het gat in zijn dijbeenslagader gutste, te stelpen.

Pazzi, ijskoud als altijd als hij in actie moest komen, sloeg zijn arm om Gnocco heen en hield hem van de menigte afgewend, zorgde ervoor dat zijn bloed tussen de tralies van het hek spoot, legde hem voorzichtig op zijn zij op de grond.

Pazzi pakte zijn mobiele telefoon uit zijn zak en sprak erin alsof hij een ambulance belde, maar zette de telefoon niet aan. Hij knoopte zijn jas open en hield hem wijd open, als een havik die zijn prooi afschermt. De menigte bewoog zich onaangedaan achter hem langs. Pazzi schoof de armband van Gnocco's arm en schoof hem in het doosje dat hij bij zich had. Hij stak Gnocco's mobiele telefoon in zijn zak.

Gnocco's lippen bewogen. 'Madonna, *che freddo.*'

Met uiterste wilskracht trok Pazzi Gnocco's krachteloze hand van de wond af, hield die vast als wilde hij hem troosten, en liet de man leegbloeden. Toen hij zeker wist dat Gnocco dood was, liet Pazzi hem naast het hek liggen, zijn hoofd rustend op zijn arm alsof hij sliep, en liet hij zich meevoeren door de bewegende mensenstroom. Op het piazza aangekomen, staarde Pazzi naar de nat wordende straatkeien op de lege parkeerplaats waar dr. Lecters Jaguar had gestaan.

Dr. Lecter – Pazzi dacht niet langer aan hem als dr. Fell. Hij was dr. Hannibal Lecter.

Het bewijs voor Mason zou in de zak van Pazzi's regenjas kunnen zitten. Het bewijs voor Pazzi droop van zijn regenjas op zijn schoenen.

29

Het licht van de Morgenster boven Genua werd verzwakt door de lichter wordende hemel in het oosten toen Rinaldo Pazzi's oude Alfa naar de haven tufte. Een kille bries deed het water rimpelen. Op een vrachtschip in een van de buitenste aanlegplaatsen was iemand aan het lassen, een regen oranje vonken viel in het donkere water.

Romula, met de baby op schoot, bleef in de auto zitten, uit de wind. Esmeralda zat op de krappe achterbank van de *berlinetta*-coupé gepropt, met haar benen opzij. Ze had niet meer gesproken sinds haar weigering Satan aan te raken.

Ze hadden papieren bekertjes met dikke, zwarte koffie en *pasticcini*.

Rinaldo Pazzi ging het kantoor van de scheepvaartmaatschappij binnen. Tegen de tijd dat hij weer naar buiten kwam, wierp de zon een oranje gloed over de roestige romp van het vrachtschip *Astra Philogenes* dat afgemeerd lag aan de kade terwijl de laatste hand werd gelegd aan het laden. Hij gebaarde naar de vrouwen om de auto uit te komen.

De *Astra Philogenes*, zevenentwintigduizend ton, varend onder Griekse vlag, mocht volgens de wet twaalf passagiers vervoeren zonder de verplichting een scheepsarts aan boord te hebben op zijn reis naar Rio. Daar, zo maakte Pazzi Romula duidelijk, zouden zij aan boord gaan van een schip met bestemming Sydney, Australië, waarbij de purser van de *Astra* erop zou toezien dat de overscheping zonder problemen verliep. De overtocht was volledig betaald en restitutie was uitgesloten. In Italië wordt Australië als een aantrekkelijk alternatief beschouwd, met voldoende mogelijkheden om werk te vinden, en een grote zigeunerpopulatie.

Pazzi had Romula twee miljoen lire beloofd, ongeveer twaalfhonderdvijftig dollar tegen de huidige koers, en hij overhandigde haar het geld in een dikke envelop.

De zigeunerinnen hadden niet veel bagage bij zich; een kleine koffer en Romula's houten arm in een opbergkoffer van een hoorn.

De zigeunerinnen zouden nagenoeg de hele volgende maand op zee zijn, waar niemand hen zou kunnen bereiken.

Gnocco komt ook, had Pazzi Romula al minstens tien keer verteld, maar vandaag nog niet. Gnocco zou zorgen dat er bericht van hem op hen lag te wachten op het hoofdpostkantoor in Sydney, poste restante. 'Ik zal mijn belofte aan hem nakomen, precies zoals die aan jullie,' zei hij tegen hen, toen ze onder aan de loopplank stonden en de vroege zon hun langgerekte schaduwen over het ongelijke wegdek van de kade wierp.

Toen ze afscheid van elkaar hadden genomen en Romula en de baby al de loopplank op liepen, sprak de oude vrouw voor de tweede en laatste keer in Pazzi's aanwezigheid.

Met ogen zo zwart als Kalamata-olijven, keek ze hem aan. 'Jij hebt Gnocco aan Satan overgeleverd,' zei ze zachtjes. 'Gnocco is dood.' Esmeralda boog zich stijf naar voren, zoals ze zich over een kop op het slachtblok zou buigen, en spuwde met zorg op Pazzi's schaduw, waarna ze snel de loopplank opliep, achter Romula en het kind aan.

30

De DHL-zending was goed ingepakt. De vingerafdrukspecialist, die in het zitgedeelte van Masons kamer aan een tafel onder hete lampen zat, draaide met een elektrische schroevendraaier voorzichtig de schroeven uit de doos.

De brede, zilveren armband rustte op een fluwelen standaard zoals juweliers gebruiken om sieraden uit te stallen. Deze was dusdanig in de doos aangebracht dat de armband zelf met niets in aanraking kwam. 'Breng hem hierheen,' zei Mason.

De armband op vingerafdrukken controleren zou veel gemakkelijker zijn geweest op de betreffende afdeling van de gemeentepolitie van Baltimore, waar de deskundige overdag werkte, maar Mason betaalde hem een vorstelijk bedrag, zwart, in ruil waarvoor hij eiste dat het karwei voor zijn eigen ogen werd uitgevoerd. Of liever gezegd voor zijn oog, dacht de deskundige wrang terwijl hij de armband, standaard en al, op een porseleinen schaal plaatste die door een verpleger werd vastgehouden.

De verpleger hield de schaal voor Masons brillenglas. Hij kon hem niet neerzetten op de opgerolde haarvlechten die op Masons borst lagen, omdat zijn borstkas voortdurend op en neer bewoog door de werking van het beademingsapparaat.

De zware armband zat vol vegen en bloedkorsten en schilfers opgedroogd bloed vielen van de armband op de porseleinen schaal. Mason bekeek hem door zijn oogscherm. Door het ontbreken van vlees op zijn gezicht had hij geen gezichtsuitdrukking, maar zijn oog schitterde.

'Controleer hem op vingerafdrukken,' zei hij.

De specialist had een afdruk van de voorkant van dr. Lecters vingerafdrukkaart bij de FBI. De zesde afdruk op de achterkant en de identificatie waren niet gekopieerd.

Hij bracht poeder aan tussen de bloedkorsten. De kleur van het drakenbloed-poeder waarmee hij het liefst werkte, lag te dicht bij het opgedroogde bloed op de armband, dus koos hij ditmaal voor zwart poeder, dat hij met zorg op de armband aanbracht.

'We hebben vingerafdrukken,' zei hij, en hij nam even de tijd om onder de hete lampen van de zithoek zijn voorhoofd af te vegen. Het licht was uitstekend geschikt voor fotografische doeleinden en voordat hij de vingerafdrukken voor vergelijkend microscopisch onderzoek van de armband haalde, nam hij foto's van de afdrukken *in situ*. 'Middelvinger en duim van de linkerhand, overeenkomsten op zestien punten – voldoende om als wettig bewijs geaccepteerd te worden,' zei hij ten slotte. 'Geen twijfel mogelijk, het gaat om dezelfde man.'

Of het bewijs wel of niet door de rechtbank als wettig zou worden geaccepteerd, interesseerde Mason niet. Zijn bleke hand kroop al over zijn sprei in de richting van de telefoon.

31

Een zonnige ochtend op een bergweide diep in de Gennargentu-bergen van Midden-Sardinië.

Zes mannen, vier Sardiniërs en twee Romeinen, zijn aan het werk onder een luchtig afdak gebouwd van hout uit het omringende bos. De zachte geluiden die ze maken, lijken versterkt te worden in de stille berglucht.

Onder het afdak hangt aan de nog deels met schors bedekte dakspanten, een reusachtige spiegel in een vergulde rococolijst. De spiegel hangt boven een stevige varkenskooi met twee hekken, waarvan een toegang geeft tot de weide. Het tweede hek bestaat uit twee helften, en de boven- en onderkant kunnen afzonderlijk geopend worden. De grond onder het dubbele hek is met cement bedekt, maar in de rest van de kooi ligt vers stro, zoals men ook wel ziet op het schavot van een beul.

De spiegel in de met engeltjes versierde lijst kan gekanteld worden om de kooi van bovenaf te bekijken, zoals een spiegel boven een voor kookles gebruikt fornuis de leerlingen een blik van bovenaf op de kookplaten verschaft.

De filmer, Oreste Pini, en Masons Sardinische voorman, een beroepsontvoerder, Carlo genaamd, hadden van meet af aan een hekel aan elkaar.

Carlo Deogracias was een gedrongen, blozende man die een Tirolerhoed droeg met een varkenshaar tussen de band gestoken. Hij had de gewoonte kraakbeen van een stel hertentanden te knagen die hij in zijn vestzakje bewaarde.

Carlo was een vooraanstaand beoefenaar van het oude Sardinische beroep van ontvoerder en bovendien een professionele wreker.

Rijke Italianen zullen je vertellen dat je, als je dan toch voor losgeld ontvoerd moet worden, van geluk mag spreken als je in handen valt van de Sardiniërs. Dat zijn tenminste professionele ontvoerders en die zullen je niet per ongeluk of in een vlaag van paniek vermoorden. Als je familie betaalt, is de kans groot dat je ongedeerd wordt vrijgelaten, zonder verkracht of verminkt te zijn. Als je familie niet betaalt, kan men verwachten je bij stukjes en beetjes via de post thuisbezorgd te krijgen.

Carlo was niet blij met Masons ingewikkelde maatregelen. Hij had ervaring op dit gebied en had twintig jaar eerder in Toscane al eens een man aan varkens opgevoerd – een gepensioneerde nazi en pseudo-graaf die zich vergreep aan Toscaanse dorpskinderen, zowel meisjes als jongens. Carlo was voor de klus aangetrokken en had de man uit zijn eigen tuin ontvoerd op nog geen vijf kilometer van de Badia di Passignano en had hem gevoerd aan vijf grote tamme varkens op een boerderij ten zuiden van de Poggio alle Corti. Nadat hij de varkens drie dagen lang voedsel had onthouden, terwijl de nazi, worstelend met zijn boeien, smekend en hevig zwetend, met zijn voeten in de kooi hing, waren de dieren nog steeds terughoudend om de tanden te zetten in de wriemelende tenen, totdat Carlo, met een knagend schuldgevoel omdat hij tegen de afspraak inging, de nazi een smakelijke salade voerde samengesteld uit de lievelingsgroenten van de varkens en vervolgens zijn keel doorsneed om het de beesten gemakkelijk te maken.

Carlo was van nature opgewekt en energiek, maar de aanwezigheid van de filmer irriteerde hem – Carlo had de spiegel meegenomen uit een bordeel in Cagliari waarvan hij eigenaar was, op verzoek van Mason Verger, als tegemoetkoming aan de wensen van deze maker van pornofilms, Oreste Pini.

De spiegel was een onmisbaar attribuut voor Oreste, die altijd spiegels had gebruikt in zijn pornofilms en in die ene in Mauritanië opgenomen echte snuffmovie. Geïnspireerd door de waarschuwing op zijn autospiegel, was hij een van de eersten om met behulp van vervormde spiegelbeelden sommige voorwerpen groter te doen lijken dan wanneer ze worden gezien met het blote oog, zonder hulpmiddelen.

Mason had voorgeschreven dat Oreste gebruik moest maken van een opstelling van twee camera's en een uitstekende geluidsinstallatie, en de opname moest meteen goed zijn. Mason eiste, naast de overige beelden, een ononderbroken close-up opname van het gezicht.

Carlo vond dat Oreste eindeloos aan het zeuren was.

'In plaats van als een wijf tegen me aan te blijven zeuren, kun je ook opletten wat ik doe en me vragen stellen over wat je niet begrijpt,' zei Carlo tegen hem.

'Ik wil *filmen* wat je doet.'

'*Va bene*. Stel je rommel dan op zodat we een beetje kunnen opschieten.'

Terwijl Oreste zijn camera's opstelde, gingen Carlo en de drie zwijgzame Sardiniërs door met hun voorbereidingen.

Oreste, die gek was op geld, stond altijd weer verbaasd over wat met geld allemaal te koop was.

Aan een lange schragentafel aan een kant van het afdak, was Carlo's broer, Matteo, bezig een bundel gebruikte kleding uit te pakken. Uit de stapel koos hij een shirt en broek, terwijl de andere twee Sardiniërs, de gebroeders Piero en Tommaso Falcione, een brancard op wielen langzaam over het gras duwden en onder het afdak reden. De brancard zat vol vlekken en deuken.

Matteo had een stel emmers fijngemalen vlees klaargezet, een aan-

tal ongeplukte kippen en wat rottend fruit, waar de vliegen al op af-
kwamen, evenals een emmer runderpens en -darmen.

Matteo spreidde een afgedragen kakibroek op de brancard uit en
begon die op te vullen met een paar kippen, wat vlees en fruit. Vervolgens pakte hij een paar katoenen handschoenen, vulde die met
fijngemalen vlees en eikels, zorgvuldig elke vinger volproppend, en
legde ze onderaan de broekspijpen. Hij koos een shirt voor zijn en-
semble en spreidde het op de brancard uit, vulde het met pens en
darmen, waarna hij met brood de vorm bijwerkte en vervolgens het
shirt dichtknoopte en de onderkant keurig in de broek stopte. Een
paar opgevulde handschoenen werden onderaan de mouwen gelegd.
De meloen die hij als hoofd gebruikte, was bedekt met een haarnetje
dat was opgevuld met fijngemalen vlees op de plek van het gezicht
en twee hardgekookte eieren als ogen. Het resultaat leek op een bob-
belige etalagepop en zag er een stuk beter uit dan sommige mensen
die van het dak zijn gesprongen en later weggereden worden. Om
de puntjes op de i te zetten spoot Matteo een vleugje bijzonder dure aftershave op de voorkant van de meloen en op de handschoenen
onderaan de mouwen.

Carlo wees met zijn kin naar Orestes tengere assistent die over het
hek geleund met uitgestrekte arm de afstandsmicrofoon boven de
kooi hield om het bereik te testen.

'Zeg tegen je schandknaapje dat ik hem niet op kom vissen als-ie erin valt.'

Eindelijk was alles klaar. Piero en Tommaso klapten de poten van
de brancard in en in de laagste stand rolden ze hem naar het hek
van de kooi.

Carlo haalde een taperecorder uit het huis en een aparte versterker.
Hij had een aantal tapes waarvan hij sommige zelf had opgenomen
terwijl hij ontvoeringsslachtoffers de oren afsneed om naar de familie op te sturen. Carlo draaide altijd de tapes af als de dieren aan
het eten waren. Hij zou de tapes niet nodig hebben als hij een levend slachtoffer had om voor het gekrijs te zorgen.

Twee verweerde buitenspeakers waren opgehangen aan de stutten
waarop het afdak rustte. De zon scheen stralend over de mooie weide die glooiend naar het bos liep. De stevige afrastering die de wei
omsloot, verdween in het bos. In de middagstilte hoorde Oreste het
gezoem van een houtbij onder het afdak.

'Alles klaar?' zei Carlo.

Oreste stelde zelf de op één punt gerichte camera in werking. '*Giriamo,*' riep hij tegen zijn cameraman.

'*Pronti!*' kwam het antwoord.

'*Motore!*' De camera's draaiden.
'*Partito!*' Het geluid liep synchroon met de film.
'*Azione!*' Oreste stootte Carlo aan.
De Sardiniër drukte de play-knop van zijn taperecorder in en een hels gekrijs weerklonk, gesnik, gesmeek. De cameraman maakte, toen hij schrok van het geluid een schokkerige beweging, beheerste zich toen weer snel. Het gekrijs was afschuwelijk, maar vormde een passende ouverture voor de gedaanten die het bos uitkwamen, aangetrokken door de kreten die het avondeten aankondigden.

32

Een dagretour naar Genève om het geld met eigen ogen te zien.
De forensenvlucht naar Milaan, een brullende turboprop, steeg 's ochtends vroeg in Florence op en zweefde over de wijngaarden met hun wijd uit elkaar staande rijen waardoor ze leken op een ruwe opzet van Toscane van de hand van een projectontwikkelaar. Er klopte iets niet met de kleuren van het landschap – de nieuwe zwembaden naast de villa's van de rijke buitenlanders hadden de verkeerde kleur blauw. Pazzi, die uit het vliegtuigraampje naar beneden keek, kwam het troebele blauw van die zwembaden voor als een bejaard Engels oog, een uit de toon vallend blauw tussen de donkere cipressen en de zilverkleurige olijfbomen.
Met het stijgen van het vliegtuig steeg Rinaldo Pazzi's stemming eveneens en in zijn hart wist hij dat hij hier niet zijn hele leven zou blijven, afhankelijk van de nukken van zijn meerderen, worstelend om het zo lang uit te houden tot hij voor pensioen in aanmerking kwam. Hij was doodsbang geweest dat dr. Lecter na de moord op Gnocco zou verdwijnen. Toen Pazzi Lecters werklamp in Santa Croce weer had zien branden, was hij door een gevoel van verlossing overspoeld; de doctor waande zich veilig.
De dood van de zigeuner veroorzaakte geen deining in de rust van de Questura en werd toegeschreven aan een moord in de drugssfeer, dankzij de afgedankte injectiespuiten op de grond bij zijn lichaam, een vertrouwde aanblik in Florence, waar spuiten gratis werden verstrekt.
Pazzi wilde het geld zien. Daarop had hij gestaan.
De visueel ingestelde Rinaldo Pazzi onthield beelden in hun geheel: de eerste keer dat hij zijn gezwollen opgerichte penis had gezien, de

eerste keer dat hij zijn eigen bloed had gezien, de eerste vrouw die hij naakt had gezien, de flits van de eerste vuist die op het punt stond hem in het gezicht te treffen. Hij herinnerde zich die keer dat hij nonchalant een zijkapel van een kerk in Siena was ingelopen en onverwachts voor de heilige Catherina van Siena had gestaan, haar gemummificeerde hoofd in die onberispelijke, witte nonnenkap, rustend in een relikwieënschrijn in de vorm van een kerk.

Het zien van drie miljoen Amerikaanse dollars had hetzelfde effect op hem.

Driehonderd bundeltjes biljetten van honderd dollar met niet aansluitende serienummers.

In een kamertje even sober als een kapel in de Crédit Suisse in Genève, liet Mason Vergers advocaat Rinaldo Pazzi het geld zien. Het werd vanuit de kluis naar binnen gerold in vier diepe afgesloten kisten met koperen nummerplaten. De Crédit Suisse stelde ook een telmachine ter beschikking, een weegschaal en een bediende. Pazzi stuurde de bediende weg. Hij legde eenmaal zijn handen boven op het geld.

Rinaldo Pazzi was een uiterst competente rechercheur. Twintig jaar lang had hij zwendelaars opgespoord en gearresteerd. In de aanwezigheid van dit geld, luisterend naar de getroffen regelingen, bespeurde hij geen enkele valse noot: zodra zij Hannibal Lecter van hem kregen, kreeg hij van Mason het geld.

In een gelukzalige roes besefte Pazzi dat deze mensen geen spelletjes speelden – Mason Verger zou hem daadwerkelijk betalen. En hij maakte zich geen enkele illusie omtrent Lecters lot. Hij leverde de man over aan marteling en de dood. Pazzi moet nagegeven worden dat hij onder ogen zag waarmee hij bezig was.

Onze vrijheid is meer waard dan het leven van het monster. Ons geluk is belangrijker dan zijn lijden, dacht hij met het ijzige egoïsme van de verdoemden. Of het woord 'ons' een majesteitelijke aanmatiging was of specifiek op Rinaldo en zijn vrouw sloeg, is een moeilijke vraag, waarop waarschijnlijk meer dan één antwoord van toepassing is.

In dit kamertje, kraakhelder en Zwitsers, om door een ringetje te halen, legde Pazzi zijn definitieve eed af. Hij wendde zich af van het geld en knikte de advocaat, de heer Konie, toe. Uit de eerste kist telde de advocaat honderdduizend dollar af en overhandigde die aan Pazzi.

De heer Konie voerde een kort telefoongesprek en overhandigde de hoorn aan Pazzi. 'Dit is een internationale lijnverbinding, gecodeerd,' zei hij.

De Amerikaanse stem die Pazzi hoorde, had een vreemd ritme, woorden werden in een enkele adem geperst waarna een pauze volgde, en de plofklanken gingen verloren. Het duizelde Pazzi bij het horen van die stem, alsof hij, net als de spreker, zich moest inspannen om lucht te krijgen.

Zonder inleiding, de vraag: 'Waar is dr. Lecter?'

Pazzi, het geld in de ene hand en de hoorn in de andere, aarzelde niet. 'Hij is de man die onderzoek doet in het Palazzo Capponi in Florence. Hij is de... curator.'

'Wilt u alstublieft uw legitimatie aan de heer Konie overhandigen en hem de telefoon geven. Hij zal uw naam niet noemen.'

De heer Konie raadpleegde een lijst die hij uit zijn zak had gehaald en sprak een aantal afgesproken codes tegen Mason, waarna hij de hoorn aan Pazzi teruggaf.

'De rest van het geld ontvangt u zodra wij hem levend in handen hebben,' zei Mason. 'U hoeft dr. Lecter niet zelf te vangen, maar u moet hem aanwijzen en hem ons toespelen. Ik wil tevens uw documentatie, alles wat u heeft. U keert vanavond terug naar Florence? Dan zult u vanavond instructies krijgen voor een ontmoeting in de omgeving van Florence. De ontmoeting zal uiterlijk morgenavond plaatsvinden. Tijdens die ontmoeting zult u instructies ontvangen van de man die dr. Lecter zal aanhouden. Hij zal u vragen of u een bloemist kent. U zegt dan tegen hem dat alle bloemisten dieven zijn. Is alles duidelijk? Ik wil dat u hem uw medewerking verleent.'

'Ik wil dr. Lecter niet in mijn... Ik wil niet dat hij in de buurt van Florence is als...'

'Ik begrijp uw ongerustheid. Wees gerust, dat zal niet het geval zijn.'

De verbinding werd verbroken.

Met niet meer dan een paar minuten schrijfwerk, werd twee miljoen dollar in pand gegeven. Mason Verger kon er niet meer aankomen, maar hij kon het vrijgeven voor Pazzi. Een functionaris van de Crédit Suisse die erbij was geroepen, vertelde Pazzi dat de bank hem negatieve rente zou berekenen voor het in deposito te bewaren bedrag als hij het omwisselde in Zwitserse franken, en alleen over de eerste honderdduizend franken drie procent samengestelde interest zou betalen. De bankfunctionaris gaf Pazzi de tekst van Artikel 47 van het *Bundesgesetz über Banken und Sparkassen*, waarin de bepalingen vermeld staan waaraan het bankgeheim onderworpen is, en stelde voor het geld door middel van een telegrafische overboeking naar de Royal Bank of Nova Scotia of de Caymaneilanden over te maken onmiddellijk na de vrijgeving van genoemde som, wat Pazzi maar wilde.

Met behulp van een eveneens aanwezige notaris machtigde Pazzi zijn vrouw om voor de rekening te tekenen in het geval van zijn vroegtijdig overlijden. Toen alle zaken geregeld waren, was de Zwitserse bankfunctionaris de enige die hem de hand toestak. Pazzi en de heer Konie keken elkaar niet meer in de ogen, maar de heer Konie groette hem vanuit de deuropening.

De laatste etappe op weg naar huis, de forensenvlucht vanuit Milaan, die in een onweersbui door elkaar werd geschud, de propeller aan Pazzi's kant van het vliegtuig een donkere cirkel tegen de donkergrijze lucht. Bliksem en donder terwijl ze over de oude stad vlogen, de klokkentoren en de koepel van de kathedraal onder hen, lichten die aangingen in de vroege schemering, een flits en een knal zoals de flitsen en knallen die Pazzi zich uit zijn jeugd herinnerde toen de Duitsers de bruggen over de Arno opbliezen, waarbij alleen de Ponte Vecchio gespaard bleef. En in een flits even vluchtig als de bliksem zag hij het beeld dat hij als kleine jongen had gezien: een gevangengenomen sluipschutter geketend aan de geketende madonna om te bidden voordat hij doodgeschoten zou worden.

Afdalend door de ozonlucht van de bliksem, terwijl de donderklappen de romp van het vliegtuig deden schudden, keerde Pazzi van de oude Pazzi-familie terug naar zijn oude stad met zijn levensdoelen even oud als de tijd zelf.

33

Rinaldo Pazzi zou het liefst zijn buit in het Palazzo Capponi het klokje rond in de gaten hebben gehouden, maar dat kon helaas niet.

In plaats daarvan moest hij, nog steeds in vervoering door de aanblik van het geld, zich razendsnel omkleden en zijn vrouw ontmoeten bij een concert van het Florentijns kamerorkest, waarop ze zich al geruime tijd verheugd hadden.

Het Teatro Piccolomini, een negentiende-eeuwse kopie op de helft van de ware grootte van het luisterrijke Teatro La Fenice in Venetië, is een barokke juwelenkist van verguldsel en pluche, waar cherubijnen langs het schitterende plafond de wetten der aërodynamica uitdagen.

Het is maar gelukkig ook dat het theater zo prachtig is, want de musici kunnen meestal wat steun maar al te goed gebruiken.

Het is onbillijk maar onvermijdelijk dat muziek in Florence beoordeeld wordt volgens de abnormaal hoge maatstaven van de kunst in wereldsteden. Florentijnen vormen een grote groep muziekkenners, typerend voor Italië, maar ze hebben soms een dringend tekort aan goede musici.

Pazzi liet zich in de stoel naast zijn vrouw glijden tijdens het applaus dat op de ouverture was gevolgd.

Ze bood hem haar geparfumeerde wang. Bij haar aanblik in avondjapon voelde hij zijn hart zwellen van trots. Een zwoele geur steeg op uit haar decolleté. Haar partituur zat in de chique Gucci-omslag die Pazzi haar had geschonken.

'Ze klinken honderd procent beter met die nieuwe gambaspeler,' fluisterde ze in Pazzi's oor. Deze uitmuntende *viola da gamba*-speler was aangetrokken ter vervanging van een ongelooflijk onbekwaam musicus, een neef van Sogliato, die enkele weken tevoren plotseling verdwenen was.

Dr. Hannibal Lecter keek naar beneden vanuit een hoge loge, onberispelijk in zijn avondkleding, zijn gezicht en hemdfront leken te zweven in de donkere loge, omlijst door verguld barok houtsnijwerk.

Pazzi ontdekte hem toen het licht na het eerste deel van het concert even aanging, en in het ogenblik voordat Pazzi zijn blik kon afwenden, draaide de doctor zijn hoofd om, zoals een uil zijn kop omdraait, en ontmoetten hun blikken elkaar. Pazzi kneep onwillekeurig zo hard in de hand van zijn vrouw dat zij zich naar hem toekeerde. Daarna hield Pazzi zijn blik onafgebroken op het toneel, de rug van zijn hand warm tegen het dijbeen van zijn vrouw, zijn hand in de hare.

In de pauze, toen Pazzi zich bij de bar omdraaide om haar een drankje te geven, stond dr. Lecter naast haar.

'Goedenavond, dr. Fell,' zei Pazzi.

'Goedenavond, *Commendatore*,' zei de doctor. Hij wachtte met licht gebogen hoofd en dwong Pazzi daarmee zijn vrouw aan hem voor te stellen.

'Laura, mag ik je voorstellen aan dr. Fell. Doctor, Signora Pazzi, mijn vrouw.'

Signora Pazzi, gewend aan complimentjes met betrekking tot haar schoonheid, vond hetgeen volgde op een vreemde manier charmant, hetgeen niet gold voor haar echtgenoot.

'Ik dank u voor dit voorrecht, *Commendatore*,' zei de doctor. Zijn rode, spitse tong was heel even zichtbaar voordat hij zich over Signora Pazzi's hand boog, zijn lippen dichter bij de huid dan gebruikelijk is in Florence, zo dichtbij dat ze zijn adem over haar huid voelde strijken.

Hij sloeg zijn ogen naar haar op voordat zijn gesoigneerde hoofd omhoogkwam.

'Ik vermoed dat u in het bijzonder geniet van Scarlatti, Signora Pazzi.'

'Ja, inderdaad.'

'Het was een genot te zien hoe u de partituur volgde. Dat doet bijna niemand meer tegenwoordig. Ik dacht dat dit u wellicht zou interesseren.' Hij pakte een portfolio onder zijn arm vandaan. Het was een antieke partituur op perkament, met de hand gekopieerd. 'Dit is afkomstig uit het Teatro Capranica in Rome, uit 1688, het jaar dat het stuk geschreven werd.'

'*Meraviglioso!* Kijk nu toch, Rinaldo!'

'Ik heb terwijl het eerste deel werd gespeeld op een doorzichtig vel een aantal verschillen met de hedendaagse partituur aangegeven,' zei dr. Lecter. 'Wellicht heeft u er schik in het tweede deel op die manier te volgen. Alstublieft, neem de partituur aan. Ik kan hem altijd ophalen bij Signor Pazzi – is dat geoorloofd, *Commendatore*?'

De blik van de doctor was intens, uiterst intens, toen Pazzi antwoordde.

'Als je daar plezier aan beleeft, Laura,' zei Pazzi. Een vluchtige gedachte. 'Moet u nog voor de Studiolo verschijnen, dr. Fell?'

'Ja, vrijdagavond om precies te zijn. Sogliato staat te popelen om te zien hoe ik mezelf blameer.'

'Ik moet toch in de oude stad zijn,' zei Pazzi. 'Dan breng ik meteen de partituur terug. Laura, dr. Fell moet zich waarmaken voor de draken van de Studiolo.'

'Ik ben ervan overtuigd dat u met vlag en wimpel zult slagen, dr. Fell,' zei ze, met een blik uit haar grote, donkere ogen die net binnen de grenzen van fatsoen bleef, maar dan ook maar net.

Dr. Lecter glimlachte zijn kleine, witte tanden bloot. 'Madame, als ik de producent van Fleur du Ciel zou zijn, zou ik u de Kaap-diamant aanbieden om u over te halen die geur te dragen. Tot vrijdagavond, *Commendatore*.'

Pazzi overtuigde zich ervan dat de doctor naar zijn loge terugkeerde en keek hem niet meer aan totdat zij elkaar van een afstand gedag zwaaiden op de stoep van het theater.

'Ik heb je die Fleur du Ciel voor je verjaardag gegeven,' zei Pazzi.

'Ja, en ik ben er dol op, Rinaldo,' zei Signora Pazzi. 'Je hebt een fantastische smaak.'

34

Impruneta is een oude Toscaanse stad waar de dakpannen voor de Duomo zijn vervaardigd. De begraafplaats is 's avonds in een omtrek van vele kilometers vanaf de villa's boven op de heuvels te zien door de eeuwig brandende lampen bij de graven. Het stemmige licht is zwak, maar volstaat om bezoekers in staat te stellen hun weg te zoeken tussen de doden door, hoewel een zaklantaarn nodig is om de grafschriften te lezen.

Rinaldo Pazzi arriveerde om vijf minuten voor negen met een boeketje bloemen dat hij op een willekeurig graf wilde leggen. Hij liep langzaam langs een grindpad tussen de grafmonumenten door.

Hij bespeurde Carlo's aanwezigheid, zag hem echter niet.

Carlo's stem klonk vanaf de achterzijde van een meer dan manshoog praalgraf. 'Kent u een goede bloemist in de stad?'

De man klonk als een Sardiniër. Goed, misschien verstond hij dan zijn vak.

'Alle bloemisten zijn dieven,' antwoordde Pazzi.

Carlo liep kordaat om het marmeren bouwwerk heen, zonder hem eerst heimelijk op te nemen.

Hij kwam dierlijk op Pazzi over, kort, gedrongen en krachtig, met soepele ledematen. Hij droeg een leren vest en had een varkenshaar tussen de band van zijn hoed gestoken. Pazzi schatte dat hij qua bereik een kleine acht centimeter voordeel op Carlo had en dat hij zo'n tien centimeter langer was. Ze wogen ongeveer hetzelfde, giste hij. Carlo miste een duim. Pazzi vermoedde dat hij hem binnen vijf minuten in de Questura-dossiers zou weten op te sporen. Beide mannen werden van onderaf verlicht door de lampen op de graven.

'Zijn huis is goed beveiligd,' zei Pazzi.

'Dat heb ik al bekeken. Je moet mij de man aanwijzen.'

'Hij moet morgenavond een vergadering toespreken, vrijdagavond. Kun je het zo snel doen?'

'Dat is prima.' Carlo wilde de politieman een beetje koeioneren, zijn gezag laten gelden. 'Ben je bereid met hem mee te lopen, of ben je bang voor hem? Je zult doen waarvoor je wordt betaald. Je zult hem mij aanwijzen.'

'Hou je een beetje in. Ik zal doen waarvoor ik word betaald en dat geldt ook voor jou. Anders kun je je dagen slijten als sexspeeltje in Volterra, je zegt het maar.'

Tijdens zijn werk was Carlo even ongevoelig voor beledigingen als voor kreten van pijn. Hij besefte dat hij de politieman verkeerd had

ingeschat. Hij spreidde zijn handen. 'Vertel me wat ik moet weten.'
Carlo ging naast Pazzi staan alsof ze samen in diepe rouw gedompeld voor een klein praalgraf stonden. Een paartje liep hand in hand langs hen heen. Carlo zette zijn hoed af en beide mannen bogen het hoofd. Pazzi legde zijn bloemen naast de deur van de graftombe. Een walm steeg op van Carlo's warme hoed, een ranzige geur, als worst gemaakt van een niet naar behoren gecastreerd dier.

Pazzi wendde zijn gezicht af van de stank. 'Hij is snel met zijn mes. Steekt laag toe.'

'Heeft hij een pistool?'

'Niet dat ik weet. Voor zover ik weet heeft hij er nog nooit een gebruikt.'

'Ik zou hem liever niet uit een auto moeten halen. Ik wil hem midden op straat, met zo weinig mogelijk mensen in de buurt.'

'Hoe ben je van plan hem te overmeesteren?'

'Dat is mijn zaak.' Carlo stak de tand van een hertenbok in zijn mond en kauwde op het kraakbeen, waarbij de tand af en toe tussen zijn lippen naar buiten stak.

'Het is ook mijn zaak,' zei Pazzi. 'Hoe ga je het doen?'

'Ik schiet hem buiten westen met een zakje hagel uit m'n *beanbag gun* en gooi een net over hem heen zodat ik hem een injectie kan geven. Ik moet snel zijn tanden nakijken voor het geval hij vergif onder een kroon heeft zitten.'

'Hij moet een voordracht houden op een bijeenkomst die om zeven uur in het Palazzo Vecchio begint. Als hij vrijdags in de Capponikapel in Santa Croce werkt, zal hij van daar te voet naar het Palazzo Vecchio gaan. Ken je Florence?'

'Vrij goed. Kun je me aan een autopasje helpen voor de oude stad?'

'Ja.'

'Ik kan hem beter niet pakken als hij de kerk uitkomt,' zei Carlo.

Pazzi knikte. 'Als hij op die bijeenkomst verschijnt, zal hij waarschijnlijk de komende twee weken niet gemist worden. Ik heb een excuus om na de vergadering met hem mee te lopen naar het Palazzo Capponi...'

'Ik wil hem niet in zijn huis overmeesteren. Dat is zijn eigen terrein. Voor hem bekend, voor mij niet. Hij zal op zijn hoede zijn, hij zal om zich heen kijken bij de deur. Ik neem hem te pakken op het trottoir.'

'Luister dan goed – we verlaten het Palazzo Vecchio via de hoofdingang, de ingang aan de Via dei Leoni zal op slot zijn. We volgen de Via Neri en steken de rivier over via de Ponte alle Grazie. Aan de overkant, voor het Museo Bardini, staan bomen die het licht van de straatlantaarns tegenhouden. Op dat uur, als de school dicht is, is het daar rustig.'

'Laten we dan afspreken voor het Museo Bardi, maar als ik eerder een kans zie, grijp ik die misschien, dichter bij het palazzo, of eerder op de dag als hij iets in de gaten krijgt en probeert de benen te nemen. Misschien zitten we in een ambulance. Blijf bij hem tot de beanbag hem raakt en maak dan dat je zo vlug mogelijk bij hem uit de buurt komt.'

'Ik wil dat hij uit Toscane weg is voordat hem iets overkomt.'

'Geloof me, hij zal van de aardbodem verdwijnen, dat varkentje zullen we wel wassen,' zei Carlo, glimlachend om zijn grapje dat alleen hij begreep; de tand van de hertenbok stak door de glimlach naar buiten.

35

Vrijdagochtend. Een klein vertrek op de zolderverdieping van het Palazzo Capponi. Drie van de witgekalkte wanden zijn kaal. Aan de vierde wand hangt een grote dertiende-eeuwse madonna van de Cimabue-school, kolossaal in het kleine vertrek, het hoofd gebogen in de kenmerkende hoek als de kop van een nieuwsgierig vogeltje, haar amandelvormige ogen gericht op een tengere gestalte die onder het schilderij ligt te slapen.

Dr. Hannibal Lecter, gewend aan gevangenis- en inrichtingsbedden, ligt ontspannen op dit smalle bed, met zijn handen op zijn borst.

Zijn ogen gaan open en op slag is hij klaarwakker, zijn droom over zijn zuster Mischa, reeds lang dood en verteerd, loopt naadloos door in zijn ontwaken: gevaar toen, gevaar nu.

Het besef dat hij in gevaar verkeert, heeft zijn slaap evenmin verstoord als het doden van de zakkenroller.

Gekleed voor de dag, slank en gesoigneerd in zijn pak van donkere zijde, schakelt hij de bewegingssensoren boven aan de zoldertrap uit en loopt de trap af naar de grote vertrekken van het palazzo.

Hij kan zich nu vrij bewegen door de immense stilte van de vele kamers in het paleis, nog altijd een roes van vrijheid na zo veel jaren opsluiting in een cel in de kelder.

Zoals de met fresco's beschilderde muren van Santa Croce of het Palazzo Vecchio zijn doordrongen met gedachten, zo vibreert de lucht in de Capponi-bibliotheek door de aanwezigheid van dr. Lecter terwijl hij aan het werk is bij de grote wand geclassificeerde manuscripten. Hij selecteert perkamentrollen, blaast het stof weg, de stofdeeltjes krioelen door elkaar in een zonnestraal alsof de doden, die immers tot stof zijn vergaan, met elkaar wedijveren om hem te vertellen van hun lot en het zijne. Hij doet zijn werk efficiënt, maar zonder zich te haasten, legt enkele dingen in zijn eigen portfolio, verzamelt boeken en illustraties voor zijn voordracht deze avond voor de Studiolo. Er zijn zo veel dingen die hij nog zo graag gelezen zou hebben.

Dr. Lecter klapt zijn laptopcomputer open en via de netwerkverbinding van de afdeling criminologie van de universiteit van Milaan, maakt hij contact met de FBI-homepage op het World Wide Web, www.fbi.gov, die voor iedereen toegankelijk is. Hij ontdekt dat de hoorzitting van de gerechtelijke subcommissie met betrekking tot Clarice Starlings mislukte drugsoverval, nog niet op de agenda staat. Hij beschikt niet over de benodigde inlogcodes om zijn eigen FBI-dossier in te zien. Op de pagina gereserveerd voor de meest gezochte misdadigers, staart zijn eigen voormalige gezicht hem aan, geflankeerd door een bommenlegger en een pyromaan.

Dr. Lecter pakt het kleurige sensatieblad van een stapel perkament en kijkt naar de foto van Clarice Starling op de voorpagina, legt zijn vinger op haar gezicht. Het glimmende lemmet verschijnt in zijn hand alsof het daar was geïmplanteerd ter vervanging van zijn zesde vinger. Het is wat men noemt een harpijmes en heeft een getand lemmet in de vorm van een roofvogelklauw. Het snijdt even gemakkelijk door de *National Tattler* als het door de dijbeenslagader van de zigeuner was gegleden – het lemmet was zo snel het lichaam van de zigeuner in en uit geflitst dat dr. Lecter het niet eens had hoeven afvegen.

Dr. Lecter snijdt de foto van Clarice Starlings gezicht uit het blad en plakt het op een stuk blanco perkament.

Hij pakt een pen en tekent op het perkament met vloeiende lijnen het lichaam van een gevleugelde leeuwin, een griffioen met het gezicht van Starling. Onder de tekening schrijft hij in zijn opvallende rondschrift: *Heb je er ooit over nagedacht waarom de barbaren jou niet begrijpen, Clarice? Dat komt omdat jij de oplossing van Samsons raadsel bent: Jij bent de honing in de leeuw.*

Vijftien kilometer verderop, geparkeerd uit het zicht, achter een hoge stenen muur in Impruneta, controleerde Carlo Deogracias zijn uitrusting, terwijl zijn broer Matteo op het zachte gras een aantal judogrepen oefende met de beide andere Sardiniërs, Piero en Tommaso Falcione. De Falciones waren allebei snel en bijzonder sterk –

Piero had korte tijd deel uitgemaakt van het profvoetbalteam van Cagliari. Tommaso had ooit voor priester geleerd en sprak redelijk Engels. Hij bad met hun slachtoffers, soms.

Carlo's witte Fiat-bestelwagen met Romeinse kentekenplaten was gehuurd. Er lagen borden klaar om aan de zijpanelen te bevestigen met de tekst: OSPEDALE DELLA MISERICORDIA. Binnenin waren de wanden en vloer bedekt met verhuisdekens voor het geval het slachtoffer zich zou verzetten.

Carlo was van plan deze opdracht precies volgens Masons wensen uit te voeren, maar als het plan mislukte en hij gedwongen zou worden dr. Lecter op het Italiaanse vasteland te vermoorden, waardoor de filmplannen op Sardinië niet zouden doorgaan, was nog niet alles verloren. Carlo wist dat hij in minder dan een minuut dr. Lecter kon doden en zijn hoofd en handen van zijn lichaam kon scheiden. Als hij nog minder tijd had, zou hij de penis en een vinger afhakken, die na DNA-onderzoek voldoende bewijs zouden zijn. Luchtdicht afgesloten in plastic en in ijs verpakt, zou het pakje binnen vierentwintig uur in Masons bezit zijn en zou Carlo boven op zijn honorarium aanspraak kunnen maken op een beloning.

Keurig weggeborgen achter de stoelen lagen een kleine kettingzaag, een grote metalen schaar met lange handgrepen, een operatiezaag, scherpe messen, plastic ritstassen, een Black & Decker Workmate om de armen van de doctor vast te zetten en een expresse-kistje van DHL waarvan de vrachtkosten al betaald waren. Het gewicht van dr. Lecters hoofd was geschat op zes kilo en zijn handen op een kilo per stuk.

Carlo was ervan overtuigd dat als hij de kans kreeg de eventuele noodslachting op video vast te leggen, Mason extra zou betalen voor de band waarop dr. Lecter levend in stukken werd gehakt, ondanks het feit dat hij net een miljoen dollar zou hebben betaald voor het hoofd en de handen van de doctor. Voor dat doel had Carlo zich uitgerust met een goede videocamera, lichtbron en statief, en had hij Matteo de grondbeginselen bijgebracht om alles te bedienen.

Zijn vangattributen kregen evenveel aandacht. Piero en Tommaso waren experts met het net, dat even zorgvuldig als een parachute opgevouwen was. Carlo had zowel een injectiespuit als een pijltjesgeweer geladen met een dosis acepromazine, het middel dat werd gebruikt om dieren te verdoven. De dosis was voldoende om een dier van dr. Lecters grootte in seconden neer te leggen. Carlo had tegen Rinaldo Pazzi gezegd dat hij om te beginnen die beanbag gun zou gebruiken, die geladen was en klaar voor gebruik, maar als hij de kans had om de injectiespuit in dr. Lecters achterwerk of benen leeg te spuiten, zou de beanbag niet nodig zijn.

De ontvoerders zouden zich hooguit veertig minuten met hun gevangene op het Italiaanse vasteland bevinden, de tijd die nodig was om naar de luchthaven van Pisa te rijden, waar een ambulancetoestel op hen zou staan wachten. De luchthaven van Florence was dichterbij, maar daar was veel minder luchtverkeer, waardoor een privévliegtuig eerder zou opvallen.

In minder dan anderhalf uur zouden ze op Sardinië zijn, waar het ontvangstcomité van de doctor uitgehongerd begon te raken.

Carlo had alles overwogen in zijn intelligente, onwelriekende hoofd. Mason was niet gek. De betalingen waren zo geregeld dat Rinaldo Pazzi niets mocht overkomen – het zou Carlo geld kosten als hij Pazzi zou vermoorden en zou proberen de hele beloning op te eisen. Mason wilde geen moeilijkheden vanwege een dode politieman. Hij kon zich maar beter aan Masons scenario houden. Maar Carlo kreeg het te kwaad als hij bedacht wat hij had kunnen bereiken met een paar halen van de zaag als hij dr. Lecter zelf had gevonden.

Hij probeerde zijn kettingzaag. Die sloeg aan bij de eerste ruk aan het koord.

Carlo overlegde vluchtig met de anderen en vertrok toen op een kleine *motorino* naar de stad, gewapend met een mes, een geweer en een injectiespuit.

Dr. Hannibal Lecter liep al vroeg van de stinkende straat de Farmacia di Santa Maria Novella binnen, een van de meest welriekende plekken ter wereld. Hij bleef enkele minuten staan met zijn hoofd achterover en zijn ogen dicht om de heerlijke geuren van fijne zeep, lotions en smeersels en de ingrediënten in de werkkamers op zich in te laten werken. De portier was aan hem gewend en de verkopers, die normaal gesproken een zekere mate van hooghartigheid aan de dag legden, bejegenden hem met het grootste respect. De totale aankopen die de hoffelijke dr. Fell gedurende de maanden dat hij in Florence vertoefde had gedaan, ging een bedrag van honderdduizend lire niet te boven, maar de zorgvuldig uitgekozen en met elkaar gecombineerde geuren en extracten wezen op een fijngevoeligheid die voor deze handelaren in geuren, die leven van hun neus, een uiterst aangename verrassing was.

Om dit genot te behouden had dr. Lecter zijn eigen neus niet operatief laten veranderen, maar had hij volstaan met uitwendige collageeninjecties. Voor hem was de lucht met geuren beschilderd, even verschillend en helder als kleuren, en hij kon ze over elkaar heen leggen en door elkaar laten lopen alsof hij schilderde op een vochtige ondergrond. Hier was niets dat hem aan de gevangenis deed denken. Hier was de lucht muziek. Hier lagen bleke wierookharstranen te wachten op extractie, gele bergamot, sandelhout, een harmonie van kaneel en mimosa, boven de ondersteunende grondtonen van zuivere grijze amber, civet, castoreum en muskushertessence.

Dr. Lecter had soms het idee dat hij met zijn handen, zijn armen en wangen kon ruiken, dat geuren hem doordrongen. Dat hij met zijn gezicht en zijn hart kon ruiken.

Om gegronde, anatomische redenen is de reukzin beter in staat herinneringen op te wekken dan de andere zintuigen.

Terwijl dr. Lecter onder het zachte licht van de fraaie art-decolampen van de Farmacia stond en diep de geuren inademde, flitsten allerlei herinneringsfragmenten door zijn hoofd. Hier was niets dat hem aan de gevangenis deed denken. Behalve – wat was dat nu? Clarice Starling, maar waarom dan? Niet de l'Air du Temps die hij had opgevangen toen ze haar handtas opende vlak bij de tralies van zijn kooi in de inrichting. Dat was het niet. Dergelijke parfum werd in de Farmacia niet verkocht. Het was evenmin haar huidlotion. Ach. *Spone di mandorle*. De beroemde amandelzeep van de Farmacia. Waar had hij die geroken? Memphis, toen ze buiten zijn cel stond, toen hij vlak voor zijn ontsnapping heel even haar vinger had aangeraakt. Starling. Puur en rijk van samenstelling. In de zon gedroogd en gestreken katoen. Clarice Starling. Innemend en tongstrelend. Saai in haar ernst en lachwekkend in haar principes. Maar adrem was ze ook. Ummmm.

Daarentegen waren dr. Lecters slechte herinneringen verbonden met onaangename geuren, en hier in de Farmacia was hij waarschijnlijk verder verwijderd dan waar dan ook van de duistere onderaardse kerkers onder zijn geheugenpaleis.

Tegen zijn gewoonte in kocht dr. Lecter op deze sombere vrijdag een groot aantal zepen, lotions en badoliën. Een paar daarvan nam hij mee en hij vroeg de Farmacia de overige voor hem te verzenden, en met zijn opvallende rondschrift schreef hij eigenhandig de adreslabels.

'Wenst de *Dottore* een briefje mee te zenden?' vroeg de verkoper.

'Waarom niet?' antwoordde dr. Lecter en hij liet de opgevouwen tekening van de griffioen in de doos glijden.

De Farmacia di Santa Maria Novella is verbonden met een klooster aan de Via Scala. Carlo, vroom als altijd, zette zijn hoed af toen hij zich verschuilde onder het beeld van de maagd vlak bij de ingang. Het was hem opgevallen dat door de luchtdruk van de binnendeuren van de Farmacia een paar seconden voordat iemand naar buiten kwam de buitendeuren op een kiertje werden opengeduwd. Dit gaf hem de tijd zich in zijn schuilplaats terug te trekken en van daaruit de vertrekkende klanten te begluren.

Toen dr. Lecter met zijn dunne portfolio naar buiten kwam, stond Carlo onzichtbaar opgesteld achter het kraampje van een kaartverkoper. De doctor begaf zich op weg. Toen hij het beeld van de maagd passeerde, kwam zijn hoofd omhoog en met opengesperde neusvleugels keek hij omhoog naar het beeld en snoof hij de lucht op.

Carlo zag het aan voor een uiting van vrome toewijding. Hij vroeg zich af of dr. Lecter gelovig was, zoals de meeste krankzinnigen. Misschien kon hij hem uiteindelijk zo ver krijgen dat hij God vervloekte – dat zou Mason ongetwijfeld genoegen doen. Hij zou er natuurlijk wel voor moeten zorgen dat die vrome Tommaso dan buiten gehoorsafstand was.

Laat op de middag schreef Rinaldo Pazzi een brief aan zijn vrouw en voegde daar zijn poging tot het schrijven van een sonnet aan toe, dat hij in het begin van hun verkeringstijd had gecomponeerd, maar dat hij haar toentertijd uit verlegenheid niet had durven geven. Hij sloot tevens de vereiste codes bij voor het claimen van het in Zwitserland in bewaring gegeven geld, en verder een brief die zij aan Mason moest verzenden mocht deze zich niet aan zijn woord houden. Hij verborg de brief zodat ze die pas zou vinden als ze zijn persoonlijke bezittingen zou moeten uitzoeken.

Om zes uur reed hij op zijn kleine *motorino* naar het Museo Bardini en maakte die met een ketting vast aan een ijzeren hek, waar de laatste studenten van die dag juist hun fietsen losmaakten. Hij zag de witte bestelwagen met ambulanceborden vlak bij het museum geparkeerd staan en vermoedde dat die van Carlo zou zijn. In de bestelwagen zaten twee mannen. Toen Pazzi zich omdraaide, voelde hij hun blik in zijn rug.

Hij was ruim op tijd. De straatverlichting brandde al en hij liep langzaam door de donkere, in zijn voordeel werkende schaduw onder de bomen voor het museum in de richting van de rivier. Toen hij over de Ponte alle Grazie liep, bleef hij een tijdlang naar de traagstromende Arno onder zich staren en dacht de laatste lang uitgesponnen gedachten waarvoor hij tijd zou hebben. Het zou een donkere avond zijn. Uitstekend. Laaghangende wolken joegen in oostelijke richting over Florence, rakelings over de scherpe punt op het dak van het Palazzo Vecchio, en de aanwakkerende wind deed het grind en de verdroogde duivenuitwerpselen op het piazza voor

Santa Croce opwervelen. Hier liep Pazzi nu, zijn zakken zwaar beladen met een .380 Beretta, een platte leren knuppel en een mes waaraan hij eventueel dr. Lecter zou kunnen spietsen als het nodig bleek om hem onmiddellijk te doden.

De kerk van Santa Croce sluit om zes uur 's middags, maar een kerkbewaarder liet Pazzi binnen via een kleine deur vlak bij de voorkant van de kerk. Hij wilde de man niet vragen of 'dr. Fell' aan het werk was, dus ging hij voorzichtig op onderzoek uit. Brandende kaarsen bij de altaren tegen de muren verschaften hem voldoende licht. Hij liep de hele kerk door tot hij een blik kon werpen in de rechterarm van de kruisvormige kerk. Het uitzicht werd belemmerd door de votiefkaarsen en hij kon niet zien of dr. Fell zich in de Capponi-kapel bevond. Hij liep snel de rechter dwarsbeuk in. Turend. Op de kapelmuur doemde een reusachtige schaduw op en Pazzi's adem stokte. Dr. Lecter zat gebogen over zijn lamp op de vloer, waar hij bezig was met zijn wrijfsels. De doctor stond op, tuurde als een uil de duisternis in, alleen zijn hoofd draaiend zonder zijn romp te bewegen, van onderaf verlicht door zijn werklamp, achter hem zijn enorme schaduw. De schaduw op de kapelmuur kromp ineen toen de doctor zich weer over zijn werk boog.

Pazzi voelde het zweet onder zijn hemd langs zijn ruggengraat lopen, maar zijn gezicht was koud.

Het duurde nog een uur voordat de bijeenkomst in het Palazzo Vecchio zou aanvangen en Pazzi wilde te laat voor de voordracht verschijnen.

In zijn strenge schoonheid is de kapel die Brunelleschi voor de Pazzi-familie in Santa Croce heeft gebouwd, een van de schitterendste staaltjes van bouwkunst uit de renaissance. De cirkel en het vierkant zijn hier met elkaar in overeenstemming gebracht. Het is een op zich staand bouwwerk buiten het heiligdom van Santa Croce zelf, dat alleen toegankelijk is via een overdekte kruisgang.

Pazzi ging bidden in de Pazzi-kapel, knielde neer op de stenen, gadegeslagen door zijn gelijkenis in de Della Robbia-rondeel hoog boven zijn hoofd. Hij had het gevoel dat zijn gebed werd ingesnoerd door de kring apostelen op het plafond en hoopte dat zijn gebeden hadden weten te ontsnappen naar de donkere kruisgang achter hem en dat ze van daaruit naar de open hemel en God waren gevlogen.

Hij spande zich in om een aantal goede dingen te bedenken die hij zou kunnen doen met het geld dat hij in ruil voor dr. Lecter zou ontvangen. Hij zag zichzelf en zijn vrouw munten uitdelen aan een stel straatschoffies en een of ander medisch toestel aan een ziekenhuis schenken. Hij zag de golven van Galilea, een beeld dat verrassend veel leek op Chesapeake Bay. Hij zag de mooie, roze hand van zijn vrouw om zijn penis, knijpend om de kop nog meer te doen opzwellen.

Hij keek om zich heen en toen hij niemand zag, zei hij hardop tegen God: 'Dank U, Heer, dat U mij in staat stelt dit monster, dit onmens, van Uw aarde te verwijderen. Ik dank U uit naam van de zielen die Wij lijden zullen besparen.' Of dit woordje 'Wij' een majesteitelijke aanmatiging was of een zinspeling op de associatie der Pazzi's met God is niet duidelijk, en waarschijnlijk vatbaar voor meer dan een interpretatie.

Het stemmetje in Pazzi dat hem niet gunstig gezind was, vertelde hem dat hij en dr. Lecter samen hadden gemoord, dat Gnocco hun beider slachtoffer was, aangezien Pazzi niets had ondernomen om hem te redden en zelfs opgelucht was geweest toen de dood de man tot zwijgen had gebracht.

Toen Pazzi de kapel verliet, bedacht hij dat er wel degelijk troost geput kon worden uit gebed – toen hij door de donkere kruisgang liep, had hij onmiskenbaar het gevoel dat hij niet alleen was.

Carlo stond te wachten onder het uitstekend deel van de pui van het Palazzo Piccolomini en kwam naast Pazzi lopen. Ze zeiden bijzonder weinig.

Ze liepen naar de achterkant van het Palazzo Vecchio en vergewisten zich ervan dat de uitgang op de Via dei Leone op slot was en dat de luiken voor de ramen erboven gesloten waren.

De enige deur die niet op slot was, was de hoofdingang van het palazzo.

'We komen hier naar buiten, lopen de trap af en de hoek om naar de Via Neri,' zei Pazzi.

'Mijn broer en ik zijn dan aan de Loggia-kant van het piazza. We zullen jullie op veilige afstand volgen. De anderen staan bij het Museo Bardini.'

'Ik heb ze gezien.'

'Ze hebben jou ook gezien,' zei Carlo.

'Maakt die beanbag veel herrie?'

'Niet zo heel veel, niet zo veel als een normaal geweer, maar je zult hem wel horen en Fell zal meteen vallen.' Carlo vertelde hem niet dat Piero de beanbag zou afschieten vanuit de schaduw voor het museum terwijl Pazzi en dr. Lecter nog in het licht liepen. Carlo wilde voorkomen dat Pazzi zou terugdeinzen van de doctor en hem daardoor zou waarschuwen voordat het schot viel.

'Je zult Mason moeten laten weten dat je hem in handen hebt. Vanavond nog,' zei Pazzi.

'Maak je nou maar geen zorgen. Die rotzak zal vanavond met Mason aan de telefoon hangen, smekend,' zei Carlo, met een zijdelingse blik op Pazzi, in de hoop diens gevoel van onbehagen te zien. 'Eerst zal hij Mason smeken hem te sparen en na verloop van tijd zal hij smeken om de dood.'

36

De avond viel en de laatste toeristen werden het Palazzo Vecchio uitgestuurd. Velen van hen, die de dreigende aanwezigheid van het middeleeuwse kasteel achter zich voelden toen ze zich over het piazza verspreidden, voelden zich genoopt zich om te draaien en een laatste blik te werpen op de borstwering hoog boven hen, die veel weg had van de tanden van een uitgeholde pompoen.

De schijnwerpers werden ontstoken, hun licht overspoelde de loodrecht oprijzende ruwe steen, verscherpte de schaduwen onder de hoge kantelen. De zwaluwen zochten hun nest op en de eerste vleermuizen verschenen, die op hun jacht meer last ondervonden van het elektrische gereedschap van de onderhoudslieden dan van het licht.

Binnen in het palazzo zou het eindeloze karwei ter conservering en onderhoud nog minstens een uur doorgaan, behalve in de Leliesalon, waar dr. Lecter een bespreking had met de voorman van de onderhoudsploeg.

De voorman, gewend aan de geldnood en onmogelijke eisen van de Belle Arti Commissie, vond de doctor niet alleen hoffelijk, maar ook uitermate gul.

Binnen enkele minuten hadden zijn mannen hun gereedschap opgeruimd, de grote vloerpoetsmachines en compressoren tegen de muren geschoven en hun kabels en elektrische snoeren opgerold. Haastig zetten ze de klapstoelen klaar voor de bijeenkomst van de Studiolo – niet meer dan een twaalftal stoelen waren nodig – en gooiden ze de ramen open om de lucht van verf en poets en de benodigdheden voor het aanbrengen van verguldsel te verdrijven.

De doctor wilde met alle geweld achter een behoorlijke lessenaar kunnen plaatsnemen, en een exemplaar zo groot als een preekstoel werd gevonden in het voormalige kantoor van Niccolò Machiavelli, grenzend aan de salon. De lessenaar werd tegelijk met de overheadprojector van het palazzo op een hoge steekwagen binnengebracht.

Het kleine scherm dat bij de projector hoorde, stond dr. Lecter niet aan en hij liet het weer afvoeren. In plaats daarvan probeerde hij zijn beelden levensgroot te projecteren op een van de canvas afdekkleden die ter bescherming van een reeds gerestaureerde wand waren opgehangen. Na enkele veranderingen te hebben aangebracht in de bevestigingspunten en de plooien te hebben gladgestreken, vond hij dat het doek zeer geschikt was voor het doel.

Hij markeerde de voor hem belangrijke passages in de lijvige boekdelen die op de lessenaar lagen en ging vervolgens voor het raam staan, met zijn rug naar het vertrek, terwijl de leden van de Studiolo in hun saaie, donkere pakken binnenkwamen en plaatsnamen. De onuitgesproken scepsis van de geleerden bleek overduidelijk toen zij de opstelling van de stoelen veranderden van een halve kring tot iets dat meer leek op een jurytribune.

Door de hoge ramen kon dr. Lecter de Duomo en Giotto's klokkentoren zien, zwart afgetekend tegen de westelijke hemel, maar Dantes geliefde doopkapel daaronder was niet te zien. De inmiddels brandende schijnwerpers benamen hem het uitzicht over het donkere piazza, waar de moordenaars hem opwachtten.

Terwijl deze mannen, de meest vooraanstaande geleerden ter wereld op het gebied van de Middeleeuwen en de Renaissance, zich op hun zitplaats installeerden, stelde dr. Lecter in zijn hoofd zijn voordracht op. In minder dan drie minuten had hij zich voorbereid. Het onderwerp was Dantes *Inferno* en Judas Iscariot.

Rekening houdend met de voorkeur van de Studiolo voor de pre-renaissance, begon dr. Lecter met de kwestie van Pier della Vigna, Logothete van het koninkrijk van Sicilië, wiens hebzucht hem een plekje in Dantes hel had bezorgd. Een halfuur lang luisterden zij geboeid naar de middeleeuwse intriges die tot Della Vigna's val hadden geleid.

'Della Vigna viel in ongenade en men stak hem de ogen uit voor zijn door hebzucht ingegeven ontrouw jegens de keizer,' zei dr. Lecter, die afstevende op zijn hoofdthema. 'Dantes pelgrim trof hem aan op het zevende niveau van het inferno, gereserveerd voor zelfmoordenaars. Net als Judas Iscariot vond hij de dood door middel van de strop.

Judas en Pier della Vigna en Ahithophel, de eerzuchtige raadsman van Absalom, worden in Dante met elkaar in verband gebracht door de hebzucht die hij in hen zag, gevolgd door verhanging.

Hebzucht en verhanging zijn met elkaar verbonden in het denken van de Oudheid en de Middeleeuwen: de heilige Hiëronymus schrijft dat Judas' achternaam, Iscariot, "geld" of "buit" betekent, terwijl volgens Vader Origen Iscariot is afgeleid van het Hebreeuwse "door verstikking" en dat zijn naam betekent "Judas de Verstikte".'

Dr. Lecter keek op van zijn lessenaar, wierp een vluchtige blik over zijn bril naar de deur.

'Ach, *Commendator* Pazzi, welkom. Aangezien u het dichtst bij de deur staat, zoudt u zo vriendelijk willen zijn het licht te dimmen? Dit zal u zeker interesseren, *Commendatore*, aangezien er zich reeds twee Pazzi's in Dantes *Inferno* bevinden...' De professoren van de Studiolo lieten een kakelend lachje horen. 'Ten eerste Camicion de' Pazzi, die een bloedverwant heeft vermoord, en hij is in afwachting van de aankomst van de tweede Pazzi – niet u, natuurlijk – maar Carlino, die zelfs nog lager in de hel terecht zal komen voor trouweloosheid en verraad jegens de Witte Welfen, de partij van Dante zelf.'

Een vleermuisje vloog door een van de openstaande ramen naar binnen en vloog een paar rondjes boven de hoofden van de professoren, in Toscane een vertrouwd verschijnsel, dat door iedereen genegeerd werd.

Dr. Lecter sprak verder op zijn voordrachtstoon: 'Hebzucht en verhanging, met elkaar verbonden sinds de Oudheid, een beeld dat telkens weer in de kunst terugkeert.' Dr. Lecter drukte op de schakelaar in zijn hand waardoor de projector tot leven kwam en een beeld reproduceerde op het doek dat de wand bedekte. De beelden volgden elkaar snel op terwijl hij sprak:

'Hier ziet u de, naar wij weten, oudste voorstelling van de kruisiging, uitgesneden in een ivoren kistje in Gallië om en nabij vierhonderd A.D. Het laat tevens de dood door verhanging van Judas zien, zijn gezicht naar de tak gewend waaraan hij hangt. En hier op een relikwieënkist uit Milaan, vierde eeuw, en een ivoren tweeluik uit de negende eeuw, Judas' verhanging. Hij kijkt nog altijd omhoog.'

Het vleermuisje fladderde voor het scherm langs, jagend op insecten.

'Op dit paneel, afkomstig van de deuren van de kathedraal van Benevento, zien we de hangende Judas, wiens ingewanden uit zijn lichaam vallen, zoals Lucas, de geneesheer, hem beschreef in de Handelingen der Apostelen. Hier hangt hij, omringd door harpijen, en boven hem in de lucht is het gezicht te zien van Kaïn-in-de-Maan, en hier is een afbeelding van de hand van uw eigen Giotto, opnieuw met uit zijn lichaam hangende ingewanden.

En ten slotte, hier, uit een vijftiende-eeuwse uitgave van het *Inferno*, ziet u Pier della Vigna's lichaam, hangend aan een bloedende boom.

Onnodig de onmiskenbare overeenkomst met Judas Iscariot te benadrukken.

Maar Dante had geen getekende illustratie nodig: Dante Alighieri bezat de gave Pier della Vigna, inmiddels in de hel, te laten spreken met moeizame, stokkende sisklanken, alsof hij nog altijd aan de strop hing. Luister naar zijn woorden als hij vertelt hoe hij, samen met de andere verdoemden, zijn eigen lijk naar een doornboom sleept en het daar ophangt:

> 'Surge in vermena e in pianta silvestra:
> l'Arpie, pascendo poi de le sue foglie,
> fanno dolore, e al dolor fenestra.'

Het gewoonlijk zo bleke gezicht van de doctor loopt rood aan terwijl hij voor de Studiolo de gorgelende, verstikte woorden van de gekwelde Pier della Vigna tot leven brengt, en tegelijkertijd met de schakelaar in zijn hand afwisselend de beelden oproept van Della Vigna en van Judas met zijn uit zijn lichaam bungelende ingewanden op het grote veld van het aan de wand hangende afdekkleed.

> 'Come l'altre verrem per nostre spoglie,
> ma non però ch'alcuna sen rivesta,
> chè non è giusto aver ciò ch'om si toglie.
>
> Qui le strascineremo, e per la mesta
> selva saranno i nostri corpi appesi,
> ciascuno al prun de l'ombra sua molesta.

Aldus gedenkt Dante, met behulp van klanken, de dood van Judas in de dood van Pier della Vigna, voor dezelfde misdaden, hebzucht en verraad.

Ahitophel, Judas, uw eigen Pier della Vigna. Hebzucht, verhanging, zelfvernietiging, waarbij hebzucht even zwaar weegt bij zelfvernietiging als verhanging. En wat zegt de anonieme Florentijnse zelfmoordenaar in zijn kwelling aan het slot van het canto?

> Io fei gibetto a me de le mie case.

> En ik – ik heb mijn eigen huis tot galg gemaakt.

Bij een volgende gelegenheid zoudt u wellicht Dantes zoon Pietro willen bespreken. Onvoorstelbaar genoeg was hij de enige van alle vroege schrijvers aan het dertiende canto die Pier della Vigna en Judas met elkaar in verband brengt. Ik denk tevens dat het interessant zou zijn om het kauwen in Dante onder de loep te nemen. Graaf Ugolino die kauwt op het achterhoofd van de aartsbisschop, Satan met zijn drie gezichten die Judas, Brutus en Cassius fijnkauwen, allen verraders, net als Pier della Vigna.

Ik dank u hartelijk voor uw aandacht.'

De geleerden applaudisseerden enthousiast, op hun droge, weinig luidruchtige wijze, en zonder het licht op te draaien nam dr. Lecter afscheid van hen, elk persoonlijk bij de naam noemend, met zijn armen vol boeken zodat hij hun geen hand hoefde te geven. Toen zij de zwakverlichte Leliesalon verlieten, leken ze de betovering van de voordracht met zich mee te nemen.

Dr. Lecter en Rinaldo Pazzi, alleen achtergebleven in het grote vertrek, hoorden het gekibbel over de voordracht onder de geleerden losbarsten terwijl ze de trap afliepen.

'Denkt u dat ik mijn baan heb weten veilig te stellen, *Commendatore*?'

'Ik ben geen geleerde, dr. Fell, maar iedereen kan zien dat ze onder de indruk waren. Doctor, als het u schikt, zal ik u naar huis begeleiden om de persoonlijke eigendommen van uw voorganger op te halen.'

'Dat zijn twee volle koffers, *Commendatore*, en u heeft al een aktetas bij u. Hoe wilt u alles meenemen?'

'Ik laat me door een politieauto bij het Palazzo Capponi ophalen.' Desnoods zou Pazzi aandringen.

'Uitstekend,' zei dr. Lecter. 'Geeft u me een minuut om alles op te bergen.'

Pazzi knikte en liep met zijn mobiele telefoon naar de hoge ramen, zonder Lecter uit het oog te verliezen.

Pazzi zag dat de doctor volmaakt rustig was. Van de verdiepingen onder hen klonk het geluid op van elektrisch gereedschap.

Pazzi toetste een nummer in en toen Carlo Deogracias opnam, zei Pazzi: 'Laura, *amore*, ik kom zo naar huis.'

Dr. Lecter nam zijn boeken van de lessenaar en stopte ze in een zak. Hij draaide zich om naar de projector, die nog aan stond, stof zweefde door de lichtstraal.

'Ik had ze deze moeten laten zien, hoe kan ik die nu toch over het hoofd hebben gezien?' Dr. Lecter projecteerde nog een tekening, een naakte man, bungelend onder de kantelen van het paleis. 'Deze zal u zeker interesseren, *Commendator* Pazzi, even zien of ik hem scherper kan stellen.'

Dr. Lecter rommelde met het apparaat en toen liep hij naar het geprojecteerde beeld op de wand, zijn zwarte silhouet op het doek even groot als de man met de strop om zijn hals.

'Ziet u wat het voorstelt? Verder uitvergroten lukt niet. Hier heeft de aartsbisschop hem gebeten. En onder hem staat zijn naam.'

Pazzi bleef bij dr. Lecter uit de buurt, maar toen hij naar de muur toe liep, rook hij een chemische stof en de gedachte schoot door zijn hoofd dat het waarschijnlijk iets was dat door de restaurateurs werd gebruikt.

'Kunt u de letters onderscheiden? "Pazzi" staat er, en daarnaast staat een grof gedicht. Dit is uw voorvader Francesco, hangend aan de buitenkant van het Palazzo Vecchio, onder deze ramen,' zei dr. Lecter. Hij ving Pazzi's blik boven de lichtstraal tussen hen in.

'Tussen twee haakjes, Signore Pazzi, ik moet u iets bekennen: ik denk er ernstig over om uw vrouw op te eten.'

Dr. Lecter liet het grote afdekkleed over Pazzi vallen. Pazzi maaide wild met zijn armen in een poging zijn hoofd vrij te maken terwijl zijn hart in zijn borst heen en weer sprong. Dr. Lecter stond opeens achter hem, sloeg een ongelooflijk sterke arm om zijn nek en drukte een met ether doordrenkte spons tegen het canvas dat Pazzi's gezicht bedekte.

Rinaldo Pazzi, krachtig om zich heen slaand, voeten en armen verstrikt in het canvas, voeten verstrikt in het doek, was toch nog in staat zijn hand om de greep van zijn pistool te leggen toen ze samen op de grond vielen. Hij probeerde de Beretta naar achteren te richten onder het verstikkende canvas, haalde de trekker over en schoot zich in zijn dij terwijl hij wegzonk in een zwarte draaikolk...

Het schot uit de kleine .380 onder het canvas maakte niet meer geluid dan het gehamer en geschuur op de verdiepingen onder hen. Niemand kwam de trap op. Dr. Lecter zwaaide de grote deuren van de Leliesalon dicht en vergrendelde ze...

Misselijk en kokhalzend kwam Pazzi weer bij bewustzijn, de smaak van ether in zijn keel en een drukkend gevoel in zijn borst.

Hij ontdekte dat hij nog in de Leliesalon was en dat hij zich niet kon bewegen. Rinaldi Pazzi stond rechtop, zo stijf als een grootvaders klok; het afdekkleed was om hem heen gewikkeld en vastgebonden met touw en hij was vastgezet aan de hoge steekwagen die de werklieden hadden gebruikt om de lessenaar te verplaatsen. Zijn mond was met tape dichtgeplakt. Een drukverband had het bloeden gestelpt van de kogelwond in zijn dijbeen.

Hem observerend, geleund tegen de katheder, moest dr. Lecter terugdenken aan die keer dat hij op precies dezelfde manier was vastgebonden toen hij op een steekwagen door de inrichting werd gereden.

'Kunt u mij horen, Signore Pazzi? Haalt u een paar keer diep adem, zo lang u dat nog kunt, en probeert u helder te denken.'

Dr. Lecters handen bleven bezig terwijl hij sprak. Hij had een grote vloerpoetsmachine het vertrek in gerold en hij werkte met het dikke, oranje elektriciteitssnoer, knoopte een strop in het uiteinde van het snoer. Het met rubber overtrokken snoer piepte toen hij de vanouds gebruikelijke dertien slagen aanbracht.

Met een laatste ruk was de strop klaar en hij legde hem op de lessenaar. De stekker stak tussen de windingen aan het eind van de strop uit.

Pazzi's pistool, zijn plastic handboeienstroken, de inhoud van zijn zakken en aktetas lagen op het spreekgestoelte.

Dr. Lecter snuffelde door de papieren. Hij liet het Carabinieri-dossier, dat zijn *permesso di soggiorno*, zijn werkvergunning, de foto's en negatieven van zijn nieuwe gezicht bevatte, tussen zijn overhemdfront en zijn borst glijden.

En hier was de partituur die dr. Lecter aan Signora Pazzi had uitgeleend. Hij pakte de partituur op en tikte ermee tegen zijn tanden. Hij sperde zijn neusvleugels open en ademde diep in, zijn gezicht vlak bij dat van Pazzi. 'Laura, als ik haar tenminste Laura mag noemen, gebruikt 's avonds een verrukkelijke handcrème, Signore. Glad. Eerst koud en daarna warm,' zei hij. 'De geur van oranjebloesems. Laura, *l'orange*. Ummmm. Ik heb de hele dag nog geen hap gegeten. De lever en nieren zouden meteen bij het avondeten opgediend kunnen worden – vanavond nog – maar de rest van het vlees moet in de huidige koele weersomstandigheden minstens een week hangen. Ik heb het weerbericht niet gezien, u misschien? Ik neem aan dat u "nee" bedoelt.

Als u mij vertelt wat ik weten moet, *Commendatore*, ben ik best bereid om zonder mijn maaltijd te vertrekken. Signora Pazzi zou dan ongedeerd blijven. Ik stel u enkele vragen en daarna zien we wel verder. U kunt mij vertrouwen, weet u, hoewel ik verwacht dat u moeite heeft met vertrouwen, aangezien u zichzelf kent.

In het theater besefte ik dat u wist wie ik was, *Commendatore*. Kreeg u het erg benauwd toen ik mij over de Signora's hand boog? Toen de politie niet kwam opdagen, begreep ik dat u mij had verkocht. Was Mason Verger de koper? Tweemaal knipperen voor ja, alstublieft.

Dank u, dat vermoedde ik al. Ik heb een keer het nummer gebeld

dat op zijn alomtegenwoordige aanplakbiljet staat afgedrukt, van ergens heel ver weg, gewoon voor de aardigheid. Staan zijn mannen
buiten te wachten? Juist, ja. En ruikt een van hen naar bedorven
zwijnenworst? Als ik het niet dacht. Hebt u iemand bij de Questura over mij verteld? Knipperde u slechts één keer? Dat vermoedde
ik al. Goed, ik wil dat u even nadenkt en mij uw inlogcode voor de
VICAP-computer in Quantico geeft.'
Dr. Lecter knipte zijn harpijmes open. 'Ik zal de tape van uw mond
verwijderen opdat u mij de code kunt geven.' Dr. Lecter stak zijn
mes omhoog. 'Probeert u niet te schreeuwen. Denkt u dat u kunt
nalaten te schreeuwen?'
Pazzi was hees door de ether. 'Ik zweer bij alles wat me lief is dat ik
de code niet ken. Ik kan er niet opkomen. We kunnen naar mijn auto gaan, daarin liggen papieren...'
Dr. Lecter draaide Pazzi met zijn gezicht naar het scherm en liet af-
wisselend het beeld van de verhangen Pier della Vigna en dat van
Judas met zijn uit zijn lichaam bungelende ingewanden zien.
'Waaraan geeft u de voorkeur, *Commendatore*? Ingewanden binnen
of buiten?'
'De code staat in mijn agenda.'
Dr. Lecter hield het boekje voor Pazzi's gezicht tot hij de aanteke-
ning had gevonden, genoteerd tussen telefoonnummers.
'En het is mogelijk van een afstand in te loggen, als bezoeker?'
'Ja,' zei Pazzi schor.
'Dank u, *Commendatore*.' Dr. Lecter kantelde de steekwagen naar
achteren en reed Pazzi naar de grote ramen.
'*Luister naar me!* Ik heb *geld*, man! Je zult *geld* nodig hebben om te
vluchten. Mason Verger zal niet opgeven. Nooit van zijn leven. Je
kunt niet naar huis gaan om *geld* te halen, ze houden je huis in de
gaten.'
Dr. Lecter legde twee planken van de steigerconstructie als een loopplank over de lage vensterbank en reed Pazzi op de steekwagen het
balkon op.
De wind was koud op Pazzi's natte gezicht. Hij sprak nu gehaast.
'U zult dit gebouw niet levend kunnen verlaten. Ik heb *geld*. Ik heb
honderdzestig miljoen lire in contanten, *honderdduizend* Amerikaanse dollars! Laat me mijn vrouw bellen. Ik vraag haar het geld
te pakken en in mijn auto te leggen en de auto voor het palazzo te
zetten.'
Dr. Lecter haalde zijn strop van het spreekgestoelte en bracht die
naar buiten, het oranje snoer sleepte achter hem aan. Het andere uiteinde was stevig vastgemaakt aan de zware vloerpoetsmachine.

Pazzi sprak nog steeds. 'Zodra ze buiten staat, kan ze me via mijn mobiele telefoon bellen en dan laat ze de auto staan. Ik heb een politiepas, ze kan over het plein naar de ingang rijden. Ze zal doen wat ik haar vraag. De auto *rookt*, man, je kunt vanuit het raam zien dat de motor draait, de sleutels zitten er dan in.'

Dr. Lecter kantelde Pazzi naar voren tegen het balkonhek. Het hek kwam tot zijn dijen.

Pazzi keek op het piazza neer en kon door de schijnwerpers de plek zien waar Savonarola was verbrand, waar hij had gezworen dr. Lecter aan Mason Verger te verkopen. Hij keek omhoog naar de wolken die laag overvlogen, gekleurd door de schijnwerpers, en hoopte vurig dat God hem kon zien.

Naar beneden is de afschuwelijke richting en hij kon het niet laten naar beneden te kijken, naar de dood, in de vergeefse hoop dat de stralenbundels van de schijnwerpers de lucht substantie zouden verlenen, dat ze hem op de een of andere manier zouden tegenhouden, dat hij aan de lichtbundels zou blijven hangen.

Het oranje rubberen overtrek van de snoerstrop lag koud om zijn hals, dr. Lecter stond vlak naast hem.

'*Arrivederci, Commendatore.*'

Een flits van de harpij over Pazzi's buik, een volgende uithaal verbrak zijn verbinding met de steekwagen en hij kantelde, hij viel over het hek met het oranje snoer achter zich aan, de grond kwam razendsnel op hem af, zijn mond was vrij om te schreeuwen, en binnen in de salon vloog de vloerpoetsmachine over de vloer en kwam met een klap tot staan tegen het hek. Pazzi's hoofd werd net een ruk omhooggetrokken, zijn nek brak en zijn ingewanden tuimelden naar buiten.

Pazzi en zijn aanhangsel zwaaiden heen en weer en tolden rond aan het eind van zijn strop tegen de ruwe muur van het door schijnwerpers verlichte paleis, stuiptrekkend in postume krampen maar niet stikkend, dood reeds, zijn reusachtige schaduw werd door de schijnwerpers op de muur geworpen, heen en weer zwaaiend terwijl zijn ingewanden onder hem in een kortere, snellere boog meezwaaiden en zijn mannelijkheid in een doodserectie uit de scheur in zijn broek stak.

Carlo en Matteo stormden een portiek uit en samen renden ze het piazza over naar de ingang van het palazzo, toeristen opzijduwend, waarvan er twee hun videocamera op het kasteel gericht hadden.

'Het is een truc,' zei iemand in het Engels toen hij langs hem heen rende.

'Matteo, hou de achterdeur in de gaten. Zodra hij naar buiten komt, afmaken en in stukken hakken,' zei Carlo, terwijl hij onder het rennen aan zijn mobiele telefoon morrelde. Hij rende nu het palazzo binnen, de trap op naar de eerste verdieping, toen naar de tweede. De grote deuren van de salon stonden op een kier. Binnen richtte Carlo zijn pistool op de gedaante die op de muur werd geprojecteerd, rende toen het balkon op, doorzocht binnen enkele seconden Machiavelli's kantoor.

Met zijn mobiele telefoon zocht hij contact met Piero en Tommaso, die in de bestelwagen voor het museum stonden te wachten. 'Ga naar zijn huis, hou zowel de voor- als de achterkant in de gaten. Maak hem af en snij hem in stukken.'

Carlo toetste nog een nummer. 'Matteo?'

Matteo's telefoon zoemde in zijn borstzak toen hij hijgend voor de afgesloten achterdeur van het palazzo stond. Hij had het dak afgespeurd en de donkere ramen, had de deur geprobeerd, zijn hand onder zijn jas op het pistool in zijn broeksband.

Hij klapte de telefoon open. 'Pronto!'

'Wat zie je?'

'De deur is op slot.'

'Het dak?'

Matteo keek nog eens omhoog maar was net te laat om te zien dat de luiken voor het raam boven hem openzwaaiden.

Carlo hoorde geritsel en een kreet uit de telefoon komen en hij zette het onmiddellijk op een lopen, de trap af, struikelde op een tussenbordes, krabbelde weer overeind en rende langs de bewaker voor de paleisingang, die nu buiten stond, de hoek om naar de achterkant van het paleis, waarbij hij enkele paartjes uiteenjoeg. Hij rende nu door het donker, de mobiele telefoon in zijn hand piepte als een klein diertje. Voor zich zag hij een gedaante, gehuld in een wit kleed, de straat oversteken en blindelings voor de wielen van een *motorino* rennen. De scooter smakte hem tegen de grond, de gedaante sprong weer overeind en botste tegen de ruit van een van de winkeltjes aan de overkant van de nauwe paleisstraat, draaide zich om en rende blindelings verder, een witte geestverschijning, gillend: 'Carlo! Carlo,' terwijl grote vlekken zich over het gescheurde canvas verspreidden dat hem bedekte. Carlo ving zijn broeder in zijn armen op, sneed de plastic handboeistrook om zijn hals door die het canvas strak over zijn hoofd op zijn plaats hield, het canvas was een bloederig masker. Hij trok het doek van Matteo af en zag dat hij zwaar gewond was, japen over zijn gezicht, over zijn buik, een diepe snee over zijn borst. Carlo liet hem even alleen, rende naar de hoek, keek in beide richtingen en rende toen terug naar zijn broer.

De sirenes kwamen naderbij, zwaailichten vulden het Piazza Signoria, en dr. Hannibal Lecter trok zijn manchetten een stukje onder zijn mouwen uit en kuierde op zijn gemak naar een *gelateria* aan het nabijgelegen Piazza de Giudici. Motoren en *motorinos* stonden langs de stoep geparkeerd.

Hij liep op een jongeman in leren motorkleding af, die juist een grote Ducati startte.

'Jongeman, ik ben ten einde raad,' zei hij, met een quasi-zielige glimlach op zijn gezicht. 'Mijn vrouw vermoordt me als ik niet binnen tien minuten op het Piazza Bellosguardo ben,' zei hij terwijl hij de jongeman een biljet van vijftigduizend lire voorhield. 'Mijn leven is me zoveel waard.'

'En dat is alles wat u wilt? Een lift?' zei de jongeman.

Dr. Lecter spreidde zijn handen. 'Een lift.'

De snelle motor schoot tussen het verkeer op de Lungarno door. Dr. Lecter zat ineengedoken achter de jonge motorrijder met een reservehelm op zijn hoofd die naar haarlak en parfum rook. De motorrijder kende goed de weg en reed door de Via de' Serragli naar het Piazza Tasso en de Via Villani, nam de smalle doorgang naast de kerk van San Francesco di Paola die uitkomt op de bochtige weg naar Bellosguardo, de fraaie woonwijk boven op de heuvel die vanuit het zuiden over Florence uitkijkt. Het gebrul van de grote Ducati-motor weerkaatste van de stenen muren langs de weg met het geluid van scheurend canvas, een aangenaam geluid in de oren van dr. Lecter, die meeboog met de bochten en de lucht van haarlak en goedkope parfum in zijn helm op de koop toenam. Hij liet zich door de jongeman afzetten bij de toegang tot het Piazza Bellosguardo, niet ver van het huis van graaf Montauto, waar Nathaniel Hawthorne had gewoond. De motorrijder stak zijn loon in het borstzakje van zijn leren motorpak, en al spoedig was het achterlicht van de motor verdwenen op de bochtige weg.

Dr. Lecter, verfrist door de rit, liep de laatste veertig meter naar de zwarte Jaguar, haalde de sleutels achter de bumper vandaan en startte de motor. Hij had een oppervlakkig schaafwondje op de muis van zijn hand. Zijn handschoen was omhoog gekropen toen hij het canvas afdekkleed over Matteo had gegooid en vanuit het raam op de eerste verdieping van het palazzo boven op hem was gesprongen. Hij stipte het wondje aan met het Italiaanse bacteriëndodend smeerseltje Cicatrine en het voelde meteen beter aan.

Terwijl de motor warm draaide, rommelde Dr. Lecter door zijn muziekcassettes. Zijn keus viel op Scarlatti.

37

Het turboprop ambulancetoestel steeg op boven de rode daken en zette koers naar Sardinië. De scheve toren van Pisa stak boven de vleugel uit toen de piloot een steilere draai maakte dan hij zou hebben gedaan als hij een levende patiënt had vervoerd.

Op de brancard die voor dr. Hannibal Lecter was bedoeld, lag nu het afkoelende lichaam van Matteo Deogracias. Zijn oudere broer Carlo zat naast het lichaam, zijn kleren waren stijf van het bloed.

Carlo Deogracias gelastte de verpleger een koptelefoon op te zetten en het volume op te draaien terwijl hij via zijn mobiele telefoon een gesprek voerde met Las Vegas, van waaruit het gecodeerde bericht werd doorgezonden naar de kust van Maryland...

Voor Mason Verger bestaat er weinig verschil tussen dag en nacht. Toevallig sliep hij nu. Zelfs de aquariumlampen waren uit. Masons hoofd lag opzijgedraaid op zijn kussen, zijn enkele oog altijd open net als de ogen van de grote murene, die eveneens sliep. De enige geluiden bestonden uit het regelmatige gesis en gezucht van het beademingstoestel en het zachte geborrel van de luchtpomp in het aquarium.

Boven deze constante geluiden uit klonk nu een ander geluid, zacht en dringend. Het gezoem van Masons privételefoon. Zijn bleke hand liep met zijn vingers als een krab naar het knopje van de telefoon. De luidspreker lag onder zijn kussen, de microfoon bevond zich vlak bij de jammerlijke resten van zijn gezicht.

Het eerste dat Mason hoorde, was het vliegtuig op de achtergrond en toen een walgelijk deuntje, 'Gli Innamorati'.

'Ik ben er. Vertel op.'

'Het is een bloederig *casino*,' zei Carlo.

'Vertel verder.'

'Mijn broer Matteo is dood. Hij ligt hier naast me. Pazzi is ook dood. Dr. Fell heeft ze allebei vermoord en is ontkomen.'

Mason reageerde niet meteen.

'U bent me tweehonderdduizend dollar schuldig voor Matteo,' zei Carlo. 'Voor zijn familie.' Een uitkering in geval van overlijden is een vanzelfsprekendheid bij Sardinische contracten.

'Dat begrijp ik.'

'Er zal een hoop gezeik over Pazzi losbarsten.'

'We moeten het gerucht verspreiden dat hij corrupt was,' zei Mason. 'Het zal een stuk schelen als ze dat weten. Was-ie eigenlijk corrupt?'

'Behalve deze kwestie, weet ik niks. En als ze via Pazzi het spoor naar u kunnen terugvolgen?'

'Daar kan ik wel wat aan doen.'

'En ik dan?' zei Carlo. 'Dit is lelijk uit de hand gelopen. Een hoofdinspecteur van de Questura is dood, daar komen we niet zomaar onderuit.'

'Jij hebt toch niets gedaan, wel dan?'

'Wij hebben niets gedaan, maar als de Questura mijn naam hiermee in verband brengt – *goddomme*! Dan houden ze me voor de rest van mijn leven in de gaten. Niemand zal nog zaken met me willen doen, ik zal nog geen scheet kunnen laten op straat. En Oreste? Wist hij wie hij had moeten filmen?'

'Ik geloof van niet.'

'De Questura zal vandaag of morgen dr. Fells ware identiteit ontdekken. Zodra Oreste het nieuws ziet, zal hij zijn conclusies trekken, alleen al door de timing.'

'Oreste is goed betaald. Van Oreste hebben we niets te vrezen.'

'U misschien niet, maar Oreste staat volgende maand voor de rechter in verband met een pornozaak. Hij heeft nu iets om mee te marchanderen. Als u dat nog niet wist, wordt het tijd om iemand een schop onder de kont te geven. Hebt u Oreste echt nodig?'

'Ik praat wel met Oreste,' zei Mason ontwijkend, met de welluidende stem van een radio-omroeper die uit zijn verwoeste gezicht opklonk. 'Carlo, ben je nog van de partij? Je wílt nu toch zeker dr. Fell vinden? Je móét hem vinden, voor Matteo.'

'Jawel, maar op uw kosten.'

'Hou dan de boerderij draaiend. Zorg dat de varkens volgens de regels tegen varkenskoorts en cholera gevaccineerd worden. Zorg voor kratten zodat we ze kunnen vervoeren. Heb je een geldig paspoort?'

'Ja.'

'Ik bedoel een echt góéd paspoort, Carlo, niet zo'n op een zolderkamertje in elkaar geflanst vod.'

'Ik heb een goed paspoort.'

'Je hoort nog van mij.'

Toen hij in het ronkende vliegtuig de verbinding verbrak, drukte Carlo per ongeluk op de automatische-keuzetoets van zijn mobiele telefoon. Matteo's telefoon begon hard te piepen in zijn dode hand, vastgehouden in de ijzeren greep van lijkstijfheid. Even hoopte Carlo dat zijn broer de telefoon naar zijn oor zou brengen. Murw toen hij weer besefte dat Matteo niet kon opnemen, drukte Carlo op de ophangtoets. Zijn gezicht vertrok en de verpleger wendde zijn blik van hem af.

38

Het Harnas van de Duivel met zijn gehoornde helm, is een schitterende vijftiende-eeuwse Italiaanse wapenrusting die sinds 1501 hoog aan de muur van de dorpskerk van Santa Reparata, ten zuiden van Florence, hangt. Afgezien van de elegante hoorns, in de vorm van die van een gems, zijn de puntige manchetten van de pantserhandschoenen aangebracht waar de schoenen behoren te zitten, onder aan de scheenplaten, in een toespeling op de gespleten hoeven van Satan.

Volgens de plaatselijke overlevering heeft een jongeman die het harnas droeg, terwijl hij de kerk passeerde, de naam van de Heilige Maagd ijdel gebruikt. Hij ontdekte later dat hij het harnas niet kon uittrekken voordat hij de Heilige Maagd om vergiffenis had gesmeekt. Hij schonk het harnas aan de kerk als blijk van zijn dankbaarheid. Het is een indrukwekkend voorwerp dat zijn nut heeft bewezen toen in 1942 een artilleriegranaat in de kerk ontplofte.

Het harnas, bedekt met een viltachtige laag stof, ziet vandaag neer op het kleine heiligdom waar de mis juist op zijn eind loopt. Wierook stijgt omhoog, kringelt door het lege vizier.

Slechts drie personen wonen de mis bij, twee bejaarde vrouwen, beiden in zwart gekleed, en dr. Hannibal Lecter. Alle drie gaan ter communie, hoewel dr. Lecter met lichte tegenzin de beker met zijn lippen beroert.

De priester voltooit de benedictie en trekt zich terug. De vrouwen verlaten de kerk. Dr. Lecter zet zijn gebeden voort tot hij alleen is in het heiligdom.

Vanaf de orgeltribune kan dr. Lecter door zich over het hek te buigen, houvast zoekend tussen de hoorns, het stoffige vizier van het duivelsharnas optillen. Binnen in de helm is een vishaakje aan de bovenrand van het halsstuk gehaakt, waaraan een touwtje is bevestigd. Aan dat touwtje hangt in het borstharnas, op de plek waar het hart zich zou bevinden, een pakje. Voorzichtig trekt dr. Lecter het pakje naar zich toe.

Een pakje: paspoorten van de beste Braziliaanse makelij, identiteitspapieren, contant geld, bankboekjes, sleutels. Hij stopt het pakje onder zijn arm in zijn jas.

Dr. Lecter geeft niet vaak toe aan gevoelens van spijt, maar het speet hem nu dat hij Italië moest verlaten. In het Palazzo Capponi bevonden zich bepaalde dingen die hij graag zou hebben opgezocht en gelezen. Hij zou graag op het klavecimbel hebben gespeeld en wellicht iets gecomponeerd hebben, hij zou graag een maaltijd hebben bereid voor de weduwe Pazzi, als zij haar verdriet eenmaal te boven was gekomen.

39

Terwijl het bloed nog steeds uit het bungelende lichaam van Rinaldo Pazzi druppelde om op de hete schijnwerpers onder het Palazzo Vecchio geroosterd te worden en als rook op te stijgen, liet de politie hem door de brandweer naar beneden halen.

De *pompieri* gebruikten een schuifladder op hun ladderwagen. Nuchter als altijd, en met de zekerheid dat de man dood was, namen ze de tijd om Pazzi naar beneden te halen. Het was een delicaat karwei, aangezien ze de naar buiten bungelende ingewanden tegen het lichaam omhoog moesten duwen en een net over het geheel moesten trekken, voordat ze een lijn aan het lichaam konden bevestigen om hem naar de grond te laten zakken.

Toen het lichaam de uitgestrekte armen van de mannen op de grond bereikte, was dat voor *La Nazione* een uitgelezen moment om een foto te maken, een foto die veel lezers deed denken aan de beroemde schilderijen van de kruisafneming.

De politie liet de strop om de hals tot er vingerafdrukken genomen waren, en sneed toen in het midden van de strop het dikke elektriciteitssnoer door teneinde de knoop intact te laten.

Vele Florentijnen waren ervan overtuigd dat het een spectaculaire zelfmoord betrof, dat Rinaldo Pazzi zelf zijn handen had vastgebonden in de stijl van een gevangeniszelfmoord, waarbij ze voorbijgingen aan het feit dat zijn voeten eveneens vastgebonden waren. Binnen een uur was via de lokale omroep te horen dat Pazzi niet alleen zich had verhangen maar bovendien met een mes harakiri had gepleegd.

De politie wist wel beter – uit de doorgesneden banden op het balkon en aan de steekwagen, Pazzi's ontbrekende pistool, ooggetuigenverslagen van Carlo, die het Palazzo was ingestormd, en de bloederige, met een doek overdekte gedaante die blindelings achter het Palazzo Vecchio was weggerend, wisten ze dat Pazzi vermoord was. Toen besloot het Italiaanse publiek dat *Il Mostro* Pazzi had vermoord.

De Questura begon met de onfortuinlijke Girolamo Tocca, die er ooit van beschuldigd was *Il Mostro* te zijn. Ze pakten hem thuis op en voor de tweede keer stond zijn vrouw midden op weg luidkeels te jammeren toen de auto wegreed. Zijn alibi was waterdicht. Op het bewuste tijdstip had hij in zicht van een priester in een café aan de Ramazzotti gezeten. Tocca werd in Florence vrijgelaten en moest per bus naar San Casciano terug, op eigen kosten.

Het personeel in het Palazzo Vecchio werd in de eerste uren ondervraagd en daarna was het de beurt aan de leden van de Studiolo.

De politie kon dr. Fell nergens vinden. Zaterdag tegen de middag was alle aandacht op hem gericht. De Questura bedacht dat Pazzi de opdracht had gekregen zich in de verdwijning van dr. Fells voorganger te verdiepen.

Een medewerker bij de Carabinieri meldde zich met de mededeling dat Pazzi onlangs een *permesso di soggiorno* had nagetrokken. Voor Fells dossiers, met inbegrip van zijn foto's, aangehechte negatieven en vingerafdrukken, was voor ontvangst getekend onder een valse naam in een handschrift dat zo op het oog van Pazzi was. In Italië bestaat nog geen landelijk geautomatiseerde dossierregistratie en de *permessos* worden op plaatselijk niveau afgegeven.

Via immigratieregisters wist men Fells paspoortnummer te achterhalen, waardoor de link met Brazilië werd gelegd.

Desondanks ging bij de politie nog steeds geen lampje branden met betrekking tot de ware identiteit van dr. Fell. Er werden vingerafdrukken genomen van de wikkelingen om de strop, van het spreekgestoelte, de steekwagen en de keuken van het Palazzo Capponi. Aangezien men de beschikking had over een groot aantal kunstenaars, kwam binnen enkele minuten een schets van dr. Fell tot stand. Tegen zondagochtend, Italiaanse tijd, had een vingerafdrukspecialist in Florence moeizaam, punt voor punt, vastgesteld dat de vingerafdrukken op het spreekgestoelte, de strop en dr. Fells keukengerei in het Palazzo Capponi van een en dezelfde man afkomstig waren.

De duimafdruk van Hannibal Lecter op het biljet dat op het hoofdbureau van de Questura hing, werd niet onderzocht.

De vingerafdrukken van de plaats van het misdrijf werden op zondagavond naar Interpol gestuurd en kwamen vervolgens automatisch op het hoofdbureau van de FBI in Washington, D.C. terecht, tegelijk met zevenduizend andere setjes vingerafdrukken afkomstig van plaatsen waar misdrijven hadden plaatsgevonden. Toen de vingerafdrukken uit Florence werden ingevoerd in het geautomatiseerde vingerafdruk-classificatiesysteem, werd een dermate belangrijke combinatie geregistreerd dat een geluidssignaal opklonk in het kantoor van de adjunct-directeur, die verantwoordelijk was voor de afdeling identificatie. De agent die die nacht dienst had, keek naar het gezicht en de vingers van Hannibal Lecter, die traag uit de printer te voorschijn kwamen en belde de adjunct-directeur thuis, die op zijn beurt eerst de directeur belde en vervolgens Krendler van de afdeling Justitie.

Masons telefoon ging over om halftwee 's nachts. Hij veinsde verbazing en interesse.

Jack Crawfords telefoon ging over om vijf minuten over halftwee. Hij bromde wat en liet zich vervolgens omrollen naar de triest lege kant van zijn echtelijke sponde, waar zijn overleden vrouw, Bella, vroeger had gelegen. Die plek was koel en hij leek daar beter te kunnen denken.

Clarice Starling kreeg als laatste te horen dat dr. Lecter opnieuw had toegeslagen. Nadat ze de hoorn had neergelegd, bleef ze geruime tijd onbeweeglijk in het donker liggen. Haar ogen brandden om de een of andere duistere reden, maar ze huilde niet. Toen ze vanaf haar kussen omhoog keek, zag ze zijn gezicht in de trillende duisternis. Het was natuurlijk dr. Lecters oude gezicht.

40

De piloot van het ambulancetoestel weigerde in het donker te landen op de korte, onbewaakte landingsbaan van Arbatax. Ze landden in Cagliari, vulden de brandstofvoorraad aan en bleven vervolgens staan wachten tot het weer licht werd, waarna ze in het licht van een spectaculaire zonsopgang langs de kust vlogen. De opgaande zon verleende Matteo's levenloze gezicht een misleidend roze gloed.

Een vrachtwagen met daarin een doodkist stond hen op de landingsbaan van Arbatax op te wachten. De piloot begon over geld te zaniken en Tommaso stapte in de vrachtwagen voordat Carlo hem in zijn gezicht sloeg.

Na een rit van drie uur door de bergen waren ze weer thuis.

Carlo liep in zijn eentje naar het ruw-houten afdak dat hij samen met Matteo had gebouwd. Alles was klaar om aan de slag te gaan, de camera's stonden opgesteld om Lecters dood te filmen. Carlo stond onder het voortbrengsel van Matteo's handen en bekeek zich in de grote rococospiegel boven de varkenskooi. Hij keek om zich heen naar de planken die ze samen hadden verzaagd, hij dacht terug aan Matteo's grote, vierkante handen op de zaag en hij slaakte een luide kreet, een kreet uit de grond van zijn gekwelde hart, die tussen de bomen weergalmde. Snuiten met slagtanden kwamen te voorschijn vanuit het struikgewas van de bergwei.

Piero en Tommaso, zelf broers, lieten hem met rust.

In de bergwei zongen vogels.

Met zijn ene hand zijn gulp dichtknopend en zwaaiend met zijn mobiele telefoon in zijn andere hand, kwam Oreste Pini het huis uit gelopen. 'Dus jullie hebben Lecter niet te pakken gekregen. Pech.'

Carlo leek hem niet te horen.

'Luister, het is nog geen verloren zaak. Misschien lukt het ons toch nog,' zei Oreste Pini. 'Ik heb Mason aan de lijn. Hij wil een *simulado*. Iets wat hij Lecter kan laten zien als-ie hem te pakken krijgt. Nu we toch alles hebben voorbereid. We hebben een lijk – volgens Mason niet meer dan een ingehuurde schurk. Mason stelt voor dat we hem, eh, een beetje heen en weer trekken onder het hek als de varkens te voorschijn komen, en tegelijk de bandopname afspelen. Hier, praat met Mason.'

Carlo draaide zich om en keek Oreste aan alsof hij net van de maan was komen aanvliegen. Eindelijk pakte hij de mobiele telefoon aan. Tijdens het gesprek met Mason klaarde zijn gezicht op en een zekere vrede leek bezit van hem te nemen.

Carlo klapte de mobiele telefoon dicht. 'Aan de slag,' zei hij.

Carlo sprak met Piero en Tommaso en met hulp van de cameraman droegen ze de doodkist naar het afdak.

'Die moet niet zo dichtbij staan dat-ie in beeld komt,' zei Oreste. 'Laten we eerst opnames maken van de rondlopende dieren en daarna zien we wel verder.'

Toen ze de activiteit onder het afdak gewaar werden, kwamen de eerste varkens hun schuilplaats uit.

'*Giriamo!*' riep Oreste.

Ze kwamen aangerend, de wilde zwijnen, bruin en zilverkleurig, groot – ze zouden tot een man z'n heup komen – met een brede borstkas, lange haren, zich op hun kleine hoeven voortbewegend met de snelheid van een wolf, intelligente oogjes in hun satanische snuiten, indrukwekkende nekspieren onder de rand opstaande haren op hun rug, in staat een man met hun grote, verscheurende slagtanden de lucht in te tillen.

'*Pronti!*' riep de cameraman.

Ze hadden al drie dagen niet gegeten, een hele rij kwam nu op hen afgestormd, niet in het minst afgeschrokken door de mannen achter het hek.

'*Motore!*' riep Oreste.

'*Partito!*' schreeuwde de cameraman.

De varkens bleven op een afstand van tien meter van het afdak abrupt staan, in een onrustige, trappelende rij, een heg van hoeven en slagtanden, de zwangere zeug in het midden. Ze maakten een voortdurende golfbeweging naar voren en weer terug, zoals aanvallende spelers bij football dat doen, en Oreste bekeek ze door zijn tot een omlijsting gevormde handen.

'*Azione!*' schreeuwde hij tegen de Sardiniërs, en Carlo, die hem van achteren besloop, stak zijn mes in de plooi van zijn achterwerk waardoor hij het op een krijsen zette. Toen greep hij Oreste bij de heupen en duwde hem voorover de kooi in, en de varkens vielen aan. Oreste probeerde overeind te komen, had zich net op één knie gewerkt toen de zeug hem in de ribben raakte en hem ondersteboven gooide. Toen sprongen ze boven op hem, grommend en krijsend, twee wilde zwijnen die aan zijn gezicht rukten, kregen zijn kaak te pakken en trokken die als een vorkbeentje uit elkaar. Opnieuw slaagde Oreste er bijna in om overeind te komen, maar opnieuw werd hij op de grond gegooid, zijn buik ontbloot en opengescheurd, zijn armen en benen zwaaiden boven de krioelende ruggen uit, krijsende kaakloze Oreste, niet meer in staat woorden te vormen.

Carlo hoorde een schot en draaide zich om. De cameraman had zijn draaiende camera in de steek gelaten en had geprobeerd weg te komen, maar hij was niet snel genoeg geweest om te ontkomen aan Piero's geweer.

De varkens begonnen in ernst te eten, sleepten dingen weg.

'Het lazarus met je *azione*,' zei Carlo, en hij spuugde op de grond.

DEEL DRIE

NAAR DE NIEUWE WERELD

41

Mason Verger was omgeven door een angstvallige stilte. Zijn personeel behandelde hem alsof hij een kind had verloren. Wanneer hem gevraagd werd hoe hij zich voelde, zei hij: 'Ik voel me alsof ik net een bom duiten heb neergeteld voor een dode spaghettivreter.'

Nadat hij een paar uur had geslapen, wilde Mason dat er kinderen naar de speelkamer naast zijn vertrek werden gebracht en wilde hij praten met een of twee van de grootste probleemgevallen, maar kinderen met ernstige problemen waren niet onmiddellijk voorhanden en de tijd ontbrak om zijn leverancier in de sloppen van Baltimore te vragen er een paar voor hem in de problemen te brengen.

Toen dat niet doorging, liet hij zijn verpleger Cordell een aantal sierkarpers verminken en die bij de paling in de bak gooien totdat de paling geen hap meer kon eten en zich terugtrok tussen zijn rotsen, het water troebel roze en grijs en vol iriserende, gouden draadjes.

Hij probeerde zijn zuster Margot te treiteren, maar zij nam haar toevlucht tot de trainingsruimte en negeerde urenlang zijn oproepen. Zij was de enige in Muskrat Farm die het waagde Mason te negeren.

Een korte, door een toerist gemaakte video-opname van de dood van Rinaldo Pazzi werd, zwaar geredigeerd, tijdens de nieuwsuitzending van zaterdagavond uitgezonden, voordat vast was komen te staan dat dr. Lecter de moordenaar was. Onherkenbaar gemaakte delen van de beelden bespaarden de kijkers de anatomische details.

Masons secretaresse had onmiddellijk de telefoon gepakt om de onbewerkte band te bemachtigen. Die arriveerde vier uur later per helikopter.

De herkomst van de videoband was vreemd te noemen.

Van de twee toeristen die op het moment van Rinaldo Pazzi's dood opnames maakten van het Palazzo Vecchio, was de ene in paniek geraakt en had de camera op het moment van de val weggedraaid. De andere toerist, een Zwitser, had het hele incident met vaste hand gefilmd, was zelfs met de camera omhooggegaan langs het verende, zwaaiende snoer.

Deze amateurfilmer, Viggert genaamd, werkzaam bij een patentbureau, was bang geweest dat de politie de videoband in beslag zou nemen en die gratis aan de RAI Italiaanse televisie ter beschikking zou stellen. Hij had onmiddellijk zijn advocaat in Lausanne gebeld en maatregelen getroffen om de beelden auteursrechtelijk te laten beschermen, en had de rechten na een ware opbodslag aan het ABC televisienieuws verkocht. De *New York Post* verkreeg de eerste feuilletonrechten, gevolgd door de *National Tattler*.

De tape kreeg onmiddellijk een plaatsje tussen de klassieke horrorspektakels – Zapruder, de moord op Lee Harvey Oswald en de zelfmoord van Edgar Bolger – maar Viggert zou spijt krijgen als haren op zijn hoofd dat hij de band zo snel had verkocht, nog voordat dr. Lecter van de misdaad was beschuldigd.

De kopie van de vakantietape van de familie Viggert was compleet. We zien de Zwitserse familie Viggert luttele uren voor het incident bij het Palazzo Vecchio plichtsgetrouw in de Accademia de ballen van David van alle kanten bekijken.

Mason, die de video met zijn ene bebrilde oog bekeek, had weinig belangstelling voor het dure stuk vlees dat stuiptrekkend aan het uiteinde van het elektriciteitssnoer hing. De korte geschiedenisles die *La Nazione* en *Corriere della Sera* hun lezers voorschotelden over de twee Pazzi's die vanuit hetzelfde raam waren opgehangen, de een vijfhonderdtwintig jaar na de ander, interesseerde hem evenmin. Wat hem fascineerde, het gedeelte dat hij keer op keer terugspoelde en opnieuw afdraaide, betrof de opname toen de camera het verende snoer omhoog had gevolgd naar het balkon, waar een tengere gedaante in een schimmig silhouet stond afgetekend tegen het zwakke licht in het Palazzo, wuivend. Wuivend naar Mason. Dr. Lecter wuifde naar Mason, zijn hand wapperend vanuit zijn pols, op de manier dat je gedag zwaait naar een kind.

'Tot ziens,' antwoordde Mason vanuit zijn duisternis. 'Tot ziens.' De welluidende radiostem trilde van woede.

42

Toen dr. Lecter was geïdentificeerd als de moordenaar van Rinaldo Pazzi, kreeg Clarice Starling plotseling een serieuze taak, goddank. Ze werd de feitelijke contactpersoon op laag niveau tussen de FBI en de Italiaanse autoriteiten. Het was fijn om je op één enkele taak te kunnen concentreren.

Starlings wereld was sinds de drugsinval die was uitgelopen op een schietpartij, sterk veranderd. Zij en de andere overlevenden van de Feliciana Vismarkt verkeerden nu al tijden in een soort administratief vagevuur in afwachting van een rapport van het ministerie van justitie aan een secundaire gerechtelijke subcommissie van het Huis van Afgevaardigden.

Nadat ze de röntgenopname van Lecter had gevonden, had Starling haar tijd doorgebracht als hoog gekwalificeerde uitzendkracht, als invaller op de nationale politieacademie in Quantico voor instructeurs die ziek ofwel op vakantie waren.

De hele herfst en winter was Washington in de ban geweest van een schandaal in het Witte Huis. De schuimbekkende hervormers maakten er meer woorden aan vuil dan de trieste kleine zonde waard was, en de president van de Verenigde Staten had kilometers door het stof gekropen in een poging aan een afzettingsprocedure te ontkomen. Temidden van dit circus werd de onbeduidende kwestie van het bloedbad bij de Feliciana Vismarkt aan de kant geschoven.

Met elke dag die verstreek werd Starling zich sterker bewust van een meedogenloos feit: de federale dienst zou voor haar nooit meer dezelfde zijn. Ze was gebrandmerkt. Voorzichtigheid droop van de gezichten van haar collega's als die met haar te maken kregen, alsof ze een besmettelijke ziekte had. Starling was jong genoeg om door dit gedrag verrast en teleurgesteld te zijn.

Het was fijn om bezig te zijn – aanvragen van de Italianen voor informatie over Hannibal Lecter stroomden bij Gedragswetenschappen binnen, meestal in duplo – een kopie werd meestal doorgestuurd door het ministerie van buitenlandse zaken. Starling deed haar best om aan alle verzoeken te voldoen, de faxlijnen stonden roodgloeiend en per e-mail verstuurde ze het ene Lecter-dossier na het andere. Het had haar verbaasd te ontdekken hoeveel van het bijkomstige materiaal tijdens de zeven jaar na de ontsnapping van de doctor verstrooid was geraakt.

Haar kleine hok in de kelder van Gedragswetenschappen lag boordevol papier, vlekkerige faxen uit Italië, kopieën van de Italiaanse documenten.

Wat kon ze naar Italië opsturen waar ze iets aan zouden hebben? De informatie waar ze zich in vastbeten, betrof dat ene bezoek via de Questura-computer aan het VICAP-Lecter-dossier in Quantico een paar dagen voor Pazzi's dood. De Italiaanse pers gebruikte dit om Pazzi's naam te zuiveren, stelde dat hij zich heimelijk had ingespannen om dr. Lecter te vangen om op die manier zijn eerherstel te verwezenlijken.

Anderzijds vroeg Starling zich af welke informatie met betrekking tot de moord op Pazzi hun hier van nut zou kunnen zijn, in het geval dat de doctor naar de Verenigde Staten terugkeerde.

Jack Crawford was niet vaak in de buurt om haar met goede raad bij te staan. Hij moest regelmatig voor de rechtbank verschijnen en naarmate zijn pensionering naderde, moest hij steeds vaker bij openbare zittingen getuigen. Hij meldde zich om de haverklap ziek en als hij al op kantoor was, leek zijn afstandelijkheid met de dag toe te nemen. Bij het idee dat ze het zonder zijn raad zou moeten stellen, kreeg Starling het Spaans benauwd.

Tijdens haar jaren bij de FBI had Starling al heel wat meegemaakt. Ze wist dat er, zodra dr. Lecter opnieuw in de Verenigde Staten zou toeslaan, in het Congres een storm van gewichtigdoenerij zou opsteken, dat er bij Justitie een enorm gebrul van kritiek-achteraf zou opstijgen, en dat dan pas echt de koppen zouden rollen. De afdelingen Douane en Grenscontrole zouden als eerste aan de beurt komen omdat ze hem hadden binnengelaten.

Het rechtsgebied waarbinnen de misdaad gepleegd was zou alles opvragen dat betrekking had op Lecter en de FBI-activiteiten zouden via het plaatselijke filiaal worden geleid. Zodra de doctor dan ergens anders opnieuw zou toeslaan, zou alles worden verplaatst.

Als hij gepakt werd, zouden de autoriteiten allemaal met de eer willen strijken en zou er een gevecht ontstaan alsof een stel beren om een bloederige zeehond vochten.

Het was Starlings taak om zich voor te bereiden op de mogelijkheid van zijn terugkomst, ongeacht of die ooit zou plaatsvinden, en alle vermoeiende details van wat er zou gebeuren tijdens en na het onderzoek van zich af te zetten.

Ze stelde zichzelf een simpele vraag die op de ellebogenwerkers als banaal zou zijn overgekomen: hoe zou ze datgene kunnen doen dat ze gezworen had te zullen doen? Hoe kon ze de bevolking beschermen en hem vangen als hij opdook?

Het was duidelijk dat dr. Lecter over uitstekende papieren beschikte en genoeg geld had. Hij was briljant als het erop aankwam zich schuil te houden. Neem bijvoorbeeld de elegante eenvoud van zijn eerste schuilplaats na zijn ontsnapping in Memphis – hij had zijn intrek genomen in een vier-sterrenhotel naast een bekende kliniek voor plastische chirurgie in St. Louis. De helft van de gasten liep met het gezicht in verband. Dus wikkelde Lecter een verband om zijn eigen gezicht en leefde als een vorst met het geld van een dode.

Tussen de honderden stukjes papier in haar kamertje lagen ook de roomservicebonnen uit St. Louis. Astronomisch. Honderdvijfentwintig dollar voor een fles Bâtard-Montrachet. Wat zal hij daarvan genoten hebben na al die jaren gevangeniseten.

Ze had kopieën opgevraagd van alle stukken uit Florence en de Italianen waren zo vriendelijk geweest alles op te sturen. Aan de kwaliteit van de kopieën te zien kreeg ze de indruk dat die met behulp van een roetspuit waren vervaardigd.

Er was geen enkele orde in te ontdekken. Hier had ze dr. Lecters persoonlijke papieren uit het Palazzo Capponi. Enkele aantekeningen over Dante in zijn vertrouwde handschrift, een briefje voor de schoonmaakster, een bon van de Florentijnse delicatessenzaak Vera dal 1926 voor twee flessen Bâtard-Montrachet en wat *tartufi bianchi*. Dezelfde wijn, maar wat was dat andere? Starling zocht het op in haar *Bantam New College Italian & English Dictionary* en ontdekte dat het witte truffels waren. Ze belde met de chefkok van een goed Italiaans restaurant in Washington en vroeg hem wat dat precies waren. Toen hij na vijf minuten nog niet was uitgejubeld over de smaak, maakte ze met een smoesje een eind aan het gesprek.

Smaak. De wijn, de truffels. Een verfijnde smaak in alles was de constante factor tussen dr. Lecters leven in Amerika en dat in Europa, tussen zijn leven als gevierd geneesheer en dat als voortvluchtig monster. Zijn gezicht mocht dan veranderd zijn, zijn voorkeuren waren dat zeer zeker niet en hij was er bepaald niet de man naar zich ook maar iets te ontzeggen.

Smaak was een teer punt voor Starling, omdat dr. Lecter haar op dat punt het eerst had weten te raken, door haar een compliment te maken over haar handtas, maar de draak te steken met haar goedkope schoenen. Hoe had hij haar genoemd? Een propere, hard werkende plattelandsvrouw met een bekrompen smaak.

Smaak was iets wat ze ontbeerde in de dagelijkse routine van haar eentonige leven, zuiver functionele spullen in een op werk gerichte omgeving.

Tegelijkertijd begon ze haar vertrouwen in de standaard werkwijze kwijt te raken, zodat ruimte ontstond voor iets anders.

Starling had de buik vol van techniek. Vertrouwen in techniek is de religie van risicovolle beroepen. Om het tijdens een schietpartij tegen een gewapende misdadiger op te kunnen nemen of vechtend met hem over de grond te rollen, moet je eenvoudigweg geloven dat je door een perfecte techniek, harde training, gegarandeerd onoverwinnelijk bent. Dit is niet waar, vooral niet bij schietpartijen. Je kunt zorgen dat de weegschaal naar jouw kant overhelt, maar als je maar bij genoeg schietpartijen betrokken raakt, wordt een daarvan onherroepelijk je dood.

Starling had het meegemaakt.

Hoe moest Starling nu verder, met al die twijfels over de religie van techniek?

In haar ellende, in de knagende eentonigheid van haar dagen, begon ze zich in vormen te verdiepen. Ze begon gehoor te geven aan haar intuïtieve reacties op bepaalde dingen, zonder de waarde ervan te becijferen of zelfs maar in woorden te willen vangen. In deze dagen viel het haar op dat haar leesgewoontes waren veranderd. Vroeger moest ze altijd het onderschrift lezen voordat ze naar de foto keek. Nu niet meer. Soms las ze de onderschriften niet eens meer.

Jarenlang had ze modebladen stiekem gelezen, met een schuldgevoel alsof het pornografie was. Nu begon ze aan zichzelf toe te geven dat iets in die foto's haar verlangen opwekte. Binnen het raamwerk van haar geest, gegalvaniseerd door de lutheranen om roestvorming te voorkomen, voelde ze zich alsof ze toegaf aan een verrukkelijke perversie.

Ze zou hoe dan ook mettertijd haar strategie hebben uitgewerkt, maar ze werd nu geholpen door haar innerlijke ommekeer. Die stuwde haar in de richting van het idee dat dr. Lecters smaak voor exclusieve dingen, beperkt verkrijgbare dingen, weleens de rugvin van het monster zou kunnen blijken die, zodra hij boven water kwam, zijn verblijfplaats zou verraden.

Door geautomatiseerde klantenlijsten met elkaar te vergelijken, zou Starling misschien in staat zijn een van zijn vele identiteiten te achterhalen. Om dit te doen moest ze zijn voorkeuren kennen. Ze moest hem beter leren kennen dan wie dan ook.

Hoeveel dingen kan ik opnoemen waarvan ik weet dat die hem genoegen verschaffen? Muziek verschaft hem genoegen, wijn, boeken, eten. En ik.

De eerste stap in de ontwikkeling van smaak is de bereidheid je eigen mening eerlijk te beoordelen. Op het gebied van eten, wijn en muziek, zou Starling het moeten doen met wat ze van de gewoontes van de doctor wist, op basis van wat hij in het verleden had gekozen, maar op één gebied wist ze minstens evenveel als hij. Auto's. Starling was een autofanaat, zoals iedereen die een blik op haar auto wierp onmiddellijk wist.

Voordat dr. Lecter in ongenade was gevallen, had hij in een *supercharged* Bentley gereden, zonder turbocompressor. Op bestelling opgevoerd met een Rootes-compressor, geen turbovertraging dus. Ze bedacht al snel dat de markt voor een Bentley op maat bijzonder klein is en dat hij een risico zou nemen als hij op dezelfde auto terug zou vallen.

Wat zou hij nu kopen? Ze kende de gewaarwording die hij nastreefde. Een grote achtcilindermotor met compressor, met weinig energieverlies. Wat zou zij zelf kopen op de huidige markt?

Daar hoefde ze niet lang over na te denken, een supercharged Jaguar xjr sedan. Ze stuurde een fax naar de Jaguar-dealers aan de Oost- en Westkust waarin ze verzocht om hun wekelijkse verkooplijsten. Wat kon ze nog meer bedenken? Was er nog iets wat dr. Lecter genoegen verschafte en waar Starling veel over wist?

Hij beleeft genoegen aan mij, dacht ze.

Had hij niet buitengewoon snel gereageerd op haar benarde situatie? Vooral als je de vertraging in aanmerking nam van de verzending via een post-herverzendingsdienst. Jammer genoeg was het spoor van de frankeermachine op niets uitgelopen – de machine stond op zo'n drukke plek dat elke dief er gebruik van kon maken.

Hoe snel lag de *National Tattler* in Italië in de winkel? Daarin had hij kennis kunnen nemen van Starlings moeilijkheden, want ze hadden een exemplaar van het blad in het Palazzo Capponi gevonden. Had het sensatieblad een website? Als hij in Italië de beschikking had gehad over een computer, had hij bovendien een samenvatting van de schietpartij kunnen vinden op de algemeen toegankelijke website van de FBI. Wat kon ze te weten komen over dr. Lecters computer?

Op de lijst van persoonlijke eigendommen die men in het Palazzo Capponi had aangetroffen stond geen computer vermeld.

Maar toch, ze wist dat ze iets had gezien. Ze haalde de foto's van de bibliotheek in het Palazzo Capponi te voorschijn. Op een van de foto's stond het fraaie bureau waaraan hij die brief aan haar had zitten schrijven. Op het bureau stond een computer. Een Philips-laptop. Op latere foto's was die verdwenen.

Met behulp van haar woordenboek stelde Starling moeizaam een fax op aan de Questura in Florence.

Fra le cose personali del dottor Lecter, c'è un computer portatile?

Aldus begon Clarice Starling stapje voor stapje dr. Lecter te achtervolgen door de gangen van zijn smaak, met meer vertrouwen in haar tred dan gerechtvaardigd was.

43

Dankzij het specimen dat in een lijstje op zijn bureau stond, herkende Mason Vergers assistent Cordell het opvallende handschrift onmiddellijk. Het papier was afkomstig uit het Excelsior Hotel in Florence, Italië.

Zoals een groeiend aantal rijke mensen in deze tijd van bomaanslagen had Mason zijn eigen postfluorescoop, vergelijkbaar met die op het postkantoor.

Cordell trok handschoenen aan en onderzocht de brief. De fluorescoop bracht geen draden of batterijen aan het licht. Overeenkomstig Masons strikte instructies, maakte hij met het kopieerapparaat een kopie van zowel de brief als de envelop, waarbij hij gebruikmaakte van een pincet, en alvorens de kopieën op te pakken en ze naar Mason te brengen, trok hij schone handschoenen aan.

In dr. Lecters vertrouwde rondschrift:

Beste Mason,

Mijn hartelijke dank voor de reusachtige premie die je op mijn hoofd hebt gezet. Ik zou graag zien dat je die verhoogde. Als waarschuwingssysteem is de premie effectiever dan radar. Hij brengt overal ter wereld ordehandhavers ertoe hun plicht te verzaken en in hun eentje achter mij aan te komen, en het resultaat daarvan heb je kunnen zien.

Eigenlijk schrijf ik om je geheugen op te frissen met betrekking tot je vroegere neus. In je bezielde antidrugs interview dat mij onlangs in de Ladies' Home Journal *onder ogen kwam, las ik dat je had gezegd dat je je neus, samen met de rest van je gezicht, aan de keffertjes Skippy en Spot, die kwispelend voor je stonden, had opgevoerd. Dit is niet waar: je hebt hem zelf opgegeten, als versnapering. Uit het knapperige geluid toen je hem wegwerkte, maakte ik op dat hij van een consistentie was vergelijkbaar met die van een kippennek – 'Smaakt net als kip!' waren destijds je eigen woorden. Ik moest terugdenken aan dat geluid toen een Fransman in een bistro smakelijk een salade gésier naar binnen zat te werken.*

Weet je het echt niet meer, Mason?

Over kippen gesproken, tijdens een van je therapiesessies heb je me verteld dat je tijdens een zomerkamp, waar je de minder bevoorrechte kindertjes opruide, tot de ontdekking kwam dat chocola je urinebuis irriteert. Dat weet je zeker ook niet meer, hè?

Denk je niet dat het aannemelijk is dat je mij allerlei dingen hebt verteld waarvan je nu niets meer weet?

Er is een onontkoombare overeenkomst tussen jou en Jezebel, Mason. Aangezien je zo ijverig de bijbel bestudeert, zul je je ongetwijfeld herinneren dat de honden Jezebels gezicht, samen met de rest van haar lichaam, hebben opgegeten, toen de eunuchen haar uit het raam hadden gegooid.

Je mannen hadden mij op straat kunnen vermoorden, maar jij wilde me levend in handen krijgen, is het niet? Uit de lucht die je handlangers verspreidden is mij duidelijk geworden welk vermaak je voor mij in petto had. Mason, Mason toch. Aangezien je zo verlangend bent mij te zien, zal ik jou enige woorden van troost toevoegen, en je weet dat ik nooit lieg. Voordat je sterft zul je mijn gezicht zien.

Met vriendelijke groet,
Hannibal Lecter, M.D.

P.S. Ik maak me echter zorgen dat je niet zo lang meer te leven hebt, Mason. Je moet de nieuwe varianten van longontsteking zien te vermijden. Je bent uiterst vatbaar, bedlegerig als je bent (en zult blijven). Ik zou je willen aanraden om je onverwijld te laten vaccineren en je tegelijkertijd immunisatie-injecties tegen hepatitis A en B te laten toedienen. Ik zou je ongaarne voortijdig verliezen.

Toen Mason klaar was met lezen, leek hij ietwat buiten adem te zijn. Hij wachtte lange tijd en uiteindelijk zei hij iets tegen Cordell, wat Cordell niet verstond.

Cordell boog zich dicht naar hem toe en werd beloond met een straal speeksel toen Mason weer sprak: 'Ik moet Krendler spreken, bel hem voor me. En daarna de Varkensmeester.'

44

Dezelfde helikopter die Mason Verger dagelijks de buitenlandse kranten bracht, bracht ook assistent inspecteur-generaal Paul Krendler naar Muskrat Farm.

Masons boosaardige aanwezigheid en zijn verduisterde kamer met de sissende en zuchtende machine en eeuwig kronkelende paling zouden hebben volstaan om Krendler een meer dan onbehaaglijk gevoel te bezorgen, maar hij moest ook nog eens meermalen de video van Pazzi's dood bekijken.

Zeven keer zag Krendler de Viggerts om de David lopen, en zag hij Pazzi omlaag duiken terwijl zijn ingewanden uit zijn buik vielen. Tegen de zevende keer verwachtte Krendler dat Davids ingewanden ook naar buiten zouden vallen.

Eindelijk ging de felle plafondverlichting in de zithoek van Masons kamer weer aan, heet boven op Krendlers hoofd en weerkaatst door zijn schedel onder het dunner wordende stekeltjeshaar.

De Vergers hebben een ongeëvenaard inzicht in varkensachtige gulzigheid, dus begon Mason met datgene wat Krendler voor zichzelf wilde. Mason sprak vanuit het donker, zijn zinnen afgemeten door het ritme van zijn beademingsapparaat.

'Ik heb geen behoefte om... je hele partijprogramma aan te horen... hoeveel geld heb je nodig?'

Krendler wilde een gesprek onder vier ogen met Mason voeren, maar ze waren niet alleen in het vertrek. Een dreigende gedaante met brede schouders, ontzettend gespierd, tekende zich in silhouet af tegen het verlichte aquarium. Het idee dat een bodyguard hun gesprek afluisterde, maakte Krendler zenuwachtig.

'Ik zou veel liever met z'n tweeën praten, vind je het erg om hem weg te sturen?'

'Dit is mijn zuster, Margot,' zei Mason. 'Ze mag blijven.'

Margot stapte het licht in, haar fietsbroek ruiste.

'O, neem me niet kwalijk,' zei Krendler, die half overeind kwam uit zijn stoel.

'Hallo,' zei ze, maar in plaats van Krendlers uitgestoken hand aan te nemen, pakte Margot twee walnoten van het schaaltje op tafel. Terwijl ze die in haar vuist samenkneep tot ze een luid gekraak lieten horen, liep zij terug naar de halfduistere plek voor het aquarium waar zij ze vermoedelijk opat. Krendler hoorde de doppen op de grond vallen.

'Oké, laat maar eens horen,' zei Mason.

'Om Lowenstein in het zevenentwintigste district zijn zetel af te pakken, minimaal tien miljoen dollar.' Krendler sloeg zijn benen over elkaar en keek nietsziend het donker in. Hij wist niet of Mason hem kon zien. 'Dat bedrag zou alleen al nodig zijn voor de media. Maar ik verzeker je dat hij kwetsbaar is. Ik ben in een positie om dat te weten.'

'Wat is zijn zwakke plek?'

'Laten we zeggen dat zijn gedrag...'

'Kom op, is het geld of kut?'

Krendler geneerde zich voor het gebruik van het woord 'kut' waar Margot bij was, maar Mason scheen daar in het geheel geen last van te hebben. 'Hij is getrouwd en heeft lange tijd een verhouding gehad met een rechter van het hof van beroep. De rechter heeft een aantal van zijn geldschieters in het gelijk gesteld. Waarschijnlijk puur toeval, maar een beschuldiging via de tv is alles wat ik nodig heb.'

'Is die rechter een vrouw?' vroeg Margot.

Krendler knikte. Aangezien hij niet wist of Mason hem kon zien, voegde hij eraan toe: 'Ja. Een vrouw.'

'Jammer,' zei Mason. 'Het zou nog beter zijn als hij een nicht was, nietwaar, Margot? Hoe dan ook, je kunt niet zelf met die drek gaan gooien, Krendler. Het mag niet van jou komen.'

'We hebben een plannetje in elkaar gedraaid dat de kiezers...'

'Je kunt niet zelf met die drek gaan gooien,' zei Mason nogmaals.

'Ik zorg er alleen maar voor dat de gerechtelijke raad van toezicht weet waar ze moeten kijken en dat Lowenstein zich er niet uit zal kunnen wurmen als hij het voor zijn kiezen krijgt. Bedoelde je te zeggen dat je me kunt helpen?'

'Ik kan je helpen met de helft.'

'Vijf?'

'"Vijf", wat zegt dat nou? Laten we ze betitelen met het respect dat ze verdienen – *vijf miljoen dollar*. De Heer heeft mij gezegend met dit geld. En met dit geld voer ik Zijn wil uit. Je krijgt het pas dan als Hannibal Lecter mij levend in handen valt.' Mason zweeg een paar seconden om op adem te komen. 'Als dat gebeurt, ben jij het geachte congreslid Krendler van het zevenentwintigste district, vrij en onverveerd, en het enige wat ik ooit van jou zal vragen, is om je te verzetten tegen de humane slachtwet. Als de FBI Lecter te pakken krijgt, als de politie hem ergens in zijn kladden grijpt en hij er van afkomt met een dodelijke injectie, dan betekent dat het einde van onze samenwerking.'

'Ik kan er niets aan doen als een lokaal rechtsdistrict hem bij de kladden grijpt. Of als Crawfords ploeg mazzel krijgt en hem vangt, daar heb ik geen controle over.'

'In hoeveel staten waar de doodstraf nog wordt uitgevoerd kan dr. Lecter aangeklaagd worden?' vroeg Margot. Haar stem was hees maar net zo diep als die van Mason door de hormonen die ze gebruikte.

'Drie staten, meervoudige moord met voorbedachten rade in elke staat.'

'Als hij gearresteerd wordt, wil ik dat hij op staatsniveau wordt berecht,' zei Mason. 'Niet voor ontvoering, niks geen gezeik over schending van burgerrechten, geen gesjacher tussen staten onderling. Ik wil dat-ie levenslang krijgt, ik wil dat-ie in een staatsgevangenis komt te zitten, niet in een zwaarbewaakte federale lik.'

'Moet ik vragen waarom?'

'Alleen maar als je dat echt wilt weten. Het valt niet onder de humane slachtwet,' zei Mason giechelend. Het praten had hem uitgeput. Hij gebaarde naar Margot.

Ze liep met een klembord naar het licht en las voor uit haar aantekeningen. 'We willen alles wat jij aan de weet komt voordat Gedragswetenschappen het onder ogen krijgt, we willen de rapporten van Gedragswetenschappen zodra die worden uitgebracht en we willen de inlogcodes voor VICAP en het Rijksbureau voor informatie met betrekking tot misdrijven.'

'Elke keer dat je verbinding zoekt met VICAP zou je gebruik moeten maken van een openbare telefoon,' zei Krendler, die nog steeds tegen het donker sprak alsof de vrouw er niet was. 'Hoe wilde je dat doen?'

'Dat kan ík doen,' zei Margot.

'Dat kan zij doen,' fluisterde Mason vanuit het donker. 'Ze schrijft programma's voor trainingstoestellen in sportscholen. Ze heeft haar eigen bedrijfje waardoor ze niet afhankelijk is van *Broerlief*.'

'De FBI heeft een gesloten systeem, gedeeltelijk gecodeerd. Je zult vanaf een bezoekerslokatie moeten aanloggen, precies volgens mijn instructies, en downloaden naar een laptop die is geprogrammeerd op het ministerie van justitie,' zei Krendler. 'Mocht VICAP dan een opsporings-cookie op je loslaten, zal het spoor naar Justitie terugleiden. Koop bij een grote computerzaak een snelle laptop met een snel modem. Betaal contant en stuur geen garantiebewijzen op. Koop ook een zipdrive. Ga er niet het internet mee op. Ik zal hem één nacht nodig hebben en ik wil hem terug als de klus geklaard is. Je hoort nog van me. Goed, dat was dan dat.' Krendler stond op en verzamelde zijn papieren.

'Nog één ding, meneer Krendler...' zei Mason. 'Lecter hoeft zich niet bloot te geven. Hij heeft genoeg geld om zich eeuwig schuil te houden.'

'Hoe komt hij dan aan geld?' zei Margot.

'Als praktiserend psychiater had hij een aantal stinkendrijke oude mensen als patiënt,' zei Krendler. 'Die heeft hij zover gekregen dat ze een heleboel geld en aandelen op hem hebben overgeschreven en hij heeft alles goed verstopt. De fiscus heeft het nog steeds niet weten op te sporen. Ze hebben de lichamen van een aantal van zijn weldoeners opgegraven om na te gaan of hij hen vermoord had, maar

ze hebben niets kunnen vinden. Geen spoor van vergif te bekennen.'
'Dus zal hij niet bij een overval worden gepakt, hij heeft geld genoeg,' zei Mason. 'We moeten hem zijn schuilplaats uit lokken. Bedenk maar een paar manieren.'
'Hij weet ongetwijfeld wie er achter die aanslag in Florence zat,' zei Krendler.
'Ongetwijfeld.'
'Dus zal hij proberen jou te grazen te nemen.'
'Dat weet ik niet,' zei Mason. 'Hij ziet me graag zoals ik ben. Hou de radertjes draaiend, Krendler.' Mason begon te neuriën.
Het enige dat assistent inspecteur-generaal Krendler hoorde toen hij de deur uit liep, was geneurie. Mason neuriede vaak psalmen terwijl hij plannen uitbroedde. *Je hebt in het aas gehapt, Krendler, maar daar hebben we het nog wel over nadat je een bezwarende bankstorting hebt gedaan – als je mij toebehoort.*

45

Broer en zus blijven samen achter in Masons kamer.
Gedempt licht en muziek. Noord-Afrikaanse muziek, een luit en drums. Margot zit op de divan, hoofd gebogen, ellebogen op de knieën. Ze is net een op adem komende hamerwerper of gewichtheffer die na een trainingssessie in de sportzaal zit bij te komen. Ze ademt iets sneller dan het beademingstoestel van Mason.
Als het nummer afgelopen is, staat ze op en loopt ze naar zijn bed. De paling steekt zijn kop uit de opening in de namaakrots om te controleren of het uit zijn golvende, zilveren hemel vanavond opnieuw karper zal regenen. Margots hese stem fluistert op zijn zachtst: 'Ben je wakker?'
Ogenblikkelijk is Mason aanwezig achter zijn immer-open oog. 'Is het tijd voor een gesprek over' – een sissende zucht – '*Margots* hartewens? Kom maar bij de kerstman op schoot zitten.'
'Je weet wat ik wil.'
'Vertel het me.'
'Judy en ik willen een baby. We willen een Verger-baby, onze eigen baby.'
'Waarom koop je niet een Chinese baby? Die zijn nog goedkoper dan speenvarkentjes.'
'Dat is ook een mogelijkheid. Misschien doen we dat ook wel.'

'Wat staat er in papa's testament... *Aan een erfgenaam, van wie in het Cellmark-laboratorium of een vergelijkbaar laboratorium door middel van* DNA-*proeven is vastgesteld dat hij mijn nazaat is*, valt na het overlijden van mijn geliefde zoon, Mason, mijn volledige nalatenschap toe. Geliefde zoon, Mason, dat ben ik. *Bij afwezigheid van een erfgenaam zal de volledige nalatenschap ten gunste komen van de zuidelijke doopsgezinde conventie, met specifieke clausules met betrekking tot de Baylor University in Waco, Texas*. Je hebt papa behoorlijk tegen de haren in gestreken met dat geknoei met die hormonen, Margot.'

'Mason, je wilt het misschien niet geloven, maar het gaat me niet om het geld – nou, ja dat speelt natuurlijk wel mee, maar zou jij niet graag een erfgenaam willen? Het zou ook jouw erfgenaam zijn, Mason.'

'Waarom zoek je niet een aardige vent om de koffer mee in te duiken, Margot? Je weet tenslotte best hoe dat moet.'

De Marokkaanse muziek zwol weer aan, de obsessieve herhalingen van de luit als een uiting van woede in haar oor.

'Ik heb mijn lichaam verpest, Mason. Mijn eierstokken zijn verschrompeld door al die troep die ik heb geslikt. En ik wil dat Judy hier deel aan heeft. Zij wil de biologische moeder zijn. Mason, je zei dat als ik je zou helpen – je had me een beetje sperma beloofd.'

Masons spinachtige vingers wezen. 'Pak gerust wat je nodig hebt. Als het er nog is, natuurlijk.'

'Mason, er is alle kans dat je nog levensvatbare spermatozoa produceert, en we kunnen het pijnloos laten oogsten...'

'Mijn *levensvatbare spermatozoa oogsten*? Klinkt alsof je dit met iemand besproken hebt.'

'Alleen maar met de vruchtbaarheidskliniek, zeer vertrouwelijk.' Een zachtere uitdrukking verscheen op Margots gezicht, zelfs zichtbaar in het kille licht van het aquarium. 'We zouden uitstekend voor een kind kunnen zorgen, Mason, we hebben een oudercursus gevolgd, Judy komt uit een groot, tolerant gezin en er is een steungroep voor ouderparen bestaande uit twee vrouwen.'

'Toen we nog kinderen waren, was je heel goed in staat om me klaar te laten komen, Margot. Je kon me laten schieten als een mitrailleur. En verdomde snel ook nog.'

'Je hebt me *pijn* gedaan toen ik klein was, Mason. Je hebt me pijn gedaan en mijn elleboog ontwricht toen je me tot dat andere dwong – ik kan nog steeds niet meer dan vijfendertig kilo heffen met mijn linkerarm.'

'Tja, je wilde die chocola nou eenmaal niet aanpakken. Zusje van

me, ik heb gezegd dat we er over zouden praten als de klus geklaard
is.'
'Maar we kunnen je toch vast laten testen,' zei Margot. 'De doctor
kan pijnloos een monstertje nemen...'
'Hoezo *pijnloos*, ik heb daar beneden toch helemaal geen gevoel
meer. Je zou me kunnen afzuigen tot je blauw aanloopt, en nog zou
het niet hetzelfde zijn als die eerste keer. Dat heb ik trouwens verschillende mensen al laten proberen en er gebeurt niets.'
'De doctor kan pijnloos een monstertje nemen, alleen maar om vast
te stellen of je beweeglijke zaadcellen hebt. Judy is al begonnen met
een Clomid-kuur. We maken een grafiek van haar cyclus, er komt
heel wat bij kijken.'
'Ik heb in al die tijd nog niet het genoegen gehad met Judy kennis
te maken. Volgens Cordell heeft ze o-benen. Hoe lang zijn jullie nu
al bij elkaar, Margot?'
'Vijf jaar.'
'Waarom breng je haar niet een keer bij me langs? We zouden misschien... *tot een vergelijk kunnen komen*, bij wijze van spreken dan.'
De Noord-Afrikaanse drums zwijgen na een laatste slag en de stilte
weergalmt in Margots oren.
'En als je nou eens je gekonkel met het ministerie van justitie zelf af-
handelt?' zei ze vlak bij zijn gehooropening. 'Waarom probeer je verdomme zelf niet met die laptop in een telefooncel te kruipen? Waarom huur je niet gewoon een paar nieuwe spaghettivreters om die
kerel te pakken die hondenvoer van je gezicht heeft gemaakt? *Je hebt
beloofd dat je me zou helpen, Mason.*'
'Dat zal ik ook. Het is alleen maar een kwestie van tijd.'
Margot kneep twee walnoten stuk en liet de doppen op Masons laken vallen. 'Denk nou maar niet al te lang na, lachebekje.' Haar fietsbroek maakte een geluid als een stoomfluit toen ze de kamer uit liep.

46

Ardelia Mapp kookte alleen als ze daarvoor in de stemming was,
maar als ze dan aan het koken sloeg, mocht het resultaat er zijn.
Haar erfgoed was een combinatie van Jamaica en Gullah en ze was
op dit moment bezig een Madanme Jeanette, die ze voorzichtig bij
het steeltje vasthield, van zaad te ontdoen voor een kipgerecht met
pimentkruiden. Ze weigerde extra te betalen voor in stukken gehakte

kip en had Starling aan het werk gezet met hakmes en snijplank.

'Starling, als je ze in kleine stukken hakt, dringen de kruiden er veel beter in,' legde ze voor de zoveelste keer uit. 'Hier,' zei ze, en met het hakmes spleet ze zo krachtig een kippenrug dat de botsplinters op haar schort terechtkwamen. 'Zo doe je dat. Waarom gooi je die nekjes weg? Haal vlug dat lekkers terug, zeg.'

Even later zei Mapp: 'Ik ben vandaag op het postkantoor geweest. Om die schoenen voor mijn moeder op de post te doen.'

'Ik ben ook naar het postkantoor geweest, ik had ze wel kunnen meenemen.'

'Heb je iets gehóórd op het postkantoor?'

'Nee.'

Mapp knikte, in het geheel niet verbaasd. 'De tamtam zegt dat jouw post in de gaten wordt gehouden.'

'Door wie?'

'Vertrouwelijke opdracht van de inspecteur van de posterijen. Je wist er niks van, hè?'

'Nee.'

'Verzin dan maar een andere manier om er zogenaamd achter te komen, mijn vriendje op het postkantoor moet buiten schot blijven.'

'Oké.' Starling legde het hakmes even neer. 'Jezus, Ardelia.'

Starling had voor de balie op het postkantoor gestaan en postzegels gekocht, maar zij had niets kunnen aflezen van de gesloten gezichten van de drukbezette baliemedewerkers, van wie de meesten Afro-Amerikaans waren en van wie ze zelfs enkelen kende. Kennelijk wilde iemand haar helpen maar diegene nam een groot risico, wat hij deed was strafbaar en zou hem zijn pensioen kunnen kosten. Kennelijk vertrouwde die persoon Ardelia meer dan Starling. Ondanks haar ongerustheid schoot een geluksgevoel door Starling heen om het feit dat de Afro-Amerikaanse hotline haar een dienst had bewezen. Misschien was het wel een stilzwijgend bewijs dat men geloofde dat ze Evelda Drumgo uit noodweer had doodgeschoten.

'Nou mag je die bosuitjes met de greep van je mes fijnstampen en aan mij geven. Je stampt ze met groen en al fijn,' zei Ardelia.

Toen Starling nergens meer mee kon helpen, waste ze haar handen en begaf ze zich naar de volmaakte ordelijkheid van Ardelia's woonkamer, waar ze ging zitten. Ardelia kwam vlak achter haar aan, droogde haar handen met een theedoek af.

'Wat denk je dat nou weer achter dit gesodemieter zit?'

Ze hadden de gewoonte om hartgrondig te vloeken alvorens zich te buigen over enige vorm van bedreiging, een moderne variant op fluiten in het donker.

'Ik zal doodvallen als ik het weet,' zei Starling. 'Welke klootzak bekijkt mijn post, dat zou ik verdomme weleens willen weten.'

'Het spoor loopt voor zover mijn vriendjes kunnen nagaan dood bij de inspecteur van de posterijen.'

'Dit heeft niets met die schietpartij te maken, dit gaat niet om Evelda,' zei Starling. 'Als ze mijn post nakijken, moet dat wel met dr. Lecter te maken hebben.'

'Je hebt alles wat je ooit van hem hebt ontvangen ingeleverd. Crawford weet dat maar al te goed.'

'Reken maar. Als ik word gecontroleerd door de Dienst, kan ik daar denk ik wel achterkomen, maar als het van Justitie uitgaat, weet ik dat nog zo net niet.'

Het ministerie van justitie en zijn dochterinstelling, de FBI, hebben ieder hun eigen bureau voor beroepsaansprakelijkheid, die theoretisch gesproken met elkaar samenwerken, maar soms met elkaar in botsing komen. Dergelijke conflicten staan intern bekend als ver-pis-wedstrijden en agenten die tussen die twee vuren komen te zitten, willen nog weleens kopje onder gaan. Bovendien kan de inspecteur-generaal van Justitie, benoemd door de overheid, op elk moment ingrijpen en een zaak die gevoelig ligt overnemen.

'Als iemand ook maar iets weet van dr. Lecters plannen, als ze denken dat hij in de buurt is, moeten ze je dat laten weten zodat je veiligheidsmaatregelen kunt nemen. Starling, heb je ooit het gevoel... dat hij in de buurt is?'

Starling schudde haar hoofd. 'Ik hou me niet al te veel met hem bezig. Niet op die manier. Nog niet zo lang geleden waren er hele tijden dat ik niet aan hem dacht. Ken jij dat loodzware gevoel, dat zware, sombere gevoel als je ergens doodsbang voor bent? Dat gevoel heb ik nooit. Ik geloof dat ik het zou weten als ik een probleem had.'

'Wat zou je dan *doen*, Starling? Wat zou je doen als hij plotseling voor je stond? Geheel onverwachts? Heb je daar al eens over nagedacht? Zou je je pistool trekken?'

'Zo snel als ik maar kon zou ik hem onder vuur nemen.'

Ardelia lachte. 'En dan?'

Starlings glimlach verdween. 'Dat zou van hem afhangen.'

'Zou je hem kunnen neerschieten?'

'Om mijn eigen hachje te redden, wat denk jij dan? God allemachtig, Ardelia, ik hoop dat het daar nooit van komt. Ik zal blij zijn als hij weer achter slot en grendel zit zonder dat er nog meer slachtoffers vallen – hijzelf inbegrepen. Al moet ik je wel vertellen dat ik soms denk dat ik, als het ooit zo ver komt dat-ie in het nauw gedreven is, als eerste naar binnen zou willen gaan om hem te pakken.'

'Hoe haal je het in je hoofd.'

'Met mij maakt hij een betere kans om er levend uit te komen. Ik zou hem niet neerschieten alleen maar omdat ik bang voor hem ben. Hij is geen weerwolf. Het zou helemaal van hem afhangen.'

'Ben je bang voor hem? Ik hoop maar dat je angst genoeg voor hem voelt.'

'Weet je wat beangstigend is, Ardelia? Het is beangstigend als iemand je de waarheid zegt. Ik zou graag zien dat-ie aan de injectie weet te ontkomen. Als hij dat voor elkaar krijgt en hij wordt in een inrichting gestopt, is er meer dan genoeg interesse uit de wetenschappelijke hoek om een redelijke behandeling te waarborgen. En problemen met celgenoten zal-ie nooit krijgen. Als hij vastzat, zou ik hem voor zijn brief bedanken. Je kunt een man niet afmaken die zo krankzinnig is dat-ie de waarheid vertelt.'

'Er moet een reden zijn waarom iemand je post doorlicht. Ze hebben een rechterlijk bevel, verzegeld en wel. We hebben nog niet in alle hoekjes en gaten gekeken – dan zouden we het wel gevonden hebben,' zei Ardelia. 'Het zou me niks verbazen als die klootzakken weten dat hij onderweg is en jou daar niet van op de hoogte brengen. Kijk morgen maar goed uit je doppen.'

'Crawford zou het ons gezegd hebben. Niemand kan veel in stelling brengen tegen Lecter zonder Crawford daarvan op de hoogte te brengen.'

'Jack Crawford is *verleden tijd*, Starling. Dat wil jij gewoon niet zien. En als ze nou eens iets tegen jou in stelling brengen? Omdat je een grote mond hebt, omdat je je broek niet hebt laten zakken voor Krendler? Stel dat iemand het op jou voorzien heeft? Hé, ik geloof nou pas echt dat ik mijn bron moet dekken.'

'Is er iets wat we kunnen doen voor je vriendje bij het postkantoor? Moeten we iets voor hem doen?'

'Wie komt er eten, denk je?'

'*Zo mag ik het horen, Ardelia!...* Maar wacht eens even, ik dacht dat ik was uitgenodigd voor het eten.'

'Je mag een portie mee naar huis nemen.'

'Hartelijk dank.'

'Graag gedaan, meid. Het is me een waar genoegen.'

47

Als kind verhuisde Starling van een houten huis dat kreunde in de wind naar de stevige rode bakstenen van het lutherse weeshuis.

In dat bouwvallige huis uit haar jeugd had zich een warme keuken bevonden waar ze met haar vader een sinaasappel had kunnen delen. Maar de dood weet de kleine huisjes te vinden, waar mensen wonen die voor weinig geld gevaarlijk werk doen. Haar vader was weggereden van dit huis in zijn oude pick-up, naar de nachtpatrouille die zijn dood werd.

Starling was weggereden bij haar pleegtehuis op een slachtpaard toen de lammeren werden gedood, en had een soort toevluchtsoord gevonden in het lutherse weeshuis. Sindsdien geven grote, degelijke, officiële gebouwen haar een gevoel van veiligheid. De lutheranen waren dan misschien tekortgeschoten op het gebied van warmte en sinaasappels en waren te lang van stof geweest op het gebied van Jezus, maar de regels stonden er vast en zolang je die respecteerde, was het er best uit te houden.

Zolang onpersoonlijke examens waarin je met anderen wedijverde de enige uitdaging vormden, of je werk doen op straat, wist ze dat ze haar mannetje stond. Maar Starling had geen talent voor vriendjespolitiek.

Nu, terwijl ze aan het begin van de dag uit haar Mustang stapte, was de hoge voorgevel van het Quantico-hoofdkwartier niet langer de grote stenen boezem van haar toevluchtsoord. Door de trillende lucht boven de parkeerplaats bezien leek het zelfs net of de ingangen verzakt waren.

Ze wilde Jack Crawford spreken, maar daarvoor was geen tijd. De opnames op de schietbaan aan Hogan's Alley begonnen bij het krieken van de dag.

Voor het onderzoek naar het bloedbad bij de Feliciana Vismarkt was een gefilmde reënscenering nodig op de schietbaan aan Hogan's Alley in Quantico, waar elk schot, elke kogelbaan, zou worden nagegaan.

Starling moest zichzelf spelen. De undercoverbestelwagen die ze gebruikten, was het oorspronkelijke voertuig. De onlangs opgelopen kogelgaten waren dichtgeplamuurd maar nog niet overgeschilderd. Telkens opnieuw sprongen ze de oude bestelwagen uit, telkens opnieuw liet de agent die voor John Brigham speelde, zich languit vallen en lag de man die voor Burke speelde, te kronkelen op de grond. Het gebeuren, waarbij lawaaiige losse flodders werden gebruikt, gaf haar het gevoel alsof ze door een mangel werd geperst.

Halverwege de middag waren ze klaar.

Starling hing haar SWAT-uitrusting in de kast en zocht Jack Crawford op in zijn kantoor.

Ze sprak hem inmiddels weer aan met meneer Crawford, en met de dag leek hij waziger en afstandelijker te worden.

'Ook een Alka-Seltzer, Starling?' vroeg hij, toen hij haar in de deuropening van zijn kantoor zag staan. Crawford nam over de dag verspreid een aantal patentgeneesmiddelen in. Verder slikte hij ginkgo biloba, koolpalm, sint-janskruidcapsules en kinderaspirine. Hij legde ze in een bepaalde volgorde op zijn handpalm en nam ze in met een achterwaartse ruk van zijn hoofd alsof hij een borrel achteroversloeg.

Een paar weken geleden was hij begonnen zijn colbert op kantoor op te hangen. Dan trok hij een vest aan dat zijn overleden vrouw, Bella, voor hem had gebreid. Hij zag er veel ouder uit dan de herinneringen die ze had aan haar eigen vader.

'Meneer Crawford, mijn post wordt opengemaakt. Ze doen het niet bepaald vakkundig. Het lijkt wel of ze de enveloppen boven een theeketel openstomen.'

'Je post staat al onder toezicht sinds je die brief van Lecter hebt ontvangen.'

'Dat was alleen maar een kwestie van pakjes onder de fluorescoop leggen. Dat vond ik prima, maar ik ben liever de eerste die mijn privépost te lezen krijgt. Niemand heeft iets tegen me gezegd.'

'Het zijn niet onze mensen.'

'Ook niet de plaatselijke Oom Agent, meneer Crawford – het is een of andere hoge pief die een verzegelde onderscheppingsvolmacht onder Titel-Drie kan uitvaardigen.'

'Maar de enveloppen worden zo te zien door amateurs opengemaakt?' Ze bleef zo lang stil dat hij eraan toevoegde: 'Het was zeker beter om er op die manier achter te komen, hè, Starling?'

'Ja, meneer Crawford.'

Hij tuitte de lippen en knikte. 'Ik zal er wel even induiken.' Hij ordende de flesjes van zijn patentgeneesmiddelen in de bovenste la van zijn bureau. 'Ik zal Carl Schirmer van Justitie er over aanspreken, het komt wel goed.'

Schirmer had allang niets meer te vertellen. Het gerucht ging dat hij aan het eind van het jaar met pensioen ging – al Crawfords makkers gingen met pensioen.

'Dank u wel, meneer Crawford.'

'Zitten er nog veelbelovende types in jouw agentenklassen? Iemand

met wie rekrutering een babbeltje zou moeten maken?'
'Bij forensische geneeskunde is dat moeilijk te zeggen – ze weten niet waar ze kijken moeten als ik seksuele misdrijven behandel. Er zitten wel een paar goede schutters tussen.'
'Daarvan hebben we er meer dan genoeg.' Hij keek haar vluchtig aan. 'Daarmee doel ik niet op jou.'

Aan het eind van deze dag gevuld met het naspelen van John Brighams dood, bracht ze een bezoek aan zijn graf op Arlington National Cemetery.
Starling legde haar hand op zijn grafsteen, die nog ruw aanvoelde van het beitelen. Opeens had ze het gevoel in haar lippen of die een kus op zijn voorhoofd drukten, koud als marmer en droog van het poeder, toen ze die laatste keer naast zijn baar had gestaan en haar eigen laatste medaille als kampioen gevechtswapen in zijn hand had gelegd, onder de witte handschoen.
Op Arlington vielen nu de bladeren van de bomen, ze bezaaiden de drukbevolkte aarde. Starling, met haar hand op John Brighams grafsteen, keek uit over de akkers vol graven en ze vroeg zich af hoeveel van hen de dood hadden gevonden door stompzinnigheid en egoïsme en het gemarchandeer van vermoeide oude mannen.
Of je in God gelooft of niet, voor een soldaat is Arlington een heilig oord en de tragedie is niet de dood op zich, maar de verspilling van een leven.
Haar band met Brigham was niet minder sterk omdat ze nooit geliefden waren geweest. Op één knie naast zijn grafsteen gezeten dacht ze eraan terug: hoe hij haar voorzichtig iets had gevraagd en zij nee had gezegd en hoe hij haar toen had gevraagd of ze vrienden konden zijn, een oprechte vraag, en hoe zij ja had gezegd, een oprecht antwoord.
Op haar knieën op Arlington dacht ze aan het graf van haar vader, heel ver weg. De laatste keer dat ze dat had bezocht, was toen ze als beste van haar jaar was afgestudeerd en naar zijn graf was gegaan om hem dat te vertellen. Ze vroeg zich af of het niet eens tijd werd om terug te gaan.
De zonsondergang door Arlingtons zwarte takken was even oranje als de sinaasappel die haar vader met haar had gedeeld. Het hoornsignaal in de verte deed haar huiveren, de grafsteen lag koud onder haar hand.

48

Het toestel is zichtbaar door de nevel van onze adem – in de heldere nachthemel boven Newfoundland een fonkelend lichtpuntje in Orion dat langzaam over ons heen glijdt, een Boeing 747 die met een tegenwind van honderdzestig kilometer per uur naar het westen vliegt.

Achter in het toestel, op de plaatsen die worden gereserveerd voor groepsreizen, zijn de tweeënvijftig deelnemers aan de Fantasiereis naar de Oude Wereld, een toer waarmee ze in zeventien dagen elf landen hebben aangedaan, op de terugreis naar Detroit en Windsor, Canada. De schouderruimte is vijftig centimeter. Heupruimte tussen de armleuningen is vijftig centimeter. Dit is vijf centimeter meer dan de ruimte voor een slaaf op de slavenroute.

De passagiers worden gevoederd met ijskoude sandwiches met glibberig vlees en kaas uit blik en ademen lucht in die zo voordelig mogelijk is gerecycled van de scheten en uitwasemingen van anderen, een variant op het slootnatbrouwselprincipe dat vee- en varkenshandelaren in de jaren vijftig hebben ingevoerd.

Dr. Hannibal Lecter zit in de middelste stoel van het middenstuk in het achterste deel van het vliegtuig. Aan beide kanten van hem zit een kind en aan het eind van de rij zit een vrouw met een kind op haar schoot. Na al die jaren in cellen en boeien heeft dr. Lecter een hekel aan bekrompen ruimtes. Een computerspelletje op de schoot van het jongetje naast hem piept onophoudelijk.

Zoals vele anderen die de goedkoopste stoelen bezetten, draagt dr. Lecter een felgele smile-badge waarop met grote rode letters CAN-AM TOURS gedrukt staat, en net als de toeristen draagt hij een trainingspak waarin nooit getraind wordt. Zijn pak draagt het insigne van de Toronto Maple Leafs, een ijshockeyteam. Onder zijn kleding heeft hij een aanzienlijke som geld aan zijn lichaam bevestigd.

Dr. Lecter heeft zich drie dagen geleden bij het reisgezelschap aangesloten. Hij heeft geboekt bij een touroperator in Parijs die last-minute wegens ziekte geannuleerde plaatsen verkoopt. De man die eigenlijk op deze stoel had moeten zitten, is in een kist naar Canada teruggestuurd als gevolg van een hartstilstand na het beklimmen van de Sint-Pieter.

Bij aankomst in Detroit zal dr. Lecter paspoortcontrole en douane het hoofd moeten bieden. Hij kan er op rekenen dat de veiligheidsagenten en de mensen van paspoortcontrole op elke grote luchthaven in de westerse wereld de opdracht hebben naar hem uit te kijken. Waar zijn foto niet bij de paspoortcontrole aan de muur hangt, kan die uit elke computer bij de douane of immigratie met een druk op de knop te voorschijn worden getoverd.

Bij dit alles gelooft hij dat hij misschien één gelukje heeft: de foto's die de autoriteiten gebruiken, zijn waarschijnlijk van zijn oude gezicht. Van het valse paspoort dat hij heeft gebruikt om Italië binnen te gaan, bestaat geen corresponderend thuislanddossier waaruit ze een recente foto kunnen halen. In Italië had Rinaldo Pazzi geprobeerd zijn eigen levensstandaard op te vijzelen en Mason Verger tevreden te stellen door het Carabinieri-dossier mee te nemen, inclusief de foto met negatief die waren gebruikt voor 'dr. Fells' *permesso di soggiorno* en werkvergunning. Dr. Lecter had die in Pazzi's aktetas aangetroffen en ze vernietigd.

Tenzij Pazzi stiekem foto's van 'dr. Fell' had genomen, was de kans groot dat er op de hele wereld geen recente foto van dr. Lecters nieuwe gezicht bestond. Het verschilde niet eens zo veel van zijn oude gezicht – een beetje collageen dat rondom de neus en wangen was ingespoten, andere haardracht, bril – maar het verschil was groot genoeg zolang er geen speciale aandacht aan hem besteed werd. Het litteken op de rug van zijn hand heeft hij met duurzame camouflagecrème en een bruiningsmiddel weggewerkt.

Hij verwacht dat de paspoortcontrole op Detroit Metropolitan Airport de passagiers bij aankomst in twee rijen zal verdelen, Amerikaanse en Overige paspoorten. Hij heeft een grensplaats uitgezocht omdat de rij voor Overige dan vol zal staan. Dit vliegtuig zit vol Canadezen. Dr. Lecter denkt dat hij wel met de kudde mee kan lopen, mits de kudde hem accepteert. Hij heeft met deze toeristen een paar historische plaatsen en galerieën bezocht, hij heeft samen met hen in de zweetbadafdeling van het vliegtuig gezeten, maar er zijn grenzen: hij kan onmogelijk samen met hen dit vliegtuigvoer eten.

Vermoeid en met pijnlijke voeten, hun kleren en metgezellen zat, wroeten de toeristen in hun portie eten en trekken de slabladeren, zwart van de kou, tussen hun sandwiches uit.

Dr. Lecter, die liever niet de aandacht op zich wil vestigen, wacht tot de andere passagiers genoeg hebben van die armzalige kost, tot ze naar de wc zijn geweest en de meesten in slaap zijn gevallen. Ver naar voren in het toestel wordt een oude film gedraaid. Hij wacht met het geduld van een python. Het jongetje naast hem is boven zijn computerspelletje in slaap gevallen. Over de hele lengte van het brede toestel worden leeslampjes uitgedaan.

Dan pas en niet eerder, na een steelse blik om zich heen, trekt dr.

Lecter zijn eigen lunch van onder de stoel voor zich te voorschijn, verpakt in een elegante gele, met bruin afgezette doos van Fauchon, de Parijse delicatessenzaak. De doos is dichtgebonden met twee zijden linten in complementaire kleuren. Dr. Lecter heeft zich een verrukkelijk aromatische paté de foie gras toebedacht met truffels en Anatolische vijgen waarvan de uiteinden van de steeltjes nog vochtig zijn. Verder heeft hij een halve fles van een St. Estephe die hij graag drinkt. De zijden strik bezwijkt fluisterend.

Dr. Lecter staat juist op het punt zijn tanden te zetten in een vijg, houdt deze voor zijn lippen, zijn neusvleugels opengesperd om maar niets van het aroma te missen, met zichzelf overleggend of hij de hele vijg in één verrukkelijke hap zal oppeuzelen of slechts de helft, als het computerspelletje naast hem piept. En nog eens piept. Zonder zijn hoofd om te draaien sluit de doctor zijn hand om de vijg en kijkt neer op het jongetje naast zich. De geuren van truffels, foie gras en cognac stijgen op uit de open doos.

Het jongetje snuift de lucht op. Zijn kleine ogen, glimmend als die van een knaagdier, rollen opzij naar dr. Lecters lunch. Hij spreekt met de snerpende stem van een kind dat gewend is aandacht op te eisen.

'Hé, meneer. Hé, meneer.' Hij zal het niet opgeven.

'Wat is er?'

'Is dat een van die speciale maaltijden?'

'Zeer zeker niet.'

'Wat zit er dan in die doos?' Het kind kijkt dr. Lecter temerig in het gezicht. 'Mag ik een hapje?'

'Ik zou je graag iets geven,' antwoordt dr. Lecter, die opmerkt dat onder het grote hoofd van het kind, zijn nek niet dikker is dan een varkenshaasje, 'maar je zou het vast niet lekker vinden. Het is namelijk lever.'

'Leverworst! Te gek! Mama vindt het wel goed, maaaaaam!' Tegennatuurlijk kind: hij houdt van leverworst en zit of te jengelen of te schreeuwen.

De vrouw met de baby aan het eind van de rij schrikt wakker.

Reizigers in de rij voor hem, die hun rugleuningen in de slaapstand hebben gezet, waardoor dr. Lecter hun haar kan ruiken, kijken naar achteren door de kier tussen de stoelen. 'Wij proberen te slapen, zeg.'

'Maaaaam, mag ik een stukje van zijn sandwich?'

De baby op moeders schoot wordt wakker en begint te huilen. Moeder steekt een vinger tussen zijn luier, treft daar niets aan en geeft de baby een fopspeen.

'Wat probeert u hem eigenlijk te geven, meneer?'

'Lever, mevrouw,' zei dr. Lecter zo zachtjes mogelijk. 'Ik heb hem nog niets...'

'*Leverworst, daar ben ik dol op, ik wil leverworst, hij zei zèlf dat ik er wat van mocht...*' Het kind rekte het laatste woord uit tot een doordringend gejammer.

'Meneer, mag ik alstublieft zien wat u mijn kind wilde geven?'

De stewardess, haar gezicht pafferig door een onderbroken dut, bleef staan naast de stoel van de vrouw met de huilende baby. 'Alles in orde hier? Kan ik u iets brengen misschien? Misschien een flesje opwarmen?'

De vrouw haalde een met een dop afgesloten zuigfles te voorschijn en gaf die aan de stewardess. Ze deed haar leeslampje aan en terwijl ze een speen voor de zuigfles zocht, riep ze tegen dr. Lecter: 'Wilt u het alstublieft even doorgeven? Voordat u het mijn *kind* te eten geeft, wil ik zien wat het is. Ik bedoel er niets mee, maar hij heeft nogal gauw last van zijn maag.'

We vinden het heel normaal om onze kleintjes op een dagverblijf bij wildvreemden achter te laten. Tegelijkertijd leggen wij een abnormale achterdocht jegens vreemden aan de dag en moedigen we de angst voor vreemden in onze kinderen aan. In tijden als deze moet een monster behoorlijk op zijn tellen passen, zelfs een monster dat totaal niet in kinderen is geïnteresseerd, zoals dr. Lecter.

Hij gaf de Fauchon-doos door aan moeder.

'Hé, lekker brood,' zei ze, en ze prikte erin met haar luiervinger.

'Mevrouw, u mag het zo van me hebben.'

'Die *drank* hoef ik niet,' zei ze, met een schalkse blik om zich heen. 'Ik wist niet dat je je eigen spullen mee mocht nemen. Is dit *whisky*? Mag je eigenlijk wel whisky drinken tijdens het vliegen? Ik geloof dat ik dit lint maar hou als u het toch niet meer wilt hebben.'

'Meneer, u mag deze alcoholische drank tijdens de vlucht niet openmaken,' zei de stewardess. 'Ik zal de fles voor u bewaren, bij de uitgang kunt u die terugkrijgen.'

'Maar natuurlijk. Ik dank u hartelijk,' zei dr. Lecter.

Dr. Lecter was in staat zijn omgeving te overwinnen. Hij kon alles laten verdwijnen. Het gepiep van het computerspelletje, het gesnurk en geschijt, ze waren niets vergeleken met het helse gekrijs dat hij op de afdelingen voor de zwaarste krankzinnigen had moeten aanhoren. De stoel was niets benauwder dan een dwangbuis. Zoals hij zo vaak in zijn cel had gedaan, liet dr. Lecter zijn hoofd tegen de hoofdsteun rusten, deed hij zijn ogen dicht en trok zich terug in de rust van zijn geheugenpaleis, een plek die over het geheel genomen schitterend mooi is.

Voor korte tijd bevat de blikken trommel die gierend tegen de wind in vliegt, een paleis met duizend vertrekken.

Zoals wij dr. Lecter eerder in het Palazzo van de Capponi hebben bezocht, zo zullen we hem nu volgen terwijl hij het paleis van zijn gedachten binnen gaat...

De hal is de Normandische kapel in Palermo, van een strenge, tijd-loze pracht, waar het enige teken van sterfelijkheid wordt gevormd door de in de vloer uitgebeitelde doodskop. Tenzij hij haast heeft om informatie uit het paleis op te diepen, blijft dr. Lecter hier vaak even talmen, zoals nu, om de kapel te bewonderen. Daarachter, uitge-strekt en complex, helder en tegelijk duister, ligt het uitgestrekte bouwwerk dat dr. Lecter heeft opgetrokken.

Het geheugenpaleis was een door geleerden in vroeger tijden veel-gebruikte techniek ter versterking van het geheugen, dankzij welke zij tijdens de duistere Middeleeuwen ondanks de boekverbrandin-gen der Vandalen veel informatie wisten te behouden. In navolging van die geleerden heeft dr. Lecter een ontzagwekkende hoeveelheid informatie opgeslagen, verbonden aan bepaalde voorwerpen in zijn duizend vertrekken, maar in tegenstelling tot die oude geleerden, ge-bruikt dr. Lecter zijn paleis voor nog een ander doel: bijwijlen woont hij er. Hij heeft jaren tussen zijn uitgelezen verzamelingen doorge-bracht, toen zijn lichaam op de afdeling zware gevallen van het krankzinnigengesticht lag, vastgebonden, terwijl het gekrijs de sta-len tralies deed trillen als een harp in de hel.

Hannibal Lecters paleis is enorm, zelfs naar middeleeuwse maatsta-ven. Vertaald naar de werkelijkheid zou het qua afmetingen en com-plexiteit het Topkapi-paleis in Istanbul naar de kroon steken.

Wij halen hem in terwijl de zevenmijlslaarzen van zijn geest vanuit de voorste hal de Grote Hal der Jaargetijden betreden. Het paleis is gebouwd volgens de door Simonides van Ceos vastgestelde regels, die vierhonderd jaar later door Cicero verder zijn uitgewerkt: het is luchtig, heeft hoge plafonds en is gemeubileerd met levendige, op-vallende, soms zelfs schokkende en absurde, zij het overwegend fraaie voorwerpen en tableaus. De uitstallingen zijn ruim van opzet en uitstekend belicht, zoals die in een groot museum. De muren zijn evenwel niet uitgevoerd in de neutrale kleuren van museummuren. In navolging van Giotto heeft dr. Lecter de muren van zijn geest be-schilderd met fresco's.

Nu hij toch in het paleis is, wil hij Clarice Starlings privéadres op-zoeken, maar aangezien hij geen haast heeft, blijft hij staan onder aan een indrukwekkende trap waar de bronzen beelden uit Riace staan. Deze ontzagwekkende bronzen krijgers die aan Phidias worden toegeschreven, die in onze eigen tijd van de zeebodem zijn gehaald, vormen het pièce de milieu van een met fresco's versierde wand die de complete werken van Homerus en Sophocles zou kunnen bevatten.

Dr. Lecter kon, zo hij dat wenste, de bronzen gezichten in oud-Grieks laten spreken, maar vandaag wil hij alleen maar kijken.

Duizend vertrekken, kilometers van gangen, honderden feiten verbonden met elk voorwerp in elk vertrek, een aangenaam oord voor dr. Lecter op elk moment dat hij zich wenst terug te trekken.

Iets hebben wij allemaal met de doctor gemeen: in de kluizen van onze harten en hersenen ligt gevaar op de loer. Niet alle kamers zijn mooi, licht en hoog. In de vloer van de geest zitten ook gaten, zoals de gaten in een middeleeuwse kerkervloer – de stinkende oubliëttes, vernoemd naar vergetelheid, flesvormige cellen uitgehakt in massieve steen afgesloten met een valluik. Daaruit ontsnapt niets dat ons rust of soelaas biedt. Een schok, een moment dat we niet op onze hoede zijn, volstaat om de smerige dampen te doen ontbranden als een vonk van herinnering die ontsteekt – dingen die jaren opgesloten hebben gezeten, komen vrij, klaar om in pijn te exploderen en ons tot gevaarlijk gedrag te drijven...

Aarzelend en tegelijk verwachtingsvol volgen we hem terwijl hij met lichtvoetige tred door zijn zelfgemaakte gang voortsnelt, door de geur van gardenia's, onder de indruk van de aanwezige grootse beeldhouwwerken en het licht van de schilderijen.

Zijn weg voert hem naar rechts, langs een borstbeeld van Plinius en een trap op naar de Adressenhal, een vertrek waarin langs de muren beeldhouwwerken en schilderijen in een vaststaande volgorde zijn gerangschikt, met veel tussenruimte en fraai verlicht, zoals door Cicero aanbevolen.

Ach... De derde alkoof rechts vanaf de deur wordt gedomineerd door een schilderij van Franciscus van Assisi die een mot aan een spreeuw opvoert – 'a starling' in de taal die dr. Lecter nu al zoveel jaren spreekt. Op de vloer voor het schilderij bevindt zich een tableau, levensgroot in beschilderd marmer:

Een parade op Arlington National Cemetery met Jezus, drieëndertig, aan het hoofd, achter het stuur van een T-Ford-vrachtwagentje uit 1927, een 'rammelend stuk blik'. In de laadbak staat J. Edgar Hoover, gekleed in een tutu, te wuiven naar een onzichtbare menigte. Achter hem marcheert Clarice Starling met een geschouderd .308 Enfield-geweer.

Dr. Lecter is duidelijk blij Starling te zien. Lang geleden heeft hij Starlings privéadres weten te bemachtigen via het oud-studentenadressenbestand van de universiteit van Virginia. Het adres ligt opgeslagen in dit tableau, en louter voor zijn genoegen, roept hij de nummers en straatnaam van Starlings adres op:

3347 Tindal
Arlington, VA 22308.

Dr. Lecter kan zich met abnormaal hoge snelheid door de enorme hallen van zijn geheugenpaleis verplaatsen. Met zijn reflexen en kracht, zijn behoedzaamheid en vermogen om razendsnel te denken, is dr. Lecter uitstekend gewapend tegen de echte wereld. Maar binnen in zich zijn er vertrekken die hij niet zonder risico kan betreden, waar Cicero's wetten van logica, van geordende ruimte en licht niet van toepassing zijn...

Hij heeft besloten een bezoek te brengen aan zijn verzameling zeer oude weefsels. Voor een brief aan Mason Verger wil hij een tekst van Ovidius op het gebied van gearomatiseerde gezichtsoliën raadplegen, die hij aan een kleed heeft gehangen.

Hij vervolgt zijn weg over een interessante vlak-geweven kelimloper in de richting van de hal van weefgetouwen en weefsels.

In de wereld van de 747, rust dr. Lecters hoofd tegen de hoofdsteun van zijn stoel, zijn ogen zijn gesloten. Zijn hoofd schokt zachtjes als het vliegtuig turbulentie ontmoet.

Aan het eind van de rij heeft de baby zijn flesje leeggedronken, maar hij slaapt nog niet. Zijn gezichtje loopt rood aan. Moeder voelt hoe het lichaampje onder het dekentje zich spant en vervolgens ontspant. Ze hoeft zich niet af te vragen wat er is gebeurd. Ze hoeft haar vinger niet tussen de luier te steken. Iemand in de rij voor haar zegt: 'Jeeeezús.'

Een nieuwe geur wordt toegevoegd aan de bedompte sportzaallucht die in het vliegtuig hangt. Het jongetje dat naast dr. Lecter zit, en dat gewend is aan de gewoontes van de baby, eet vrolijk verder van de lunch van Fauchon.

Onder het geheugenpaleis zwaaien de valluiken open en uit de oubliëttes stijgt een afgrijselijke stank omhoog...

Een klein aantal dieren had het artillerievuur en de machinegeweersalvo's overleefd in het vuurgevecht waarbij Hannibal Lecters ouders de dood hadden gevonden, waarna het uitgestrekte bos van hun landgoed gehavend en kapotgeschoten achterbleef.

Het allegaartje deserteurs die zich in de afgelegen jachthut schuil-

hielden, aten alles wat ze maar konden vinden. Eens vonden ze een onooglijk klein hertje, broodmager, met een pijl in zijn lichaam, dat zich ondanks zijn verwonding in leven had weten te houden met hetgeen hij onder de sneeuw aan eetbaars kon vinden. De mannen leidden het terug naar het kamp, opdat ze het niet hoefden te dragen.

Hannibal Lecter, zes jaar oud, keek door een kier van de schuur naar buiten en zag hen aankomen met het diertje dat spartelde en met zijn kop draaide in een poging te ontkomen aan het touw om zijn nek. Omdat ze niet wilden schieten, schopten ze zijn spichtige poten onder hem vandaan en hakten met een bijl zijn keel door, terwijl ze elkaar, vloekend in een aantal verschillende talen, aanspoorden een bak te halen om het bloed op te vangen.

Veel vlees zat er niet op het ondermaatse hert, en een dag of twee, misschien drie, later kwamen de deserteurs, in hun lange overjassen, met hun stinkende, dampende adem, vanuit de jachthut door de sneeuw aangesjokt en ontsloten ze de schuur om een keus te maken uit de kinderen die tegen elkaar aan gekropen in het stro zaten. Geen van de kinderen was doodgevroren, dus namen ze een levend kind. Ze knepen in Hannibal Lecters dij en zijn bovenarm en borst, maar in plaats van hem kozen ze zijn zusje, Mischa, en voerden haar weg. Om te spelen, zeiden ze. Niemand die was weggevoerd om te spelen was ooit teruggekomen.

Hannibal hield Mischa stevig vast, weigerde Mischa uit zijn pezige greep te laten ontsnappen, tot zij de zware schuurdeur tegen hem aan sloegen, waardoor hij versuft en met een gebroken bovenarm bleef staan.

Ze voerden haar weg door de sneeuw die nog rood was van het hertenbloed.

Hij bad zo intens voor Mischa's terugkeer, dat het gebed zijn zesjaar-oude geest volledig opeiste, zonder dat het evenwel het geluid van de bijl overstemde. Zijn gebed om haar terug te zien bleef niet geheel onbeantwoord – hij zag inderdaad een paar van Mischa's melktandjes terug in de stinkende strontput waarvan de mannen die hem gevangen hielden, gebruik maakten tussen de jachthut waar ze sliepen en de schuur waar ze de gevangengenomen kinderen hadden opgesloten met wie ze zich na de instorting van het oostfront in 1944 in leven hielden.

Na dat gedeeltelijke antwoord op zijn gebed had Hannibal Lecter zich niet verder overgegeven aan beschouwingen van het goddelijke, afgezien van het besef dat zijn eigen bescheiden rooftochten in het niet vielen naast die van God, die niet te evenaren is in zijn gevoel voor ironie en onbegrensd is in zijn wrede boosaardigheid.

In dit slingerende vliegtuig blijft dr. Lecter, terwijl zijn hoofd zacht-jes tegen de hoofdsteun op en neer wipt, hangen tussen zijn laatste beeld van Mischa, weglopend door de bloederige sneeuw en het geluid van de bijl. Hij wordt daar vastgehouden en dat kan hij niet verdragen. In de wereld van het vliegtuig klinkt een korte gil uit zijn zwetende gezicht op, iel en hoog, doordringend.

Voor hem zittende passagiers draaien zich om, sommigen schrikken wakker. Mensen in de rij voor hem snauwen hem toe: 'Jezus Christus, wat mankéér je, man? God nog toe!'

Dr. Lecters ogen zijn open, hij kijkt recht voor zich uit, hij voelt een hand op zijn arm. De hand van het jongetje.

'Je had een nare droom, hè?' Het kind is niet bang, trekt zich ook niets aan van het geklaag dat opstijgt uit de rijen voor hen.

'Ja.'

'Ik heb ook vaak nare dromen. Ik lach je niet uit, hoor.'

Dr. Lecter haalde een paar keer diep adem, drukte zijn hoofd tegen de hoofdsteun van zijn stoel. Toen herwon hij zijn kalmte; het was alsof rust vanuit zijn haargrens naar beneden stroomde en zijn gezicht bedekte. Hij boog zijn hoofd naar het kind en zei op vertrouwelijke toon: 'Je hebt volkomen gelijk dat je dat varkensvoer niet wilt eten, weet je. Ik zou het maar nooit eten als ik jou was.'

Luchtvaartmaatschappijen verstrekken tegenwoordig geen briefpapier meer. Dr. Lecter, zichzelf weer helemaal meester, haalde een vel hotelbriefpapier uit zijn borstzakje en begon aan een brief aan Clarice Starling. Eerst maakte hij een schets van haar gezicht. Die schets is tegenwoordig in beheer bij de universiteit van Chicago en staat ter beschikking van studenten. Starling staat afgebeeld als een kind en haar haren, net als die van Mischa, plakken door haar tranen aan haar wangen...

We zien het vliegtuig door de nevel van onze adem heen, een fonkelend lichtpuntje in de heldere nachtlucht. We zien het voor de Poolster langs vliegen, ruim voorbij het punt waarna er geen weg meer terug is, een grote neergaande boog beschrijvend naar de dag die komen gaat in de Nieuwe Wereld.

49

De stapels papieren, dossiers en diskettes in Starlings hok bereikten de kritische massa. Haar verzoek om meer ruimte werd niet ingewilligd. *Genoeg.* Met de roekeloosheid van een verdoemde vorderde ze een ruime kamer in de kelder in Quantico. Het vertrek was voorbestemd de eigen donkere kamer van Gedragswetenschappen te worden zodra het Congres met geld over de brug kwam. Er waren geen ramen, maar planken in overvloed en aangezien het een donkere kamer zou worden, hingen er dubbele verduisteringsgordijnen in de deuropening in plaats van een deur.

Een anonieme collega uit een van de aangrenzende kantoren had in een gotisch lettertype een bordje geprint met daarop HANNIBALHUIS en dat aan haar gordijningang vastgespeld. Bang dat ze het vertrek zou kunnen verliezen, haalde Starling het bordje naar binnen.

Bijna onmiddellijk vond ze een schat aan bruikbaar persoonlijk materiaal in de bibliotheek van de afdeling strafrecht van de universiteit van Columbia, waar een Hannibal Lecter-kamer in stand werd gehouden. Men beschikte daar over oorspronkelijke papieren afkomstig van zijn medische en psychiatrische praktijk en afschriften van zijn proces en de civiele vervolging. Bij haar eerste bezoek aan de bibliotheek had Starling drie kwartier voor niets staan wachten terwijl de beheerders de sleutels zochten van de Lecter-kamer en die niet konden vinden. Bij de tweede gelegenheid trof ze een onverschillige promovendus die de sleutel onder zijn beheer had, en kwam ze tot de ontdekking dat het materiaal niet gecatalogiseerd was.

Starlings geduld werd er in haar vierde decennium niet beter op. Met de steun van afdelingschef Jack Crawford wist ze via het ministerie van justitie een rechterlijk bevel te bemachtigen om de hele collectie naar haar keldervertrek in Quantico over te brengen. Federale politieagenten brachten in één keer alles per bestelwagen over.

Het rechterlijk bevel bracht zoals ze al gevreesd had nogal wat deining teweeg. Uiteindelijk voerde de deining Krendler met zich mee...

Aan het eind van een lange twee weken had Starling het grootste deel van het bibliotheekmateriaal in haar geïmproviseerde Lectercentrum uitgezocht. Op een vrijdag, tegen het eind van de middag, waste ze het boekenstof en vuil van haar gezicht en handen, dimde het licht en ging in de hoek op de grond zitten terwijl ze haar blik liet gaan over de vele plankmeters boeken en papieren. Mogelijk was ze even weggedoezeld...

Ze schrok wakker door een geur en ze besefte dat ze niet alleen was.

Het was de geur van schoensmeer.

Het was schemerig in het vertrek en assistent inspecteur-generaal Paul Krendler liep langzaam langs de planken, turend naar de boeken en foto's. Hij had het niet nodig gevonden om aan te kloppen – op gordijnen kun je niet aankloppen, en Krendler had vrijwel nooit de neiging om aan te kloppen, vooral bij ondergeschikte instanties. Hier in de kelder in Quantico bevond hij zich naar zijn idee werkelijk in lagere regionen.

Een wand van het vertrek was gewijd aan dr. Lecter in Italië en daar had ze een grote foto opgehangen van Rinaldo Pazzi die met zijn bungelende ingewanden uit het raam van het Palazzo Vecchio hing. De tegenoverliggende muur betrof in de Verenigde Staten gepleegde misdaden en werd overheerst door een politiefoto van de boogschutter die dr. Lecter jaren geleden had vermoord. Het lichaam hing aan een wand van gaatjesboard en vertoonde alle wonden van de middeleeuwse prenten van de Visserkoning. Op de planken lagen stapels dossiers en rechtbankverslagen van de door verwanten van dr. Lecters slachtoffers tegen hem aangespannen processen wegens onrechtmatige doding.

Dr. Lecters boeken uit zijn praktijk stonden hier in dezelfde volgorde als in zijn vroegere werkkamer. Starling had ze zo neergezet na met een vergrootglas de politiefoto's van zijn kamer nauwkeurig te hebben bestudeerd.

Veel van het licht in de halfduistere kamer was afkomstig van de röntgenfoto van hoofd en hals van de doctor die voor een lichtbak aan de muur was geschoven. Het verdere licht kwam uit een computer werkstation op een bureau in de hoek. Het thema van de screensaver was 'Gevaarlijke Dieren'. Nu en dan steeg vanuit de computer een gegrom op.

Op een stapel naast de computer lagen de resultaten van Starlings sprokkelwoede. De moeizaam bij elkaar geraapte papiertjes, kwitanties, gespecificeerde nota's die onthulden hoe dr. Lecter in Italië en in Amerika voor zijn opsluiting in de inrichting, had geleefd. Het was een voorlopige opsomming van zijn voorkeuren.

Op een als tafel dienende flatbedscanner had Starling een eenpersoons couvert gereconstrueerd met spullen die waren gevonden in zijn huis in Baltimore – porselein, tafelzilver, kristal, schitterend wit tafellinnen, een kaarsenstandaard – een krappe halve vierkante meter verfijning die afstak tegen de groteske wandversierselen in het vertrek.

Krendler pakte het grote wijnglas op en tikte er tegen met zijn vingernagel.

Krendler was nooit letterlijk in contact geweest met het lichaam van een misdadiger, had nooit met een van die schurken vechtend over de grond gerold, en hij beschouwde dr. Lecter als een soort mediaboeman en als een kans. Hij stelde zich zijn eigen foto voor in verband met een uitstalling als deze in het FBI-museum na Lecters dood. Hij besefte het enorme belang van iets dergelijks voor zijn politieke campagne. Krendler stond met zijn neus boven op het röntgenprofiel van de veelomvattende schedel van de doctor en toen Starling hem aansprak, maakte hij een sprongetje van schrik, waardoor de röntgenfoto met huidsmeer van zijn neus werd besmeurd.

'Kan ik u ergens mee van dienst zijn, meneer Krendler?'

'Waarom zit u daar in het donker?'

'Ik zit te denken, meneer Krendler.'

'Op Capitol Hill willen ze weten hoe de zaken staan in verband met Lecter.'

'De zaken staan zoals u hier om u heen ziet.'

'Vertel me hoever we zijn, Starling. Of we al enige vorderingen maken.'

'Zoudt u niet liever met meneer Crawford...'

'Waar is Crawford eigenlijk?'

'Meneer Crawford is in de rechtszaal.'

'Volgens mij is-ie langzaam zijn verstand aan het verliezen, hebt u ook niet dat idee soms?'

'Nee, meneer Krendler, dat heb ik niet.'

'Wat doet u hier eigenlijk? We hebben een klacht gekregen van de universiteit toen u beslag heeft laten leggen op al die spullen uit de bibliotheek. Dat had wel wat netter afgehandeld kunnen worden.'

'We hebben alles hier verzameld wat we maar over dr. Lecter hebben kunnen vinden, zowel voorwerpen als dossiers. Zijn wapens liggen bij Vuurwapens en Gereedschappen, maar wij hebben duplicaten. We hebben ook wat er over is van zijn persoonlijke papieren.'

'Wat voor zin heeft dit allemaal? Dit alles om een boef te vangen of wilt u alleen maar een kamer behangen?' Krendler zweeg even om het gevatte rijmpje in zijn verbale arsenaal op te bergen. 'Stel dat een hooggeplaatste Republikein bij Rechterlijk Toezicht mij zou vragen wat *u*, speciaal agent Starling, doet om Hannibal Lecter te vangen, wat moet ik hem dan vertellen?'

Starling deed alle lampen aan. Ze zag dat Krendler nog steeds, hoewel hij dure pakken kocht, beknibbelde bij de aankoop van overhemden en stropdassen. De knobbels van zijn harige polsen staken onder zijn manchetten uit.

Starling keek heel even door de muur, voorbij de muur, de blik op oneindig en riep zich tot de orde. Ze dwong zichzelf Krendler te zien als een klas op de politieacademie.

'We weten dat dr. Lecter over uitstekende identiteitspapieren beschikt,' begon ze. 'Hij heeft minstens één extra goed onderbouwde identiteit, misschien zelfs meer dan één. Hij is erg voorzichtig. Hij zou nooit een domme fout maken.'

'Ga door.'

'Hij is een man met een ontwikkelde smaak, soms zelfs buitenissig te noemen, in eten, wijn en muziek. Als hij hierheen komt, zal hij die dingen willen hebben. Hij zal die absoluut willen hebben. Hij zal zich niets ontzeggen.

De heer Crawford en ik hebben de kwitanties en papieren doorgespit die waren overgebleven van dr. Lecters leven in Baltimore voor zijn eerste arrestatie, en ook de kwitanties die de Italiaanse politie ons heeft weten te verschaffen, processen van schuldeisers na zijn arrestatie. We hebben een lijst gemaakt van de dingen waar hij dol op is. Zoals u hier kunt zien: in de maand dat dr. Lecter de zwezeriken van de fluitist Benjamin Raspail opvoerde aan de andere leden van het bestuur van het Baltimore Filharmonisch Orkest, heeft hij twee dozen Château Pétrus bordeaux gekocht voor zesendertighonderd dollar per doos, plus vijf dozen Bâtard-Montrachet voor elfhonderd dollar per doos en een assortiment mindere wijnen.

Na zijn ontsnapping heeft hij via roomservice in St. Louis dezelfde wijn besteld, en opnieuw in Florence bij Vera dal 1926. Dit spul is niet overal te krijgen. We checken importeurs en handelaren voor verkopen per doos.

Bij de Iron Gate in New York heeft hij destijds eersteklas foie gras besteld tegen tweehonderd dollar per kilo en bij de Grand Central Oyster Bar heeft hij groene oesters uit de Gironde gekocht. De maaltijd voor de Filharmonische-raad begon met deze oesters, gevolgd door zwezerik, een sorbet, en daarna, in *Town & Country* kunt u lezen wat ze verder aten' – ze las hardop voor – '*een opmerkelijke donkere glanzende ragout, waarvan nooit is komen vast te staan waaruit die was samengesteld, op een bed van saffraanrijst. De smaak was intrigerend en opwindend, met diepe bastonen die slechts verkregen worden door een langzame zij het bijna volledige indikking van de fond.* Men heeft nooit vastgesteld welk van zijn slachtoffers in de ragout was verwerkt. Enzovoort, enzovoort, het gaat maar door – hier wordt in detail zijn opmerkelijke tafelgerei beschreven. We hebben lijsten opgevraagd van creditcardaankopen bij porselein- en kristalleveranciers.'

Krendler haalde zijn neus op.

'Kijk hier naar deze aanklacht, voor een Steuben kroonluchter die hij nooit heeft betaald, en Galeazzo Motors in Baltimore heeft zijn Bentley via het gerecht teruggevorderd. We gaan Bentley-verkopen na, zowel nieuwe als gebruikte. Zo veel zijn dat er niet. Ook de verkoop van supercharged Jaguars. We hebben de wildleveranciers die restaurants bevoorraden een fax gestuurd met het verzoek aanschaffen van wild zwijn te melden en een week voordat de rode patrijzen uit Schotland worden aangevoerd, zullen we een rondschrijven laten uitgaan.' Ze drukte een paar toetsen op haar toetsenbord in om een lijst te raadplegen, maar liep bij de computer vandaan toen ze Krendlers adem te dicht achter zich voelde.

'Ik heb een verzoek ingediend voor geld om de medewerking te kopen van een paar van de voornaamste kaartjeszwendelaars, de handelaars van de culturele zwarte markt, in New York en San Francisco – we weten dat er enkele orkesten en strijkkwartetten zijn die hij bijzonder graag beluistert, hij zit altijd op de zesde of zevende rij aan het gangpad. Ik heb de beste foto's waarover we beschikken opgestuurd naar het Lincoln Center en het Kennedy Center en naar de meeste filharmonische concertzalen. Misschien kunt u ons daarmee helpen uit het budget van het ministerie van justitie, meneer Krendler.' Toen hij niet reageerde, vervolgde ze: 'We trekken nieuwe abonnementen na op culturele bladen waarop hij in het verleden geabonneerd is geweest – antropologie, linguïstiek, *Physical Review*, wiskunde, muziek.'

'Huurt-ie weleens sm-hoeren? Mannelijke prostitués?'

Starling voelde hoe Krendler van de vraag genoot. 'Voor zover wij weten niet, meneer Krendler. Jaren geleden in Baltimore heeft hij in het gezelschap van verscheidene aantrekkelijke vrouwen concerten bezocht, enkelen van die dames waren betrokken bij vooraanstaande liefdadigheidsinstellingen en dergelijke. Wij hebben hun verjaardagen genoteerd in verband met eventuele geschenk-aankopen. Geen van die vrouwen is voor zover wij weten ooit iets overkomen en geen van hen is ooit bereid geweest over hem te praten. We weten niets van zijn seksuele voorkeuren.'

'Laat ik nou altijd hebben gedacht dat hij homoseksueel was.'

'Waar maakt u dat uit op, meneer Krendler?'

'Al dat artistiekerige gedoe. Kamermuziek en hapjes voor theekransjes. Het is niet persoonlijk bedoeld, als u dat soort mensen graag mag, of als u dergelijke vrienden heeft. De hoofdzaak is, wat ik je op het hart wil drukken, Starling: ik wil hier een beetje medewerking zien. Kleine onafhankelijke vorstendommen kunnen we hier niet hebben. Ik wil van alles op de hoogte worden gehouden, van

elk van je bewegingen, elk spoortje. Is dat begrepen, Starling?'
'Ja, meneer Krendler.'
Bij de deur zei hij: 'Vergeet het niet. Misschien maak je nog een kans om je positie te verbeteren. Je zogenaamde carrière kan best wat hulp gebruiken.'
De toekomstige donkere kamer was al uitgerust met ventilatoren. Hem recht in het gezicht kijkend, zette Starling die aan, opdat die de lucht van zijn aftershave en schoensmeer konden wegzuigen. Krendler duwde de verduisteringsgordijnen opzij en verdween zonder een afscheidsgroet.
De lucht voor Starling trilde, als hittetrillingen op de schietbaan.
Op de gang hoorde Krendler Starlings stem hem iets naroepen.
'Ik loop even met u mee naar buiten, meneer Krendler.'
Een auto met chauffeur stond op Krendler te wachten. Op zijn niveau van directietransport moest hij zich behelpen met een Mercury Grand Marquis sedan.
Voordat hij de kans had gekregen in te stappen, zei ze in de vrijheid van de open lucht: 'Een ogenblikje, meneer Krendler.'
Krendler draaide zich naar haar om, vol verwachting. Was er hier sprake van een glimpje van iets? Nijdige overgave? Zijn voelsprieten schoten naar buiten.
'We kunnen hier vrijuit praten,' zei Starling. 'Nergens afluisterapparatuur te bekennen, of het moet zijn dat u iets draagt.' Ze werd overvallen door een aanvechting waaraan ze geen weerstand kon bieden. Voor het werk met de stoffige boeken droeg ze een wijd spijkerhemd over een strak topje.
Dit kon ze eigenlijk niet maken. *Nou, mooi wel.*
Met een ruk trok ze haar hemd open, de drukknopen sprongen los. 'Kijk maar, ik draag geen afluisterapparatuur.' Een b.h. droeg ze ook niet. 'Dit is misschien de enige keer dat we de kans krijgen voor een onderonsje en ik wil u iets vragen. Al die jaren dat ik dit werk doe, hebt u bij elke gelegenheid die u maar kon aangrijpen een mes in mijn rug gestoken. Waar heb ik dat aan te danken, meneer Krendler?'
'Daar wil ik het met alle plezier een keer met je over hebben... Ik zal wat tijd voor je uittrekken, maak maar een afspraak...'
'We hebben het er nu over.'
'Wat denk je zelf, Starling?'
'Is het omdat ik niet met u wilde rotzooien? Komt het omdat ik toen zei dat u beter maar naar huis en naar uw vrouw kon gaan?'
Hij keek haar nogmaals aan. Ze droeg echt geen afluisterapparaat.
'Verbeeld je nou maar niks, Starling... de stad krioelt van hongerige plattelandstrutten.'

Hij stapte voor in de auto en tikte tegen het dashboard en de grote auto reed weg. Zijn lippen bewogen, vormden de woorden die hij eigenlijk liever had gebruikt: 'Maïsbroodkutten zoals jij.' Krendler zou in de toekomst, zo geloofde hij zelf, heel wat politieke toespraken moeten houden en hij wilde zijn verbale vaardigheid opvijzelen, wat gevatter worden.

50

'Het zou best kunnen werken, geloof mij nou maar,' zei Krendler tegen de piepende duisternis waarbinnen Mason lag. 'Tien jaar geleden was het niet mogelijk geweest, maar die klantenlijsten glijden als dunne stront door die computer van haar heen en weer.' Hij ging verzitten op de zitbank onder de felle lampen van de zithoek.

Krendler zag Margot in silhouet tegen het aquarium afgetekend staan. Hij was er inmiddels aan gewend in haar tegenwoordigheid te vloeken en eerlijk gezegd genoot hij er zelfs van. Volgens hem zou Margot niets liever willen dan dat ze een lul had. Hij wilde *lul* zeggen waar Margot bij was en bedacht hoe hij dat kon doen: 'Het gaat om de manier waarop ze de velden heeft gerangschikt en Lecters voorkeuren naast elkaar heeft gelegd. Ze zou je waarschijnlijk kunnen vertellen aan welke kant hij zijn lul draagt.'

'Een uitstekend moment om dr. Doemling binnen te laten, Margot,' zei Mason.

Dr. Doemling stond te wachten in de speelkamer tussen de reusachtige knuffelbeesten. Mason zag op zijn monitor hoe hij het pluchen scrotum van de grote giraf bekeek, zoals de Viggerts de David van alle kanten hadden bekeken. Op het scherm leek hij een stuk kleiner dan de speelgoeddieren, alsof hij zichzelf had verkleind om zich in staat te stellen zich in een kindertijd binnen te wurmen die niet de zijne was.

Onder de lampen van Masons zithoek was de psycholoog een saai persoon, uiterst schoon, zij het schilferig, met een droge haarsliert die hij over zijn vlekkerige kalende schedel had gekamd en een Phi Beta Kappa-sleutel aan zijn horlogeketting. Hij ging tegenover Krendler aan de salontafel zitten en leek vertrouwd te zijn met het vertrek.

In een appel aan zijn kant van de fruit- en notenschaal zat een wormgat. Dr. Doemling draaide de appel om zodat het gat de andere kant op was gericht. Achter zijn bril volgden zijn ogen Margot met een mate van verwondering die aan lompheid grensde toen ze een paar walnoten van de schaal pakte en terug liep naar haar plekje bij het aquarium.

'Dr. Doemling is het hoofd van de afdeling psychologie van de universiteit van Baylor. Hij bekleedt de Verger-leerstoel,' zei Mason tegen Krendler. 'Ik heb hem gevraagd welke band zou kunnen bestaan tussen dr. Lecter en de FBI-agente Clarice Starling. Doctor...'

Doemling ging recht in zijn stoel zitten alsof hij in de getuigenbank zat en draaide zijn hoofd naar Mason alsof hij zich tot de jury wendde. Krendler herkende in hem de geoefende manieren, de behoedzame partijdigheid van een voor tweeduizend dollar per dag ingehuurde getuige-deskundige.

'De heer Verger is uiteraard bekend met mijn getuigschriften, stelt u er prijs op die te vernemen?' vroeg Doemling.

'Nee,' zei Krendler.

'Ik heb de notities van deze Starling met betrekking tot haar gesprekken met Hannibal Lecter, zijn brieven aan haar en het mij verstrekte materiaal aangaande hun beider achtergronden bestudeerd,' begon Doemling.

Krendler schrok hiervan op, en Mason zei: 'Dr. Doemling heeft een vertrouwelijkheidsovereenkomst getekend.'

'Op uw teken zal Cordell uw dia's op het scherm zetten, doctor,' zei Margot.

'Eerst een stukje achtergrond.' Doemling raadpleegde zijn notities. 'We weten met zekerheid dat Hannibal Lecter in Litouwen is geboren. Zijn vader was graaf, een titel daterend uit de tiende eeuw, zijn moeder van Italiaanse adel, een Visconti. Tijdens de Duitse terugtocht uit Rusland is hun landgoed bij Vilnius door langs trekkende Duitse tanks vanaf de weg onder vuur genomen, waarbij beide ouders en het merendeel van de bedienden zijn omgekomen. De kinderen waren daarna onvindbaar. Er waren twee kinderen, Hannibal en zijn zusje. We weten niet wat er met het zusje is gebeurd. Waar het om gaat is dat Lecter wees was, net als Clarice Starling.'

'Welke informatie u van *mij* heeft,' zei Mason ongeduldig.

'Maar welke conclusie hebt u daaruit getrokken?' vroeg dr. Doemling. 'Ik stuur niet af op een gevoel van verwantschap tussen twee wezen, meneer Verger. Het gaat hier niet om verwantschap. Verwantschap staat hier buiten. En mededogen is dood. Luister goed. Door zijn ervaring van wees-zijn is dr. Lecter simpelweg beter in staat haar te begrijpen, en haar uiteindelijk in zijn macht te krijgen. Het gaat hier over *macht*.

Mevrouw Starling heeft haar jeugd in inrichtingen doorgebracht en uit wat u mij hebt verteld, maak ik op dat ze niet in staat is een stabiele relatie met een man op te bouwen. Ze woont samen met een voormalige klasgenote, een jonge Afro-Amerikaanse vrouw.'

'Die twee zullen het wel met elkaar doen,' zei Krendler.

De psychiater verspilde nog geen blik aan Krendler – Krendlers opmerking werd zonder nadenken verworpen. 'Men weet nooit met zekerheid waarom iemand met een ander samenleeft.'

'Het is een van die dingen die verborgen zijn, zo zegt de bijbel,' zei Mason.

'Starling ziet er best smakelijk uit, als je van volkoren houdt,' opperde Margot.

'Volgens mij voelt Lecter zich tot haar aangetrokken en niet andersom,' zei Krendler. 'U hebt haar gezien – het is nogal een koude kikker.'

'Is ze werkelijk een koude kikker, meneer Krendler?' Margot klonk geamuseerd.

'Denk je dat ze lesbisch is, Margot?' vroeg Mason.

'Hoe moet ik dat verdomme weten? Wat ze ook is, ze houdt het voor zichzelf – dat was mijn indruk. Volgens mij is ze niet gemakkelijk en ze zag er strijdvaardig uit, maar een koude kikker zou ik haar niet willen noemen. We hebben niet lang met elkaar gesproken, maar dat was mijn indruk. Dat was voordat jij me nodig had om iets voor je te doen, Mason – je hebt me de kamer uitgezet, weet je nog wel? Míj hoor je niet zeggen dat ze een koude kikker is. Meisjes met het uiterlijk van Starling moeten een zekere afstand uitstralen omdat ze om de haverklap door de een of andere *klootzak* worden lastiggevallen.'

Krendler voelde dat Margot hem hierbij net iets te lang aankeek, ondanks het feit dat hij alleen maar haar contouren kon zien.

Hoe verschillend waren de stemmen in dit vertrek. Krendlers voorzichtige ambtelijke toon, Doemlings betweterige gebalk, Masons lage, welluidende klanken met zijn afgekapte plofklanken en lekkende sisklanten en Margot, met haar hese, diepe stem, koppig als een manegepaard met een afkeer voor het bit. En onder dat alles, de zuchtende machine die Mason lucht verschaft.

'Ik heb een mening gevormd over haar privéleven met betrekking tot haar klaarblijkelijke vadercomplex,' vervolgde Doemling. 'Daar zal ik zo dadelijk op ingaan. Goed, we beschikken over drie documenten afkomstig van dr. Lecter die betrekking hebben op Clarice Starling. Twee brieven en een tekening. Het is een tekening van de kruisigingsklok die hij heeft ontworpen tijdens zijn verblijf in de inrichting.' Dr. Doemling keek naar het scherm. 'De dia, alstublieft.'

Ergens buiten het vertrek legde Cordell de opmerkelijke schets voor de camera die vervolgens het beeld naar de monitor stuurde. De originele uitvoering is in houtskool op vetvrij papier. Masons kopie was gemaakt op een blauwdruk-kopieermachine en de lijnen hebben de kleur van blauwe plekken.

'Hij heeft er zelfs, tevergeefs, octrooi op aangevraagd,' zei dr. Doemling. 'Zoals u kunt zien, staat op de wijzerplaat een afbeelding van Christus, genageld aan het kruis, en Zijn armen draaien rond om de tijd aan te geven, precies zoals die Mickey Mouse-horloges. Het is interessant omdat het naar voren hangende gezicht, het gezicht van Clarice Starling is. Hier ziet u een foto van die vrouw. *Cordell*, was het toch? Cordell, de foto alstublieft.'

Geen twijfel mogelijk, het hoofd van Jezus was dat van Starling.

'Een andere anomalie is dat de gestalte aan het kruis genageld is door middel van spijkers door de polsen in plaats van de handpalmen.'

'Volkomen juist,' zei Mason. 'Je moet de spijkers ook door de polsen slaan en grote houten sluitringen gebruiken, anders gaan ze los zitten en beginnen ze te flapperen. Idi Amin en ik zijn daar al doende achtergekomen toen we met Pasen dat tafereel in Oeganda hebben nagespeeld. Onze Heiland was in werkelijkheid met de polsen aan het kruis vastgenageld. De kruisigingsschilderijen kloppen geen van alle. De bijbel is verkeerd vanuit het Hebreeuws naar het Latijns vertaald.'

'Dank u,' zei dr. Doemling, allesbehalve van harte. 'De kruisiging is duidelijk een weergave van de verwoesting van een symbool van aanbidding. De arm bijvoorbeeld die de minuten aangeeft, staat op de zes en bedekt zedig het geslachtsorgaan. De uurwijzer staat op de negen, of liever gezegd iets over de negen. Negen is een duidelijke verwijzing naar het uur waarop Jezus werd gekruisigd.'

'En als je zes en negen naast elkaar zet, krijg je negenenzestig, een populair nummer bij geslachtsgemeenschap,' kon Margot niet nalaten op te merken. Als reactie op Doemlings scherpe blik, kraakte ze haar walnoten en de doppen kletterden op de grond.

'Laten wij ons nu buigen over dr. Lecters brieven aan Clarice Starling. Cordell, als u zo vriendelijk zoudt willen zijn ze voor de monitor te plaatsen.' Dr. Doemling pakte een laseraanwijslampje uit zijn zak. 'Zoals u ziet is het schrift, een vloeiend rondschrift uitgevoerd met een vulpen met een stomp uiteinde, zeer regelmatig, als was het gedrukt. Dergelijk handschrift vindt men terug in middeleeuwse pauselijke bullen. Het is uiterst fraai, zij het abnormaal regelmatig. Geen sprake van spontaniteit. Alles is uitgebroed. De eerste brief schreef hij vlak na zijn ontsnapping, waarbij hij en passant vijf mensen heeft vermoord. Laten we een stukje van de tekst lezen:

En, Clarice, hebben de lammeren hun geschreeuw gestaakt?
Je bent me nog een stukje informatie schuldig, weet je, en dat
zou ik graag van je krijgen.
Ik ben tevreden met een advertentie in de landelijke editie van
de Times *en in de* International Herald-Tribune *op de eerste*
van om het even welke maand. En plaats er ook maar een in
de China Mail.
Het zal me niet verbazen als het antwoord ja en nee is. De
lammeren zullen voorlopig zwijgen. Maar, Clarice, je
beoordeelt jezelf met alle genade van de strengste
scherprechter. Je zult hem opnieuw moeten verdienen, telkens
en telkens weer, die gezegende stilte. Omdat het de belofte is
die je drijft, omdat je wordt geconfronteerd met de belofte.
En die belofte zal altijd blijven bestaan. Eeuwig.
Ik ben niet van plan je op te zoeken, Clarice. Met jou erbij is
de wereld interessanter. Zorg dat je mij dezelfde gunst
bewijst...

Dr. Doemling zette zijn bril zonder montuur hoger op zijn neus en schraapte zijn keel. 'Dit is een klassiek voorbeeld van *avunculisme* waarover ik artikelen heb geschreven – in de vakliteratuur duikt steeds vaker de term *Doemlings avunculisme* op. Mogelijk wordt de term in het volgende Handboek voor Diagnostiek en Statistiek opgenomen. Voor een leek kan dit het best omschreven worden als het zich uitgeven voor een wijs en zorgzaam beschermer met het oogmerk daar persoonlijk profijt uit te trekken.

Uit verdere aantekeningen heb ik begrepen dat de opmerking over het geschreeuw van de lammeren verwijst naar een ervaring uit Clarice Starlings jeugd, het slachten van de lammeren op de ranch in Montana, haar pleegtehuis,' vervolgde dr. Doemling met zijn eentonige stem.

'Ze wisselde informatie uit met Lecter,' zei Krendler. 'Hij wist iets over die seriemoordenaar Buffalo Bill.'

'De tweede brief, zeven jaar later geschreven, lijkt op het eerste gezicht een betuiging van deelneming en steun,' zei Doemling. 'Hij tergt haar evenwel met verwijzingen naar haar ouders, die zij kennelijk aanbidt. Haar vader noemt hij "de dode nachtwaker", en haar moeder "het kamermeisje". Vervolgens dicht hij hun nobele eigenschappen toe waarvan zij zich kan voorstellen dat zij daarover beschikten, en voert hij diezelfde eigenschappen aan als excuus voor haar eigen mislukkingen in haar loopbaan. Hij probeert hier duidelijk haar voor zich in te nemen, macht over haar te verwerven.

Ik vermoed dat mevrouw Starling gebukt gaat onder een blijvende band met haar vader, een *imago* dat haar belet gemakkelijk een seksuele relatie met iemand op te bouwen, en dat haar wellicht in de richting van dr. Lecter duwt in een soort overdracht van dat imago, waarvan hij, pervers als hij is, zonder aarzelen misbruik zal maken. In deze tweede brief moedigt hij haar opnieuw aan door middel van een advertentie contact met hem te zoeken en hij verschaft haar zelfs een schuilnaam.'

God allemachtig, die man ging maar door! Rusteloosheid en verveling waren een marteling voor Mason omdat hij niet in staat was daar lichamelijke uiting aan te geven. 'Juist, prima, uitstekend, doctor,' onderbrak Mason. 'Margot, zet het raam alsjeblieft een stukje open. Ik heb een nieuwe Lecter-bron, dr. Doemling. Iemand die zowel Starling als Lecter kent en hen samen heeft meegemaakt, iemand die meer tijd dan wie dan ook met Lecter heeft doorgebracht. Ik wil dat u met hem praat.'

Krendler schoof ongemakkelijk op de bank heen en weer, zijn maag begon op te spelen toen hij besefte welke wending dit alles nam.

51

Mason sprak in zijn intercom en een rijzige gestalte kwam het vertrek binnen. Hij was even gespierd als Margot en droeg het witte uniform van een verpleger.

'Dit is Barney,' zei Mason. 'Hij was zes jaar lang hoofd van de gesloten afdeling in de psychiatrische strafinrichting in Baltimore, toen Lecter daar zat. Hij werkt nu voor mij.'

Barney was liever bij Margot voor het aquarium blijven staan, maar dr. Doemling wilde dat hij in het licht kwam zitten. Hij nam plaats naast Krendler.

'*Barney* was het toch? Nu dan, *Barney*, wat voor opleiding heb je genoten?'

'Ik heb een vergunning om te werken als ongediplomeerde verpleeghulp.'

'Zo, een hele mondvol. Uitstekend. Is dat alles?'

'Ik heb een bachelor's degree in geesteswetenschappen van het Amerikaanse Instituut voor Schriftelijk Onderwijs,' zei Barney uitdrukkingsloos. 'En een getuigschrift van het doorlopen van de Cummins opleiding voor mortuariumbediende. Ik ben bevoegd aflegger. Dat heb ik gedaan toen ik de verplegersopleiding volgde.'

'Je hebt je verpleeghulpopleiding bekostigd door in een lijkenhuis te werken?'

'Ja, lijken ophalen op de plaats van de misdaad en assisteren bij secties.'

'En daarvoor.'

'Korps mariniers.'

'Juist ja. En tijdens je werk in de staatsinrichting heb je Clarice Starling en Hannibal Lecter met elkaar bezig gezien – ik bedoel eigenlijk dat je ze met elkaar hebt zien praten?'

'Ik kreeg meer de indruk dat ze...'

'Laten we ons beperken tot wat je hebt *gezien*, niet wat je opmaakte uit wat je zag, is dat mogelijk?'

Mason onderbrak hem. 'Hij is slim genoeg om zijn mening te mogen geven. Barney, je kent Clarice Starling.'

'Ja.'

'Je hebt Hannibal Lecter zes jaar meegemaakt.'

'Ja.'

'Wat hadden ze met elkaar?'

Hoewel hij in eerste instantie moeite had Barneys hoge, rauwe stem te verstaan, was het toch Krendler die de relevante vraag stelde. 'Gedroeg Lecter zich tijdens zijn gesprekken met Starling anders dan anders, Barney?'

'Ja. Meestal reageerde hij helemaal niet op bezoekers,' zei Barney. 'Soms deed hij lang genoeg zijn ogen open om de een of andere academicus te beledigen die tot zijn hersens probeerde door te dringen. Hij heeft zelfs een bepaalde professor aan het huilen gekregen. Hij heeft het Starling ook niet gemakkelijk gemaakt, maar hij heeft haar meer verteld dan wie dan ook. Hij was in haar geïnteresseerd. Ze intrigeerde hem.'

'In welk opzicht?'

Barney haalde zijn schouders op. 'Hij kreeg bijna nooit een vrouw te zien. Ze ziet er best aantrekkelijk uit...'

'Op dat punt heb ik jouw mening niet nodig,' zei Krendler. 'Is dat alles wat je ons kunt vertellen?'

Barney zweeg. Hij bekeek Krendler met een blik alsof hij dacht dat Krendlers linker en rechter hersenhelften twee hondjes waren die niet meer van elkaar los konden komen.

Margot kraakte een walnoot.

'Ga door, Barney,' zei Mason.

'Ze spraken openhartig met elkaar. Hij kan op zijn tijd reuze ontwapenend zijn. Dan geeft-ie je het gevoel dat hij zich niet zou verwaardigen te liegen.'

'*Wat* niet zou doen om te liegen?' zei Krendler.

'*Verwaardigen*,' zei Barney.

'V-E-R-W-A-A-R-D-I-G-E-N,' zei Margot Verger vanuit de duisternis. 'Hij zou zich niet verlagen tot leugens, dat zou zijn eer te na zijn, meneer Krendler.'

Barney sprak verder. 'Dr. Lecter heeft haar een aantal onplezierige dingen over haarzelf verteld en toen een aantal prettige dingen. Op die manier kon ze de nare dingen accepteren en kon ze meer genieten van de goede dingen, omdat ze wist dat het geen onzin was. Hij vond haar charmant en onderhoudend.'

'Wil je beweren dat *jij* kunt beoordelen wat Hannibal Lecter "onderhoudend" vond?' zei Dr. Doemling. 'Waar maak je dat dan uit op, *verpleeghulp* Barney?'

'Door te luisteren naar de manier waarop hij lachte, dr. *Dommeling*. Dat hebben we geleerd op de verpleeghulpopleiding, een leergang met als titel "Genezing en optimisme".'

Het was niet te horen of Margot snoof of dat het geluid uit het aquarium achter haar opsteeg.

'Maak je niet kwaad, Barney. Vertel verder,' zei Mason.

'Ja, meneer Verger. Soms raakten dr. Lecter en ik 's avonds laat aan de praat, als het rustig genoeg daarvoor werd. We bespraken de cursussen die ik volgde en andere dingen. Hij...'

'Volgde je toevallig een of andere schriftelijke *psychologie*-cursus?' kon Doemling niet nalaten te zeggen.

'Nee, ik beschouw psychologie niet als een wetenschap. Dr. Lecter evenmin.' Barney sprak meteen verder, voordat Mason van zijn beademingsapparaat de kans kreeg hem tot de orde te roepen. 'Ik kan alleen maar herhalen wat hij mij heeft verteld – hij zag wat zij in aanleg was, ze was vertederend zoals een jong dier vertederend is, een jonkie dat opgroeit tot... een leeuw of een tijger. Waar je als-ie eenmaal groot is, niet meer mee kunt spelen. Ze bezat de ernst van een jong dier, zei hij. Ze beschikte over alle wapens, in het klein, maar gestaag groeiend, en het enige dat ze nu nog deed was stoeien met andere jonkies. Dat vond hij vermakelijk.

De manier waarop hun kennismaking tot stand kwam, is veelzeggend. In het begin was hij hoffelijk, al nam hij haar niet echt serieus, maar toen ze wegliep, slingerde een medegevangene sperma in haar gezicht. Dat stoorde dr. Lecter, hij vond het gênant. Dat was de enige keer dat ik heb meegemaakt dat hij van streek was. Zij had het ook gezien en heeft geprobeerd er gebruik van te maken. Hij bewonderde haar lef, geloof ik.'

'Hoe gedroeg hij zich tegenover die andere gevangene – die met sperma had gegooid? Bestond er een relatie tussen die twee mannen?'

'Zo zou ik het niet willen noemen,' zei Barney. 'Dr. Lecter heeft hem die nacht simpelweg vermoord.'

'Ze zaten toch in aparte cellen?' vroeg Doemling. 'Hoe heeft-ie het dan gedaan?'

'Drie cellen van elkaar af en aan de tegenoverliggende kant van de gang,' zei Barney. 'Midden in de nacht heeft dr. Lecter een tijdje tegen hem gesproken en hem vervolgens opgedragen zijn tong in te slikken.'

'Dus Clarice Starling en Hannibal Lecter gingen... vriendschappelijk met elkaar om?' zei Mason.

'Binnen een soort formele structuur,' zei Barney. 'Ze wisselden informatie uit. Dr. Lecter verschafte haar inzicht in de seriemoordenaar die zij achtervolgde en zij betaalde ervoor met details van haar privéleven. Dr. Lecter zei eens dat hij vreesde dat Starling meer lef had dan goed voor haar was, een "overdaad aan ijver" waren zijn exacte woorden. Hij geloofde dat ze zich te dicht bij de grens van het toelaatbare zou begeven als ze dacht dat haar opdracht daarom vroeg. En hij zei ook dat ze "vervloekt was met smaak". Ik weet niet wat hij daarmee bedoelde.'

'Dr. Doemling, wil hij haar neuken of vermoorden, of opeten of zo?' vroeg Mason, alle mogelijkheden opsommend die hij kon bedenken.

'Waarschijnlijk alle drie,' zei dr. Doemling. 'Ik zou niet graag een voorspelling doen met betrekking tot de volgorde waarin hij die handelingen zou willen uitvoeren. Dat is de kern van hetgeen ik u kan vertellen. Hoezeer de sensatiebladen – de mentaliteit van de sensatiebladen – hun best ook doen het verhaal te romantiseren, er een variatie van *Beauty and the beast* van te maken, zijn doel is haar degeneratie, haar lijden en haar dood. Hij is haar tweemaal bijgesprongen: toen ze werd beledigd door het sperma in haar gezicht en toen ze in de kranten werd aangevallen nadat ze die mensen had neergeschoten. Hij doet of hij haar met raad terzijde wil staan, maar hij raakt juist opgewonden van haar ellende. Wanneer de geschiedenis van Hannibal Lecter op schrift wordt gesteld, en dat zal zeker gebeuren, zal het worden aangemerkt als een geval van *Doemlings avunculisme*. Wil zij hem aantrekken, dan moet zij in ellende verkeren.'

Op het brede, rubberachtige vlak tussen Barneys ogen is een rimpel verschenen. 'Mag ik hier iets aan toevoegen, meneer Verger, aangezien u me dat hebt gevraagd?' Hij wachtte niet op toestemming. 'Tijdens het incident in de inrichting als gevolg waarvan dr. Lecter het voor haar opnam, heeft ze geen moment haar zelfbeheersing verloren, ze veegde doodgemoedereerd dat sperma van haar gezicht en ging verder met haar werk. In de brieven noemt hij haar een strijder en hij benadrukt dat ze het in die schietpartij betrokken kind het leven heeft gered. Hij bewondert en respecteert haar moed en haar discipline. Hij zegt zelf dat hij niet van plan is haar op te sporen. Eén ding is zeker: hij liegt nooit.'

'Dat is nou precies de sensatiebladmentaliteit waar ik het over had,' zei Doemling. 'Hannibal Lecter beschikt niet over gevoelens als bewondering of respect. Warmte en genegenheid zijn hem onbekend. Dat is een geromantiseerde misvatting, waaruit overduidelijk het gevaar van een tekort in scholing blijkt.'

'Dr. Doemling, u herinnert zich mij niet meer, hè?' zei Barney. 'Ik had dienst op de afdeling toen *u* hebt geprobeerd met dr. Lecter te praten; een heleboel mensen hebben dat geprobeerd, maar u bent degene die huilend is weggelopen, als ik me niet vergis. Daarna heeft hij een recensie gepubliceerd over uw boek in de *American Journal of Psychiatry*. Ik kan me heel goed voorstellen dat u waarschijnlijk opnieuw in tranen bent uitgebarsten toen u die onder ogen kreeg.'

'Zo is het wel genoeg, Barney,' zei Mason. 'Breng me nu maar mijn lunch.'

'Er is niets ergers dan een halfbakken autodidact,' zei Doemling, toen Barney de kamer had verlaten.

'U had me niet verteld dat u Lecter hebt geïnterviewd, doctor,' zei Mason.

'Hij was indertijd catatonisch, er was niets mee te beginnen.'

'En daar moest u om huilen?'

'Dat is niet waar.'

'En u hecht dus weinig waarde aan wat Barney heeft verteld.'

'Hij is even misleid als dat meisje.'

'Barney geilt waarschijnlijk zelf op Starling,' zei Krendler.

Margot lachte in zichzelf, maar wel zo luid dat Krendler het hoorde.

'Als u wilt dat Clarice Starling aantrekkelijk wordt voor dr. Lecter, moet u ervoor zorgen dat hij het idee krijgt dat ze in diepe ellende verkeert,' zei Doemling. 'Geef hem door schade die hij ziet een idee wat voor schade hij zou kunnen aanrichten. Als hij met haar gekwetstheid in welke symbolische vorm dan ook wordt geconfronteerd, zal hem dat opwinden alsof hij toekijkt hoe ze zit te masturberen. Als een vos een konijn hoort krijsen, komt hij aangerend, maar niet om hulp te verlenen.'

52

'Ik kan Clarice Starling niet leveren,' zei Krendler toen Doemling was vertrokken. 'Ik kan u vertellen waar ze is en waar ze mee bezig is, maar ik heb niets te zeggen over opdrachten van de Dienst. En als de Dienst haar als lokaas gebruikt, dan dekken ze haar ook, geloof mij nou maar.'

Krendler wees met zijn vinger naar Masons duisternis om zijn woorden kracht bij te zetten. 'Het zou onmogelijk zijn om je ertussen te wringen. Onmogelijk om iemand binnen die dekking te manoeuvreren en Lecter te onderscheppen. De surveillance zou uw mensen meteen ontdekken. Ten tweede zal de Dienst geen proactieve initiatieven ontplooien voordat hij weer contact met haar opneemt of dat ze bewijs hebben dat hij in de buurt is – hij heeft haar eerder geschreven, maar is nooit bij haar langs gekomen. Het zou minimaal twaalf mensen vergen om haar dag en nacht te bewaken, een dure grap. U zou beter af zijn als u haar niet na die schietpartij van vervolging had gered. Het zal niet gemakkelijk zijn dat ongedaan te maken en haar alsnog voor dat akkefietje aan de schandpaal te nagelen.'

'Ja ja, wijsheid achteraf is makkelijk,' zei Mason, die alles in aanmerking genomen redelijk uit zijn s-klanken kwam. 'Margot, pak die Milanese krant, *Corriere della Sera*, van zaterdag, de dag na de moord op Pazzi, kijk naar de eerste advertentie in de problemenrubriek. Lees die voor.'

Margot hield de dichte druk onder de lamp. 'De advertentie is in het Engels gesteld, geadresseerd aan A.A. Aaron. De tekst luidt: *Geef jezelf over aan de dichtstbijzijnde autoriteiten, de vijand is nabij. Hannah.* Wie is Hannah?'

'Dat is de naam van het paard dat Starling als kind heeft gehad,' zei Mason. 'Het is een waarschuwing van Starling aan Lecter. Hij heeft haar in zijn brief laten weten hoe ze met hem in contact kon komen.'

Krendler was overeind gesprongen. 'God*verdomme*. Ze kon onmogelijk weten wat er in Florence is gebeurd. Als ze daarvan weet, weet ze ook dat ik u alles heb laten zien.'

Mason slaakte een zucht en vroeg zich af of Krendler wel pienter genoeg was om een bruikbare politicus te worden. '*Zij* wist van niets. *Ik* heb die advertentie geplaatst, in *La Nazione*, in *Corriere della Sera* en in de *International Herald-Tribune*, op de dag ná onze aanslag op Lecter. In het geval dat onze aanslag zou mislukken, zou hij dan denken dat Starling hem probeerde te helpen. Dan hadden we nog steeds een link met hem via Starling.'

'Die advertentie is niemand opgevallen.'

'Nee. Behalve dan misschien Hannibal Lecter. Hij wil haar daar misschien voor bedanken – via de post, persoonlijk, wie weet? Nou, luister goed: wordt haar post nog steeds onderschept?'

Krendler knikte. 'Absoluut. Als hij haar iets stuurt, ziet u het voordat zij het ziet.'

'Let nu heel goed op, Krendler: de opdracht voor de advertentieplaatsing en de betaling zijn geregeld op een manier die het Starling onmogelijk maakt te bewijzen dat zij het niet op eigen houtje heeft gedaan, en dat is een ernstig misdrijf. Daarmee zou ze haar boekje te buiten zijn gegaan. Dat is genoeg om haar te breken, Krendler. Je weet zelf hoe weinig de FBI zich aan iemand gelegen laat liggen die de dienst heeft verlaten. Die laten ze vallen als een baksteen. Ze zal nog niet eens een wapenvergunning kunnen krijgen. Behalve ik zal niemand haar in de gaten houden. En Lecter zal weten dat ze aan haar lot is overgelaten. Eerst zullen we nog een paar andere dingen proberen.' Mason zweeg even om adem te halen en vervolgde toen: 'Als die niet werken, gaan we te werk volgens Doemlings aanwijzingen en zorgen dat ze zwaar in de problemen komt met die advertentie – *problemen* is zwak uitgedrukt, je kunt haar daarmee helemaal kapot maken. Ik zou je aanraden het gedeelte met het kutje te bewaren. De rest is veel te allejezus ernstig. Ai – het was niet mijn bedoeling om te vloeken.'

53

Clarice Starling rende door de vallende bladeren in een bos van Natuurbehoud in Virginia een uur van haar huis, een favoriete plek, geen andere mensen te bekennen op deze doordeweekse herfstdag, een hoognodige vrije dag. Ze rende over een vertrouwd pad in de beboste heuvels naast de rivier de Shenandoah. De lucht werd verwarmd door de vroege ochtendzon die de heuveltoppen bescheen, maar in het lager gelegen terrein was die plotseling koud, soms voelde ze tegelijkertijd de warme lucht op haar gezicht en de koele lucht tegen haar benen.

De grond onder Starlings voeten was dezer dagen niet al te vast, ze leek meer houvast te hebben als ze rende.

Starling rende door de prachtige dag, heldere, dansende lichtflitsen door de bladeren, het pad vlekkerig en op andere plaatsen gestreept door de schaduwen van de boomstammen in de laagstaande vroege zon. Voor zich uit zag ze drie herten opschrikken, twee hindes en een bok die in een gelijktijdige enkele sprong het pad vrijmaakten, de witte onderkant van hun opgeheven staartjes glansde in het halfdonker van het dichte bos toen ze wegsprongen. Starling maakte, daardoor opgevrolijkt, een sprongetje van vreugde.

Roerloos als een personage in een middeleeuws wandtapijt, zat Hannibal Lecter tussen de gevallen bladeren op de helling boven de rivier. Hij kon honderdvijftig meter van het hardlooppad overzien, zijn veldkijker afgeschermd met een zelfgemaakt kartonnen schildje om te voorkomen dat het zonlicht door het glas teruggekaatst zou worden. Eerst zag hij de herten opschrikken en langs de helling omhoog springen en toen, voor het eerst in zeven jaar, zag hij Clarice Starling.

Zijn gezichtsuitdrukking onder de kijker veranderde niet, maar zijn neusvleugels spreidden zich wijd open toen hij diep inademde alsof hij ondanks de afstand verwachtte haar geur op te kunnen snuiven. Die inademing bracht hem de geur van dorre bladeren met een vleugje kaneel, de schimmelige bladeren daaronder en de zacht rottende mast, een zweem van konijnenkeutels van meters ver weg, de diepe, wilde muskusgeur van een verscheurd eekhoornvachtje onder de bladeren, maar niet de geur van Starling, die hij overal had kunnen herkennen. Hij zag de herten voor haar uit springen, kon ze nog lange tijd volgen toen zij ze niet meer kon zien.

Ze bevond zich minder dan een minuut in zijn gezichtsveld, soepel rennend, niet in gevecht met de grond. Een kleine rugzak met een fles water. Ze liep met de zon in de rug en het vroege licht maakte haar contouren onduidelijk, alsof haar huid bedekt was met een laagje stuifmeel. Terwijl hij haar met zijn blik volgde, viel een flits van de in het water weerkaatste zon achter haar in zijn kijker waardoor hij minutenlang vlekken voor zijn ogen zag. Ze verdween uit zicht toen het pad naar beneden en van hem weg voerde en haar achterhoofd was het laatste dat hij zag, de paardenstaart wipte op als de vaandel van een witstaarthert.

Dr. Lecter bleef roerloos zitten, maakte geen aanstalten haar te volgen. Haar beeld stond hem levendig voor ogen. Daar zou het blijven zolang hij dat daar wilde houden. Zijn eerste echte blik op haar in zeven jaar, als hij de foto's in de sensatiebladen en een glimp van een hoofd in een auto buiten beschouwing liet. Hij ging achterover liggen met zijn handen achter zijn hoofd, keek naar het uitdunnende gebladerte van een esdoorn boven hem dat trilde tegen de achtergrond van de lucht, een lucht die zo donker was dat die bijna paars was. Paars, paars, het trosje wilde muskadeldruiven die hij had geplukt op weg naar boven waren ook paars; de volle, stoffige druiven begonnen al te verschrompelen en hij at er een aantal op en kneep een paar fijn in zijn hand en likte het sap op zoals een kind zijn wijd uitgespreide hand aflikt. Paars, paars.

De paarse aubergineplant in de tuin.

Op het midden van de dag was er in de hoog gelegen jachthut geen warm water en Mischa's kindermeisje droeg de verkoperde tobbe naar de moestuin om het badwater van de twee jaar oude peuter in de zon op te warmen. Mischa zat in de warme zon in de glimmende tobbe tussen de groenten, koolwitjes vlogen om haar heen. Het water was amper diep genoeg om haar mollige beentjes te bedekken, maar haar ernstige broertje Hannibal en de grote hond kregen opdracht op haar te letten terwijl het kindermeisje naar binnen ging om een omslagdoek voor het kind te halen.

Voor een aantal bedienden was Hannibal Lecter een angstaanjagend kind, met een angstaanjagend sterke persoonlijkheid, buitengewoon schrander, maar het oude, ervaren kindermeisje joeg hij geen angst aan, Mischa evenmin, die haar stervormige babyhandjes tegen zijn wangen legde en hem toelachte. Mischa strekte haar armen uit naar de aubergineplant die achter hem stond, waar ze zo graag naar keek in het zonlicht. Haar ogen waren niet kastanjebruin zoals die van haar broer Hannibal, maar blauw, en terwijl ze naar de aubergines keek, leken haar ogen de kleur ervan aan te nemen, donkerder te worden. Hannibal Lecter wist dat ze dol was op die kleur. Nadat ze weer naar binnen was gebracht en de kokshulp mopperend naar buiten was gekomen om de tobbe in de tuin leeg te gooien, ging Hannibal op zijn knieën naast de rij aubergineplanten zitten, waar de badzeepbubbeltjes krioelden van weerspiegelde kleuren, paars en groen, tot ze op de bewerkte grond uiteenspatten. Hij pakte zijn zakmesje uit zijn zak en sneed een aubergine van de plant, poetste die met zijn zakdoek op, de groente warm van de zon in zijn armen terwijl hij die, warm als een dier, naar Mischa's kamertje bracht en hem op een plek neerlegde waar zij ernaar kon kijken. Mischa was dol

*op donkerpaars, hield van de kleur van aubergines, heel haar leventje
lang.*

Hannibal Lecter deed zijn ogen dicht om nog eens het beeld voor
zijn geestesoog te halen van de herten die voor Starling uit sprongen, van Starling die langs het pad aan kwam rennen, met goud omkranst door de zon achter haar, maar het was het verkeerde hert, dit
was het kleine hert met de pijl in zijn lijfje, dat rukte aan het touw
om zijn hals terwijl het naar de bijl werd geleid, het hertje dat ze opaten voordat ze Mischa opaten, en hij kon niet meer stil blijven liggen en hij kwam overeind, zijn handen en mond paarsgekleurd door
de muskadeldruiven, zijn mondhoeken omlaaggetrokken als een
Grieks masker. Hij keek naar het pad waarlangs Starling was verdwenen. Hij haalde diep adem door zijn neus en snoof de zuiveren-
de geur van het bos in zich op. Hij staarde naar de plek waar Starling was verdwenen. Het pad leek lichter dan het omringende bos,
alsof ze een lichte plek had achtergelaten.

Hij klom snel naar de heuveltop en daalde aan de andere kant af
naar de parkeerplaats van een vlakbij gelegen kampeerterrein waar
hij zijn pick-up had achtergelaten. Hij wilde het park uit zijn voordat Starling bij haar auto terug was, die ze een kleine vier kilometer verderop op de grote parkeerplaats bij het parkwachtershuisje,
dat in dit jaargetijde gesloten was, had geparkeerd.

Ze zou er minstens een kwartier voor nodig hebben om naar haar
auto terug te rennen.

Dr. Lecter parkeerde naast de Mustang en liet de motor draaien. Hij
had al verscheidene keren de kans gehad haar auto te bestuderen op
de parkeerplaats van een levensmiddelenzaak vlak bij haar huis. De
jaarlijks verstrekte sticker van het bos die toegang met korting verschafte en op het raampje van Starlings oude Mustang was geplakt,
had Hannibal Lecters aandacht op deze plek gevestigd en hij had
onmiddellijk kaarten van het park gekocht en het op zijn gemak ver-
kend.

De auto was afgesloten, hurkte over zijn brede banden alsof hij sliep.
Haar auto amuseerde hem. Die was tegelijkertijd zonderling en uiterst efficiënt. Aan de portierkruk van chroom kleefde geen geur,
zelfs toen hij zich er dicht overheen boog rook hij niets. Hij klapte
zijn platte, stalen koevoet open en liet die boven het slot tussen de
deur glijden. Alarm? Ja? Nee? *Klik.* Nee.

Dr. Lecter stapte de auto in, de lucht in die bezwangerd was van Clarice Starling. Het stuur was dik en met leer bekleed. In het midden
stond MOMO. Hij keek naar het woord met zijn hoofd schuin, zoals
een papegaai dat doet, en zijn lippen vormden de woorden 'MO MO'.

Met gesloten ogen leunde hij achterover, diep inademend, zijn wenk-brauwen opgetrokken, alsof hij naar een concert zat te luisteren.

Toen, alsof die een eigen leven leidde, schoot de spitse roze punt van zijn tong te voorschijn, als een kleine slang een weg zoekend vanuit zijn gezicht. Zijn gezichtsuitdrukking veranderde niet, alsof hij zich onbewust was van wat hij deed, terwijl hij zich voorover boog, op de geur het leren stuur vond en zijn tong eromheen krulde en de in-drukken van de vingers aan de achterkant van het stuur met zijn tong bedekte. Hij proefde met zijn mond de gladde plek waar haar handpalm altijd rustte. Toen liet hij zich weer in de stoel achterover zakken, zijn tong terug in zijn behuizing, en zijn gesloten mond be-woog alsof hij wijn proefde. Hij haalde diep adem en hield die in terwijl hij uitstapte en Clarice Starlings Mustang weer afsloot. Hij ademde niet uit, hield haar in zijn mond en longen tot zijn oude pick-up het park was uitgereden.

54

Een van de grondstellingen van gedragswetenschappen is dat vam-pieren territoriaal zijn terwijl daarentegen het verspreidingsgebied van kannibalen het hele land bestrijkt.

Het nomadenbestaan lag dr. Lecter niet echt. Zijn succes bij het ont-wijken van autoriteiten dankte hij grotendeels aan de kwaliteit van zijn langdurige overtuigende valse identiteiten en de zorg waarmee hij die onderhield, alsmede het feit dat hij altijd makkelijk aan geld kon komen. Toeval en veelvuldige verandering van verblijfplaats hadden daar niets mee te maken.

Met behulp van twee reeds lang geleden opgebouwde identiteiten, elk met een uitstekende kredietwaardigheid, plus een derde waar-mee hij zich vervoermiddelen verschafte, kostte het hem weinig moei-te om binnen een week van zijn aankomst in de Verenigde Staten een comfortabel nest voor zichzelf in te richten.

Hij had gekozen voor Maryland, op ongeveer een uur rijden ten zui-den van Mason Vergers Muskrat Farm, en redelijk gunstig gelegen ten opzichte van de concertzalen en theaters in Washington en New York.

Niets aan dr. Lecters waarneembare bezigheden trok de aandacht, en elk van zijn voornaamste identiteiten zou een goede kans hebben gehad een standaard onderzoek te overleven. Na een bezoek aan één van zijn kluisjes in Miami huurde hij van een Duitse lobbyist voor de duur van een jaar een prettig, afgelegen huis op de oever van Chesapeake Bay.

Middels van elkaar te onderscheiden doorgeschakelde telefoonverbindingen in een goedkope flat in Philadelphia, was hij in staat zich van uitstekende referenties te voorzien zonder zijn nieuwe, gerieflijke thuis te verlaten.

Met zijn ruime contante middelen wist hij via zwarthandelaren in toegangskaartjes vrijwel altijd voortreffelijke plaatsen te bemachtigen voor het symfonieorkest en de ballet- en opera-uitvoeringen die hem interesseerden.

Een van de pluspunten van zijn nieuwe onderkomen was een ruime, dubbele garage met een werkplaats en stevige deuren die naar boven open schoven. Daar parkeerde dr. Lecter zijn beide voertuigen, een zes jaar oude Chevrolet pick-up met een buizenframe over de laadbak waarop een bankschroef was bevestigd, die hij van een loodgieter die ook als huisschilder werkte had gekocht, en een supercharged Jaguar sedan, geleast via een holding company in Delaware. De aanblik van zijn pick-up veranderde van dag tot dag. De uitrusting die hij achterin kon leggen of aan het buizenframe kon bevestigen, omvatte een huisschildersladder, pijpen, pvc, een barbecueset en een butagastank.

Toen hij zich geheel naar wens had ingericht, trakteerde hij zich op een week muziek en musea in New York, en stuurde hij catalogi van de interessantste kunstexposities naar zijn neef, de beroemde schilder Balthus, in Frankrijk.

Bij Sotheby in New York kocht hij twee voortreffelijke muziekinstrumenten, beide zeldzame stukken. De eerste was een laat-achttiende-eeuws Vlaams klavecimbel, bijna identiek aan de in 1745 gebouwde Dulkin in het Smithsonian, met een bovenklavier dat hem in staat stelde Bach te spelen – het instrument was een waardig opvolger van het *gravicembalo* dat hij in Florence had gehad. Zijn tweede aankoop was een vroeg-elektronisch instrument, een theremin, in de jaren dertig door professor Theremin zelf gebouwd. De theremin fascineerde dr. Lecter al heel lang. Als kind had hij er zelfs een gebouwd. Het instrument wordt bespeeld met gebaren van de lege handen in een elektronisch veld. Met gebaren wordt de klank opgewekt. Nu hij zich helemaal had geïnstalleerd, kon hij het zich veroorloven zich te amuseren...

Na zijn ochtend in het bos reed dr. Lecter naar huis, naar zijn aangename schuilplaats aan de kust van Maryland. De aanblik van Clarice Starling, hardlopend over de gevallen bladeren op het bospad had een plaats gekregen in het geheugenpaleis van zijn geest. Dat is voor hem een bron van genot, bereikbaar in minder dan een seconde vanaf de aankomsthal. Hij ziet Starling rennen en, de kwaliteit van zijn visuele geheugen is zo hoog, dat hij het tafereel kan afzoeken naar nieuwe details: hij hoort de grote, gezonde witstaartherten met grote sprongen langs de helling omhoog vluchten, ziet de eeltplekken op hun knieën, een grasklit in de buikvacht van het dichtstbijzijnde hert. Hij heeft deze herinnering in een zonnig vertrek in het paleis opgeslagen, zo ver mogelijk bij het kleine gewonde hert vandaan...

Eindelijk weer thuis, de garagedeur glijdt zacht zoemend achter zijn pick-up naar beneden.

Toen de deur op het middaguur weer omhoogging, kwam de zwarte Jaguar naar buiten, met daarbinnen de doctor gekleed om de stad in te gaan.

Dr. Lecter was dol op winkelen. Hij reed rechtstreeks naar Hammacher Schlemmer, de leverancier van eersteklas huis- en sportaccessoires en culinaire benodigdheden, en nam daar rustig de tijd. Nog steeds in de ban van zijn ochtend in het bos, nam hij met een zakmeetband de maat van drie grote picknickmanden, alle drie gemaakt van gelakt riet en voorzien van leren riemen en stevige, koperen sluitingen. Na lang wikken en wegen viel zijn keus op de middelste maat, die groot genoeg was om een eenpersoonscouvert te bevatten.

In de rieten mand zat een thermoskan, bruikbare bekers, stevig porselein en roestvrij stalen bestek. De accessoires hoorden bij de mand. Als je de mand kocht, kocht je ook de inhoud.

Na een bezoek aan respectievelijk Tiffany en Christofle, was de doctor in staat de zware picknickborden te vervangen door Frans Gienporselein in een van de *chasse*patronen van bladeren en vogels uit het hoogland. Bij Christofle kocht hij een couvert van het negentiende-eeuwse tafelzilver dat zijn voorkeur genoot, een kardinaalspatroon, het merk van de vervaardiger in de lepel gedrukt, de Parijse rattenstaart aan de onderkant van de lepelsteel. De vorken hadden een diep gebogen vorm, de tanden stonden wijd uit elkaar en de messen lagen prettig in de hand. De stukken hangen in de hand als een uitstekend duelleerpistool. Voor wat betreft het kristal, kon de doctor moeilijk beslissen welke maat aperitiefglas hij zou nemen, en hij koos uiteindelijk voor een bolvormig cognacglas, maar over de wijnglazen twijfelde hij geen moment. De doctor koos Riedel, die hij in twee maten kocht, met voldoende ruimte voor de neus binnen de rand.

Bij Christofle vond hij tevens placemats van roomwit linnen en prachtige damasten servetten, met in de hoek, als een druppel bloed, een kleine, geborduurde damascusroos. Dr. Lecter vond die combinatie van weefsel en bloem geestig en kocht zes servetten, zodat hij er altijd wat voorhanden had en geen rekening hoefde te houden met exemplaren die bij de was lagen.

Hij kocht twee uitstekende 35 000 BTU draagbare gasbranders, het soort dat in restaurants gebruikt wordt om aan tafel een gerecht te bereiden, een schitterende koperen koekenpan en een koperen *faittout* voor het bereiden van sauzen, beide in Parijs vervaardigd voor Dehillerin, alsmede twee gardes. Hij wist geen koolstofstalen keukenmessen te bemachtigen, die hij verre boven roestvrij staal prefereerde, noch ontdekte hij het soort gespecialiseerde messen zoals de exemplaren die hij in Italië had moeten achterlaten.

Zijn laatste bezoek gold een leverancier van medische instrumenten niet ver van Mercy General Hospital, waar hij tegen een koopje aanliep in de vorm van een zo goed als nieuwe Stryker autopsiezaag, die keurig in zijn picknickmand paste op de plek waar de thermoskan had gezeten. Er zat nog garantie op en hij werd geleverd inclusief universele en schedel-zaagbladen, alsmede een schedelboor, waarmee zijn *batterie de cuisine* nagenoeg compleet was.

Dr. Lecters openslaande deuren staan open naar de frisse avondlucht. De baai ligt donker en glinsterend onder de maan en de bewegende schaduwen van de wolken. Hij heeft een glas wijn voor zichzelf ingeschonken in zijn nieuwe kristal en het glas staat op een kaarsenstandaard naast het klavecimbel. Het bouquet van de wijn vermengt zich met de zilte lucht en dr. Lecter kan ervan genieten zonder zijn handen van de toetsen te halen.

Hij heeft in de loop der jaren allerhande klavichorden, virginalen en andere vroege toetsinstrumenten bespeeld. Hij geeft de voorkeur aan de klank en aanslag van het klavecimbel; omdat het niet mogelijk is het volume van de door een pen betokkelde snaren te regelen, dienen de klanken zich aan als een overrompelende, onaantastbare ervaring.

Dr. Lecter kijkt naar het instrument, zijn handen afwisselend dicht knijpend en ontspannend. Hij benadert zijn pas verkregen klavecimbel zoals hij een aantrekkelijke onbekende door middel van een interessante luchtige opmerking zou benaderen – hij speelt een air gecomponeerd door Hendrik VIII, 'Green Grows the Holly'.

Hier moed uitputtend probeert hij Mozarts 'Sonate in B mol grote terts'. Hij en het klavecimbel zijn nog niet vertrouwd met elkaar, maar de manier waarop het instrument reageert op zijn handen is voor hem een teken dat dit niet lang meer op zich zal laten wachten. De bries wakkert aan en de kaarsen flakkeren, maar dr. Lecters ogen zijn gesloten voor het licht, zijn gezicht is geheven en hij speelt. Belletjes stijgen op van Mischa's stervormige handjes als ze die beweegt in de bries boven de tobbe en wanneer hij de derde beweging inzet, zachtjes zwevend door het bos, rent daar Clarice Starling, haar rennende voeten, het geritsel van de bladeren onder haar voeten, het geritsel van de wind hoog in de bomen, en de herten die geschrokken voor haar wegvluchten, een spieshertenbok en twee hindes, die over het pad springen zoals een hart opspringt. Opeens is de grond kouder en de verlopen mannen trekken het kleine hert het bos uit, het hert rukt aan het touw om zijn hals, de mannen die het gewonde hert meesleuren opdat ze het niet naar de bijl hoeven te dragen, en de muziek stokt met een wanklank boven de bloederige sneeuw, en dr. Lecter klampt zich vast aan de randen van de pianokruk. Hij ademt zwaar, diepe ademteugen, legt zijn handen op de toetsen, dwingt zich een frase te spelen, en nog twee, die wegsterven tot stilte.

Hij slaakt een iele, aanzwellende kreet die even abrupt stopt als de muziek. Lange tijd blijft hij zitten, met gebogen hoofd boven de toetsen. Hij staat geruisloos op en loopt de kamer uit. Het is niet te zeggen waar hij is in het donkere huis. De wind die van over de Chesapeake Bay komt aanwaaien, neemt in kracht toe, geselt de kaarsvlammen tot ze doven, zingt in de duisternis door de snaren van het klavecimbel – een toevallige melodie, een iele kreet uit een ver verleden.

55

De Mid-Atlantische Regionale Vuurwapen- en Messententoonstelling in het War Memorial Auditorium. Eindeloze rijen tafels, een vlakte vol schiettuig, voor het merendeel pistolen en bestormingswapens. Rode laserstralen flitsen langs het plafond.

Echte buitenmensen zie je maar weinig op vuurwapenexposities, die ligt dat niet. Vuurwapens zijn tegenwoordig zwart en vuurwapenexposities zijn somber, kleurloos, even droefgeestig als het innerlijk landschap van velen die deze tentoonstellingen bezoeken.

Kijk bijvoorbeeld naar dit publiek: sjofel, loensend, nijdig, rusteloos, mannen met het hart van gestolde hars. Zij vormen de grootste bedreiging voor het recht van elke burger om een vuurwapen te bezitten.

De vuurwapens van hun keus zijn de voor massaproductie ontworpen bestormingswapens, goedkope gestanste producten die voorzien in de schiettuigbehoefte van groene, ongetrainde manschappen.

Tussen de bierbuiken, de pafferige bleekheid van de schietbaanschutters, liep dr. Hannibal Lecter, vorstelijk rank. De vuurwapens interesseerden hem niet. Hij liep rechtstreeks naar de uitstalling van de meest prominente messenhandelaar van het showcircuit.

De naam van de handelaar is Buck en hij weegt een kleine honderdvijftig kilo. Buck heeft een ruime sortering fantasiezwaarden en kopieën van middeleeuwse en barbaarse voorwerpen, maar hij heeft ook de beste echte messen en ploertendoders, en dr. Lecter zag in één oogopslag de meeste artikelen op zijn lijst, voorwerpen die hij in Italië had moeten achterlaten.

'Kan ik u van dienst zijn?' Buck heeft vriendelijke wangen, een vriendelijke mond en onheilspellende ogen.

'Ja. Dat harpijmes, alstublieft, en een recht, getand Spyderco-mes met een lemmet van tien centimeter, en dat vilmes met die schuine punt achterin.'

Buck zocht de artikelen bij elkaar.

'Ik wil een goede wildzaag. Niet die, een goede. Mag ik die platte, leren knuppel even vasthouden, die zwarte...' Dr. Lecter bekeek de veer in de handgreep. 'Die neem ik.'

'Nog meer wensen?'

'Ja. Ik wil graag een Spyderco Civilian, maar ik zie er geen een.'

'Maar weinig mensen kennen dat ding. Ik heb er nooit meer dan één in voorraad.'

'Ik heb er maar één nodig.'

'Normaal is-ie tweehonderdtwintig dollar, u mag hem hebben voor honderdnegentig, inclusief foedraal.'

'Uitstekend. Hebt u ook koolstofstalen keukenmessen?'

Buck schudde zijn enorme hoofd. 'U zult oude moeten zoeken op rommelmarkten. Daar haal ik de mijne ook vandaan. Met de onderkant van een schotel kun je er weer een scherpe rand aan maken.'

'Maak er maar één pak van, dan kom ik dat over een paar minuten halen.'

Buck werd niet vaak gevraagd om iets in te pakken en hij deed het met opgetrokken wenkbrauwen.

Zoals meestal het geval was, was deze vuurwapenexpo eerder een markt dan een show. Er stonden een paar kraampjes met stoffige souvenirs uit de Tweede Wereldoorlog, die er als antiek begonnen uit te zien. M-1-geweren werden te koop aangeboden, evenals gasmaskers met gecraqueleerde brillenglazen en veldflessen. Er stonden de gebruikelijke kraampjes met nazi-souvenirs. Voor degenen die daar prijs op stelden was er een originele Zyklon B gashouder te koop.

Er werd bijna niets aangeboden uit de Koreaanse en Vietnamese oorlogen en helemaal niets van Desert Storm.

Veel van de kopers droegen camouflagekleding alsof ze alleen even de frontlinies hadden verlaten om de vuurwapenexpo te bezoeken, en nog meer camouflagekleding werd te koop aangeboden, met inbegrip van de volledige schutuitrusting die werd gebruikt om een sluipschutter of een boogschutter volledig aan het oog te onttrekken – een groot deel van de show werd ingenomen door spullen voor de jacht met pijl en boog.

Dr. Lecter bekeek juist het camouflagepak, toen hij zich bewust werd van uniformen vlak naast zich. Hij pakte een boogschuttershandschoen op. Hij draaide zich om teneinde het merkje van de maker onder het licht te houden, en zag toen dat de heren naast hem het uniform droegen van het bureau voor Jacht en Binnenvisserij van Virginia, die met een stand ter bevordering van natuurbescherming op de show stonden.

'Donnie Barber,' zei de oudste van de twee jachtopzieners met een gebaar van zijn kin. 'Als je hem ooit voor het gerecht krijgt, hoor ik dat graag van je. Ik zou niets liever willen dan die klootzak voorgoed het bos uit te jagen.' Ze doelden op een man van een jaar of dertig die aan het andere eind van de boogschuttersafdeling stond. Hij stond met zijn gezicht naar hen toe naar een video te kijken. Donnie Barber droeg camouflagekleding, zijn hemd was met de mouwen om zijn middel geknoopt. Hij droeg een kakikleurig mouwloos T-shirt om met zijn tatoeages te kunnen pronken en een honkbalpet achterstevoren op zijn hoofd.

Dr. Lecter liep langzaam bij de opzichters vandaan, in het voorbijgaan verschillende artikelen bekijkend. Hij bleef staan bij een vertoning van laserbeelden een gangpad verder. Door een raamwerk dat vol hing met holsters, kon de doctor het flakkerende videobeeld zien dat Donnie Barbers aandacht vasthield.

De film ging over de jacht op muildierherten met pijl en boog.

Kennelijk dreef iemand buiten beeld een hert langs een afrastering door een bebost terrein, terwijl de jager zijn boog spande. De jager droeg geluidsopnameapparatuur. Zijn ademhaling versnelde. Hij fluisterde in de microfoon: 'Mooier kan haast niet.'

Het hert kromde zijn rug toen de pijl hem trof en sloeg tot tweemaal toe tegen de afrastering voordat hij eroverheen sprong en wegvluchtte.

Toen de pijl het hert trof, reageerde Donnie Barber met een schok en hij maakte een grommend geluid.

Nu stond de jager op de video op het punt het hert te villen. Hij begon bij wat hij de AAAAN-us noemde.

Donnie Barber stopte de video en spoelde de band terug tot waar de pijl doel trof, telkens opnieuw, tot de standhouder daar een eind aan maakte.

'Krijg het lazarus, klootzak,' zei Donnie Barber. 'Ik zou nog geen hoop stront van jou willen kopen.'

Bij de volgende stand kocht hij een stel gele pijlen met brede punten, met een vinvormig scheermes overdwars in de punt. In de stand stond een doos voor een loterij en bij zijn aankoop ontving Donnie Barber een lot. De hoofdprijs was een twee-daagse hertenjachtvergunning.

Donnie Barber vulde zijn lot in en liet het in de gleuf van de doos vallen. Zonder de pen aan de handelaar terug te geven verdween hij in de menigte jongemannen in camouflage.

Zoals het oog van een kikker beweging oppikt, zo viel het oog van de handelaar op elk oponthoud in de doorstroming van het langs zijn stand wandelende publiek. De man voor hem stond stil.

'Is dat uw beste kruisboog?' vroeg dr. Lecter de handelaar.

'Nee.' De man pakte een doos van onder de toonbank. 'Dit is de beste. Ik geef de voorkeur aan deze, die je om kunt buigen, boven die samengestelde als je ermee op pad wilt. Met die windas kun je hem met een elektrische boor maar ook met de hand spannen. U weet toch wel dat in Virginia alleen gehandicapten met een kruisboog op herten mogen schieten?' zei de man.

'Mijn broer is een arm kwijt en hij popelt om met zijn andere arm iets dood te schieten,' zei dr. Lecter.

'Juist, ik snap het.'

Binnen vijf minuten had de doctor een uitstekende kruisboog en twee dozijn pijlen gekocht, de korte, dikke pijlen die met een kruisboog worden gebruikt.

'Bij elkaar inpakken, alstublieft,' zei dr. Lecter.

'Als u dit formuliertje invult, maakt u kans op een hertenjacht. Twee dagen met een prima vergunning,' zei de handelaar.

Dr. Lecter vulde het formuliertje voor de loting in en liet het door de gleuf in de doos glijden.

Zodra de handelaar met de volgende klant bezig was, sprak dr. Lecter hem opnieuw aan.

'Hè, nee!' zei hij. 'Ik ben vergeten mijn telefoonnummer op mijn lot te zetten. Mag ik?'

'Natuurlijk, ga gerust uw gang.'

Dr. Lecter haalde de deksel van de doos en pakte de twee bovenste formuliertjes eruit. Hij voegde iets toe aan de valse informatie op zijn eigen lot en wierp een lange blik op het papiertje daaronder, hij knipperde eenmaal met de ogen, als de klik van een camera.

56

De sportzaal van Muskrat Farm is in hightech zwart en chroom uitgevoerd en bevat de complete serie Nautilus-apparaten, gewichten, aerobic-apparatuur en een juicebar.

Barney was bijna klaar met zijn oefeningen, was bezig met de cooling-down op een fiets, toen hij besefte dat hij niet alleen was in het vertrek. Margot Verger trok in de hoek juist haar trainingspak uit. Ze droeg een stretchshort en een topje over een sport-b.h. en daar voegde ze nu een gewichtheffersgordel aan toe. Barney hoorde het metalen geluid van de gewichten in de hoek. Hij hoorde Margots ademhaling terwijl ze een serie oefeningen deed om de spieren op te warmen.

Barney fietste zonder weerstand en droogde juist zijn hoofd af met een handdoek toen ze tussen twee oefeningen naar hem toe kwam. Ze bekeek zijn armen, bekeek toen de hare. Niet veel verschil. 'Hoeveel kun jij bankdrukken?' zei ze.

'Dat weet ik niet.'

'Dat weet je vast wel.'

'Misschien honderdnegentig kilo, ergens in die buurt.'

'*Honderdnegentig?* Dat denk ik toch niet, kanjer. Ik geloof nooit dat jij honderdnegentig kunt drukken.'

'Misschien heb je wel gelijk.'

'Ik verwed honderd dollar dat je geen honderdnegentig kunt bankdrukken.'

'Tegen?'

'Tegen honderd dollar, wat denk jij dan? Ik kom wel achter je staan.'

Barney keek haar aan en fronste zijn rubberachtige voorhoofd. 'Oké.'

Ze schoven de metalen schijven op de halterstang. Margot controleerde het aantal schijven aan zijn kant van de stang alsof ze bang was dat hij haar zou beduvelen. Hij reageerde door overdreven precies de schijven aan Margots kant na te tellen.

Hij ging op zijn rug op de bank liggen, Margot stond met gespreide benen over zijn hoofd in haar spandex short. De overgang van haar dijen naar haar buik was even ribbelig als een barokke lijst en haar massieve borstkas leek tot het plafond te reiken.

Barney ging er goed voor liggen, voelde de bank in zijn rug. Margots benen roken naar koele massageolie. Haar handen lagen losjes op de stang, nagels koraalrood gelakt, mooie handen, ondanks hun kracht.

'Klaar?'

'Ja.' Hij drukte de halter op naar haar gezicht dat over hem heen gebogen was.

Barney had er geen enkele moeite mee. Hij legde de halter terug op de steun voor Margots lichaam. Ze pakte het geld uit haar sporttas.

'Bedankt,' zei Barney.

'Ik haal meer kniebuigingen dan jij,' is alles wat ze zei.

'Weet ik.'

'Hoe weet je dat dan?'

'Ik hoef niet te hurken om te pissen.'

Haar massieve nek liep rood aan. 'Ik ook niet.'

'Honderd dollar?' zei Barney.

'Gooi even wat fruit en eieren in de blender,' zei ze.

Op de juicebar stond een schaal met fruit en noten. Terwijl Barney fruit pureerde in de blender, kraakte Margot twee walnoten in haar vuist.

'Kun je dat ook met één noot, zonder iets om hem tegenaan te drukken?' zei Barney. Hij brak twee eieren op de rand van de blender en liet ze in de vruchtenmassa vallen.

'Jij wel soms?' zei Margot, en ze gaf hem een walnoot.

De noot lag op Barneys open hand. 'Weet ik niet.' Hij maakte ruimte op de bar en een sinaasappel rolde aan Margots kant op de grond.

'Oeps, sorry,' zei Barney.

Ze raapte hem op en legde hem terug in de schaal.

Barney kneep zijn grote vuist dicht. Margots blik ging van zijn vuist naar zijn gezicht, toen heen en weer terwijl zijn nekspieren van inspanning opzwollen. Zijn gezicht liep rood aan, hij begon te trillen, uit zijn vuist kwam een zwak, krakend geluid, Margot trok een lang gezicht, hij hield zijn trillende vuist boven de blender en het gekraak werd luider. Een eierdooier en wit vielen in de blender. Barney zette het apparaat aan en likte zijn vingertoppen af. Margot moest onwillekeurig lachen.

Barney schonk het drankje in glazen. Van een afstand zou iemand ze hebben kunnen aanzien voor worstelaars of gewichtheffers in twee verschillende gewichtsklassen.

'Heb je het gevoel dat je alles moet kunnen wat kerels kunnen?' zei hij.

'Niet alles, niet dat stomme gedoe.'

'Zullen we sportvrienden worden?'

Margots glimlach verdween. 'Wat voor sport heb je 't over, Barney?'

Hij schudde zijn massieve hoofd. 'Wat denk jij dan,' zei hij.

57

In Hannibalhuis werd de verzameling met de dag groter terwijl Clarice Starling op de tast haar weg zocht door de gangen van dr. Lecters smaak.

Rachel DuBerry was iets ouder geweest dan dr. Lecter in de tijd dat ze een actieve beschermvrouw van het Baltimore Symfonieorkest was en ze was erg mooi, zoals Starling kon zien op de foto's in *Vogue* uit die tijd. Dat was twee rijke echtgenoten geleden. Tegenwoordig was ze getrouwd met Franz Rosencranz van de textiel-Rosencranzen. Haar privésecretaresse verbond haar door.

'Tegenwoordig komt het er op neer dat ik een bedrag overmaak aan het orkest, jongedame. We zijn veel te vaak op reis dan dat ik me nog actief kan inzetten,' zei mevrouw Rosencranz geboren DuBerry tegen Starling. 'Als het om een belastingkwestie gaat, kan ik u wel het nummer geven van onze accountant.'

'Mevrouw Rosencranz, als actief lid van het bestuur van het filharmonisch orkest en de Westover-school heeft u dr. Hannibal Lecter gekend.'

Het bleef lange tijd stil.

'Mevrouw Rosencranz?'

'Ik geloof dat ik maar beter uw nummer kan noteren, zodat ik u kan terugbellen via de FBI-centrale.'

'Maar natuurlijk.'

Het gesprek werd hervat.

'Ja, jaren geleden verkeerde ik op vriendschappelijke voet met Hannibal Lecter en vanaf die tijd ligt de pers bij mij op de stoep. Hij was een buitengewoon charmante man, werkelijk uniek. Bezat de gave om een vrouw op scherp te zetten als u begrijpt wat ik bedoel. Het heeft jaren geduurd voordat ik kon geloven dat hij ook nog een andere kant had.'

'Heeft hij u ooit geschenken gegeven, mevrouw Rosencranz?'

'Op mijn verjaardag kreeg ik meestal een brief van hem, zelfs nog toen hij opgesloten zat. Soms een cadeau, voordat hij werd opgenomen. Zijn geschenken waren uiterst exclusief.'

'En dr. Lecter heeft u dat beroemde verjaardagsdiner aangeboden. Waarbij de wijnoogstjaren waren gekoppeld aan uw geboortedatum.'

'Ja,' zei ze. 'Volgens Suzy was dat het opmerkelijkste feest na het Black and White-bal van Capote.'

'Mevrouw Rosencranz, mocht u iets van hem horen, zoudt u dan alstublieft het FBI-nummer willen bellen dat ik u ga geven? Er is nog één ding dat ik zou willen vragen, hebben u en dr. Lecter nog speciale gedenkdagen? En, mevrouw Rosencranz, wilt u mij alstublieft uw geboortedatum geven?'

Een duidelijk waarneembare kilte over de telefoon. 'Ik zou denken dat u gemakkelijk aan die informatie zou kunnen komen.'

'Jazeker, mevrouw, maar de datum op uw verzekeringspapieren komt niet overeen met de datum op uw geboortebewijs of uw rijbewijs. Ze zijn eigenlijk allemaal anders. Neemt u me niet kwalijk dat ik u hiermee lastig val, maar we proberen speciale bestellingen voor dure geschenken aan de verjaardagen van goede kennissen van dr. Lecter te koppelen.'

'"Goede kennissen." Zo, dus nu ben ik een *goede kennis*, wat een afschuwelijke term.' Mevrouw Rosencranz grinnikte. Ze stamde uit de cocktail-en-sigaret generatie en ze had een diepe stem. 'Agent Starling, hoe oud bent u?'

'Tweeëndertig, mevrouw Rosencranz. Twee dagen voor Kerstmis word ik drieëndertig.'

'Ik wil alleen nog zeggen, en dat bedoel ik aardig, dat ik hoop dat u tijdens uw leven een paar "goede kennissen" zult opdoen. Als tijdverdrijf zijn die werkelijk onmisbaar.'

'Ja, mevrouw, en uw geboortedatum?'

Mevrouw Rosencranz kwam uiteindelijk met de correcte informatie over de brug, en kenmerkte die als 'de datum waarmee dr. Lecter vertrouwd is'.

'Als ik zo vrij mag zijn, mevrouw, ik begrijp waarom iemand het geboortejaar zou veranderen, maar waarom de maand en de dag?'

'Ik wilde dolgraag een Maagd zijn, dat past beter bij meneer Rosencranz, we gingen toen pas met elkaar om.'

De mensen die dr. Lecter had ontmoet terwijl hij in een kooi woon-de, hadden een totaal ander beeld van hem.

Starling had Catherine, de dochter van de voormalige vs-senator Ruth Martin, gered uit de helse kelder van de seriemoordenaar Jame Gumb en als senator Martin bij de volgende verkiezingen niet ver-slagen was, zou ze Starling waarschijnlijk op vele fronten van nut zijn geweest. Haar toon over de telefoon was hartelijk, ze gaf Star-ling nieuws over Catherine en wilde alles van haar weten.

'Je hebt me nooit ergens om gevraagd, Starling. Als je ooit werk no-dig hebt...'

'Dank u, senator Martin.'

'Terugkomend op die vervloekte Lecter, nee, ik zou natuurlijk direct met de Dienst contact hebben opgenomen als ik iets van hem ge-hoord had, en ik zal je nummer naast de telefoon leggen. Charlsie weet hoe de post behandeld moet worden. Ik verwacht niet iets van hem te horen. Het laatste wat die lul in Memphis tegen me zei was "Mooi pak, hoor". Hij heeft me het wreedste aangedaan wat iemand me ooit heeft aangedaan, weet je wat dat was?'

'Ik weet dat hij u getergd heeft.'

'Toen Catherine vermist werd, toen we ten einde raad waren en hij beweerde over informatie te beschikken met betrekking tot Jame Gumb, en ik hem smeekte om die informatie, vroeg hij mij, hij keek me recht aan met die slangenogen en vroeg me of ik Catherine zelf had gevoed. Hij wilde weten of ik haar *de borst had gegeven*. Ik zei ja. En toen zei hij: "Dorstige klus, nietwaar?" Dat bracht alles op-eens weer terug, hoe ik haar als baby vasthield, dorstig, wachtend tot ze voldaan was, de pijn was erger dan alles wat ik ooit had ge-voeld en hij *zoog domweg mijn pijn in zich op.'*

'Wat voor één was het, senator Martin?'

'Wat voor één was wat? – ik begrijp niet wat u bedoelt.'

'Het pak dat u droeg, het pak dat dr. Lecter zo mooi vond.'

'Even denken – een marineblauw pakje van Givenchy, zeer eenvou-dig,' zei senator Martin, een beetje gepikeerd door Starlings priori-teiten. 'Zodra je hem weer achter slot en grendel hebt, kom me dan eens opzoeken, Starling, dan gaan we paardrijden.'

'Dank u, senator, daar houd ik u aan.'

Twee telefoontjes, één voor en één tegen Lecter, de ene benadrukte zijn charme, de andere zijn giftong. Starling noteerde: *Wijnoogstjaar gekoppeld aan geboortejaar,* maar dit had ze in haar computerprogramma al verwerkt. Ze maakte een notitie om *Given-*

chy toe te voegen aan haar lijst van dure artikelen. In een opwelling schreef ze *borstvoeding*, ze wist niet goed waarom en ze had geen tijd om erover na te denken, want haar rode telefoon ging over.

'Spreek ik met Gedragswetenschappen? U spreekt met sheriff Dumas in Clarendon County, Virginia. Ik ben op zoek naar Jack Crawford.'

'Sheriff, u spreekt met Jack Crawfords assistente. Hij is vandaag in de rechtszaal. Misschien kan ik u helpen. Speciaal agent Starling tot uw dienst.'

'Ze hadden gezegd dat ik Jack Crawford moest hebben. We hebben een man in het lijkenhuis die in *vlees*porties is opgedeeld, ben ik aan het goede adres?'

'Jawel, sheriff, dit is de vlee... ja, u zit helemaal goed. Als u me vertelt waar u zich precies bevindt, dan kom ik eraan, en ik zal meneer Crawford laten inseinen zodra hij klaar is met getuigen.'

Starlings Mustang scheurde met gierende banden over het terrein in Quantico. De marinier aan de poort stak fronsend een vermanend vingertje op en kon met moeite een glimlach onderdrukken.

58

Het mortuarium van Clarendon County in Noord-Virginia is verbonden met het streekziekenhuis door middel van een korte luchtsluis met een afzuigventilator in het plafond en aan weerskanten brede dubbele deuren om het binnenbrengen van de doden te vergemakkelijken. Voor deze deuren stond een hulpsheriff om de vijf verslaggevers en cameralieden die om hem heen dromden, buiten te houden.

Achter de verslaggevers ging Starling op haar tenen staan, terwijl ze haar penning omhooghield. Toen de hulpsheriff die zag en knikte, wurmde ze zich tussen de elkaar verdringende mannen door. Flitslichten gingen af en achter haar vlamde een filmlamp op.

In de autopsieruimte was het stil, het enige geluid kwam van de instrumenten die in een metalen bak kletterden.

In het streekmortuarium stonden vier roestvrij stalen autopsietafels, elk met een eigen weegschaal en spoelbak. Twee van de tafels waren afgedekt, de lakens als een vreemd gevormde tent over de stoffelijke resten daaronder. Aan de tafel het dichtst bij het raam werd een routineuze ziekenhuislijkschouwing uitgevoerd. De patholoog en zijn assistente waren met een delicaat werkje bezig en keken niet op toen Starling binnenkwam.

Het hoge gegier van een elektrische zaag vulde het vertrek en even later legde de patholoog voorzichtig het schedeldak opzij en pakte de hersenen in de kom van zijn handen, waarna hij die op de weegschaal legde. Hij fluisterde het gewicht in het microfoontje dat hij droeg, onderzocht het orgaan op de schaal, prikte er in met zijn gehandschoende vinger. Toen hij Starling over de schouder van zijn assistente opmerkte, liet hij de hersenen in de open borstholte van het lijk vallen, mikte als een jongetje die met elastiekjes schoot, zijn rubberen handschoenen een afvalbak in en liep om de tafel heen naar haar toe.

Starling kreeg kippenvel toen ze hem een hand gaf.

'Clarice Starling, speciaal agent, FBI.'

'Dr. Hollingsworth – lijkschouwer, ziekenhuispatholoog, chefkok en flessenspoeler.' Hollingsworth heeft heldere, blauwe ogen, glanzend als goed gepelde eieren. Hij sprak zijn assistente toe zonder Starling met zijn blik los te laten. 'Marlene, piep de sheriff op bij de hartbewaking en haal dan alsjeblieft het laken van dat stoffelijk overschot.'

Uit Starlings ervaring met lijkschouwers was haar gebleken dat ze meestal intelligent waren maar dat ze tijdens gewone gesprekken vaak dwaze, onzorgvuldige uitlatingen deden, en bovendien graag opschepten. Hollingsworth volgde Starlings blik. 'U vraagt zich af hoe het met die hersenen zit?'

Ze knikte en spreidde haar handen.

'Het is geen kwestie van slordigheid, speciaal agent Starling. Ik bewijs de begrafenisondernemer een dienst door de hersenen niet in de schedel terug te leggen. In dit geval is er sprake van een open kist en een langdurige wake en je kunt niet voorkomen dat hersenen gaan lekken en het vocht op het kussen loopt, dus vullen we de schedel op met papieren luiers of wat we maar voorhanden hebben en sluiten we die weer af. Ik kerf het schedeldak boven de oren in zodat het niet kan wegglijden. De familie krijgt het hele lichaam terug, iedereen is tevreden.'

'Ik begrijp het.'

'Vertel me dan nu maar of u dát ook begrijpt,' zei hij. Achter Starling had dr. Hollingsworths assistente de afdeklakens van de autopsietafels verwijderd.

Starling draaide zich om en het beeld dat ze toen zag, zou haar haar leven lang bijblijven. Naast elkaar op hun roestvrij stalen tafels lagen een hert en een man. Uit het hert stak een gele pijl. De pijlschacht en het gewei hadden als tentstokken het laken omhooggehouden.

Dwars door het hoofd van de man, vlak boven zijn oren, stak een kortere, dikkere gele pijl. Hij droeg nog een enkel kledingstuk, een achterstevoren opgezette honkbalpet, door de pijl aan zijn hoofd vastgepind.

Terwijl ze naar hem keek, kreeg Starling een absurde neiging in lachen uit te barsten, die ze zo snel onderdrukte dat het ook een uiting van ontzetting had kunnen zijn. De positie van de beide lichamen, op de zij in plaats van in de anatomische positie, toonde aan dat ze op nagenoeg identieke wijze waren geslacht, de harst en lendenen waren zorgvuldig en efficiënt verwijderd, evenals de lendestukjes die onder de ruggengraat liggen.

De vacht van een hert op roestvrij staal. Zijn kop omhoog gehouden door het gewei op het metalen kussenblok, de kop en het oog gedraaid alsof het probeerde te kijken naar de felgekleurde schacht die het had gedood – het dier, liggend op zijn zij in zijn eigen spiegelbeeld in dit oord van angstvallige ordelijkheid, leek wilder, vreemder aan de mens dan een hert in het bos haar ooit was voorgekomen.

De ogen van de man stonden open, bloed droop als tranen uit zijn traanbuizen.

'Vreemd ze zo samen te zien,' zei dr. Hollingsworth. 'Beide harten wogen exact hetzelfde.' Hij keek naar Starling en zag dat ze het wel aankon. 'Eén verschil aan de man, u kunt hier zien dat de korte ribben van de ruggengraat zijn losgemaakt en dat de longen naar buiten zijn getrokken. Het lijken net vleugels, vindt u niet?'

'De Bloedarend. Terug te vinden in de naslagwerken in Quantico. Het is een Noors offerritueel. De korte ribben doorhakken en de longen naar buiten trekken, die vervolgens pletten zodat ze op vleugels lijken. In de jaren dertig werd het door een neo-Viking gedaan.'

'U wordt dus wel vaker met dergelijke zaken geconfronteerd, niet specifiek dít bedoel ik, maar gelijksoortige dingen.'

'Ja, dat komt inderdaad vaker voor.'

'Het ligt niet echt op mijn terrein. Meestal krijgen wij hier te maken met rechttoe, rechtaan moordzaken – mensen die neergeschoten of neergestoken zijn, maar wilt u weten wat ik denk?'

'Daar zou ik bijzonder veel prijs op stellen, doctor.'

'Volgens mij heeft die man, volgens zijn legitimatie heet-ie Donnie Barber, gisteren dat hert illegaal gedood, daags voor het begin van het jachtseizoen – ik weet dat het toen gestorven is. Die pijl maakt duidelijk deel uit van zijn uitrusting. Hij heeft het haastig willen slachten. Ik heb dat bloed op zijn handen nog niet geanalyseerd, maar het is hertenbloed. Hij stond op het punt de rug open te snijden, en maakte een slordige korte insnijding, hier. Toen werd-ie verrast door die pijl die dwars door zijn hoofd is geschoten. Dezelfde kleur, maar een ander soort pijl. Geen inkeping in het uiteinde. Kent u dergelijke pijlen?'

'Het lijkt op een kruisboogpijl,' zei Starling.

'Een tweede persoon, misschien die met de kruisboog, maakte het slachtkarwei af, veel secuurder dan de eerste, en toen, heeft-ie god nog toe de man onder handen genomen. Kijk hier, hoe uiterst precies de vacht is teruggeslagen, hoe trefzeker de insnijdingen zijn aangebracht. Niets beschadigd of verspild. Michael DeBakey had het niet beter kunnen doen. Er is bij geen van beiden sprake van seksuele handelingen. Ze werden domweg geslacht voor het vlees.'

Starling bracht haar knokkel naar haar lippen. De patholoog dacht even dat ze een amulet kuste.

'Dr. Hollingsworth, ontbraken de levers ook?'

Hij aarzelde even alvorens antwoord te geven, tuurde naar haar over zijn bril. 'De lever van het *hert* ontbreekt. De heer Barbers lever was kennelijk onder de maat. Die is gedeeltelijk weggesneden en onderzocht, er is een insnijding aangebracht langs de poortader. Zijn lever is verschrompeld en verkleurd. Hij zit nog in zijn lichaam, wilt u hem zien?'

'Nee, dank u. Hoe zit het met de thymus?'

'De zwezeriken, ja, in beide gevallen ontbreken die. Agent Starling, niemand heeft de naam nog hardop uitgesproken, of wel?'

'Nee,' zei Starling. 'Nog niet.'

Een puffend geluid van de luchtsluis en een magere, verweerde man in een tweed sportcolbert en een kakibroek stond in de deuropening. 'Sheriff, hoe gaat het met Carleton?' zei Hollingsworth. 'Agent Starling, sheriff Dumas. De broer van de sheriff ligt boven op de hartbewaking.'

'Zijn toestand is niet verslechterd. Men zegt dat zijn toestand stabiel is, hij wordt "bewaakt", wat dat dan ook mag inhouden,' zei de sheriff. Hij riep naar buiten: 'Kom binnen, Wilburn.'

De sheriff schudde Starling de hand en stelde de andere man aan haar voor. 'Wilburn Moody, hij is jachtopziener.'

'Sheriff. Als u liever bij uw broer in de buurt blijft, kunnen we ook naar boven gaan,' zei Starling.

Sheriff Dumas schudde zijn hoofd. 'Ik mag de komende anderhalf uur toch niet naar hem toe. Ik bedoel dit niet beledigend, juffrouw, maar ik had om Jack Crawford gevraagd. Is hij onderweg?'

'Hij is opgehouden in de rechtszaal – hij stond net in de getuigenbank toen uw telefoontje binnenkwam. Ik verwacht spoedig iets van hem te horen. We stellen het bijzonder op prijs dat u ons meteen hebt gebeld.'

'Ik heb tig jaar geleden les gehad van Crawford op de politieacademie in Quantico. Verdomd aardige pief. Als-ie u heeft gestuurd, zult u wel weten wat u doet – zullen we dan maar?'

'Alstublieft, sheriff.'

De sheriff trok een notitieboekje uit zijn zak. 'Het individu met de pijl door het hoofd is Donnie Leo Barber, blank, van het mannelijk geslacht, leeftijd tweeëndertig, woonachtig in een caravan op Trail's End Park in Cameron. Werkeloos, voor zover ik heb kunnen nagaan. Vier jaar geleden oneervol ontslagen uit de luchtmacht. In het bezit van een diploma voor vliegtuigcasco- en motoronderhoud van de Federal Aviation Administration. Voormalig vliegtuigmonteur. Boetes voor het gebruik van een vuurwapen binnen de stadsgrenzen en ongeoorloofde jacht tijdens het laatste jachtseizoen. Schuld bekend voor het stropen van herten in Summit County, wanneer ook alweer, Wilburn?'

'Twee seizoenen geleden, hij had net zijn vergunning terug. Hij is berucht bij de dienst. Nam niet de moeite te volgen wat-ie had beschoten. Als het niet meteen neerstortte, ging-ie gewoon op de volgende zitten wachten... één keer...'

'Vertel nou maar wat je vandaag hebt ontdekt, Wilburn.'

'Goed, vanochtend om een uur of zeven reed ik over de provinciale weg 47, zo'n anderhalve kilometer ten westen van de brug, toen die ouwe Peckman me wenkte. Hij hijgde en klemde zijn vuist tegen zijn borst. Het enige wat-ie kon was zijn mond open en toen weer dicht doen en naar de bossen wijzen. Ik ben zo'n honderdvijftig meter het dichte bos ingegaan en daar lag deze Barber onderuitgezakt tegen een boom met een pijl door zijn hoofd en dat hert daar met een pijl in zijn lijf. Ze waren minstens al vanaf gisteren dood.'

'Gisterochtend vroeg, zou ik zo zeggen, de frisse lucht in aanmerking genomen,' zei doctor Hollingsworth.

'Het seizoen is vanmorgen pas geopend,' zei de jachtopziener. 'Deze Donnie Barber had een boomklimrek bij zich dat hij nog niet had opgesteld. Het leek erop dat hij gisteren naar die plek was gegaan om alles voor vandaag klaar te zetten, of met de bedoeling om te gaan stropen. Waarom zou hij zijn boog bij zich hebben gehad als hij alleen maar dat rek had willen plaatsen? Dan ziet-ie dat mooie hert en kon-ie niet aan de verleiding weerstaan. Dat heb ik al zo vaak meegemaakt. Dergelijk gedrag is zo gewoon als varkenssporen geworden. En dan wordt-ie door die andere vent verrast terwijl-ie het beest staat te slachten. Ik kon uit de sporen niks uitmaken, het heeft daar zo hard geregend dat de grond is weggespoeld...'

'Daarom hebben we snel een paar foto's gemaakt en de lichamen weggehaald,' zei sheriff Dumas. 'Dat bos is van die ouwe Peckman. Deze Donnie had een legale twee-daagse jachtvergunning, met ingang van vandaag, ondertekend door Peckman. Peckman verkocht elk jaar één vergunning, daar adverteerde hij mee en hij had het uitbesteed aan een paar tussenpersonen. Donnie had een brief in zijn achterzak. *Gefeliciteerd, u hebt een vergunning voor de hertenjacht gewonnen* stond erop. De papieren zijn nat geworden, juffrouw Starling. Niets ten nadele van onze mannen, maar ik vraag me af of de vingerafdrukken misschien niet beter in jullie lab kunnen worden onderzocht. Die pijlen ook, alles was nat toen we daar aankwamen. We hebben ons best gedaan niets aan te raken.'

'Wilt u die pijlen meenemen, agent Starling? Hoe wilt u dat ik ze eruit haal?' vroeg dr. Hollingsworth.

'U kunt ze misschien met een tang vasthouden en ze langs de huid doorzagen aan de kant waar de veren zitten en de rest door het hoofd duwen. Dan bevestig ik ze met van die zakafsluiters aan mijn bewijsbord,' zei Starling terwijl ze haar koffer opendeed.

'Ik geloof niet dat hij tegengestribbeld heeft, maar wilt u het schraapsel van onder zijn vingernagels?'

'Ik laat ze liever voor een DNA-test afknippen. Ze hoeven niet per vinger geïdentificeerd te worden, maar wel graag de nagels van elke hand apart, als dat mogelijk is, doctor.'

'Kunt u een PCR-STR-test doen?'

'In het hoofdlab wel. Over een dag of drie, hooguit vier, kunnen we u iets laten weten, sheriff.'

'Kunt u dat hertenbloed zelf onderzoeken?' vroeg jachtopziener Moody.

'Nee, we kunnen alleen vaststellen dat het dierlijk bloed is,' zei Starling.

'Stel dat u ergens een hertenbout in de koelkast zou vinden,' opperde jachtopziener Moody. 'Dan zou u toch willen weten of het van dat hert afkomstig is, nietwaar? Voor óns is het soms noodzakelijk, dat we via het bloed vaststellen om welk hert het gaat, voor bewijsvoering in een stroperijzaak. Elk hert is verschillend. Dat zou je niet denken, hè? We moeten dan het bloed opsturen naar Portland, Oregon, naar de afdeling Jacht en Binnenvisserij. Met een beetje geduld kom je via hen te weten om welk hert het gaat. Dan krijg je zoiets te horen als "Dit is Hert Nummer Een", of bijvoorbeeld "Hert A", met een lang dossiernummer aangezien een hert nu eenmaal geen naam heeft. Voor zover wíj weten tenminste.'

Moody's oude verweerde gezicht kwam sympathiek op Starling over. 'Dit exemplaar zullen we "John Doe" noemen, opzichter Moody. Bedankt voor die tip over Oregon, misschien is het nodig dat we met die mensen contact opnemen,' zei ze met een glimlach, waardoor hij een hoogrode kleur kreeg en ongemakkelijk met zijn pet ging staan friemelen.

Terwijl ze met gebogen hoofd in haar tas stond te rommelen, sloeg dr. Hollingsworth haar met genoegen gade. Tijdens haar gesprek met Moody, was haar gezicht even opgevrolijkt. Dat schoonheidsvlekje op haar wang had veel weg van verbrand kruit. Hij wilde haar ernaar vragen, maar besloot toen dat hij dat maar niet moest doen.

'Waar heeft u de papieren in verpakt, toch niet in plastic hoop ik?' vroeg ze de sheriff.

'Papieren zakken. Een papieren zak kan nooit veel kwaad.' De sheriff wreef met zijn hand over de achterkant van zijn nek en keek Starling aan. 'U weet ongetwijfeld waarom ik uw dienst heb gebeld, waarom ik Jack Crawford hier graag had gehad. Ik ben blij dat u bent gekomen, nu me weer te binnen is geschoten wie u bent. Buiten deze ruimte heeft niemand het woord "kannibaal" in de mond genomen, omdat we weten dat de media het hele bos plat zullen trappen zodra dat in de openbaarheid komt. Men verkeert in de waan dat het misschien niets meer dan een jachtongeluk is. Het gerucht gaat dat er sprake is van een verminkt lichaam. Niemand weet dat het lichaam van Donnie Barber is opengesneden om er stukken vlees uit te halen. Zo heel veel kannibalen zijn er tenslotte niet, agent Starling.'

'Nee, sheriff. Niet zo heel veel.'

'Het is heel netjes gedaan.'

'Jazeker, meneer, heel netjes.'

'Misschien moet ik alleen maar aan hem denken omdat hij zo vaak de kranten heeft gehaald – zou dit volgens u het werk van Hannibal Lecter kunnen zijn?'

Starling zag een hooiwagen wegkruipen in de afvoer van de lege autopsietafel. 'Dr. Lecters zesde slachtoffer was een man die een boog gebruikte bij het jagen,' zei Starling.

'Heeft hij die opgegeten?'

'Nee. Het lichaam hing aan een wand van gaatjesboard en was bedekt met allerhande wonden, net een middeleeuwse medische prent die de *Visserkoning* wordt genoemd. Hij is bijzonder geïnteresseerd in de Middeleeuwen.'

De patholoog wees naar de longen die over Donnie Barbers rug waren uitgespreid. 'En dit was volgens u een oud ritueel.'

'Volgens mij wel,' zei Starling. 'Ik weet niet of dr. Lecter dit heeft gedaan. Als dat wel zo is, is de verminking geen fetisj – deze schikking van het lichaam is niet iets dat hij dwangmatig doet.'
'Wat is het dan wel?'
'Een gril,' zei ze, en ze dacht even na of dat het woord was waarnaar ze zocht. 'Een *gril*, en door iets dergelijks is hij de vorige keer tegen de lamp gelopen.'

59

Het DNA-lab was nieuw, het rook nieuw, en het personeel was jonger dan Starling. Dat was iets waaraan ze gewend zou moeten raken, bedacht ze met een steek – nog even en ze was alweer een jaartje ouder.
Een jonge vrouw met A. BENNING op haar naamplaatje tekende voor de twee pijlen die Starling had ingeleverd.
Gezien haar zichtbare opluchting toen ze de twee projectielen in ontvangst nam en zag dat deze zorgvuldig met zakafsluiters aan Starlings bewijsbord waren vastgehecht, had A. Benning slechte ervaringen met het in ontvangst nemen van bewijsmateriaal.
'U zou niet geloven wat ik af en toe onder ogen krijg als ik bewijsmateriaal openmaak,' zei A. Benning. 'Ik hoop wel dat u begrijpt dat ik u niet meteen iets kan vertellen, binnen vijf minuten bedoel ik...'
'Dat snap ik,' zei Starling. 'Er is geen RFLP-referentiemateriaal van dr. Lecter beschikbaar, de ontsnapping heeft zich veel te lang geleden afgespeeld en de artefacten zijn verontreinigd, zijn door de handen van tientallen mensen gegaan.'
'Labtijd is te kostbaar om elk monster te onderzoeken, bijvoorbeeld veertien haren uit een motelkamer. Brengt u mij...'
'Luister eerst even naar mij,' zei Starling, 'daarna mag u iets zeggen. Ik heb de Questura in Italië verzocht mij de tandenborstel te sturen die vermoedelijk van dr. Lecter was. Daar kunt u epitheelcellen van de wang vanaf halen. Dan kunt u zowel RFLP als korte dubbelhelixduplicatieproeven doen. Deze kruisboogpijl heeft in de regen gelegen, ik betwijfel of daar nog veel mee te doen is, maar kijk hier...'
'Neem me niet kwalijk, ik wist niet dat u er verstand van had...'
Starling kon een flauw glimlachje opbrengen. 'Maakt u zich maar geen zorgen, A. Benning, samen komen we er wel uit. Kijk, de pij-

len zijn allebei geel. De kruisboogpijl is geel omdat die met de hand is geschilderd, best aardig gedaan, zij het een tikkeltje streperig. Kijk hier, waar lijkt dit op, daar onder de verf?'

'Een haartje van de kwast misschien?'

'Misschien. Maar kijk hoe die aan het uiteinde omkrult en naar het bolletje aan het andere uiteinde. Stel dat het een wimper is?'

'Als dat het follikel is...'

'Juist.'

'Hoor eens, ik kan PCR-STR doen – drie kleuren tegelijk – in dezelfde reeks in de gel, waardoor we drie DNA-structuren tegelijk krijgen. Voor de rechtbank zijn dertien vergelijkingen nodig, maar binnen een paar dagen zullen we nagenoeg zeker weten of hij het is.'

'A. Benning, ik wist dat u me zou kunnen helpen.'

'U bent Starling. Ik bedoel speciaal agent Starling. Het spijt me dat ik in eerste instantie een beetje terughoudend was, maar ik krijg van een heleboel agenten een hoop bijzonder slecht bewijsmateriaal onder ogen, het was niet persoonlijk bedoeld.'

'Dat weet ik.'

'Ik had gedacht dat u ouder zou zijn. Alle meisjes – de vrouwen weten wie u bent, ik bedoel echt iedereen, en u bent in onze ogen' – A. Benning wendde haar blik af – 'nogal bijzonder.' A. Benning stak haar mollige kleine duim omhoog. 'Succes met dat andere verhaal, als ik zo brutaal mag zijn.'

60

Mason Vergers majordomus, Cordell, was een grote man met uiterst markante trekken, die met iets meer leven in zijn gezicht knap genoemd zou kunnen worden. Hij was zevenendertig jaar oud en zou nooit meer emplooi kunnen vinden in de gezondheidszorg in Zwitserland, noch enigerlei werkzaamheden mogen verrichten die hem in contact brachten met kinderen.

Mason betaalde hem een flink salaris voor het toezicht op zijn vleugel, inclusief de verantwoording voor zijn verzorging en voeding. Cordell had bewezen uiterst betrouwbaar te zijn en tot alles in staat. De wrede praktijken die Mason toepaste tijdens zijn gesprekken met kleine kinderen, waarvan Cordell via de video getuige van was geweest, zouden een ander tot razernij of tranen hebben gebracht. Vandaag maakte Cordell zich een tikkeltje ongerust over het enige dat voor hem heilig was, namelijk geld.

Na zijn vertrouwde dubbele klop op de deur, liep hij Masons kamer binnen. Het vertrek was met uitzondering van de lichtschijn van het aquarium, volslagen donker. De paling wist dat hij er was en kwam hoopvol zijn hol uit.

'Meneer Verger?'

Een ogenblik later was Mason wakker.

'Ik moet iets met u bespreken. Ik moet deze week in Baltimore een extra betaling doen, aan dezelfde persoon waar we het eerder over hebben gehad. Het is niet direct een noodgeval, meer een kwestie van voorzichtigheid. Dat zwarte jochie Franklin heeft rattengif ge-slikt en zijn toestand was eerder deze week *kritiek*. Hij heeft zijn pleegmoeder verteld dat het uw idee was om zijn kat te vergiftigen om te voorkomen dat de politie die zou martelen. Dus heeft hij de kat aan de buren gegeven en heeft hij zelf het rattengif ingenomen.'

'Dat is belachelijk,' zei Mason. 'Ik had daar niets mee te maken.'

'Natuurlijk is het belachelijk, meneer Verger.'

'Wie is met die klachten gekomen, die vrouw die je die kinderen le-vert?'

'Zij is degene die onmiddellijk betaald moet worden.'

'Cordell, jij hebt toch niks geflikt met dat kleine kreng, of wel? In het ziekenhuis hebben ze toch niks gevonden, hè? Ik kom er toch wel achter, weet je.'

'Nee, meneer Verger. In uw eigen huis? Nooit, dat zweer ik. U weet dat ik niet gek ben. Ik ben erg blij met mijn werk.'

'Waar is *Franklin*?'

'Maryland-Misericordia-ziekenhuis. Na zijn ontslag gaat hij naar een gezinsvervangend tehuis. Zoals u weet werd de vrouw bij wie hij woonde, geschrapt van de pleegouderlijst wegens het roken van ma-rihuana. Zij is degene die met klachten over u is gekomen. Die zul-len we misschien moeten aanpakken.'

'Nikkerjunk, dat zal niet zo moeilijk zijn.'

'Ze kan er bij niemand mee terecht. Volgens mij is de zachte aanpak aanbevolen. Fluwelen handschoentjes. De welzijnswerker wil niets liever dan dat ze d'r kop houdt.'

'Daar zal ik even over nadenken. Ga je gang en betaal die welzijns-dame.'

'Duizend dollar?'

'Als je haar maar duidelijk maakt dat dat alles is wat ze krijgt.'

Margot lag in het donker op Masons zitbank, met strakke wangen van de opgedroogde tranen, te luisteren naar het gesprek tussen Cordell en Mason. Tijdens haar poging Mason tot rede te brengen was hij in slaap gevallen. Kennelijk dacht Mason dat ze de kamer had verlaten. Ze deed haar mond open om geruisloos te kunnen ademen, probeerde haar ademhaling aan te passen aan het gesis van het beademingsapparaat. Een baan grijs licht viel de kamer binnen toen Cordell vertrok. Margot lag languit op de bank. Ze bleef bijna twintig minuten liggen, tot de pomp overging tot Masons slaapritme, en liep toen het vertrek uit. De paling zag haar weglopen, Mason niet.

61

Margot Verger en Barney brachten de laatste tijd heel wat uurtjes samen door. Ze spraken niet veel met elkaar, maar keken samen in de recreatiekamer naar American football en *De Simpsons* en soms naar een concert op de educatieve zender, en ze volgden samen *I, Claudius*. Toen Barney door zijn dienstrooster een paar afleveringen moest missen, bestelden ze de videoband.

Margot mocht Barney graag, dat gevoel van 'jongens onder elkaar' beviel haar wel. Hij was de enige die haar ooit dat gevoel had gegeven. Barney was bijzonder intelligent en hij had iets onwerkelijks over zich. Ook dat beviel haar.

Margot had alfawetenschappen en informatica gestudeerd. Barney, autodidact, verkondigde meningen die varieerden van kinderlijk tot scherpzinnig. Zij kon hem een kader verschaffen. Margots scholing bestreek een breed, open terrein, waar de rede aan de macht was. Maar het terrein rustte boven op haar mentaliteit zoals de wereld van iemand die gelooft dat de aarde plat is rust op een schildpad.

Margot Verger zette Barney zijn grapje over het gehurkt plassen betaald. Volgens haar waren haar benen sterker dan de zijne en mettertijd werd ze in het gelijk gesteld. Door net te doen of ze moeite had met lichtere gewichten, kreeg ze hem zo ver een weddenschap aan te gaan op de *leg-press*-bank en won daarmee haar honderd dollar terug. Bovendien versloeg ze hem, dankzij haar geringere lichaamsgewicht, bij het optrekken aan één arm. De weddenschap gold alleen voor de rechterarm aangezien haar linkerarm altijd bij de rechter was achtergebleven door een letsel uit haar jeugd, opgelopen in een handgemeen met Mason.

Op sommige avonden gingen ze, als Barneys dienst met Mason erop zat, samen trainen, hielpen ze elkaar bij de drukbank. Het waren serieuze trainingssessies, waarbij weinig werd gezegd en alleen hun ademhaling te horen was. Soms was welterusten het enige woord dat ze wisselden, waarna zij haar sporttas inpakte en naar de privévertrekken verdween, verboden terrein voor het personeel.

Deze avond ging ze met betraande ogen rechtstreeks van Masons kamer naar de zwart met chromen sportzaal.

'Hé, wat krijgen we nou,' zei Barney. 'Is er wat?'

'Familiegezeik, je weet hoe dat gaat. Het gaat wel weer,' zei Margot.

Ze trainde als een bezetene, te zwaar, te lang achter elkaar.

Barney liep op een gegeven moment naar haar toe en pakte hoofdschuddend een lange halter uit haar handen. 'Je scheurt zo nog een spier,' zei hij.

Ze zat nog als een waanzinnige op een hometrainer te peddelen toen hij ermee ophield en onder de hete douche in de sportzaal ging staan, waar hij de lange dag door het hete water de afvoer in liet spoelen. Het was een gemeenschappelijke douche met vier hoge sproeikoppen en een paar extra sproeikoppen ter hoogte van de taille en dijen. Barney zette meestal twee douches open zodat zijn grote lichaam van twee kanten besproeid werd.

Al snel was Barney omhuld door een dichte mist die alles buiten sloot behalve de harde waterstralen op zijn hoofd. Onder de douche gaf Barney zich graag over aan bespiegelingen: stoomwolken. *De wolken.* Aristophanes. Dr. Lecter die hem vertelde over de hagedis die Socrates had ondergepist. Hij bedacht dat, voordat hij was bewerkt door het niet-aflatende gehamer van dr. Lecters logica, iemand als Doemling hem gemakkelijk naar zijn pijpen had kunnen laten dansen.

Toen hij hoorde dat er nog een douche werd opengedraaid, schonk hij daar weinig aandacht aan en hij ging door met zijn afschrobbeurt. Andere personeelsleden gebruikten ook de sportzaal, zij het meestal 's morgens vroeg en laat op de middag. De gedragscode van mannen onderling schrijft voor dat men geen aandacht schenkt aan andere baders in een gemeenschappelijke doucheruimte, maar Barney vroeg zich af wie het was. Hij hoopte dat het niet Cordell was, die man bezorgde hem kippenvel. Het kwam hoogst zelden voor dat iemand anders 's avonds de faciliteit gebruikte. Wie wás het in godsnaam? Barney draaide zich om zodat het water achter op zijn nek inbeukte. Wolken stoom, fragmenten van de persoon naast hem werden tussen de stoomflarden zichtbaar, als fragmenten van een fresco op een bepleisterde muur. Een massieve schouder, een been. Een fraai gevormde hand die een gespierde nek en schouder afboent, koraalrode vingernagels, dat was Margots hand. Beschilderde teennagels. Dat was Margots been.

Barney duwde zijn hoofd naar achteren tegen de pulserende douchestraal en haalde diep adem. Naast hem draaide de gestalte zich om, verwoed boenend. Ze waste nu haar haren. Dat was Margots platte geribbelde buik, haar kleine, fiere borsten op haar gespierde borstkas, harde tepels onder de krachtige waterstraal, dat was Margots lies, geribd op de overgang van buik en dij, en dat moest Margots doos zijn, omlijst door een blonde, in model geschoren hanenkam.

Barney nam een zo diep mogelijke teug adem en hield die vast... hij voelde dat hij een probleem kreeg. Ze glom als een paard, tot het uiterste gedreven door de zware training. Toen Barneys interesse nog opvallender werd, draaide hij haar zijn rug toe. Misschien kon hij haar gewoon negeren tot ze weg was.

De douche naast hem werd dichtgedraaid. Maar nu kwam haar stem: 'Hé, Barney, hoe staan de Patriots ervoor?'

'Bij... bij mijn mannetje staat Miami op vijfeneenhalf.' Hij keek over zijn schouder.

Ze stond zich net buiten bereik van Barneys douchestraal af te drogen. Haar haren plakten nat tegen haar hoofd, haar gezicht was opgefrist en de tranen waren verdwenen. Margot had een prachtige huid.

'Ga je de punten pakken?' zei ze. 'De pool bij Judy op kantoor heeft...'

Barney hoorde de rest niet meer. Margots hanenkam, bepareld met waterdruppels, in een roze omlijsting. Barneys gezicht gloeide en hij had een erectie van je welste. Hij was verbijsterd en geneerde zich. Een ijzig gevoel trok door zijn lichaam. Hij had zich nog nooit tot een man aangetrokken gevoeld. Maar Margot was, ondanks al die spieren, duidelijk geen man, en hij mocht haar graag.

Waarom moest ze ook verdomme gelijk met hem gaan douchen?

Hij draaide zijn douchekraan dicht en draaide zich nat naar haar toe. Zonder erbij stil te staan, legde hij zijn grote hand tegen haar wang. 'Jezus nog toe, Margot,' zei hij, met dichtgesnoerde keel.

Haar blik gleed langs zijn lichaam naar beneden. 'Godver*domme*, Barney. Laat...'

Barney rekte zijn nek uit en leunde naar voren, probeerde haar zachtjes te kussen, waar dan ook op haar gezicht, zonder haar met zijn lid aan te raken, maar dat gebeurde toch en ze deinsde terug, keek neer op de kettinglijn van vloeibaar kristal die zich uitstrekte tussen hem en haar platte buik. Ze duwde hem met een onderarm die een verdediger bij het Amerikaans voetbal niet zou hebben misstaan tegen zijn brede borst, waardoor hij zijn evenwicht verloor en met een smak op zijn achterste op de douchevloer terecht kwam.

'Jij smerige klootzak,' siste ze. 'Ik had het kunnen weten. Flikker! Pak dat ding en steek het in je...'

Barney kwam soepel overeind en liep de doucheruimte uit, trok zijn natte kleren aan en verliet de sportzaal zonder een woord te zeggen.

Barneys kamers lagen niet in het huis zelf, maar in een apart staand gebouw, de met leisteen bedekte voormalige stallen, die waren verbouwd tot garages met appartementen op de bovenverdieping. Later op de avond zat hij achter zijn laptop, bezig met een correspondentiecursus op het internet. Hij voelde de vloer trillen toen een zware gestalte de trap op kwam.

Een zachte klop op de deur. Toen hij opendeed, stond Margot voor hem, gekleed in een dik trainingspak en met een lange gebreide muts op haar hoofd.

'Mag ik even binnenkomen?'

Barney keek een poosje naar zijn voeten en deed toen een stap terug.

'Barney, hoor eens, het spijt me van daarnet,' zei ze. 'Ik raakte nogal in paniek. Ik bedoel, opeens had ik het niet meer, ik raakte in paniek. Ik had je graag als vriend.'

'Ik jou ook.'

'Ik dacht dat we, nou ja, je weet wel, echte maatjes konden zijn.'

'Margot, kom op zeg. Ik zei dat we vrienden waren, maar ik ben verdomme geen eunuch. Je kwam bij me onder de douche staan. Ik vond je er lekker uitzien, dat heb ik zelf niet in de hand. Je staat daar naakt in die doucheruimte en ik zie twee dingen bij elkaar waar ik allebei gek op ben.'

'Mij en 'n doos,' zei Margot.

Tot hun verbazing schoten ze allebei in de lach.

Ze liep op hem toe en omklemde hem zo stevig in een omhelzing dat ze een minder sterke man zou hebben geblesseerd. 'Luister naar me, als ik op een kerel zou vallen, zou jij het voor me zijn. Maar daar val ik nou eenmaal niet op. Werkelijk waar. Nu niet, nooit.'

Barney knikte. 'Dat weet ik wel. Ik had mezelf gewoon even niet meer in de hand.'

Ze bleven even staan met de armen om elkaar heen.

'Zullen we weer proberen vrienden te zijn?' zei ze.

Hij dacht even na. 'Ja. Maar je moet me een beetje helpen. Laten we een paar dingen afspreken: ik zal mijn uiterste best doen te vergeten wat ik in de douche heb gezien, en jij gaat er niet meer mee te koop lopen. Ook niet met je tieten, nou we toch bezig zijn. Klinkt dat redelijk?'

'Ik kan een goede vriend zijn, Barney. Kom morgen naar het huis. Judy kan koken, ik kan koken.'

'Oké, maar misschien kook jij niks beter dan ik.'

'Wacht maar eens af,' zei Margot.

62

Dr. Lecter hield een fles Château Pétrus tegen het licht. Een dag eerder had hij de fles rechtop gezet, voor het geval er droesem in zat. Hij wierp een blik op zijn horloge en besloot dat het tijd was de wijnfles te ontkurken.

Dr. Lecter beschouwde dit als een groot risico, groter dan hij eigenlijk wilde nemen. Hij wilde niet overhaast te werk gaan. Hij wilde genieten van de kleur van de wijn in een kristallen karaf. Stel dat, als hij de kurk te snel verwijderde, hij tot de ontdekking zou komen dat niets van het heilige bouquet verloren mocht gaan bij het decanteren? Het licht onthulde een ietsje droesem.

Hij verwijderde de kurk met dezelfde zorg die hij zou aanwenden bij het doorboren van een schedel, en zette de wijnfles in zijn schenkinstrument, die door middel van een slinger en een schroef ervoor zorgde dat de schuine inschenkstand van de fles uiterst langzaam werd bereikt. Hij zou heel even de zilte lucht zijn werk laten doen en daarna een beslissing nemen.

Hij legde een vuur aan van ruwe houtskoolbrokken en schonk iets voor zichzelf in, Lillet met een schijfje sinaasappel en ijs, terwijl hij nadacht over de fond waar hij al dagenlang mee bezig was. Dr. Lecter volgde het inspirerende voorbeeld van Alexandre Dumas bij het samenstellen van zijn bouillon. Drie dagen geleden pas, na zijn terugkeer uit het bos waar men met een vergunning op herten mocht jagen, had hij een vette kraai, die zich met jeneverbessen had zitten volproppen, aan de inhoud van zijn bouillonketel toegevoegd. Kleine zwarte veertjes dreven op het rustige water van de baai. De grote slagpennen bewaarde hij om plectra voor zijn klavecimbel te maken.

Nu stampte dr. Lecter op zijn beurt wat jeneverbessen fijn en ging sjalotjes fruiten in een koperen steelpan. Met een keurige chirurgi-

sche knoop bond hij een stukje katoendraad om een vers kruiden-
builtje, en schepte daar in de steelpan bouillon overheen.

De haasbiefstuk die dr. Lecter uit de keramische kruik tilde, was donker van de marinade die ervan afdroop. Hij bette het vlees droog,
klapte het puntige uiteinde terug en bond het vast zodat het vlees
over de hele lengte even dik was.

Na verloop van tijd was het vuur precies goed, aan één zijde gloei-
end heet, de kolen trapsgewijs opgestapeld. De biefstuk siste op het
ijzer en blauwe rook wervelde door de tuin, alsof het bewoog op de
muziek van dr. Lecters luidsprekers. Hij draaide de ontroerende com-
positie van Hendrik VIII 'If True Love Reigned'.

Later die avond, zijn lippen bevlekt door de rode Château Pétrus,
een klein kristallen glas honingkleurige Château d'Yquem op zijn
kaarsenstandaard, speelt dr. Lecter Bach. Voor zijn geestesoog rent
Starling door de bladeren. De herten voor haar op het pad schrikken en rennen de helling op, langs dr. Lecter heen die roerloos op
de helling zit. Rennen, rennen, hij zit in de 'Tweede variatie' van de
Goldbergvariaties, het kaarslicht valt op zijn bewegende handen –
een hapering in de muziek, een flits van bloederige sneeuw en vieze
tanden, ditmaal niet meer dan een flits die verdwijnt met een onmiskenbaar geluid, een dof *plok*, een kruisboogpijl die een schedel
doorboort – en dan zijn daar weer de aangename bossen, en vloeiende muziek en Starling, door licht omlijst zodat het lijkt of ze met
stuifmeel is bestoven, rent het beeld uit, haar paardenstaart wipt op
als de witte staart van een hert, en zonder verdere onderbrekingen
speelt hij de beweging helemaal tot het einde, en de heerlijke stilte
die daarop volgt is even vol als de Château d'Yquem.

Dr. Lecter hield zijn glas tegen het licht van de kaars. De kaarsvlam
achter de wijn schitterde als zonlicht op het water en de wijn zelf
had de kleur van de winterzon op Clarice Starlings huid. Haar verjaardag kwam snel dichterbij, bedacht de doctor. Hij vroeg zich af
of er nog ergens een fles Château d'Yquem uit haar geboortejaar te
vinden zou zijn. Een geschenk voor Clarice Starling zou wellicht ge-
past zijn; over drie weken zou ze immers even lang geleefd hebben
als Christus.

63

Op hetzelfde ogenblik dat dr. Lecter zijn wijnglas voor de kaarsvlam hield, hield A. Benning, die nog laat aan het werk was op het DNA-lab, haar laatste gel tegen het licht en bekeek de elektroforetische lijnen met de rode, blauwe en gele spikkels. Het monster bestond uit epitheelcellen van de tandenborstel die vanuit het Palazzo Capponi via de Italiaanse diplomatieke post aan haar was opgestuurd.

'Ummmm umm umm umm,' zei ze, waarna ze Starlings nummer in Quantico draaide.

Eric Pickford nam de telefoon aan.

'Hallo, mag ik Clarice Starling even aan de lijn, alstublieft?'

'Ze is al naar huis en ik ben momenteel de verantwoordelijke man. Waarmee kan ik u van dienst zijn?'

'Kunt u mij haar piepernummer geven?'

'Ze hangt net aan de andere lijn. Wat heeft u haar te melden?'

'Wilt u haar alstublieft vertellen dat Benning van het DNA-lab heeft gebeld met de mededeling dat de tandenborstel en de wimper die op de pijl zat, met elkaar overeenkomen. Het is dr. Lecter. En vraagt u haar mij te bellen.'

'Geef me uw doorkiesnummer maar. Ik zal het haar meteen vertellen. Hartelijk dank.'

Starling hing niet aan de andere lijn. Pickford belde Paul Krendler thuis.

Toen Starling A. Benning niet terugbelde op het lab, was ze een tikkeltje teleurgesteld. A. Benning had er een hoop extra tijd ingestoken. Ze ging naar huis lang voordat Pickford Starling thuis belde.

Mason wist het een uur voordat Starling het wist.

Hij had een kort gesprek met Paul Krendler, nam er zijn tijd voor, wachtte rustig zijn ademstoten af. Zijn geest was helder.

'Het wordt tijd om Starling eruit te werken, voordat men proactief begint te denken en haar uitzet als aas. Het is nu vrijdag, je hebt het hele weekend. Zet de boel in beweging, Krendler. Zorg dat de spaghettivreters attent worden gemaakt op die advertentie en zorg dat ze daar verdwijnt, het is de hoogste tijd. En Krendler?'

'Ik wilde dat we gewoon...'

'Doe het, punt uit, en als je weer een ansichtkaart van de Cayman-eilanden krijgt, staat er een mooie, nieuwe cijfercombinatie onder de postzegel.'

'Goed dan, ik zal...' zei Krendler, maar toen hoorde hij de ingesprektoon.

Het korte gesprek was ongewoon vermoeiend voor Mason.

Voordat hij wegzonk in een onderbroken slaap, liet hij Cordell bij zich komen en zei hij: 'Laat de varkens maar komen.'

64

Een half wild varken tegen zijn wil vervoeren kost meer lichamelijke inspanning dan het ontvoeren van een man. Varkens zijn moeilijker beet te pakken dan een man, grote exemplaren zijn sterker dan een man en ze komen niet onder de indruk van een vuurwapen. Wie prijs stelt op de ongeschonden staat van buik en benen, moet zich zeker in acht nemen voor de slagtanden.

Varkens met slagtanden gaan instinctief over tot het openrijten van de buik wanneer ze in conflict zijn met soorten die op hun achterpoten staan, mensen en beren. Uithalen naar de dijbenen ligt niet in hun aard, maar dat gedrag kan hun snel aangeleerd worden.

Als je het dier in leven wilt houden, kun je het niet verdoven met een elektrische schok, daar varkens vatbaar zijn voor dodelijke hartfibrillatie.

Carlo Deogracias, varkenmeester, had het geduld van een krokodil. Hij had geëxperimenteerd met dierenverdoving, waarbij hij gebruik had gemaakt van dezelfde acepromazine die hij voor dr. Lecter had willen gebruiken. Hij wist inmiddels de exacte hoeveelheid die benodigd was om een wild zwijn van honderd kilo het bewustzijn te doen verliezen en de doseringsinterval om het beest wel veertien uur onder zeil te houden zonder blijvende nawerkingen.

Aangezien het Verger-bedrijf een grootschalige im- en exportfirma en een ingeburgerde partner van het ministerie van landbouw was als het ging om experimentele fokprogramma's, kon zonder problemen de weg worden gebaand voor Masons varkens. Het vereiste veterinaire aanvraagformulier 17-129 werd per fax opgestuurd naar de gezondheidsinspectie voor dieren en planten in Riverdale, Maryland, vergezeld van veterinaire attesten uit Sardinië en een gebruiksvergoeding van $ 39.50 voor vijftig porties ingevroren sperma die Carlo mee wilde brengen.

De vergunningen voor de zwijnen en het sperma kwam per omgaande fax, tegelijk met een ontheffing voor de voor zwijnen gebruikelijke quarantaineperiode in Key West en een bevestiging dat een inspecteur de dieren aan boord van het toestel op de internationale luchthaven Baltimore-Washington zou vrijmaken.

Carlo en zijn helpers, de gebroeders Piero en Tommaso Falcione, zetten de kratten in elkaar. Het waren uitstekende kratten met een schuifdeur aan beide kanten en van binnen voorzien van een laag zand en gecapitonneerde zijkanten. Op het laatste moment dachten ze eraan de bordeelspiegel in te pakken. Er was iets aan foto's van die barokke lijst rondom weerspiegelde varkens waar Mason bijzonder van genoot.

Met zorg verdoofde Carlo zestien varkens – vijf beren die in dezelfde kooi waren opgegroeid en elf zeugen, waarvan één drachtig, maar geen enkele tochtig was. Toen ze bewusteloos waren, onderzocht hij ze stuk voor stuk zeer nauwkeurig. Met zijn vingers controleerde hij hun scherpe tanden en de punten van hun grote, sterke slagtanden. Hij hield hun afzichtelijke snuiten in zijn handen, keek in de kleine, wazige ogen, luisterde om zich ervan te verzekeren dat de luchtwegen vrij waren, en bewoog hun elegante, smalle enkels heen en weer. Toen sleepte hij hen op een stuk canvas naar de kratten en liet de deuren op hun plaats glijden.

De vrachtwagens daalden kreunend door de Gennargentu-bergen af naar Cagliari. Op het vliegveld stond een airbus straalvrachtvliegtuig van Count Fleet Airlines te wachten, die gespecialiseerd waren in het transport van renpaarden. Dit bewuste toestel vloog meestal Amerikaanse renpaarden naar Dubai en weer terug. Er was nu één paard aan boord, opgepikt in Rome. Het paard werd erg onrustig toen het de wildgeur van de varkens opving en begon in zijn kleine, gecapitonneerde stal zo woest te hinniken en te trappen dat de bemanning het dier van boord moest halen en het achter moest laten, hetgeen resulteerde in enorme kosten voor Mason, die het paard later naar zijn eigenaar moest laten terugvliegen en bovendien een schadevergoeding moest betalen om een proces te vermijden.

Carlo en zijn helpers bleven tijdens de vlucht bij de varkens in de vrachtruimte. Ieder halfuur bezocht Carlo elk varken, legde zijn hand op zijn harige flank en controleerde het ritme van zijn wilde hart.

Zelfs als ze uitgehongerd waren, kon er niet van uitgegaan worden dat zestien varkens dr. Lecter in één keer konden opeten. Ze hadden er een hele dag over gedaan om de filmer helemaal weg te werken.

Mason was van plan dr. Lecter de eerste dag te laten toekijken hoe de varkens zijn voeten opaten. Lecter zou 's nachts in afwachting van de tweede gang aan een infuus met een zoutoplossing worden gelegd.

Mason had Carlo tijdens die pauze een uur met Lecter beloofd.

Als tweede gang zouden de varkens hem uithollen en binnen een uur het vlees van de buik en het gezicht verorberen, waarna de eerste groep van de grootste varkens en de zwangere zeug zich verzadigd terug konden trekken en de tweede groep varkens hun gang kon gaan. Tegen die tijd zou de aardigheid er toch al af zijn.

65

Barney was nog nooit in de stal geweest. Hij kwam binnen via een zijdeur onder een soort tribune die aan drie zijden een oude piste omsloot. In de piste, nu verlaten en stil met uitzondering van het gekoer van de duiven tussen de dakspanten, hing nog de sfeer van verwachting. Achter het podium van de veilingmeester strekte zich de open stalruimte uit. Grote dubbele deuren kwamen uit in de stalvleugel en de tuigkamer.

Barney hoorde stemmen en riep: 'Hallo.'

'In de tuigkamer, Barney, kom maar binnen.' Margots lage stem.

De tuigkamer was een aangenaam vertrek dat vol hing met paardentuig en een fraai assortiment zadels. De geur van leer. Warm zonlicht dat door stoffige ramen onder de dakrand naar binnen stroomde, versterkte de geur van leer en hooi. Een open vliering aan een van de zijkanten ging over in de hooizolder van de stal.

Margot was bezig roskammen en een stel teugels op te bergen. Haar haar was lichter dan het hooi, haar ogen zo blauw als een vleeskeuringsstempel.

'Hoi,' zei Barney vanuit de deuropening. Hij vond het vertrek een tikkeltje theatraal, ingericht met het oog op bezoekende kinderen. Door de hoogte en de lichtinval uit de hoge ramen had het veel weg van een kerk.

'Hoi, Barney. Nog even geduld, over een minuut of twintig gaan we eten.'

Judy Ingrams stem klonk vanaf de vliering boven zijn hoofd. 'Barneeeeey. Goedemorgen. Je raadt nooit wat je als lunch opgediend krijgt! Margot, zullen we kijken of we buiten kunnen eten?'

Margot en Judy hadden de gewoonte om elke zaterdag de bonte verzameling dikke Shetlandpony's, die werden gehouden als rijdieren voor de bezoekende kinderen, te roskammen. Ze brachten altijd een picknicklunch mee.

'We kunnen aan de zuidkant van de stal gaan zitten, in de zon,' zei Margot.

Iedereen leek een tikkeltje te vrolijk. Iemand met Barneys ziekenhuiservaring wist dat geforceerde vrolijkheid niet veel goeds voorspelde voor degene die op die toon werd toegesproken.

De tuigkamer werd gedomineerd door een paardenschedel, die iets boven ooghoogte aan de muur hing, compleet met hoofdstel en oogkleppen, en omhangen met de renkleuren van de Vergers.

'Dat is Fleet Shadow, die in 1952 de Lodgepole Stakes heeft gewonnen, de enige winnaar die mijn vader ooit heeft gehad,' zei Margot. 'Hij was te gierig om het dier te laten opzetten.' Ze keek omhoog naar de schedel. 'Heeft veel weg van Mason, vind je niet?'

In de hoek stond een smidse en een blaasbalg. Margot had een klein kolenvuur aangelegd tegen de kou. Boven het vuur stond een pan met iets dat naar soep rook.

Op een werkbank lag een complete set hoefsmidsgereedschap. Ze pakte een hamer op met een korte handgreep en een zware kop. Met haar forse armen en brede borstkas had Margot zelf hoefsmid kunnen zijn, zij het een smid met opvallend puntige borstspieren.

'Wil je me die dekens even opgooien?' riep Judy naar beneden.

Margot pakte een bundel fris gewassen zadeldekens en slingerde die met een enkele soepele beweging van haar forse arm de vliering op.

'Oké, ik ga me even opfrissen en de spullen uit de Jeep pakken. We eten over een kwartier, goed?' zei Judy, terwijl ze de ladder afdaalde.

Barney, zich bewust van Margots kritische blik, liet na Judy's achterste te taxeren. Er lagen een aantal strobalen, waarop opgevouwen paardendekens waren neergelegd om op te zitten. Margot en Barney gingen zitten.

'Je bent de pony's misgelopen. Ze zijn naar de stal in Lester,' zei Margot.

'Ik heb de vrachtwagens vanmorgen gehoord. Waarom eigenlijk?'

'Dat is Masons zaak.' Er viel een stilte. Ze hadden stilte nooit onbehaaglijk gevonden, maar dit keer was die dat wel. 'Goed, Barney. Mensen bereiken soms het punt dat ze elkaar niets meer te zeggen hebben, behalve als ze iets gaan dóén. Zijn wij nu op dat punt aanbeland?'

'Je bedoelt in een relatie of iets dergelijks,' zei Barney. De ongelukkig gekozen analogie hing in de lucht.

'*Relatie*,' zei Margot. 'Wat ik jou kan bieden is heel wat meer waard. Je weet heus wel waar we het over hebben.'

'Ik geloof van wel,' zei Barney.

'Maar als je zou besluiten dat je niets zou wíllen doen, en het zou later toch gebeuren, dan begrijp je toch wel dat je er later niet op terug zou kunnen komen, hè?' Ze tikte met de hoefsmidshamer op haar handpalm, afwezig misschien, terwijl ze hem strak bleef aankijken met haar blauwe slagersogen.

Barney had in zijn leven een grote verscheidenheid aan gezichtsuitdrukkingen gezien en was erin geslaagd in leven te blijven door die te lezen. Hij zag dat ze de waarheid sprak.

'Dat weet ik.'

'Hetzelfde geldt als we wel iets doen. Ik zou één keer, en niet vaker, uiterst royaal zijn. Maar het zou genoeg zijn. Wil je weten hoeveel?'

'Margot, er zal tijdens mijn dienst niets gebeuren. Niet zolang ik zijn geld aanpak om voor hem te zorgen.'

'Maar waarom dan niet, Barney?'

Zittend op de hooibaal haalde hij zijn brede schouders op. 'Een deal is nou eenmaal een deal.'

'Noem je dat een *deal*? Dit is pas een *deal*,' zei Margot. '*Vijf miljoen dollar, Barney*. Dezelfde vijf die Krendler zal krijgen om de FBI te verraden, als je dat nog niet wist.'

'We hebben het erover genoeg sperma van Mason te bemachtigen om Judy zwanger te maken.'

'We hebben het ook over iets anders. Je weet heus wel dat als je Masons kwak van hem weet los te krijgen en hem in leven laat, hij jou te grazen zou nemen, Barney. Je zou je nergens kunnen verstoppen. Je zou aan de varkens worden opgevoerd.'

'Wat bedoel je daar nou weer mee?'

'Wat houdt je tegen, Barney, *Semper Fi*, zoals je op je arm hebt staan?'

'Toen ik zijn geld aannam, heb ik beloofd dat ik voor hem zou zorgen. Zo lang ik voor hem werk, zal ik hem geen kwaad doen.'

'Je hoeft helemaal niets te... *doen*, behalve het medische gedeelte na zijn dood. Ik kan hem daar niet meer aanraken. Geen enkele keer meer. Misschien zou je me moeten helpen met Cordell.'

'Als je Mason vermoordt, krijg je maar één portie,' zei Barney.

'Als we vijf cc krijgen, zelfs bij een lager aantal zaadcellen dan normaal, kunnen we door toevoeging van een volumevergroter het vijf keer met inseminatie proberen, we kunnen reageerbuisbevruchting proberen – Judy's familie is ontzettend vruchtbaar.'

'Heb je erover gedacht om Cordell af te kopen?'

'Nee. Die zou zich nooit aan de afspraak houden. Zijn woord is niks waard. Vroeg of laat zou hij het me voor mijn voeten gooien. Hij zou moeten vertrekken.'

'Je hebt er veel over nagedacht.'

'Ja. Barney, jij moet de verplegerspost bemannen. Er worden backup tapes van de monitoren gemaakt, elke seconde wordt vastgelegd. De videotape van de beveiligingscamera's draait niet. We – Ik steek mijn hand onder de kap van het beademingstoestel en zorg dat zijn borstkas niet meer kan bewegen. De monitor laat zien dat de beademer nog werkt. Tegen de tijd dat zijn hartslag en bloeddruk een verandering aangeven, storm jij naar binnen en tref je hem bewusteloos aan, je kunt reanimeren zoveel je maar wilt. Het enige is dat je mij toevallig over het hoofd ziet. Ik druk op zijn borstkas tot hij dood is. Je hebt genoeg autopsies meegemaakt, Barney. Waar letten ze op als ze vermoeden dat er sprake was van verstikking?'

'Bloedingen achter de oogleden.'

'Mason heeft geen oogleden.'

Ze had zich ingelezen en was gewend dat alles en iedereen te koop was.

Barney keek haar in het gezicht, maar in de rand van zijn gezichtsveld bleef hij gefixeerd op de hamer toen hij antwoord gaf: 'Nee, Margot.'

'Als ik me door jou had laten neuken, zou je het dan doen?'

'Nee.'

'Als ik *jou* had geneukt, zou je het dan doen?'

'Nee.'

'Als je hier niet zou werken, als je geen enkele medische verantwoordelijkheid jegens hem had, zou je het dan doen?'

'Waarschijnlijk niet.'

'Is het een kwestie van ethiek of lafheid?'

'Dat weet ik niet.'

'Laten we dan maar eens zien of we daar achter kunnen komen. Je bent ontslagen, Barney.'

Hij knikte, niet bepaald verrast.

'En. Barney?' Ze legde een vinger tegen haar lippen. 'Sst. Kan ik op je rekenen? Is het nodig te zeggen dat ik je de das om kan doen met die eerdere veroordeling in Californië? Dat hoef ik toch niet te zeggen, wel?'

'Je hoeft je geen zorgen te maken,' zei Barney. '*Ik* ben degene die zich zorgen moet maken. Ik weet niet wat Mason met mensen doet die niet meer voor hem werken. Misschien verdwijnen ze van de aardbodem.'

'Jij hoeft je ook geen zorgen te maken. Ik zal Mason vertellen dat je hepatitis hebt gehad. Je weet niet veel van zijn zaken af, behalve dat hij probeert de politie te helpen – en hij weet dat we je in de hand kunnen houden vanwege die oude zaak, hij laat je gewoon gaan.'

Barney vroeg zich af wie dr. Lecter in therapie het interessantst had gevonden, Mason Verger of zijn zuster.

66

Het was nacht toen het lange, zilveren transport voor reed bij de stal van Muskrat Farm. Ze waren laat en er heerste de nodige irritatie. De getroffen regelingen op Baltimore-Washington International Airport waren aanvankelijk gladjes verlopen, de inspecteur van het ministerie van landbouw gaf de benodigde stempels voor de zending van zestien varkens. De inspecteur was een expert op het gebied van varkens, maar hij had nooit eerder dergelijke beesten gezien.

Toen had Carlo Deogracias een blik in de vrachtwagen geworpen. Het was een veewagen en stonk daar ook naar. In alle kieren zaten sporen van al die eerdere inzittenden. Carlo stond niet toe dat zijn varkens uitgeladen werden. Het vliegtuig wachtte terwijl de nijdige chauffeur, Carlo en Piero Falcione een andere veewagen zochten die beter geschikt was om de kratten te transporteren, en vervolgens op zoek gingen naar een vrachtwagenwasserette met een stoomreiniger en het vrachtgedeelte grondig schoonspoten.

Bij de hoofdingang van Muskrat Farm een laatste ergernis. De bewaker controleerde het gewicht van de vrachtwagen en weigerde die door te laten in verband met de maximale draagkracht van een ornamentele brug. Hij verwees het transport naar de dienstweg door het natuurreservaat. Boomtakken schuurden langs de hoge vrachtwagen toen die de laatste drie kilometer aflegde.

De grote, schone stal op Muskrat farm beviel Carlo wel, evenals de kleine vorkheftruck die de kratten naar de ponyboxen droeg.

Toen de chauffeur van de veewagen met een elektrische prikker naar de kooien liep en aanbood een van de varkens een schok te geven om te zien hoe diep zijn bewusteloosheid was, graaide Carlo het instrument uit zijn hand en joeg hem zo'n schrik aan dat hij het niet terug durfde vragen.

Carlo zou de grote, wilde zwijnen in het halfdonker uit hun verdoving laten bijkomen en ze niet eerder uit de kratten laten voordat ze overeind stonden en wakker waren. Hij was bang dat de dieren die het eerst wakker werden, misschien een hap zouden nemen uit een nog verdoofd exemplaar. Als ze niet met elkaar lagen te slapen, werd de kudde aangetrokken door elke weerloze gedaante.

Piero en Tommaso moesten dubbel voorzichtig zijn sinds de kudde de filmmaker Oreste en later zijn ingevroren assistent had opgegeten. De mannen waagden zich niet meer in de kooi of in de wei als de varkens daar ook waren. De zwijnen dreigden niet, ze knarsten niet met de tanden, zoals wilde varkens normaal gesproken doen, ze bleven de mannen domweg in de gaten houden met die verschrikkelijke vastberadenheid die varkens eigen is, en kwamen ongemerkt steeds dichter bij, tot ze hun prooi dicht genoeg genaderd waren om aan te vallen.

Carlo, even vastberaden, ging niet slapen voordat hij, gewapend met een zaklantaarn, de afrastering rondom Masons beboste weide die aan het grote natuurreservaat grensde, had gecontroleerd.

Carlo spitte met zijn zakmes in de grond en onderzocht de grondlaag onder de bomen in de wei op de aanwezigheid van voedsel. Hij vond eikels. Hij had gisterenavond toen ze aankwamen, Vlaamse gaaien gehoord en bedacht toen dat er hoogstwaarschijnlijk wel eikels zouden liggen. En inderdaad trof hij een aantal witte eiken aan op het afgerasterde veld, zij het niet al te veel. Hij wilde niet dat de varkens iets eetbaars op de grond zouden vinden zoals ze in het dichte bos gemakkelijk zouden kunnen doen.

Mason had voor de open zijkant van de schuur een stevig schot laten plaatsen met een hek waarvan de boven- en onderkant apart open konden, net zoals Carlo's eigen hek in Sardinië.

Van achter het schot kon Carlo ze veilig voederen, zeildoek gevuld met dode kippen, lamsbouten en groenten schudde hij over het hek in de kooi leeg.

Ze waren niet tam, maar evenmin bang voor mensen of lawaai. Zelfs Carlo kon de kooi niet ingaan. Een varken is anders dan de meeste dieren. Ze beschikken over een zekere intelligentie en over een schrikbarend praktische instelling. Deze exemplaren waren niet in het minst vijandig. Ze aten alleen maar graag mensen. Ze waren even lichtvoetig als een Miura-stier, konden scherpe bochten draaien als een schaapherdershond en hun bewegingen in de buurt van hun hoeders hadden iets sinister berekenends. Het had niet veel gescheeld of Piero was er geweest toen hij na het voederen een shirt had willen terughalen waarvan ze dachten dat ze er nog wel een keer voedsel in konden proppen.

Het waren unieke varkens, groter dan de Europese wilde zwijnen en even woest. Carlo beschouwde ze als zijn schepping. Hij wist dat hetgeen hen te doen stond, het uitroeien van een groot kwaad, zou volstaan om een plaats voor hem te bereiden in het hiernamaals.

Tegen middernacht lag iedereen in de stal te slapen: Carlo, Piero en Tommaso lagen in een droomloze slaap op de vliering van de tuigkamer, de varkens lagen te snurken in hun kratten, hun elegante kleine pootjes begonnen met hun dromen mee te trappelen en een enkeling begon zich op het schone canvas te roeren. De schedel van de draver, Fleet Shadow, zwak verlicht door het kolenvuur in het fornuis van de hoefsmid, hield over alles en iedereen de wacht.

67

Krendler nam een enorm risico door een agent van de FBI aan te vallen met het valse bewijsmateriaal dat Mason hem had verschaft. Hij kreeg het er een tikkeltje benauwd van. Als de minister van justitie hem zou snappen, zou ze hem vertrappen als een kakkerlak.

Behalve het risico dat hij zelf liep, had Krendler minder moeite met het idee Clarice Starling te ruïneren dan hij zou hebben gehad als het slachtoffer een man was geweest. Een man had een gezin te onderhouden – Krendler had eveneens een gezin te onderhouden, een hebzuchtig en ondankbaar gezin.

En Starling moest eenvoudigweg de dienst verlaten. Als ze haar lieten zitten zou Clarice Starling, de sporen volgend met de pietluttige, onbenullige huishoudelijke vaardigheden van een vrouw, Hannibal Lecter vinden. Als dat gebeurde, zou Mason Verger Krendler niets geven.

Hoe eerder ze van haar bronnen werd losgerukt en als aas was uitgezet, hoe beter.

Krendler had tijdens zijn eigen opgang naar de macht al eerder carrières kapot gemaakt, eerst als een politiek actieve openbare aanklager van de staat en later bij Justitie. Hij wist uit ervaring dat het gemakkelijker is de loopbaan van een vrouw te ondermijnen dan die van een man. Wanneer een vrouw promotie maakt en op een plek terecht komt waar een vrouw niet thuishoort, was het voldoende om te zeggen dat ze de functie op haar rug had verdiend.

Een dergelijke aantijging zou bij Clarice Starling niet werken, bedacht Krendler. Eigenlijk kon hij niemand anders bedenken die het harder nodig had om een goeie beurt te krijgen op een achteraf weggetje. Soms dacht hij aan die agressieve daad als hij in zijn neus zat te peuteren.

Krendler had onmogelijk zijn wrok jegens Starling onder woorden kunnen brengen. Die was diepgeworteld, lichamelijk, en hoorde bij een plek in zijn binnenste waar hij niet bij kon. Een plek met stoelhoezen en een lampje in het dak, portierkrukken en raamhendels, een meisje met Starlings gelaatskleur maar zonder haar gezonde verstand met haar broek om haar ene enkel die hem vroeg wat er in godsnaam met hem aan de hand was, en waarom hij niet gewoon zijn gang ging, of hij soms *een flikker was? een flikker was? een flikker was?*

Als je buiten beschouwing liet dat Starling zo'n trut was, bedacht Krendler, moest je toegeven dat haar prestaties in werkelijkheid stukken beter waren dan haar weinige promoties aangaven. Haar beloningen stelden, tot zijn tevredenheid, bitter weinig voor. Door in de loop der jaren zo af en toe een druppeltje gif aan haar dossier toe te voegen, was Krendler erin geslaagd het carrièreplanningsbestuur van de FBI voldoende te beïnvloeden om een aantal begerenswaardige opdrachten waarvoor zij in aanmerking had moeten komen, te blokkeren. Haar onafhankelijke houding en grote mond hadden hem geholpen zijn doel te bereiken.

Mason wilde de uitspraak met betrekking tot de Feliciana Vismarktkwestie niet afwachten. Bovendien hadden ze geen enkele garantie dat er ook maar iets van dat hele gedoe aan Starling zou blijven kleven. Het neerschieten van Evelda Drumgo en die anderen was onmiskenbaar het gevolg van nalatigheid bij het treffen van veiligheidsmaatregelen. Het was een wonder dat Starling die ellendige baby had kunnen redden. Weer een mond die door de belastingbetaler zou moeten worden gevoed. Het zou niet moeilijk zijn de korst van dat vervelende incident af te rukken, maar het was een onpraktische manier om Starling te grazen te nemen.

Masons manier was beter. Ze zou er meteen uitvliegen. De timing was gunstig.

Een Washingtons axioma, vaker bewezen dan de stelling van Pythagoras, stelt dat bij aanwezigheid van zuurstof, een harde scheet van een voor de hand liggende boosdoener, vele kleine uitstoten in dezelfde ruimte zal dekken, vooropgesteld dat die nagenoeg gelijktijdig worden geproduceerd.

Ergo, het ministerie van justitie werd voldoende afgeleid door de afzettingsprocedure om hem in staat te stellen Starling uit de weg te ruimen.

Mason wilde dat de media werden ingeschakeld zodat dr. Lecter van de gebeurtenissen kennis zou kunnen nemen. Maar Krendler moest het doen voorkomen alsof het uitlekken naar de pers op een onge-

lukkig toeval berustte. Gelukkigerwijs was er binnenkort een gelegenheid die hem bijzonder goed van pas kwam: de verjaardag van
de FBI zelf.

Krendler onderhield een zwak geweten waarbij hij te biecht kon
gaan.

Dit troostte hem nu: als Starling haar baan kwijtraakte, zou op zijn
allerergst dat stomme pottenhol waar Starling woonde, het zonder
de grote tv-schotel voor sportuitzendingen moeten stellen. In het ergste geval schoof hij een losgeslagen kanon overboord, waardoor dat
voor niemand meer een bedreiging vormde.

Een 'losgeslagen kanon' overboord duwen zou de boel weer 'in rustiger vaarwater brengen', bedacht hij, in zijn schik en gerustgesteld
alsof die twee marinemetaforen een logische vergelijking vormden.
Dat de schommelende boot het schiettuig in beweging brengt, zat
hem in het geheel niet dwars.

Krendler had een zo actief fantasieleven als zijn verbeelding hem
maar toestond. Nu, puur voor zijn plezier, stelde hij zich Starling
voor als een oud vrouwtje, die struikelde over haar hangtieten. Haar
welgevormde benen, veranderd in een blauwgeaderd, bobbelig onderstel, droegen haar met bergen vuile was de trap op en af terwijl
ze haar blik afwendde van de bevlekte lakens, aan het werk voor
kost en inwoning in een logement dat gerund werd door een stelletje van die vervloekte harige oude potten.

Hij stelde zich voor wat hij de eerstvolgende keer tegen haar zou
zeggen, aansluitend op zijn triomf over die 'maïsbroodkut'.

Gewapend met dr. Doemlings inzicht, wilde hij na haar ontmante-
ling vlak naast haar gaan staan en zonder zijn lippen te bewegen tegen haar zeggen: 'Ben je niet een tikkeltje te oud om nog steeds met
je pappie te neuken, zelfs voor een blanke armoedzaaier uit het Zuiden?' Hij herhaalde de zin bij zichzelf en overwoog om die in zijn
notitieboekje op te schrijven.

Krendler bezat het wapen en de tijd en het gif om Starlings carrière
te vernietigen en toen hij zich daartoe zette, werkten het toeval en
de Italiaanse post hem op een ongelooflijke manier in de hand.

68

De Battle Creek-begraafplaats net buiten Hubbard, Texas, is een
klein litteken op de leeuwkleurige vacht van midden-Texas in de-

cember. Er staat nu een gierende wind, maar die is er altijd. Het heeft geen zin om te wachten tot die gaat liggen.

Op het nieuwe gedeelte van de begraafplaats liggen platte stenen, zodat het gras gemakkelijk gemaaid kan worden. Boven het graf van een meisje dat vandaag jarig zou zijn geweest, deint een zilverkleurige hartvormige ballon. In het oudere gedeelte van de begraafplaats maaien ze iedere keer het gras op de paden en zo vaak ze maar kunnen, gaan ze met een grasmaaier tussen de grafstenen door. Flardjes lint, verdorde bloemstelen raken vermengd met de aarde. Achterin op de begraafplaats is een composthoop waar de oude bloemen op terecht komen. Tussen de dansende hartballon en de composthoop staat een graafmachine, een jonge zwarte man achter het bedieningspaneel, een ander op de grond, die in de kom van zijn handen tegen de wind in een lucifer afstrijkt om een sigaret aan te steken...

'Meneer Closter, ik wilde dat u erbij was zodat u met eigen ogen kunt zien waar we mee te maken krijgen. Ik hoop van harte dat u de nabestaanden zult afraden te komen kijken,' zei de heer Greenlea, directeur van het Hubbard Uitvaartcentrum. 'Die kist – en mag ik u nogmaals complimenteren met uw smaak – die kist zal een trotse aanblik geven, en verder kunnen ze maar beter niet kijken. Ik geef u de kist graag tegen kostprijs. Mijn eigen vader, die ook is overleden, rust in exact zo'n kist.'

Hij knikte tegen de man die de graafmachine bediende en de grijper van het apparaat nam een hap uit het verzakte graf dat vol onkruid stond.

'U bent zeker wat die steen betreft, meneer Closter?'

'Ja,' zei dr. Lecter. 'De kinderen laten één steen maken voor zowel de moeder als de vader.'

De wind rukte aan hun broekomslagen terwijl ze zwijgend toekeken tot de graafmachine op een diepte van zo'n zestig centimeter zijn werkzaamheden staakte.

'Vanaf hier nemen we de schep ter hand,' zei meneer Greenlea. De twee werklieden sprongen in het gat en begonnen met een soepele, ervaren beweging de aarde weg te scheppen.

'Voorzichtig,' zei meneer Greenlea. 'Die kist stelt niet veel voor. Heel wat anders dan wat hij nu krijgt.'

De goedkope kist van geperst karton was inderdaad ingestort op zijn bewoner. Greenlea liet zijn gravers de aarde rondom de kist wegruimen en een stuk canvas onder de bodem van de kist, die nog intact was, doorschuiven. De kist werd met behulp van de canvas draagband omhoog gehaald en achter in een vrachtwagen geplaatst. Op een schragentafel in de garage van het Hubbard Uitvaartcentrum werden de resten van het ingestorte deksel weggehaald waardoor een vrij groot skelet werd onthuld.

Dr. Lecter onderzocht het snel. Een kogel had de korte rib boven de lever geschampt en hoog op het voorhoofd aan de linkerkant was een ingedeukte fractuur met een kogelgat te zien. De slechts gedeeltelijk blootgelegde, met mos begroeide schedel was verstopt met aarde. Lecter zag fraaie, hoge jukbeenderen die hij eerder had gezien.

'De aarde heeft niet veel overgelaten,' zei meneer Greenlea.

De resten van een verteerde broek en de flarden van een cowboyhemd omhulden de botten. De parelmoeren drukknopen van het hemd waren door de ribben gevallen. Een cowboyhoed, een triplex vilthoed met een Fort Worth-deuk, lag op de borstkas. In de rand zat een inkeping en in de bol zat een gat.

'Hebt u de overledene gekend?' vroeg dr. Lecter.

'Het bedrijf waar ik voor werk, heeft het mortuarium en de begraafplaats pas in 1989 overgenomen,' zei meneer Greenlea. 'Ik woon nu hier, maar het hoofdkwartier zetelt in St. Louis. Wilt u de kleding bewaren? Ik zou u ook een pak kunnen leveren, maar ik geloof niet...'

'Nee,' zei dr. Lecter. 'Borstel de botten af, geen kleding behalve de hoed, de gesp en de laarzen, stop de kleine beenderen van de handen en voeten bij elkaar in een zak en pak ze samen met de schedel en de lange beenderen in uw beste zijden lijkkleed. Ze hoeven niet uitgelegd te worden, als ze maar bij elkaar blijven. Is behoud van de steen voldoende compensatie voor het hersluiten van het graf?'

'Ja, als u hier dan wilt tekenen, en dan krijgt u nog een kopie van die andere papieren,' zei meneer Greenlea, uiterst gelukkig met de verkoop van de nieuwe kist. De meeste begrafenisondernemers die een lichaam kwamen halen, zouden de beenderen in een kartonnen doos hebben meegenomen en de familie een van hun eigen lijkkisten hebben verkocht.

Dr. Lecters opgravingspapieren waren helemaal conform de Texas Health and Safety Code Sec. 711 004, zoals hij van tevoren had geweten, aangezien hij ze zelf had opgesteld door de regels en een kopie van de formulieren via internet te downloaden van de Texas Association of Counties Quick Reference Law Library.

De twee werklieden, dankbaar voor de elektrische achterklep van zijn gehuurde vrachtwagen, rolden de nieuwe kist op zijn plaats en zetten die op zijn onderstel met wieltjes aan de vloer vast naast het enige andere voorwerp in de vrachtwagen, een kartonnen hangkast.

'Uitstekend idee om een hangkast mee te nemen. In een koffer komt uw officiële tenue onder de kreukels te zitten, nietwaar?' zei meneer Greenlea.

In Dallas pakte de doctor een violakist uit de hangkast en legde er het in zijde gewikkelde hoopje botten in. De hoed paste keurig in het onderste gedeelte, de schedel kwam in de hoed te liggen.

Hij schoof de kist op de Fish Trap-begraafplaats de auto uit en leverde zijn gehuurde wagen in op Dallas-Worth Airport, waar hij de violakist incheckte voor een rechtstreekse vlucht naar Philadelphia.

DEEL VIER

GEDENKWAARDIGE EVENEMENTEN OP DE AGENDA DER VERSCHRIKKINGEN

69

Maandagmorgen moest Clarice Starling de buitenissige aankopen van het weekeinde nagaan, maar haar systeem vertoonde kuren en ze moest de hulp inroepen van de systeembeheerder. Zelfs na een aanzienlijke beperking van de lijst tot twee of drie van de meest superieure kwaliteitswijnen van vijf wijnhandelaren, niet meer dan twee leveranciers van Amerikaanse foie gras en vijf delicatessenzaken, bleef het aantal aankopen enorm. Telefonische opgaven van drankenzaken via het telefoonnummer op het rondschrijven moesten handmatig ingevoerd worden.

Afgaande op de identificatie van dr. Lecter bij de moord op de hertenjager in Virginia, kortte Starling de lijst in tot aankopen in de oostelijke staten, waarbij ze een uitzondering maakte voor foie gras uit Sonoma. Fauchon in Parijs weigerde mee te werken. Starling kon geen wijs uit de informatie die haar per telefoon door Vera dal 1926 in Florence werd verstrekt en stuurde een fax aan de Questura met een verzoek om hulp voor het geval dr. Lecter witte truffels zou bestellen.

Aan het eind van de werkdag op die maandag, 17 december, had Starling twaalf mogelijkheden die nagetrokken moesten worden. Er waren combinaties van creditcardaankopen. Eén man had een doos Pétrus gekocht en een supercharged Jaguar, beide met dezelfde American Expresskaart.

Een ander plaatste een bestelling voor een doos Bâtard-Montrachet en een kist groene Gironde-oesters.

Starling gaf alle mogelijkheden door aan de plaatselijke recherche om alles na te trekken.

Starling en Eric Pickford losten elkaar af met overlappende uren, zodat het kantoor gedurende de winkelopeningstijden steeds bemand was.

Het was Pickfords vierde dag en hij bracht een deel daarvan door met de programmering van de snelkiestoetsen op zijn telefoon zonder aan te geven welke nummers onder de toetsen verborgen zaten. Toen hij wegliep om koffie te halen, drukte Starling de bovenste toets van zijn toestel in. Paul Krendler nam op.

Ze hing op en bleef roerloos zitten. Het was tijd om naar huis te gaan. Ze draaide langzaam rond met haar stoel, bekeek alle voorwerpen in het Hannibalhuis. De röntgenfoto's, de boeken, de tafel gedekt voor één persoon. Toen schoof ze de gordijnen opzij en liep de gang in.

De deur van Crawfords lege kantoor stond open. Het vest dat zijn overleden vrouw voor hem had gebreid, hing aan een kapstok in de hoek. Starling strekte haar hand uit naar het vest zonder dat echt aan te raken, zwaaide haar jas over haar schouder en begon aan de lange wandeling naar haar auto.

Ze zou Quantico nooit meer zien.

70

Op de avond van 17 december werd er aan Clarice Starlings deur gebeld. Ze zag de auto van de federale politie achter de Mustang in haar oprit staan.

Het was Bobby, de agent die haar na de schietpartij bij de Feliciana Vismarkt vanaf het ziekenhuis naar huis had gebracht.

'Hoi, Starling.'

'Hoi, Bobby. Kom binnen.'

'Graag, maar ik moet je eerst iets vertellen. Ik heb een dagvaarding voor je.'

'Dat kan toch ook binnen, in de warmte, of niet soms?' zei Starling, die innerlijk verstarde.

De sommatie, op briefpapier van de inspecteur-generaal van het ministerie van justitie, was een oproep om de volgende ochtend, 18 december, om negen uur te verschijnen voor een hoorzitting in het J. Edgar Hoover-gebouw.

'Zal ik je morgen op komen halen?' vroeg de agent.

Starling schudde haar hoofd. 'Bedankt, Bobby, ik kom zelf wel met de auto. Wil je koffie?'

'Nee, dank je. Het spijt me, Starling.' Het was duidelijk dat de agent zo snel mogelijk wilde vertrekken. Er viel een onbehaaglijke stilte. 'Je oor ziet er goed uit,' zei hij ten slotte.

Ze zwaaide hem na toen hij achteruit de oprit uitreed.

De brief was niets meer dan een oproep om te verschijnen. Een reden werd niet vermeld.

Ardelia Mapp, veterane in de interne machtsstrijd bij de Dienst en een voortdurende bron van ergernis voor het netwerk van de vriendjespolitiek, ging onmiddellijk een kopje brouwen van haar groot-moeders krachtigste medicinale thee, beroemd om de versterkende invloed op de geestkracht. Starling vond de thee afschuwelijk, maar ze moest er toch aan geloven.

Mapp tikte met haar vinger op het briefhoofd. 'De inspecteur-gene-raal is niet verplicht je ook maar iets te vertellen,' zei Mapp tussen teugjes door. 'Als het Bureau voor beroepsaansprakelijkheid van on-ze eigen Dienst of die van het ministerie van justitie je ergens van zouden beschuldigen, zouden ze je dat moeten vertellen, dan zouden ze je daar schriftelijk van op de hoogte moeten stellen. Dan zouden ze je een 645 of een 644 onder je neus moeten douwen met de aan-klacht zwart op wit, en als het een strafbare handeling betrof, zou je een advocaat krijgen, openheid van zaken, waar elke boef recht op heeft, nietwaar?'

'Klopt als een bus.'

'Nou, op deze manier hoeven ze je van tevoren geen moer te vertel-len. De inspecteur-generaal staat overal boven, hij kan elke zaak overnemen die hij maar wil.'

'Deze heeft hij in elk geval overgenomen.'

'Omdat Krendler rook in zijn hol staat te blazen. Wat het ook is, als je besluit gelijkberechtiging aan te voeren, weet ik precies bij wie je moet zijn. Denk erom, Starling, je moet ze zeggen dat je alles wilt opnemen. De inspecteur-generaal werkt niet met ondertekende ge-tuigenverklaringen. Lonnie Gains heeft daarover problemen met ze gehad. Zij noteren wat je zegt en soms verandert dat achteraf. Zelf krijg je nooit een kopie te zien.'

Toen Starling Jack Crawford belde, klonk hij alsof hij net wakker was.

'Ik weet niet wat het betekent, Starling,' zei hij. 'Ik zal een paar te-lefoontjes plegen. Een ding weet ik wel, ik ben er morgen bij.'

71

Ochtend, en de gepantserde betonnen kooi van het Hoover-gebouw stond somber onder een mistig wolkendek.

In dit tijdperk van de autobom zijn de hoofdingang en de binnen-plaats meestal afgesloten en het gebouw is omsloten door een pro-visorisch veiligheidskordon dat is samengesteld uit oude dienstauto's.

De politie van Washington, D.C. volgt een stompzinnige gedragslijn en schrijft dagelijks bekeuringen uit voor een aantal auto's in dat veiligheidskordon. De stapels bonnen onder de ruitenwissers groeien met de dag, worden door de wind weggerukt en waaien de straat door.

Een zwerver die warmte zocht boven een rooster in het trottoir, riep Starling iets toe en stak zijn hand op toen ze hem voorbij liep. Eén kant van zijn gezicht zag oranje van de Betadine na een bezoek aan een eerstehulppost. Hij hield haar een plastic bekertje voor, waarvan de randen beschadigd waren. Starling graaide in haar tas naar een dollar en gaf hem twee, zich vooroverbuigend naar de warme, muffe lucht en de stoom.

'God zegene je,' zei hij.

'Dat kan ik wel gebruiken,' zei Starling. 'Alle beetjes helpen.'

Starling kocht een grote kop koffie bij Au Bon Pain aan de Tenth Street-kant van het Hoover-gebouw zoals ze in de loop der jaren zo vaak had gedaan. Ze had de koffie nodig na een onrustige nacht, maar ze wilde niet de kans lopen dat ze moest plassen tijdens de hoorzitting. Ze besloot om niet meer dan de helft op te drinken.

Ze zag Crawford langslopen en haalde hem in op het trottoir. 'Wilt u deze grote bak koffie met me delen, meneer Crawford? Dan haal ik een extra bekertje.'

'Is het cafeïnevrij?'

'Nee.'

'Beter van niet dan, daar word ik veel te opgefokt van.' Hij zag er ziekelijk en oud uit. Aan het puntje van zijn neus hing een heldere druppel. Ze bleven aan de buitenrand van de stroom voetgangers staan die naar de zij-ingang van het hoofdkwartier van de FBI op weg waren.

'Ik ben er niet achter gekomen wat deze hoorzitting inhoudt, Starling. Voor zover ik heb kunnen nagaan, is geen van de andere betrokkenen van de Feliciana-schietpartij opgeroepen. Ik zal je bijstaan.' Starling gaf hem een papieren zakdoekje en ze voegden zich in de stroom dagploegmedewerkers.

Starling vond dat het administratief personeel er uitzonderlijk chic bij liep.

'De FBI bestaat negentig jaar. Bush komt vandaag een toespraak houden,' bracht Crawford haar in herinnering.

In de zijstraat stonden vier tv-wagens die de satellietverbinding moesten verzorgen.

Een cameraploeg van WFUL-TV had zich op het trottoir opgesteld en maakte opnames van een jongeman met een opgeschoren kapsel die in een handmicrofoon stond te praten. Een productieassistent die boven op de wagen zat, zag Starling en Crawford tussen de menigte aan komen lopen.

'Daar is ze, daar in die marineblauwe regenjas,' riep hij naar beneden.

'Daar gaan we dan,' zei het Geschoren Hoofd. 'Actie.'

De cameraploeg drong zich tussen de mensenmassa door om de camera op Starlings gezicht te richten.

'Speciaal agent Starling, wilt u reageren op het onderzoek naar het bloedbad bij de Feliciana Vismarkt? Is de uitslag bekend? Bent u in staat van beschuldiging gesteld voor het doden van de vijf...' Crawford zette zijn regenhoed af en slaagde erin om, onder het mom van het licht uit zijn ogen te weren, de cameralens even te blokkeren. De tv-ploeg liet zich pas tegenhouden door de veiligheidsdeur.

Die ellendelingen hadden een tip gekregen.

Eenmaal veilig binnen bleven ze in de hal staan. De mist buiten had Starling en Crawford met nietige druppeltjes overdekt. Crawford slikte een ginkgo biloba-pil droog door.

'Starling, volgens mij hebben ze vandaag uitgekozen omdat er zoveel te doen is over die afzettingsprocedure en het negentig-jarig bestaan. Wat ze ook van plan zijn, zou in de drukte onopgemerkt kunnen blijven.'

'Waarom zouden ze dan de pers hebben getipt?'

'Omdat niet iedere betrokkene bij deze hoorzitting hetzelfde doel voor ogen heeft. Je hebt nog tien minuten, wil je je even opfrissen?'

72

Starling was niet vaak op de zesde etage geweest, de verdieping waar de directie zetelde in het J. Edgar Hoover-gebouw. Zij en haar medeafstuderenden waren daar zeven jaar geleden bijeengekomen om er getuige van te zijn van de felicitaties van de directeur aan Ardelia Mapp, die namens de hele klas de afscheidsrede hield. Ze was er nog eens geweest toen een adjunct-directeur haar had laten komen om de medaille in ontvangst te nemen toen ze kampioen gevechtsvuurwapen was geworden.

Het tapijt in het kantoor van adjunct-directeur Noonan was dikker dan ze zich herinnerde. In de clubachtige sfeer van leren stoelen in zijn vergaderruimte hing een penetrante sigarettenlucht. Ze vroeg zich af of ze vlak voor haar aankomst de peuken hadden doorgespoeld en het vertrek hadden gelucht.

Drie mannen stonden op toen zij met Crawford het vertrek betrad, één bleef zitten. De mannen die overeind waren gekomen, waren Starlings vroegere baas, Clint Pearsall van het districtskantoor in Washington, Buzzard's Point, de adjunct-directeur van de FBI en een lange, roodharige man in een pak van ruwe zijde. De man die bleef zitten, was Paul Krendler van het kantoor van de inspecteur-generaal. Krendler draaide zijn hoofd op zijn lange hals naar haar om alsof hij haar via haar geur opspoorde. Toen hij haar recht aankeek, kon ze allebei zijn ronde oren tegelijk zien. Vreemd genoeg stond een federale agent die ze niet kende, in de hoek van het vertrek.

Stafleden van de FBI en Justitie zien er gewoonlijk keurig uit, maar deze heren hadden zich voor de tv gekleed. Starling besefte dat ze waarschijnlijk zouden deelnemen aan de plechtigheden die later op de dag beneden, in het bijzijn van de voormalige president Bush, zouden plaatsvinden. Anders zou ze logischerwijs naar het ministerie van justitie zijn ontboden in plaats van naar het Hoover-gebouw. Krendler fronste toen hij Jack Crawford aan Starlings zijde opmerkte.

'Meneer Crawford, ik geloof niet dat uw aanwezigheid bij deze procedure vereist is.'

'Speciaal agent Starling valt onder mijn verantwoording. Mijn plaats is wel degelijk hier.'

'Dat geloof ik toch niet,' zei Krendler. Hij wendde zich tot Noonan. 'Clint Pearsall is officieel haar baas, ze is slechts tijdelijk aan Crawford toegewezen. Mijns inziens dient agent Starling achter gesloten deuren ondervraagd te worden,' zei hij. 'Voor het geval we aanvullende informatie nodig hebben, kunnen we afdelingshoofd Crawford verzoeken in de buurt te blijven zodat we hem eventueel kunnen raadplegen.'

Noonan knikte. 'We zouden zeker prijs stellen op wat jij ons kunt vertellen, Jack, nadat we kennis hebben genomen van de getuigenverklaring van de – van speciaal agent Starling. Jack, ik wil je verzoeken je beschikbaar te houden. Als je liever naar de leeskamer of de bibliotheek gaat, ga gerust je gang, ik zal je wel laten roepen.'

Crawford kwam overeind. 'Directeur Noonan, mag ik iets...'

'U mág vertrekken, dat is wat u mág doen,' zei Krendler.

Noonan ging staan. 'Ho even, meneer Krendler, tot ik de vergadering aan u heb overgedragen, heb ik het voor het zeggen. Jack, jij en ik kennen elkaar al heel lang. Deze heer van Justitie is nog te kort in dienst om dat te kunnen begrijpen. Je krijgt heus de kans om je zegje te doen. Laat ons nu alleen en geef Starling de kans haar eigen zegje te doen,' zei Noonan. Hij boog zich naar Krendler over en zei iets in diens oor dat hem het schaamrood naar de kaken deed stijgen.

Crawford keek naar Starling. Het enige dat hij zou bereiken was de boel voor zichzelf verpesten.

'Bedankt dat u gekomen bent, meneer Crawford,' zei ze.

De agent vergezelde Crawford naar de deur.

Toen ze de deur achter hem dicht hoorde vallen, rechtte Starling haar rug en zette ze zich schrap voor datgene wat haar te wachten stond.

De hoorzitting verliep vanaf dat moment volgens de richtlijnen van een achttiende-eeuwse amputatie.

Noonan was de hoogste FBI-autoriteit in het vertrek, maar de inspecteur-generaal kon hem overstemmen en de inspecteur had duidelijk Krendler als zijn gevolmachtigde gestuurd.

Noonan nam het dossier dat voor hem lag ter hand. 'Voor de goede orde, zoudt u zo vriendelijk willen zijn ons te vertellen wie u bent?'

'Speciaal agent Clarice Starling. Is er inderdaad sprake van goede orde, directeur Noonan? Daar zou ik bijzonder blij mee zijn.'

Toen hij niet reageerde, zei ze: 'Heeft u er bezwaar tegen als ik het verhoor op de band vastleg?' Ze pakte een stevige kleine Nagra-taperecorder uit haar tas.

Krendler deed zijn mond open. 'Normaal gesproken vinden inleidende bijeenkomsten zoals deze op het kantoor van de inspecteur-generaal bij Justitie plaats. Vandaag is het in verband met de plechtigheid voor iedereen gemakkelijker om de vergadering hier te houden, maar de regels van de inspecteur-generaal zijn van toepassing. Het betreft een diplomatiek gevoelige kwestie. Geen opnames.'

'Vertel haar waarvan ze wordt beschuldigd, meneer Krendler,' zei Noonan.

'Agent Starling, u wordt beschuldigd van het wederrechtelijk doorspelen van vertrouwelijke informatie aan een voortvluchtige misdadiger,' zei Krendler, die zijn uiterste best deed zijn gezicht in de plooi te houden. 'Om precies te zijn, u wordt beschuldigd van het plaatsen van deze advertentie in twee Italiaanse kranten, waarin u de voortvluchtige Hannibal Lecter waarschuwt dat hij gevaar loopt gevangen te worden genomen.'

De agent bracht Starling een morsige krantenpagina uit *La Nazione*. Ze draaide die naar het raam en las de omringelde passage:

A.A. Aaron – Geef jezelf over aan de dichtstbijzijnde autoriteiten, de vijand is nabij. Hannah.

'Wat is daarop uw reactie?'

'Ik heb die advertentie niet geplaatst. Ik heb hem nooit eerder gezien.'

'Hoe verklaart u dan het feit dat de gebruikte codenaam "Hannah" slechts bekend is bij dr. Hannibal Lecter en dit Bureau? De codenaam die Lecter u gevraagd heeft te gebruiken?'

'Daar heb ik geen verklaring voor. Wie heeft dit gevonden?'

'De documentatiedienst in Langley zag het toevallig toen men daar bezig was met de vertaling van het verslag uit *La Nazione* over Lecter.'

'Als die codenaam zo'n geheim was binnen de Dienst, hoe kon iemand bij de documentatiedienst die dan in de krant herkennen? De documentatiedienst is een onderdeel van de CIA. Ik zou weleens willen weten wie "Hannah" onder hun aandacht heeft gebracht.'

'De vertaler zal wel vertrouwd zijn geweest met het dossier.'

'Zó vertrouwd? Dat betwijfel ik. Laten we hem vragen wie hem op het idee heeft gebracht naar die naam uit te kijken. Hoe had ik trouwens kunnen weten dat dr. Lecter in Florence was?'

'U bent degene die het bezoek vanuit de Questura-computer in Florence aan het Lecter-dossier in VICAP heeft ontdekt,' zei Krendler. 'Dat dateerde van enkele dagen voor de moord op Pazzi. Wij weten niet wanneer u het ontdekt heeft. Welke andere reden zou de Questura kunnen hebben om informatie over Lecter in te winnen?'

'Welke reden zou ik kunnen hebben om Lecter te waarschuwen? Directeur Noonan, waarom is dit een zaak voor de inspecteur-generaal? Ik ben te allen tijde bereid om een leugendetectortest af te leggen. Laat dat ding maar komen.'

'De Italianen hebben via diplomatieke weg een protest ingediend over de poging iemand die als misdadiger te boek staat in hun land te waarschuwen,' zei Noonan. Hij wees haar op de roodharige man die naast hem zat. 'Dit is de heer Montenegro van de Italiaanse ambassade.'

'Goedemorgen, meneer Montenegro. En hoe zijn de *Italianen* erachter gekomen?' zei Starling. 'Niet via Langley.'

'Door die diplomatieke klacht is ons de bal toegespeeld,' zei Krendler voordat Montenegro zijn mond open had kunnen doen. 'We willen dit zo snel mogelijk tot volle tevredenheid van de Italiaanse autoriteiten afhandelen, tot mijn volle tevredenheid en die van de inspecteur-generaal, liever vandaag nog dan morgen. Hoe zit het precies met u en dr. Lecter, mevrouw Starling?'

'Ik heb dr. Lecter in opdracht van afdelingshoofd Crawford een aantal keren ondervraagd. Sinds dr. Lecters ontsnapping heb ik in zeven jaar twee brieven van hem ontvangen. U heeft beide brieven,' zei Starling.

'Om u de waarheid te zeggen hebben we meer dan dat,' zei Krendler. 'Dit is gisteren aangekomen. Wat u verder misschien nog heeft ontvangen, weten we niet.' Hij strekte zijn arm naar achteren en pakte een kartonnen doos, vol poststempels en deuken.

Krendler deed alsof hij genoot van de geuren die opstegen uit de doos. Hij wees met zijn vinger naar het adresetiket, zonder Starling te laten zien wat daar stond. 'Geadresseerd aan uw huisadres in Arlington, speciaal agent Starling. Meneer Montenegro, zoudt u zo vriendelijk willen zijn ons te vertellen welke artikelen deze doos bevat?'

De Italiaanse diplomaat rommelde door de in tissue gewikkelde artikelen, het licht weerkaatste in zijn manchetknopen.

'Juist, dit zijn lotions, *sapone di mandorle*, de beroemde amandelzeep van Santa Maria Novella in Florence, van de *Farmacia* aldaar, en enkele parfums. Het soort dingen die mensen elkaar geven als ze verliefd zijn.'

'Ze zijn onderzocht op giftige en irriterende stoffen, is het niet, Cliff?' vroeg Noonan aan Starlings voormalige baas.

Pearsall voelde zich zichtbaar opgelaten. 'Ja,' zei hij. 'Er mankeert niets aan.'

'Een liefdesgeschenk,' zei Krendler met enige voldoening. 'En dan hebben we nog de liefdesbrief.' Hij vouwde het perkamentvel open dat in de doos had gezeten en hield het omhoog, waardoor iedereen de foto van Starlings gezicht uit de sensatiekrant kon zien, die was aangevuld met het gevleugelde lichaam van een leeuwin. Hij draaide het vel om en las dr. Lecters rondschrift voor: '*Heb je er ooit over nagedacht waarom de barbaren jou niet begrijpen, Clarice? Dat komt omdat jij de oplossing van Samsons raadsel bent: jij bent de honing in de leeuw.*'

'*Il miele dentro la leonessa*, een fraaie zinsnede,' zei Montenegro, die deze opsloeg in zijn geheugen voor eigen gebruik op een later tijdstip.

'Een wát?' zei Krendler.

De Italiaan wuifde de vraag terzijde in het besef dat Krendler geen oor zou hebben voor de muziek in dr. Lecters metafoor, noch op enig andere wijze zou kunnen voelen wat de zinsnede opriep.

'De inspecteur-generaal wil de kwestie verder afhandelen met het oog op de internationale ramificaties,' zei Krendler. 'Waarheen dit alles zal leiden, beschuldigingen van administratieve of criminele aard, is afhankelijk van hetgeen wij in het vervolgonderzoek zullen ontdekken. Als het op een criminele aanklacht uitdraait, speciaal agent Starling, zal de zaak worden overgedragen aan de Openbare Integriteitsafdeling van het ministerie van justitie, die u voor de rechter zal brengen. U zult ruimschoots de tijd krijgen om u voor te bereiden. Directeur Noonan...'

Noonan haalde diep adem en liet de bijl vallen. 'Clarice Starling, u wordt op non-actief gesteld tot in deze zaak uitspraak is gedaan. U dient uw vuurwapens en FBI-legitimatiepenning in te leveren. De toegang is u ontzegd tot alle niet publiek toegankelijke federale faciliteiten. U zult onder begeleiding het gebouw dienen te verlaten. Draagt u nu alstublieft uw vuurwapens en penning over aan speciaal agent Pearsall. Loopt u maar mee.'

Toen ze op de tafel toeliep, zag Starling de mannen even als bowlingpins bij een schietwedstrijd. Ze zou ze alle vier kunnen doodschieten voordat een van hen de tijd had zijn wapen te trekken. Het ogenblik ging voorbij. Ze pakte haar .45, bleef Krendler strak aankijken terwijl ze de patroonhouder in haar hand liet vallen, die op de tafel legde en de kogel uit de patroonkamer van het pistool schudde. Krendler ving hem op en klemde hem zo stevig in zijn hand dat zijn knokkels wit werden.

Toen waren haar penning en identificatie aan de beurt.

'U hebt ook nog een reserve vuurwapen?' zei Krendler 'En een geweer?'

'Starling?' drong Noonan aan.

'Afgesloten in mijn auto.'

'Nog verdere tactische uitrusting?'

'Een helm en een vest.'

'U kunt die zaken ophalen wanneer u juffrouw Starling naar haar auto begeleidt,' zei Krendler tegen de federale agent. 'Bent u in het bezit van een mobiele coderingstelefoon?'

'Ja.'

Krendler trok zijn wenkbrauwen op en keek Noonan aan.

'Inleveren,' zei Noonan.

'Ik wil iets zeggen, dat is toch wel het minste waar ik recht op heb.'

Noonan wierp een vluchtige blik op zijn horloge. 'Gaat uw gang.'

'Iemand heeft me erin geluisd. Ik denk dat Mason Verger zelf probeert dr. Lecter te vangen uit motieven van persoonlijke wraak. Ik denk dat hij in Florence bijna in die opzet is geslaagd. Ik denk dat meneer Krendler mogelijkerwijs samenspant met Verger en zijn best doet om de inspanningen van de FBI in het voordeel van Verger te laten werken. Ik denk dat Paul Krendler van het ministerie van justitie hier geld aan verdient en ik denk dat hij bereid is mijn carrière te ruïneren teneinde deze plannen te doen slagen. De heer Krendler heeft zich voorheen op ongepaste wijze aan mij opgedrongen en handelt nu uit zowel wrok als voor persoonlijk financieel gewin. Een paar dagen geleden nog noemde hij mij een "maïsbroodkut". Ik zou de heer Krendler willen uitdagen om zich samen met mij, ten overstaan van de hier aanwezigen, te onderwerpen aan een leugendetectortest met betrekking tot deze kwesties. Ik ben te uwer beschikking. We zouden het nu meteen kunnen doen.'

'Speciaal agent Starling, het is maar goed dat u vandaag niet onder ede staat...' begon Krendler.

'Laat me dan de eed afleggen. Leg zelf ook de eed af.'

'Ik kan u verzekeren dat u bij onvoldoende bewijs volledig in uw functie zal worden hersteld, zonder prejudicie,' zei Krendler op zijn vriendelijkste toon. 'Intussen zult u uw salaris blijven ontvangen en uw aanspraken op verzekeringen en andere secundaire arbeidsvoorwaarden blijven van kracht. Een op non-actiefstelling is op zich niet als straf bedoeld, agent Starling, doe er uw voordeel mee,' zei Krendler, die zich een vertrouwelijke toon had aangemeten. 'Ik denk zelfs dat als u deze periode zou willen benutten om dat vuil uit uw wang te laten verwijderen, dat de verzekering...'

'Dat is geen vuil,' zei Starling. 'Het is kruit. Logisch dat u dat niet hebt herkend.'

De federale agent stond te wachten, strekte zijn arm naar haar uit. 'Het spijt me, Starling,' zei Clint Pearsall, die zijn handen vol had aan haar uitrusting.

Ze keek hem aan en wendde toen haar blik af. Paul Krendler kwam nonchalant haar richting uit terwijl de anderen stonden te wachten tot de diplomaat, Montenegro, als eerste het vertrek had verlaten. Krendler begon iets tussen zijn tanden door tegen haar te zeggen, hij had de zin voorbereid: 'Starling, ben je niet een tikkeltje te oud om nog steeds...'

'Mag ik even.' Het was Montenegro. De rijzige diplomaat had zich bij de deur omgedraaid en was naar haar toe gelopen.

'Mag ik even,' zei Montenegro nogmaals, en hij keek Krendler net zo lang strak aan tot die met een vertrokken gezicht wegliep.

'Het spijt me dat dit u overkomt,' zei hij. 'Ik hoop dat u onschuldig bent. Ik zal er bij de Questura in Florence op aandringen dat men uitzoekt hoe die *inserzione*, die advertentie in *La Nazione* is betaald. Als u nog iets kunt bedenken dat in Italië nagetrokken zou kunnen worden, laat u mij dat dan alstublieft weten, zodat ik daar werk van kan maken.' Montenegro gaf haar een visitekaartje, klein en stijf en bobbelig door de opdruk en scheen Krendlers uitgestoken hand niet op te merken toen hij het vertrek uitliep.

Verslaggevers die via de hoofdingang waren binnengelaten om de op handen zijnde plechtigheid te verslaan, verdrongen zich op de binnenplaats. Een paar van hen leken te weten naar wie ze moesten uitkijken.

'Moet u per se mijn elleboog vasthouden?' vroeg Starling aan de federale agent.

'Nee, mevrouw, niet per se,' zei hij, en hij baande een weg voor haar tussen de afstandsmicrofoons en de vragen waarmee ze werd bestormd.

Ditmaal leek het Geschoren Hoofd te weten waar het om ging. De vragen die hij haar toeriep waren: 'Klopt het dat u van de Hannibal Lecter-zaak bent afgehaald? Verwacht u dat u in staat van beschuldiging zult worden gesteld? Wat is uw reactie op de Italiaanse beschuldiging?'

In de garage gaf Starling haar kogelvrije vest, haar helm, haar geweer en haar reserve revolver aan de politieagent. De agent bleef rustig wachten terwijl Starling de patronen uit het kleine pistool haalde en het opwreef met een vet doekje.

'Ik heb u in Quantico zien schieten, agent Starling,' zei hij. 'Ik ben zelf voor mijn afdeling tot de kwartfinales doorgedrongen. Ik zal uw .45 schoonmaken voordat we die opbergen.'

'Hartelijk dank, agent.'

Hij stond er nog toen ze in de auto was gestapt. Hij zei iets dat verdronk in het motorgeluid van de Mustang. Ze draaide het raampje open en hij herhaalde wat hij had gezegd.

'Ik vind het verschrikkelijk dat dit u overkomt.'

'Dank u, collega. Die woorden stel ik bijzonder op prijs.'

Buiten de garage-uitgang stond een auto van de pers klaar om haar te volgen. Starling gaf plankgas om hem af te schudden en kreeg drie huizenblokken van het J. Edgar Hoover-gebouw een bekeuring wegens te hard rijden. Fotografen namen foto's terwijl de politieagent de bekeuring uitschreef.

Adjunct-directeur Noonan zat na afloop van de bijeenkomst achter zijn bureau en wreef over de deukjes die zijn bril op de zijkanten van zijn neus had achtergelaten.

Het feit dat Starling werd weggewerkt deed hem niet zo veel – hij vond dat vrouwen een emotioneel element in zich hadden dat hen in de meeste gevallen ongeschikt maakte voor de Dienst. Maar hij had het akelig gevonden te zien hoe Jack Crawford was afgebekt. Jack was altijd een prima vent geweest. Hij mocht dan misschien een zwak voor Starling hebben, maar dat kan nou eenmaal gebeuren –

tenslotte leefde Jacks vrouw niet meer. Noonan zelf had eens een week gehad waarin hij zijn ogen niet van een aantrekkelijke stenografe had kunnen afhouden en hij had haar moeten ontslaan om moeilijkheden te voorkomen.

Noonan zette zijn bril op en ging met de lift naar beneden naar de bibliotheek. Hij trof Jack aan in de leesruimte, in een stoel met zijn hoofd tegen de muur geleund. Noonan dacht eerst dat hij sliep. Crawfords gezicht was grauw en hij transpireerde. Hij deed zijn ogen open en snakte naar adem.

'Jack?' Noonan klopte hem op de schouder, beroerde vervolgens zijn klamme gezicht. Noonans stem galmde door de bibliotheek: 'Hédaar, bibliothecaris, haal snel een doctor!'

Crawford werd naar het FBI-ziekenhuis gebracht en vervolgens naar de hartbewaking van het Jefferson Memorial.

73

Krendler had zich geen betere verslaggeving kunnen wensen.

De negentigste verjaardag van de FBI was gekoppeld aan een rondleiding voor verslaggevers door het nieuwe crisiscentrum. Het televisienieuws maakte dankbaar gebruik van deze ongewone toegang tot het J. Edgar Hoover-gebouw. C-SPAN bracht in een live-uitzending de volledige toespraak van voormalige president Bush, evenals die van de directeur. CNN versloeg de hele ceremonie met fragmenten van de toespraken en de omroepen maakten een reportage voor de avondnieuwsuitzending. Toen de hoogwaardigheidsbekleders achter elkaar het podium af liepen, kreeg Krendler zijn kans. Het jonge Geschoren Hoofd die naast het podium stond, stelde de vraag: 'Meneer Krendler, klopt het dat speciaal agent Clarice Starling van de Hannibal Lecter-zaak is afgehaald?'

'Het zou prematuur en onbillijk jegens de agente zijn om daar op dit moment op te reageren. Het enige wat ik kan zeggen, is dat het kantoor van de inspecteur-generaal een onderzoek instelt in de Lecter-zaak. Niemand is in staat van beschuldiging gesteld.'

CNN had ook iets opgevangen. 'Meneer Krendler, Italiaanse nieuwsbronnen beweren dat dr. Lecter mogelijk op ongepaste wijze informatie zou hebben ontvangen van een regeringsbron met de waarschuwing om te vluchten. Is dat de reden van speciaal agent Starlings schorsing? Is dat de reden dat het kantoor van de inspecteur-generaal en niet het interne bureau voor Beroepsaansprakelijkheid zich hiermee bezighoudt?'

'Ik kan geen commentaar geven op buitenlandse nieuwsbronnen, Jeff. Wat ik wél kan zeggen, is dat het kantoor van de inspecteur-generaal beschuldigingen natrekt die tot dusverre niet bewezen zijn. We hebben evenveel verantwoording ten opzichte van onze eigen agenten als ten opzichte van onze vrienden overzee,' zei Krendler, terwijl hij als een Kennedy met een vinger in de lucht stond te porren. 'De Hannibal Lecter-kwestie is in goede handen, niet alleen in de handen van Paul Krendler, maar in die van deskundigen uit alle geledingen van de FBI en het ministerie van justitie. We zijn bezig met een project dat wij openbaar zullen maken zodra het vruchten heeft afgeworpen.'

De Duitse lobbyist die dr. Lecters huisbaas was, had zijn huis voorzien van een reusachtige Grundig-tv. In een poging het toestel een harmonieus geheel met de omgeving te laten vormen, had hij een van zijn kleinere bronzen kunstvoorwerpen van Leda en de zwaan boven op de ultramoderne kast gezet.

Dr. Lecter keek naar een film getiteld *A brief history of time*, over de prominente astrofysicus Stephen Hawking en zijn werk. Hij had de film al vele malen bekeken. Zijn favoriete scène was die waarin het theekopje van de tafel glijdt en op de grond stukvalt.

Hawking, die in een verwrongen houding in zijn rolstoel zit, spreekt met zijn computergestuurde stem: '*Waar komt het verschil tussen het verleden en de toekomst vandaan? De natuurwetten maken geen onderscheid tussen het verleden en de toekomst. Desondanks is er in het gewone leven een groot verschil tussen verleden en toekomst. Men ziet een kop thee van een tafel vallen en in gruzelementen op de vloer terechtkomen. Men zal echter nooit zien dat het kopje zichzelf bij elkaar raapt en terugspringt op de tafel.*'

De film loopt nu een stukje achteruit en het kopje herstelt zichzelf en springt weer boven op de tafel. Hawking vervolgt: '*Door toename van wanorde of entropie ontstaat het onderscheid tussen het verleden en de toekomst, krijgt tijd richting.*'

Dr. Lecter was een groot bewonderaar van Hawkings werk en volgde hem zoveel mogelijk via wetenschappelijke publicaties. Hij wist dat Hawking vroeger had geloofd dat het proces van het uitdijende heelal ooit een einde zou nemen, waarna het weer zou gaan krimpen, en dat entropie omkeerbaar zou zijn. Later had Hawking toegegeven dat hij zich had vergist.

Lecter was bijzonder kundig op het gebied van de hogere wiskun-

de, maar Stephen Hawking staat op een heel ander niveau in vergelijking met de rest van de wereld. Jaren lang had Lecter met het probleem gestoeid, hij had verschrikkelijk graag gewild dat Hawkings
eerste gedachte waar zou zijn gebleken, dat het uitdijende heelal zou
ophouden zich verder uit te breiden, dat entropie zichzelf zou herstellen, dat Mischa, die was opgegeten, weer teruggebracht kon worden.

Tijd. Dr. Lecter stopte zijn videoband en schakelde over naar het
nieuws.

Televisie- en nieuwsuitzendingen waarin de FBI aan de orde is, worden dagelijks opgesomd op de voor iedereen toegankelijke website
van de FBI. Dr. Lecter bracht elke dag een bezoek aan de website om
zich ervan te vergewissen dat men nog steeds gebruikmaakte van zijn
oude foto op de pagina van de tien meest gezochte misdadigers. Zo-
doende was hij ruimschoots van tevoren op de hoogte van de verjaardag van de FBI om de gebeurtenissen via de tv te kunnen volgen. Hij zat in een grote luie stoel in zijn huisjasje en halsdoek, en
keek naar Krendler, die stond te liegen. Hij bezag Krendler met half
dichtgeknepen ogen, terwijl hij zijn cognacglas vlak onder zijn neus
hield en de inhoud zachtjes liet ronddraaien. De laatste keer dat hij
dat bleke gezicht had gezien, was zeven jaar geleden, in Memphis,
toen Krendler voor zijn kooi had gestaan, vlak voor zijn ontsnapping.

Op de lokale nieuwszender van Washington, zag hij hoe Starling een
bekeuring kreeg voor te hard rijden terwijl microfoons door het
raampje van haar Mustang naar binnen werden gestoken. Het tv-
nieuws ging inmiddels zo ver om te melden dat Starling ervan beschuldigd was de Amerikaanse staatsveiligheid in gevaar te hebben
gebracht in de zaak Lecter.

Dr. Lecters kastanjebruine ogen sperden zich wijd open en in de diepte van zijn pupillen vlogen vonken rondom zijn beeld van haar gezicht. Haar gelaatsuitdrukking bleef nog lang nadat ze van het
scherm was verdwenen, als een perfect beeld bewaard in zijn geest,
om ten slotte door een ander beeld verdrongen te worden, Mischa.
Hij perste de beelden op elkaar tot de vonken opsprongen vanuit de
rode plasmakern van hun versmelting, vonken die hun tot één ver-
smolten beeld naar het oosten meevoerden, de nachtelijke hemel in
om tussen de sterren boven de oceaan te schitteren.

Als het heelal zich nu zou samentrekken, de tijd terug zou draaien
en theekopjes zichzelf zouden herstellen, zou voor Mischa een plekje op aarde geschapen kunnen worden. De meest eervolle plek die
dr. Lecter kende: Starlings plek. Mischa zou Starlings plek in de we-

reld kunnen innemen. Als het zover zou komen, als die tijd opnieuw zou aanbreken, zou Starlings dood een plek voor Mischa achterlaten, even fonkelend en schoon als de koperen badkuip in de tuin.

74

Dr. Lecter parkeerde zijn pick-up op een huizenblok afstand van het Maryland-Misericordia-ziekenhuis en veegde zijn kwartjes schoon voordat hij ze in de meter stopte. Gekleed in een gewatteerde overall, zoals werklieden dragen als het koud is, op zijn hoofd een pet met een lange klep met het oog op de beveiligingscamera's, liep hij door de hoofdingang naar binnen.

Dr. Lecters laatste bezoek aan het Maryland-Misericordia-ziekenhuis lag al meer dan vijftien jaar in het verleden, maar op het oog was de indeling in al die tijd niet veranderd. Zijn terugkeer naar de plek van zijn eerste dokterspraktijk liet hem koud. De beveiligde ruimtes op de bovenverdieping waren gerenoveerd, maar zouden volgens de blauwdrukken opgeslagen bij de afdeling Gebouwen maar weinig verschillen van de indeling in de tijd dat hij hier nog praktiseerde.

Bij de receptie kreeg hij een bezoekerspas, die hem toegang verschafte tot de verpleegafdeling. Hij liep door de gang en las de namen van de patiënten en artsen op de kamerdeuren. Dit was de afdeling waarheen patiënten na een hart- of hersenoperatie, na de intensive care werden gebracht om te herstellen.

Wie dr. Lecter de gang door zag lopen, zou waarschijnlijk hebben gedacht dat hij een trage lezer was; zijn lippen bewogen geluidloos en af en toe ging hij ongegeneerd op zijn hoofd staan krabben. Vervolgens nam hij plaats in de wachtkamer van waaruit hij de gang in kon kijken. Hij bleef anderhalf uur zitten wachten tussen oude vrouwtjes die familietragedies uitwisselden en keek noodgedwongen naar een uitzending van *Prijzenslag* op de tv. Eindelijk zag hij waarop hij had zitten wachten, een chirurg, gehuld in operatiekleding, die in zijn eentje zijn ronde deed. Dit was dus... de chirurg ging naar een patiënt van... dr. Silverman. Dr. Lecter kwam overeind en krabde zich. Hij pakte een verkreukelde krant van een bijzettafeltje en liep de wachtkamer uit. Twee deuren verder lag ook een patiënt van Silverman. Dr. Lecter glipte naar binnen. Het was vrij donker in de kamer, de patiënt sliep gelukkig, zijn hoofd en de zijkant van zijn gezicht gingen schuil onder een dik verband. Over het scherm van de monitor kroop met regelmatige sprongetjes een wurm van licht. Dr. Lecter trok snel zijn gewatteerde overall uit, waaronder hij groene operatiekleding droeg. Hij trok hoezen over zijn schoenen, zette een kapje en masker op en trok handschoenen aan. Uit zijn zak haalde hij een witte vuilniszak en vouwde die open.

Toen dr. Silverman het vertrek binnen kwam, sprak hij over zijn schouder met iemand in de gang. *Liep een verpleegster met hem mee? Nee.*

Dr. Lecter pakte de prullenmand en begon met zijn rug naar de deur de inhoud in zijn vuilniszak te gooien.

'Neem me niet kwalijk, doctor, ik ben al weg,' zei dr. Lecter.

'Geeft niet,' zei dr. Silverman terwijl hij het klembord van het voeteneind van het bed pakte. 'Maak gerust af waar u mee bezig bent.'

'Dank u,' zei dr. Lecter, en tegelijkertijd zwaaide hij de leren knuppel tegen de schedelbasis van de chirurg, het was eigenlijk niet meer dan een snelle polsbeweging, en toen de doctor in elkaar zakte, sloeg hij zijn armen om 's mans borst en ving hem op. Het is altijd een verbazingwekkende aanblik om dr. Lecter een lichaam op te zien tillen: in verhouding is hij even sterk als een mier. Dr. Lecter droeg dr. Silverman naar de badkamer van de patiënt en trok zijn broek naar beneden. Hij zette dr. Silverman op de wc.

De chirurg zat op de pot, zijn hoofd hing voorover over zijn knieën. Dr. Lecter hief het lang genoeg om in zijn pupillen te kijken en de identificatieplaatjes van de voorzijde van zijn operatiekleding te verwijderen.

Hij verving de legitimatie van de arts door zijn eigen bezoekerspas en omgekeerd. Hij hing de stethoscoop van de chirurg als een boa om zijn eigen nek en zette de sterk vergrotende chirurgische bril van de arts boven op zijn hoofd. De leren knuppel verdween in zijn mouw.

Nu was hij gereed om tot het hart van Maryland-Misericordia door te dringen.

Het ziekenhuis is gehouden aan strikte federale richtlijnen met betrekking tot de uitgifte van verdovende middelen. Op de verpleegafdelingen zaten de medicijnkasten op elke verpleegsterspost op slot. Er zijn twee sleutels nodig om de kasten open te maken, waarvan de ene wordt bewaard door de hoofdverpleegster en de andere door haar assistente. De uitgifte van medicijnen wordt nauwkeurig bijgehouden.

Op de operatieafdeling, in het meest beveiligde deel van het ziekenhuis, wordt elke operatie-unit enkele minuten voordat de patiënt wordt binnengereden, voorzien van medicijnen voor de volgende operatie. De narcotica worden naast de operatietafel in een kastje gelegd met een gekoeld gedeelte en een gedeelte op kamertemperatuur.

De medicijnvoorraad ligt opgeslagen in een aparte chirurgische apotheek vlak bij de schrobruimte. Daar liggen verscheidene preparaten die in de algemene apotheek beneden niet te vinden zijn, de sterke pijnstillers en geavanceerde sedatief-hypnotica die openhart- en hersenoperaties mogelijk maken bij patiënten die niet onder volledige narcose kunnen worden gebracht.

De apotheek is overdag altijd bemand en bij aanwezigheid van de apotheker worden de kasten niet afgesloten. Bij een noodgeval tijdens een hartoperatie is er geen tijd om naar een sleutel te zoeken. Dr. Lecter, met het masker voor zijn gezicht, liep door de klapdeuren de operatieafdeling in.

In een poging de boel wat op te vrolijken was de afdeling in een aantal kleurencombinaties geverfd die zelfs de irritatie van een stervende zouden hebben opgewekt. Verscheidene artsen tekenden voor aanwezigheid bij de balie en liepen verder naar de schrobruimte. Dr. Lecter pakte het intekenklembord en bewoog zijn pen eroverheen, zonder iets op het papier te zetten.

Op het operatieschema aan de muur stond voor twintig minuten later een verwijdering van een hersentumor in OK-B gepland, de eerste operatie van die dag. In de schrobruimte trok hij zijn handschoenen uit en stopte ze in zijn zakken. Hij schrobde zorgvuldig zijn handen en armen tot aan de ellebogen, droogde zijn handen, bepoederde ze en trok zijn handschoenen weer aan. Hij liep de gang in. De apotheek moest de volgende deur rechts zijn. Nee. Een abrikooskleurige deur met een bordje NOODAGGREGATEN en daarna de dubbele deuren van OK-B. Een verpleegster bleef naast hem stilstaan. 'Goedemorgen, doctor.'

Dr. Lecter kuchte achter zijn masker en mompelde goedemorgen. Hij mompelde iets en liep terug naar de schrobruimte alsof hij iets vergeten was. De verpleegster keek hem even na en liep toen de operatiekamer in. Dr. Lecter trok zijn handschoenen uit en gooide ze in de afvalemmer. Niemand lette op hem. Hij pakte een paar nieuwe handschoenen. Zijn lichaam was in de schrobruimte, maar in werkelijkheid raasde hij door de entree van zijn geheugenpaleis, langs het borstbeeld van Plinius en de trap op naar de Architectuurhal. In een goed verlichte ruimte, die werd gedomineerd door Christopher Wrens maquette van St. Paul's Cathedral, lagen de blauwdrukken van het ziekenhuis op een tekentafel uitgespreid. De blauwdrukken van de operatieafdeling van het Maryland-Misericordia-ziekenhuis die hij had ingezien bij de afdeling Gebouwen in Baltimore. Hij stond hier. De apotheek was daar. Nee. De tekeningen klopten niet. De indeling was kennelijk gewijzigd na het indienen van de blauwdrukken. Daarop stonden de aggregaten gespiegeld aan de andere kant van de gang naar OK-A. Misschien waren de bordjes verwisseld. Dat moest het zijn. Hij kon zich niet veroorloven om rond te snuffelen. Doctor Lecter kwam de schrobruimte uit en liep door de gang naar OK-A. De linkerdeur. Op het bordje stond MRI. Doorlopen. Op de volgende deur stond APOTHEEK. De ruimte op de blauwdruk was opgesplitst in een lab voor magnetische resonantie scanning en een vertrek voor het opslaan van medicijnen.

De zware deur van de apotheek stond open, vastgezet met een deurstop. Dr. Lecter schoot de kamer binnen en trok de deur achter zich dicht.

Een gedrongen apotheker zat op zijn hurken, legde iets op een lage plank.

'Kan ik u ergens mee van dienst zijn, doctor?'

'Ja, dat kunt u.'

De jongeman maakte aanstalten om overeind te komen, maar kreeg de kans niet. Een klap van de knuppel en de apotheker zakte, onder het laten van een wind, in elkaar op de grond.

Dr. Lecter trok de onderkant van zijn operatiehemd op en stopte die achter het hoveniersschort dat hij daaronder droeg.

Hij liep snel de planken langs, las razendsnel de labels: *Ambien, amobarbital, Amytal, chloraalhydraat, Dalmane, flurazepam, Halcion,* en tientallen flesjes verdwenen in zijn zakken. Vervolgens de koelkast, lezend en graaiend: *midazolam, Noctec, scopolamine, Pentothal, quazepam, solzidem.* Nog geen veertig seconden later stond dr. Lecter weer in de gang en deed hij de deur van apotheek achter zich dicht.

Hij liep terug naar de schrobruimte en keek in de spiegel of er nergens bulten in zijn kleding te zien waren. Zonder zich te haasten terug door de klapdeuren, zijn naamplaatje opzettelijk ondersteboven gedraaid, masker voor en de bril voor zijn ogen, vergrotende lenzen omhoog geklapt, pols tweeënzeventig, norse groeten uitwisselend met andere artsen. Met de lift helemaal naar beneden, masker nog steeds voor zijn mond, de blik gericht op een klembord dat hij onderweg ergens had opgepakt.

Binnenkomende bezoekers zullen het misschien vreemd hebben gevonden dat hij zijn operatiemasker pas afzette nadat hij de trap af was gelopen en buiten bereik van de beveiligingscamera's was. Voorbijgangers op straat zullen zich misschien hebben afgevraagd waarom een arts in zo'n gammele oude pick-up reed.

Op de operatieafdeling vond een narcotiseur, na ongeduldig op de deur van de apotheek te hebben geklopt, de bewusteloze apotheker en pas een kwartier later ontdekte men dat er medicijnen waren verdwenen.

Toen dr. Silverman tot zijn positieven kwam, lag hij op de grond naast de pot met zijn broek naar beneden. Hij herinnerde zich niet dat hij het vertrek was binnengekomen en had geen idee waar hij was. Hij bedacht dat hij misschien een black-out had gehad, mogelijkerwijs een lichte beroerte door een moeilijke stoelgang. Hij durfde zich amper te bewegen uit angst dat een bloedstolsel op drift zou kunnen raken. Hij kroop langzaam over de vloer tot hij zijn hand de gang in kon steken. Na onderzoek bleek dat hij een lichte hersenschudding had opgelopen.

Dr. Lecter maakte op weg naar huis twee tussenstops. De eerste was bij een postadres in een voorstad van Baltimore om een pakket op te halen dat hij via het internet bij een leverancier van begrafenisattributen had besteld. Het was een smoking met hemd en vlinderstrik in één stuk, waarvan de achterkant open was.

Het enige dat hij nu nog moest halen, was de wijn, iets bijzonders, iets uiterst feestelijks. Daarvoor moest hij naar Annapolis. Hij bedacht hoe prettig het zou zijn geweest als hij daarvoor de Jaguar tot zijn beschikking had gehad.

75

Krendler was gekleed om in de koude te joggen en toen Eric Pickford hem thuis in Georgetown opbelde, moest hij zijn joggingpak openritsen om te voorkomen dat hij oververhit zou raken.

'Eric, ga naar de cafetaria en bel me via een openbare telefoon.'

'Pardon, meneer Krendler?'

'Doe nou maar wat ik zeg.'

Krendler haalde de zweetband van zijn hoofd, trok zijn handschoenen uit en liet alles vallen op de piano in zijn woonkamer. Met één vinger pingelde hij de herkenningsmelodie van *Dragnet* tot het gesprek werd hervat. 'Starling was een techneut, Eric. We weten niet wat ze met haar telefoons heeft uitgehaald. We moeten er vooral voor zorgen dat regeringszaken onder ons blijven.'

'Ja, meneer Krendler.

'Starling heeft me gebeld, meneer Krendler. Ze wilde haar plant en nog meer dingen – die stomme weervogel die uit dat glas drinkt. Maar ze heeft me een tip gegeven die iets heeft opgeleverd. Ze zei dat ik bij die verdachte tijdschriftabonnementen het laatste cijfer van de postcodes buiten beschouwing moest laten als het verschil drie of minder was. Ze zei dat dr. Lecter waarschijnlijk een aantal postadressen zou gebruiken die gemakshalve dicht bij elkaar lagen.'

'En?'

'Ik heb iets gevonden. De *Journal of Neurophysiology* naar de ene postcode en *Physica Scripta* en *icarus* naar een andere. De postcodes liggen zo'n vijftien kilometer uit elkaar. De abonnementen staan op verschillende namen, en ze zijn betaald met een postwissel.'

'Wat is *icarus*?'

'Dat is een internationaal tijdschrift over het zonnestelsel. Twintig jaar geleden was hij een van de eerste abonnees. De postadressen zijn in Baltimore. De tijdschriften worden om en nabij de tiende van elke maand verzonden. En ik heb nog iets, nog geen minuut geleden binnengekomen, de verkoop van een fles Château-nog-wat, *IJkwem*?'

'Ja, zoiets, alleen spreek je het uit als Ie-kem. Wat is daarmee?'

'Handelaar in exclusieve wijnen in Annapolis. Ik heb de aankoop ingevoerd en heb toen een koppeling gevonden met de gevoelige datumlijst die Starling heeft ingevoerd. Het programma kwam met Starlings geboortejaar op de proppen. Het jaar waarin die wijn is gemaakt, is Starlings geboortejaar. De koper heeft er driehonderdvijfentwintig dollar voor betaald, contant, en...'

'Was dat voor- of nadat je met Starling gesproken had?'

'Vlak daarna, nog geen minuut geleden...'

'Zij weet het dus niet?'

'Nee. Moet ik haar...'

'Wil je beweren dat de handelaar je heeft gebeld over de aankoop van één enkele fles wijn?'

'Ja, meneer Krendler. Ik heb haar aantekeningen gevonden, in de oostelijke staten zijn er maar drie van dergelijke flessen. Ze heeft alle drie de handelaren ingeseind. Daar moet je toch bewondering voor hebben.'

'Wie heeft de fles gekocht – hoe zag-ie eruit?'

'Blanke man, gemiddelde lengte met een baard. Hij was nogal ingepakt tegen de kou.'

'Hangt er een beveiligingscamera in die wijnhandel?'

'Ja, meneer Krendler, dat is het eerste waar ik naar gevraagd heb. Ik heb gezegd dat we iemand langs zouden sturen voor de band. Dat heb ik nog niet gedaan. De verkoper in de wijnhandel had het rondschrijven niet gelezen, maar hij had de eigenaar ervan verteld omdat het zo'n bijzondere aankoop was. De eigenaar rende naar buiten en heeft nog net de bewuste persoon – hij gelooft tenminste dat het de bewuste persoon was – zien wegrijden in een oude pick-up. Grijs met een bankschroef in de achterbak. Als het werkelijk Lecter is, denkt u dat-ie die wijn zelf naar Starling zal brengen? We moeten haar eigenlijk waarschuwen.'

'Nee,' zei Krendler. 'Vertel haar niets.'

'Mag ik het VICAP-mededelingenbord en het Lecter-dossier bijwerken?'

'Néé,' zei Krendler, wiens hersens nu op volle toeren draaiden. 'Heb je al iets gehoord van de Questura over Lecters computer?'

'Nee, meneer Krendler.'

'We kunnen VICAP niet bijwerken zolang we niet zeker weten dat Lecter het niet zelf leest. Mogelijk heeft hij Pazzi's inlogcode. Of Starling leest het en waarschuwt hem dan weer zoals ze in Florence ook al heeft gedaan.'

'Juist, op die manier. Het districtskantoor in Annapolis kan de band wel ophalen.'

'Laat dat maar allemaal aan mij over.'

Pickford gaf hem het adres door van de wijnhandel.

'Blijf die abonnementen in de gaten houden,' beval Krendler. 'Zodra Crawford weer aan het werk gaat, kun je hem daarvan op de hoogte brengen. Hij kan er dan voor zorgen dat die postadressen na de tiende in de gaten worden gehouden.'

Krendler draaide Masons nummer en begon toen aan zijn joggingtraject, van zijn huis in Georgetown rende hij met een soepele gang in de richting van Rock Creek Park.

In de vallende duisternis waren alleen zijn witte Nike-zweetband, zijn witte Nike-sportschoenen en de witte streep aan de zijkanten van zijn donkere Nike-joggingpak zichtbaar, alsof er zich tussen de merktekens helemaal geen man bevond.

Het was een pittig halfuurtje hardlopen. Op het moment dat hij het landingsplatform vlak bij de dierentuin in zicht kreeg, hoorde hij het geflapper van de hefschroefbladen van de helikopter. Hij slaagde erin onder de draaiende hefschroef door te duiken en het opstapje te bereiken zonder vaart te minderen. Het opstijgen in de helikopter wond hem op, de stad, de verlichte monumenten die wegvielen toen het luchtvaartuig hem naar de hoogte bracht die hij verdiende, naar Annapolis om de band te halen, en dan naar Mason.

76

'Wil je dat vervloekte ding focussen, Cordell?' In Masons lage radiostem, met de liploze medeklinkers, klonken 'vervloekte' en 'focussen' meer als 'herhoekte' en 'hocussen'.
Krendler stond naast Mason in het donkere deel van het vertrek om
de beelden op het verhoogde beeldscherm beter te kunnen bekijken.
In de warmte van Masons kamer had hij het bovenstuk van zijn yup-
pie-joggingpak uitgetrokken en bij de mouwen om zijn middel gebonden, waardoor zijn Princeton T-shirt te zien was. Zijn zweetband
en schoenen lichtten op in het schijnsel van het aquarium.
Naar Margots mening had Krendler de schouders van een kip. Bij
zijn aankomst hadden ze elkaar amper begroet.
De beveiligingscamera van de drankwinkel was niet voorzien van
een tape- of tijdteller en zo vlak voor de kerst werd de zaak druk
bezocht. Cordell spoelde de band snel door, van klant naar klant,
door heel wat aankopen. Mason verkortte de tijd door te jennen.
'Wat heb je gezegd toen je die wijnhandel binnenging in je joggingpak en je penning liet zien, Krendler? Dat je meedeed aan de Special Olympics?' Masons houding was aanmerkelijk minder respect-
vol sinds Krendler was begonnen de cheques te incasseren.
Krendler was ongevoelig voor beledigingen als zijn eigen belangen
op het spel stonden. 'Ik heb gezegd dat ik undercover was. Hoeveel
mensen houden Starling in de gaten?'
'Margot, vertel jij het hem maar.' Mason leek zijn eigen schaarse
adem voor beledigingen te willen bewaren.
'We hebben twaalf man van onze beveiligingsafdeling in Chicago ingezet. Die zijn nu in Washington. Drie teams, en in elk team zit een
gedeputeerde van de staat Illinois. Als de politie hen betrapt terwijl
ze dr. Lecter vangen, kunnen ze zeggen dat ze hem hebben herkend
en zich beroepen op het recht van iedere burger om tot aanhouding
over te gaan, enzovoort, enzovoort. Het team dat hem te pakken
krijgt, draagt hem over aan Carlo. Ze gaan terug naar Chicago en
meer weten ze niet.'
De tape liep.
'Wacht even – Cordell, dertig seconden terug,' zei Mason. 'Moet je
opletten.'
De camera in de drankwinkel bestreek het gebied tussen de voordeur en de kassa.
Op het geluidloze wazige beeld van de videotape zagen ze een man
binnenkomen met een pet met een lange klep, een lumberjacket en

wanten. Hij had een volle baard en droeg een zonnebril. Hij draaide zijn rug naar de camera en deed voorzichtig de deur achter zich dicht. De klant had er even voor nodig om de verkoper uit te leggen wat hij zocht en vervolgens verdween hij met de man tussen de wijnrekken.

Drie minuten gingen voorbij. Eindelijk kwamen ze weer binnen camerabereik. De verkoper veegde het stof van de fles en wikkelde er een beschermende dikke laag papier omheen voordat hij de fles in een zak stopte. De klant trok alleen zijn rechterwant uit en betaalde contant. De lippen van de verkoper bewogen toen hij 'dank u' zei tegen de vertrekkende klant.

Enkele seconden later riep de verkoper iets naar iemand die buiten het bereik van de camera stond. Een zwaargebouwde man kwam het beeld binnen en liep snel de deur uit.

'Dat is de eigenaar, die de pick-up heeft gezien,' zei Krendler.

'Cordell, kun jij een kopie van deze band maken en het hoofd van de klant uitvergroten?'

'Dat duurt even, meneer Verger. Het beeld zal wazig zijn.'

'Doe het.'

'Hij hield zijn linkerwant aan,' zei Mason. 'Voor hetzelfde geld hebben ze me belazerd met die röntgenfoto die ik heb gekocht.'

'Pazzi zei toch dat-ie zijn hand had laten opereren? Dat-ie die extra vinger heeft laten verwijderen,' zei Krendler.

'Die vinger stak misschien in Pazzi's reet, ik weet niet meer wie ik geloven moet. Jij hebt hem gezien, Margot, wat denk jij? Was dat Lecter?'

'Het is al achttien jaar geleden,' zei Margot. 'Ik heb maar drie sessies bij hem gehad. Als ik binnenkwam, stond-ie op van zijn bureaustoel, maar ik heb hem nooit rond zien lopen. Hij bewoog amper. Zijn stem is eigenlijk het enige wat ik me kan herinneren.'

Cordells stem klonk over de intercom. 'Meneer Verger, Carlo is er.'

Carlo rook naar varkens en nog iets meer. Hij kwam de kamer binnen met zijn hoed voor zijn borst en bij de ranzige stank van varkensworst die van zijn hoofd opsteeg, ging Krendler krachtig door zijn neus uitademen. Als teken van respect zoog de Sardinische ontvoerder de hertenboktand waarop hij kauwde, helemaal zijn mond in.

'Carlo, kijk hier eens even naar. Cordell, spoel de band terug tot het punt waar hij de deur binnenkomt.'

'Dat is hem, die *stronzo* klootzak,' zei Carlo, nog voordat de man op het scherm vier passen had gedaan. 'Die baard is nieuw, maar dat is zijn loopje.'

'Jij hebt in *Firenze* zijn handen gezien, Carlo.'

'*Sì.*'

'Vijf of zes vingers aan de linkerhand?'

'... Vijf.'

'Je aarzelt.'

'Alleen maar om te bedenken wat *cinque* ook weer is in het Engels. Het zijn er vijf, dat weet ik zeker.'

Masons tanden gingen van elkaar in wat bij hem doorging voor een glimlach. 'Schitterend. Hij draagt die want om iedereen in de waan te laten dat hij nog zes vingers heeft,' zei hij.

Mogelijk was Carlo's stank via het luchtfilter het aquarium binnengedrongen. De paling kwam zijn hol uit en bleef buiten, kronkelend, voortdurend zijn oneindige Möbius-achtjes draaiend, zijn tanden zichtbaar als hij ademde.

'Carlo, ik denk dat het einde in zicht is,' zei Mason. 'Jij, Piero en Tommaso zijn mijn eerste team. Ik heb vertrouwen in jullie, ondanks het feit dat hij jullie in Florence is ontglipt. Ik wil dat jullie Clarice Starling de dag voor haar verjaardag, de dag zelf en de dag erna, scherp in de gaten houden. Pas als ze thuis ligt te slapen, worden jullie afgelost. Jullie krijgen een chauffeur en de bestelwagen.'

'*Padrone*,' zei Carlo.

'Ja.'

'Ik wil wat tijd voor mezelf met de *dottore*, ter nagedachtenis van mijn broer, Matteo. Dat hebt u me beloofd.' Carlo maakte het kruisteken toen hij de naam van de dode uitsprak.

'Ik heb het volste begrip voor je gevoelens, Carlo. Ik voel met je mee. Carlo, ik wil dat dr. Lecter in twee sessies wordt opgegeten. De eerste avond mogen de varkens zijn voeten wegknagen, terwijl hij door de tralies toekijkt. Ik wil dat hij dan in uitstekende conditie is. Breng hem bij mij in goede conditie. Geen slagen op het hoofd, geen gebroken botten, geen oogletsel. Dan kan hij overnachten zonder zijn voeten en de varkens mogen hem dan de volgende dag opeten. Ik zal een poosje met hem praten en dan mag jij hem een uurtje hebben, vóór de laatste sessie. Het enige wat ik je vraag, is dat je hem één oog laat en hem niet bewusteloos slaat opdat hij ze aan kan zien komen. Ik wil dat-ie die snuiten ziet als ze aan zijn gezicht beginnen te vreten. Als je hem bijvoorbeeld zou willen ontmannen, ga gerust je gang, maar ik wil dat Cordell er bij is om de bloedingen te beheersen. Ik wil dat alles wordt opgenomen.'

'En als hij tijdens de eerste sessie in de kooi doodbloedt?'

'Dat zal niet gebeuren. Hij zal 's nachts ook niet doodgaan. 's Nachts zal-ie met afgevreten voeten liggen wachten. Cordell zal zorgen dat zijn bloed wordt aangevuld. Waarschijnlijk zal-ie de hele nacht aan het infuus liggen, misschien zelfs aan twee.'

'Of vier als dat nodig mocht zijn,' klonk Cordells ontlichaamde stem door de luidsprekers. 'Ik kan het infuus desnoods in zijn benen inbrengen.'

'Voordat je hem de kooi in rolt, kun je voor mijn part spugen en pissen in zijn infuus,' zei Mason op zijn meest vriendelijke toon tegen Carlo. 'Je mag er zelfs in klaarkomen.'

Carlo's gezicht klaarde op bij de gedachte, maar toen dacht hij aan die gespierde *signorina* en hij wierp een vluchtige, schuldbewuste blik haar kant op. '*Grazie mille, Padrone.* Komt u kijken hoe hij sterft?'

'Dat weet ik nog niet, Carlo. Ik kan niet zo goed tegen al dat stof in de stal. Misschien kijk ik mee op de video. Kun je mij een varken brengen? Ik wil er een kunnen aanraken.'

'Naar deze kamer, *Padrone*?'

'Nee, ze kunnen me wel even naar beneden brengen, met de mobiele stroomconvertor.'

'Dan zou ik er een in slaap moeten brengen, *Padrone*,' zei Carlo bedenkelijk.

'Pak maar een van de zeugen. Breng haar naar het gazon voor de lift. Je kunt met de vorkheftruck over het gras rijden.'

'Denk je dat je genoeg hebt aan de bestelwagen of heb je een tweede voertuig nodig?' vroeg Krendler.

'Carlo?'

'Die bestelwagen is genoeg. Met een assistent om die te besturen.'

'Ik heb nog iets voor je,' zei Krendler. 'Mag het licht even aan?'

Margot verplaatste de reostaat en Krendler legde zijn rugzak op de tafel naast de fruitschaal. Hij trok katoenen handschoenen aan en pakte iets wat leek op een kleine monitor met een antenne en een ophangbeugel, een externe harde schijf en een oplaadbare batterij.

'Het is moeilijk om Starling in de gaten te houden, omdat er in die doodlopende straat waar ze woont, geen plekken zijn waar je op de loer kunt gaan liggen. Maar ze moet de deur uit – Starling kan niet zonder lichaamsbeweging,' zei Krendler. 'Ze is lid geworden van een sportschool nu ze geen gebruik meer mag maken van de faciliteiten van de FBI. Afgelopen donderdag ontdekten we haar geparkeerde auto voor de sportschool en toen hebben we daar een zendertje onder geplakt. Het werkt op een nikkel-cadmiumbatterij die tijdens het rijden oplaadt, dus zal die niet opvallen door een leeglopende accu. De software bestrijkt deze vijf aangrenzende staten. Wie gaat er met dat ding werken?'

'Cordell, kom eens even hier,' zei Mason.

Cordell en Margot gingen op hun knieën naast Krendler zitten en Carlo kwam achter hen staan, zijn hoed hield hij vast ter hoogte van hun neusgaten.

'Kijk maar.' Krendler zette zijn monitor aan. 'Het werkt als een navigatiesysteem voor een auto, maar laat alleen zien waar Starlings auto is.' Een overzicht van de stad Washington verscheen op het scherm. 'Hiermee zoom je in, het gebied verplaats je met de pijlen, is dat duidelijk? Oké, op het moment vangt het apparaat niets op. Wanneer een signaal van Starlings zendertje opgevangen wordt, licht dit op en dan hoor je een pieptoon. Vervolgens kun je in het overzicht de bron oppikken en erop inzoomen. Hoe dichterbij je komt, hoe sneller de piepjes elkaar opvolgen. Hier zie je de buurt waar Starling woont op de schaal van een wegenkaart. Je vangt nu geen signaal van haar auto op omdat we buiten bereik zijn. Overal in de stad Washington of Arlington zou dat wel het geval zijn. Ik ving het op in de helikopter toen ik hierheen vloog. Hier heb je de omvormer voor het wisselstroomcontact in je bestelwagen. Nog één ding. Je moet me garanderen dat dit nooit in verkeerde handen valt. Ik kan er een hoop problemen mee krijgen, het ligt nog niet eens in de spionageshops. Of ik krijg het terug of het ligt op de bodem van de Potomac. Goed begrepen?'

'Heb je dat, Margot?' zei Mason. 'Jij, Cordell? Neem Mogli mee als chauffeur en zorg dat-ie alles weet wat-ie weten moet.'

DEEL VIJF

EEN POND VLEES

77

Het mooie van het luchtdrukgeweer was dat het afgevuurd kon worden vanuit de bestelwagen zonder alle inzittenden doof te maken – je hoefde de loop dus niet naar buiten te steken waar iedereen die kon zien.

Het raam dat vanaf de buitenkant een spiegel was, hoefde maar een paar centimeter te worden opengedraaid om de kleine injectiespuit af te schieten, die een flinke dosis acepromazine in de spiermassa van dr. Lecters rug of bil zou doen belanden.

Het enige dat te horen zou zijn, was het knappende geluid als het projectiel werd weggeschoten, net het doorbreken van een groene tak, geen ballistische knal die de aandacht zou trekken.

De plannen waren als volgt: zodra dr. Lecter in elkaar zakte, zouden Piero en Tommaso, in wit gekleed, hem de wagen in 'helpen', en eventuele omstanders verzekeren dat ze hem naar het ziekenhuis zouden brengen. Tommaso's Engels was beter dan dat van de anderen, aangezien hij het had geleerd op het seminarie, maar hij had moeite met de uitspraak van 'ziekenhuis'.

Mason wist wat hij deed door het vangen van dr. Lecter aan de Italianen over te laten. Ondanks het fiasco in Florence waren zij verreweg het meest bekwaam in het daadwerkelijk grijpen van een man en maakten zij de meeste kans dr. Lecter levend in handen te krijgen.

Mason stond tijdens de missie naast het verdovingsgeweer slechts één vuurwapen toe – dat van de chauffeur, gedeputeerde Johnny Mogli, hulpsheriff buiten dienst uit Illinois en sinds lange tijd ingelijfd door de Vergers. Mogli was opgegroeid in een gezin waar thuis Italiaans werd gesproken. Hij was iemand die zijn slachtoffer in alles gelijk gaf en hem vervolgens vermoordde.

Carlo en de gebroeders Piero en Tommaso hadden hun net, beanbag gun, traangas en een assortiment bewegingsbeperkende attributen. Dat moest genoeg zijn.

Tegen zonsopgang de volgende ochtend hadden ze hun stelling betrokken, vijf huizenblokken van Starlings huis in Arlington, op een parkeerplek voor invaliden in een winkelstraat.

Vandaag was de bestelwagen voorzien van de borden ZIEKENVER-

VOER VOOR 65-PLUSSERS. Aan het spiegeltje hing een invalideplaatje en het valse kenteken op de bumper droeg eveneens die aanduiding. In het handschoenenvakje lag een kwitantie van een carrosseriebedrijf voor een onlangs vervangen bumper – als het nummer zou worden nagetrokken, zouden ze zich kunnen beroepen op een fout van de garage en daarmee de zaak behoorlijk vertragen. De kentekenplaten en autopapieren waren echt. Dat gold eveneens voor de biljetten van honderd dollar die tussen de papieren zaten voor eventueel smeergeld.

Op de monitor, die met klittenband aan het dashboard was bevestigd en was ingeplugd in het contact voor de sigarettenaansteker, was het stratenplan te zien van de buurt waar Starling woonde. Dezelfde satelliet die de positie van de bestelwagen in kaart bracht, liet ook Starlings voertuig zien, een heldere stip voor haar huis.

Om negen uur kreeg Piero toestemming van Carlo om iets te eten. Om halfelf was de beurt aan Tommaso. Hij wilde niet dat ze allebei tegelijk een volle maag hadden voor het geval ze zich voor een lange achtervolging te voet gesteld zouden zien. Ook de middagmaaltijden werden gespreid genuttigd. Halverwege de middag, toen Tommaso juist in de koelbox een sandwich zocht, hoorden ze de piep. Carlo's onwelriekende hoofd draaide zich naar de monitor.

'Ze is in beweging,' zei Mogli. Hij startte de bestelwagen.

Tommaso legde het deksel terug op de koelbox.

'Daar gaan we dan. Daar gaan we... Ze rijdt op Tindal in de richting van de hoofdweg.' Mogli voegde zich in het verkeer. Hij verkeerde in de luxepositie dat hij drie huizenblokken achter Starling kon blijven rijden zodat ze hem onmogelijk zou kunnen opmerken. Maar Mogli op zijn beurt kon evenmin zien dat zich een huizenblok achter Starling een oude grijze pick-up met een kerstboom in de achterbak in het verkeer voegde.

Het rijden in de Mustang was een van de weinige genoegens die Starling nog restte. Op gladde wegen en in het grootste deel van de winter had ze de handen vol aan de krachtige auto zonder antiblokkeersysteem en traction control. Wanneer de wegen vrij waren, was het prettig om de achtcilindermotor in zijn tweede versnelling te laten doortrekken en naar het geluid van de uitlaat te luisteren.

Mapp, een verwoed kortingsbonverzamelaar, had Starling op pad gestuurd met een boodschappenlijstje en een dik pak kortingsbonnen. Zij en Starling zouden een ham, een rollade en twee ovenschotels bereiden. Anderen brachten de kalkoen mee.

Een kerstdiner op haar verjaardag was het laatste waar Starlings hoofd naar stond. Ze moest er wel in meegaan omdat Mapp en een verrassend aantal vrouwelijke agenten, van wie ze sommigen amper kende en die ze niet eens allemaal bijzonder graag mocht, zouden komen opdraven om haar in haar ellende een hart onder de riem te steken.

Ze kon Jack Crawford maar niet uit haar hoofd zetten. Ze mocht hem niet bezoeken op de intensive care en mocht hem evenmin bellen. Ze liet berichtjes voor hem achter bij de verpleegsterspost, grappige hondenkaartjes met de luchtigste boodschappen die ze maar kon bedenken.

Als afleiding speelde Starling in haar wanhoop met de Mustang, door tussengas te geven en terug te schakelen, op de motor afremmend om de parkeerplaats van de Safeway-supermarkt in te draaien, waarbij ze haar rem alleen aanraakte om met haar remlichten de achter haar rijdende auto's te waarschuwen.

Ze moest vier rondjes over de parkeerplaats maken voordat ze een plekje vond, dat leeg was omdat het geblokkeerd werd door een achtergelaten winkelwagen. Ze stapte uit en reed de winkelwagen uit de weg. Tegen de tijd dat ze haar auto had geparkeerd, had een andere klant de winkelwagen al meegenomen.

Ze vond een wagentje vlak bij de ingang en duwde het voor zich uit naar de winkel.

Mogli zag op zijn monitor dat zij een bocht maakte en stopte, en op hetzelfde moment zag hij in de verte aan de rechterkant de Safeway opdoemen.

'Ze gaat naar de supermarkt.' Hij draaide de parkeerplaats op. Een paar seconden later had hij haar wagen ontdekt. Hij zag een jonge vrouw die een winkelwagen naar de ingang reed.

Carlo richtte zijn verrekijker op haar. 'Het is Starling. Ze lijkt precies op haar foto's.' Hij gaf de verrekijker aan Piero.

'Ik wil een foto van haar maken,' zei Piero. 'Ik heb mijn zoomlens bij de hand.'

Aan de andere kant van de parkeerstrook waar haar auto stond, was een parkeerplek gereserveerd voor invaliden. Mogli pikte het plekje in, vlak voor een grote Lincoln met invalidekenteken. De chauffeur toeterde nijdig.

Door het achterraampje hadden ze zicht op de achterkant van Starlings auto.

Mogelijk omdat hij de gewoonte had naar Amerikaanse auto's te kijken, was Mogli de eerste die de oude pick-up opmerkte, die een stuk verderop geparkeerd stond op een plek aan de rand van de parkeerplaats. Het enige dat hij kon zien, was de grijze achterklep van de pick-up.

Hij maakte Carlo opmerkzaam op de pick-up. 'Zit er een bankschroef op de achterklep? Dat zei die vent van de wijnhandel toch? Richt je kijker erop, die verrekte boom blokkeert mijn uitzicht. *Carlo, c'è una morsa sul camione?'*

'*Sì.* Ja, ik zie een bankschroef. Er zit niemand in de auto.'

'Moeten we haar niet in de winkel in de gaten houden?' Tommaso zette niet vaak vraagtekens bij Carlo's beslissingen.

'Nee, als hij iets van plan is, doet-ie het hier buiten,' zei Carlo.

De zuivelproducten stonden vooraan in de winkel. Starling raadpleegde haar kortingsbonnen en koos kaas voor een ovenschotel en een pak voorgebakken broodjes. *Ze piekerde er niet over om voor zoveel gasten zelf broodjes te bakken.* Toen ze op de vleesafdeling was aanbeland, besefte ze dat ze de boter was vergeten. Ze liet haar karretje staan en liep terug.

Toen ze terugkwam op de vleesafdeling, was haar karretje verdwenen. Iemand had haar boodschappen eruit gehaald en ze op een plank neergelegd. De kortingsbonnen en de lijst hadden ze gehouden.

'Godverdomme,' zei Starling, luid genoeg om door kopers in de buurt gehoord te worden. Ze keek om zich heen. Ze zag niemand met een dik pak kortingsbonnen. Ze haalde een paar keer diep adem. Ze kon bij de kassa's op de loer gaan liggen en haar ogen open houden of ze de lijst zag, als die tenminste nog aan de kortingsbonnen vastzat. Ach wat, voor die paar miezerige dollars. Waarom zou ze haar dag daardoor laten verpesten?

Bij de kassa's stonden geen lege karretjes. Starling liep naar buiten om er een van de parkeerplaats te halen.

'*Ecco!*' Carlo zag hem met zijn snelle, lichte tred tussen de auto's door lopen, dr. Hannibal Lecter in een camel overjas en een gleufhoed, met een geschenk in zijn hand, onbezonnenheid ten top. '*Madonna!* Hij is op weg naar haar auto.' Toen kwam de jager in Carlo boven en hij beheerste zich, maakte zich klaar voor het schot. De hertenboktand waarop hij kauwde, stak even tussen zijn lippen door naar buiten.

Het achterraam van de bestelwagen kon niet worden opengedraaid. '*Metti in mòto!* Rijd achteruit zodat de auto met de zijkant naar hem toe staat,' zei Carlo.

Dr. Lecter stopte bij de passagierskant van de Mustang, veranderde toen van gedachten en liep naar de bestuurderskant, waarschijnlijk met de bedoeling het stuur te besnuffelen.

Hij keek vluchtig om zich heen en toverde de platte koevoet uit zijn mouw te voorschijn.

De bestelwagen stond nu met de zijkant naar hem toe gekeerd. Carlo zat klaar met het geweer. Hij drukte op het knopje van de elektrische raamopener. Er gebeurde niets.

Carlo's stem, onnatuurlijk kalm nu hij in actie was. '*Mogli, il finestrino!*'

Waarschijnlijk een kinderveiligheidsslot, Mogli morrelde eraan.

Dr. Lecter liet de koevoet tussen de kier van het raampje glijden en maakte het slot van Starlings portier open. Hij maakte aanstalten de auto in te stappen.

Vloekend schoof Carlo de zijdeur van de bestelwagen een kiertje open en bracht het geweer omhoog. Piero ging een stukje opzij en de bestelwagen schommelde toen het geweer afging.

De pijl flitste in het zonlicht en met een zachte *tok* drong hij dwars door dr. Lecters gesteven boord zijn nek in. De verdoving werkte snel, een grote dosis op een kritieke plaats. Hij probeerde zich op te richten, maar zijn knieën begaven het. Het pak viel uit zijn handen en rolde onder de auto. Hij slaagde erin een mes uit zijn zak te halen en open te klappen terwijl hij tussen de deur en de auto in elkaar zakte, de verdoving veranderde zijn ledematen in pudding. 'Mischa,' zei hij, toen zijn zicht hem in de steek liet.

Piero en Tommaso besprongen hem als grote katten, hielden hem tussen de auto's tegen de grond tot ze er zeker van waren dat hij geen kracht meer had.

Starling, die haar tweede boodschappenkarretje van die dag over het parkeerterrein voortduwde, hoorde de slag van het luchtdrukgeweer en herkende het geluid onmiddellijk – ze zocht instinctief dekking terwijl de mensen om haar heen onaangedaan voortschuifelden, zich onbewust van wat er zich afspeelde. Moeilijk te zeggen waar het vandaan kwam. Ze keek in de richting van haar auto, zag de benen van een man in een bestelwagen verdwijnen en dacht dat het om een overval ging.

Ze sloeg haar hand tegen haar zij waar het pistool niet langer zat en zette het op een lopen, zigzaggend tussen de auto's door naar de bestelwagen.

De Lincoln met de bejaarde bestuurder was terug, toeterde om aan te geven dat hij de invalidenparkeerplaats wilde indraaien die door de bestelwagen werd geblokkeerd. Het getoeter overstemde Starlings geschreeuw.

'Staan blijven! Stop! FBI! Blijf staan of ik schiet!' Misschien kon ze een blik op het kenteken werpen.

Piero zag haar aan komen rennen, en sneed bliksemsnel met dr. Lecters mes het ventiel van Starlings voorband af, om meteen weer de bestelwagen in te duiken. De wagen reed hobbelend over een verhoogde afscheiding tussen de parkeervakken naar de uitgang. Ze kon het kenteken zien. Ze schreef het nummer met haar vinger in het stof op de motorkap van een auto.

Starling had haar sleutels in de hand. Toen ze instapte, hoorde ze het gesis van lucht die via het ventiel ontsnapte. Ze zag de bovenkant van de bestelwagen in de richting van de uitgang rijden.

Ze tikte op het raampje van de Lincoln die nu tegen haar stond te toeteren. 'Heeft u een mobiele telefoon? FBI, alstublieft, heeft u een mobiele telefoon?'

'Doorrijden, Noel,' zei de vrouw in de auto, die het been van de bestuurder aanstootte en erin kneep. 'Niks dan narigheid, een of andere valstrik. Daar kun je je maar beter buiten houden.' De Lincoln reed weg.

Starling rende naar een telefooncel en draaide 911.

Mogli hield zich vijftien huizenblokken lang aan de maximum snelheid.

Carlo trok de pijl uit dr. Lecters nek, opgelucht toen het gaatje niet begon te spuiten. Onder zijn huid was een bloeduitstorting ter grootte van een kwartje te zien. De injectie was berekend op een dikke spierbundel. Het was niet te hopen dat die klootzak doodging voordat de varkens hem konden afmaken.

In de bestelwagen werd niet gesproken, de enige geluiden kwamen van de hijgende mannen en de krakende politiescanner onder het dashboard. Dr. Lecter lag op de vloer van de bestelwagen in zijn fraaie overjas, zijn hoed was van zijn gesoigneerde hoofd gegleden, op zijn kraag zat een helder bloedvlekje. Hij lag er even elegant bij als een fazant in een slagersvitrine.

Mogli reed een parkeergarage in en reed naar het derde niveau, waar hij stopte om snel de borden van de zijkanten van de bestelwagen te trekken en de kentekenplaten te verwisselen.

Hij had zich de moeite kunnen besparen. Hij lachte in zichzelf toen de politiescanner het bericht opving. De 911-telefonist die kennelijk Starlings beschrijving van een 'grijze bestelwagen of minibus' verkeerd had verstaan, bracht een opsporingsbericht in omloop voor een Greyhound-bus. Eerlijkheid gebiedt te vermelden dat 911 het valse kenteken op één cijfer na correct had genoteerd.

'Het lijkt Illinois wel,' zei Mogli.

'Toen ik dat mes zag, was ik bang dat hij zichzelf zou doodsteken om te ontkomen aan wat hem te wachten staat,' zei Carlo tegen Piero en Tommaso. 'Het zal hem nog spijten dat hij zich niet de hals heeft doorgesneden.'

Toen Starling haar andere banden controleerde, zag ze het pakje dat onder haar auto op de grond lag.

Een fles Château d'Yquem van driehonderd dollar en het briefje, geschreven in het vertrouwde handschrift: *Van harte gefeliciteerd met je verjaardag, Clarice.*

Toen pas besefte ze wat ze had gezien.

78

Starling kende de telefoonnummers die ze nodig had uit het hoofd. Ze overwoog of ze tien huizenblokken terug moest rijden naar haar huis. Nee, terug naar de telefooncel. Ze pakte zich verontschuldigend de plakkerige hoorn uit de hand van een jonge vrouw, liet kwartjes in de gleuf glijden terwijl de vrouw een supermarktbewaker ging halen.

Starling belde met het parate team op het districtskantoor van Washington, Buzzard's Point.

Bij het team waar ze zo lang had gediend, wisten ze alles over Starling en ze verbonden haar door met het kantoor van Clint Pearsall, terwijl zij tegelijkertijd meer kwartjes zocht en de supermarktbewaker te woord stond die haar bleef vragen naar haar legitimatie.

Eindelijk de vertrouwde stem van Pearsall.

'Meneer Pearsall, ik heb een minuut of vijf geleden op de parkeerplaats van Safeway gezien hoe drie mannen, vier misschien, Hannibal Lecter ontvoerden. Ze hebben mijn band doorgesneden, ik kon ze niet volgen.'

'Is dit die buskwestie, dat politiebericht?'

'Ik weet niets van een bus. Het was een grijze bestelwagen, invalidenkenteken.' Starling gaf het nummer door.

'Hoe weet je dat het Lecter was?'

'Hij... heeft een cadeau voor me achtergelaten, dat lag onder mijn auto.'

'Juist...' Pearsall zweeg en Starling maakte gebruik van die stilte.

'Meneer Pearsall, u weet dat Mason Verger hier achter zit. Dat moet haast wel. Ik kan geen ander bedenken die dit zou doen. Hij is een sadist, hij zal Lecter doodmartelen en hij zal willen toekijken. We moeten een opsporings- en aanhoudingsbevel uitvaardigen voor alle voertuigen van de Vergers en bij de autoriteiten in Baltimore een huiszoekingsbevel aanvragen.'

'Starling... Jezus, Starling. Hoor eens, ik vraag het je nog één keer. Ben je heel zeker van wat je hebt gezien? Denk er even over na. Denk aan al die goede dingen die je hier ooit hebt gedaan. Denk aan de eed die je hebt afgelegd. Als we hiermee doorgaan, is er geen weg terug. Wat heb je precies gezien?'

Wat kan ik zeggen – dat ik niet hysterisch ben? Dat is het eerste dat iemand die hysterisch is zegt. Ze besefte op dat moment hoe ver ze in Pearsalls achting was gedaald en hoe weinig zijn vertrouwen dus in wezen voorstelde.

'Ik heb drie mannen, misschien vier, een man zien ontvoeren op de parkeerplaats van Safeway. Op de plaats van handeling vond ik een geschenk van dr. Hannibal Lecter, een fles wijn, Château d'Yquem, uit mijn geboortejaar, met een briefje in zijn handschrift. Ik heb het voertuig reeds beschreven. Ik rapporteer dit alles aan u, Clint Pearsall, districtskantoor Buzzard's Point.'

'Ik zal het behandelen als een ontvoering, Starling.'

'Ik kom naar u toe. U kunt me deputeren en meesturen met het parate team.'

'Kom maar niet, ik mag je niet binnenlaten.'

Helaas was Starling nog niet vertrokken, toen de politie van Arlington op de parkeerplaats arriveerde. Het duurde een kwartier om het politiebericht met betrekking tot het voertuig te verbeteren. Een gezette vrouwelijke agent in zware lakschoenen noteerde Starlings verklaring. Het bekeuringsblok, de radio, het traangas, het pistool en de handboeien van de vrouwelijke agent staken schuin uit van haar dikke achterste en de splitten in haar jasje weken uiteen. De agente kon maar niet beslissen of ze voor Starlings beroep FBI of 'geen' moest invullen. Toen Starling de woede van de agente opwekte door de vragen voor te zijn, ging de agente nog trager te werk. Toen Starling haar aandacht vestigde op de sporen van modder en sneeuwbanden waar de bestelwagen over de drempel was gereden, bleek niemand een camera bij zich te hebben. Ze liet de agenten zien hoe de hare werkte.

Terwijl Starling haar antwoorden herhaalde, schoot voortdurend door haar hoofd: *ik had ze moeten volgen, ik had ze moeten volgen. Ik had die kerel uit die Lincoln moeten sleuren en achter die bestelwagen aan moeten gaan.*

79

Krendler was de eerste die iets opving over de ontvoering. Hij pleeg-
de een paar telefoontjes met zijn bronnen en belde toen Mason via
een beveiligde telefoon.

'Starling heeft de ontvoering gezien, daar hadden we niet op gere-
kend. Ze heeft het hele verhaal aan het districtskantoor in Washington doorverteld. Ze heeft geopperd een huiszoekingsbevel aan
te vragen om je huis te doorzoeken.'

'Krendler...' Mason wachtte op zuurstof, of misschien was hij geïrriteerd, Krendler wist het niet precies. 'Ik heb al bij de plaatselijke
autoriteiten, de sheriff en de officier van justitie laten vastleggen dat
Starling me midden in de nacht heeft lastig gevallen met telefoontjes
met onsamenhangende dreigementen.'

'Is dat zo?'

'Natuurlijk niet, maar zij kan niet bewijzen dat zij dat niet heeft gedaan en dit creëert een rookgordijn. Nu dan, ik kan in dit district
en in deze staat een bevel tot huiszoeking tegenhouden. Maar ik wil
dat jij de officier van justitie belt en hem eraan herinnert dat die hys-
terische trut het op mij voorzien heeft. De plaatselijke autoriteiten
kan ik zelf wel aan, neem dat maar van mij aan.'

80

Eindelijk verlost van de politie, verwisselde Starling haar band en
reed ze naar huis, naar haar eigen telefoon en computer. Ze miste
haar mobiele FBI-telefoon verschrikkelijk en had die nog niet vervangen.

Op haar antwoordapparaat stond een boodschap van Mapp: 'Starling, kruid de rollade en zet hem op om te sudderen. De groenten
mogen er in geen geval bij. Denk maar aan de vorige keer. Ik zit tot
een uur of vijf vast in een hoorzitting over een uitzetting.'

Starling zette haar laptop aan en probeerde in te loggen in de Vio-
lent Criminal Apprehension Program-file over Lecter, maar de toegang werd haar geweigerd, niet alleen tot VICAP maar tot het hele
FBI-computernetwerk. Ze had minder rechten dan de eerste de beste smeris op het Amerikaanse platteland.

De telefoon ging over.

Het was Clint Pearsall. 'Starling, heb jij Mason Verger met telefoontjes bestookt?'

'Nooit, dat zweer ik.'

'Hij beweert van wel. Hij heeft de plaatselijke sheriff uitgenodigd om zijn huis en erf te inspecteren, heeft daar behoorlijk bij hem op aangedrongen, en ze zijn op dit moment onderweg om het te doen. Er is dus geen bevel tot huiszoeking en dat komt er ook niet. We hebben geen andere getuigen van de kidnapping kunnen vinden. Alleen jij.'

'Er was ook een witte Lincoln met een ouder echtpaar. Mr. Pearsall, waarom laat u de creditcardaankopen bij Safeway van vlak voor het incident niet nagaan. De tijd wordt op die slips afgedrukt.'

'Dat komt nog wel, maar het zal...'

'... nog wel even duren,' maakte Starling de zin voor hem af.

'Starling?'

'Ja, meneer Pearsall?'

'Even onder ons, ik laat je weten hoe het verder gaat. Maar hou je erbuiten. Tijdens je schorsing heb je geen enkele bevoegdheid, en mag niemand informatie aan jou doorgeven. Jij bestaat niet.'

'Ja, meneer Pearsall, dat weet ik.'

Waar kijkt een mens naar terwijl hij zijn opties overweegt? Onze cultuur hecht weinig waarde aan bespiegeling, wij richten onze blik niet op het oneindige. De belangrijkste beslissingen worden genomen terwijl onze blik rust op de linoleumvloer van een gang in een of andere instelling of tijdens een haastig, gefluisterd gesprek in een wachtkamer waar een televisie keihard allerlei onzin staat te spuien.

Starling, op zoek naar iets, om het even wat, liep door de keuken de rust en orde van Mapps kant van de woning binnen. Ze keek naar de foto van Mapps pittige grootmoedertje, brouwster van de thee. Ze keek naar de ingelijste verzekeringspolis van grootmoeder Mapp aan de muur. Aan Mapps kant van het huis was duidelijk te zien dat Mapp er woonde.

Starling ging terug naar haar kant. De ruimte kwam op haar over alsof daar niemand woonde. Wat had zij ingelijst? Haar diploma van de FBI-academie. Ze had geen enkele foto van haar ouders. Ze miste ze nu al zo lang en het enige beeld dat ze van hen had, zat in haar hoofd. Soms voelde ze hun aanwezigheid, in de smaak van een ontbijt of in een geur, een flard van een gesprek, een alledaagse uitdrukking die ze toevallig opving. Die aanwezigheid voelde ze het sterkst in haar opvattingen over goed en kwaad.

Wie was ze in 's hemelsnaam? Wie had ooit onderkend wie zij was?

Jij bent een strijder, Clarice. Je kunt zo sterk zijn als je maar wilt.
Starling begreep heel goed dat Mason Hannibal Lecter wilde vermoorden. Wanneer hij dat zelf had gedaan of iemand voor het karwei had ingehuurd, had ze zich erbij neer kunnen leggen. Mason
koesterde een wrok.

Waar ze zich echter niet bij neer kon leggen, was de gedachte aan
dr. Lecter die doodgemarteld werd, dat was haar een gruwel, zoals
het slachten van de lammetjes en de paarden al die jaren geleden
haar een gruwel was geweest.

Jij bent een strijder, Clarice.

Bijna even verachtelijk als de daad zelf was het feit dat Mason dit
zou doen met de stilzwijgende toestemming van mannen die hadden
gezworen de wet te handhaven. Zo gaat het nu eenmaal in de wereld waarin wij leven.

Deze gedachte spoorde haar aan een simpel besluit te nemen:

Zo zal de wereld niet zijn zolang ik er iets aan kan veranderen.

Ze liep naar haar kast, ging op een krukje staan en strekte haar arm
uit naar de bovenste plank.

Ze pakte de kist die John Brighams advocaat haar in de herfst had
gebracht. Het leek een eeuwigheid geleden.

Veel traditie en mystiek ligt besloten in de erflating van privévuur-
wapens aan een achterblijvende wapenbroeder. Dat heeft te maken
met een voortzetting van morele waarden die de vergankelijkheid
van het individu ontstijgt.

Mensen die in een tijd leven waarin hun veiligheid dankzij anderen
gewaarborgd is, zullen dit dikwijls niet begrijpen.

De kist waarin John Brighams vuurwapens lagen, was op zich al een
geschenk. Waarschijnlijk had hij die in het Verre Oosten gekocht
toen hij nog bij de marine was. Een mahoniehouten kist, waarvan
de deksel met parelmoer was ingelegd. De vuurwapens waren ty-
pisch Brigham, veel gedragen, goed onderhouden, en vlekkeloos
schoon. Een M1911A1 Colt .45 pistool, een Safari Arms ingekorte
versie van de .45, die je gemakkelijk weg kon stoppen en een dolk
die in een laars verborgen kon worden waarvan een van de zijkanten getand was. Starling had haar eigen foedraal. John Brighams oude FBI-penning was op een mahoniehouten gedenkplaat geplakt. Zijn
DEA-penning lag los in de doos.

Starling wrikte het FBI-insigne van het houten plaatje af en stak het
in haar zak. De .45 verdween in haar Yaqui-holster achter haar heup,
bedekt door haar jas.

De korte .45 bevestigde ze aan haar ene enkel en de dolk aan de andere, in haar laars. Ze haalde haar diploma uit de lijst en stopte dat opgevouwen in haar zak. In het donker zou iemand dat misschien kunnen aanzien voor een huiszoekingsbevel. Terwijl ze het zware papier dubbelvouwde, wist ze dat ze niet geheel zichzelf was, en dat vond ze best zo.

Nog drie minuten achter haar laptop. Van de Mapquest website haalde ze een kaart op grote schaal van de Muskrat Farm en het natuurreservaat eromheen, die ze met haar printer afdrukte. Ze keek een poosje naar Masons vlees-koninkrijk, volgde de grenzen met haar vinger.

De grote uitlaatpijpen van de Mustang bliezen het verdorde gras plat toen ze de oprit uitreed en de weg opdraaide om Mason Verger een bezoek te brengen.

81

Over Muskrat Farm hing een stilte vergelijkbaar met de rust van de vroegere Dag des Heren. Mason was opgewonden, voelde zich trots dat hij in staat was dit te laten gebeuren. In zichzelf vergeleek hij zijn prestatie met de ontdekking van radium.

Masons geïllustreerde leerboek voor natuurwetenschappen stond hem van al zijn schoolboeken het helderst voor de geest; het was het enige boek dat groot genoeg was geweest om hem in staat te stellen in de klas te masturberen. Al doende keek hij vaak naar een afbeelding van Madame Curie, en hij dacht nu aan haar en de grote hoeveelheden pekblende die ze aan de kook had moeten brengen om het radium te verkrijgen. Haar inspanningen leken veel op die van hem, vond hij.

Mason stelde zich dr. Lecter voor, het voorwerp van al zijn kosten en moeite, opgloeiend in het donker, net als het flesje in Madame Curies laboratorium. Hij stelde zich de varkens voor die zich, nadat ze hem hadden opgegeten, zouden terugtrekken in het bos om te gaan slapen, hun buiken oplichtend als gloeilampen.

Het was vrijdagavond, bijna donker. Het onderhoudspersoneel was vertrokken. Niemand had de bestelwagen zien arriveren, aangezien die niet via de hoofdingang was gekomen maar via de brandgang door het bos die fungeerde als Masons dienstweg. De sheriff en zijn mannen hadden hun oppervlakkige huiszoeking voltooid en waren al lang en breed weg toen de bestelwagen voorreed bij de stal. De hoofdingang was nu bemand en slechts een betrouwbare kernploeg bleef achter op Muskrat Farm.

Cordell zat op zijn post in de speelkamer – Cordells aflosser voor de nacht zou om middernacht arriveren. Margot en gedeputeerde Mogli, die nog steeds zijn insigne droeg, dat hij had opgespeld om de sheriff een rad voor ogen te draaien, waren bij Mason, en het groepje beroepsontvoerders was druk bezig in de stal.

Zondagavond zou alles achter de rug zijn, het bewijs verbrand of onderworpen aan het verteringsproces in de darmen van de zestien varkens. Mason bedacht dat hij de paling misschien zou laten meegenieten van dr. Lecter in de vorm van een kleine versnapering, zijn neus bijvoorbeeld. Dan zou Mason de komende jaren dat onophoudelijk achtjes draaiende vraatzuchtige lint kunnen gadeslaan in de wetenschap dat het symbool voor oneindigheid nu tevens het symbool van Lecters dood was, voor eeuwig dood, voor eeuwig dood.

Mason besefte tegelijkertijd dat het gevaarlijk is om het doel te bereiken dat je zo lang hebt nagestreefd. Wat restte hem nog als hij dr. Lecter had gedood? Hij zou een paar pleeggezinnen kunnen ontwrichten en een stel kinderen kwellen. Hij zou met tranen aangelengde martini's kunnen drinken. Maar waar moest hij zijn hard-core genoegens vandaan halen?

Hij leek wel gek om de verrukking van nu te laten afzwakken door angst voor de toekomst. Hij wachtte op het straaltje dat zijn oog bevochtigde, wachtte tot zijn brillenglas weer helder was, blies toen in een buis waarmee hij een schakelaar kon bedienen: hij kon wanneer hij maar wilde zijn videomonitor aanzetten en zijn buit bekijken...

82

In de tuigkamer van Masons stal rook het naar een kolenvuur en naar de daar verblijvende dieren en mannen. Het vuur wierp een gloed over de lange schedel van Fleet Shadow, de draver, die zonder zorgen om de toekomst alles binnen zijn oogkleppen gadesloeg.

Roodgloeiende kolen in het fornuis van de hoefsmid vlammen op onder het gesis van de blaasbalg als Carlo een reep ijzer, dat nu al kersenrood is, verder verhit.

Dr. Hannibal Lecter hangt als een gruwelijk altaarstuk aan de muur onder de paardenschedel. Zijn armen zijn vanuit de schouders recht naar opzij uitgestrekt, met touw stevig vastgebonden aan een zwenghout, een dik eiken dwarshout van de dissel van de ponykar. Het zwenghout loopt als een juk achter de doctors rug langs en is aan de muur bevestigd met een door Carlo gemaakte schakel. Zijn benen raken de grond niet. Zijn in broek gestoken benen zijn bijeengebonden als een rollade, met een aantal wikkelingen op gelijke afstand van elkaar, elke wikkeling vastgeknoopt. Geen ketenen, geen handboeien – niets van metaal waaraan de varkens hun tanden zouden kunnen beschadigen en dat hen zou ontmoedigen.

Wanneer het ijzer in het fornuis witheet is geworden, brengt Carlo het met zijn tang naar het aambeeld. Hij zwaait met zijn hamer en slaat de gloeiende reep in de vorm van een schakel, rode vonken vliegen op in het halfdonker, ketsen af op zijn borst, ketsen af op de hangende gestalte van dr. Hannibal Lecter.

Masons tv-camera, een vreemd voorwerp tussen het antieke gereedschap, begluurt dr. Lecter vanaf zijn spinachtige metalen statief. Op de werkbank staat een monitor, waarvan het scherm nu donker is.

Carlo verhit de schakel nogmaals en gaat er dan snel mee naar buiten om hem aan de vorkheftruck te bevestigen terwijl hij nog gloeiendheet en buigbaar is. Zijn hamerslagen weergalmen in de hoge ruimte van de stal, de slag en zijn echo, *BOEM-boem, BOEM-boem*. Vanaf de vliering klinkt het krasserige gekwetter van een kortegolfontvanger als Piero een herhaling vindt van een voetbalwedstrijd. Zijn eigen team uit Cagliari tegen het gehate Juventus uit Turijn.

Tommaso zit in een rieten stoel, het verdovingsgeweer staat naast hem tegen de muur. Zijn donkere priesterogen laten dr. Lecters gezicht niet los.

Tommaso bespeurt een verandering in de onbeweeglijkheid van de vastgebonden man. Een subtiele verandering, van bewusteloos naar onnatuurlijke zelfbeheersing, misschien niets meer dan een verandering in het geluid van zijn ademhaling.

Tommaso staat op uit zijn stoel en roept de stal in: '*Si sta svegliando.*'

Carlo komt terug naar de tuigkamer, de hertenboktand schiet zijn mond in en uit. Hij draagt een paar broekspijpen opgevuld met fruit, groente en kippen. Hij wrijft met de pijpen over dr. Lecters lichaam en onder zijn armen.

Uit voorzorg zijn hand uit de buurt van Lecters gezicht houdend, grijpt hij hem bij de haren en tilt zijn hoofd op.

'*Buona sera, Dottore.*'

Een gekraak uit de speaker op de tv-monitor. Het scherm licht op en Masons gezicht verschijnt...

'Draai de lamp boven de camera hoger,' zei Mason. 'Goedenavond, dr. Lecter.'

De doctor opent voor het eerst zijn ogen.

Carlo dacht dat het achter de ogen van het monster vonkte, maar misschien was het een weerspiegeling van het vuur geweest. Hij maakte het kruisteken tegen het boze oog.

'Mason,' zei de doctor tegen de camera. Achter Mason zag Lecter Margots silhouet zwart afgetekend tegen het aquarium. 'Goedenavond, Margot.' Zijn toon was nu hoffelijk. 'Wat leuk dat ik je weer eens zie.' Naar de helderheid van zijn spraak te oordelen was dr. Lecter al geruime tijd wakker.

'Dr. Lecter,' klonk Margots hese stem.

Tommaso vond de zonlichtlamp boven de camera en deed hem aan. Heel even was iedereen verblind door het felle licht.

Mason zei met zijn welluidende radiostem: 'Doctor, over een minuut of twintig dienen we de varkens hun eerste gang op, die bestaat uit uw voeten. Daarna houden we een klein pyjamafeestje, u en ik. Tegen die tijd kunt u een korte broek dragen. Cordell zal u nog geruime tijd in leven houden...'

Mason sprak verder, Margot leunde naar voren om het tafereel in de stal te kunnen zien.

Dr. Lecter keek in de monitor om zich ervan te overtuigen dat Margot naar hem keek. Toen fluisterde hij tegen Carlo, de metalen klank van zijn stem dringend in het oor van de ontvoerder: *'Je broer, Matteo, zal onderhand erger stinken dan jij. Hij heeft zich bescheten toen ik hem opensneed.'*

Carlo stak zijn hand in zijn achterzak en pakte de elektrische prikker. In het felle licht van de tv-camera sloeg hij die tegen de zijkant van Lecters hoofd. Terwijl hij de haren van de doctor met zijn ene hand vasthield, drukte hij op de knop op de handgreep en hield de prikker vlak voor Lecters gezicht toen de vlamboog van de hoogspanningsstroom een boosaardige lijn beschreef tussen de elektroden aan het uiteinde.

'Krijg de kolere,' zei hij, en hij duwde het vonkend uiteinde in dr. Lecters oog.

Dr. Lecter gaf geen kik – het geluid kwam uit de luidspreker, Mason brulde zo hard als zijn adem hem toestond. Tommaso probeerde Carlo weg te trekken. Piero kwam van de vliering naar beneden om te helpen. Ze zetten Carlo in de rieten stoel en hielden hem daar vast.

'Als je hem blind maakt krijgen we geen cent!' schreeuwden ze allebei tegelijk in allebei zijn oren.

Dr. Lecter verstelde de zonneblinden in zijn geheugenpaleis om het verschrikkelijke verblindende licht buiten te sluiten. Ahhhhh. Hij leunde met zijn gezicht tegen de koele marmeren heup van Venus.

Dr. Lecter draaide zijn gezicht recht naar de camera en zei duidelijk: 'Toch pak ik de chocola niet aan, Mason.'

'Die klootzak is niet goed bij zijn hoofd. Nou ja, dat wisten we eigenlijk al,' zei hulpsheriff Mogli. 'Maar Carlo is ook geschift.'

'Ga naar beneden en blijf tussen hen in,' zei Mason.

'Weet je zeker dat ze geen vuurwapens hebben?' zei Mogli.

'Jij verhuurt je toch als harde jongen? Nee. Alleen het verdovingsgeweer.'

'Laat het maar aan mij over,' zei Margot. 'Ik kan er wel voor zorgen dat ze onder elkaar niet de macho gaan uithangen. Italianen hebben respect voor hun mammie. Bovendien weet Carlo dat ik over het geld ga.'

'Neem de camera mee naar de varkens, ik wil ze even zien,' zei Mason. 'Het diner is gepland voor acht uur!'

'Daar hoef ik toch zeker niet bij te blijven,' zei Margot.

'Jazeker wel,' zei Mason.

83

Voordat Margot de stal betrad, haalde ze diep adem. Als ze bereid was hem te doden, moest ze ook bereid zijn naar hem te kijken. Ze kon Carlo ruiken voordat ze de deur van de tuigkamer opendeed. Piero en Tommaso stonden aan weerszijden van Lecter, met hun gezicht naar Carlo, die in de stoel zat.

'*Buona sera, signori,*' zei Margot. 'Je vrienden hebben gelijk, Carlo. Als je hem nu verpest, krijgen jullie geen cent. En je bent zo ver gekomen en hebt zulk goed werk gedaan.'

Carlo's blik liet dr. Lecters gezicht niet los.

Margot haalde een mobiele telefoon uit haar zak. Ze toetste nummers in op het oplichtende frontje en hield hem vervolgens onder Carlo's neus. 'Pak aan.' Ze hield hem in zijn gezichtsveld. 'Lees.'

De naam die aan het snelkiesnummer was gehangen was BANCO STEUBEN.

'Dat is uw bank in Cagliari, Signore Deogracias. Morgenochtend, zodra uw werk erop zit, zodra u hem hebt laten boeten voor uw dappere broer, zal ik dit nummer bellen en uw bank mijn code doorgeven en zeggen: "Geef Signor Deogracias de rest van het geld dat u voor hem in deposito houdt." Uw bank zal u dit telefonisch bevestigen. Morgenavond zit u in het vliegtuig, op weg naar huis, een rijk man. Matteo's familie zal ook rijk zijn. U kunt de kloten van de doctor in een ritstas voor hen meenemen, als troost. Maar als dr. Lecter niet in staat is zijn eigen dood te zien, als hij niet in staat is de varkens op zich af te zien komen om zijn gezicht op te vreten, krijgt u niets. Wees een man, Carlo. Ga je varkens halen. Ik blijf wel bij deze klootzak zitten. Over een halfuur kun je hem horen gillen terwijl ze zijn voeten oppeuzelen.'

Carlo gooide zijn hoofd in de nek en haalde diep adem. '*Piero, andiamo! Tu, Tommaso, rimani.*'

Tommaso nam plaats in de rieten stoel naast de deur.

'Alles onder controle, Mason,' zei Margot in de camera.

'Wanneer ik naar het huis terug ga, wil ik zijn neus meenemen. Zeg dat tegen Carlo,' zei Mason. Het scherm werd donker. Mason uit zijn kamer halen zou een ingewikkelde operatie worden, zowel voor de man zelf als voor de mensen om hem heen. De buizen moesten worden aangesloten aan zuurstofcilinders op zijn verrijdbare brancard en het beademingstoestel aan een wisselstroomaccu.

Margot keek naar dr. Lecters gezicht.

Zijn gewonde oog was dichtgezwollen tussen de zwarte brandplekken die de elektroden hadden achtergelaten aan weerszijden van zijn wenkbrauw.

Dr. Lecter opende zijn goede oog. Hij was in staat het gevoel van de koele marmeren heup van Venus tegen zijn gezicht vast te houden.

'Die olie waarmee je je hebt ingesmeerd, ruikt lekker, fris en citroenachtig,' zei dr. Lecter. 'Bedankt voor je komst, Margot.'

'U zei precies hetzelfde tegen me toen die verpleegster me de allereerste keer naar uw kantoor bracht. Tijdens het vooronderzoek naar Mason vóór zijn eerste vonnis.'

'Is het heus?' Hij was zojuist teruggekeerd uit zijn geheugenpaleis, waar hij zijn gesprekken met Margot had doorgelezen en wist dus dat het zo was.

'Ja. Ik huilde, zo erg vond ik het idee dat ik u alles over Mason en mij moest vertellen. Ik was ook doodsbang om te gaan zitten. Maar u hebt me nooit gevraagd om te gaan zitten – u wist dat ik hechtingen had, hè? We zijn gaan wandelen in de tuin. Weet u nog wat u toen tegen me zei?'

'Dat wat jou overkomen was evenmin jouw schuld was...'

'"... als indien een dolle hond me in mijn achterste zou hebben gebeten" waren uw exacte woorden. U hebt het me toen gemakkelijk gemaakt, tijdens de verdere bezoeken ook, en een tijdlang was ik u daar dankbaar voor.'

'Wat heb ik nog meer tegen je gezegd?'

'U zei dat u veel eigenaardiger was dan ik ooit zou worden,' zei ze. 'U zei dat er niets verkeerds was aan eigenaardig zijn.'

'Als je je best doet, kun je je alles herinneren wat we hebben gezegd. Weet je nog...'

'Alstublieft, geen smeekbeden.' Het was eruit voor ze er erg in had, ze had het niet op die manier willen zeggen.

Dr. Lecter bewoog zijn lichaam iets en de touwen kraakten.

Tommaso stond op en kwam zijn boeien controleren. *'Attenzione alla bocca, Signorina.* Kijk uit voor die mond.'

Ze wist niet of Tommaso dr. Lecters mond of zijn woorden bedoelde.

'Margot, het is lang geleden dat ik je heb behandeld, maar ik wil het met je hebben over je medische achtergrond, heel even, onder ons.' Zijn goede oog vloog naar Tommaso.

Margot dacht even na. 'Tommaso, zou je ons even alleen willen laten?'

'Nee, het spijt me, Signorina, maar ik wil wel buiten de kamer gaan staan met de deur open.' Tommaso liep met het geweer de stal in en bleef dr. Lecter van een afstand in de gaten houden.

'Ik zal je niet in verlegenheid brengen door te gaan smeken, Margot. Ik zou alleen graag willen weten waarom je dit doet. Zou je me dat willen vertellen? Ben je toch gezwicht voor de chocola, zoals Mason dat noemt, nadat je daar zo lang weerstand aan hebt geboden? We weten allebei dat het niet om een vergelding voor Masons gezicht gaat.'

Ze vertelde hem alles. Over Judy, over de baby die ze zo graag wilde hebben. In nog geen drie minuten had ze alles er uitgegooid en ze was zelf verbaasd dat haar problemen zo gemakkelijk samengevat konden worden.

Een geluid in de verte, een geknerp en een afgebroken kreet. Buiten in de stal, tegen het hek dat hij had opgetrokken voor de open kant van de stal, rommelde Carlo met zijn taperecorder, trof voorbereidingen om de varkens uit de beboste wei te lokken met opnames van de gekwelde kreten van slachtoffers die allang dood of tegen losgeld vrijgelaten waren.

Zo dr. Lecter het al hoorde, liet hij niets blijken. 'Margot, geloof je dat Mason je zonder meer zal géven wat hij je heeft beloofd? Je smeekt Mason. Hebben smeekbeden je geholpen toen hij je openreet? Het is precies hetzelfde als de chocola aannemen en hem zijn gang laten gaan. Nee, hij zal Judy hem laten pijpen. En zíj is daar niet aan gewend.'

Ze gaf geen antwoord, maar haar kaak verstrakte.

'Weet je wat er zou gebeuren als je, in plaats van Masons hielen te likken, zijn prostaat zou stimuleren met Carlo's prikker. Daar op de werkbank, zie je wel?'

Margot wilde overeind komen.

'*Luister naar mij*,' siste de doctor. 'Mason zal nooit toegeven. Je weet dat je hem zult moeten doden, dat weet je al twintig jaar. Je weet het al vanaf het moment dat hij je opdroeg in het kussen te bijten om niet zoveel lawaai te maken.'

'Bedoelt u dat u dat voor mij zou doen? Ik zou u nooit kunnen vertrouwen.'

'Nee, natuurlijk niet. Maar je zou erop kunnen vertrouwen dat ik *nooit zou ontkennen dat ik het had gedaan*. In wezen zou het voor jou beter zijn als je hem zelf zou doden. Je weet vast nog wel dat ik je dat, toen je nog een kind was, al heb geadviseerd.'

'"Wacht op een kans zodat je het ongestraft kunt doen", hebt u toen gezegd. Daaruit heb ik troost geput.'

'Uit professioneel oogpunt was dat de catharsis die ik je moest aanbevelen. Je bent nu oud en wijs genoeg. En wat voor verschil zou nog een moord voor mij uitmaken? Je weet dat je hem zult moeten doden. En zodra je dat doet, zullen de autoriteiten het geld volgen – rechtstreeks naar jou en de nieuwe baby. Margot, ik ben je enige kans. *Als ik dood ben voordat Mason de pijp uit gaat, wie zou dan verdacht worden?* Je kunt het doen wanneer het jou uitkomt en dan schrijf ik jou een brief waarin ik je uitgebreid verslag doe hoe ik hem heb vermoord en hoeveel ik daarvan genoten heb.'

'Nee, dr. Lecter, het spijt me. Het is te laat. Ik heb mijn eigen regelingen getroffen.' Ze keek hem aan met haar helderblauwe slagersogen. 'Ik ben ertoe in staat zonder er later nachten over wakker te liggen en dat weet u.'

'Ja, dat weet ik. Dat heb ik altijd in jou bewonderd. Jij bent veel interessanter, tot veel meer in staat dan je broer.'

Ze stond op om te vertrekken. 'Het spijt me, dr. Lecter, voor wat dat waard is.'

Voor ze de deur had bereikt, zei hij: 'Margot, wanneer is Judy's volgende ovulatie?'

'Wat? Over twee dagen, geloof ik.'

'Heb je alles wat je verder nodig hebt? Volumevergroters, apparatuur om snel in te vriezen?'

'Ik beschik over alle faciliteiten van een vruchtbaarheidskliniek.'

'Wil je nog één ding voor me doen?'

'En dat is?'

'Tegen me vloeken en een pluk haar uit mijn hoofd trekken, achter de haargrens, als je het niet erg vindt. Met huid en al. Hou dat in je hand terwijl je terugloopt naar het huis. Denk erom dat je dat later in Masons hand legt. Als hij dood is.

Terug in het huis moet je Mason nogmaals vragen om wat je van hem verlangt. Kijk wat hij zegt. Je hebt mij aan hem uitgeleverd, jouw deel van de overeenkomst is afgehandeld. Houd de haren in je hand en vraag hem jou te geven wat je verlangt. Kijk wat hij zegt. Als hij je in je gezicht uitlacht, kom dan terug. Het enige wat je hoeft te doen, is dat verdovingsgeweer pakken en die vent achter je neer te schieten. Hij heeft een zakmes. Je hoeft alleen de touwen van één arm door te snijden en mij het mes te geven. En te vertrekken. De rest kan ik zelf.'

'Nee.'

'Margot?'

Ze legde haar hand op de deur, voorbereid op een smeekbede.

'Kun je nog steeds een walnoot kraken?'

Ze stak haar hand in haar zak en haalde twee walnoten te voorschijn. Ze spande de spieren van haar onderarm en de noten kraakten.

De doctor grinnikte. 'Uitstekend. Al die kracht, voor walnoten. Geef Judy straks maar walnoten om de smaak van Mason te verdrijven.'

Margot liep naar hem terug, haar gezicht gespannen. Ze spuugde in zijn gezicht en rukte een pluk haar uit de bovenkant van zijn hoofd. Het was moeilijk te zeggen wat ze daarmee bedoelde.

Ze hoorde hem neuriën toen ze het vertrek uit liep.

Onderweg naar het verlichte huis kleefde het stukje hoofdhuid waarvan de haren afhingen door het bloed aan haar handpalm vast en ze hoefde niet eens haar vingers er omheen te sluiten.

Cordell reed langs haar heen met een golfkarretje beladen met medische apparatuur om de patiënt voor te bereiden.

84

Vanaf het viaduct over de snelweg naar het noorden bij uitrit 30 zag Starling op een afstand van nog geen kilometer het verlichte poortgebouw, de buitengrens van Muskrat Farm. Starling had tijdens de rit naar Maryland besloten dat ze de achteringang zou nemen. Als ze zich zonder legitimatie en huiszoekingsbevel bij de hoofdpoort zou melden, kon ze rekenen op een rit onder begeleiding van de sheriff naar de provinciale grens zo niet de provinciale gevangenis. Tegen de tijd dat ze weer werd vrijgelaten, zou alles achter de rug zijn. Laat die toestemming dus maar zitten. Ze reed door naar uitrit 29, een eind voorbij Muskrat Farm, en reed via de dienstweg terug. De asfaltweg leek erg donker na de lichten op de snelweg. De weg was begrensd door de snelweg aan de rechterkant en links door een greppel met daarachter een hoge afrastering van harmonicagaas, die een scheiding vormden tussen de weg en de dreigende duisternis van het natuurreservaat. Starling zag op haar kaart dat de asfaltweg anderhalve kilometer verderop en uit het zicht van het poortgebouw werd gekruist door een met grind bedekte brandgang. Daar was ze per vergissing bij haar eerste bezoek naartoe gereden. Volgens haar kaart liep de brandgang door het bos naar Muskrat Farm. Ze hield de afstand bij met behulp van haar kilometerteller. Het geluid van de Mustang leek harder dan normaal, draaide iets hoger dan stationair en weerkaatste van de bomen.

Een zwaar hek van aan elkaar gelaste metalen buizen met prikkeldraad aan de bovenkant doemde op in het licht van haar koplampen. Het bordje met LEVERANCIERSINGANG dat ze bij haar eerste bezoek had gezien, was verdwenen. De grond voor het hek en de doorlaat over de greppel waren overwoekerd door onkruid.

In het licht van haar koplampen kon ze zien dat het onkruid onlangs was platgedrukt. Op de plek waar het fijne grind en het zand van het wegdek was gespoeld, was een drempeltje ontstaan, waarin ze de sporen van modder-en-sneeuwbanden ontdekte. Waren dit dezelfde sporen die ze op de parkeerplaats van de Safeway had gezien? Ze wist niet of ze precies hetzelfde waren, maar dat zou heel goed kunnen.

Het hek was afgesloten met een hangslot en ketting van chroom. Geen probleem. Starling keek in beide kanten de weg af. Niemand te zien. *Ze verschafte zich onrechtmatig toegang.* Ze voelde zich net een misdadiger. Ze controleerde de hekpalen op sensordraden. Niets. Met behulp van twee puntige instrumentjes en met haar kleine zaklantaarn tussen de tanden geklemd, had ze binnen vijftien seconden het hangslot open. Ze reed het terrein op en pas toen ze goed en wel tussen de bomen was aangekomen, liep ze terug om het hek te sluiten. Ze hing de ketting weer aan het hek met het hangslot aan de buitenkant. Van een afstand zag alles er normaal uit. De uiteinden van de ketting liet ze aan de binnenkant hangen zodat ze in geval van nood met de auto het hek zou kunnen openduwen.

Met haar duim mat ze de afstand op de kaart, nog ongeveer drieën-halve kilometer door het bos naar de Farm. Ze reed door de donkere tunnel van de brandgang, de nachtelijke hemel was soms te zien, soms niet als de takken zich boven haar hoofd verstrengelden. Ze reed langzaam verder, zo langzaam dat ze net niet stilstond, met als enige verlichting de parkeerlichten, en ze probeerde de Mustang zo stil mogelijk te houden. Verdord onkruid schuurde langs de onderkant van de auto. Toen de kilometerteller op twee komma acht kilometer stond, stopte ze de auto. Toen de motor niet meer draaide, hoorde ze in het donker de roep van een kraai. *De kraai klonk nijdig*. Ze hoopte van harte dat het ook echt een kraai wás.

85

Cordell kwam met de kordaatheid van een beul de tuigkamer binnen, met onder zijn armen infuusflessen waaruit slangetjes bungelden. 'De beruchte dr. Hannibal Lecter!' zei hij. 'Wat zou ik graag de hand willen leggen op dat masker van jou voor ons clubje in Baltimore. Mijn vriendin en ik hebben een soort *speelkerkertje* en we zijn dol op SM-speeltjes.'

Hij legde zijn spullen op het aambeeld en stak een pook in het vuur om die te verhitten.

'Ik heb goed nieuws en slecht nieuws,' zei Cordell, met een nauwelijks hoorbaar Zwitsers accent in zijn opgeruimde verplegerstoon. 'Heeft Mason je verteld wat er op het programma staat? De agenda luidt als volgt: zometeen breng ik Mason naar beneden, waarna de varkens je voeten mogen opeten. Vervolgens zul je een nacht moeten wachten, waarna Carlo en zijn broeders je met je hoofd vooruit door de tralies zullen duwen zodat de varkens je gezicht kunnen oppeuzelen, zoals die honden zich aan Masons gezicht te goed hebben gedaan. Ik zal je tot het bittere einde met infuzen en tourniquets in leven houden. Het is nu *echt* met je gebeurd, weet je. Dat was het slechte nieuws.'

Cordell keek naar de tv-camera om zich ervan te overtuigen dat die niet draaide. 'Het *goede* nieuws is dat het niet erger hoeft te zijn dan een bezoek aan de tandarts. Kijk eens wat ik hier heb, *doctor*.' Cordell hield een injectiespuit met een lange naald voor dr. Lecters gezicht. 'Laten we eens even praten als twee medici onder elkaar. Ik zou achter je kunnen komen en je een ruggenprik kunnen geven waardoor je helemaal niets zou voelen van wat er zich daar beneden afspeelt. Je zou gewoon je ogen dicht kunnen doen en proberen niet te luisteren. Het enige wat je zou voelen, zou geschok en geruk zijn. En zodra Mason zijn portie vermaak voor vandaag heeft gesmaakt en naar het huis terug is, zou ik je iets kunnen geven waardoor je een hartstilstand krijgt. Wil je het zien?' Cordell opende zijn hand en hield een flesje Pavulon voor dr. Lecters open oog, zij het niet zo dichtbij dat hij kans liep gebeten te worden.

De gloed van het vuur speelde over de zijkant van Cordells hebzuchtige gezicht, hij had een verhitte, gretige blik in zijn ogen. 'Jij zwemt in het geld, dr. Lecter. Dat weet iedereen. En ík weet hoe het werkt – ik schuif ook met geld heen en weer. Ik neem het op, stort het ergens anders, rommel er een beetje mee. Een telefoontje is genoeg om het te verplaatsen en ik wil wedden dat jij dat ook kunt.' Cordell pakte een mobiele telefoon uit zijn zak. 'We bellen met je bank, jij geeft een code door, ik krijg een bevestiging en dan zorg ik voor jou.' Hij hield de naald voor de ruggenprik omhoog. 'Spuit, spuit. Zeg wat.'

Met hangend hoofd mompelde dr. Lecter iets. 'Koffer' en 'kluisje' waren de enige woorden die Cordell verstond.

'Kom op, doctor, daarna kun je gewoon gaan slapen. Kom op.'

'Ongemerkte honderdjes,' zei dr. Lecter, waarna zijn stem wegstierf. Cordell leunde dichter naar hem over en dr. Lecter rekte zijn hals en sloeg toe, kreeg Cordells wenkbrauw met zijn kleine, scherpe tanden te pakken en rukte daar een flinke hap vlees uit terwijl Cordell achteruit sprong. Dr. Lecter spuugde de wenkbrauw als het velletje van een druif in Cordells gezicht.

Cordell veegde de wond af en plakte er een zwaluwstaartpleister op, die hem een vragende uitdrukking verleende.

Hij pakte zijn injectiespuit. 'Zonde van al die verlichting,' zei hij. 'Voor de nacht voorbij is, denk je er vast heel anders over. Je weet dat ik ook over middelen beschik die het tegenovergestelde effect kunnen bereiken. En ik zal je laten darren.'

Hij pakte de pook uit het vuur.

'Ik ga je nu klaarhangen,' zei Cordell. 'Als je tegenwerkt, verbrand ik je. Dat voelt zo.'

Hij drukte het gloeiendhete uiteinde van de pook tegen dr. Lecters borst en roosterde zijn tepel dwars door zijn overhemd heen. Hij moest de kring van vlammetjes doven die zich over de voorkant van het hemd van de doctor verspreidden.

Dr. Lecter gaf geen kik.

Carlo reed de vorkheftruck achteruit de tuigkamer in. Piero en Carlo hielpen met tillen en Tommaso bleef paraat met het verdovingsgeweer. Dr. Lecter werd overgebracht naar de vorkheftruck, zijn zwenghout werd aan de schakel aan de voorkant van de truck bevestigd. Hij zat op de lepels, zijn armen vastgebonden aan het zwenghout, zijn benen voor zich uitgestrekt, elk been vastgebonden aan een van de lepels.

Cordell bracht een infuusnaald in op de rug van beide handen van dr. Lecter en plakte die vast met een zwaluwstaartpleister. Hij moest op een hooibaal gaan staan om de plasmaflessen aan weerszijden van hem aan de truck te hangen. Cordell deed een stap terug om zijn werk te bewonderen. Vreemd om de doctor daar zo breeduit te zien zitten met een infuus in allebei zijn handen, als een parodie op iets wat Cordell zich vaag herinnerde. Cordell bracht tourniquets aan boven elke knie, met een schuifknoop waarvan de koorduiteinden door het hek aangetrokken konden worden om te voorkomen dat de doctor zou doodbloeden. Hij kon ze nu nog niet aantrekken. Mason zou razend zijn als Lecters voeten gevoelloos werden.

De hoogste tijd om Mason naar beneden te halen en hem in de bestelwagen te installeren. Het voertuig, dat achter de stal geparkeerd stond, was koud. Die Sardiniërs hadden hun lunch erin laten liggen. Cordell vloekte en slingerde hun koelbox de auto uit. Hij zou verdomme eerst die auto bij het huis moeten stofzuigen. En luchten. Die klote-Sardiniërs hadden hier zitten roken tegen zijn verbod in. Ze hadden de sigarettenaansteker teruggestopt, maar de stroomdraad van de monitor van het autozendertje bungelde nog aan het dashboard.

86

Starling schakelde de binnenverlichting van de Mustang uit en trok aan het hendeltje waarmee de kofferbak openging voordat ze het portier opendeed.

Als dr. Lecter hier inderdaad was en als ze hem kon overmeesteren, kon ze hem misschien in de koffer leggen, aan handen en voeten geboeid, en dan zou ze misschien de provinciale gevangenis kunnen halen. Ze had vier stel handboeien bij zich en genoeg touw om zijn handen en voeten aan elkaar vast te binden om te voorkomen dat hij zou gaan schoppen. Ze dacht er liever niet aan hoe sterk hij was.

Toen ze haar voeten op de grond zette, merkte ze dat de grond licht bevroren was. De oude auto kreunde toen de veren bevrijd werden van haar gewicht.

'Altijd wat te klagen, hè, ouwe knorrepot,' fluisterde ze tegen de auto. Daardoor moest ze opeens denken aan die keer dat ze tegen Hannah had gesproken, het paard waarop ze de nacht in was gereden, weg van de slachting van de lammeren. Ze deed het portier niet helemaal dicht. De sleutels verdwenen in een zak van haar strakke broek zodat ze niet zouden rinkelen.

De nacht was helder onder een maan in het laatste kwartier en zolang ze onder de vrije avondhemel liep, had ze geen zaklantaarn nodig. Ze probeerde de rand van de weg, en ontdekte dat het grind daar los en ongelijk was. Het maakte minder geluid om het ingedrukte spoor van een autoband te volgen. Ze liep met haar hoofd licht opzij gedraaid en hield uit haar ooghoek de weg voor zich in de gaten. Het was alsof ze door zachte duisternis waadde, ze hoorde het grind onder haar voeten knarsen, maar ze kon de grond niet zien.

Het moeilijkste moment kwam toen ze de Mustang niet meer kon zien, terwijl ze de aanwezigheid nog voelde. Ze wilde hem niet achterlaten.

Ze was opeens een vrouw van drieëndertig, alleen, met een verwoeste carrière als rijksambtenaar maar zonder geweer, in het donker in een bos. Ze zag zichzelf duidelijk, zag het begin van ouderdomsrimpels in haar ooghoeken. Ze wilde wanhopig graag naar haar auto terug. Haar volgende pas was langzamer, ze bleef staan en hoorde haar eigen ademhaling.

Opnieuw de roep van de kraai, de kale takken boven haar hoofd bewogen in de wind en toen verscheurde een kreet de avondlucht. Een kreet vol afgrijzen en machteloosheid, die aanzwol en weer afzwakte en uitliep in een smeekbede om te mogen sterven, de stem zo vervormd dat die van iedereen had kunnen zijn. '*Uccidimi!*' En toen opnieuw die kreet.

De eerste keer dat ze hem hoorde, stond ze als aan de grond genageld, bij de tweede zette ze het op een lopen, ze waadde snel door de duisternis, de .45 nog in haar holster, de donkere zaklantaarn in haar ene hand, de andere in het donker voor zich uitgestrekt. *Nee, je waagt het niet, Mason. Waag het niet. Sneller. Opschieten.* Ze ontdekte dat ze op het samengeperste spoor kon blijven door naar haar voetstappen te luisteren terwijl ze tegelijkertijd het losse grind aan weerskanten kon voelen. De weg maakte een bocht en liep langs een afrastering. Stevige afrastering, metalen buizen, twee meter hoog.

Toen volgden snikken van angstig voorgevoel en smeekbeden, de kreet zwol aan en voor zich, achter de afrastering, hoorde Starling iets in de struiken bewegen, de beweging ging over in een draf, lichter dan de hoefslag van een paard, een sneller ritme. Ze hoorde geknor, een geluid dat ze herkende.

De wanhoopskreten klonken nu dichterbij, het waren duidelijk menselijke kreten, zij het vervormd, en één enkele snerpende gil overstemde heel even de andere kreten, en Starling wist dat ze ofwel een opname hoorde die afgespeeld werd, ofwel een stem, die werd versterkt waarvan het geluid over een microfoon werd teruggekoppeld. Licht tussen de bomen en de opdoemende stal. Starling drukte haar gezicht tegen het koude metaal en keek tussen de tralies door. Donkere rennende gedaanten, lang en heuphoog. Aan het eind van veertig meter open veld zag ze de open zijkant van een stal waarvan de grote deuren wijd open stonden, een barricade voor de stal langs met daarin een dubbel hek, en boven het hek hing een spiegel met een sierlijst, de spiegel weerkaatste het licht van de stal als een heldere vlek op de grond. In de open wei voor de stal stond een gedrongen man met een hoed op, met in zijn hand een gettoblaster. Hij bedekte een van zijn oren met zijn hand toen een reeks kreten en snikken uit het apparaat opsteeg.

Ze kwamen nu tussen de struiken uit gerend, de wilde zwijnen met hun woeste snuiten, zo snel als wolven, hoog op de poten met laaghangende borstkassen, ruwe huid, scherppuntige, grijze stekels.

Toen de varkens nog zo'n dertig meter van hem verwijderd waren, stoof Carlo door het dubbele hek en gooide het achter zich dicht. Ze bleven in een halve kring staan wachten, hun grote gebogen slagtanden trokken hun mondhoeken op in een permanente grijnslach. Als aanvallende spelers wachtend op een beginpass golfden ze naar voren, bleven staan, elkaar verdringend, knorrend, met de tanden klikkend.

Starling had in haar leven heel wat levende have gezien, maar nooit ook maar iets wat op deze varkens leek. Ze waren van een afschuwwekkende schoonheid, een mengeling van gratie en snelheid. Ze hielden de deuropening in de gaten, elkaar verdringend en naar voren stuivend en vervolgens weer naar achteren, voortdurend met de blik gericht op de barricade voor de open kant van de stal.

Carlo zei iets over zijn schouder en verdween in de stal.

De bestelwagen reed in de stal achteruit haar gezichtsveld binnen. Starling herkende het voertuig in één oogopslag. Het stopte schuin achter de barricade. Cordell stapte uit en schoof de zijdeur open. Voordat hij de binnenverlichting in de auto uitdeed, zag Starling dat

Mason in de wagen lag, in zijn beademingsapparaat met de harde ombouw, opgepropt tegen zijn kussens, zijn haarvlechten opgerold op zijn borst. Een plaats op de eerste rij. Boven de deuropening gingen schijnwerpers aan.

Carlo pakte iets van de grond wat Starling niet meteen thuis kon brengen. Het leek een stel benen te zijn, of de onderste helft van een lichaam. Als het inderdaad een half lichaam was, moest Carlo wel bijzonder sterk zijn. Heel even kreeg Starling het angstige idee dat het de stoffelijke resten van dr. Lecter waren, maar de benen bogen verkeerd door, op een manier die met normale gewrichten niet mogelijk zou zijn geweest.

Het zouden alleen dr. Lecters benen kunnen zijn als ze hem hadden geradbraakt en zijn benen tussen de spaken van het rad door hadden gevlochten, dacht ze een gruwelijk moment lang. Carlo riep iets naar iemand in de stal achter hem. Starling hoorde dat een motor werd opgestart.

De vorkheftruck kwam in zicht, Piero achter het stuur, dr. Lecter op de lepels, die in een hoge stand waren gezet, zijn armen uitgestrekt op het zwenghout, terwijl de infuusflessen boven zijn handen heen en weer zwaaiden door de beweging van de truck. De lepels waren omhoog gezet om hem vrij zicht te geven op de vraatzuchtige varkens, zodat hij kon zien wat hem te wachten stond.

De vorkheftruck reed met de trage gang van een processie naar voren. Aan de ene kant liep Carlo, aan de andere Johnny Mogli, gewapend.

Starlings blik rustte even op Mogli's insigne van hulpsheriff. Een ster, anders dan de lokale insignes. Wit haar, wit shirt, net als de bestuurder van de ontvoeringswagen.

Vanuit de bestelwagen kwam nu Masons lage stem. Hij neuriede een triomfmars en giechelde.

De varkens, groot geworden met lawaai, schrokken niet van de machine, ze leken die eerder te verwelkomen.

De vorkheftruck stopte vlak bij de barricade. Mason zei iets tegen dr. Lecter, maar Starling verstond het niet. Dr. Lecter bewoog zijn hoofd niet, liet uit niets blijken dat hij het had gehoord. Hij bevond zich op een hoger punt dan Piero achter de hendels. Keek hij in Starlings richting? Ze zou het nooit weten want ze bewoog zich snel langs de afrastering aan de kant van de stal, vond de dubbele deuren waar de bestelwagen achteruit naar binnen was gereden.

Carlo slingerde de opgevulde broek de varkenskooi in. De beesten sprongen in één beweging naar voren, plaats voor twee op elk been, duwden elkaar met de schouders opzij. Scheurend, snauwend, trek-

kend en rijtend, rukten de varkens de dode kippen in de broekspijpen uiteen, ze zwaaiden hun koppen heen en weer en kippendarmen
vlogen in het rond. Een veld van golvende, borstelige ruggen.

Carlo had voor een licht voorafje gezorgd, niet meer dan drie kippen en een beetje sla. Binnen enkele ogenblikken was de broek veranderd in een stel flarden en richtten de kwijlende varkens hun gul-
zige kleine ogen opnieuw op de barricade.

Piero liet de lepels van de heftruck zakken tot vlak boven de grond.
Het bovenste deel van het dubbele hek zou de varkens voorlopig
weghouden van dr. Lecters edele delen. Carlo trok de schoenen en
sokken van de doctor uit.

'Eerst nog wat eten, zei Likkepot,' riep Mason vanuit de bestelwagen.

Starling besloop ze van achteren. Iedereen keek de andere kant op,
naar de varkens. Ze liep langs de deur van de tuigkamer, toen naar
het midden van de stal.

'Denk erom dat hij niet doodbloedt,' zei Cordell vanuit de bestelwagen. 'Zodra ik het zeg, meteen die tourniquets aandraaien.' Hij
maakte Masons brillenglas schoon met een doekje.

'Hebt u nog iets te zeggen, dr. Lecter?' klonk Masons sonore stem.
De knal uit de .45 galmde door de stal en Starlings stem zei: '*Handen omhoog en geen beweging meer. Zet die motor af.*'

Piero leek haar niet te begrijpen.

'*Fermate il motore*,' zei dr. Lecter behulpzaam.

Alleen het ongeduldige gekrijs van de varkens was nu nog te horen.
Ze zag maar één vuurwapen, op de heup van de witharige man met
de ster. Holster met een duimuitsparing. *Eerst zorgen dat de mannen op de grond gaan liggen.*

Cordell gleed snel achter het stuur, de bestelwagen bewoog, Mason
schreeuwde hem iets toe. Starling ging mee met de beweging van de
wagen, zag uit haar ooghoek de beweging van de witharige man,
draaide zich naar hem om op het moment dat hij zijn pistool trok
om haar dood te schieten terwijl hij '*Politie*' schreeuwde, en ze schoot
hem tweemaal in de borst, een snelle dubbele tik tegen de trekker.

Zijn .357 schoot een halve meter patronen de grond in, toen deed
hij een halve stap terug en zakte op zijn knieën, keek langs zijn lichaam naar beneden, naar zijn ster verbogen tot een tulpvorm door
de dikke .45 kogel die er dwars doorheen was gegaan en zijwaarts
door zijn hart was gesuisd.

Mogli viel achterover en bewoog niet meer.

Tommaso, die in de tuigkamer was, hoorde de schoten. Hij greep
het luchtdrukgeweer en klom naar de hooizolder, liet zich in het los-

se hooi op zijn knieën zakken en kroop naar de rand van de hooizolder vanwaar hij over de stal kon uitkijken.

'En nu,' zei Starling, en haar stem klonk haar onbekend in de oren. Ze moest dit snel doen terwijl ze nog beduusd waren van Mogli's dood. 'Op de grond, jíj met je hoofd naar de muur. Jíj op de grond, met je hoofd deze kant op. *Ik zei deze kant op.*'

'*Girati dall' altra parte*,' verduidelijkte dr. Lecter vanaf de vorkheftruck.

Carlo keek op naar Starling, besefte dat ze niet zou aarzelen hem te doden en bleef stil liggen. Met één hand deed ze hun snel de handboeien om, hun hoofd in tegengestelde richting, Carlo's pols aan Piero's enkel en Piero's enkel aan Carlo's pols. En al die tijd drukte de .45 tegen een van beider hoofd, haan gespannen.

Ze trok het mes uit haar laars en liep om de vorkheftruck naar de doctor.

'Goedenavond, Clarice,' zei hij toen hij haar zag.

'Kunt u lopen, zijn uw benen in orde?'

'Ja.'

'Kunt u goed zien?'

'Ja.'

'Ik ga u lossnijden. Met alle respect, doctor, als u het me lastig maakt, schiet ik u dood, hier en nu. Is dat duidelijk?'

'Volkomen duidelijk.'

'Gedraag u en u komt er levend uit.'

'Gesproken als een ware volgeling van Luther.'

Onder het spreken had ze doorgewerkt. De dolk was scherp. Ze ontdekte dat de getande kant het snelst was met het gladde, nieuwe touw.

Zijn rechterarm was vrij.

'Als je mij het mes geeft, kan ik de rest zelf.'

Ze aarzelde. Liep achteruit tot het eind van zijn uitgestrekte arm en gaf hem de korte dolk. 'Mijn auto staat een paar honderd meter verderop in de brandgang.' Ze moest zowel hem als de mannen op de grond in de gaten houden.

Hij had een van zijn benen bevrijd. Hij was bezig met het andere, moest elke wikkeling apart doorsnijden. Dr. Lecter kon niet achter zich kijken, waar Carlo en Piero met hun gezicht naar de grond lagen.

'Als u los bent, probeer dan niet te vluchten. U zou de deur niet eens halen. Ik geef u twee stel handboeien,' zei Starling. 'Achter u op de grond liggen twee mannen, met handboeien aan elkaar vastgemaakt. Laat ze naar de vorkheftruck kruipen en maak ze met handboeien aan de truck vast zodat ze geen telefoon kunnen pakken. Vervolgens doet u zichzelf de boeien om.'

'*Twee mannen?*' zei hij. '*Dat klopt niet, het zouden er drie moeten zijn.*'

Terwijl hij dit zei, vloog een pijl uit Tommaso's geweer, een zilveren flits onder de schijnwerpers, die trillend in het midden van Starlings rug bleef steken. Ze draaide zich met een ruk om, op slag duizelig, het werd haar zwart voor de ogen, ze probeerde haar doel op te sporen, zag de ton op de rand van de vliering en schoot, nog eens en nog eens. Tommaso rolde weg van de rand, splinters staken hem, blauwe rook uit het pistool kringelde omhoog naar het licht. Ze schoot nog eenmaal toen haar ogen haar in de steek lieten, haar hand ging naar haar heup om een nieuw magazijn te pakken en toen zakte ze door de knieën.

Het lawaai maakte de varkens nog opgewondener dan ze al waren en toen ze de mannen zo uitnodigend op de grond zagen liggen, begonnen ze luidkeels te piepen en te knorren en tegen de barricade te drukken.

Starling viel voorover op haar gezicht, het lege pistool stuiterde weg, de achterkant stond open. Carlo en Piero tilden hun hoofd op om te zien wat er gebeurde en ze krabbelden onhandig, zoals een vleermuis kruipt, naar Mogli's lichaam en diens pistool en de sleutels van zijn handboeien. Het geluid van Tommaso die op de vliering het luchtdrukgeweer oppompte. Hij had nog één pijl over. Hij kwam overeind en liep naar de rand, gluurde over de ton, zocht dr. Lecter aan de andere kant van de vorkheftruck.

Tommaso liep langs de rand van de vliering, hij zou zich nergens kunnen verstoppen.

Dr. Lecter tilde Starling in zijn armen en liep snel achteruit naar het dubbele hek, waarbij hij zijn best deed de vorkheftruck tussen zichzelf en Tommaso te houden, die voorzichtig verder liep, balancerend op de rand van de vliering. Tommaso loste een schot en de op Lecters borst gerichte pijl sloeg tegen het bot in Starlings scheenbeen. Dr. Lecter verschoof de grendels van het dubbele hek.

Piero griste in paniek Mogli's sleutelbos op, Carlo graaide naar het vuurwapen en toen stormden de varkens naar binnen, naar de maaltijd die verwoede pogingen deed overeind te komen. Carlo slaagde erin eenmaal de trekker van de .357 over te halen. Een van de varkens zakte in elkaar, de andere klauterden over het dode varken heen, stortten zich boven op Carlo en Piero en het lichaam van Mogli. Meer varkens renden de stal door en de avond in.

Dr. Lecter stond, met Starling in zijn armen, achter het hek toen de varkens naar binnen stormden.

Tommaso keek vanaf de vliering naar het gezicht van zijn broer dat even later niets meer dan een bloederig gerecht was. Hij liet het geweer in het hooi vallen. Dr. Lecter, recht van rug als een danser, met Starling in zijn armen, kwam van achter het hek vandaan en liep op blote voeten tussen de varkens door de stal uit. Dr. Lecter waadde door de zee van woelige ruggen en opspuitend bloed de stal door. Enkele grote zwijnen, waaronder de zwangere zeug, gingen breeduit voor hem staan, bogen de koppen om aan te vallen.

Toen hij geen duimbreed week en ze geen angst roken, liepen ze op een drafje terug naar de gemakkelijke buit op de grond.

Dr. Lecter zag geen versterkingen uit het huis komen. Toen hij goed en wel onder de bomen van de brandgang was aangekomen, bleef hij staan om de pijlen uit Starlings lichaam te trekken en de wonden uit te zuigen. De naald in haar scheenbeen was krom geslagen tegen het bot.

Vlakbij hoorde hij varkens daverend tussen de struiken door rennen.

Hij trok Starlings laarzen uit en trok ze aan zijn eigen blote voeten. Ze zaten een beetje krap. De .45 liet hij om haar enkel zitten zodat hij daar, terwijl hij haar droeg, gemakkelijk bij kon.

Tien minuten later keek de bewaker bij de hoofdpoort op van zijn krant toen hij in de verte een geluid hoorde, een scheurend geluid als een door zuigermotoren aangedreven gevechtsvliegtuig tijdens een bombardement. Het was een 5.0-liter op 5800 toeren draaiende Mustang-motor op het viaduct over de snelweg.

87

Mason teemde en jammerde dat hij terug wilde naar zijn kamer. Vroeger op zomerkamp had hij ook zo gejammerd als enkelen van de kleinere jongens en meisjes weerstand boden en erin slaagden hem een paar klappen te verkopen voordat hij ze met zijn gewicht kon vermorzelen.

Margot en Cordell brachten hem naar boven met de lift in zijn vleugel en installeerden hem in zijn eigen bed, gekoppeld aan zijn permanente krachtbronnen.

Margot had Mason nog nooit zo woedend meegemaakt, de bloedvaten pulseerden over de blootliggende botten van zijn gezicht.

'Ik kan hem maar beter iets geven,' zei Cordell, toen ze in de speel-kamer waren.

'Nog niet. Hij moet nog even kunnen nadenken. Geef de sleutels van je Honda eens.'

'Waarom?'

'Een van ons zal toch naar beneden moeten gaan om te zien of er nog iemand leeft. Wil jij soms liever gaan?'

'Nee, maar...'

'Met jouw auto kan ik de tuigkamer inrijden, de bestelwagen past niet door de deuropening, geef me nou verdomme die sleuteltjes.'

Beneden nu, in de oprit. Tommaso kwam op een drafje het bos uit en het veld over, wierp voortdurend schichtige blikken over zijn schouder. *Gebruik je hersens, Margot.* Ze keek op haar horloge. Tien voor halfnegen. *Om middernacht zou Cordells aflosser komen. Er was nog genoeg tijd om per helikopter een paar man uit Washington te laten komen om de boel op te ruimen.* Ze reed over het gras naar Tommaso.

'Ik proberen ze in te halen, een varken mij ondersteboven lopen. Hij' – Tommaso deed met gebaren voor hoe dr. Lecter Starling had ge-dragen – 'de vrouw. Zij rijden weg in de lawaaierige auto. Zij hebt *due*' – hij stak twee vingers op – '*freccette*.' Hij wees naar zijn rug en been. *Freccette. Dardi.* Schieten. Bam. '*Due freccette*.' Hij maak-te een schietgebaar.

'Pijltjes,' zei Margot.

'Pijltjes, misschien te veel *narcotico*. Misschien zij dood.'

'Stap in,' zei Margot. 'We moeten gaan kijken.'

Margot reed via de dubbele zijdeuren, waar Starling naar binnen was gegaan, de stal in. Gekrijs en geknor en een gekrioel van hari-ge ruggen. Margot reed toeterend naar voren en de varkens weken achteruit, waardoor ze de resten van drie lichamen kon zien liggen, geen van drieën nog herkenbaar.

Ze reden de tuigkamer in en deden de deuren achter zich dicht.

Margot bedacht dat Tommaso nu nog de enige was die haar ooit in de schuur had gezien, Cordell niet meegerekend.

Misschien had Tommaso dit ook al bedacht. Hij bleef op veilige af-stand van haar staan, zijn donkere, intelligente ogen lieten haar niet los. Tranen liepen over zijn wangen.

Gebruik je hersens, Margot. Je wilt geen gezeik met die Sardiniërs. Daarginds weten ze ook dat jij over het geld gaat. Die komen je an-ders te grazen nemen.

Tommaso's ogen volgden haar hand, die in haar zak verdween.

De mobiele telefoon. Ze toetste een nummer in Sardinië in, het privénummer van de Steuben bankier om halfdrie 's nachts. Ze sprak kort met hem en gaf de telefoon aan Tommaso. Hij knikte, antwoordde, knikte nogmaals en gaf haar de telefoon terug. Het geld was van hem. Hij klauterde de vliering op om zijn rugzak en dr. Lecters overjas en hoed te pakken. Terwijl hij zijn spullen bij elkaar zocht, pakte Margot de elektrische prikker, controleerde de stroom en liet hem in haar mouw glijden. De smidshamer nam ze ook mee.

88

Tommaso, die in Cordells auto reed, zette Margot af bij het huis. Hij zou de Honda op Dulles International Airport achterlaten op het terrein voor langparkeerders. Margot beloofde hem dat ze de stoffelijke resten van Piero en Carlo zo netjes mogelijk zou begraven.

Hij vond dat hij nog iets moest zeggen, dus vatte hij moed en in zijn beste Engels zei hij: 'Signorina, de varkens, u moet weten, de varkens helpen de *Dottore*. Ze deinzen terug, maken kring om hem heen. Zij doden mijn broer, doden Carlo, maar zij deinzen terug van dr. Lecter. Ik denk zij aanbidden hem.' Tommaso maakte het kruisteken. 'U kunt hem maar beter latén gaan.'

En dit was het verhaal dat Tommaso de rest van zijn lange leven in Sardinië zou vertellen. Toen Tommaso de zestig was gepasseerd, luidde het verhaal dat dr. Lecter, met de vrouw in zijn armen, door een kudde varkens de stal was uitgedragen.

Nadat de auto via de brandgang was verdwenen, bleef Margot een tijdlang staan kijken naar Masons verlichte ramen. Ze zag de schaduw van Cordell langs de muur glijden terwijl hij bezig was met Mason, de monitoren aansloot die zijn ademhaling en hartslag weergaven.

Ze schoof de greep van de smidshamer achter de achterband van haar broek en trok de onderkant van haar jasje over de kop.

Toen Margot uit de lift stapte, kwam Cordell juist met een stel kussens Masons kamer uit.

'Cordell, maak een martini voor hem klaar.'

'Ik weet niet...'

'Maar ík weet het wel. Maak een martini voor hem.'

Cordell legde de kussens op de tweezits bank en hurkte voor de koelkast onder de bar.

'Staat er nog sap?' zei Margot terwijl ze naar hem toe liep. De smidshamer sloeg met een harde klap tegen zijn schedelbasis en ze hoorde een plof. Zijn hoofd sloeg tegen de koelkast, stuitte terug, en hij viel achterover, de ogen open, zijn blik op het plafond gericht, een van zijn pupillen verwijdde zich, de andere niet. Ze draaide zijn hoofd met de zijkant tegen de vloer en gaf hem nog een klap met de hamer, waarbij zijn slaap een paar centimeter werd ingedrukt en het bloed uit zijn oren stroomde.

Ze voelde niets.

Mason hoorde de deur van zijn kamer opengaan en hij rolde met zijn afgeschermde oog. Hij had even geslapen, de lichten waren gedimd. De paling lag ook te slapen, onder zijn rots.

Margots grote lichaam vulde de deuropening. Ze deed de deur achter zich dicht.

'Hallo, Mason.'

'Wat is er beneden gebeurd? Waar bleef je verdomme zo lang?'

'Beneden zijn ze allemaal dood, Mason.' Margot kwam naast zijn bed staan, trok de kabel uit Masons telefoon en liet die op de grond vallen.

'Piero en Carlo en Johnny Mogli zijn allemaal dood. Dr. Lecter is ontsnapt en hij heeft die Starling meegenomen, in zijn armen.'

Het schuim stond op Masons tanden toen hij vloekte.

'Ik heb Tommaso met zijn geld naar huis gestuurd.'

'Je hebt wát?! Ongelooflijk stom klerewijf dat je d'r bent, nou luister goed, we ruimen de hele zooi op en beginnen opnieuw. We hebben het hele weekend. We hoeven ons niet druk te maken over wat Starling heeft gezien. Als Lecter haar heeft, is ze zo goed als dood.'

Margot haalde haar schouders op. 'Míj heeft ze in elk geval niet gezien.'

'Bel met Washington en laat vier van die klootzakken hierheen komen. Stuur de helikopter om ze op te halen. Geef ze de graafmachine – geef ze – Cordell! Hier komen.' Mason floot op zijn panfluit. Margot schoof de buizen opzij en boog zich over hem heen, zodat ze zijn gezicht kon zien.

'Cordell komt niet, Mason. Cordell is dood.'

'Wat?'

'Ik heb hem vermoord, in de speelkamer. Goed. Mason, jij gaat me nu geven wat je me schuldig bent.' Ze klapte de zijsteunen van zijn bed omhoog en terwijl ze de grote rol gevlochten haar optilde, trok ze het laken van zijn lichaam. Zijn beentjes waren niet dikker dan een rol koekjesdeeg. Zijn hand, de enige van zijn ledematen die hij kon bewegen, zocht trillend de telefoon. Zijn beademingstoestel pufte ritmisch op en neer.

Uit haar zak viste Margot een condoom zonder zaaddodende pasta, dat ze omhooghield zodat hij het kon zien. Uit haar mouw trok ze de veeprikkelstok.

'Weet je nog, Mason, hoe je vroeger op je lul spuugde als glijmiddel? Denk je dat je een klodder speeksel kunt produceren? Nee? Misschien lukt het mij wel.'

Elke keer dat hij over genoeg lucht beschikte, gaf Mason een brul, meer een ezelachtig gebalk, maar binnen dertig seconden was het gebeurd, en met succes.

'Je bent er geweest, Margot.' Het klonk meer als 'Nargot'.

'Ach, Mason, dat zijn we toch allemaal? Wist je dat niet? Maar deze hebben een heel leven voor zich,' zei ze, en ze borg de warme container veilig onder haar blouse op. 'Kijk ze eens kronkelen. Dat zal ik je eens laten zien. Ik zal je eens laten zien hoe ze kronkelen – zien én voelen.'

Margot pakte de stekelige handschoenen waarmee vissen gepakt konden worden, die naast het aquarium lagen.

'Ik zou Judy kunnen adopteren,' zei Mason. 'Zij zou dan mijn erfgename worden en dan stellen we een trustee aan.'

'Dat zouden we inderdaad kunnen doen,' zei Margot, die een karper uit de voorraadtank haalde. Ze pakte een stoel uit de zithoek, ging daarop staan en tilde het deksel van het grote aquarium. 'Maar we doen het anders.'

Ze boog zich over het aquarium en stak haar forse armen in het water. Ze hield de karper bij zijn staart vlak voor de grot en toen de paling naar buiten schoot, greep ze die met haar sterke hand achter de kop en tilde hem het water uit, hield hem boven haar hoofd. De enorme paling zwiepte woest heen en weer, hij was even lang als Margot, en hij was dik, met een flitsend, fraai vel. Ze greep de paling nu met beide handen beet en toen hij tegenspartelde, moest ze de stekelige handschoenen diep in zijn vel doordrukken om hem vast te kunnen houden.

Ze stapte voorzichtig van de stoel af en liep met de kronkelende paling naar Masons bed, zijn kop had de vorm van een draadsnijder, zijn tanden klikten op elkaar met het geluid van een seintoestel, die schuin naar achteren staande tanden waaraan geen vis ooit was ontsnapt. Ze liet de paling boven op zijn borst vallen, op het beademingstoestel, en terwijl ze hem met één hand bleef vasthouden, draaide ze zijn haarvlecht om het palinglijf, wikkel na wikkel na wikkel.

343

'Kronkel dan, kronkel, Mason,' zei ze.

Met haar ene hand hield ze de paling achter zijn kop vast en met de andere wrikte ze Masons kaak naar beneden, drukte zwaar op zijn kin, hij probeerde haar uit alle macht tegen te houden, en met een luid gekraak ging zijn mond ten slotte open.

'Dan had je maar die chocola moeten aanpakken,' zei Margot, en toen duwde ze de muil van de paling Masons mond in. De paling beet zich met zijn vlijmscherpe tanden vast in Masons tong, zoals hij ook met een vis zou hebben gedaan, en liet niet meer los, liet nooit meer los, terwijl zijn zwiepende lijf verstrikt was in Masons haarvlecht. Bloed gutste uit Masons neusgat en hij verdronk.

Margot liet ze samen achter, Mason en de paling, de karper zwom eenzaam in kringetjes in het aquarium. Ze ging aan Cordells bureau zitten om bij te komen en keek naar de monitoren totdat de vlakke lijnen aangaven dat Mason dood was.

De paling bewoog nog toen ze Masons kamer weer binnen liep. Het beademingsapparaat ging op en neer, pompte de zwemblaas van de paling vol met het bloederige schuim uit Masons longen. Margot spoelde de veeprikkelstok in het aquarium af en stak hem in haar zak.

Margot haalde een klein zakje uit haar zak waarin het stukje hoofdhuid met haar van dr. Lecter zat. Met Masons vingernagels schraapte ze bloed van het stukje huid, een lastig karwei met die nog altijd bewegende paling, en verstrengelde de haren met zijn vingers. Ten slotte schoof ze een enkele haar in een van de vishandschoenen.

Margot liep zonder nog een blik op Cordell naar buiten en naar huis, naar Judy, met haar warme buit, zorgvuldig weggeborgen om te zorgen dat die ook warm bleef.

DEEL ZES

EEN LANGE LEPEL

Therfore bihoveth hire a ful long spoon
That shal ete with a feend.
(Derhalve neme hij die met de duivel aan wil zitten, een lange
lepel ter hand.)
— *Geoffrey Chaucer* uit *The Canterbury Tales*,
'The Merchant's Tale'

89

Clarice Starling ligt bewusteloos op een groot bed onder een linnen laken en een donsbed. Haar armen, bedekt door de mouwen van een zijden pyjama, liggen boven de dekens en zijn met zijden sjaals vastgebonden, net strak genoeg om haar handen bij haar gezicht vandaan te houden en om de pleister over de infuusnaald op de rug van haar hand te beschermen.

In het vertrek zijn drie lichtpunten, de lage afgeschermde lamp en de rode puntjes midden in dr. Lecters pupillen terwijl hij haar gadeslaat.

Hij zit in een leunstoel, zijn kin rust op zijn tegen elkaar gedrukte handen. Na een tijdje staat hij op om haar bloeddruk op te nemen. Met een kleine zaklantaarn controleert hij haar pupillen. Hij steekt zijn hand onder de deken en pakt haar voet, trekt die onder de deken vandaan en prikkelt de onderkant met de punt van een sleutel, terwijl hij haar nauwlettend gadeslaat. Zo blijft hij even staan, kennelijk in gedachten verzonken, haar voet in zijn hand koesterend alsof het een diertje was.

Via de fabrikant van de verdovingspijl heeft hij de inhoud weten te achterhalen. Aangezien de tweede pijl die Starling trof, tegen haar scheenbeen is afgeketst, gelooft hij niet dat ze de volle dubbele dosis binnen heeft gekregen. Met uiterste zorg dient hij haar stimulerende antistoffen toe.

Als hij niet met Starling bezig is, zit hij in zijn leunstoel op een dikke stapel kladpapier berekeningen te maken. De vellen zijn gevuld met de symbolen van zowel astrofysica als elementaire-deeltjesfysica en tevens met herhaalde pogingen met de symbolen van de stringtheorie. De enkele wiskundige die hem zou kunnen volgen, zou waarschijnlijk zeggen dat zijn vergelijkingen briljant beginnen en vervolgens teruglopen, door ijdele hoop gedoemd te mislukken. Dr. Lecter wil dat de tijd terugdraait – dat toenemende entropie niet langer de richting van tijd zou moeten aangeven. Hij wil dat toenemende orde de richting aangeeft. Hij wil Mischa's tanden terug uit de strontput. Achter zijn koortsachtige berekeningen schuilt de wanhopige wens om voor Mischa een plek op aarde te scheppen, wellicht de plek die nu wordt ingenomen door Clarice Starling.

90

Ochtend en gouden zonlicht in de speelkamer op Muskrat Farm. De grote pluchen dieren met hun knopenogen bezien het lichaam van Cordell, dat nu bedekt is.

Zelfs nu, in hartje winter, heeft een bromvlieg het lichaam weten te vinden en die loopt nu over het laken waar het bloed doorheen is gedrongen.

Als Margot Verger een idee had gehad van de slopende spanning waaraan de betrokkenen in een door de media breed uitgemeten moord worden blootgesteld, had ze misschien nooit die paling in haar broers mond gepropt.

Haar besluit om niet te proberen de rotzooi op te ruimen op Muskrat Farm maar onder te duiken tot de storm was bedaard, was echter verstandig geweest. Geen levende ziel had haar op Muskrat gezien toen Mason en de anderen de dood vonden.

Ze beweerde dat ze in bed had gelegen in het huis dat ze met Judy deelde, en dat ze wakker was geschrokken van de eerste noodkreet van de verpleger toen die om middernacht de dagverpleger kwam aflossen. Toen was ze naar het huis gegaan, waar ze vlak na de eerste mannen van de sheriff was aangekomen.

De hoofdrechercheur van het bureau van de sheriff, rechercheur Clarence Franks, was een nog vrij jonge man, wiens ogen iets te dicht op elkaar stonden, maar hij was minder dom dan Margot had gehoopt.

'Je kunt niet zomaar met die lift naar boven, daar is een sleutel voor nodig, nietwaar?' vroeg Franks haar. De rechercheur en Margot zaten ongemakkelijk naast elkaar op de tweezits bank.

'Dat neem ik wel aan, als ze op die manier naar boven zijn gegaan.'

'"Ze", mevrouw Verger? Denkt u dat er sprake is van meer dan één persoon?'

'Dat zou ik echt niet weten, meneer Franks.'

Ze had het lichaam van haar broer gezien, nog verstrengeld met de paling, en nu bedekt door een laken. Iemand had de stekker uit het beademingstoestel getrokken. De laboranten van de recherche namen monsters van het water uit het aquarium en van het bloed op de vloer. In Masons hand zag ze het stukje van dr. Lecters hoofdhuid. Dat hadden ze nog niet ontdekt. De laboranten kwamen Margot niet al te snugger voor.

Rechercheur Franks zat druk in zijn notitieboekje te schrijven.

'Weten ze wie die andere arme stakkers zijn?' zei Margot. 'Hebben ze familie?'

'Dat proberen we uit te zoeken,' zei Franks. 'We hebben drie wapens kunnen traceren.'

In wezen wist het bureau van de sheriff niet eens precies hoeveel mensen in de stal de dood hadden gevonden. De varkens hadden zich in het dichte bos teruggetrokken en hadden de restjes met zich meegesleept voor later.

'In de loop van het onderzoek zal het misschien nodig zijn om u en uw – uw *levensgezel* te verzoeken zich te onderwerpen aan een leugendetectortest. Zult u daaraan meewerken, mevrouw Verger?'

'Meneer Franks, ik zal alles doen om die mensen te grijpen. In antwoord op uw specifieke vraag, Judy en ik horen wel van u wanneer u ons nodig hebt. Is het nodig dat ik contact opneem met de juridische adviseur van onze familie?'

'Als u niets te verbergen heeft, is dat niet nodig, mevrouw Verger.'

'Verbergen?' Margot slaagde erin tranen te voorschijn te roepen.

'Alstublieft, ik moet dit doen, mevrouw Verger.' Franks wilde zijn hand op haar brede schouder leggen, maar besloot toen om dat toch maar niet te doen.

91

Starling werd wakker in het frisgeurende schemerdonker en instinctief wist ze dat ze dicht bij de zee was. Ze ging voorzichtig op het bed verliggen. Haar hele lichaam deed pijn, toen verloor ze opnieuw het bewustzijn. De volgende keer dat ze wakker werd, sprak een stem haar zacht toe, bood haar een warme beker aan. Ze dronk en de smaak had veel weg van de kruidenthee die Mapps grootmoeder haar stuurde.

Dag en opnieuw avond, de geur van verse bloemen in het huis, eenmaal de vage prik van een naald. Als het gedreun en geknetter van in de verte afgestoken vuurwerk ploften de restanten van angst en pijn aan de horizon uiteen, niet nabij, nooit nabij. Ze bevond zich in de hof van het oog van de orkaan.

'Ontwaken. Ontwaken, rustig. Ontwaken in een aangenaam vertrek,' zei een stem. Ze hoorde vaag kamermuziek.

Ze voelde zich uiterst schoon en haar huid geurde naar munt, een of ander smeersel dat haar een troostende warmte schonk.

Starling deed haar ogen wijd open.

Dr. Lecter stond een eindje van haar vandaan, roerloos, zoals hij in zijn cel had gestaan die eerste keer dat ze hem had gezien. Wij zijn er inmiddels aan gewend geraakt hem zonder ketenen te zien. Wij schrikken er niet meer van hem in een open ruimte te zien, samen met een ander sterfelijk wezen.

'Goedenavond, Clarice.'

'Goedenavond, dr. Lecter,' zei ze, in navolging van hem, zonder een notie van de werkelijke tijd.

'Als je je ongemakkelijk voelt, komt dat door de kneuzingen die je bij een val hebt opgelopen. Het komt allemaal wel goed. Ik wil alleen graag iets controleren, wil je alsjeblieft in dit licht kijken?' Hij liep naderbij met een kleine zaklamp. Dr. Lecter rook naar frisse popeline.

Ze dwong zich haar ogen open te houden terwijl hij haar pupillen onderzocht, toen liep hij weer bij haar vandaan.

'Dank je. Een comfortabele badkamer staat tot je beschikking, achter die deur. Wil je je benen even uitproberen? Naast je bed staan een paar slippers, ik vrees dat ik je laarzen heb moeten lenen.'

Ze was wakker en toch ook weer niet. De badkamer was inderdaad comfortabel en van alle luxe voorzien. In de komende dagen genoot ze van lange badsessies, maar haar spiegelbeeld interesseerde haar niet, zo ver was ze van zichzelf afgedwaald.

92

Dagen vol gesprekken, soms als ze zichzelf hoorde praten vroeg ze zich af wie zo goed op de hoogte was van haar intiemste gedachten dat zij die ook onder woorden kon brengen. Dagen met veel slaap en sterke bouillon en omeletten.

Op een dag zei dr. Lecter: 'Clarice, je zult intussen wel genoeg hebben van die kamerjassen en pyjama's. In de kast hangt vast wel wat kleding die je leuk vindt – als je die tenminste wilt dragen.' En op dezelfde toon: 'Ik heb je eigen spulletjes, je tas en je pistool en je portefeuille in de bovenste la van het dressoir gelegd, voor het geval je die wilt hebben.'

'Dank u, dr. Lecter.'

In de kast hing een grote verscheidenheid aan kleding, jurken, broekpakken, een schitterende lange japon met een met parels bestikt lijfje. Ze vond kasjmieren broeken en truien die haar wel aanstonden. Ze koos lichtbruin kasjmier en mocassins.

In de la lag haar riem en Yaqui-holster, zonder de .45 die ze had verloren, maar haar enkelholster lag naast haar tas, en de ingekorte automatische .45 zat er nog in. Het magazijn zat vol patronen, de kamer van het pistool was leeg, precies zoals ze die om haar been had gedragen. En haar dolk lag er ook, in zijn foedraal. Haar autosleuteltjes zaten in haar tas.

Starling was zichzelf en niet zichzelf. Toen ze nadacht over alles wat er gebeurd was, was het alsof ze alles met de ogen van een toeschouwer zag, ze zag zichzelf van een afstand.

Ze was blij haar auto te zien staan toen dr. Lecter haar meenam naar de garage. Ze bekeek de ruitenwissers en besloot dat ze aan vervanging toe waren.

'Clarice, hoe denk je dat Masons mannen ons naar de supermarkt hebben kunnen volgen?'

Ze keek omhoog naar het plafond van de garage en dacht even na. In nog geen twee minuten had ze de antenne gevonden die tussen de achterbank en de hoedenplank door liep en ze volgde de antennedraad naar het verborgen zendertje.

Ze zette het uit en nam het mee het huis in, hield het bij de antenne vast zoals ze een rat aan zijn staart op zou pakken.

'Prima spul,' zei ze. 'Erg nieuw. Vakkundig geïnstalleerd. Ik weet wel zeker dat er vingerafdrukken van de heer Krendler op staan. Heeft u een plastic zakje voor mij?'

'Zouden ze het vanuit de lucht kunnen opsporen?'

'Ik heb het uitgezet. Ze zouden het alleen vanuit de lucht kunnen opsporen als Krendler toe zou geven dat hij het heeft gebruikt. U weet dat hij dat niet zal doen. Mason zou zijn helikopter ervoor in kunnen zetten.'

'Mason is dood.'

'Hmm,' zei Starling. 'Wilt u iets voor me spelen?'

93

De eerste dagen na de moordpartij zweefde Paul Krendlers gemoedstoestand tussen verveling en toenemende angst. Hij eiste rechtstreekse rapportage vanuit het districtskantoor van de FBI in Maryland.

Hij voelde zich betrekkelijk veilig met betrekking tot een eventuele controle van Masons boekhouding, aangezien de transfer van Masons geld naar zijn eigen rekening, die niet op naam stond maar onder een nummer was geregistreerd, via een niet te traceren omweg op de Caymaneilanden was uitgevoerd. Nu Mason er niet meer was, zat hij met grootse plannen maar zonder beschermheer. Margot Verger wist alles van zijn geld en zij wist bovendien dat hij de vertrouwelijkheid van de Lecter-dossiers van de FBI had geschonden. Margot moest dus tot elke prijs haar mond houden.

De monitor voor het autozendertje zat hem dwars. Dat had hij, zonder ervoor te tekenen, weggehaald bij de Technische Dienst in Quantico, maar hij stond wel op de lijst van personen die de Technische Dienst die dag hadden bezocht.

Dr. Doemling en die grote verpleger, Barney, hadden hem op Muskrat Farm gezien, zij het slechts in een officiële hoedanigheid, voor besprekingen met Mason Verger over de beste manier om Hannibal Lecter te vangen.

De middag van de vierde dag na de moordpartij bracht iedereen opluchting toen Margot Verger een pas opgenomen boodschap op haar antwoordapparaat voor de rechercheurs van de sheriff kon afspelen.

De politieagenten stonden in vervoering in de slaapkamer naar het bed dat zij met Judy deelde te staren en te luisteren naar de stem van de duivel. Dr. Lecter sprak zijn voldoening uit over de dood van Mason en verzekerde Margot dat die buitengewoon pijnlijk en langgerekt was geweest. Ze snikte met haar hand voor haar gezicht en Judy sloeg haar armen om haar heen. Franks leidde haar ten slotte de kamer uit en zei: 'U hoeft dit niet nog eens aan te horen.'

Op aandringen van Krendler werd het bandje van het antwoordapparaat naar Washington gebracht, waar een stemafdruk bevestigde dat de beller inderdaad dr. Lecter was.

De grootste opluchting voor Krendler kwam met een telefoontje op de avond van de vierde dag.

De beller was niemand minder dan Parton Vellmore, lid van het Huis van Afgevaardigden voor de staat Illinois.

Krendler had slechts enkele malen met het congreslid gesproken, maar hij kende zijn stem, had die vaak op televisie gehoord. Het telefoontje op zich betekende al een geruststelling; Vellmore was lid van de rechterlijke subcommissie van het Huis van Afgevaardigden en een notoire meeloper, hij zou geen moment aarzelen om Krendler te laten vallen als Krendler zich in de problemen zou hebben gewerkt.

'Meneer Krendler, ik weet dat u Mason Verger hebt gekend.'

'Ja, meneer Vellmore.'

'Nu, het is werkelijk een grof schandaal. Die sadistische hufter heeft Masons leven verwoest, hem verminkt en is toen teruggekomen om hem te vermoorden. Ik weet niet of u ervan op de hoogte bent, maar een van mijn kiezers is eveneens bij dat drama omgekomen. Johnny Mogli, die jarenlang het volk van Illinois als wetsdienaar heeft gediend.'

'Nee, meneer Vellmore, dat wist ik niet. Het spijt me dat te horen.'

'Waar het om gaat, Krendler, is dat we door moeten gaan. De nalatenschap van de Vergers, hun filantropie en levendige belangstelling voor algemene beleidszaken zal voortgezet worden. Die stijgt uit boven de dood van één man. Ik heb met een aantal mensen in het zevenentwintigste district gesproken en met mensen van Verger. Margot Verger heeft mij erop geattendeerd dat u het volk graag wilt dienen. Een heel bijzondere vrouw. Met een uiterst praktische kant. Binnenkort komen we bij elkaar, informeel en onder ons, om te bespreken wat we november a.s. kunnen doen. We willen u erbij betrekken. Denkt u dat u de bijeenkomst zult kunnen bijwonen?'

'Jazeker, congreslid Vellmore. Daar kunt u van op aan.'

'Margot belt u in de komende dagen over de details.'

Krendler legde de hoorn neer en opluchting overspoelde hem.

De ontdekking in de stal van de .45 Colt, geregistreerd op naam van de overleden John Brigham, nu het eigendom van Clarice Starling, bracht de Dienst behoorlijk in verlegenheid.

Starling was opgegeven als vermist, maar de zaak werd niet behandeld als een ontvoering, daar niemand had gezien dat ze werd afgevoerd. Ze was niet eens een tijdens actieve dienst verdwenen agent. Starling was een geschorste agent, verblijfplaats onbekend. Een opsporingsbericht werd uitgevaardigd voor haar voertuig onder het registratienummer en kenteken, zonder speciale nadruk op de identiteit van de eigenaar.

Een ontvoeringszaak eist aanzienlijk meer inspanning van ordehandhavers dan een vermissing. Deze classificering maakte Ardelia Mapp zo woedend dat ze een ontslagbrief schreef aan de Dienst, maar toen bedacht ze dat ze daarmee beter kon wachten en van binnenuit te werk moest gaan. Om de haverklap ging Mapp naar Starlings kant van de woning om te kijken of ze alweer terecht was.

Mapp ontdekte dat er bijzonder weinig was veranderd in de Lecterdossiers van VICAP en het Nationale Misdaadinformatiecentrum. Ze vond niet meer dan onbeduidende toevoegingen: de Italiaanse politie had eindelijk dr. Lecters computer weten te traceren – de Carabinieri speelden er spelletjes op in de recreatieruimte. De machine had zichzelf geschoond op het moment dat de rechercheurs de eerste toets hadden aangeraakt.

Mapp zat iedereen met ook maar enige invloed bij de Dienst op de huid, vanaf het moment van Starlings verdwijning.

Haar vele telefoontjes naar Jack Crawfords huis bleven onbeantwoord.

Ze belde met Gedragswetenschappen en kreeg daar te horen dat Crawford nog steeds in het Jefferson Memorial-ziekenhuis lag met pijn op de borst.

Ze belde hem niet in het ziekenhuis. Binnen de Dienst was hij Starlings laatste engelbewaarder.

94

Starling had geen enkel besef van tijd. De dagen en nachten gingen met gesprekken voorbij. Ze hoorde zichzelf soms minutenlang praten, en ze luisterde.

Soms moest ze om zichzelf lachen, als ze zich argeloos ontboezemingen hoorde uitkramen waarvoor ze zich normaal zou hebben gegeneerd. Ze stond soms versteld van de dingen die ze dr. Lecter vertelde, sommige zo weerzinwekkend dat iemand in een normale geestestoestand van afkeer vervuld zou zijn, maar wat ze vertelde, was allemaal waar. En dr. Lecter sprak eveneens. Met een zachte, vlakke stem. Hij uitte belangstelling en bemoediging, nooit verrassing of afkeuring.

Hij vertelde haar over zijn jeugd, over Mischa.

Soms staarden ze samen naar een glanzend voorwerp voordat ze begonnen te praten, er was zelden of nooit meer dan één lichtbron in het vertrek. Elke dag een ander glanzend voorwerp.

Vandaag begonnen ze met het lichtpunt op de zijkant van een theepot, maar in de loop van het gesprek leek dr. Lecter aan te voelen dat ze een onverkende krocht van haar geest naderden. Misschien hoorde hij vechtende trollen achter een muur. Hij verving de theepot door de zilveren gesp van een riem.

'Die is van mijn papa,' zei Starling. Ze klapte in haar handen, als een kind zo blij.

'Ja,' zei dr. Lecter. 'Clarice, zou je met je vader willen praten? Je vader is hier. Wil je met hem praten?'

'Papa is er! Hé! Fijn!'

Dr. Lecter nam Starlings hoofd tussen zijn handen, bedekte haar slapen, waarachter de hersenkwabben lagen waaruit ze alles met betrekking tot haar vader zou kunnen putten waaraan ze ooit behoefte zou hebben. Hij keek haar diep, heel diep in de ogen.

'Ik weet dat je onder vier ogen met hem zult willen praten. Ik ga nu weg. Blijf naar de gesp kijken. Binnen enkele minuten zul je horen aankloppen. Goed?'

'Ja! Fijn! Fijn!'

'Goed dan. Je zult niet langer dan een paar minuten hoeven wachten.'

Een prikje van een heel fijne naald – Starling keek niet eens naar beneden – waarna dr. Lecter het vertrek uitliep.

Ze staarde naar de gesp tot er werd aangeklopt, tweemaal, en toen kwam haar vader binnen zoals ze zich hem herinnerde, zijn lengte vulde de deuropening, zijn hoed in de hand, zijn haar met water platgekamd, zoals hij altijd aan tafel was gekomen.

'Hé, schatje! Hoe laat wordt er hier gegeten?'

Sinds zijn dood, nu vijfentwintig jaar geleden, had hij haar niet meer omarmd, maar toen hij haar nu naar zich toe trok, voelde ze de drukknopen op zijn overhemd precies als toen, hij rook naar zeep en tabak, en ze voelde het bonzen van zijn grote hart tegen haar lichaam.

'Hé, schatje. Hé, schatje. Ben je gevallen?' Precies als toen hij haar in de tuin had opgepakt nadat ze had geprobeerd een ritje te maken op de rug van een grote geit toen iemand haar daartoe had uitgedaagd. 'Je deed het aardig tot ze zich opeens de andere kant op draaide. Ga mee naar de keuken, dan kijken we wat we kunnen vinden.'

Twee dingen op de tafel in de sobere keuken van haar ouderlijk huis, een cellofaanverpakking met kokosbollen en een zak sinaasappelen. Starlings vader klapte zijn Barlow-mes met de recht afgebroken punt open en schilde een paar sinaasappelen, de schillen vielen in een krul op het zeildoek dat op tafel lag. Ze zaten op keukenstoelen met een houten rugleuning en hij verdeelde de sinaasappelen in partjes en afwisselend stak hij een partje in zijn eigen mond en een in Starlings mond. Ze spuugde de pitten in haar hand en legde die op haar schoot. Hij had een lang bovenlijf en zat op die stoel zoals John Brigham op een stoel had gezeten.

Haar vader kauwde meer aan de ene kant van zijn mond dan aan de andere en op één van zijn hoektanden zat een witmetalen kroon, zoals legertandartsen die in de jaren veertig plachten aan te brengen. Die kroon glansde als hij lachte. Ze aten twee sinaasappelen en elk een kokosbol en gaven elkaar raadseltjes op. Starling was de heerlijke smaak van kokos en glazuur vergeten. De keuken loste op en ze spraken met elkaar als volwassenen.

'Hoe gaat het met je, schatje?' Het was een serieuze vraag.

'Ze maken het me nogal moeilijk op het werk.'

'Daar weet ik alles van. Echt iets voor die kliek rechtbankbureaucraten, moppie. Een bedroevender zooitje bestaat er niet. Jij hebt nooit iemand onnodig neergeknald.'

'Dat weet ik wel. Er is nog meer.'

'Je hebt er nooit over gelogen.'

'Nee, papa.'

'Je hebt die baby gered.'

'Hij is er goed doorheen gekomen.'

'Daar was ik erg trots op.'

'Dank u, papa.'

'Moppie, ik moet er weer vandoor. We spreken elkaar nog.'

'Kunt u echt niet blijven?'

Hij legde zijn hand op haar hoofd. 'Niemand kan blijven, schatje. Niemand kan blijven zo lang hij wil.'

Hij kuste haar op het voorhoofd en liep het vertrek uit. Ze zag het kogelgat in zijn hoed toen hij naar haar wuifde, een rijzige gestalte in de deuropening.

95

Starling hield zo veel van haar vader als we maar van iemand kunnen houden, dat was duidelijk, en ze zou onmiddellijk met iedereen de strijd hebben aangebonden die het ook maar waagde zijn nagedachtenis te bezoedelen. Maar toch, in gesprek met dr. Lecter en onder invloed van een sterk hypnotiserend middel en diepe hypnose, zei ze: 'Eigenlijk ben ik verschrikkelijk kwaad op hem. Ik bedoel maar, waarom moest-ie nou verdomme zo nodig midden in de nacht bij die drugstore achter die twee stukken onbenul aan die hem toen maar vermoord hebben? Dat gammele geweer van hem heeft het laten afweten en toen was het met hem gebeurd. Het waren nullen, maar ze hebben hem te pakken gekregen. Wat een klungel. In al die jaren had-ie nog niets geleerd.'

Ieder ander die zoiets had durven zeggen, had ze een klap in zijn gezicht gegeven.

Het monster verschoof een micrometer op zijn stoel. *Aha, eindelijk kwam er schot in de zaak. Al die schoolmeisjesherinneringen be-*

gonnen eentonig te worden.

Starling probeerde als een klein kind met haar benen te schommelen, maar die waren te lang. 'Het was zijn werk, hij deed alles wat
hem werd opgedragen, maakte zijn rondjes met die verrekte bewa-
kersklok en toen was-ie dood. En mamma heeft het bloed uit zijn
hoed gespoeld zodat die met hem mee kon de kist in. Maar wie kwam
naar óns toe? Niemand. Daarna waren er nog maar bitter weinig
kokosbollen, dat kan ik je wel vertellen. Mamma en ik gingen samen motelkamers schoonmaken. De gebruikte condooms opruimen
die mensen op hun nachtkastje lieten liggen. Hij werd vermoord en
liet ons zitten omdat-ie zo verrekte stom was. Hij had die jokers op
het stadhuis moeten vertellen dat ze naar de maan konden lopen met
die klotebaan.'

Dingen die ze nooit zou hebben gezegd, dingen die ze had verdrongen naar de verste uithoeken van haar geest.

Vanaf het begin van hun kennismaking had dr. Lecter haar met haar
vader gepest, had hem een nachtwaker genoemd. Nu was hij opeens
Lecter, de beschermer van haar vaders nagedachtenis.

'Clarice, hij heeft nooit iets anders nagestreefd dan jouw geluk en
welzijn.'

'Hoop in de ene hand en een hoop stront in de andere, en dan maar
afwachten welke hand het eerst vol is,' zei Starling. Dit spreekwoord
uit het weeshuis had extra weerzinwekkend moeten klinken uit de
mond van zo'n aantrekkelijk schepsel, maar dr. Lecter was duidelijk
vergenoegd, bemoedigd zelfs.

'Clarice, ik vraag je nu om met mij mee te gaan naar een ander vertrek,' zei dr. Lecter. 'Je vader heeft je bezocht, naar jouw beste vermogen. Je weet nu dat hij niet kon blijven, hoe graag jij dat ook wilde. Hij heeft je opgezocht. Nu is het tijd dat jij hem bezoekt.'

Door de gang naar een logeerkamer. De deur was dicht.

'Even wachten, Clarice.' Hij ging de kamer binnen.

Ze stond in de gang met haar hand op de deurkruk en hoorde dat
een lucifer werd afgestreken.

Dr. Lecter deed de deur open.

'Clarice, je weet dat je vader dood is. Dat weet jij beter dan wie dan
ook.'

'Ja.'

'Kom binnen en kijk naar hem.'

De beenderen van haar vader waren op een lits-jumeaux aan elkaar
gelegd. De lange botten en de ribbenkast waren met een laken bedekt. De stoffelijke resten lagen in bas-reliëf onder het witte laken,
als een door een kind gemaakte sneeuwengel.

Zijn schedel, schoongevreten door de piepkleine aaseters in de oceaan waaraan dr. Lecters strandje grensde, en vervolgens gedroogd en gebleekt, rustte op het kussen.

'Waar was zijn ster, Clarice?'

'De gemeente heeft die teruggenomen. Ze zeiden dat die zeven dollar had gekost.'

'Dit is wat hij is, alles wat er van hem rest. De tijd heeft hem teruggebracht tot wat je hier voor je ziet.'

Starling keek naar de beenderen. Ze draaide zich om en liep snel het vertrek uit. Het was geen vlucht en Lecter volgde haar niet. Hij wachtte in het schemerdonker. Hij was niet bang, maar hij luisterde naar haar terugkomst als een geit die als lokaas aan een paal is vastgebonden. Ze had iets in haar hand, glimmend metaal. Een insigne, John Brighams penning. Ze legde die op het laken.

'Wat betekent een politiepenning voor jou, Clarice? Je hebt in de stal een kogel dwars door een van die dingen geschoten.'

'Voor hem betekende die alles. Zo stom was hij nou.' Het laatste woord klonk vervormd en haar mondhoeken gingen trillend naar beneden. Ze pakte de schedel van haar vader op en ging op het andere bed zitten, brandende tranen sprongen haar in de ogen en stroomden over haar wangen.

Als een peuter pakte ze de onderkant van haar trui en drukte die tegen haar wang en snikte, bittere tranen vielen met een hol getik op de bovenkant van haar vaders schedel met de glimmende kroon, die op haar schoot lag. 'Ik *hou* van mijn papa, hij was goed voor mij, hij heeft altijd zijn best gedaan. Het was de beste tijd van mijn leven.' En dat was waar, en niet minder waar dan voordat ze haar woede had laten ontsnappen.

Toen dr. Lecter haar een tissue gaf, omklemde ze die in haar vuist en hij veegde zelf haar gezicht af.

'Clarice, ik laat je nu alleen met deze stoffelijke resten. Resten, Clarice. Je kunt je hele ellende van je af schreeuwen tegen die lege oogkassen, maar een antwoord zul je niet krijgen.' Hij nam haar hoofd tussen zijn handen. 'Wat jij van je vader nodig hebt, zit hier, in je hoofd, en het oordeel is nu aan jou, niet aan hem. Ik laat je nu alleen. Wil je dat ik de kaarsen laat branden?'

'Ja, alstublieft.'

'Als je naar buiten komt, neem dan alleen mee wat je nodig hebt.'

Hij wachtte in de zitkamer, voor de open haard. Hij bespeelde zijn theremin om de tijd te doden, maakte muziek met bewegingen van zijn lege handen door het elektronische veld, die handen die hij op Clarice Starlings hoofd had gelegd zoals hij nu de muziek dirigeerde. Hij was zich al geruime tijd voordat hij zijn spel had beëindigd, bewust van Starlings aanwezigheid achter zich.

Toen hij zich naar haar omdraaide, was haar glimlach zacht en droevig en haar handen waren leeg.

Dr. Lecter zocht altijd naar een bepaald patroon.

Hij wist dat Starling, als elk gevoelig wezen, uit haar vroegste ervaringen matrijzen, kaders had gevormd waarin zij latere indrukken een plaats kon geven.

Tijdens hun gesprekken zo lang geleden gevoerd door de tralies van de inrichtingscel, had hij een belangrijke matrijs in Starling ontdekt, de slachting van de lammeren en paarden op de ranch van haar pleegouders. Hun ontreddering had een stempel op haar gedrukt.

Bij haar bezeten en succesvolle jacht op Jame Gumb was ze gedreven door de ontreddering van zijn gevangene.

Om dezelfde reden had ze hem nu uit handen van zijn folteraars gered.

Uitstekend. Een gedragspatroon.

Altijd op zoek naar onderlinge verbanden, was dr. Lecter tot de conclusie gekomen dat Starling de goede eigenschappen van haar vader in John Brigham had teruggevonden – en tegelijk met de deugden van haar vader had die arme Brigham het taboe van incest opgelegd gekregen. Brigham, en waarschijnlijk ook Crawford, waren de belichaming van haar vaders deugden. Waar waren dan zijn slechte eigenschappen?

Dr. Lecter zocht naar de rest van deze gespleten matrijs. Met behulp van hypnotische middelen en hypnosetechnieken die sterk afweken van de technieken die in gangbare therapie worden toegepast, ontdekte hij in Clarice Starlings persoonlijkheid harde en koppige knoesten, als de knoesten in hout, en oude wrok, ontvlambaar als hars.

Hij ontdekte taferelen van een meedogenloze helderheid, jaren oud maar goed onderhouden en uiterst gedetailleerd, die helse flitsen van woede door Starlings brein afschoten, als bliksemschichten in een donderkop.

De meeste hadden betrekking op Paul Krendler. Haar wrok geboren uit het onrecht waarvan zij het slachtoffer was geworden en waarvan Krendler de schuld droeg, werd gevoed door de woede jegens haar vader die zij nooit van haar leven aan zichzelf zou toegeven. Ze kon haar vader niet vergeven dat hij was gestorven. Hij had zijn gezin in de steek gelaten, hij was opgehouden sinaasappelen te schillen in de keuken. Hij had haar moeder gedoemd tot de stoffer en de dweil. Hij had opgehouden Starling tegen zich aan te drukken, zijn

grote hart bonzend als Hannahs hart toen ze de nacht in waren gereden.

Krendler was het symbool van mislukking en bittere teleurstelling.
Ze kon hem overal de schuld van geven. Maar kon hij ook getrot-
seerd worden? Of had Krendler evenals elke andere autoriteit en taboe de macht Starling gevangen te houden in haar, naar dr. Lecters
mening, onderdrukte, bekrompen leven?

Hij zag één lichtpuntje: ondanks het feit dat de politiepenning een
stempel op haar had gedrukt, was ze in staat geweest een kogel door
een ster te jagen en de drager te doden. Waarom? Omdat ze in het
vuur van de strijd de drager als misdadiger had geclassificeerd en
haar oordeel al had geveld, waarmee ze het in haar hoofd gegrifte
symbool van de ster had overstemd. In aanleg was hier flexibiliteit.
De hersenen hebben het voor het zeggen. Betekende dit dat er in
Starling zelf ruimte was voor Mischa? Of was het niet meer dan
weer een goede eigenschap van de plek die Starling moest vrij maken?

96

Barney, weer terug in zijn woning in Baltimore, terug in de sleur van
zijn werk in het Misericordia, had avonddienst. Op weg naar huis
liep hij de koffieshop binnen voor een kop soep en het was tegen
middernacht toen hij zijn flat binnenkwam en het licht aandeed.

Ardelia Mapp zat aan zijn keukentafel. Ze hield een zwart semi-automatisch pistool op zijn gezicht gericht. Aan de maat van de opening in de loop te zien schatte Barney het kaliber op een .40.

'Ga zitten, verplegertje,' zei Mapp. Haar stem was hees en rondom
haar donkere pupillen waren haar ogen oranje. 'Trek je stoel naar
die plek toe en ga achterover zitten, tegen de muur geleund.'

Wat hem meer angst aanjoeg dan het grote vuurwapen in haar hand,
was het andere pistool dat op de placemat voor haar lag. Een Colt
Woodsman .22 met een plastic frisdrankflesje als demper op de loop
getapet.

De stoel kreunde onder Barneys gewicht. 'Als de stoelpoten het begeven, moet je niet meteen gaan schieten, daar kan ik niks aan doen,'
zei hij.

'Wat weet jij over Clarice Starling?'

'Niks.'

Mapp pakte het pistool van klein kaliber. 'Ik maak geen geintje, Barney. Als ik maar het idee krijg dat je zit te liegen, verplegertje, is het met je gebeurd, geloof je me?'

'Ja.' Barney wist dat ze het meende.

'Ik zal het je nogmaals vragen. Weet jij iets dat me zou helpen Clarice Starling te vinden? Op het postkantoor hebben ze me verteld dat je een maandlang je post hebt laten doorsturen naar Mason Vergers adres. *Wat heeft dat te betekenen, Barney?*'

'Ik heb er gewerkt. Ik heb Mason Verger verzorgd en hij heeft me over Lecter uitgevraagd. Ik had het daar niet naar mijn zin en heb ontslag genomen. Mason was een eersteklas schoft.'

'Starling is verdwenen.'

'Dat weet ik.'

'Misschien heeft Lecter haar meegenomen, misschien hebben de varkens haar te pakken gekregen. Stel dat hij haar heeft meegenomen, wat zou hij met haar doen?'

'Dat weet ik niet, werkelijk niet. Als ik kon, zou ik Starling heus wel helpen. Waarom ook niet? Ik mocht haar wel en bovendien had ze me beloofd dat ze mijn strafblad zou laten verdwijnen. Kijk haar rapporten en aantekeningen maar na of...'

'Dat heb ik al gedaan. Ik wil dat je één ding goed begrijpt, Barney. Dit is een eenmalige aanbieding. Als je ook maar iets weet, kun je me dat maar beter nu meteen vertellen. Als ik er later ooit achter kom, maakt niet uit hoeveel tijd er overheen gaat, dat je iets hebt achtergehouden dat misschien bruikbaar was geweest, dan kom ik terug en dan is dit pistool het laatste wat je ooit zult zien. Dan schiet ik je hartstikke dood. Geloof je me?'

'Ja.'

'Weet je iets?'

'Nee.' De langste stilte die hij ooit had meegemaakt.

'Blijf rustig zitten tot ik weg ben.'

Barney lag anderhalf uur wakker voordat hij in slaap viel. Hij lag in zijn bed naar het plafond te staren, zijn voorhoofd, breed als van een dolfijn, was afwisselend zweterig en droog. Barney dacht aan mogelijke bezoekers. Vlak voordat hij het licht uitdeed, ging hij naar zijn badkamer waar hij uit zijn medicijnkastje een roestvrij stalen scheerspiegel pakte, een overblijfsel van het korps mariniers.

Hij liep naar de keuken, maakte een stoppenkastje in de muur open en plakte de spiegel aan de binnenkant van het deurtje vast.

Meer kon hij niet doen. In zijn slaap schokte zijn lichaam krampachtig, als een slapende hond.

Na zijn volgende dienst nam hij een setje spullen voor medisch onderzoek na een verkrachting uit het ziekenhuis mee naar huis.

97

Dr. Lecter kon niet veel doen aan het huis van de Duitser zonder de inrichting zelf te veranderen. Bloemen en kamerschermen hielpen wel iets. Een beetje kleur was interessant tegen de massieve meubelstukken en hoge donkere ruimte. Het was een oeroud, fascinerend contrast, als een vlinder die neerstrijkt op een gepantserde vuist. Zijn afwezige huisbaas had kennelijk een obsessie voor Leda en de zwaan. De paring van de twee soorten, mens en dier, werd weergegeven in niet minder dan vier bronzen kunstvoorwerpen van uiteenlopende kwaliteit, waarvan de fraaiste een reproductie van een Donatello was, en acht schilderijen. Eén schilderij viel bijzonder bij dr. Lecter in de smaak, een Anne Shingleton, met geniale anatomische articulatie en oprechte passie in de daad op zich. Over de andere had hij doeken gedrapeerd. De afzichtelijke verzameling jachtbronzen was eveneens afgedekt.

Deze ochtend in alle vroegte dekte de doctor zijn tafel met zorg voor drie personen, met zijn vingertop naast zijn neus bekeek hij de tafelschikking vanuit verschillende hoeken, verving tot tweemaal toe de kandelaars en koos uiteindelijk toch voor een geplooid tafelkleed in plaats van zijn damasten placemats, teneinde de ovale eettafel tot een handzamer formaat terug te brengen.

Het donkere, grimmige buffet leek iets minder op een vliegdekschip toen hij daar grote dienschalen en glimmende koperen rechauds op had klaargezet. Dr. Lecter had zelfs enkele laden opengetrokken en daar bloemen in gelegd, een soort hangende tuinen-effect.

Hij zag dat er te veel bloemen in de kamer stonden en dat hij nog meer zou moeten halen. Te veel was te veel, maar veel te veel was precies goed. Hij besloot twee bloemstukken op de tafel neer te zetten: een laag stuk met pioenen in een zilveren schaal, zo wit als kokosbollen, en een groot, hoog gemengd arrangement van Ierse klokjes, Hollandse irissen, orchideeën en tulpen dat een deel van de grote tafel aan het oog onttrok waardoor een intieme ruimte ontstond.

Een kleine ijsregen van kristal stond voor de dienbladen, maar het platte tafelzilver lag in een opwarmer en zou pas op het laatste moment worden neergelegd.

De eerste gang zou aan tafel worden bereid, en voor dat doel hield hij zijn alcoholbranders, zijn koperen *fait-tout*, zijn koekenpan en steelpan, zijn kruiden en zijn autopsiezaag in gereedheid.

Hij zou meer bloemen kunnen halen als hij nu vertrok. Clarice Starling maakte zich niet druk toen hij zei dat hij even weg moest. Hij stelde voor dat ze misschien even een tukje zou kunnen doen.

98

Op de middag van de vijfde dag na de moordpartij was Barney net klaar met scheren en bette hij zijn wangen met alcohol, toen hij voetstappen de trap op hoorde komen. Het was bijna tijd om naar zijn werk te gaan.

Er werd hard geklopt. Margot Verger stond voor zijn deur. Ze droeg een grote handtas en een kleine rugtas.

'Hallo, Barney.' Ze zag er moe uit.

'Hallo, Margot. Kom binnen.'

Hij liet haar bij de keukentafel plaatsnemen. 'Wil je een colaatje?' Toen hij bedacht hoe Cordell aan zijn einde was gekomen, had hij spijt van zijn aanbod.

'Nee dank je,' zei ze.

Hij ging tegenover haar aan tafel zitten. Haar blik gleed over zijn armen als een bodybuilder die de competitie opnam, toen terug naar zijn gezicht.

'Alles goed, Margot?'

'Dat geloof ik wel,' zei ze.

'Je schijnt je nergens zorgen over te hoeven maken, ik bedoel van wat ik in de kranten lees.'

'Soms denk ik terug aan onze gesprekken, Barney. Ik had gedacht dat ik weleens iets van je zou horen.'

Hij vroeg zich af of de hamer in haar handtas of in de rugtas zat.

'Je zult van mij alleen maar iets horen omdat ik wil weten hoe het met je gaat, als je dat tenminste goed vindt. Ik zou je nooit ergens om vragen. Margot, voor mij hoef je niet bang te zijn.'

'Het is alleen maar, nou ja, je weet wel, je maakt je zorgen om onafgewerkte zaken. Niet dat ik ook maar iets te verbergen heb.'

Toen wist hij dat ze het sperma had. Als de zwangerschap bekend werd gemaakt, als het ze lukte, op dat moment zou Barney een gevaar betekenen.

'Ik bedoel, het was een geschenk uit de hemel, zijn dood dan, daar zal ik niet over liegen.'

Uit de snelheid waarmee ze sprak, maakte Barney op dat ze ergens op aanstuurde.

'Misschien lust ik toch wel een colaatje,' zei ze.

'Voordat ik dat voor je pak, wil ik je iets laten zien wat ik voor je heb. Geloof me, ik kan je geruststellen en het kost je geen cent. Wacht even.'

Hij pakte een schroevendraaier uit een bak met gereedschap op het aanrecht. Dat kon hij met zijn zijkant naar Margot gekeerd.

In de keukenmuur bevonden zich wat op het oog twee stoppenkastjes leken te zijn. In feite had men in het oude gebouw de oude kastjes vervangen en alleen het rechterkastje was in gebruik.

Bij de stoppenkastjes moest Barney zijn rug naar Margot toe draaien. Hij opende snel het linkerdeurtje. Nu kon hij haar in de gaten houden via de spiegel die hij aan de binnenkant van het deurtje had geplakt. Ze stak haar hand in de grote handtas. Stak hem erin, trok hem er niet weer uit.

Door vier schroeven te verwijderen kon hij het ontkoppelde schakelpaneel uit het oude kastje tillen. Achter het paneel was een ruimte in de holle muur.

Barney stak voorzichtig zijn hand naar binnen en trok die terug met een plastic zak.

Hij hoorde Margots adem stokken toen hij het voorwerp dat in de zak zat, eruit haalde. Het was een beroemd afstotelijk gezicht – het masker dat men dr. Lecter had opgezet in de psychiatrische strafinrichting in Baltimore om hem het bijten onmogelijk te maken. Dit was het laatste en meest waardevolle voorwerp in Barneys geheime voorraad Lecter-memorabilia.

'Wau!' zei Margot.

Barney legde het masker met het gezicht naar beneden op tafel, op een stuk vetvrij papier onder het felle keukenlicht. Hij wist dat dr. Lecter het masker nooit had mogen schoonmaken. Een korst van opgedroogd speeksel zat om de mondopening. Waar de banden aan het masker waren bevestigd, zaten drie haren, die waren tussen de sluiting blijven hangen en met wortel en al uit zijn hoofd gerukt.

Een blik op Margot vertelde hem dat ze op dit moment geen bedreiging voor hem vormde.

Barney pakte het setje spullen dat na een verkrachting werd gebruikt uit het keukenkastje. De kleine plastic doos bevatte wattenstaafjes, steriel water, gaasjes en schone pillenflesjes.

Uiterst zorgvuldig haalde hij de speekselvlokken met een bevochtigd wattenstaafje van het masker. Hij stopte het wattenstaafje in een pillenflesje. Hij trok de haren van het masker en stopte ze in een tweede flesje.

Hij drukte zijn duim tegen de plakkant van twee stukjes plakband, waardoor op elk stukje een duidelijke vingerafdruk kwam te staan en plakte daarmee de doppen op de flesjes. Hij stopte de flesjes in een plastic zakje en gaf dat aan Margot.

'Stel dat ik in moeilijkheden raak en mijn kop verlies en jou erbij probeer te lappen – door mezelf vrij te kopen met mijn verhaal over jou. In je hand heb je het bewijs dat ik op zijn minst medeplichtig was aan de dood van Mason Verger en misschien zelfs wel alles op mijn geweten heb. Ik heb je hoe dan ook de DNA verschaft.'

'Eventuele klachten zouden ingetrokken worden voordat je je mond opendeed.'

'Voor medeplichtigheid misschien wel, ja, maar niet voor daadwerkelijke deelname aan een moord die uitgebreid in de publiciteit is geweest. Ze zouden me immuniteit beloven voor de aanklacht van medeplichtigheid, maar me weer in de kraag grijpen zodra ze het idee kregen dat ik daadwerkelijk mijn handen had vuilgemaakt. Ik zou voorgoed de bak in draaien. Je hebt het bewijs in je hand.'

Barney wist niet zeker of zijn verhaal helemaal klopte, maar hij vond dat het goed klonk.

Ze kon de DNA van Lecter wanneer ze maar wilde op Barneys levenloze lichaam planten, en dat wisten ze allebei.

Ze bleef hem gedurende wat een eeuwigheid leek met die helderblauwe slagersogen aankijken.

Ze legde de rugzak op de tafel. 'Hier zit een hoop geld in,' zei ze. 'Genoeg om elke Vermeer ter wereld te gaan bekijken. Eénmaal.' Ze leek een tikkeltje uitgelaten en op een vreemde manier blij. 'Ik heb Franklins kat bij me in de auto, ik moet ervandoor. Franklin en zijn stiefmoeder en zijn zuster Shirley en een of andere pief die Stringbean heet en God weet wie nog meer komen naar Muskrat als Franklin het ziekenhuis uit mag. Het heeft me vijftig dollar gekost om die stomme kat te pakken te krijgen. Hij woonde onder een andere naam in het huis naast Franklins oude huis.'

Ze stopte het plastic zakje niet in haar handtas. Ze hield het in haar vrije hand. Barney vermoedde dat ze niet wilde riskeren dat hij haar andere optie in die tas zag zitten.

Bij de deur zei hij: 'Denk je dat er een zoen afkan?'

Ze ging op haar tenen staan en drukte een snelle kus op zijn lippen. 'Daar zul je het mee moeten doen,' zei ze preuts. De treden kraakten onder haar gewicht toen ze naar beneden liep.

Barney deed zijn deur op slot en duwde zijn voorhoofd tegen de frisse koelkast aan en zo bleef hij minutenlang staan.

99

Starling werd wakker bij kamermuziek, met pittige kookluchtjes ver op de achtergrond. Ze voelde zich heerlijk opgefrist en had een ontzettende trek. Een klop op de deur en dr. Lecter kwam binnen, gekleed in een donkere broek, een wit overhemd en een halsdoek. Hij had een lange kledingzak en een hete cappuccino voor haar bij zich.

'Heb je goed geslapen?'

'Heerlijk, dank u.'

'De chefkok vertelde me zojuist dat we over anderhalf uur aan tafel kunnen. Cocktails over een uur, ben je het daar mee eens? Ik dacht dat je dit misschien wel aardig zou vinden – kijk maar of het je past.'

Hij hing de kledingzak in de kast en verliet het vertrek zonder nog een woord te zeggen.

Ze keek pas in de kast nadat ze een lang bad had genomen, maar toen ze eindelijk keek, was ze blij met wat ze zag. Het was een lange avondjapon van roomkleurige zijde, met een smal, zij het diep decolleté onder een schitterend met kralen bestikt jasje.

Op de kaptafel lagen een paar oorhangers met in cabochon geslepen smaragden. De stenen waren uitzonderlijk sprankelend in weerwil van het feit dat ze niet facet geslepen waren.

Ze maakte nooit veel werk van haar haren. Ze voelde zich uiterst prettig in de japon. Hoe ongewoon ze ook was aan dit niveau van kleding, ze bleef niet lang voor de spiegel staan, keek alleen vluchtig of alles goed zat.

De Duitse huisbaas had een voorliefde voor bovenmaatse open haarden. Toen Starling de zitkamer betrad, lag een flinke stam fel te branden. Ze liep in een fluistering van zijde naar de warme haard.

Muziek klonk op van het klavecimbel in de hoek. Aan het instrument zat dr. Lecter, in rokkostuum gestoken.

Hij keek op en toen hij haar zag, stokte zijn adem. Zijn handen bleven roerloos boven de toetsen hangen. Klavecimbeltonen hebben geen nagalm en in de zo plots vallende stilte in de zitkamer hoorden ze allebei zijn volgende ademteug.

Twee gevulde glazen stonden voor de open haard te wachten. Hij pakte ze op. Lillets met een schijfje sinaasappel. Dr. Lecter reikte

Clarice Starling een van de glazen aan.

'Al zou ik je vanaf vandaag elke dag zien, tot in eeuwigheid, dit moment zou ik nooit vergeten.' Zijn donkere ogen hielden haar totaalbeeld gevangen.

'Hoe vaak hebt u mij gezien? Waarvan ik geen weet heb?'

'Drie keer slechts.'

'Maar hier...'

'Staat buiten de tijd, en wat ik hier van je zie terwijl ik je verzorg, is geen inbreuk op je privacy. Dat is opgeborgen op zijn eigen plek, naast je medisch dossier. Ik moet toegeven dat het inderdaad een genot is om naar je te kijken als je ligt te slapen. Je bent mooi, Clarice.'

'Uiterlijk is een toevallige omstandigheid, dr. Lecter.'

'Als aantrekkelijkheid een verdienste was, zou je nog steeds mooi zijn.'

'Dank u.'

'Zeg niet "*Dank u*".' Een amper zichtbaar schokje van zijn hoofd was voldoende om zijn ergernis van zich af te schudden, zoals iemand een glas in de open haard slingert.

'Ik meen het anders wel,' zei Starling. 'Had u soms liever dat ik zei "Ik ben blij dat u me mooi vindt". Dat zou misschien eleganter zijn, maar even waar.'

Ze hief haar glas onder haar vlakke prairieblik, zonder een enkel woord terug te nemen.

Op dat moment besefte dr. Lecter dat zij, ondanks al zijn kennis en indringing, nooit voorspelbaar zou zijn en dat hij haar nooit volledig zou bezitten. Hij kon de rups voederen, hij kon de pop toefluisteren, maar hetgeen uit de pop kroop, volgde zijn eigen weg en ontsnapte aan hem. Hij vroeg zich af of ze de .45 onder de japon aan haar been had gesnoerd.

Toen glimlachte Clarice Starling hem toe, het licht van het vuur viel in de cabochons en het monster verloor zich in zelfverheerlijking voor zijn exquise smaak en arglist.

'Clarice, een diner doet een beroep op smaak en reukzin, de oudste zintuigen die zich het dichtst bij de kern van de geest bevinden. Smaak- en reukzin huizen in dat deel van de geest dat voorafgaat aan mededogen en voor mededogen is aan mijn dis geen plaats. Tegelijkertijd spelen in de koepel van de hersenschors, als verlichte wonderen op het plafond van een kerk, de rites en het schouwspel en de uitwisselingen van het diner. Dat kan veel boeiender zijn dan een theatervoorstelling.' Hij bracht zijn gezicht dicht bij het hare, probeerde de blik in haar ogen te ontcijferen. 'Ik wil dat je begrijpt

welk een weelde jij daaraan toevoegt, Clarice, en waarop je recht
hebt. Clarice, heb je jezelf onlangs in de spiegel bekeken? Ik geloof
van niet. Ik betwijfel zelfs of je dat ooit doet. Kom mee naar de gang,
ga voor de grote spiegel staan.'

Dr. Lecter pakte een kandelaar van de schoorsteenmantel.

De hoge spiegel was een van de fraaie achttiende-eeuwse antiquitei-
ten, ietwat beslagen en gecraqueleerd. Hij was afkomstig uit het Château Vaux-le-Vicomte en god weet wat hij allemaal heeft gezien.

'Kijk, Clarice. Dat verrukkelijke beeld, dat ben jij. Deze avond zul
je jezelf een poosje van een afstand bezien. Je zult rechtvaardigheid
zien, je zult de waarheid spreken. Het heeft je nooit aan de moed
ontbroken je mening ten beste te geven, maar je werd belemmerd
door remmingen. Ik zeg je nog eenmaal, voor mededogen is aan mijn
dis geen plaats.

Wanneer opmerkingen worden geplaatst die op het moment zelf onaangenaam zijn, zul je ontdekken dat de context die kan veranderen in iets dat tussen vermakelijk en hilarisch ligt. Wanneer dingen
worden gezegd die pijnlijk waar zijn, is dat slechts een tijdelijke waarheid die zal veranderen.' Hij nam een slokje van zijn drankje. 'Wanneer je innerlijke pijn voelt ontwaken, zal die spoedig opbloeien in
opluchting. Begrijp je mij?'

'Nee, dr. Lecter, maar ik weet nog wat u zei. Het heen-en-weer met
al die zelfverbetering. Ik heb zin in een aangenaam diner.'

'Dat beloof ik je.' Hij glimlachte, een glimlach die menigeen schrik
aanjaagt.

Geen van beiden keek nu nog naar haar spiegelbeeld in het troebele glas. Ze keken elkaar aan tussen de brandende dunne kaarsen in
de kandelaar door en de spiegel bezag hen beiden.

'Kijk, Clarice.'

Ze keek naar het vuurrad van rode vonken diep in zijn ogen en voelde de opwinding van een kind op weg naar de kermis.

Uit zijn jaszak haalde dr. Lecter een injectiespuit met een haarfijne
naald en zonder te kijken, op gevoel, drukte hij de naald in haar
arm. Toen hij hem terugtrok, kwam er zelfs geen bloed uit het piepkleine wondje.

'Wat speelde u toen ik binnenkwam?' vroeg ze.

' "If Love Now Reigned".'

'Is dat erg oud?'

'Hendrik VIII heeft het gecomponeerd, omstreeks 1510.'

'Wilt u het voor mij spelen?' zei ze. 'Wilt u het nu tot het einde uit-
spelen?'

100

De luchtstroom van hun entree in de eetkamer deed de vlammetjes van de kaarsen en de rechauds flakkeren. Starling had de eetkamer alleen maar in het voorbijgaan gezien en de kamer was schitterend getransformeerd. Helder, uitnodigend. Hoge kristallen glazen waarin het kaarslicht werd weerkaatst boven het roomkleurige tafellinnen, de ruimte verkleind tot een intiem formaat door een scherm van bloemen dat de rest van de tafel aan het oog onttrok.

Dr. Lecter had op het laatste moment zijn platte tafelzilver uit de rechaud gepakt en toen Starling de voor haar gedekte plaats onderzocht, voelde ze een bijna koortsachtige hitte uit het heft van haar mes opstijgen.

Dr. Lecter schonk wijn in de glazen en gaf haar alleen een piepkleine *amuse-gueule* als hapje vooraf, een enkele Belon-oester en een klein stukje worst, en zelf ging hij zitten, met voor zich een half glas wijn, om haar te bewonderen in de context van zijn tafel.

De hoogte van de kandelaars was precies goed. De vlammen verlichtten de diepte van haar decolleté en hij zag dat haar mouwen geen gevaar liepen.

'Wat eten we?'

Hij bracht een vinger naar zijn lippen. 'Dat moet je nooit vragen, dan is het geen verrassing meer.'

Ze spraken over het op maat snijden van kraaienslagpennen en het effect daarvan op de klank van een klavecimbel en heel even kwam haar een beeld voor ogen van een kraai die op het balkon van een motelkamer iets weggraaide van haar moeders werkwagentje. Vanuit de verte beoordeelde ze de herinnering als niet relevant voor dit aangename tijdstip en ze verdrong hem doelbewust.

'Trek?'

'Ja!'

'Dan zal ik nu de eerste gang opdienen.'

Dr. Lecter verplaatste een blad van het buffet naar een plekje naast de voor hem gedekte plaats en zette een bijzettafel op wieltjes naast de tafel. Hierop stonden zijn pannen en zijn branders en in kleine kristallen schaaltjes zijn kruiden.

Hij draaide de branderpit hoger en begon met een aanzienlijke kluit Charante-boter in zijn *fait-tout* steelpan. Hij liet de smeltende boter in de pan ronddraaien tot die bruin was, om *beurre-noisette* te maken. Toen de boter de kleur van een hazelnoot had aangenomen, zette hij de pan terzijde op een treeft.

Hij glimlachte naar Starling, zijn witte tanden fonkelden.

'Clarice, herinner je je nog dat gesprek over prettige en minder prettige opmerkingen en hoe bepaalde dingen in context bijzonder vermakelijk kunnen zijn?'

'Die boter ruikt heerlijk. Ja, dat weet ik nog.'

'En weet je nog wie je in de spiegel hebt gezien, hoe prachtig zij was?'

'Dr. Lecter, als ik zo vrij mag zijn, het lijkt wel een overhoring. Natuurlijk herinner ik me alles nog.'

'Goed dan. De heer Krendler is onze gast bij de eerste gang.'

Dr. Lecter verplaatste het grote bloemstuk van de tafel naar het buffet.

Assistent inspecteur-generaal Paul Krendler, in levenden lijve, zat in een grote eiken leunstoel aan tafel. Krendler sperde zijn ogen wijd open en keek om zich heen. Hij droeg zijn jogging-zweetband en een fraaie begrafenissmoking, compleet met overhemd en vlinderdas, tot een geheel aan elkaar genaaid. Aangezien de rug van het kledingstuk open was, had dr. Lecter het pak min of meer om zijn lichaam kunnen instoppen, waardoor de meters isolatietape waarmee hij aan de stoel was bevestigd, buiten zicht bleven.

Het is mogelijk dat Starlings oogleden een fractie van een millimeter zakten en dat ze haar lippen nauwelijks waarneembaar tuitte, zoals soms op de schietbaan.

Dr. Lecter pakte nu een zilveren tang van het buffet en verwijderde daarmee de tape die Krendlers mond bedekte.

'Nogmaals goedenavond, meneer Krendler.'

'Goedenavond.' Krendler leek niet helemaal zichzelf te zijn. Voor hem op tafel stond een kleine terrine.

'Wilt u juffrouw Starling niet begroeten?'

'Hallo, Starling.' Zijn gezicht leek op te klaren. 'Ik heb je altijd al graag een keer willen zien eten.'

Starling bekeek hem van een afstand, alsof zij de wijze, oude spiegel was die alles gadesloeg. 'Hallo, meneer Krendler.' Ze draaide haar hoofd naar dr. Lecter, die druk in de weer was met zijn pannen. 'Hoe hebt u hem in vredesnaam te pakken gekregen?'

'De heer Krendler is onderweg naar een belangrijke bijeenkomst met betrekking tot zijn toekomst in de politiek,' zei dr. Lecter. 'Margot Verger heeft mij een gunst bewezen en hem uitgenodigd. Ik had nog iets van haar tegoed. De heer Krendler rende vrolijk naar het landingsplatform in Rock Creek Park, waar hij dacht de helikopter van Verger te zullen treffen. Maar in plaats daarvan is hij met mij meegekomen. Wilt u ons voorgaan in een dankgebed voor ons maal, meneer Krendler? Meneer *Krendler*?'

'Bidden? Ja.' Krendler deed zijn ogen dicht. 'Heer, wij danken u voor de zegeningen die wij op het punt staan te ontvangen en wij dragen die op aan uw dienst. Starling is veel te groot om nog met haar pappie te neuken, zelfs voor een meisje uit het Zuiden. Vergeeft u haar dat alstublieft en draag haar op aan mijn dienst. In naam van Jezus, amen.'

Starling zag dat dr. Lecter tijdens het gebed zijn ogen vroom gesloten hield.

Ze voelde zich opgewekt en kalm. '*Paul*, het moet gezegd worden dat de apostel *Paulus* het je niet had kunnen verbeteren. Hij had ook een hekel aan vrouwen.'

'Je hebt het ditmaal werkelijk verknald, Starling. Je zult nooit in je functie worden hersteld.'

'Hoorde ik het goed in dat gebed, was dat een aanbod voor een baan? Dergelijke tact zou ik nooit achter u hebben gezocht.'

'Ik ben op weg naar de Senaat.' Krendler glimlachte onaangenaam. 'Kom maar eens langs op het hoofdkwartier van de verkiezingscampagne, misschien heb ik wel een baantje voor je. Misschien is kantoorbediende iets voor jou. Kun je typen en archiveren?'

'Zeker wel.'

'Kun je dictaat opnemen?'

'Ik gebruik stem-herkenningssoftware,' zei Starling. Ze vervolgde op bedachtzame toon: 'Neem we niet kwalijk dat ik aan tafel over zaken spreek, maar u bent niet slim genoeg voor de Senaat. Smerige praktijken zijn nog geen compensatie voor een tweederangs intelligentie. U zou het langer uithouden als boodschappenjongen van een grote boef.'

'Wacht vooral niet op ons, meneer Krendler,' drong dr. Lecter aan. 'Neem wat van uw bouillon terwijl die nog warm is.' Hij bracht de bedekte *potager* met rietje naar Krendlers lippen.

Krendler trok een vies gezicht. 'Die soep is niet erg lekker.'

'Het is eigenlijk meer een aftreksel van peterselie en tijm,' zei de doctor, 'en eerder voor ons bedoeld dan voor u. Neem nog een paar slokken en laat hem circuleren.'

Starling zat kennelijk een bepaalde kwestie te overwegen, ze gebruikte haar handpalmen als de weegschaal van vrouwe Justitia. 'Weet u, meneer Krendler, iedere keer dat u zich aan me zat op te geilen had ik het vervelende gevoel dat ik iets had gedaan om dat te verdienen.' Ze bewoog haar palmen voorzichtig op en neer, alsof ze een Slinky heen en weer liet rollen. 'Maar dat wás niet zo. Elke keer dat u een negatieve aantekening aan mijn dossier toevoegde, wekte dat mijn verontwaardiging, maar elke keer heb ik de schuld bij mezelf gezocht. Ik ging aan mezelf twijfelen en had te kampen met het gevoel dat pappie altijd gelijk had.

Maar u hebt helemaal geen gelijk, meneer Krendler. In helemaal niets.' Starling nam een slokje van haar voortreffelijke witte bourgogne en zei tegen dr. Lecter: 'Dit is werkelijk heerlijk. Ik geloof alleen dat hij iets te koud staat.' Ze wendde zich weer als een voorkomende gastvrouw tot haar gast. 'U bent niets anders dan een... een *pummel*, de aandacht niet waard,' zei ze op conversatietoon. 'Genoeg gepraat over u aan deze schitterende tafel. Aangezien u dr. Lecters gast bent, hoop ik dat u van de maaltijd zult genieten.'

'*Wie ben je in godsnaam?*' vroeg Krendler. 'Jij bent Starling niet. Je hebt dezelfde vlek op je wang, maar je bent niet Starling.'

Dr. Lecter voegde sjalotjes aan zijn hete, gebruinde boter toe en zodra het aroma opsteeg, deed hij er fijngehakte kappertjes bij. Hij haalde de steelpan van het vuur en zette zijn koekenpan op de vlam. Hij pakte een grote kristallen schaal met ijskoud water en een zilveren dienblad van het buffet en zette die naast Paul Krendler.

'Ik had plannen voor die bijdehante mond,' zei Krendler, 'maar ík zou je nu nooit meer aannemen. Wie heeft je eigenlijk in dienst genomen?'

'Ik verwacht niet dat u uw houding radicaal zult wijzigen zoals die andere Paulus, meneer Krendler,' zei dr. Lecter. 'U bent niet op weg naar Damascus, zelfs niet op weg naar de helikopter van de Vergers.'

Dr. Lecter trok Krendlers zweetband van zijn hoofd zoals hij de sluitstrip van een blikje kaviaar zou trekken.

'Het enige wat we vragen, is dat u voor alles open blijft staan.' Voorzichtig, met beide handen, tilde dr. Lecter de bovenkant van Krendlers schedel op, legde die op het dienblad en zette die vervolgens op het buffet. Er was bij de onberispelijke incisie amper bloed te zien. De grote bloedvaten waren onder plaatselijke verdoving dichtgebonden en de kleinere dichtgeschroeid, en het schedeldak was een halfuur voor de maaltijd in de keuken rondom doorgezaagd.

De methode waarmee dr. Lecter Krendlers schedeldak had verwijderd, was zo oud als de Egyptische geneeskunde, zij het dat hij het voordeel had van een autopsiezaag met een schedelblad, een schedelboor en geavanceerde narcotica. De hersenen zelf zijn gevoelloos. De roze-grijze bovenkant van Krendlers brein was boven zijn afgetopte schedel zichtbaar.

Dr. Lecter boog zich over Krendler met een instrument dat leek op een lepel waarmee keelamandelen worden verwijderd, en verwijderde een plakje van Krendlers voorhoofdskwab, toen nog een, tot hij vier plakjes had. Krendlers ogen waren omhoog gericht alsof hij de gebeurtenissen volgde. Dr. Lecter legde de plakjes in de schaal met ijswater, dat met citroensap was verzuurd, om ze te verstevigen. '*Would you like to swing on a star*,' zong Krendler opeens. '*Carry moonbeams home in a jar.*'

In de klassieke keuken worden hersenen in water gelegd opdat ze zich kunnen volzuigen, en vervolgens uitgedrukt en een nacht in de koeling gelegd om ze te verstevigen. Bij de bereiding van een vers product moet men zien te voorkomen dat het weefsel uiteenvalt in een handvol klonterige gelatine.

Uiterst bedreven bracht de doctor de plakjes over naar een bord, bestoof ze licht met gekruide bloem en vervolgens met verse briochekruimels.

Hij raspte een verse zwarte truffel en voegde die toe aan de saus, die hij vervolgens afmaakte met een scheutje citroensap.

Hij bakte de plakjes snel om en om, tot beide kanten bruin waren. 'Ruikt heerlijk!' zei Krendler.

Dr. Lecter legde de gebruinde hersenplakjes op platte croutons op de verwarmde borden en dresseerde ze met de saus en plakjes truffel. Een garnering van peterselie en heel gelaten kappertjes, compleet met steeltje, en een enkele bloesem van witte waterkers completeerde zijn presentatie.

'Hoe smaakt het?' vroeg Krendler, die weer achter de bloemen zat en buitensporig luid sprak, zoals gebruikelijk is bij mensen bij wie een hersenkwab is verwijderd.

'Werkelijk voortreffelijk,' zei Starling. 'Ik had nog nooit kappertjes gegeten.'

Dr. Lecter vond de glans van botersaus op haar lip bijzonder aandoenlijk.

Achter het groen zat Krendler te zingen, voornamelijk kinderliedjes, en hij moedigde hen aan verzoeknummers op te geven.

Zonder acht op hem te slaan spraken dr. Lecter en Starling over Mischa. Starling was op de hoogte van het lot van Lecters zusje uit hun gesprekken over verlies, maar nu sprak de doctor hoopvol over haar mogelijke terugkeer. Het klonk Starling op deze avond niet onredelijk in de oren dat Mischa wellicht zou terugkeren.

Ze sprak de hoop uit dat ze Mischa ooit zou ontmoeten.

'Jij zou niet eens de telefoon in mijn kantoor mogen opnemen. Je klinkt als een maïsbroodkut,' schreeuwde Krendler door de bloemen.

'Luister maar goed, misschien klink ik wel als Oliver Twist als ik zometeen nog een portie vraag,' antwoordde Starling, waarbij Dr. Lecter moeite had zijn lachen in te houden.

Een tweede portie verbruikte het grootste deel van de frontale kwab, bijna tot aan de premotorische cortex. Krendler werd daardoor beperkt tot irrelevante waarnemingen van dingen in zijn onmiddellijke omgeving, en van achter de bloemen klonk de monotone voordracht van een lang, obsceen gedicht dat 'Shine' heette.

Starling en Lecter, die opgingen in hun gesprek, stoorden zich hier niet meer aan dan als zij in een restaurant hadden gezeten waar een groepje aan een andere tafel lang-zal-ze-leven had ingezet, maar toen Krendler steeds harder ging zingen, pakte dr. Lecter zijn kruisboog uit de hoek.

'Ik wil je het geluid van dit snaarinstrument laten horen, Clarice.'

Hij wachtte tot Krendler even zweeg en schoot toen een pijl over de tafel tussen de hoge bloemen door.

'Die specifieke frequentie van de kruisboogsnaar, mocht je die ooit nog eens horen, in welk verband ook, betekent niets meer of. minder dan je volledige vrijheid en vrede en vervulling,' zei dr. Lecter.

De veren en een deel van de schacht staken uit de voorkant van het bloemstuk en bewogen min of meer met het ritme van een kloppend hart. Krendlers stem zweeg abrupt en enkele seconden later bewoog de pijl ook niet meer.

'Ongeveer een d onder middel-c?' zei Starling.

'Exact.'

Een seconde later maakte Krendler achter het bloemstuk een gorgelend geluid. Het was niet meer dan een trilling in zijn strottenhoofd veroorzaakt door de toenemende verzuring van zijn bloed ten gevolge van zijn dood luttele seconden tevoren.

'Tijd voor de volgende gang,' zei de doctor, 'een klein sorbet om onze smaakpapillen te verfrissen voor de kwartel. Nee, nee, blijf zitten. De heer Krendler helpt wel afruimen, als je hem even wilt excuseren.'

De klus was snel geklaard. Achter het bloemenscherm schraapte dr. Lecter de borden schoon en deponeerde de restjes in Krendlers schedel, waarna hij de borden op Krendlers schoot stapelde. Hij zette Krendlers schedeldak weer op zijn plaats, nam het touw ter hand dat bevestigd was aan een plateau op wieltjes onder Krendlers stoel en trok hem mee naar de keuken.

Daar laadde dr. Lecter zijn kruisboog weer op. Toevallig kon hij daarvoor dezelfde accu gebruiken als voor de autopsiezaag.

De kwartelvelletjes waren knapperig en de vogels waren gevuld met foie gras. Dr. Lecter sprak over Hendrik VIII in zijn hoedanigheid van componist en Starling vertelde hem over het tot stand komen van het geluid van motoren met behulp van een computer, de reproductie van frequenties die prettig in het gehoor lagen.

Zij zouden in de zitkamer het dessert gebruiken, kondigde dr. Lecter aan.

101

Een soufflé en een glas Château d'Yquem voor de open haard in de zitkamer, de koffie stond klaar op een bijzettafeltje naast Starling. Het vuur danste in de gouden wijn, het aroma steeg op uit de diepe tonen van de brandende stam.

Ze spraken over theekopjes en tijd en de chaostheorie.

'En zo ben ik gaan geloven,' zei dr. Lecter, 'dat er voor Mischa ergens een plaats op aarde moest zijn, een eersteklas plek die voor haar vrijgemaakt moest worden, en ik ben tot de conclusie gekomen, Clarice, dat het beste plekje op aarde jouw plek is.'

De gloed van het haardvuur drong tot Lecters spijt minder ver door in de diepte van Starlings decolleté dan het kaarslicht, maar speelde schitterend over de structuur van haar gezicht.

Ze dacht even na. 'Eén vraag, dr. Lecter. Als een eersteklas plek op aarde een vereiste is voor Mischa's terugkeer, en daarmee bedoel ik niet dat dit niet zo zou zijn, wat mankeert er dan aan uw eigen plek? Die is voortreffelijk bezet en ik weet dat u haar nooit zou verloochenen. Zij en ik zouden als zusters kunnen zijn. En als er, zoals u zegt, in mij plaats is voor mijn vader, waarom is er in u dan geen plaats voor Mischa?'

Dr. Lecter keek vergenoegd; of dat kwam door het idee of door Starlings oplossing is moeilijk te zeggen. Misschien bevroedde hij met een vage onrust dat hij beter werk had verricht dat hij had vermoed. Toen ze haar glas terugzette op het tafeltje naast zich, stootte ze tegen haar koffiekopje, dat op de grond voor de haard in stukken viel. Ze keek niet naar beneden.

Dr. Lecter keek naar de scherven en ze zwegen allebei.

'Ik geloof niet dat u nu meteen een beslissing hoeft te nemen,' zei Starling. Haar ogen en de cabochons flonkerden in de gloed van het vuur. Een zucht uit de haard, de warmte van het vuur door haar japon, en een vluchtige herinnering schoot Starling te binnen – *Dr. Lecter, die al die jaren geleden senator Martin had gevraagd of ze haar dochter borstvoeding had gegeven.* Een kostbare beroering in Starlings onnatuurlijke kalmte: een seconde lang lagen vele vensters in haar geest op één lijn en kon zij veel verder kijken dan haar eigen beleving. Ze zei: 'Hannibal Lecter, heeft jouw moeder je borstvoeding gegeven?'

'Ja.'

'Heb je ooit het gevoel gehad dat je afstand moest doen van die borst ter wille van Mischa? Heb je ooit het idee gehad dat je die moest afstaan aan haar?'

Hij antwoordde niet meteen. 'Dat weet ik niet meer, Clarice. Als ik die heb moeten opgeven, heb ik dat met graagte gedaan.'

Clarice Starling stak haar hand in de diepe halsopening van haar japon en bevrijdde haar borst, de tepel werd hard in de vrije lucht. 'Deze hoef je niet af te staan,' zei ze. Zonder dat haar blik hem losliet stak ze de vinger waarmee ze zo vaak de trekker had overgehaald, in haar mond en de dikke, zoete druppel warme Château d'Yquem die ze naar haar tepel bracht, hing daar als een gouden cabochon en trilde met haar ademhaling mee.

Hij kwam snel uit zijn stoel overeind en liep op haar toe, liet zich voor haar stoel op zijn knieën zakken, en in de gloed van het vuur boog hij zijn donkere, gesoigneerde hoofd over het koraal en room van haar borst.

102

Buenos Aires, Argentinië, drie jaar later.

Barney en Lillian Hersh wandelden in de vooravond in de buurt van de obelisk op de Avenida de 9 Julio. Mevrouw Hersh is docent aan de universiteit van Londen, met verlof. Zij en Barney hebben elkaar ontmoet in het antropologisch museum in Mexico Stad. Het klikte tussen hen, ze reizen nu al twee weken samen, en met de dag wordt het leuker. Ze vervelen elkaar nog steeds niet.

Ze waren te laat op de middag in Buenos Aires aangekomen om nog naar het Museo Nacional te gaan, waar een Vermeer hing die aan het museum was uitgeleend. Barneys missie om elke Vermeer op aarde op te zoeken amuseerde Lillian Hersh en die vormde geen beletsel voor andere genoegens. Hij had al een kwart van alle Vermeers gezien en er stonden nog genoeg op zijn lijst.

Ze zochten een gezellig café waar ze op het terras iets konden eten. Limousines stonden voor het Teatro Colón, het spectaculaire operagebouw van Buenos Aires. Ze bleven staan en keken naar de operaliefhebbers die het theater binnengingen.

Deze avond werd *Tamerlane* opgevoerd, in een voortreffelijke bezetting, en het premièrepubliek van Buenos Aires is de moeite van het stilstaan waard.

'Barney, hou jij van opera? Volgens mij zou je het best mooi vinden. Ik trek de knip.' Hij vond haar manier van praten grappig. 'Als jij me erdoorheen loodst, trek ík de knip,' zei Barney. 'Denk je dat we zo naar binnen kunnen?'

Op dat moment gleed een Mercedes Maybach, donkerblauw met zilver, naar de kant. Een portier haastte zich de autoportieren open te houden.

Een man, slank en elegant in avondkleding, stapte uit en stak zijn hand uit om een vrouw te helpen uitstappen. Haar aanblik deed een bewonderend gemompel opstijgen in de menigte bij de ingang. Haar kapsel was een fraaie platina helm en ze droeg een nauwsluitende, koraalrode japon, met daar overheen een laagje tule. Aan haar hals de groene flonkering van smaragden. Barney zag haar slechts vluchtig, tussen de hoofden van de menigte door, toen verdween zij met haar begeleider in het gebouw.

Barney had de man iets beter kunnen bekijken. Zijn hoofd was zo glad als de kop van een otter en de hooghartige boog van zijn neus leek op die van Perón. Zijn houding deed hem langer lijken dan hij was.

'Barney? Ach, Barney,' zei Lillian, 'als je weer tot jezelf komt, zo je ooit weer tot jezelf komt, vertel me dan of je naar de opera wilt. Vooropgesteld dat ze ons *in mufti* binnenlaten. Zo, ik heb het gezegd, al klopt het niet helemaal – ik heb altijd al eens willen zeggen dat ik *in mufti* was.'

Toen Barney niet vroeg wat mufti was, keek ze hem vanuit haar ooghoek aan. Hij vroeg altijd overal naar.

'Ja,' zei Barney afwezig. 'Ik trek de knip.' Barney had geld zat. Hij ging er verstandig mee om, maar was niet krenterig. Maar de enige kaartjes die nog te krijgen waren, waren plaatsen in de nok van het gebouw tussen de studenten.

Rekening houdend met de hoge ligging van de zitplaatsen huurde hij in de foyer een toneelkijker.

Het reusachtige theater is een mengeling van Italiaanse renaissance, Griekse en Franse stijlen, met een overdaad aan koper, verguldsel en rode pluche. Juwelen flonkerden in de menigte als flitslichten bij een voetbalwedstrijd.

Voordat de ouverture begon, legde Lillian hem in het kort uit waar het verhaal over ging.

Vlak voordat de lichten werden gedoofd die de zaal vanaf de goedkope zitplaatsen overspoelden, ontdekte Barney hen, de platinablonde dame en haar begeleider. Ze waren juist door de goudkleurige gordijnen hun fraaie loge naast het toneel binnen gekomen. De smaragden om haar hals flonkerden in het felle licht toen ze haar plaats innam.

Barney had alleen haar rechterprofiel gezien toen ze de opera was binnen gegaan. Nu zag hij de linkerkant van haar gezicht.

De studenten rondom hem, veteranen in de hoger gelegen zitplaatsen, hadden allerhande visuele hulpmiddelen meegebracht. Een van de studenten had een sterke uitschuifbare kijker die zo lang was dat hij het haar van degene in de rij voor hem in de war maakte. Het was moeilijk om de loge te vinden in het beperkte gezichtsveld van de lange kijker, maar toen hij die vond, was het paar opeens verrassend dichtbij.

Op de wang van de vrouw zat een schoonheidsvlek, op de plek die de Fransen 'courage' noemen. Haar blik gleed over de zaal, over het deel waar hij zat en er voorbij. Ze leek opgetogen en volkomen meester over haar koraalrode mond. Ze leunde over naar haar begeleider en zei iets waar ze allebei om moesten lachen. Ze legde haar hand op zijn hand en hield zijn duim vast.

'*Starling*,' fluisterde Barney.

'Wat?' fluisterde Lillian terug.

Barney had moeite het eerste bedrijf van de opera te volgen. Zodra de lichten aangingen voor de eerste pauze, richtte hij zijn kijker weer op de loge. De heer nam een champagneglas van het blad van een kelner en gaf dat aan de dame, pakte vervolgens zelf ook een glas. Barney zoomde in op zijn profiel, de vorm van zijn oren.

Hij volgde de lengte van de onbedekte armen van de vrouw. Die waren glad, zonder littekens, met ontwikkelde spieren, zo zag zijn kennersblik.

Terwijl Barney toekeek, draaide de heer zijn hoofd in Barneys richting alsof hij in de verte een geluid had opgevangen. De heer bracht een toneelkijker naar zijn ogen. Barney had kunnen zweren dat de kijker op hem werd gericht. Hij hield zijn programma voor zijn gezicht en zakte onderuit in zijn stoel om het te doen lijken of hij niet langer dan de gemiddelde man was.

'Lillian,' zei hij. 'Ik moet je een hele grote gunst vragen.'

'Hm,' zei ze. 'Als het neerkomt op wat ik gewoonlijk te horen krijg, kan ik niets beloven voordat ik weet wat het is.'

'We vertrekken zodra het licht weer uitgaat. Vlieg met mij naar Rio, vanavond nog. Zonder te vragen waarom.'

De Vermeer in Buenos Aires is de enige die Barney nooit heeft gezien.

103

Wilt u dit aantrekkelijke paar vanuit de opera volgen? Goed dan, maar uiterst voorzichtig...

Zo vlak voor het einde van dit millennium is Buenos Aires in de ban van de tango en de nacht heeft ritme. De Mercedes, waarvan de raampjes open staan om de muziek binnen te laten die vanuit de dansclubs opstijgt, snort langzaam door het Recoleta-district naar de Avenida Alvear en rijdt de binnenplaats op van een schitterend kunstwerk van een gebouw vlak bij de Franse ambassade.

De lucht is zwoel en op het terras van de bovenste verdieping is gedekt voor een laat souper, maar de bedienden zijn vertrokken.

De sfeer onder de bedienden in dit huis is voortreffelijk, maar zij kennen een ijzeren discipline. Het is hun verboden voor twaalf uur 's middags de bovenste verdieping van de villa te betreden, evenals na het opdienen van de eerste gang van het diner.

Dr. Lecter en Clarice Starling spreken tijdens het eten vaak in een andere taal dan Starlings moedertaal Engels. Ze had al over op de middelbare school opgedane basiskennis van Frans en Spaans beschikt, maar ze had ontdekt dat ze een talenknobbel had. Ze spraken vaak in het Italiaans, ze ervaart een eigenaardige vrijheid in de visuele nuances van die taal.

Soms danst ons paar onder het eten. Soms eten ze niet af.

Hun relatie wordt sterk beïnvloed door de penetratie van Clarice Starling, die zij enthousiast verwelkomt en zelfs aanmoedigt. Een tweede belangrijke factor is de mate waarin Hannibal Lecter in haar opgaat, iets dat ver uitstijgt boven de grenzen van eerdere belevingen. Het is mogelijk dat Clarice Starling hem angst zou kunnen aanjagen. Sex is een verrukkelijk bouwsel waaraan zij iedere dag iets toevoegen.

Ook Clarice Starlings geheugenpaleis wordt steeds verder uitgebreid. Enkele vertrekken komen overeen met die in dr. Lecters eigen geheugenpaleis – hij is haar daar een aantal malen tegengekomen – maar haar eigen paleis groeit zelfstandig. Het is gevuld met nieuwe dingen. Ze kan haar vader daar bezoeken. Hannah staat er in de wei. Jack Crawford is daar ook, wanneer ze hem maar wil zien zitten achter zijn bureau – een maand na Crawfords thuiskomst uit het ziekenhuis, waren 's nachts de pijnlijke steken in zijn borst teruggekeerd. In plaats van een ziekenauto te bellen en alles opnieuw te moeten meemaken, koos hij ervoor om zich om te laten rollen naar de troost die de kant van het bed van zijn overleden vrouw hem bood.

Starling ontdekte dat Crawford was overleden tijdens een van de regelmatige bezoekjes die dr. Lecter bracht aan de algemeen toegankelijke FBI-website als hij behoefte had zijn foto te bewonderen tussen die van de tien meest gezochte misdadigers. De foto die de Dienst van dr. Lecter heeft, loopt twee gezichten achter, geen reden tot ongerustheid.

Toen Starling Jack Crawfords overlijdensbericht had gelezen, ging ze het grootste deel van de dag in haar eentje wandelen, en ze was blij dat ze 's avonds naar huis kon.

Een jaar eerder had ze een van haar eigen smaragden in een ring laten zetten. Binnen in de ring stond AM-CS. Ardelia Mapp ontving de ring in een onmogelijk na te trekken wikkel met een begeleidend briefje. *Lieve Ardelia, Ik maak het uitstekend en zelfs meer dan uitstekend. Probeer me niet te vinden. Ik hou van je. Het spijt me als je je ongerust om me hebt gemaakt. Verbrand deze brief. Starling.*

Mapp ging met de ring naar de Shenandoah River, waar Starling vroeger ging hardlopen. Ze liep een heel eind met de ring in haar vuist geklemd, woedend, met brandende ogen, klaar om de ring de rivier in te slingeren, stelde zich voor hoe die flonkerend door de lucht zou vliegen en dan de kleine plons. Uiteindelijk schoof ze de ring om haar vinger en stak ze haar vuist in haar zak. Mapp huilt niet gauw. Ze bleef net zo lang lopen tot de tranen wegbleven. Het was donker toen ze bij haar auto terugkwam.

Het is moeilijk te zeggen wat Starling zich herinnert van haar vroegere leven, welke herinneringen ze wil bewaren. De verdovende middelen die haar in de eerste dagen hadden gesteund, maken allang geen deel meer uit van hun leven. Net zo min als de lange gesprekken met een enkele lichtbron in de kamer.

Heel af en toe laat dr. Lecter moedwillig een theekopje stukvallen op de vloer. Dan is hij blij dat het zichzelf niet bijeenraapt. Hij heeft Mischa al in geen maanden meer in zijn dromen gezien.

Op een dag zal een kopje zich wellicht bijeenrapen. Of zal Starling door het geluid van een kruisboogsnaar ongewild wakker worden geschud, zo er inderdaad sprake is van een toestand van slaap.

Wij trekken ons nu terug, terwijl zij dansen over het terras – Barney was zo verstandig de stad te ontvluchten en wij moeten zijn voorbeeld volgen. Als een van beiden ons zou ontdekken, zou dat fataal zijn.

Er is een grens aan wat wij mogen ontdekken zonder ons leven in de waagschaal te stellen.

WOORD VAN DANK

Bij mijn pogingen de structuur van dr. Lecters geheugenpaleis te doorgronden heb ik veel gehad aan het opmerkelijke boek van Frances A. Yates, *The Art of Memory*, evenals aan *The Memory Palace of Matteo Ricci*, van de hand van Jonathan D. Spence.
Robert Pinsky's vertaling van *Dante's Inferno* was een zegen, en een genot om mee te werken, en hetzelfde geldt voor de aantekeningen van Nicole Pinsky.
'In de hof in het oog van de orkaan' is een zinsnede van John Ciardi en tevens de titel van een van zijn gedichten.
De eerste dichtregels die in de inrichting bij Clarice Starling opkomen, stammen uit T.S. Eliots 'Burnt Norton', *Four Quartets*.

Mijn dank gaat uit naar Pace Barnes voor haar aanmoediging, steun en wijze raad.
Carole Baron, mijn uitgever, redacteur en vriendin, heeft mij geholpen dit tot een beter boek te maken.
Athena Varounis en Bill Trible in the Verenigde Staten en Ruggero Perugini in Italië hebben mij laten zien wat een fantastische mensen in de ordehandhaving werken. Geen van hen is als personage in dit boek opgevoerd, evenmin als enig ander levend persoon. De verdorvenheid heb ik uit eigen voorraad geput.
Niccolo Capponi heeft mij deelgenoot gemaakt van zijn verstrekkende kennis van Florence en de daar aanwezige kunstschatten, en van hem mocht dr. Lecter gebruik maken van het palazzo van zijn familie. Mijn dank eveneens aan Robert Held voor zijn geleerdheid en aan Caroline Michahelles voor al wat zij van Florence wist te vertellen.
De medewerkers van de Carnegie Public Library in Coahoma County, Mississippi, hebben jaartallen voor mij opgezocht. Dank daarvoor.
Ik ben grote dank verschuldigd aan Marguerite Schmitt: met een witte truffel en de magie van haar hart en handen heeft ze ons vertrouwd gemaakt met de wonderen van Florence. Het is te laat om Marguerite te bedanken, maar in dit ogenblik van voltooiing wil ik haar naam gedenken.